U0116004

福建師範大學文學院百年學術論叢　第二輯

中國現代傳記文學史論

辜也平　著

國家社會科學基金項目
教育部人文社會科學研究項目　成果

第二輯

總序

　　百年老校福建師範大學之文學院，承傳前輩碩學薪火，發掘中國語言文學菁華，創獲並積澱諸多學術精品，曾於今年初選編「百年學術論叢」第一輯十種，與臺北萬卷樓圖書股份有限公司協作在臺灣刊行。以學會友，以道契心，允屬兩岸學術文化交流之創舉。今再合力推出第二輯十種，嗣續盛事，殊可喜也！

　　本輯所收專書，涵古今語言文學研究各五種。茲分述如次。

　　古代語言文學研究，如陳祥耀先生，早年問學無錫國學專修學校，後執教我校六十餘年，今以九十有四耄耋之齡，手訂《古詩文評述二種》，首「唐宋八大家文說」，次「中國古典詩歌叢話」，兼宏觀微觀視角以探古詩文名家名作之美意雅韻，鉤深致遠，嘉惠後學。陳良運先生由贛入閩，嘔心瀝血，創立志、情、象、境、神五核心範疇，撰為《中國詩學體系論》，可謂匠思獨運，推陳出新。郭丹先生《左傳戰國策研究》，則文史交融，述論結合，於先秦史傳散文研究頗呈創意。林志強先生《古本《尚書》文字研究》，針對經典文本中古文字問題，率多比勘辨析，有釋疑解惑之功。李小榮先生《漢譯佛典文體及其影響研究》，注重考辨體式，探究源流，開拓了佛典文獻與文體學相結合的研究新路。

　　現當代語言文學研究，如莊浩然先生《中國現代話劇史》，既對戲劇思潮、戲劇運動、舞臺藝術與理論批評作出全面梳理，也對諸多名家名著的藝術成就、風格特徵及歷史地位加以重點討論，凸顯話劇史研究的知識框架和跨文化思維視野。潘新和先生《中國語文學史

論》，較全面梳理了先秦至當代的國文教育歷史，努力探尋語文教學中所蘊含的思想文化之源頭活水。辜也平先生《中國現代傳記文學史論》的歷史考察與學理論述，無疑促進了學界對現代傳記文學的研討與反思。席揚先生英年早逝，令人惋歎，遺著《中國當代文學的問題類型與闡釋空間》，集三十年學術研究之精要，探討當代文學思潮和學科史的前沿問題。葛桂录先生《中英文學交流史（十四至二十世紀中葉）》，以跨文化對話的視角，廣泛展示中英文學六百年間互識、互證、互補的歷史圖景，宜為中英文學關係研究領域之厚實力作。

　　上述十種論著在臺北重刊，又一次展現我校文學院學者研精覃思、鎔今鑄古的學術創獲，並深刻驗證兩岸學人對中華學術文化同具誠敬之心和傳承之責。為此，我謹向作者、編輯和萬卷樓圖書公司恭致謝忱！尤盼四方君子對這些學術成果予以客觀檢視和批評指正。《易》曰：「觀乎人文，以化成天下。」我堅信，關乎中華文化的兩岸交流互動方興而未艾，促進中華文化復興繁榮的前景將愈來愈輝煌璨爛！

汪文頂

謹撰於福州倉山

二〇一五年季冬

目次

導論
傳記文學的本質屬性及其他

　　研究中國現代傳記文學，首先必須面對的是傳記文學的本質屬性問題，因為二十世紀以來，傳記文學是屬於文學範疇還是歷史範疇，始終困擾和制約著中國傳記文學的創作與研究，而在不少人眼裡，傳記與傳記文學兩個術語表述的也似乎是同一概念。

　　然而，一般意義上的傳記與傳記文學還是應該有區別的。

　　在中國典籍中，很早就有有關「傳」或「傳記」一詞的記載和解釋。

　　　歆受詔與父向領校秘書，講六藝傳記……無所不究。[1]

　　　丘明……論本事而作傳，明夫子不以空言說經也。[2]

　　　傳也，博識經意，傳示後人也。[3]

　　這裡的「傳」或「傳記」，承擔的是對於「經」的闡釋功能，因此劉勰在《文心雕龍》中進一步辨析：

　　　發口為言，屬筆曰翰，常道曰經，述經曰傳。[4]

1　《漢書》〈劉歆傳〉。
2　《漢書》〈藝文志〉。
3　《爾雅》。
4　劉勰：《文心雕龍》〈總術〉。

議者宜言，說者說語，傳者轉師，注者主解，贊者明意，評者
平理，序者次事。[5]

正因為承擔「釋經」、「訓釋」的功能，所以劉勰總結說：

昔者夫子閔王道之缺，傷斯文之墜，靜居以歎鳳，臨衢而泣
麟，於是就太師以正雅頌，因魯史以修春秋，舉得失以表黜
陟，徵存亡以標勸戒：褒見一字，貴踰軒冕；貶在片言，誅深
斧鉞。然睿旨存亡幽隱，經文婉約，邱明同時，實得微言，乃
原始要終，創為傳體。傳者，轉也，轉受經旨，以授於後，實
聖文之羽翮，記籍之冠冕也。[6]

劉勰在這所說的「傳」，與後來的「傳記」一詞之含義有所不
同，乃「釋經」——「訓釋之義」[7]也。接著，唐代劉知幾《史通》
的「列傳」篇認為：

夫紀傳之興，肇於《史》、《漢》。蓋紀者，編年也；傳者，列
事也。編年者，歷帝王之歲月，猶《春秋》之經，列事者，錄
人臣之行狀，猶《春秋》之傳，《春秋》則傳以解經，《史》、
《漢》則傳以釋紀。[8]

劉知幾所說的「傳」雖已有「錄人臣之行狀」之說，但仍屬意於「解
經」、「釋紀」，與《文心雕龍》所說略同。

5　劉勰：《文心雕龍》〈論說〉。
6　劉勰：《文心雕龍》〈史傳〉。
7　劉知幾：《史通》〈六家〉。
8　劉知幾：《史通》〈列傳〉。

　　至清人章學誠的《文史通義》則認為：「傳者對經之稱，所以轉授訓詁，演繹義蘊，不得已而筆之於書者也。左氏匯萃寶書，詳具《春秋》終始，而司馬氏以人別為篇，標傳稱列，所由名矣」[9]。章學誠所說的「傳」，仍沿用《文心雕龍》之意，但「標傳稱列」已有「傳記」之意，且認定司馬遷「以人別為篇」是「傳記」這一體裁的肇始。在「傳記」篇中，章學誠還專門對傳記含義的源流進行更為詳細的辨析：

> 傳記之書，其流已久，蓋與六藝先後雜出。古人文無定體，經史亦無分科，《春秋》三家之傳，各記所聞，依經起義，雖謂之記可也。經禮二戴之記，各傳其說，附經而行，雖謂之傳可也。其後支分派別，至於近代，始以錄人物者區為之傳，敘事蹟者區為之記。蓋亦以集部繁興，人自生其分別，不知其然而然，遂若天經地義之不可移易。……後世專門學衰，集體日盛，敘人述事，各有散篇，亦取傳記為名。附於古人傳記專家之義爾。[10]

　　從《文史通義》的解釋看，現今通用的「傳記」，雖是「傳」、「記」兩字連詞，實際指的是中國古代敘述個人生平行事始末的人物傳，即「錄人物者區為之傳，敘事蹟者區為之記」。這個「傳」和古代的「經傳」的「傳」雖完全不同，但它在更多方面仍屬於「史」的範疇。

　　而在國外，「傳記」相當於希臘文bios一詞，具有生平或生活（life）的意思，指的是關於某一個人生平的作品。據稱現在英語世界

9　章學誠：《文史通義》〈永清縣誌列傳序例〉。

10　章學誠：《文史通義》〈傳記〉。

中通行的「傳記」（biography）一詞，最早出自於英國史學家富勒（Fuller）所著《英國偉人史》（*The History of the Worthies of England,* 1662）一書，一六六三年，另一作家德萊頓（John Drydon）論述普魯塔克的《傳記集》（*Plutarch's "Live"*），又採用這一新名詞，並且把「傳記」簡明地解釋為「傑出人物的生平史」（the history of particularmen's lives）[11]。英語世界中，「傳記」（biography）一詞的幾個主要的派生詞，如biographee（傳主）、biographer（傳記作者）和biographical（傳記體）等，自然也與「生平」或「生活」的涵義有關。但是，在古代西方，傳記更多的時候也被認為屬於歷史的範疇，不同版本的《大英百科全書》也都提到「傳記有時被認為是史學的一個分支」。[12]

而「傳記文學」一詞在西方則屬特殊的表達，英語世界中，有時把biography和literature兩個詞合為biographicalliterature這個片語使用，法語中也有littératurebiographique一詞。中國目前使用的傳記文學，估計是從英語biographicalliterature一詞翻譯而來，因為中國古代只有傳記而無傳記文學之稱。現代最早使用傳記文學一詞的則是梁遇春和胡適，後來郁達夫、茅盾、阿英、許壽裳等人也採用該詞。而朱東潤後來雖也採用「傳記文學」，但早期則主張用「傳敘文學」的概念，因為他認為：

> 傳敘兩字連用，還有一種意外的便利。自傳和傳人，本是性質類似的著述，除了因為作者立場的不同，因而有必要的區別以

---

11 M.H.Abrams: *A Glossary of Literary Terms*, Fourth Edition, Holt, Rinehart and Winston, 1981, P:15.

12 "Biography can be seen as a branch of history", *The New Encyclopaedia Britannica,* Micropaedia, Ready Reference, 15th edition, Encyclopaedia Britannica, Inc., The University of Chiacago, 1985, p.222, Vol.2.

外，原來沒有很大的差異。但是在西洋文學裡，常會發生分類的麻煩。我們則傳敘二字連用指明同類的文學。同時因為古代的用法，傳人曰傳，自敘曰敘，這種分別的觀念，是一種原有的觀念，所以傳敘文學，包括敘傳在內，絲毫不感覺牽強。[13]

　　據卞兆明的推測和考證，胡適在一九一四年九月二十三日寫下了關於「傳記文學」的「日記」，但當時並無「傳記文學」的標題，他直到一九三〇年的《書舶庸譚》〈序〉中才正式使用「傳記文學」這一名稱。[14]而就目前掌握的材料，梁遇春此前已在《新月》雜誌上發表了他的〈新傳記文學譚〉一文，文中談及近十年「西方的傳記文學」的新進展，並且介紹了斯特拉奇（Lytton Strachey）、莫洛亞（André Maurois）和盧德威克（Emil Ludwig）這英法德三位著名傳記文學作家和作品[15]。

　　即使從一九一四年九月二十三日的「日記」看，胡適當時的分析，主要針對的也還只是中西傳記的「差異」，並未真正涉及「傳記文學」的本質屬性的問題。在此前後，胡適一直熱心傳記的提倡和寫作，但包括其後來的許多論述，他對傳記文學的本質屬性問題始終是語焉不詳，或者說他更強調的還是其史學的屬性。一九一九年底他撰寫發表《李超傳》的動機是，傳主「一生遭遇可以用做無量數中國女子的寫照，可以用做中國家庭制度的研究資料，可以用做研究中國女子問題的起點，可以算做中國女權史上的一個重要犧牲者」。[16]在《四十自述》〈自序〉中胡適說，他極力提倡自傳寫作，其意在「替將來

13　朱東潤：〈關於傳敘文學的幾個名詞〉，《星期評論》1941年第15期（1941年3月）。
14　卞兆明：〈胡適最早使用「傳記文學」名稱的時間定位〉，《蘇州大學學報》2002年第4期。
15　梁遇春：〈新傳記文學譚〉，《新月》1929年第3號（1929年5月）。
16　胡適：〈傳記文學〉，《胡適傳記作品全編》（上海市：東方出版中心，1999年），卷4，頁195。

的史家留下一點史料」；而自己寫《四十自述》，雖然目的是「給史家做材料，給文學開生路」，但自己「究竟是一個受史學訓練深於文學訓練的人，寫完了第一篇，寫到了自己的幼年生活，就不知不覺的拋棄了小說的體裁，回到了謹嚴的歷史敘述的老路上去了」。[17]和胡適相類似的是朱東潤，他也是現代傳記文學的積極提倡者和實踐者，但在他看來：「傳記文學是文學，同時也是史」，他認為「中國所需要的傳記文學，看來只是一種有來歷、有證據、不忌繁瑣、不事頌揚的作品」。[18]朱東潤的理論與實踐，實際上更為注重的還是傳記文學的史學屬性。

許壽裳的傳記觀念表面上和胡適、朱東潤等人的看法差不多，但他認為，「傳記文學的範圍是非常廣大的。一切史籍固然都在傳記之科，但是傳記的文章決不是史籍所能包括的。因為古來傳記的文章，也有用辭賦體寫成的，也有用詩歌體或書牘體寫成的，範圍非常之大」。[19]可見他強調傳記或傳記文學是超越歷史著作的一種獨立的文體，它可能具備歷史的屬性，但也可以不屬於歷史。

自覺地提倡傳記文學，並且比較明確把握住「傳記」與「傳記文學」有本質區別的是梁遇春、茅盾和郁達夫。梁遇春在前述文章中認為盧德威克（Emil Ludwig）、莫洛亞（André Maurois）和斯特拉奇（Lytton Strachey）「不約而同地在最近幾年裡努力創造了一種新傳記文學」：

　　　　他們三位都是用寫小說的筆法來做傳記，先把關於主要人物的

---

17 胡適：〈自序〉，《四十自述》，《胡適傳記作品全編》（上海市：東方出版中心，1999年），卷1，上冊，頁2-3。

18 朱東潤：〈張居正大傳序〉，《朱東潤傳記作品全集》（上海市：東方出版中心，1999年），卷1，頁6。

19 許壽裳：〈談傳記文學〉，《讀書通訊》1940年第3期。

一切事實放在作者腦裡熔化一番，然後用小說家的態度將這個
人物渲染得同小說裡的英雄一樣，復活在讀者的面前，但他們
並沒有扯過一個謊，說過一句沒根據的話。他們又利用戲劇的
藝術，將主人翁一生的事實編成像一本戲，悲歡離合，波起
浪湧，寫得可歌可泣，全脫了從前起居注式傳記的乾燥同無
聊。[20]

可見梁遇春已意識到用小說和戲劇筆法寫成的傳記文學作品和乾燥同
無聊的居注式傳記的區別，而茅盾則認為「中國人是未曾產生過傳記
文學的民族」，他說：

要是在文學的形式上面，中國和西洋有許多的差別，那麼傳記
文學的缺乏與存在，應該是最重要的一個差別罷。直到最近為
止，我們的文壇上還沒有發見所謂傳記文學這樣的東西。雖然
在古代典籍中間，我們有著不少人物傳記，但只是歷史的一部
分，目的只是在於供史事參考，並沒有成為獨立的文學。[21]

在這方面比梁遇春、茅盾更具文學自覺的是郁達夫，他認為：

傳記文學，是一種藝術的作品，要點並不在事實的詳盡記載，
如科學之類；也不在示人以好例惡例，而成為道德的教條。近
人的瞭解此意，而使傳記文學更發展得活潑，帶起歷史傳奇小
說的色彩來的。

若要寫新的有文學價值的傳記，我們應當將他外面的起伏事實

20　梁遇春：〈新傳記文學譚〉，《新月》1929年第3號（1929年5月）。
21　茅盾：〈傳記文學〉，《文學》1933年第5期。

與內心的變革過程同時抒寫出來，長處短處，公生活與私生活，一顰一笑，一死一生，擇其要者，盡量來寫，才可以見得真，說得像。[22]

　　另外，與傳記、傳記文學有關或相近的概念，還有「傳記文」、「人物傳記」、「傳記作品」、「文學傳記」等等。實際上，「傳記文」、「人物傳記」及「傳記作品」，與「傳記」的含義並無多大區別，而且，「傳記文」、「傳記作品」都無「傳記」這一概念簡潔。「人物傳記」就更是累贅，雖然也有《尼羅河傳》、《長江傳》[23]一類的作品，但那僅是作家命名時的一種特殊的修辭，豈有傳記不寫人物？

　　「文學傳記」這一概念使用的人也不少，其容易與「傳記文學」相混淆的原因，也就在於前面所談到的對「傳記文學」這一概念的不同界定。從語法上看，「傳記文學」可以有兩種解釋，既可以把它看成偏正詞組，即傳記的文學，這樣，中心詞自然是「文學」；但也可以看成是同位詞組，「傳記」與「文學」處於同一層面，那麼「傳記文學」與「文學傳記」也就有著同等的含義。關於「傳記文學」的這兩種解釋孰是孰非，本文稍後探討，這裡先行考察的，是關於「文學傳記」的含義。如果把「傳記文學」作為同位詞組看，那麼，「文學傳記」和「傳記文學」的含義基本一致，不必要再作仔細區別。但如果把「文學傳記」和「傳記文學」都作為偏正詞組，那麼，這兩個詞組表達的卻是截然不同的含義。因為「文學傳記」的中心詞是「傳記」，其含義應是「有文學特點」、「文學色彩」的傳記，或者如有些論者所說的是「採用文學筆法寫成」的「傳記」。「傳記文學」的中心

---

22 郁達夫：〈什麼是傳記文學？〉，《郁達夫文集》（廣州市：花城出版社，1983年），卷6，頁283、285。

23 盧德威克（E.Ludwig）有《尼羅河傳》（*The Nile*），中國當代作家徐剛也有《長江傳》等作品。

詞則是「文學」，是「取傳記內容」或「帶有傳記特點」的「文學」之義，這種理解的思路與人們對諸如「兒童文學」、「戰爭文學」等概念的理解的思路是一樣的。

更值得探討的問題是，「文學」與「歷史」畢竟是具有不同屬性的概念。「文學」是語言的藝術，它屬於藝術範疇是不會有異議的。而從司馬遷「標傳稱列」開始，「傳記」在中國古代基本上都依附於史，通常也「被認為是史學的一個分支」。[24]劉勰《文心雕龍》中列「史傳」篇，在「傳」之前加上「史」就是最好的說明。另外，在論及「傳記」時，恰恰是那些文學性較強的雜傳或散傳，如《曹瞞傳》、《高士傳》、《高僧傳》、〈張中丞傳後序〉、《五柳先生傳》、《醉吟先生傳》、《六一居士傳》等不大為古人提及。究其原因，正是史學價值不高使然。所以，如果僅就「傳記」二字而言，它更主要屬於史學的範疇，帶有科學研究的性質。當然，在討論傳記文學時，人們偶爾也用「傳記」代表傳記文學作品，但這跟人們有時也用「遊記」、「雜感」等代表這類藝術性散文的情況是一樣的。

不同屬性、不同範疇的概念不僅含義不同，而且在內涵外延以及其他方面面也會有許多的不同。同樣以語言為載體，文學作品的完成過程一般叫「創作」，歷史著作或傳記作品的完成過程帶有研究的性質，一般則稱為「編撰」或「撰寫」。歷史研究的目的在於重新發現和評價歷史；文學創作的目的則在於重新再現、感受和演繹人生。而這兩種完全不同性質的終極成果的產生過程、其生產者或創造者的工作方式的差異也是非常明顯的，甚至可以說是截然不同。清代章學誠認為：「文士撰文，惟恐不自己出；史家之文，惟恐出之於己」。蓋

---

24 "Biography can be seen as a branch of history", *The New Encyclopaedia Britannica,* Micropaedia, Ready Reference, 15th edition, Encyclopaedia Britannica, Inc., The University of Chiacago, 1985, p.222, Vol.2.

因「史體述而不造，史文而出於己，是為言之無徵」。[25]當代作家孫犁
在談到傳記問題時說：「史學的方法和文學的方法，並非一回事，而
且有時很矛盾。史學重事實，文人好渲染；史學重客觀，文人好表現
自我」。[26]英國現代著名的傳記理論家尼科爾森在關於傳記的科學性和
文學性問題的論述中也說：「科學性對文學性是有害的。科學性所要
求的不僅是事實，而且是全部的事實；而文學性則要求對事實進行描
寫，這種描寫是有選擇性的，或是人為加工過的」。而「科學愈發
展，其本身的需要也愈難滿足，綜述的能力和描寫的才幹將不勝其
職」。因此他斷言說，傳記創作中的「科學性與文學性必將分道揚
鑣」，「科學性的傳記將趨於專門化和技術化」，傳記創作中的「文學
成分也會存在下去，只是會向其他的方向發展」，文學性的傳記則
「步入想像的天地，離開科學的鬧市，走向虛構和幻想的廣闊原
野」。[27]上述古今中外學者雖然不是專門就「傳記」和「文學」的學科
屬性發議論，但他們都無一例外地強調了作為史學範疇的傳記與屬於
藝術範疇的傳記文學的本質區別。

　　而就英語biographical literature這個詞組看，literature（文學）作
名詞用，是這一詞組的中心詞，biographical（傳記體、傳記的）是形
容詞，作literature的限定詞使用。在法語littérature biographique這個詞
組中，littérature（文學）是名詞，中心詞，biographique（傳記的）
則是限定性的形容詞。這兩個詞組強調的都是文學。當然，英語中的
literature或法語中littérature又都有專門文獻或出版物的含義，但在許
多情況下，這兩個單詞大多被當作「文學」理解，如Literature of the
Absurd（荒誕派文學）、Didactic Literature（教誨文學）、propagandist

---

25 章學誠：《文史通義》〈與陳觀民工部論史學〉。

26 孫犁：〈與友人論傳記〉，《澹定集》（天津市：百花文藝出版社，1981年），頁62。

27 Harold Nicoison, *The Development of English Biography,* 1928；譯文參見：尼科爾森
　　著，劉可譯：〈現代英國傳記〉，《傳記文學》1985年第3期。

literature（宣教文學），等等。而胡適、郁達夫、茅盾、阿英、許壽裳等人在使用這一概念時，都採用「文學」二字，這也表明傳記文學的文學屬性一開始就為中國現代作家與學者較為普遍的接受，而胡適、朱東潤所以徘徊於文學和史學之間，只不過是他們的史學訓練深於文學訓練的緣故。

所以我認為，今天討論的傳記文學作品，指的應是以歷史或現實中具體的人物為主要表現對象（傳主），以紀實為主要表現手段，集中敘述其生平或相對完整的一段生活歷程的文學作品。其中的四個關鍵字是傳主（biographee）、生平（Live）、敘述（narrative）和文學作品（literature）。

「傳主」的要求是，必須存在於歷史或現實中的具體人物（包括作者本人），而不允許是虛構中的文學形象，這一要求正是傳記文學區別於其他敘事性文學作品的主要標誌之一，是傳記文學所以稱為「傳記的文學」的基本前提。傳記文學的非虛構（nonfiction）性質主要也體現在這一方面。

「生平」指的是生活的歷程，強調的是人生過程而不是人生片段。實際上普魯塔克的《傳記集》英文題為 *Plutarch's Live*，艾‧沃爾頓的《名人傳》英文題為 *Lives*（of Donne George Herbert, Richard Hooker and others），約翰遜的《詩人傳》英文題為 *Lives of the English poets*，鮑斯威爾的《約翰遜博士傳》英文題為 *Life of Samuel Johnson*，其強調的也都是 life（生平，生活），用 lives 則更有「一生」、「人生歷程」的含義，只不過在被翻譯成中文時一變而為「傳」。所以傳記文學應該有這層的含義和這樣的要求。

「敘述」是對基本表達方法的限定，強調必須是以紀實為主要表現手段的敘事性作品，至少也必須是以敘事為主的作品，以排除主要用象徵或抒情等方法表現生活經歷的作品。

最後的「文學作品」強調的是文學的本質屬性，以區別於那些以

評論、研究為主要撰寫目的的歷史性質的傳記（史傳）或學術性質的傳記（如「評傳」），以及為經濟目的而製作的一般性傳記讀物。作為文學的一個門類，傳記文學同樣必須具備形象的、可感的、帶有創作者個性的藝術特徵，因此，在保證傳主與生平的非虛構基礎上，傳記文學的創作應該充分發揮文學的想像和藝術的再創造，以便「把一人一世的言行思想，性格風度，及其周圍環境，描寫得極為盡致……，把一個人的一生，極有趣味地敘寫出來的」。[28]

總之，這四個關鍵字分別限定的是傳記文學的表現對象、表現範圍、表現方法和表現形式。

關於傳記文學作品的分類，古今中外有紛繁複雜的名目，如從所傳對象的多寡分為列傳、專傳、合傳，以傳記作品的篇幅規模分為大傳、小傳，以在文史背景中的屬性分為史傳、散傳、雜傳，以傳主的身分又可分為聖賢傳記、學人傳記、明星傳記、偉人傳記、歷史人物傳記、現代人物傳記，等等。分類的標準不同，分類的結果也必然不同。因此，我認為必須尋找一種簡明扼要、便於操作的分類標準。而因為當今討論的是中國的現代傳記文學，還有必要參照中國現代作家、學者當年的意見，他們的意見無疑對現代傳記文學作家的創作產生過影響。

梁啟超在《中國歷史研究法補編》中稱類似於傳記的「人的專史」分列傳、年譜、專傳、合傳和人表[29]。胡適曾把中國的傳記文學分兩大類十四種，包括：（一）他人做的傳記：小傳、墓誌、碑記、史傳、行狀、年譜、言行錄、專傳；（二）自己做的傳記：自序、自傳的詩歌、遊記、日記、信札、自撰年譜，等等。[30]極力宣導現代傳

---

28 郁達夫：〈傳記文學〉，《郁達夫文集》（廣州市：花城出版社，1983年），卷6，頁201-202。

29 梁啟超：《中國歷史研究法補編》，《飲冰室合集》專集之九十九。

30 胡適：〈中國的傳記文學——在北京大學史學會的講演提綱〉，《胡適傳記作品全編》（上海市：東方出版中心，1999年），卷4，頁206-207。

記文學創作的郁達夫在〈什麼是傳記文學？〉一文中介紹了西洋的傳記作品的基本分類，即「他人所作之傳記，和自己所作的自傳，以及關於自己或他人的回憶記之類的三種」。[31]後來也不斷有學者把訪問記、印象記、日記、書信、年譜等也歸入傳記文學作品之中。只有許壽裳在〈談傳記文學〉一文中主張把傳記文學分為兩大類，他認為：「傳記文學的種類很多，可是大別起來不外兩種：（一）自傳。（二）他傳」。[32]

　　我認為，從簡單而便於掌握的原則考慮，在論及現代傳記文學時，根據作者與傳主的關係，把傳記文學作品大致分為自傳與他傳兩大類是易於被普遍接受的選擇。而「關於自己或他人的回憶記之類」或訪問記、印象記、日記、書信等是否列入傳記文學作品行列則還需要作具體的分析。訪問記、印象記之類的作品因為反映的只是某人某一片段的生活狀況，更帶有新聞報導的色彩，似歸入報告文學比歸入傳記文學更為合適。回憶錄（memoir）如果不側重於作者自己的成長過程，而是主要描寫他熟悉的人物和目睹的事件，一般不應作為傳記文學作品，如果集中回憶自己某一相對完整的生活歷程，則可歸入自傳類作品。日記（diary）和日誌（journal）著重記錄日常生活裡的事情，一般是應個人需要與消遣而寫，而不是為出版，也不能一概列入自傳範圍，一般只能當成傳記資料。總而言之，普通的回憶錄、訪問記、印象記、日記、書信等，只是作家進行傳記文學創作的素材，借用歷史研究的術語，只能稱為生平「資料」或歷史「文獻」。

　　當然，最後還必須說明的是，由於文學創作的特殊性，邊緣寫作的情況時有發生，如有些文學作品被人稱為散文化小說，但同時又被稱作小說化散文，許多散文詩既被收入詩集，在詩歌史中被論述，同

---

31 郁達夫：〈什麼是傳記文學？〉，《郁達夫文集》（廣州市：花城出版社，1983年），卷6，頁284。

32 許壽裳：〈談傳記文學〉，《讀書通訊》1940年第3期。

時也被收入散文集，在散文史中被論述。所以，上述關於傳記文學作品的界定和分類只不過是一個基本的、原則性的意見，要更好地把握這些問題，切實可行的做法還是得參照作家的具體創作，以及中國現代傳記文學發展的實際進程。

上篇
比較視野下的歷史研究

第一章
中國現代傳記文學的民族源流

　　中華民族是一個有著悠久歷史的民族，在幾千年的生存發展過程中曾經創造了輝煌的古代文化。雖然古代中國並未產生獨立意義的傳記文學作品，但是悠久的「史傳」傳統和曾經有過的散傳雜傳的繁榮，以及古代學人對「史傳」、「雜傳」創作原理的經驗總結，共同構成了中國現代傳記文學源遠流長的民族傳統。進入二十世紀之後的現代傳記文學雖然最初是在批判傳統的基礎上誕生的，但傳統文化對於一代作家的影響往往是一種潛移默化的過程，這種影響有時並不如外來文化影響引人注目，但卻是深遠的，無條件的。中國傳記雖然在十九世紀後期開始接受外來影響，並在二十世紀二、三〇年代完成了現代的轉型，但中國深厚的傳記文化積澱無疑是中國現代傳記文學賴以生成的土壤根基，傳統傳記寫作中「史傳」精神作為一種文化積澱，其影響更是無比深遠。

一　先秦文獻中的傳記萌芽因素

　　如果用「錄人物者區為之傳，敘事蹟者區為之記」[1]的傳統觀念看，中國傳記萌芽於先秦時期，《尚書》、《詩經》的文字記載，可以說是其發軔之作。《尚書》是我國最早的政事史料彙編，雖然它以記言為主，反映的是從殷商到西周時期先民的社會習俗和文化觀念，但

1　章學誠：《文史通義》〈傳記〉。

許多典、誥之文已有相當文采。其中君臣對話的片段有的充滿真情實感，有的通俗生動。通過這些精彩對話的簡單記錄，《尚書》實際上已初步勾勒了帝堯、周公等古人形象。《詩經》開始有了記人的篇章。〈生民〉、〈公劉〉等詩運用了一些簡單的人物描寫手法，每首集中寫一人的事蹟，並且具有一定的故事情節，所以具備了初步的傳記因素。正因為這樣，後來的學者才認為：

> 〈生民〉是一篇很生動的后稷傳，他是周族傳說中的始祖。〈公劉〉是一篇公劉傳。公劉為后稷的裔孫，此詩敘他遷都事。〈綿〉是一篇古亶傳。……他是公劉的裔孫，文王的祖父，故詩中連帶說及文王。〈皇矣〉是一篇〈文王傳〉，也說及太伯、王季。〈大明〉是一篇武王傳，也說及他的父母與祖父母。[2]

周室衰落，諸侯興起之後出現了專於記事的《春秋》。《春秋》是中國早期的歷史著作，其作者一般認為是孔子。但據後人考證，所謂的「孔子著春秋」，實際上是孔子根據魯國的《春秋》修訂而成。《春秋》在中國歷史文化發展中有重大意義，其奠定的編年體的敘述形式和「春秋筆法」、「微言大義」等修辭性敘事方法，對中國後來的傳記創作也產生了不可低估的影響。

從《尚書》、《詩經》、《春秋》時的萌芽進入戰國時代，《左傳》、《戰國策》、《晏子春秋》等開始孕育中國傳記的雛形。

《左傳》的「傳」字含義與後來傳記的「傳」不同，「傳者，轉也。轉受經旨，以授於後，實聖文之羽翮，記載之冠冕也」。[3]但儘管如此，《左傳》已經體現出記事與記言結合的趨向，其敘事之美，眾口交譽。而對一些人物活動的記述也比較連貫，不少篇章已經寫出人

2　陸侃如、馮沅君：《中國詩史》（天津市：百花文藝出版社，1999年），頁41。
3　劉勰：《文心雕龍》〈史傳〉。

物一生或相對完整的某一階段的生平事蹟。從這一點看，這一著作已具較為顯著的人物傳記雛形。《戰國策》以紀實為主，但也包含了一些傳聞和敘述者的虛構。如果作為史學著作，《戰國策》的缺陷是明顯的，它記載不盡是史實，時間脈絡不夠清晰，缺乏系統性和完整性，如按現代的說法，只能作為參考文獻資料。但是，從傳記文學的生成和發展歷史看，《戰國策》的出現卻有特殊的意義，因為其中的一些篇章都只寫一個歷史人物的生活片段，開始了以人物為中心的傳記描寫模式，而部分的虛構和通過環境烘托和動作、形態的描寫揭示人物內在的思想感情也更顯示了文學的色彩。

　　《晏子春秋》根據晏子的生平和民間傳說，加上部分的虛構想像寫成。整部作品集中記錄一個人的生平事蹟，具有後來由梁啟超提出的「專傳」[4]的文體特徵。在傳人藝術方面，《晏子春秋》以紀實為主要表現手段，在人物生平的敘述時注意故事的完整性和情節的戲劇性，並且適當運用誇張、虛構的手法刻畫人物，具備了比較鮮明的「文學」特點。而與《晏子春秋》差不多同時期出現的《穆天子傳》雖然更具文學色彩，但大膽的虛構和奇詭的想像使其近於小說家言，所以有古代學人把《晏子春秋》當作史傳作品，如紀昀就曾把《晏子春秋》從子部移入史部，而《穆天子傳》反而很少被看成是筆記小說。其實，把《晏子春秋》當作歷史著作有些名不副實，但如把其看成傳記文學之祖則還是比較恰當。

　　上述先秦時期的各類作品雖不同程度具備了傳記或傳記文學的因素，但從總體上看，《晏子春秋》時序不清，人物形象不甚鮮明；《左傳》「附經間出，于文為約，而氏族難明」。[5]直至兩漢，傳記寫作才有一個大的飛躍。

4　梁啟超：《中國歷史研究法補編》，《飲冰室合集》專集之九十九。
5　劉勰：《文心雕龍》〈史傳〉。

二　史傳的成熟與序傳的出現

　　司馬遷的《史記》以人物為中心來講述歷史，開創了紀傳體的敘事樣式。《史記》中一百餘相對獨立成篇的人物傳記刻畫了一系列栩栩如生的歷史人物形象，「區詳而易覽」。[6]《史記》的出現，不僅使中國的傳記具備了鮮明的文學特性，而且也標誌了中國史傳傳統的形成。

　　在寫人的技巧上，司馬遷注意圍繞傳主的思想性格取捨材料，注重典型細節的描寫，所以《史記》中的歷史人物比先秦諸作品中的歷史人物更具鮮明個性。在刻畫人物性格的複雜性與豐富性上，《史記》也有重大的發展。錢鍾書曾評論其述項王之雙重性格，「皆若相反相違；而既俱在羽一人之身，有似兩手分書，一喉異曲，則又莫不同條共貫，科以心學性理，犂然有當」。[7]在其他方面，《史記》也達到了相當的水準，其中最為突出者當在其鮮明的情感色彩。魯迅在論及司馬遷和《史記》時曾說：

　　　　恨為弄臣，寄心楮墨，感身世之戮辱，傳畸人於千秋，雖背
　　　　《春秋》之義，固不失為史家之絕唱，無韻之《離騷》矣。惟
　　　　不拘於史法，不囿於文句，發於情，肆於心而為文，故能如茅
　　　　坤所言：「讀游俠傳即欲輕生，讀屈原、賈誼傳即欲流涕，讀
　　　　莊周、魯仲連傳即欲遺世，讀李廣傳即欲立鬥，讀石建傳即欲
　　　　俯躬，讀信陵、平原君傳即欲養士」也。[8]

6　劉勰：《文心雕龍》〈史傳〉。

7　錢鍾書：《管錐編》（北京市：中華書局，1979年），冊1，頁275。

8　魯迅：《漢文學史綱要》，《魯迅全集》（北京市：人民文學出版社，1981年），卷9，
　　頁420。

　　文學者，情感之藝術也，後世二十餘史效司馬氏之傳人而終不及
《史記》，主要一個原因在於冷靜紀實有餘而情感想像不足。

　　儘管傳人是《史記》最令人注目的成就，但由十表，本紀十二，
書八章，世家三十，列傳七十，凡百三十篇構成的歷史敘述體例，還
是開創了中國傳記在社會歷史背景中寫人的宏大敘事傳統，而作者
「究天人之際，通古今之變」[9]的自覺意識，也使其充分顯示了中國
古代傳記的史鑒功能。

　　司馬遷之後，史傳合一成為定體，中國形成了以人為重心的史學
傳統。此後各朝代的正史都沿襲《史記》所開創的體例，傳記也就依
附於歷史著作而連綿不絕。但這些著作中的人物傳或囿於正史的框
框，或一味迎合當政者要求，作者雖不乏「究天人之際，通古今之
變」的抱負，但較難「成一家之言」，[10]文學價值也均不及《史記》。

　　在史傳成熟和發展的同時，以「自敘」、「自序」、「自紀」、「序傳」
或「敘傳」等名稱出現的中國式的自傳也開始出現。劉知幾認為：

> 蓋作者自敘，其流出於中古乎？屈原《離騷經》，其首章上陳
> 氏族，下列祖考；先述厥生，次顯名字。自敘發跡，實基於
> 此。降及司馬相如，始以自敘為傳。然其所敘者，但記自少及
> 長，立身行事而已。逮於祖先所出，則蔑爾無聞。至馬遷又征
> 三閭之故事，放文園之近作，模楷二家，勒成一卷。於是揚雄
> 遵其舊轍，班固酌其餘波，自敘之篇，實繁於代。雖屬辭有
> 異，而茲體無易。[11]

　　而朱東潤對這有過更為全面、系統的梳理：

9　司馬遷：〈報任安書〉。
10　司馬遷：〈報任安書〉。
11　劉知幾：《史通》〈內篇〉〈序傳〉。

和傳一樣，敘也是一種經典底訓釋。……到了西漢，敘底作用，漸漸離經而獨立，不著重義理而著重事實。最先見於記載的，是司馬相如〈自敘〉。劉知幾說：「降及司馬相如，始以〈自敘〉為傳，然其所敘者，但記自少及長、立身行事而已。」相如〈自敘〉，今已失傳，無可考。漢代以後記事的敘，大致可分三類。第一類如司馬遷《史記》〈自序〉，以後接著有班固《漢書》〈敘傳〉、曹丕《典論》〈自敘〉、葛洪《抱朴子》〈自敘〉、沈約《宋書》〈自序〉、蕭繹《金樓子》〈自序〉。王充《論衡》〈自紀〉，也可以放在這一類。最初不過是書中底一篇，不但形式上沒有獨立，而且多是申述作書底宗旨，很少記載個人底事蹟，所以和原始的經序最接近。第二類便是獨立的篇幅了：擱開司馬相如〈自敘〉不計，最古的是揚雄〈自敘〉；東漢有馮衍〈自序〉、馬融〈自敘〉，魏有高貴鄉公〈自敘〉，晉有袁準〈自序〉、傅成〈自敘〉、杜預〈自敘〉、皇甫謐〈自序〉、傅暢〈自敘〉、梅陶〈自敘〉，梁有華陽子〈自敘〉、劉峻〈自序〉，其他如道家之〈辛玄子自序〉、〈陰君自序〉，雖出假託，亦可入此類。這是第一類底演變，著重事蹟，形式上也完全獨立，但是所記載的，仍是作者自身底事實。第三類底演變更激進了，便從自身底記載一轉而為對人的記載。《世說》〈言語篇〉注引嚴尤〈三將敘〉，尤為王莽納言大將軍，這篇是最古的篇幅了。以後便有傅玄〈馬鈞序〉和夏侯湛〈羊秉敘〉、夏侯稱〈夏侯榮序〉，以及嵇紹〈趙至敘〉，東晉以後有〈陶氏敘〉，是氏族底總傳，也可屬這一類。[12]

---

12 朱東潤：〈序〉，《八代傳敘文學述論》（上海市：復旦大學出版社，2006年），頁24-25。

　　朱東潤認為：「正和『傳』字一樣，在最古的時候，敘也是一種經典的訓釋。……到了西漢，敘底作用，漸漸離經而獨立，不著重義理而著重事實」[13]。這其中，太史公的〈自序〉依照時間先後記敘了自我的身世和求學、為官的經歷，具有自傳的性質。但這些自傳性內容，只是為了表明自己的抱負，闡述撰寫《史記》的目的和動機，敘述生平的部分占不到全篇的五分之一。王充的〈自紀〉自述生平，主要也是為了表現自我的個性和志向。總之，這些類似於現代自傳的「自敘」都有篇幅較小、記事不詳之不足，但其中的優秀之作對後來傳記文學的啟示，主要不在生平紀實方面，而在於述志抒懷的真摯和活潑清新的文采。所以說自傳雖然由來已久卻是中國文化中相對落後的文類，在中國古典傳記中一直處於從屬、依附的地位，數量少，影響小，與史傳文學的輝煌成就不可同日而語。

　　除了自敘之傳，其他散傳也逐漸浮出歷史文化的地表。漢代劉向的《說苑》、《新序》和《列女傳》中的一些篇章，傳人的成就雖然不高，但打破史傳普遍屬意於叱吒風雲的歷史人物的慣例，把普通人選作傳主，在敘述中又注意戲劇性情節鋪設等，這一切對後來傳記文學藝術性的發展是有所啟迪的。

　　魏晉以後，散傳數量遽增，據《隋書》〈經籍志〉所收，包括亡書合計二一九種，另清人章宗源補該書目一八四種，姚振宗補三十五種。僅以上三數相加，雜傳共四三八種。[14]數量巨大的散傳雜傳雖然品質參差不齊，但由於不依附於正史，作者對傳主有較大選擇的空間，思想觀念、寫人記事等方面也較少羈絆。所以，這時期散傳雜傳大量出現的意義並不在於某一單篇的成就，而在於從整體上標誌著中國傳記寫作中史學傳統和文學傳統的分流。

13　朱東潤：〈論自傳及法顯行傳〉，《東方雜誌》1943年第17號（1943年11月）。
14　陳蘭村：〈我國古代傳記文學的發展過程及其歷史地位〉，《浙江師範大學學報》
　　1988年第2期。

三　從依附於史到獨立於文

　　進入唐宋時期，史傳寫作逐漸走向衰落，「終於變成了千篇一律，歌功頌德，死氣沉沉的照例文字」。[15]所以許壽裳說「唐以後之正史日枯」[16]而散傳雜傳由於有許多散文家和詩人加入寫作行列，藝術水準有了顯著的提高，文學的屬性明顯增強。〈張中丞傳後序〉（韓愈）、〈段太尉逸事狀〉（柳宗元）、〈童區寄傳〉（柳宗元）、〈陳子昂別傳〉（盧藏用）、〈李賀小傳〉（李商隱）、〈范文正公神道碑〉（歐陽修）以及〈司馬溫公行狀〉（蘇軾）等都堪稱中國古代傳記的優秀之作。這些作品的作者大多繼承司馬遷傳人的手法，著重把握傳主的主要思想性格特徵，注意人生關鍵事件的選擇和典型細節的生動描繪，謀篇佈局的不落俗套，敘事簡明但形象生動，而且都蘊涵著真情實感。所以，這些作品雖然篇幅仍然不大，但無疑都是中國古代短篇傳記的精品。

　　除了散傳雜傳大量出現，史學傳統和文學傳統逐漸分流外，唐宋時期傳記寫作的另一引人注目的現象是自傳寫作蔚然成風。中國傳統文人一般忌自我張揚，「君子欲訥於言而敏於行」，[17]所以中國古代的讀書人鮮有自己回顧、記錄生平的傳記，偶爾為之，也僅以「自序」、「自紀」、「自敘」稱之；或假名托號，如陶淵明的〈五柳先生傳〉。所以形成了「生而作傳，非古也」[18]的傳統觀念。進入唐宋後，

---

15 郁達夫：〈什麼是傳記文學？〉，《郁達夫文集》（廣州市：花城出版社，1983年），卷6，頁283。

16 許壽裳：《傳記研究》，《許壽裳遺稿》（福州市：福建教育出版社，2011年），卷2，頁586。

17 《論語》〈里仁第四〉。

18 王韜：〈弢園老民自傳〉，《弢園文錄外編》（瀋陽市：遼寧人民出版社，1994年），頁413。

文人以不同形式撰寫自傳似乎形成風氣，王績的〈五斗先生傳〉、陸羽的〈陸文學自傳〉、劉禹錫的〈子劉子自傳〉、白居易〈醉吟先生傳〉、陸龜蒙〈甫里先生傳〉、歐陽修的〈六一居士傳〉，以及一些作家詩人的自撰「墓誌銘」等，都是中國傳記史乃至文學史上的名篇。這些作品在敘事上有繼承司馬遷、陶淵明，有另闢蹊徑，別創新法，行文或自嘲自適，或譏世抒懷，對現代的自傳文學創作有一定的影響，其中〈陸文學自傳〉還第一次把「自傳」置於標題之上。但自太史公〈自序〉以降，中國古代這類自傳作品或「描寫的只是自己嚮往的人生狀態的一個斷面；人生的全貌，至少從過去到現在的歷時性經過，沒有得到表現」，或「較之自我省察，更重視自我辯明」[19]。這種「不傳事蹟，只傳精神」[20]的自傳，還不能完全等同於現代意義的自傳。朱東潤就明確指出：「陶潛〈五柳先生傳〉，是一篇一百幾十字的小品文，對於自己底個性，確有入情的描寫。不過這篇文章，儘管透露陶潛的輪廓，但是對於他一生的經過，仍舊沒有啟示，所以這篇只是優美的小品文，不是傳敘」[21]。

　　另外，唐宋時期還出現了《大唐大慈恩寺三藏法師傳》（又稱《慈恩傳》）這樣的長篇傳記。該傳共分十卷，長八萬餘字，前五卷寫玄奘的早年生活與其赴印度取經、講學的經過；後五卷寫玄奘回國後從事譯著的事蹟，是中國現存最早的長篇個人傳記。

　　元代的傳記寫作基本處於停滯狀態，至明清時期才又略有起色。特別是明中葉之後，傳記不僅完全脫離正統的史傳模式，而且出現了一些不同於唐宋散傳的新特點。如傳主的選擇已不再侷限於叱吒風雲的歷史人物、功成名就的文人學士或者作者本人的親朋好友，而是涉

---

19 〔日〕川合康三著，蔡毅譯：《中國的自傳文學》（北京市：中央編譯出版社，1998年），頁69、203。

20 韓兆琦：《中國傳記藝術》（呼和浩特市：內蒙古教育出版社，1998年），頁206。

21 朱東潤：〈論自傳及法顯行傳〉，《東方雜誌》1943年第17號（1943年11月）。

及社會的各階層，特別是社會的底層，一般的市民、工匠、小販、優
伶、妓女也進入作家立傳的視野。傳主範圍的擴大實際上也反映了傳
記寫作中價值觀的變法，蔑棄傳統禮教，追求個性自由，歌頌普通平
民的聰明才智和真摯愛情的作品時有佳作。在圍繞傳主選擇生平事件
方面，出現了特別注重具體生存狀況，注重日常生活細節以及注重民
間趣味的世俗化傾向。其中比較著名的如鍾惺的〈白雲先生傳〉、歸
有光的〈可茶小傳〉、王士禛的〈梁九傳〉、吳偉業的〈柳敬亭傳〉、
侯方域的〈李姬傳〉、陳繼儒的〈楊幽妍別傳〉、袁宏道的〈徐文長
傳〉、袁中道的〈李溫陵傳〉，等等。

　　到了清代，形式上脫離史傳的傳記創作逐漸成為一種文壇時尚，
以民族英烈為傳主、表現民族情緒成為新的創作景觀。顧炎武為清初
文字獄受害者吳炎、潘檉章所作的〈書吳、潘二子事〉，黃宗羲為其
先師所作的〈劉宗周傳〉和戴名世的〈畫網巾先生傳〉都是這方面的
名篇。

　　許壽裳則認為元明以降，傳記之枯亦如正史，「則又有以小說筆
記為傳記者，如辛文房《唐才子傳》，沈復《浮生六記》之類。張潮
輯《虞初新志》，耽奇攬異，中多佳篇。（餘如胡應麟《少室山房筆
叢》、劉獻廷《廣陽雜記》、名家筆記，）而徐宏祖以科學精神研究地
理，著《霞客遊記》，實探險家之自傳也。……其他自序附於著述
者，如張岱〈陶庵夢憶自序〉，李慈銘〈桃花聖解庵日記自序〉之
類；自傳之直書者如胡應麟〈石羊生小傳〉，汪價〈三儂贅人廣自
序〉，段玉裁〈八十自序〉，汪中〈自敘〉之類；自傳之托喻者，如應
撝謙〈無悶先生傳〉，王錫闡〈天同一生傳〉之類……。皆自成馨
逸，卓然可傳者也」。[22]

---

22 許壽裳：〈傳記研究〉，《許壽裳遺稿》（福州市：福建教育出版社，2011年），卷2，
　　頁599。

　　明清之際傳記寫作的另一重大變化是作家用文學敘事的形式傳人的自覺意識增強，碑文、墓誌銘等應用文體逐漸退出衰落，而以「傳」命名的單篇人物傳記逐漸興盛。如明代初期的宋濂，光是以「傳」為題的作品就有六十多篇，方孝孺有十七篇；明代中期的李開先有二十七篇，歸有光有二十一篇；清代的戴名世有五十七篇，方苞有三十五篇，袁枚有七十九篇。[23]

　　中國古代傳記在經歷依附於史逐步轉向獨立於文的歷史進程中，一些論者還對傳記創作進行了卓有成效的理論探討。最早對傳記創作理論進行深入探討的是《文心雕龍》。劉勰在這部體系完整、結構嚴密的著作中專列〈史傳〉篇，論述從先秦以來史傳創作的歷史沿革和經驗教訓。此後，唐代劉知幾著《史通》，其中論及史傳創作歷史和傳記寫作技巧之處甚多；清代章學誠著《文史通義》，從文學和史學雙重的角度對傳記創作理論進行了更為深入的探究。這幾部著作連同其他作家關於傳記創作的論述，共同構成了中國古代傳記寫作和傳記研究的理論資源，同樣對二十世紀現代傳記文學創作產生了不可低估的影響。

四　時代先行者的傳統積澱

　　從一八四〇年鴉片戰爭開始到一九四九年共和國成立，中國形成了一股強大的，長達一個多世紀的新民強國、啟蒙救亡的社會文化思潮。這種社會狀況和文化思潮使得有民族良知的知識份子在從事任何文化工作時都保持著直面現實的自覺精神和高度的社會責任感。誕生於這一歷史時期的現代傳記文學必然帶上感時憂國的特有印記，必然顯示出鮮明的功能性特徵。

---

23 韓兆琦：〈中國古代傳記文學略論〉，《北京師範大學學報》1997年第4期。

　　而從寫作的主體看，現代傳記文學的提倡者和寫作者大都堪稱那
一時代的思想精英或文化精英。在西學東漸的歷史時期，他們「眼底
駢羅世界政俗之同異，腦中孕含廿紀思想之瑰奇」，[24]從不同的角度為
中國的社會體制、思想觀念和文化建設的現代化進程搖旗吶喊、推波
助瀾。

　　但從本質上說，這些思想精英或文化精英又只不過是過渡時代的
先行者，在他們身上，傳統的基因甚至多於現代的成分，民族文化的
積澱也遠遠勝過外來文化的影響。僅就與傳統傳記的關係而言，梁啟
超自幼熟讀《史記》，到一九〇二年作〈三十自述〉時還說過：「至今
《史記》之文，能成誦者八九」。[25]郭沫若、郁達夫、沈從文等人也都
熟悉《史記》，在他們的自傳或有關文章中也都曾提到過《史記》。吳
晗、朱東潤則都是著名的文史專家，後者還寫過《史記考索》、《後漢
書考索》以及《八代傳敘文學述論》等專門性的研究著作。甚至自認
為在現代作家中「可能是最受西方文學影響的一個」[26]的巴金，在回
憶小時侯讀書的情形時也談到：

　　　　當時我背得很熟的幾部書中間有一部《古文觀止》。這是兩百多
　　　　篇散文的選集：從周代到明代，有「傳」，有「記」，有「序」，
　　　　有「書」，有「表」，有「銘」，有「賦」，有「論」，還有「祭
　　　　文」。裡面有一部分我背得出卻講不清楚；有一部分我不但懂
　　　　而且喜歡……讀多了，讀熟了，常常可以順口背出來，也就能
　　　　慢慢地體會到它們的好處，也就能慢慢地摸到文章的調子。[27]

24　梁啟超：〈贈別鄭秋蕃兼謝惠畫〉，《飲冰室文集之四十五》（下）。

25　梁啟超：〈三十自述〉，《飲冰室文集之十一》。

26　巴金：〈答法國《世界報》記者問〉，《巴金全集》（北京市：人民文學出版社，1993
　　年），卷19，頁498。

27　巴金：〈談我的「散文」〉，《巴金全集》（北京市：人民文學出版社，1993年），卷
　　20，頁534。

到了晚年，他還在〈懷念二叔〉等文中談到連續兩年，每晚讀《春秋左傳》的經歷。

許壽裳雖然也推崇普魯塔克（Plutarch）等西方傳記作家，甚至有時也認為「居今日而談傳記文學，自然當以西人的傳記性質為標準」，[28]但就其有關傳記研究的遺稿看，他關注的主要也是中國不同歷史時期的傳記文本，他的理論參照，也基本上是包括劉勰的《文心雕龍》、劉知幾的《史通》、章學誠的《文史通義》、鄭樵的《通志》以及章太炎的《國故論衡》等等本土資源。而他具體的論述，主要採用的也是中國傳統的實證的方法，如對於「傳記之原起」的研究，特別是對「傳之字原」的考索，許壽裳不僅關注《文心雕龍》、《史通》、《文史通義》等經典的闡釋，而且吸收了晚近（章太炎）甲骨文研究的新成果。對於「傳之原始」，許壽裳認為「遠在上古，孔子之前，已見援引」。他的證據是「太史公曰『孔子序《書傳》』」。[29]因此他關於中國傳記的考察和描述，明晰勾勒了中國古代傳記文體的演變軌跡，也比較全面、客觀地總結了中國傳記的寫作傳統。

因此，儘管中國現代傳記文學誕生於西學東漸的歷史時期，誕生於學習外來文學形式的時代浪潮之中，但在精神實質上已經深深地打上了民族文化的烙印。傳統傳記對現代傳記文學的影響源於任何民族文化所具有的自然承傳性，源於中華文化深厚的歷史積澱和頑強的生命力，同時也與十九世紀後期以來中國特殊的社會經濟狀況和社會文化思潮，與轉型時期傳記文學作家的文化積累和現實追求不無關係。

---

28 許壽裳：〈談傳記文學〉，《讀書通訊》1940年第3期。

29 許壽裳：〈傳記研究〉，《許壽裳遺稿》（福州市：福建教育出版社，2011年），卷2，頁589-590。

第二章

西學東漸與中國現代傳記文學

　　「西學東漸」原為容閎一九〇九年寫成的自傳性作品《我在中國和美國的生活》（My Life in China and America）的中文譯名《西學東漸記》，[1]這個書名和原書名的意思很不一致，但對傳主一生的活動，特別是對其生活時代的文化背景卻也不能不說是很好的概括。所以後來「西學東漸」就頻頻成為人們描繪近代中國思想文化變遷的形容詞。中華民族是一個有著悠久的傳記寫作歷史的民族，但現代的傳記文學，更直接的是在「西學東漸」，在審視傳統的基礎上誕生的。

一　突破成規與「西人傳記之體」

　　就中國傳記形態的轉換而言，一九一五年翻譯出版的《西學東漸記》並不算發軔性的作品。在容閎之前，同樣有過外國生活經歷的王韜、嚴復等突破成規的創作已經標誌著中國傳記進入了轉型期。

　　王韜（1828-1897）初名王利賓，字蘭瀛，後改名王瀚，字懶今、紫詮等，江蘇甫里（今甪直）人。年輕時曾在英人主持的上海墨海書館工作十三年，除為衣食計外，據稱是「欲窺其象緯輿圖諸學」。[2]一九六二年因化名黃畹上書太平天國被發現逃亡香港，後協助香港英華書院院長理雅各英譯十三經。一八六七至一八七〇年，他遊

1　容閎著，惲鐵樵、徐鳳石譯：《西學東漸記》（上海市：商務印書館，1915年）。
2　王韜：〈弢園老民自傳〉，《弢園文錄外編》（瀋陽市：遼寧人民出版社，1994年），頁407。

歷了英、法、蘇格蘭等；一八七九年又對日本東京、大阪、神戶、橫
濱等城市進行為期四個月的考察。加上與外國人士的長期接觸，他的
觀念與文風都與中國傳統文人有很大的不同。王韜認為「文章所貴在
乎紀事述情」[3]，不應拘泥於文法，墨守成規。其〈弢園老民自傳〉
和傳統自敘的著重事蹟，拘謹敘述截然不同，除回顧自身曲折的人生
歷程，字裡行間透露出自我張揚、自我暴露和自我調侃的特徵。

　　〈弢園老民自傳〉雖然篇幅不長，且依然是古文寫成，但傳統的
傳記觀念和傳人方法的轉換已見端倪。如談及自家及整個家族的不
幸，不僅敘述翔實且充滿了悲涼與無奈：

> 老民有弟曰利貞，字叔亨，一字諮卿，讀書未成名而卒，年僅
> 二十有七。有姊曰媖，字伯芬，嫁吳村周氏，癸酉六月先老民
> 而逝。老民妻夢蘅，名保艾，字台芳，娶僅四年沒於滬。續娶
> 林氏名琳，字懷蘅，一字泠泠，經歷患難中與老民同甘苦。老
> 民無子，有女二：長曰婉，字苕仙，歸吳興茂才錢征，早殤；
> 次曰嫻，字穉仙，生不能言。嗚呼！老民既無子矣，而復奪其
> 女，不解造物者所以待之抑何刻酷至斯哉！自始祖必憲至今二
> 百四十餘年，七葉相承，五代單傳，僅得男子十有五人。老民
> 以下有從姪三人，相繼天沒。於是自明以來，巍然碩果，僅存
> 老民一人而已。天之所廢，誰能興之，天不獨厄老民，而或將
> 並以毒王氏也，恐王氏一線之延，至老民而斬矣，嘻嘻！不大
> 可痛歟？尤可異者，曾王父娶於沙氏，大父娶於李氏，父娶於
> 宋氏，其家並無後。老民弟娶於夏氏，髫齔俱亡。老民先娶於
> 楊氏，危乎不絕如縷，繼娶於林氏，亦已不祀。祖姑嫁於江，

3　王韜：〈弢園文錄外編自序〉，《弢園文錄外編》（瀋陽市：遼寧人民出版社，1994
　年）。

　　　　伯姑嫁於曹，宗祧並絕。老民族黨無存，密親蓋寡，側身天

　　　　地，形影相弔，豈天之生是使獨歟？老民每一念及，未嘗不拔

　　　　劍斫地，呵壁問天也。[4]

這樣的敘述以及穿插期間的哀歎與呵問，讀來無不令人悱惻動容。

　　除〈弢園老民自傳〉，王韜還有〈先室楊碩人小傳〉、〈法國儒蓮
傳〉等他傳。後者雖然只有一千一百餘字，但卻不僅大致完整地記錄
法國巴黎索邦大學的漢學家儒蓮這位「通中西之學」的碩儒名彥的生
平和翻譯中國典籍的成就，而且傳神描繪出傳主「軀幹肥碩，精力充
裕」，「雖年逾古稀，而豐神矍鑠，步履如恒人」[5]的可感形象。

　　容閎一八四七年赴美留學，七年後畢業於耶魯大學，是中國人畢
業於美國知名大學的第一人，後來又畢生致力於西方現代文明在中國
的傳播，可謂開風氣之先的人物。他的英文自傳*My Life in China and
America*一九〇九年在美國出版，一九一五年徐鳳石、惲鐵樵將其節
譯為中文，取名《西學東漸記》，由上海商務印書館出版。此書一九
一五年後有不同譯本，目前最新的是由石霓博士翻譯，百家出版社二
〇〇三年出版的全譯本，題名《容閎自傳——我在中國和美國的生
活》。

　　《容閎自傳》共二十二章，記錄傳主從一八二八年出生廣東到一
九〇二年回到其在美國的家庭共七十餘年的生活歷程，其規模首先改
變了「東方無長篇自傳」[6]狀態。但容閎雖然是一個比較西方化的作
者，在敘述內容的選擇方面卻似乎還保持了中國敘傳的傳統。全書主

4　王韜：〈弢園老民自傳〉，《弢園文錄外編》（瀋陽市：遼寧人民出版社，1994年），
　　頁411。

5　王韜：〈法國儒蓮傳〉，《弢園文錄外編》（瀋陽市：遼寧人民出版社，1994年），頁
　　418。

6　胡適：〈傳記文學〉，《胡適傳記作品全編》（上海市：東方出版中心，1999年），卷
　　4，頁200。

要敘述的是社會的生活，而對於出生的家庭、童年的經歷、心智的成熟以及後來的婚戀家庭的私生活都很少涉及。

《容閎自傳》對於傳統序傳模式的突破，主要是在敘述方式方面。和傳統單一的回顧性敘述不同，這一作品採用的雙重的視角，在再現當年生活場景的同時，作者喜歡對當年事件進行當下的分析，並且恰如其分地表達寫作時的感慨。如第十三章記錄與曾國藩的會見，其中有當年對曾國藩的印象和一來一往的戲劇性對話的場景，但也有關於這次會見的來龍去脈的分析以及對曾國藩的印象與評價：

> 1863年我見曾國藩時，他已年過六十，正是生命的黃金時期。他身高五英尺八九英寸，體格魁偉健壯，肢體勻稱協調；他方肩寬胸，頭大而對稱，額寬且高；其眼瞼成三角形狀，雙目平如直線……面頰平直，且略多鬚毛。他那濃密的連鬢長髯直垂下來，披覆在寬闊的胸前，使他威嚴的外貌更增添幾分尊貴。他的眼睛為淡褐色，雙眼雖然不大，但目光炯炯，銳利逼人。他口寬唇薄，顯示出他是一個意志堅強、果敢明決和有崇高目標的人。這就是我在安慶第一次見到的曾國藩的外貌特徵。關於曾國藩的聲望，他無疑是他同齡人中以及那個時代最為卓越的人物之一，作為一名最高軍事將領，他是靠個人奮鬥而成功的。他憑著不屈不撓的頑強毅力，從具有高級學術成就的翰林（即中國的法學博士）升為進攻太平軍的清軍最高統帥。……然而曾國藩的偉大不是任何傳統意義上的高貴爵位能夠衡量的。他的偉大不在於戰勝太平軍，更不在於收復南京，他的偉大在於他偉大的德行——他純潔和無私的愛國心，他深刻和有遠見的治國之才，以及他政治生涯的清正廉潔。[7]

7　容閎著，石霓譯：《容閎自傳——我在中國和美國的生活》（上海市：百家出版社，2003年），頁132-133。

　　容閎所以對曾國藩稱讚有加，完全源於其一種近乎原始的、宗教的道德評價，在這一自傳中他常常用諸如「巴特利特夫人具有高尚的基督教人格」、「一位在道義和宗教品格方面具有無比力量的婦女」或「他的基督教人格和清正純篤的一生」[8]等判斷相關的人物。對於曾國藩的好感，容閎是在與其他清廷高官比較後產生的，他認為：

> 曾國藩是當時中國真正的最有權威最具實力的人。然而，合乎他內在的崇高品質，從未聽說過他濫用置於他手掌中的幾乎是無限的權力，也從未聽說過他乘機利用由他支配的巨大財富使自己富裕起來，或肥其家庭、親戚和朋友。他不像其僚屬和後繼人李鴻章那樣給子孫後代留下四千萬銀兩的遺產。曾國藩身後蕭條，他在自己的政績簿上沒有留下汙點，而留下了受人崇敬的品格和為世人頌揚的正直、愛國、廉潔的美名。他非常有才幹，但又很謙遜；他思想開明，又穩健節制。他是一位真正的君子，一個高尚的人，是一個典範人物。[9]

　　也正因為這樣，《容閎自傳》在敘述上也才有了迥異於傳統自敘的另一特點，即充盈著敘述者的情感與思想，少了傳統文人序傳的內斂，而且凸顯刻意張揚個性的鮮明特徵。

　　即使是普通的敘事，《容閎自傳》也不是一味按事件發生的先後排列，時間與空間在《容閎自傳》中常常是交錯展開的。如敘及一八四七年春天第一次抵達美國紐約這一關鍵性事件，作者不僅談及當年的印象，並且把一八四七年的紐約和寫作傳記的一九〇九年的都市景

8　容閎著，石霓譯：《容閎自傳——我在中國和美國的生活》（上海市：百家出版社，2003年），頁26、31、34。

9　容閎著，石霓譯：《容閎自傳——我在中國和美國的生活》（上海市：百家出版社，2003年），頁130。

象加以比較，還回顧一八四五年在九龍馬禮遜學校讀書時作文中的幻想，敘及後來產生留學生教育計畫、實現留學生教育計畫、娶了美國妻子等等的故事：

> 1845年當我還在馬禮遜學校讀書時，我曾寫過一篇作文〈溯哈得孫河遨遊紐約之幻想〉，但那時我根本想不到自己以後會真的置身於紐約城中。這件事不禁引起了我的沉思：我們的幻想有時預示著深藏於我們頭腦裡的意願，並有成為現實的可能性。中國留學生教育計畫是我畢業前一年產生的幻想，是幻想變成現實的另一個例子。而我娶了一個美國妻子，則也是幻想得以實現的又一佐證。[10]

在這裡，中心事件是一八四七年到達紐約，往前追溯的「馬禮遜學校讀書」的時間是一八四五年；往後，產生中國留學生教育計畫幻想的的「畢業前一年」是一八五三年，「幻想變成現實」是一八七二年，「娶了一個美國妻子」發生在一八七六年，而紐約的都市繁華則是寫作時的一九〇九年。這種包含著補敘和多重的預敘，打破了傳統傳記編年的敘述方式，表面上是為了更好地表現「我們的幻想有時預示著深藏於我們頭腦裡的意願，並有成為現實的可能性」這一包含個人生命體驗的深刻哲理，實際上強化了普通的故事所暗含的情節因素，並且由此調動了讀者的閱讀期待和閱讀熱情。

和王韜、容閎用新的方式寫作自傳不同，以翻譯《天演論》而聞名天下的嚴復，寫下了〈孟德斯鳩列傳〉、〈斯密亞丹傳〉等為外國人立傳的作品。嚴復的外國名人傳雖然用古老的語言寫成，篇幅的規模

---

10 容閎著，石霓譯：《容閎自傳——我在中國和美國的生活》（上海市：百家出版社，
　　2003年），頁25。

有限，而且藝術上的特色也並不鮮明，但卻是中國傳記的現代轉型的又一重要標誌。因為中國人選擇外國人為傳主就意味著，以具體史實研究為主，或以自娛、自辯為主的紀實寫作，已經開始讓位於以傳播某種觀念，滿足讀者閱讀需求（包括藝術的、思想的）的文學寫作。因為嚴復寫作外國名人傳記的目的顯然不在於歷史研究，而完全是為了新民啟智，為了喚醒民眾，其意義和他翻譯八大名著一樣，都是二十世紀初年思想先行者啟蒙工作的重要部分。

　　和嚴復相類似的還有梁啟超，但梁啟超在促進中國傳記文學觀念發生的變化方面所起的作用遠遠超過了嚴復。

　　一八九八年戊戌變法失敗後，梁啟超逃亡日本，此後七年他寫下了大量的傳記文學作品。梁啟超的傳記包括外國歷史人物傳記，如〈匈加利愛國者噶蘇氏傳〉、〈意大利建國三傑傳〉、〈近世第一女傑羅蘭夫人傳〉、〈新英國巨人克林威爾傳〉；中國歷史人物傳，如〈張博望班定遠合傳〉、〈黃帝以後第一偉人趙武靈王傳〉、〈明季第一重要人物袁崇煥傳〉、〈中國殖民八大偉人傳〉、〈祖國大航海家鄭和傳〉、〈王荊公〉、〈管子傳〉；同時代人物傳，如《李鴻章傳》、〈殉難六烈士傳〉，等等。從傳主的選擇注重「第一」、「偉人」、「巨人」、「愛國者」、「航海家」等可以看出，梁啟超重視傳記文學，也和他重造民族文化性格的啟蒙思想有著密切的關係。他力圖通過對英雄人物偉大品格的宣揚，改造革新愚昧、冷漠、旁觀、渙散等根深柢固的「國民性」。按胡適的觀點，中國傳記文學不發達的原因之一是「沒有崇拜偉大人物的風氣」，[11]梁啟超的選擇，也可以說正是改變這種觀念的開端。

　　在寫作手法上，梁啟超的創作實踐一定程度上也改變了傳統的敘事模式。他的《李鴻章傳》，「全仿西人傳記之體，載述李鴻章一生行

11　胡適：〈南通張季直先生傳記序〉，《胡適傳記作品全編》（上海市：東方出版中心，1999年），卷4，頁202。

事，而加以論斷」。[12]他使用的語言則是「新文體」，「平易暢達，時雜
以俚語韻語及外國語法。縱筆所至不檢束……條理明晰，筆鋒常帶情
感，對於讀者，別有一種魔力」。[13]所以，同樣也富於激情的郭沫若後
來談到自己讀梁啟超著作時的情形時還說：

> 那時候的梁任公已經成了保皇黨了。我們心裡很鄙屑他，但卻
> 喜歡他的著書。他著的《義大利建國三傑》（即《意大利建國
> 三傑傳》——原注），他譯的《經國美談》，以輕靈的筆調描寫
> 那亡命的志士，建國的英雄，真是令人心醉。我在崇拜拿破
> 崙、畢士麥之餘便是崇拜的加富爾、加里波蒂、瑪志尼了。[14]

　　梁啟超對中國傳記轉型的另一重大貢獻是理論的研究。在《新史
學》、《中國歷史研究法》和《中國歷史研究法補編》等著述中，梁啟
超以《林肯傳》、《格蘭斯頓傳》和如布達魯奇的《英雄傳》西方傳記
作品為參照梳理中國的史學傳統，並且提出以「新史學」為中心的理
論主張。他還借鑒西方近代傳記，提出了以人為中心的所謂「專傳」
的概念，並主張採用「不必依年代的先後，可全以輕重為標準」[15]的敘
事方法。當然，梁啟超「雖數變而自有其堅密自守者在，即百變不離
于史」，[16]所以還是把傳記寫作當成歷史寫作之一種加以考察。

　　或許是看到維新派人士所寫傳記的社會作用，後起的革命黨人也
都注重傳記的寫作，以至於在辛亥革命前後出現過二十世紀中國傳記
寫作的第一次小小的高峰期。阿英談到這次高峰時說：「在辛亥革命

12　梁啟超：〈中國四十年來大事記（一名李鴻章傳）序例〉，《飲冰室專集之三》。

13　梁啟超：〈清代學術概論〉，《飲冰室專集之三十四》。

14　郭沫若：《我的童年》，《郭沫若全集》（北京市：人民文學出版社，1992年），卷
　　11，頁121。

15　梁啟超：《中國歷史研究法補編》，《飲冰室合集》專集之九十九。

16　梁啟超：《飲冰室合集》〈序〉。

的文藝創作中，還非常突出地運用了『人物傳記』的表現形式，通過人物的介紹與評論，獲得了很大的宣傳效果」。「傳記文學在當時，幾乎成為絕大多數革命刊物不可缺少的部門。採用這種文學形式來宣傳革命，也正適應了民族革命和愛國主義宣傳工作的需要。……整體的說來，這種文學形式能得到發展的機會，對革命發揮作用，不能不說是辛亥革命文藝陣線方面的一個突出成就」。[17]章炳麟的《徐錫麟、陳伯平、馬宗漢合傳》、《鄒容傳》，陳去病的《王逸姚勇忱合傳》，在當時都產生了較大的影響。但從總體上說，革命黨人的傳記和維新派人士的傳記一樣，其社會政治價值超過了作為傳記的文學價值。所以，進入轉型期的中國傳記期待著從觀念上有個更為徹底的新變革，歷史期待著更為激進的推動者。

二　外國傳記作品及理論的翻譯

在介紹西方傳記理論，探討新型傳記模式的同時，一些作家翻譯家也開始了對西方傳記作品的翻譯和介紹。在翻譯介紹西方現代傳記的熱潮中，文學家藝術家和政治偉人的自傳或有關他們的傳記成了中國翻譯家首選。自傳方面，奧古斯丁、盧梭、歌德、佛蘭克林、托爾斯泰、鄧肯等人的自傳先後都有了中文譯本。比較著名的如：

一九〇四年《教育世界》就連續七期刊發了〈傳記：美國弗蘭克林自傳〉，一九一六年的《青年雜誌》和一九一八年的《尚志雜誌》又分別刊發了〈英漢對譯佛蘭克林自傳〉和〈佛蘭克林自傳〉，一九二九年上海商務印書館首次發行中譯本《佛蘭克林自傳》。

一九二七年上海商務印書館出版了於熙儉翻譯的《鄧肯女士自

---

17 阿英：〈傳記文學的發展——辛亥革命文談之五〉，《阿英全集》（合肥市：安徽教育出版社，1999年），卷6，頁687-688。

傳》。一九三四年上海生活書店又出版了孫洵侯譯的《天才舞女：鄧肯自傳》。

　　一九二八年五月，上海美的書店出版張競生翻譯的《盧騷懺悔錄》，到四〇年代，《懺悔錄》分別又有章獨、汪炳焜、凌心渤、沈起予、陳新等人的不同譯本出版。

　　史沫德萊的自傳《大地的女兒》一九三三年由林宜生翻譯，元春書局出版；《尼采自傳》一九三五年四月由梵澄翻譯，上海良友圖書公司出版；易卜生的自傳《我的回憶》一九三五年五月由茅盾翻譯，上海生活書店出版；托爾斯泰的自傳《托爾斯泰自白》一九三五年由綠白齊等翻譯，上海商務印書館出版，而後其《幼年·少年·青年》一九四四年十月由高植翻譯，重慶文化生活出版社出版；《歌德自傳》一九三六年由劉思慕翻譯，上海生活書店出版；等等。

　　而由外國人撰寫的托爾斯泰、高爾基、拜侖、愛因斯坦、羅斯福甚至孫逸仙、毛澤東的傳記也被先後翻譯成中文出版，有的同樣也有多個譯本。另外，到四〇年代初，被看成是西方現代傳記文學經典的李頓·斯特拉奇的《維多利亞女王傳》，斯蒂芬·茨威格的《羅曼·羅蘭傳》，艾密爾·盧德威克的《俾斯麥傳》，安德列·莫洛亞的《拜倫傳》、《雪萊傳》，等等，也都有了中文的譯本出版[18]。

　　在西方傳記文學作品翻譯方面特別值得一提的是巴金（李芾甘）和傅雷。後來成為著名作家的巴金在正式步入文壇之前是積極從事理論宣傳的無政府主義者，因此接觸閱讀過不少法國革命黨人、俄國十二月黨和民粹派成員的傳記。從二〇年代中後期開始，他連續翻譯出版了好幾種西方傳記作品，如俄國克魯泡特金的《獄中與逃獄》，義大利工人運動領袖凡宰特的自傳《一個賣漁者的生涯》、俄國民粹派斯特普尼亞克的《地下的俄羅斯》（其中含八篇革命黨人傳記）。進入

18 參見歐陽竟：〈《維多利亞女王傳》（書評）〉，《西洋文學》1940年第1期。

三○年代，經他翻譯出版的傳記作品還有克魯泡特金的《我的自傳》，美國柏克曼的《獄中記》，俄國赫爾岑的《一個家庭的戲劇》以及妮格念爾的《獄中二十年》，[19]等等。如果說巴金的傳記翻譯還比較集中於外國革命黨人的作品，帶有近代以來文學的宣傳啟蒙特點，傅雷的翻譯則不是這樣。後來被合稱為「傅譯傳記五種」的菲列伯‧蘇卜的《夏洛外傳》，羅曼‧羅蘭的《貝多芬傳》、《彌蓋朗琪羅傳》、《托爾斯泰傳》以及莫羅阿的《服爾德傳》，[20]都是很純粹的傳記文學作品。

巴金翻譯克魯泡特金的《我的自傳》時，一併翻譯了現代著名的文學批評家，丹麥的格奧爾格‧勃蘭兌斯所寫的《英文本序》。之後，勃蘭兌斯關於傳記文學的理論表述曾經為中國批評家所引。[21]一九三八年，陶亢德編輯的《自傳之一章》，附錄也全文收入由豈哉翻譯，日本現代知名作家、批評家鶴見祐輔撰寫的長文〈傳記的意義〉。[22]一九四一年一月，現代著名傳記理論家莫洛亞的〈現代傳記〉一文，由張芝聯翻譯後，刊登在《西洋文學》第五期。

外國傳記作品和傳記文學理論的翻譯、介紹和傳播，極大地推動了中國現代傳記文學的發展。其中，盧梭的《懺悔錄》是對中國現代

---

19 克魯泡特金著，署李石曾、李芾甘譯：《獄中與逃獄》（廣州市：革新書局，1927年）。凡宰特：《一個賣漁者的生涯》（上海市：自由書店，1928年）。斯特普尼亞克：《地下的俄羅斯》（上海市：啟智書局，1929年）。克魯泡特金：《我的自傳》（上海市：自由書店，1930年）。柏克曼：《獄中記》（上海市：文化生活出版社，1935年）。赫爾岑：《一個家庭的戲劇》（上海市：文化生活出版社，1940年）。妮格念爾：《獄中二十年》（上海市：文化生活出版社，1949年）。

20 菲列伯‧蘇卜：《夏洛外傳》（上海市：自己出版社，1933年）。羅曼‧羅蘭：《貝多芬傳》（上海市：駱駝書店，1946年）。羅曼‧羅蘭：《彌蓋朗琪羅傳》（上海市：商務印書館，1935年）。羅曼‧羅蘭：《托爾斯泰傳》（上海市：商務印書館，1935年）。莫羅阿：《服爾德傳》（上海市：商務印書館，1933年）。

21 見湘漁：〈新史學與傳記文學〉，《中國建設》第1卷合訂本（1948年5月）。

22 鶴見祐輔著，豈哉譯：〈傳記的意義〉，《自傳之一章》（廣州市：宇宙風社出版，1938年）。

自傳影響最大的作品之一。作為浪漫主義文學先驅者，盧梭的名字曾吸引過眾多「五四」新文學作者，人們稱他為「真理的戰士，自然的驕子」，把他視為浪漫主義文學的偉大的代表，加以親近和仿效[23]。現代自傳中的優秀之作，不少就是因其《懺悔錄》的影響或啟發而產生的。盧梭在《懺悔錄》宣稱：「我要把一個人的真實面目赤裸裸地揭露在世人面前。這個人就是我。……不管末日審判的號角什麼時候吹響，我都敢拿著這本書走到至高無上的審判者面前，果敢地大聲地說：『請看！這就是我所做過的，這就是我所想過的。我當時就是那樣的人。不論善和惡，我都同樣坦率地寫了出來。我既沒有隱瞞絲毫壞事，也沒有增添任何好事；……當時我是什麼樣的人，我就寫成什麼樣的人：當時我是卑鄙齷齪的，就寫我的卑鄙齷齪；當時我是善良忠厚、道德高尚的，就寫我的善良忠厚和道德高尚』」[24]。這種自我暴露、自我解剖、表現自我、張揚個性的自傳精神對中國現代作家自傳寫作產生了巨大的影響。被稱為「中國的盧梭」的郁達夫在他的自傳中像盧梭一樣在坦率地描寫人生的本來面目，大膽地暴露和解剖自己隱秘的內心世界。謝冰瑩也曾說：「我站在純客觀的地位，來描寫《女兵自傳》的主人翁所遭遇到的一切不幸的命運。在這裡，沒有故意的雕琢、粉飾，更沒有絲毫的虛偽誇張，只是像盧梭的《懺悔錄》一般忠實地把自己的遭遇和反映在各種不同時代，不同環境裡的人物和事件敘述出來，任憑讀者去欣賞，去批判」[25]。

　　其他一些外國傳記也曾對中國現代作家產生過重大的影響。比如克魯泡特金的《我的自傳》，巴金曾說：「這是我最喜歡的一部書，也

---

23 參見錢林森：《法國作家與中國》（福州市：福建教育出版社，1995年），頁106。

24 〔法〕盧梭著，黎星譯：《懺悔錄》（北京市：人民文學出版社，1980年），第1部，頁1-2。

25 謝冰瑩：〈關於女兵自傳〉，《女兵自傳》（成都市：四川文藝出版社，1985年），頁9。

是在我底知識的發展上給了絕大的影響的一部書」[26]。在巴金的自傳中，人們也不難感覺到巴金與克魯泡特金在精神上的相通之處。謝冰瑩在《一個女兵的自傳》的序言中則坦言：「我最佩服《鄧肯自傳》和《大地的女兒》，她們那種大膽的、赤裸裸的描寫，的確是珍貴的不可多得的寫實之作。然而中國的環境不比歐美，甚至連日本都不如，（林芙美子的《放浪記》，寫她自己流浪的生活，和《鄧肯自傳》、《大地的女兒》一樣坦白。）但我並不害怕，我將照著自己的膽量寫下去，不怕社會的譭謗與攻擊。我寫我的，管她幹什麼呢？」[27]郭沫若在《我的童年》的〈前言〉中說：「我不是想學Augustine和Rousseau要表述甚麼懺悔，我也不是想學Goethe和Tolstoy要描寫甚麼天才」[28]。從作者的敘述中可以看出，他在寫作自傳之前已經注意到了奧古斯丁、盧梭、歌德等人的自傳作品，由此生發，表明了他將這些西方的自傳作品作為自己自傳寫作的參照標準。

　　另外，在提倡傳記文學和進行理論探討時，胡適、郁達夫、朱東潤等也大量參照了西方的相關理論。可見，西方傳記作品和傳記理論的大量翻譯、介紹與傳播，無疑也改變著人們傳統的傳記寫作觀念，從而也加速了中國傳記現代轉換的歷史進程。

三　歐風美雨中的理論與實踐

　　自覺以西方傳記理論和實踐為參照，積極推進中國傳記現代轉型的是胡適。早在中國公學讀書時，胡適就已在該校校刊《競業旬報》發表過〈姚烈士傳略〉、〈中國第一偉人楊斯盛傳〉、〈世界第一女傑貞

---

26 巴金：〈我的自傳新版前記〉，《巴金全集》（北京市：人民文學出版社，1991年），卷17，頁197。

27 謝冰瑩：《一個女兵的自傳》（上海市：良友圖書印刷公司，1936年），頁4。

28 郭沫若：《郭沫若全集》（北京市：人民文學出版社，1992年），卷11，頁7。

德傳〉和〈中國愛國女傑王昭君傳〉等作品和〈讀《愛國二童子傳》〉等評論。赴美留學後，胡適廣泛接觸西方傳記作品和理論，並於一九一四年寫下了從理論上比較分析東西方傳記「差異」的札記。

　　胡適認為：「吾國之傳記，惟以傳其人之人格（Character）。而西方之傳記，則不獨傳此人格已也，又傳此人格進化之歷史（The development of character）」。西方「布魯達克（Plutarch）之《英雄傳》，稍類東方傳記。若近世如巴司威爾之《約翰生傳》，洛楷之《司各得傳》，穆勒之《自傳》，斯賓塞之《自傳》，皆東方所未有也」。「東方無長篇自傳。余所知之自傳惟司馬遷之〈自敘〉，王充之〈自紀篇〉，江淹之〈自敘〉。中惟王充〈自紀篇〉最長，凡四千五百字，而議論居十之八，以視弗蘭克林之《自傳》尚不可得，無論三巨冊之斯賓塞矣」，其受西方傳記的影響和標舉西方傳記的主張顯而易見。另外，他還深入地比較了東西方傳記在體例方面的差距與優劣，認為東方傳記簡短的優點在於：「（一）只此已足見其人人格之一斑」，「（二）節省讀者日力」；缺點在於：「（一）太略。所擇之小節數事或不足見其真」，「（二）作傳太易。作者大抵率爾操觚，不深知所傳之人。史官一人須作傳數百，安得有佳傳？」「（三）所據多本官書，不足徵信」，「（四）傳記大抵靜而不動。……但寫其人為誰某，而不寫其人之何以得成誰某是也」。西方傳記長而細緻的優點在於：「（一）可見其人格進退之次第，及其進退之動力」，「（二）瑣事多而詳，讀之如親見其人，親聆其談論」；缺點則在於：「（一）太繁；只可供專家之研究，而不可為恒人之觀覽」，「（二）於生平瑣事取裁無節，或失之濫」。[29]

　　後來在《南通張季直先生傳記》序中，胡適又分析了傳記是中國

29　胡適：〈傳記文學〉，《胡適傳記作品全編》（上海市：東方出版中心，1999年），卷4，頁200。

文學裡最不發達的三種原因：「第一是沒有崇拜偉大人物的風氣，第二是多忌諱，第三是文字的障礙」。關於第三種原因，胡適認為：

> 傳記寫所傳的人最要能寫出他的實在身分，實在神情，實在口吻，要使讀者如見其人，要使讀者感覺真可以尚友其人。但中國的死文字卻不能擔負這種傳神寫生的工作。我近年研究佛教史料，讀了六朝唐人的無數和尚碑傳，其中百分之九十八九都是滿紙駢儷對偶，讀了不知道說的是什麼東西。直到李華獨孤及以下，始稍稍有可讀的碑傳。但後來的「古文」家又中了「義法」之說的遺毒，講求字句之古，而不注重事實之真，往往寧可犧牲事實以求某句某字之似韓似歐！硬把活跳的人裝進死板板的古文義法的爛套裡去，於是只有爛古文，而決沒有活傳記了。[30]

這樣，胡適也就把推進傳記現代化進程與提倡白話文，反對文言文的文學革命運動結合到一起。應該說，胡適對中國舊傳記的批判比起他一九一七年一月在《文學改良芻議》中對整個舊文學的批判要來得客觀，其最有見地之處是指出中國傳記「靜而不動」，即「寫其人為誰某，而不寫其人之何以得成誰某是也」，讚賞西方傳記「可見其人格進退之次第，及其進退之動力」。而最為集中體現胡適傳記文學主張的現代性因素的，是強調傳記文學寫作中的「人」「人格」、人格形成的「原因」與「過程」、以及「如親見其人，親聆其談論」的閱讀效果。「如親見其人，親聆其談論」，形象生動之謂，文學之基本要求也。

---

30 胡適：〈南通張季直先生傳記序〉，《胡適傳記作品全編》（上海市：東方出版中心，1999年），卷4，頁203。

　　一九一九年底，胡適發表了完全用白話文寫成的《李超傳》。後來他又先後完成《吳敬梓傳》、《荷澤大師神會和尚傳》和《四十自述》，其中以《四十自述》最具社會影響。除了自己寫傳記，胡適還極力建議和促成熟人、朋友寫自傳。據有關資料，他曾建議的人包括梁啟超、林長民、梁士詒、蔡元培、張元濟、高夢旦、陳獨秀、熊希齡、葉景葵等。因此，胡適對中國傳記文學的現代轉型，對中國現代傳記文學創作的繁榮有著突出的貢獻。雖然他自己創作的傳記文學作品不多，並且無長篇之作，唯一的《四十自述》只寫一半，也是「提倡有心，實行無力」，[31]但他對於現代傳記文學產生的貢獻，主要是在觀念上而不在實際創作上。

　　胡適之外，在理論觀念上為中國傳記轉型做出貢獻的還有郁達夫和朱東潤，但他們的主要參照同樣是西方傳記。

　　郁達夫先後寫有〈傳記文學〉、〈所謂自傳也者〉、〈什麼是傳記文學？〉等文，對現代傳記文學的基本特徵、分類、創作手法以及與古代傳記、外國傳記聯繫和區別等理論問題，作出了比較深入的探討。郁達夫為：「中國的傳記文學，自太史公以來，直到現在，盛行著的，總還是列傳式的那一套老花樣。……從沒有看見過一篇活生生地能把人的弱點短處都刻畫出來的傳神文字」。所以他覺得中國的傳記文學應該向外國學習，如「時代稍舊一點體例略近於史記而內容卻全然不同的，有泊魯泰克 Plutarch 的《希臘羅馬偉人列傳》。時代較近，把一人一世的言行思想，性格風度，及其周圍環境，描寫得極微盡致的，有英國鮑思威兒 Boswell 的《約翰生傳》。以飄逸的筆致，清新的文體，旁敲側擊，來把一個人的一生，極有趣味地敘寫出來的，有英國 Lytton Strachey 的《維多利亞女皇傳》，法國 Maurois 的《雪萊傳》，《皮貢司非而特公傳》。此外若德國的愛米兒‧露特唯

---

31 胡適：《胡適的日記全編》（合肥市：安徽教育出版社，2012年），卷5，頁887。

希，若義大利的喬泛尼‧巴披尼等等所作的生龍活虎似的傳記」。[32]

那什麼才是新的傳記文學呢？郁達夫認為：

> 新的傳記，是在記述一個活潑潑的人的一生，記述他的思想與
> 言行，記述他與時代的關係。他的美點，自然應當寫出，但他
> 的缺點與特點，因為要傳述一個活潑潑而且整個的人，尤其不
> 可不書。所以若要寫新的有文學價值的傳記，我們應當將他外
> 面的起伏事實與內心的變革過程同時抒寫出來，長處短處，公
> 生活與私生活，一顰一笑，一死一生，擇其要者，儘量來寫，
> 才可以見得真，說得象。

他特別強調的是：

> 傳記文學，是一種藝術的作品，要點並不在事實的詳盡記載，
> 如科學之類；也不在示人以好例惡例，而成為道德的教條。近
> 人的瞭解此意，而使傳記文學更發展得活潑，帶起歷史傳奇小
> 說的色彩來的，有英國去世不久的 Giles Lytton Strachey，法國
> André Maurois 和德國的 Emil Ludwig 三人。[33]

　　郁達夫提倡傳記文學的文章，還向人們大量介紹西方傳記文學從
古到今的作家和作品。在〈傳記文學〉和〈什麼是傳記文學？〉這兩
篇文章中，除前面所談到的外，還有西方古代的 Xenophon 的《梭格
拉底回憶記》、聖奧古斯丁的《懺悔錄》、盧騷的《懺悔錄》、歌德的

32　郁達夫：〈傳記文學〉，《郁達夫文集》（廣州市：花城出版社，1983年），卷6，頁
　　201。

33　郁達夫：〈什麼是傳記文學？〉，《郁達夫文集》（廣州市：花城出版社，1983年），
　　卷6，頁283、285。

《虛構與現實》；近代的有托爾斯泰的《懺悔》、英國的 Willam Roper 的《摩亞（Sir Thomas More）傳》、George Cavendish 的《渥兒塞主教（Cardinal Wolsey）傳》、Mason 的《格來集傳》、洛克哈脫（Lockhart）的《司考脫傳》、西班牙 Fernnando Pérezde Guzman 的《歷代傳神記》、義大利 Giorgio Vasari 的《藝術家列傳》等。當代的則還有英國 Sir Edmund Gosse 的《父與子》、Harold Nicolson 的《貝郎的最後之旅行》、美國 Horace Traubel 的《與霍衣脫曼在康姆屯》、南歐的 Giovanni Papini《基督傳》等等。

創作方面，郁達夫除了於一九三四年至一九三六年間在《人世間》、《宇宙風》等刊物上連續發表了九篇（章）的自傳外，另外還寫過不少外國名人傳記，如〈施篤姆〉、〈自我狂者須的兒納〉、〈盧騷傳〉、〈赫爾慘〉、〈屠格涅夫的《羅亭》問世以前〉，等等。

緊接在胡適、郁達夫之後，成為中國現代傳記文學的重要倡導者、拓荒者的是朱東潤。朱東潤在留學英國時讀到鮑斯威爾的《約翰遜博士傳》，便對西方傳記文學大感興趣，他還認真研讀了提阿梵特斯（Theophrastus）的《人格論》（*The Characters*）和莫洛亞的《傳記綜論》等理論著作，他還專門談到提阿梵特斯的《人格論》對他研究「傳敘文學」的「重大的影響」。[34]學成歸國後，他主要從事中國古代文史教學與研究的，一九三九年以後開始集中研究和寫作傳記文學。

和胡適、郁達夫一樣，朱東潤也認為中國近代以來的傳記文學創作已經落後西方，他說：

> 在近代的中國，傳記文學的意識，也許不免落後……史漢列傳
> 的時代過去了，漢魏別傳的時代過去了，六代唐宋墓銘的時代
> 過去了，宋代以後年譜的時代過去了，乃至比較好的作品，如

---

34 朱東潤：〈傳敘文學與人格〉，《文史雜誌》1941年第1期。

朱熹〈張魏公行狀〉，黃榦〈朱子行狀〉的時代也過去了。橫在我們面前的，是西方三百年以來傳記文學的進展。[35]

　　所以他也主張向西方學習。但是在如何學習借鑒西方傳記文學理論和創作的成果方面，朱東潤顯然有更為具體的見解。他認為，西方三百年來的傳記基本分為三種類型：一是鮑斯威爾的《約翰遜博士傳》型的，這類作品以具體而形象地描寫傳主的生活見長。但是要寫成這樣一部作品，至少要作者和傳主在生活上有密切的關係，而後才有敘述的機會。第二類是斯特拉哲的《維多利亞女王傳》型的，這類作品簡潔嚴謹，雖然沒有冗長的引證，沒有繁瑣的考訂，但廣泛地參考各種史料，所以能全面地反映了傳主的生活及其時代的方方面面。第三類是十九世紀中期以來的作品，繁瑣冗長，但是一切都有來歷，有證據。笨重確是有些笨重，但像磐石一般的堅固可靠。

　　朱東潤比較推崇的是第二種寫法。但他認為，英國人有那種所謂實事求是的精神，他們近世以來那種繁重的作品是斯特拉哲簡潔的基礎堅固，斯特拉哲的著作正是建築在任何的記載都要有來歷，任何的推論都要有根據的基礎上的。而在中國還不能提倡這種寫法，因為中國的傳記沒有經過謹嚴的階段，不能談到簡易；本來已經簡易了，再提倡簡易，容易失之太簡而無法度之可守。所以朱東潤根據傳記文學的屬性，「傳記文學是文學，同時也是史」，根據中國傳記文學創作的實際狀況提倡的是第三種寫法，他認為「中國所需要的傳記文學，看來只是一種有來歷、有證據、不忌繁瑣、不事頌揚的作品」。[36]

　　雖然朱東潤比較強調傳記文學的史學屬性，強調來歷、證據等在

35　朱東潤：〈張居正大傳序〉，《朱東潤傳記作品全集》（上海市：東方出版中心，1999年），卷1，頁4。

36　朱東潤：〈張居正大傳序〉，《朱東潤傳記作品全集》（上海市：東方出版中心，1999年），卷1，頁6。

傳記文學寫作中的重要作用，的他同時也注重傳記寫作中的文學筆法。他認為傳記文學的寫成，不完全是材料的問題，同時還有寫法的問題。因此，與胡適、郁達夫相比，他提出了包括史料的運用、形象的塑造以及文學技巧的運用等一些比較具體的看法。

在進行理論探究的同時，朱東潤也開始自己的傳記文學的創作實踐。從一九四一年至一九四三年，他創作並出版了長篇歷史傳記《張居正大傳》。接著，又撰寫了當時未及時出版，後手稿散失於文化大革命期間《王守仁大傳》。

除了胡適、郁達夫和朱東潤外，在三、四〇年代熱心介紹西方現代傳記，提倡傳記文學，並且撰文加以探討的還有茅盾、許壽裳、湘漁和寒曦等[37]。這些提倡者的主要理論參照，無一不是西方傳記文學，而另一提倡者戴鎦齡還寫專文介紹了談西洋傳記。[38]到四〇年代，又出現了專門論述傳記或傳記文學的著作，如一九四三年三月重慶正中書局出版的孫毓棠的《傳記與文學》和教育圖書出版社一九四七年四月出版的沈嵩華的《傳記學概論》等。《傳記與文學》中的《論新傳記》和《傳記的真實性和方法》等文歸納和介紹了西方傳記理論家當時的一些傳記理論主張，《傳記學概論》也以西方現代傳記理論為參照，比較系統地論述了傳記和傳記寫作問題。這些文章和著作的出現表明，流行於中國二十世紀前半葉的歐風美雨，的確影響和改變著中國現代傳記文學的理論與實踐。

---

37 茅盾：〈傳記文學〉，《文學》1933年第5號；許壽裳：〈談傳記文學〉，《讀書通訊》1940年第3期；湘漁：〈新史學與傳記文學〉，《中國建設》第1卷合訂本（1948年5月）；寒曦：〈現代傳記的特徵〉，《人物雜誌》1948年第2期，等等。

38 戴鎦齡：〈談西洋傳記〉，《人物雜誌》1947年第7期。

第三章
他傳的起步與文體的轉型

　　中國傳記雖然源遠流長，但在很長的歷史時期裡一直無法改變脫胎於經、依附於史的地位，未能獨立成為文學的一個分支。具有獨立品格和現代意義的傳記文學，是從十九世紀後期西學東漸之後開始萌生的。這其中，他傳經過數十年的發展，到三〇年代後期和四〇年代才迎來比較集中的收穫，才初步完成文學的轉型。

一　始於名人傳記的嘗試

　　中國傳記的現代轉型濫觴於梁啟超，他的寫作首先在文體形式方面為中國現代傳記的確立提供了可資借鑒的全新範式。一九〇一年撰寫《李鴻章傳》時，梁啟超就明確宣稱，要「全仿西人傳記之體，載述李鴻章一生行事，而加以論斷」。[1]《李鴻章傳》連同〈王荊公〉、《南海康先生傳》等傳記的篇章結構，已經絕然不同於中國傳統的史傳、雜傳以及年譜、行狀、墓誌銘等體裁，而是開始了中國現代傳記文學標章立節的先例。當然，從總體上說梁啟超的傳記寫作是服務於其新民啟智的政治訴求，而他的傳記作品也是史學色彩重於文學色彩。但強調梁啟超的政治訴求和史學意識並不意味其傳記在文學性方面毫無建樹。梁啟超極其重視傳記寫作中的情感與文采問題，認為「歷史的文章，為的是作給人看，若不能感動人，其價值就減少

1　梁啟超：〈中國四十年來大事記序例〉，《飲冰室合集》專集之三。

了」，因此，行文「一面要謹嚴，一面要加電力，好像電影一樣活動自然」。[2]而由充滿激情的議論與抒發所彰顯的鮮明的主體性也恰恰是中國傳統傳記所缺少的。而正是梁啟超的引領，選擇歷代政治文化偉人、民族英雄或域外資產階級革命家為傳主，通過傳記的寫作進行愛國主義和民族民主革命宣傳在清末民初蔚然成風，以至「採用這種形式來宣傳革命」的傳記文學「幾乎成為絕大多數革命刊物不可缺少的部門」[3]。

　　受梁啟超的影響，胡適早在中國公學讀書時也寫過過〈姚烈士傳〉、〈顧咸卿〉、〈中國第一偉人楊斯盛傳〉、〈世界第一女傑貞德傳〉和〈中國女傑王昭君傳〉等中外名人傳記。此後他還陸陸續續為老子、陸賈、崔述、李覯、戴東原、顧炎武、費經虞、費密、程延祚、顏元、王梵志、李汝珍、嚴中濟、吳敬梓、章實齋、趙一清、朱敦儒、歐陽修、王莽、蒲松齡、曾孟樸、孫中山、林森、齊白石、興登堡、辜鴻銘以及陳獨秀、胡明復、高夢旦、張伯苓等寫過不同類型的傳記。其中，一九一九年底發表的〈李超傳〉雖然篇幅不長，文學性也不強，但卻是一開風氣之作。首先，為一個素不相識的受封建家族壓迫貧病而死的女大學生作傳，這與五四新文學表現「人的解放」精神相一致；其次，〈李超傳〉採用紀實的敘述，詳盡而具體，篇幅長達六、七千字，這也是傳統傳記中極為少見的；另外，〈李超傳〉完全用白話文寫成，這有別於此前傳記的新文體寫作或文言文寫作，在一切初步體現了中國傳記文學平民化和寫實化的總體傾向。

　　胡適的〈李超傳〉後，用白話文為他人作傳逐漸成為一種風氣，到二〇年代後期出現了一批意在敘述人物生平經歷，刻畫人物思想個性的傳記文學作品。其中由現代著名作家撰寫的中外名人傳記尤其令

2　梁啟超：《中國歷史研究法補編》，《飲冰室合集》專集之九十九。

3　阿英：〈傳記文學的發展——辛亥革命文談之五〉，《阿英全集》（合肥市：安徽教育出版社，1999年），卷6，頁688。

人關注。

　　首先值得關注的是郁達夫。郁達夫撰寫的他傳的傳主，大多是具有反叛性格的外國作家或思想家，如德國的施篤姆（斯篤姆）、須的兒納（施蒂納），俄國的赫爾慘（赫爾岑）、屠格涅夫，以及法國的盧騷（盧梭）。一九二一年七月寫成的〈施篤姆〉是郁達夫最早的外國作家傳記。對施篤姆一生的描摹中，郁達夫強調或突出的，是其作為抒情詩人的一面。除了引用其詩章外，所謂「北方雪霎斯維州人的特性」、「悲涼沉鬱的氣象」、「沉靜的一個夢想家」、「懷鄉病者」等，是對施篤姆生存環境和個性氣質的總體把握，而進入克依耳 Kiel 大學時的「大失所望」，大學畢業後對律師職位的「去就的歧途」時的「逡巡不決」則集中體現其內心的矛盾、苦悶和變革〈自我狂者須的兒納〉寫於一三二三年六月。須的兒納現通譯施蒂納，是德國哲學家，世界著名無政府主義的創始人之一。郁達夫的〈自我狂者須的兒納〉前半部分描述施蒂納的生平，後半部分則集中介紹他的小說。在描述施蒂納的生平時，郁達夫主要突出其坎坷的人生經歷：貧困的逼迫、流浪的生活、母親的「病亂」（精神病）、前後兩個妻子的背叛、兩度的監牢囚禁以及最後在貧民窟被毒蠅咬死，作者似乎注意到不得志的人生經歷對於其思想形成的影響。兩個月後，郁達夫又寫〈赫爾慘〉，向讀者介紹俄國著名民主主義革命家、思想家赫爾岑的一生。作者並不花專門的筆墨去介紹赫爾岑的思想或學說，而是從他一八一二年的出生開篇，寫到他一八七〇年客死他鄉結束，在描述其不屈不饒的鬥爭歷程中刻畫赫爾岑的反叛性、革命性和追求民主自由的精神。一九二八年一月，郁達夫還寫了一萬餘言的〈盧騷傳〉。這一傳記作品充滿感情地記敘了盧梭曲折、不幸而又浪漫多彩的一生，也描繪了他成功時的喜悅，遭受迫害時的艱難，晚年精神癲瘋狀態下的死。由於著力於生平事蹟的描述，〈盧騷傳〉較少對傳主的思想與創作展開評介，所以作者差不多在這同時又專門寫了長文〈盧騷的思想和他的創作〉。

　　較早出現的名人傳記還有聞一多於一九二八年發表的未完成作品〈杜甫〉。[4]這一作品以傳主生平為線索，側重再現這位古代詩人的思想、個性和文學情懷，敘述方式新穎，文字優美生動，行文富於詩的激情。

　　〈杜甫〉的開篇就與眾不同，他不像傳統史傳刻板地介紹傳主的籍貫與出生，而是在觀看公孫大娘舞蹈的人群中推出年僅四歲的杜甫：

> 四面圍滿了人山人海的看客。內中有一個四齡童子，許是騎在爸爸肩上，歪著小脖子，看那舞女的手腳和丈長的彩帛漸漸搖起花來了，看著，看著，他也不覺眉飛目舞，彷彿很能領略其間的妙緒。他是從鞏縣特地趕到郾城來看跳舞的。這一回經驗定給了他很深的印象。

　　接著引用他五十多年後回憶這令其震撼場面的一首詩，說明舞女是當代名滿天下的公孫大娘，四歲的看客後來便成為中國有史以來第一個大詩人。之後才引入對杜甫出生、籍貫等一般傳記要素的常規介紹。再後來談及傳主身體多病當不起劇烈的戶外生活，讀書學文成了唯一的消遣，於是有了對他「孤僻的書齋生活」的描摹：

> 在書齋裡，他自有他的世界。他的世界是時間構成的；沿著時間的航線，上下三四千年，來往的飛翔，他沿路看見的都是聖賢、豪傑、忠臣、孝子、騷人、逸士──都是魁梧奇偉，溫馨淒艷的靈魂。久而久之，他定覺得那些莊嚴燦爛的姓名，和生人一般的實在，而且漸漸活現起來了，於是他看得見古人行動的姿態，聽得到古人歌哭的聲音。甚至他們還和他揖讓周旋，

4　聞一多：〈杜甫〉，《新月》1928年第6期。

上下議論；他成了他們其間的一員。於是他只覺得自己和尋常的少年不同，他幾乎是歷史中的人物，他和古人的關係比和今人的關係密切多了。他是在時間裡，不是在空間裡活著。他為什麼不那樣想呢？這些古人不是在他心靈裡活動，血脈裡運行嗎？他的身體不是從這些古人的身體分泌出來的嗎？是的，那政事、武功、學術震耀一時的儒將杜預便是他的十三世祖；那宣言「吾文章當得屈宋作衙官，吾筆當得王羲之北面」的著名詩人杜審言，便是他的祖父；他的叔父杜升是個為報父仇而殺身的十三歲的孝子；他的外祖母便是張說所稱的那位監牢中的父親「菲屨布衣，往來供饋，徒行頃色，傷動人倫」的孝女；他外祖母的兄弟，崔行芳，曾經要求給二哥代死，沒有詔準，就同哥哥一起就刑了，當時稱為「死悌」。你看他自己家裡，同外家裡，事業、文章、孝行、友愛，——立德、立功、立言的人物這樣多；他翻開近代的史乘，等於翻開自己的家譜。

這虛實相間的大段描述，不僅有傳主家庭、宗族、外家情況的介紹，也有虛擬的詩人讀書的感受與遐想；行文不僅靈動飄逸，而且富於詩的節奏。稍後，又寫到傳主的遊學經歷，在後面的分敘之前是一段總敘：

大約在二十歲左右，詩人便開始了他的飄流的生活。

三十五以前，是快意的遊覽（仍舊用他自己的比喻），便像羽翮初滿的雛鳳，乘著靈風，踏著彩雲，往濛濛的長空飛去。他脅下只覺得一股輕鬆，到處有竹實，有醴泉，他的世界是清鮮，是自由，是無垠的希望，和薛雷的雲雀一般，他是Anunbodied joy whose race is just begun。

三十五以後，風漸漸尖峭了，雲漸漸惡毒了，鉛鐵的彎窿在他

背上逼壓著，太陽也不見了，他在風雨雷電中掙扎，血污的翎
羽在空中繽紛的旋舞，他長號，他哀呼，唱得越急切，節奏越
神奇，最後聲嘶力竭，他卸下了生命，他的挫敗是勝利的挫
敗，神聖的挫敗。他死了，他在人類的記憶裡永遠留下了一道
不可逼視的白光；他的音樂，或沉雄，或悲壯，或淒涼，或激
越，永遠，永遠是在時間裡顫動著。

　　當然，〈杜甫〉中也有傳主具體生平事件的敘述，有唐代科場、
官場制度的介紹，同時也有詩人詩作的引用，但從總體上說，這是一
篇從詩魂上把握傳主，充盈著抒情意味的詩的傳記，因此文學史家認
為：「這種寫出活的靈魂、寫出作家個性特徵的傳記作品，才是現代
意義上的傳記文學」，因為這種作品「與正史中乾枯板滯的杜甫傳迥
然不同」。[5]令許多讀者感到永久遺憾的是，除了「引言」，這一地道
的傳記文學作品卻只刊載了一至三部分，文末雖標明「本文未完」，
實際上永遠成了未完成的傑作。

　　和聞一多這種用詩的情懷與古人對話不同，年輕的巴金用近乎宗
教的虔誠與其他國度為人民爭自由的女英雄進行著靈魂的交流。在現
代文學史上，巴金是格外關注現代人格建構的作家，他撰寫於二〇年
代後期的《俄羅斯十女傑》[6]雖不乏張揚俄羅斯女傑英雄壯舉的主觀
動機，但也顯示其著力刻畫傳主人格的寫作特徵。在這一傳記集中，
作者講述的重點並不在於俄羅斯女傑具體的成長過程，而是通過她們
驚心動魄的復仇壯舉以及被捕後不屈不撓的抗爭，形象展示其自主抉
擇、勇敢追求、英勇獻身的英雄人格。作者常常大段引用她們的文學
作品、演說詞以及寫給親人戰友的書信，直接展現她們善良純潔、執

5　俞元桂主編：《中國現代散文史》（濟南市：山東文藝出版社，1997年），頁319。
6　巴金：《俄羅斯十女傑》（上海市：太平洋書店，1930年初版）。

著剛毅的內心世界；有時也引用同時代人的報導、回憶或評價強化傳主的人格。

巴金這種以人格為中心的英雄敘事還具有鮮明的主體意識與讀者在場意識，在他的革命家傳記中，敘述主體有時是直接登場的，而隱含的接受者也時刻在場。在更多的時候，巴金的革命者傳記中見不到直接出場的敘述者，但從那些穿插於文本各個角落的評論、解釋以及充滿激情的抒發等非敘事話語，人們仍然可以感覺到無處不在的敘述者的聲音。這種傾訴性的話語充分體現了作者鮮明的主體意識，同時也分明讓人感受到這種傾訴的指向性，感覺到隱性在場的接受者，因為「我」的不斷出場實際上已經包含了「你」的時刻在場，「我」意味著還有一個「你」的存在，這種敘事本身已經虛擬了敘述者與接受者之間的交流。

二　為親人立傳的重要收穫

在三〇年代，除了這些中外名人傳記外，還出現一些為親人立傳的作品，比較有代表性的如盛成的《我的母親》、顧一樵的《我的父親》以及郁達夫的〈王二南先生傳〉，等等。

盛成（1899-1996）在法國勤工儉學時用法文完成的《我的母親》，於一九二八年六月由法國亞丁階印書局出版後，不久被翻譯成英、德、荷、西及希伯來文等在世界範圍廣為傳播，[7]並且引起過瓦乃里（保爾‧瓦雷里）、梅特林、紀德、巴比塞等世界文壇著名作家以及居里夫人、後來成為法國總統的戴高樂等的充分肯定。瓦乃里稱讚說：

7　許靜仁為盛成母親所作〈像贊〉中，有「《我的母親》，私家小說，一時風行，歐美各國，一版再版，達百萬冊」之記載。見《我的母親》〈像贊〉（上海市：中華書局，1935年）。

他的寫法，極其新奇，極其細緻，又極其伶俐。他選了生他的
慈母來做通篇的主人。這位極仁極慈的盛夫人，是一位最和藹
可親的女英雄。或是她敘述孩提之年纏足底慘狀，或是她解釋
身世不幸的經過，以及家庭間的痛史；或是她對子女們講故
事，這些故事清楚而神秘，與古代寓言相似；或是她洩漏政變
底感想，聽她說話，真是一件快事。

拿一位最可愛與最柔和的母親，來在全人類底面前，做全民族
的代表，可算極奇特且極有正誼的理想。既奇特且極有正誼，
如何使人不神魂顛倒心搖情動若山崩呢？[8]

一九二九年《我的母親》續集《我的母親和我》出版。一九三五
年根據法文版再創作的中文版《我的母親》實際上包括了《我的母親
和我》的內容，在記敘方面增加了傳主從辛亥革命到一九三一年去世
這二十年的人生經歷，在體例上也有較大的改變。[9]「西文版本，偏
於介紹；因為外人不明瞭中國的真相，太詳了反而不覺得有味。……
中文版本，專在自述，以家庭系統與組織，習慣與道德，窮苦與災
禍，平日的力行，及生存的哲理，來證明中國人在人類歷史上的地
位」[10]。

或許由於最初法文版的寫作動機有對外交流的因素，《我的母親》
（中文版，下同）有關於鴉片戰爭以來中國政治經濟大勢，以及中國
傳統文化、民間文化習俗等的詳細介紹。作為傳主六十年生活的宏大
背景，這些介紹是必要的。但這方面的行文，如關於愚公愚山、儀徵
婚俗、一年節日、以及走馬燈似的北洋政局等過於冗長和細緻的介
紹，卻不能不影響圍繞傳主展開的敘事節奏。除此之外，對於傳主飽

8　瓦乃里：〈我的母親引言〉，《我的母親》（上海市：中華書局，1935年），頁15。

9　參見張德鑫：〈盛成和他的《我的母親》〉，《新文學史料》1983年第4期。

10　盛成：〈自序〉，《我的母親》（上海市：中華書局，1935年），頁2。

受苦難的一生的描述，對傳主精神個性的把握，以及作者本人深沉情感的書寫都是極其成功的。

　　和一般傳記一樣，《我的母親》充分引用了相關的文獻資料，如父親當年的文章、呈子，官方的公文，報子的捷報，以及母親和兄弟致作者的書信，等等，這些都為傳記的真實性效果提供了實證式的可靠保證。但和大多數傳記很不相同的是，《我的母親》還成功地運用了雙重敘事的技巧，由不同的敘述者完成的不同的敘述層面共同構成了「在場」的敘述效果。在《我的母親》中，外敘述者「我」承擔了大部分故事的敘事職能，但對一些關鍵事件的敘述，如外祖母的死、母親的裹腳、父親母親的婚事、伯母的死、我的出生等等，卻都是由內敘述者「我的母親」完成的，而母親的敘述一般又都是在和「我」或「我們」的交談中完成。這既從母親的視角，再現了當年故事發生的場景，也從我的視角，保證了母子敘述的可靠性；既保證了故事的完整呈現，也讓母親充分表述了當時的心境與感受。內外敘述者「在場」的敘述，為故事的真實性效果提供了近乎雙重的可靠保證。如伯母和我母親不同，在娘家是父母的掌上明珠，深受疼愛，但到盛家後卻飽受婆婆、小姑、「二婆」、老媽子種種莫名的的氣。母親是在祭奠伯母逝世周年時觸景生情，含著兩行淚水和我講述這一切的。母親說，伯母最後終於病得快不行了，還得聽得「人家」說不三不四的話：

> 說到這裡，我的母親忽然止住了。因為她聽見我祖母拐杖與腳步子的聲音。她反而高聲向我說道：「你們要學好，要替祖爭光。」祖母走穿堂過到廚房裡去。母親連忙站起來叫一聲「娘！」問一聲「你老人家要什麼東西？」後來祖母回去，半晌，我母親才換了一口氣，繼續說道……[11]

11　盛成：《我的母親》（上海市：中華書局，1935年），頁51。

這種充分戲劇化的雙重敘述，無疑使接受者如親臨其境，並直接感受母親的不平、悲傷和妯娌情深。其他如外祖母的死、母親的裹腳等，假使由「我」轉述，其效果和母親直接敘述也將截然不同。

當然《我的母親》給人的震撼，更主要來自傳主本身飽經磨難的經歷，以及在這經歷中表現出的老中國婦女勤善良，知大體，知大義，忍辱負重但又充滿愛心和智慧的個性特徵。她從小命運不佳，父親「只喜歡弄璋，不喜歡弄瓦」，三歲半失去母親，接著裹腳三年，飽受摧殘，十九歲嫁入盛門。盛家時為四代同堂，家裡的人，「上上下下，非常之多！簡直是一座小小的清宮。有太后，有同治，有光緒，有公主，有君主，有縣主，有外戚，還有乾兒子，還有乾女兒，及僕役侍從」。[12]她悉心侍奉長輩照顧夫君，還必須謹慎和在堂的三位小姑相處。但是家運不濟，連年死人，最後只剩兩代孤孀，三代孤兒。也就在這時，為反抗外族強鄰的霸佔企圖，她被迫率領三代孤寡大鬧縣衙門，捍衛自身的權利。[13]

傳主的偉大，通過作品一個個真切生活場景的描繪而彰顯，同時也由母親自身的一言一行向世人昭示。《我的母親》最後一章為〈青山訓〉，作者輯錄了母親生前八十四則語錄。其中有「要能忍」、「不要凍著了」這樣的叮囑，有「壞人，離他遠些，切不可輕與為敵」、「膽要大，心要細」這樣的教誨，也有「我都捨不得你們」、「棒槌出孝子，嬌養忤逆兒，我的棒槌，就是這張嘴」這樣的自道，雖都是平常的口語，卻包含了愛心和深情，也包含了智慧與哲理。

作者始終是滿懷深情地講述母親的故事。最後，他用近乎樸拙的語言，敘述了和母親的生離與死別：自從大哥沙哥死後，母親無日不念及我的歸期。民國十九年雙十節，我出國留學十一年之後回到上

12　盛成：《我的母親》（上海市：中華書局，1935年），頁47。
13　盛成：《我的母親》（上海市：中華書局，1935年），頁166-172。

海，母親卻連夜從鎮江乘京滬車趕來見我：

> 老婦人見了我，就抓住我的手叫到：
>
> 「兒子，我來看看你的，你回來了，好容易你回來了。」
>
> 她一連不斷的說了再說這兩句話。……
>
> 我半天才叫出一聲來：「媽媽！」
>
> 我的頭就直向她的懷裡滾去了！
>
> 啊呀！這是我的母親！苦了一生一世的人。
>
> 她告訴我，家鄉人死了一大半，新人你都認不得了。她由告訴我，祖母臨終的時候，人極慈祥可親。她也知道我苦了一世，她知道捨不得我了。
>
> 我要留她在上海住幾天，她要回去幫祖母辦喪事。她說：「我一生都服事她，現在是最後一次了。」[14]

二十年十月九日晚……我回到察院胡同寓宅，桌上放著一張鎮江來的電，我急忙拆開來看：

「母病故速回。武佳」

我不肯信，我死翻電報碼子，因為下面有一顆戳記上說：「此電由本局代譯，不收譯費，惟為鄭重起見，仍請收報人用電報新編自行校對，如有錯誤，局不負責。」我以為電報人譯錯了，將「重」字誤譯成「故」字了。翻來覆去，還是這一個「故」字。咳！母死也何速！我才哭不成聲，連忙打聽飛機，何時由平　南下。

十月十日，我去年回國時，在上海見著我多年不見的母親。現在，今日我乘北平車南下，而「九一八」的事變發生還不及一

14　盛成：《我的母親》（上海市：中華書局，1935年），頁206。

月，我的母親和瀋陽，都再也不能相見了。

十二日，到了南京，急轉鎮江，一路江山變色，處處都現出冷酷的秋色。渡江乘車回家。一見家門變白，我痛不欲生，入門時我的母親已於昨日蓋棺入殮，不能再面矣。[15]

顧一樵（1902-2002）的《我的父親》一九三三年自費印行，當時由胡適題字，聞一多設計封面，潘光旦作了題作〈一篇傳記文的欣賞〉的代序，很顯隆重。一九四三年，經增補修訂由重慶商務印書館正式出版。這並不是一單行本傳記，而是包含了傳記《我的父親》在內的個人文集。

顧一樵父親顧晦農去世得很早，享年僅三十五歲。但他為學問、為生計、為家庭子女辛勤操勞，雖然英年早逝，但一生經歷卻極其豐富，而身後幾個孩子也都學業有成。《我的父親》是傳主五十冥壽時，由兒子顧一樵所作，帶有紀念性質的傳記文，因此具有傳統傳記文篇幅短小、敘事簡略等文體特徵。但作為新文學但是資深作家，顧一樵的這一傳記寫作還是體現出一些重要的現代特徵。

這一傳記雖然篇幅不大，長不過一萬五千言，但與千篇一律的載著「曾祖諱某，祖諱某，父諱某，君某之第某子也」的傳統不同，敘述家世與里居環境的筆墨，竟佔到了四分之一。現代傳記文學的成長敘事與傳統的歷史傳記敘事的重要區別，主要在於歷史的傳記敘事關注的重點不是傳主本身，而是歷史。所以史傳中的「人」是歷史中的「人」，其著眼點和歸結點都是社會和歷史，而對於尚未進入社會歷史進程的個體大多不是敘事的重點。而文學的傳記敘事不僅把童年理解為生命意義的初始階段，而且特別關注影響傳主個性氣質形成的家族、家庭和童年的社會影響。因此，《我的父親》這種注重家世與里

---

15 盛成：《我的母親》（上海市：中華書局，1935年），頁208。

居環境的敘述，獲得了潘光旦充分的讚賞，因為潘光旦認為：

> 一人的生平，所占的時間見得到的，不過數十寒暑，而見不到
> 的，必十百倍於此。換言之，一人的生平，一部分是早在祖宗
> 的行為與性格裡表現出來過的，我們後來加以分析與描寫，誠
> 能於其先世人物，先事瞭解，我們便不難收事半功倍的效力。
> 同時一人成年後的功業所開闢的環境，是極容易見到的，而其
> 幼年的環境，朝斯夕斯所接觸的事物，雖往往與後來的造詣有
> 極大的因緣關係，卻極容易受忽略，事過境遷之後，也極不容
> 易得到翔實的記載。[16]

　　《我的父親》敘事簡略，但也不盡是歷史傳記那種單調乏味的流
水式紀事，如父親讓我們這些小門徒計算大和尚和小和尚分饅頭的算
題（〈二、五里湖畔〉），母親救夫心切、割臂下肉入藥（〈三、北上求
學〉），以及父親在政法學堂考試之後的悔恨、自責以至自戕（〈三、
北上求學〉）的狀況，作者都有比較詳細、而且形象生動的描述。當
然，這些具體象形的故事或細節，有的源於作者自身的經歷，有的則
來自傳主的日記。
　　從一九〇〇年二月十一日開始持續不斷的傳主日記，不僅為作者
講述傳主一生提供了寶貴的資料，同時也為讀者瞭解傳主生活的封建
末世留下了具體的記錄。如談及科場黑暗的情形時，作者直接引用了
傳主當年的日記：

　　同年八月，他記載著：「聞□師今年鄉試，竟不為名而實為

---

16 潘光旦：〈一篇傳記文的欣賞〉（代序），《我的父親》（上海市：商務印書館，1943
　　年），頁2。

利。為人代作，若人不中得洋四百元；若人卷出房而不中，可
得洋一千元；假使某君竟能得舉人，而□師可得洋三千元。」
可見那時秀才舉人，已經幾乎是公開的販賣品。[17]

而當傳主「一面當差，一面候差、一面有人來接洽賣差」時，他更看
清了末世的終南捷徑。他在日記確鑿記錄著：

> 庚戌九月十八　午後□□來……伊與□二爺相識，可謀優缺，
> 只要慶邸電報中告陳□帥以某缺著某署理，無有不應。該價數
> 千元，俟懸牌後交付。……
> 辛亥四月二十二　午後訪□□，談及謀署之事，系走闊官門
> 路，索價甚昂，需銀三千四百兩。
> 六月十二方　□□自京都來信雲。洪君須銀三千兩，外加小費
> 六百兩，非此數不能到。[18]

　　《我的父親》集子中還有一篇〈三老太的一生〉也是為親人立傳
的作品。根據《我的父親》的交代可以知道，三老太其實就是作者的
祖母。她原是鄉下姑娘，小時候被許配給城裡的表哥哥，晦農先生的
伯父。後來男方病重「催著結婚」，她被騙到婆家「沖喜」，新郎已經
病得站不起來。兩個月後丈夫死了，她開始了「齊眉兩閱月，守節五
十年」的一生。
　　「她覺得她蒙受了極大的欺騙，而設計這個騙局的便是她的嫡親
的舅媽——現在她名義上的婆婆」。於是她以「鄉村的野性」開始表
現對於受人擺佈的命運的反抗。她開始提防所有人，不再信任任何

17　顧一樵：《我的父親》（上海市：商務印書館，1943年），頁12。
18　顧一樵：《我的父親》（上海市：商務印書館，1943年），頁20-21。

人，並且幾乎對一切的人都充滿了仇恨。她公然敢罵神聖不可侵犯的婆婆，詛咒死去丈夫的亡靈。她不僅有潔癖，而且孤獨、乖戾。六十歲時，嗣子（晦農先生）為這位「節母」做壽，許多親友要為她拜壽，「她始終謙遜著不肯擔受那樣的寵遇」，「她在冷淡裡微微笑了──含著四十餘年清節的辛酸的苦笑」。這一被人背地裡稱為「瘋婆婆」的人，實際上是封建婚俗制度的犧牲品。

〈三老太的一生〉的深刻，不僅在於寫出了封建婚姻制度的野蠻和冷酷，同時也在不經意間寫出深藏於三老太內心深處的善良。儘管已經被這世界傷透了心，儘管她數十年鐵石心腸，但當忠厚而孝順的嗣子不滿三十五歲死時，她灑下了同情淚水。最後，在告別人世前她又同嗣媳婦說：「難為你服侍我這樣久，你是有孩子的，我實在覺得對不起你。」作者寫出了三老太並不泯滅的人性，也寫出了自己對傳主的理解與同情。

〈王二南先生傳〉的傳主即王映霞的祖父，郁達夫一九二七年春避居杭州時與其相識。一九三一年春王二南辭世，一九三五年郁達夫以省儉的筆墨為其立傳。因有王映霞這層關係，所以這也帶有傳統家傳的性質。

三　他傳創作的繁榮與豐收

經過初步的發展，他傳在三〇年代後期開始進入比較豐盛的收穫季節。其中陶菊隱、朱東潤、吳晗、張默生、駱賓基等都有值得特別關注的作品問世。而在抗日戰爭勝利前後，包括鄭學稼、羅爾綱、許壽裳、李長之、鄧廣銘、顧頡剛、錢穆等著名學者也都投身傳記寫作，進而為現代傳記文學園地提供了一大批帶有學術底蘊的作品。

在二、三〇年代，陶菊隱是以著名報人聞名於世的，但作為一個傳記作家，他的傳記嘗試則始於一九三四年在南京創辦《華報》時

期，那時他為自己創辦的這份報紙撰寫「政海軼聞」專欄，這一專欄採用的是類似於列傳的形式，分別以袁世凱、熊希齡、徐紹禎、張勳、徐世昌、曹錕等為題，用文言文寫洪憲王朝至三〇年代軍政界名人的遺聞軼事。這一作品系列雖然寫的是「遺聞軼事」，但在敘事上卻大多圍繞歷史人物的生平經歷展開，因此具有典範的傳記文學意義。之後，他撰寫了《吳佩孚將軍傳》（1941）、《六君子傳》（1946）、《督軍團傳》（1948）、《蔣百里先生傳》（1948）等數量不少的近代名人的長篇傳記，並產生較大的影響。另外，除前面提到的《政海軼聞》中的軍政人物的傳記外，他還撰有數量不少的短篇傳記。像總題《文壇名宿列傳》[19]所寫的王闓運、康有為、辜鴻銘、蘇曼殊，以及《新語林》[20]所寫的梁啟超、齊白石等的小傳，都別具一格，各有特色。

從新聞記者到舊聞記者的人生歷程，使陶菊隱的傳記寫作具有注重時效性和通俗性的鮮明寫作個性。他的傳記作品大多選擇公眾熟悉近代名人為傳主，強化自身與傳主的關係，並通過非敘事話語明晰表達對人物的評判。他還善於從歷史事件中提煉情節，在強化因果連結中不斷製造戲劇性的懸念，並著力打破傳統史傳簡約記事的寫法，注重細節描繪，通過重構具體的生活場景增進作品的生動性和形象性。其中如《蔣百里先生傳》，一開篇並不是像大多數傳記那樣介紹傳主的家世出生，而是別開生面地用一個生動的細節引出傳主：

> 二十七年百里奉命代理陸軍大學校長，由長衡道出桂林的時候，忽然想到老師陳（仲恕——引者注）先生以高齡避難上海，靠著畫竹子維持一家人的生計，近況當然很清苦，便由中

---

19 收陶菊隱：《近代軼聞》（上海市：中華書局，1940年）。
20 收陶菊隱：《新語林》（上海市：中華書局，1940年）。

國銀行匯了五百元接濟陳先生。陳領到匯款的第三天，早起翻開報來看，看見他的得意門人病逝宜山的噩耗，就像爆雷從他的頂門劈下來的一樣。他為國家培植人才，培植了這樣的一位多才多藝的軍事家和文學家，而後進人才從百里手中培植出來的更不知有多少。國家正在危急關頭，而百里撒手以去，無論公誼或私情，陳老先生心裡的難過都是不言而喻的。[21]

後來追述傳主早年因請款發生困難，校務無法推進，辭職又不為袁世凱照准而被迫自殺的情形則特別緊張動人：

十八日早五點，全校教職員及學生共二千餘人站在尚武堂前聽校長訓話。學生竊竊耳語：「校長剛從北京回來，今天鄭重其事，怕莫有特殊原因。」俄然見百里著軍裝、佩刀蹀出來。他事前喝了兩瓶啤酒，把手槍暗藏在衣袋裡。他用沉痛而低微的語調道：「我到本校後曾經教訓過你們，我要你們做的事，你們必須辦到；你們要我做的事，我同樣也要辦到。你們辦不到，我要責罰你們；我辦不到，我要責罰我自己。現在你們一切都還好，沒有對不起我的事，我自己不能盡責任，是我對不起你們！」
學生看見他的臉色泛著蒼白，聽他的話越說越奇怪，一時都摸不著頭腦，都在提心吊膽地立正不動。他又接下去說道：「事情辦不好應該辭職。但是中國的事情到處都是一樣，這兒辦不好，那兒也未必行得通。你們不許動，不要灰心，要鼓起精神來擔當中華民國未來的大任！」
清脆的槍聲一響，衝破了破曉前清靜嚴肅的空氣。學生劉文島

---

21 陶菊隱：《蔣百里先生傳》（上海市：中華書局，1948年），頁1。

引吭大呼：「校長自殺了！」全場師生不由得都慌亂起來，哭
聲和淚眼一片……[22]

　　總之，陶菊隱的傳記作品雖在嚴謹方面不及胡適朱東潤，在描摹
抒發方面不像郭沫若、郁達夫、沈從文那樣文采斐然，但其主體特徵
明顯，故事情節連貫，敘事生動活潑，更易於為普通的讀者所接受，
因此也自有其別樣的價值所在。

　　除了陶菊隱的近代名人傳記，進入四〇年代後影響較大的他傳還
有朱東潤的《張居正大傳》[23]、吳晗的《明太祖傳》[24]以及張默生的
《義丐武訓傳》[25]等古代歷史人物傳。

　　四〇年代的中國社會正處於戰爭和政治動盪的時期，傳記作家選
擇歷史人物為自己作品的主人翁一般都有某種特殊的精神寄託。而從
學習工作經歷看，朱東潤、吳晗、張默生當時都供職於大學，對中國
的歷史、對傳統的國學都有相當的造詣，都屬於學者型的傳記作者。
學術的素養和職業的習慣使得他們在傳記寫作中形成了共同的特點，
即都格外追求歷史事實的本相，注重敘述的依據。朱東潤在《張居正
大傳》〈序〉中曾自言，該傳「擔保沒有一句憑空想像的話」，吳晗的
《明太祖》也力求做到「無一事無出處」，而張默生的《義丐武訓
傳》雖係輯錄，在寫作上似乎也不像前兩傳嚴謹，但作者在「附記」
中同樣也特別「列錄參考書文」。這種注重依據的寫法繼承的是傳統
的史傳傳統，往往能給予讀者嚴謹信實之感，但由此也不能不影響到
作品的生動性和趣味性。

　　相對說來，朱東潤的《張居正大傳》在人物塑造、事件描述以及

22　陶菊隱：《蔣百里先生傳》（上海市：中華書局，1948年），頁40。
23　朱東潤：《張居正大傳》（上海市：開明書店，1945年）。
24　吳晗：《明太祖》（重慶市：勝利出版社，1944年）。
25　張默生：《異行傳》（重慶市：東方書社，1944年）。

遣詞造句等方面比較自覺地吸收和借鑒了文學方法，其中對於傳主的內心隱衷的開掘特別具有西方現代傳記那種心理分析的特點。另外，這一作品所以號稱「大傳」還因為其篇幅巨大而氣勢恢弘，作者用宏大的視角關照歷史，評述人物，在不同文獻的互證下所作的歷史分析和歷史評判入情入理，令人嘆服。如第七章關於穆宗中風病逝、幼主神宗即位期間，朝廷種種爭鬥及後來各種史書的不同記載的敘述與分析都頗為精彩。朱東潤認為「中國所需要的傳記文學，看來只是一種有來歷、有證據、不忌繁瑣、不事頌揚的作品」。[26]《張居正大傳》的確是一部有來歷、有證據、不事頌揚的作品，但不忌繁瑣的引證有時難免消解敘述的中心而影響閱讀的效果。

　　吳晗（1909-1979）是歷史學家，他的《明太祖》的寫法則更接近研究性的傳記。這一傳記以朱元璋的政治生涯為敘事中心，按不同類型的社會歷史事件分章，集相近歷史個案為節，涇渭分明且錯落有致。到最後一章才集中敘寫傳主從家世、出生到病死的私生活，並對其一生作總體的總結與評價。不可否認，吳晗的《明太祖》在敘述方法和評判人物方面都已經明顯具有以論代史、影射現實的特點，但傳主傳奇般的人生故事和作品通俗的語言，平實的語調，生動的文筆，還是使這一作品具有引人入勝的可讀性。

　　《異行傳》是張默生（1895-1979）完成於抗戰其間的傳記作品集，包括〈苗老爺傳〉、〈瘋九傳〉、〈鳥王張傳〉、〈異行傳〉、〈厚黑教主傳〉等篇目，其中以〈義丐武訓傳〉最具影響。《異行傳》中的傳主大多是有獨立個性或奇異行為的底層百姓，武訓則更是一位千古奇人。他出生貧苦，幼失父母，後靠乞討積錢創辦三處義學，深受民眾的尊敬和朝廷的表彰，因此有平民教育家的聲譽，有關他的故事在民

---

26 朱東潤：〈張居正大傳序〉，《朱東潤傳記作品全集》（上海市：東方出版中心，1999年），卷1，頁6。

間廣為流傳。張默生充分吸收了民間故事的內容與形式，並適當引用官方文獻，突出傳主為窮苦人後代某利益的精神。作品的語言簡明通俗，敘事簡潔生動，穿插引用的唱詞雖不免粗俗，但卻真切表現了傳主良苦的用心和樂觀的精神面貌。

當然，由於四○年代社會現實鬥爭極為激烈，一些政治意識較強的知識份子也因傳記為人喜聞樂見的特點，特意借為歷史人物立傳影射現實，其中比較著名的如范文瀾的《漢奸劊子手曾國藩的一生》、陳伯達的《竊國大盜袁世凱》，等等。因為，這一類作品已與傳記文學相去甚遠，所以時過境遷之後也就不再引人注目。

四○年代傳記文學的重要殿後之作是駱賓基（1917-1994）的《蕭紅小傳》，這是一本為同時代人立傳的優秀之作。

一九四二年一月二十二日，在侵略者鐵蹄聲中，一代才女蕭紅慘死於香港女子學校。在蕭紅病重和彌留的最後日子裡，駱賓基成為蕭紅的護理者和最後慰藉。四年之後，背負著情誼的沉重，駱賓基用悲愴的筆調寫出了鬱積於內心的記憶與懷念，也寫出了現代傳記文學最後的經典。

作為完整的傳記作品，《蕭紅小傳》完整記錄了蕭紅三十二年曲折的人生歷程，同時也寫出了富於個性的女作家坎坷的心路歷程。在小傳的前半部，作者強調的是蕭紅的果敢、高傲與矜持。所以果敢是由於敵人的強大，所以高傲是因為人世的汙濁，所以矜持是為了戰士的尊嚴。然而隨著人生歷程的不斷延伸，矛盾、猶疑、苦悶、以及無助的傷痛步步緊逼，接踵而至。雖然不斷有不同朋友的呵護，她總是一個人在行走；雖然仍想揮動「大鵬的金翅」，但最後還是栽到「奴隸的死所」。[27]作品寫出了蕭紅不斷搏擊的進取，也寫出她令人歎息的一生：一開始，她反抗的僅僅是家庭的壓迫，禮教的摧殘，但接著直

---

27 駱賓基：《蕭紅小傳》（上海市：建文書店，1947年），頁121。

面的是男權的規則、世俗偏見……，她似乎始終是一個人的戰鬥，因此孤獨成為她內心深處的城堡，毀滅註定是她別無選擇的宿命。

為還原傳主的音容笑貌，為展現她獨特的人生，作者挖出了蕭紅作品的記憶，引用了傳主朋友的緬懷，也充分調動了自己同為東北流亡作家的生活積累。因此整部小傳也就有了歷歷在目的一個個場景，有了傳主不同心態的神情。由於是為同時代作家立傳，作者有時不能不採用春秋的筆法；而曲筆的運用，無形中又生成召喚的結構，從而使作品產生超越文本的張力。

但是，作者的敘述是在探尋朋友的足跡，同時也畢竟是在挖掘自己的記憶，是為了某種情感的宣洩。所以，《蕭紅小傳》在貌似通過不同視角觀照的客觀敘述中，其實蘊涵了敘述者鮮明的主體意識，那穿插其間的非敘事話語，時時透露出作者捉摸不定的推測和刻骨銘心的情懷。如談及蕭紅曾經想離開T，但她終究沒有離開，「那麼為什麼……不擺脫她的這一種屈辱的處境呢？她是真的寬恕嗎？無視嗎？」這是作者的困惑，是當時關心蕭紅的文壇朋友的困惑，也是至今還令許多讀者無法釋懷的困惑，作者揣測分析道：

> T給了她一個希望，這希望聯繫著她，那就是她可以到北平他三哥那裡去養病，她可以不必愁苦擱筆之後的生活，她可以去恢復她身體的健康，而世界上也彷彿，確實只有他關注著她的健康，因為另外也彷彿真的沒有人這樣關注，她是多麼需要健康，需要安定，需要休息，需要暫時退伍，需要「找個深林去舐自己的傷口」。而且這傷口是滿身都是的，不只是精神上的傷，實在她在射擊中忘卻了她身上正在流著血，在精神熱度昂奮中，她也顧不及檢驗身上的傷害，然而現在她從夢幻似的狀態中注意到她的體質疲勞而且渾身潛埋著的病害了。這北平的「深林」是可以庇護她的。蕭紅的依靠這一希望，是現出她的

孤立，她在世界上只有這一個庇護的憧憬。然而她另外還在於
心不幹（甘）的試探⋯⋯

所有這些精神的柔弱，我們只有在生活上遭遇到、感覺到、思
想到，才能理解的。「戰鬥」今天還不能解決自然學上的全部
問題。[28]

　　這種揣測和分析，包含著作者對傳主的理解、同情以及辯護。或
許作者本身也還琢磨不定，但從這大段的非敘事話語中，誰還看不出
他為傳主設身處地的良苦用心，看不出這是逼近傳主心靈深處後為其
進行的無助表白，看不出作者對傳主一誤再誤的刻骨銘心！

　　總之，這是一部充滿魅力的優秀傳記文學作品，它的出現，為現
代傳記文學的藝術發展畫下了一個圓滿的句號。

　　最後值得特別強調的是，他傳的收穫季節是在三〇年代後期和四
〇年代，特別是大後方重慶在抗日戰爭勝利前後很成規模地出版了一
批傳記。其中比較著名的有《李宗仁將軍傳》（趙軼琳，上海大時代
書局，1938）、《郭沫若傳》（楊殷夫、廣州新中國出版社，1938）、
《中外女傑傳》（陸曼炎，重慶拔提書店，1942）、《近代名人傳記選》
（朱德君編，重慶文信書局，1943），等等。而重慶的勝利出版社從
一九四三年到一九四六年連續出版了包括《魯迅正傳》（鄭學稼，
1943）、《明太祖》（吳晗，1944）、《句踐》（衛聚賢，1944）、《洪秀
全》（羅爾綱，1944）、《徐光啟》（方豪，1944）、《孔子》（黎東方，
1944）、《老子》（張默生，1944）、《章炳麟》（許壽裳，1945）、《鄭
和》（鄭鶴聲，1945）、《管仲》（王毓瑚，1945）、《鄭和》（鄭鶴聲，
1945）、《韓愈》（李長之，1946）、《洪秀全》（羅爾綱，1946）、《岳
飛》（鄧廣銘，1946）、《秦始皇帝》（顧頡剛，1946）、《民族偉人——

---

28 駱賓基：《蕭紅小傳》（上海市：建文書店，1947年），頁138。

黃帝》（錢穆，1946）、《文天祥》（王夢鷗，1946）、《班昭》（朱偒，1946）、《諸葛亮》（祝秀俠，1946）等數十種民族偉人傳記。在民族存亡的特殊時刻，傳記以其特有的社會功能受到了充分的重視。而雖然是以通俗讀物的形式出現，著名學者的加入畢竟在總體上為現代傳記寫作增添了學術的底蘊，同時也擴大了現代傳記的社會影響。

第四章
自傳的興起與轉型的完成

　　中國傳統序傳的發生和成熟都遲於史傳，但現代自傳寫作的繁榮在二○年代後期就已見端倪，到三○年代中期則達到高潮；而相對他傳而言，現代自傳的文學轉型也顯得更為清晰。十九世紀末到二十世紀初，《弢園老民自傳》和《容閎自傳》的出現已標示著中國傳記寫作進入了轉型期。二○年代後期魯迅、郭沫若和胡適等人的寫作實踐，完成了中國自傳文學的初步轉型。而三○年代之後，現代自傳寫作不僅出現繁榮的局面，而且在傳人藝術方面也有諸多新探索。

一　魯迅、郭沫若的良好開端

　　中國古代後來被一些人稱為「自傳」的作品大致包括如下幾種。首先是「序傳」或「敘傳」。但以朱東潤的觀點看，敘傳「只是約略敘述了作者的生平，而以更多的文字介紹全書的篇目，因此實際上都還不能算是自傳」[1]。第二種是自傳文。這類作品重心並不在於敘事而在於述志或抒情，它們在性質上更接近於回憶性散文。第三種是一些文人的自撰墓誌銘。自撰墓誌銘固然都回顧自己的一生，但採用的方法一般都是紀事而非描述，因此不僅規模有限，其文學色彩也微乎其微。第四是唐宋時期出現的類似於〈陸文學自傳〉、〈子劉子自傳〉

---

[1] 朱東潤：〈朱東潤自傳序〉，《朱東潤傳記作品全集》（上海市：東方出版中心，1999年），卷4，頁3。

這種比較正式的自傳，但它們在中國文學史上只是曇花一現，後來並沒有得到很好的繼承和發展。中國自傳的落後是由中國的文化傳統所決定的。自傳以自身為表現對象，完整呈現自我的作品。但中國傳統文人崇尚中庸之道，謙虛克己，缺少個體意識。他們往往不習慣於談論自己，格外羞於公開個人化的生活瑣事，而談及自己與社會、與他人的關係時更是多忌諱。所以中國傳統的「自傳」很難做到紀實傳真，一般都只是「用講述（telling）而不是顯示（showing）的方法自敘生平，很少事實細節，很少場面描寫，更談不上深入的心理分析」[2]。直到十九世紀末二十世紀初出現的《弢園老民自傳》和《容閎自傳》，才拉開了中國自傳轉型的序幕。

而到了五四時期，新文化先驅們開始全面借鑒、接受現代西方文學。在自我、個性被極度張揚的時代浪潮中，自傳寫作在西方現代自傳的影響下也產生了根本性的變化。在中國自傳文學轉型的歷史進程中，應該首先關注的作品是魯迅的《朝花夕拾》。

魯迅於一九二六年間以「舊事重提」為題，陸續創作發表了一組（十篇）回憶性的散文，一九二八年九月結集由北京未名社出版時，改題為《朝花夕拾》。後來，由於《朝花夕拾》這富於詩意的標題和字裡行間濃郁的文學色彩，這些作品一直被人們當成記敘性散文。其實，這些作品都是作者「從記憶中抄出來的」[3]，各篇之間又有其內在的連貫性，反映的恰好是作者從幼年到任職北京的人生歷程或成長過程。其中，《狗‧貓‧鼠》從「我的幼時的夏夜，我躺在一株大桂樹下的小板桌上乘涼，祖母搖著芭蕉扇坐在桌旁，給我猜謎，講故事」開始回憶，〈阿長與《山海經》〉、〈二十四孝圖〉、〈五猖會〉、〈無

2　楊正潤主編：《眾生自畫像──中國現代自傳與國民性研究（1840-2000）》（上海市：人民出版社，2009年），頁31。

3　魯迅：〈朝花夕拾小引〉，《魯迅全集》（北京市：人民文學出版社，1981年），卷2，頁230。

常〉等寫的是作者充滿歡樂諧趣的童年生活。接著,〈從百草園到三味書屋〉寫少年時代的讀書生活,〈父親的病〉寫家庭的變故,〈瑣記〉寫為「尋別一類人們」[4]到南京求學的生活。最後,〈藤野先生〉和〈范愛農〉則記敘從留學日本到辛亥革命前後的經歷。

　　從《朝花夕拾》後來不斷被研究者用作作者研究的傳記資料,以及周作人等人回憶錄的互證看,這一作品已不僅是一般意義的「帶有自敘傳的色彩」[5]的散文,而是一部帶著鮮明個性色彩的自傳。它不僅完整集中地敘述了作者相對完整的一段生活歷程,而且側重寫出了「作者自己的成長過程」[6];不僅傳主是現實中的「自我」,而且連栩栩如生的長媽媽、壽鏡吾、藤野、范愛農也都是非虛構人物。從表面看,《朝花夕拾》主要描寫的只是作者熟悉的人物和目睹的事件,似乎與一般的回憶錄並無區別。實際上,作者正是通過自身視角的選擇以及周圍人物事件的變換,來講述自己之所以從一個天真無邪的兒童成長為今天的「魯迅」的「成長過程」,「我」才是這一敘事性作品的主角。作者以自我人生軌跡為主幹穿綴有關的人物與事件,從而為讀者展現了一個富有個性特徵、不斷生長著的生命世界,通過對「自我」與其他人物事件相互關係的敘述,坦露了自己不斷思索、不斷進取的心路歷程。

　　與胡適很難改變自己的歷史癖不同,魯迅在《朝花夕拾》中充分地運用了文學藝術的表現手段,從而使文學的精神屬性始終貫穿整部傳記作品之中。《朝花夕拾》不是傳主生平資料的堆砌,也不著意於個人日常生活瑣屑記錄,更迥異於傳統傳人的「何人、何方人士、其

4　魯迅:〈瑣記〉,《魯迅全集》(北京市:人民文學出版社,1981年),卷2,頁293。

5　郁達夫:〈中國新文學大系(散文二集)導言〉,《郁達夫文集》(廣州市:花城出版社,1983年),卷6,頁261。

6　M.H.Abrams: *A Glossary of Literary Terms*, Fourth Edition, Holt, Rinehart and Winston, 1981。

祖為誰」一類的老套作品。在這一作品中，有的是形象生動的場面，有血有肉的人生，還有傳主童年時的歡樂、少年時的抑鬱，求學中的艱辛，革命失敗後的無奈，甚至也不乏一定的文學想像。無論是敘述還是描寫，是人物刻畫還是環境襯染，是情節的設置還是結構的安排，這一作品都達到了相當的文學高度，因此也才真正具備了一般傳記難於企及的藝術感染力。

　　總之，《朝花夕拾》的敘述有嚴密的時間鏈條和空間轉接，完整映現了敘述者從幼年到任職北京的生活歷程；「我」是這一作品的主角，作者、敘述者和人物是同一的，其敘事結構體現了個人的「歷史」的時間順序，因此其自傳性質不容置疑。但《朝花夕拾》同時又是文學的，其敘事相容了不同文體的表現手段，從而彰顯了獨特的敘事張力；敘事的選擇則統一在傳主思想人格形成的因果鏈上，敘述的是「我」的心靈發展史；有時行文語帶譏諷，但常用實錄中含褒貶的春秋筆法；敘事中包含的想像與虛構，體現的都是藝術的匠心。所以說，魯迅所秉承的，正是司馬遷「不拘於史法，不囿於字句，發於情，肆於心而為文」[7]的寫作傳統，《朝花夕拾》也因此才能在傳人和敘事等方面別開生面，成為傳記價值和詩性價值相統一的現代傳記文學作品。

　　從中國現代傳記文學發展的歷史看，《朝花夕拾》出現於郭沫若的《我的童年》（1928）、以及胡適的《四十自述》（1931）之前，其開三〇年代作家自傳創作風氣之先的歷史地位也是無可替代的。當然，與魯迅《朝花夕拾》差不多同時出現的自傳還有史學家顧頡剛的〈古史辨自序〉。但作者為《古史辨》第一冊撰寫的這一「自序」雖然也記錄了個人生平的某些方面，但它更主要回顧的，是自己從事古

7　魯迅：〈漢文學史綱要〉，《魯迅全集》（北京市：人民文學出版社，1981年），卷9，頁420。

代歷史研究的學術道路和思想軌跡。因此，從文體樣式看，〈古史辨自序〉還是類似於中國傳統的敘傳，而非現代意義的自傳文學作品。

魯迅的《朝花夕拾》之後，以鮮明文學特徵推動現代自傳成功轉型的是郭沫若的創作。郭沫若在一九二二年就寫作並發表過記錄自己日本留學生活片段的《今津紀遊》，後來這一作品連同二〇年代中期寫作的《水準線下》都收進了他的自傳《學生時代》。郭沫若正式開始自傳寫作是在經歷大革命和南昌起義後避居日本時期。他的《我的童年》寫於一九二八年，一九二九年出版。這之後到四〇年代，郭沫若陸陸續續撰寫了《反正前後》、《黑貓》、《初出夔門》、《我的學生時代》、《創造十年》、《創造十年續編》、《北伐途次》、《海濤集》、《歸去來》、《洪波曲》等系列作品，總字數達一百多萬字的自傳，從而改變了胡適等傳記文學提倡者「東方無長篇自傳」的遺憾[8]。

郭沫若的自傳記錄的時間從晚清到共和國成立前夕，長達半個多世紀。又由於傳主的生活經歷了從四川鄉村到沿海都市，從國內到國外，從文學到政治以至軍事，接觸、交往的不乏時代的名人，所以很具史料價值，甚至把其當成用文學筆法寫成的那一時代的歷史也不為過。作為具有浪漫氣質的詩人，郭沫若的自傳同樣充滿了激情。作者著意在宏大的時代背景中展現個體的人生歷程，時而用不無誇張的筆調描摹自己傳奇般的經歷，字裡行間洋溢著過去或當下的時代激情，隱含著對親歷事件和周邊人物的個人臧否。如果從傳統史傳的角度衡量，郭沫若的自傳或許不無缺憾，但從中國傳記現代轉型的歷史進程看，這一系列性的自傳作品不僅最具規模，最能體現傳主的個性氣質，而且還具有很強的可讀性。

就像在新詩和話劇的誕生期那樣，胡適在自傳寫作方面也是個首開風氣的人物，他的《四十自述》在發表的當年以至後來都有很大的

8　胡適：〈傳記文學〉，《胡適傳記作品全編》（上海市：東方出版中心，1999年），卷4，頁201。

社會影響。這部未完成的作品從作者父母的身世及結合開始，但只寫到自己二十歲去美國康乃爾大學前夕。其中最具史料價值的是有關中國留日學生一九〇六年在上海創辦中國公學以及該校學潮的情況，最動人的部分是寫母親對自己的養育和教誨，而對傳記文學創作最富啟發意義的是序幕：〈我的母親的訂婚〉。胡適本來的設想是從自己四十年中挑出十來個比較有趣味的題目寫一篇小說式的文字，這計畫還得到徐志摩的「熱烈的讚許」。所以傳記的序幕一開始就徹底拋棄從傳主的籍貫、祖先說起的老套路，而是通過馮順弟（傳主的母親）的視角，在鄉村神會場景的烘托和鄉民話語的鋪墊中寫三先生（傳主的父親）出場。在有關父母親當年婚事的敘述中，有人物間精彩的對話，也有人物神態、心理的細微描寫。就胡適所有的文學作品（包括他的詩歌、戲劇和散文等）而言，這是最充分體現作者文學才能的片段。但可惜胡適「究竟是一個受史學訓練深於文學訓練的人，寫完了第一篇，寫到了自己的幼年生活，就不知不覺地拋棄了小說的體裁，回到了謹嚴的歷史敘述的老路上去了」[9]。

　　與魯迅、郭沫若、胡適差不多同時自覺進行成規模自傳寫作的還有李季。李季（1892-1967）一九一八年畢業於北京大學英文系，曾參與籌建上海共產主義小組活動；一九二二年留學德國法蘭克福大學經濟系，一九二四年轉入蘇聯東方大學。一九二五年歸國後，李季先後就任上海大學經濟系教授、社會學系系主任，武漢中央軍事政治學校社會學教授。一九二七年之後，李季定居上海，專心著述並於一九三二年出版了分三冊裝訂的自傳《我的生平》。

　　《我的生平》第一冊共九章，敘述著者從出生到「放洋與路過巴黎」的生平經歷，其中關於童年時代和學生時代的生活頗多情趣，敘述也很形象生動。如回憶在北京大學從「辮子先生」（辜鴻銘）學習

9　胡適：〈四十自述自序〉，《胡適傳記作品全編》（上海市：東方出版中心，1999年），卷1，上冊，頁3。

的經歷，一個個片段不僅給人以心智上的啟示，有的還形象地體現了教學雙方鮮明的個性。如一開始作者介紹並描寫道：

> P.K.大學素以能容納各派的人才見稱，所以教職員中不少特別人物。然初次見而即深深印入我腦筋中的，只有「辮子先生」一人。他曾經留學英德等國，擔任英文學門的功課。到開學那一天，幾個外國教員於許多人演說之後，群推他上臺演講。他一開口就是：「大學之道在明明德，在新民，在止於至善」。接著又罵了一般教員與學生，說：「你們口口聲聲『改良，改良』，把『良』都『改』了」。引得大家哄堂大笑。
>
> 散會後，加細打聽才知道這是著英文《導王篇》和《春秋大義》等書的全中國英文學巨擘某某先生。他是一個復辟黨人，背上拖一條大辮子。我稱他為「辮子先生」，不獨不含輕蔑的意思，還是尊重他自己的意見，因為他視辮子為人身上至高無上的裝飾品。
>
> 有一次我在講堂上問他道：「先生在國外留學時，當然是短髮洋裝，後來回國才蓄辮子，初時不感覺不方便麼？」
>
> 他馬上用手指著一張門反問道：「那張門上為什麼要起凸線呢？」我一時促住了，不知要怎樣回答才好。
>
> 「這是『文』啦！你覺得門上有凸線不方便麼？」他於解釋之後，又追問我一句。
>
> 「那倒不見得。不過……」我正要繼續說下去，他便拿著自己的辮子，擺了一擺，說道：
>
> 「這也是『文』啦！」
>
> 我看見他發出這種奇論，知道不能以常理反駁，便和諸同學以一笑了之。[10]

---

10 李季：《我的生平》（上海市：亞東圖書館，1932年），卷1，頁138-139。

　　辜鴻銘雖然有種種反常奇論，但並不影響其在傅主心目中的地位。李季回憶說，自從「辮子先生」擔任他們的課業老師，「大家都有長足的進步，而我因得到他的特別指教，尤為孟晉」；他「始終像慈母一般愛護」，又「像嚴父一般督責」自己。李季表示，除政治主張之外，「在其餘的行為中幾乎都唯他的馬首是瞻。例如不趨炎附勢、阿諛取容，不將照片登在同學錄上，教課時不肯迎合學生的心理，加以讚許，且常當面督責，這幾點都是由他直接傳染」。[11]另外，童年時代唱兒歌、繞口令、猜謎語和聽故事，私塾時代看牛大爺弄鬼、和蒙館先生對對，以及進中學後聽H先生的國文作法、和同學比賽做打油詩等，都寫得有聲有色。

　　但到第二冊兩章，分別為「留德一」和「留德二」，前者尚以記敘個人生活經歷為主，後者則開始轉向文化批判的思辨；第三冊為「留德三」，實際上是作者已單行出版的著作《胡適中國哲學史大綱批判》[12]。所以作者在〈序言〉中也以自嘲的口吻總結了這一龐雜著作的文體構成：

　　　　這部書最初是一種小說體，可以稱為小說，其次是一種遊記體，可以稱為一部遊記，又其次是一種辯證法與實驗主義的比較觀，可以稱為一部科學方法論，最後係批評《中國哲學史大綱》，連同批判實驗主義的文字，可以稱為一部《反胡適》。[13]

　　總之，在胡適等人的積極提倡以及魯迅、郭沫若、胡適等人卓有成效的創作實踐之後，中國現代自傳文學的發展終於從轉型期進入成熟期，並且很快迎來了三十年代的創作高潮。

11　李季：《我的生平》（上海市：亞東圖書館，1932年），卷1，頁161、181、182。

12　李季：《胡適中國哲學史大綱批判》（上海市：神州國光社，1932年）。

13　李季：《我的生平》（上海市：亞東圖書館，1932年），卷1，頁3。

二　自傳寫作潮中的「自傳叢書」

進入三〇年代之後，自傳的寫作蔚然成風。一九三四年間，上海第一出版社出版了包括《盧隱自傳》、《從文自傳》、《資平自傳》和《巴金自傳》等的「自傳叢書」[14]。這批自傳的作者不僅都以強勁的小說創作勢頭活躍於文壇，而且還因各自或傳奇或曲折的經歷為當時讀者所注目。而用小說家的筆法記錄自己走過的道路，又使他們的作品顯示出迥然不同的藝術風采。

一九三四年五月，盧隱因難產逝世，六月《盧隱自傳》出版。這位五四運動的產兒、新一代的女性僅走過三十六個春秋，但她百折不撓的身姿和坎坷不平的人生本身就是一曲感人至深的命運交響曲。邵洵美認為：

> 像盧隱這麼一個作家，當然最適宜於寫自傳了。第一她因為對自己特別感到興趣，於是會細心地去觀察自己而立下幾乎是大公無私的評語。第二她有充足的腦力去記憶或是追想她的過去。第三她有勇敢去頌揚自己的長處及指斥自己的弱點。第四她有那種癡戀或是天真去為人家抱不平及暴露人世間的醜惡。第五她有忍耐同時又有深刻的觀察力去偵視這人生的曲折。第六她有複雜的經驗可以使自傳不枯燥。第七她有生動的筆法可以使一切個人的事情使別人感到興味。第八也是最難得的，便是她是一個「自由人」，她不用在文章裡代什麼人說話或是為

14　《盧隱自傳》（上海市：第一出版社，1934年6月）；《從文自傳》（上海市：第一出版社，1934年7月）；《資平自傳》（上海市：第一出版社，1934年9月）；《巴金自傳》（上海市：第一出版社，1934年11月）。

　　什麼人辯護及遮蔽。[15]

　　正如邵洵美所說的，盧隱在自傳中不僅敘述了多舛的人生經歷，也大膽表明對於現實的不滿；不僅寫出時代精神的召喚，也公開張揚自己的人格、思想、嗜好以至「對於戀愛的主張」[16]。

　　「『五四』時期的『學生會時代』，盧隱是一個活動份子。她向『文藝的園地』跨進第一步的時候，她是滿身帶著『社會運動』的熱氣的，《海濱故人》集子裡頭的七個短篇小說就表示了那時的盧隱很注重題材的社會意義。她在自身以外的廣大的社會生活中找題材」。[17]在自傳中，盧隱仍然保持著這樣的敘述視角。她並沒大肆渲染自己與「郭」、「李」的生死戀情，而對此前與「某君」的親密關係、訂婚、解除婚約的經過則有完整詳細的交代。當然，與「郭」、「李」的生死戀和與「某君」的婚約關係同屬個人的私生活，盧隱這樣處理的意圖是很明顯的。一方面，和「郭」、「李」之間的生死戀已經通過其他作品的傳播廣為認知，而和「某君」的關係恰是人們所知甚少，而要完整把握作者人生歷程所必須充分瞭解的。另一方面，和「某君」的故事固然屬於私生活的內容，但其中卻折射著更豐富的社會文化內涵，透過這作者關注的是這種「社會生活」的「社會意義」。

　　在「童年時代」、和「大學時代」「社會經驗」等章中，盧隱講述自己人生中種種坎坷的遭遇，也表達對社會人生的感悟。她似乎有所遺憾、但似乎又十分無奈地說：「我的社會經驗太淺薄，太窄狹，除了知識界，我不曾有過更多的生活方面，我又豈能以一隅之見，而推定全部的社會現象呢？不過這已經很夠了，最高尚最神聖的知識界，

---

15 邵洵美：〈盧隱的故事〉（代序），《盧隱自傳》（上海市：第一出版社，1934年），頁7。

16 盧隱：《盧隱自傳》（上海市：第一出版社，1934年），頁129。

17 茅盾：〈盧隱論〉，《茅盾全集》（北京市：人民文學出版社，1990年），卷20，頁110。

還不過爾爾，其他官場中，商場中，我又何忍設想」。但在心底，她還是滿懷著「盼望社會現象能一天一天好起來」的願望[18]。盧隱這種充滿自覺社會擔當的自傳思路，實際上表明了五四一代女作家規避自我，以贏得進入公共的社會空間，參與民族歷史建構的訴求。

在構思上，《盧隱自傳》從「童年時代」到「大學時代」四章按時間順序勾勒大致的人生軌跡，緊接著的「著作生活」、「思想的轉變」、「社會經驗」以及「其他」四章表面上按邏輯回顧自己生活的方方面面，但具體的每一部分的敘述實際上還是按時間順序展開。

在敘述方面，整部自傳真切自然，但敘述者坦蕩的心胸和淒婉的訴說始終撼人心旌，動人肺腑。如「思想的轉變章」敘述的是心路歷程，但寫到一連串生離死別對自己的思想的影響卻仍然是緣情為文。首先是母親的死，盧隱說：「在兒時我雖然不被母親所愛，但是以後幾年為了我的努力，母親漸漸地對我慈和，同時呢，我是個感情重於理智的人，所以對於母親仍然有極深的眷戀」。而「母親死後一年多，郭君又一病不起，這彷彿在尚圍結痂的瘡痛上又刺了一刀」。在這關口上，摯友石評梅給了她許多的心靈的安慰。但是：

> 不久評梅得了腦膜炎的急症。從她病起，直到她死，我不曾離開她。後來她搬到協和醫院去，我也是天天去看她。在她臨終的那一夜正是陰曆八月十六，我接到協和醫院的電話連忙坐汽車趕到那裡，她正在作最後的掙扎。我看她喘氣，我看她哽咽，最後我看她嚥氣。唉！又是一個心傷。從評梅死後，我不但是一個沒有家可歸的漂泊人兒，同時也是一個無伴的長途旅行者。這時節我被浸在悲哀的海裡，我但願早點死去，我天天喝酒吸煙，我試作著慢性的自殺。[19]

---

18 盧隱：《盧隱自傳》（上海市：第一出版社，1934年），頁113。
19 盧隱：《盧隱自傳》（上海市：第一出版社，1934年），頁94。

　　而人生的悲哀並沒因此而結束，石評梅死後兩三月，作者又收到大哥去世的消息。在他身後「遺下了幾個幼小的侄兒侄女，和一個剛剛三十歲的寡嫂」。作者緊接著不無傷感地敘寫道：

> 唉！人非木石，這接連不斷的割宰，我如何受得了，我病了。在病中我想了許多。我覺得我悲哀的哲學，和悲哀的生活已經到了最高潮。這時節我若不能死，我不論對於生活上和作品上，都有轉變方向的必要——因為我已經走到「山窮水盡」的地步了。[20]

正因為這樣，病好以後，作者終於結束了自己第一個時期的思想。

　　沈從文是五四新文學哺育下成長起來的作家，他奇蹟般崛起文壇前的經歷本身對讀者就已經構成神秘的「召喚結構」。從文體的特點看，《從文自傳》延續了沈從文湘西題材小說和《湘行散記》等記敘性散文的寫法，但從傳記寫作的角度考慮，作者講述自身成長過程與描繪原始而神秘的湘西世界並重，所以在奇異故事和優美筆調中讓人真正感受到，正是地域文化造就了中國文壇當下這位自然之子，雖然他已是身居都市的著名新文學作家，但身上流淌著的卻是沅水流域的血脈。

　　在許多作品中，沈從文都強調自己是一個「鄉下人」[21]。這是沈從文的自我指認，但其相對應卻是作者當時公開的社會的身分：著名作家、大學教授——城裡人。這種社會自我和精神自我的錯位，蘊涵

---

20 盧隱：《盧隱自傳》（上海市：第一出版社，1934年），頁95。
21 如〈從文小說習作選集（代序）〉，《沈從文文集》（廣州市：花城出版社，1984年），卷11，頁43；〈籬下集題記〉，《沈從文文集》（廣州市：花城出版社，1984年，卷11，頁33；〈從現實學習〉，《沈從文文集》（廣州市：花城出版社，1984年），卷10，頁299，等等。

了很值得專門研究的複雜心理。但在自傳中，作家正是以這種自我指認進行主體建構的，他似乎在家鄉記憶中尋找精神的支柱，似乎期望通過鄉下人道德與人格的價值優勢而獲取某種心理的平衡，於是早年生活的回憶本身就成了自我精神家園的尋找，作者描繪了田塍上的蟋蟀，後山坡的野蘭花，竹篁裡的野雉等美麗的鄉村自然景物；記述了捉蟋蟀，捕魚、向佃戶要來小鬥雞去街上作戰的活動，以及用稻草編小籃子，用小竹子作嗩吶，隨著大人上山打野物，翹課游泳等等曾親歷過的有趣的玩活：

> 若在四月落了點小雨，山地裡田埂上各處皆是蟋蟀聲音，真使人心花怒放。在這些時節我便覺得學校真沒有意思，總得逃一天學上山去捉蟋蟀。有時沒有什麼東西安置這小東西，就走到那裡去，把第一隻捉到手後又捉第二隻，兩隻手各有一隻後，就聽第三隻。本地蟋蟀分成春秋二季，春季的多在泥裡草裡，秋季的多在石罅裡瓦礫中，如今既然這東西只在泥層裡，故即或兩隻手心各有一匹小東西後，我總還可以想設（方）法把第三隻從泥土中趕出，看看若比較手中的大些，那開釋了手中所有，捕捉新的。如此輪流換去，一整天捉回兩隻小蟲。[22]

沈從文這些描述，無疑很能觸發人們對那獨具魅力的湘西世界和童年生活的神往。不僅如此，沈從文還醉心於人性小廟的構築，他宣稱：「這世界上或有想在沙基或水面上建造崇樓傑閣的人，那可不是我。我只想造希臘小廟。……這神廟供奉的是『人性』」[23]。所以其自傳對於湘西的留戀自然也偏重於人事方面。故鄉人野蠻中透露著雄

22　沈從文：《從文自傳》（上海市：第一出版社，1934年），頁19。
23　沈從文：〈從文小說習作選集〉（代序），《沈從文文集》（廣州市：花城出版社，1984年），卷11，頁42。

健，愚蠢裡包含著誠實和善良：

> 那裡土匪的名稱是不習慣於一般人的耳朵的。兵皆純善如平
> 民，與人無侮無擾。農民皆勇敢而安分，且莫不敬神守法。商
> 人各負擔了花紗與貨物，灑脫的向深山村莊走去，同平民作有
> 無交易，謀取什一之利。地方統治者分數種，最上為天神，其
> 次為官，又其次才為村長同執行巫術的神的侍奉者，人人潔身
> 信神，守法愛官。[24]

> 本地軍人互相砍殺雖不出奇，行刺暗算卻不作興。這類善於毆
> 鬥的人物，有軍營中人，有哥老會中老麼，有打抱不平的閒
> 漢，在當地另成一幫，豁達大度，謙卑接物，為友報仇，愛義
> 好施，且多非常孝順。[25]

在對故鄉風俗人情的總體描述中，作者表現了對湘西人民善良、
正直、質樸、淳厚的人性美的一片深情。〈一個老戰兵〉中的騰師
傅，他技藝精湛，雖然目不識丁，卻充滿俠氣，樂於助人，自願傳授
當兵的各種技藝而不收取公家和私人的任何報酬。〈船上〉中的曾姓
朋友體魄強健，直率豪放，為人粗魯但膽識過人，非同一般。

然而湘西也是災難沉重的中國的一角，它同樣具有古老中國的種
種劣根性。當《從文自傳》敘述者的視線投向更為具體的現實人生
時，就不可避免地觸及湘西社會中令人感到痛苦和悲慘的一面：他所
在的部隊到沅陵所屬的東鄉榆樹灣清鄉殺了將近兩千人，在懷化小鎮
約一年零四個月，殺過大概七百人。一九一一年的辛亥革命時，湘西
殺得人頭如山，血流成河。「被殺的差不多全從鄉下捉來，糊糊塗塗

---

24 沈從文：《從文自傳》（上海市：第一出版社，1934年），頁3。
25 沈從文：《從文自傳》（上海市：第一出版社，1934年），頁25。

不知道是些什麼事，因此還有直至到了河灘被人吼著跪下時，方明白行將有什麼新事，方大聲哭喊驚惶亂跪的，隨即趕上前去那麼一陣滿刀砍翻的」。直到殺得本地紳士也寒了心後，就採用了新的辦法，「選擇的手續，便委託了本地人民所敬信的天王，把犯人牽去，在神前擲一竹筊，一仰一覆的順筊，開釋，雙仰的陽筊，開釋，雙覆的陰筊，殺頭。生死取決於一擲，應死的自己向左走去，該活的自己向右走去」[26]。革命失敗了，殺戮還持續了將近一個月。而殺人的具體過程還十分荒唐和殘酷；「到殺人時那個軍法長，常常也馬馬虎虎的宣佈了一下罪狀，在預先寫好的斬條上，勒一筆朱紅，一見人犯被兵士簇擁著出了大門，便匆匆忙忙提了長衫衣角，拿起煙袋從後門菜園跑去，趕先到離橋頭不遠一個較高點的土墩上，看人犯到橋頭大路上跪下時砍那麼一刀」[27]。

　　沈從文不僅寫到旺盛的生命形態背後隱藏著的凶狠和野蠻，也寫鄉下人的狡詐與騙財。當十七歲的沈從文在沅州的工作穩定，月薪已從十二千增加到十六千，並且保管著家中的幾千元餘款時，一個樣子誠實聰明懂事的白臉長身的年輕人，「和和氣氣」邀沈從文到他家中去看他臉兒白白寬寬的姐姐。接著，沈從文以為自己愛上了那個白臉的女孩子，而且相信了那白臉男孩子的謊話，以為那白臉女孩子也正愛著自己。他無日無夜為那女孩子作舊詩，那男孩子一來時便幫他捎去。沈從文以為這些詩將成為不朽的作品，因為他聽那男孩子說過他姐姐便最喜歡這些詩歌。最後沈從文寫道：

　　　　我直到這時還不明白為什麼那白臉孩子今天向我把錢借去，明天即刻還我，後天再借去，大後天又還我。結果算去算來我卻

26　沈從文：《從文自傳》（上海市：第一出版社，1934年），頁33。
27　沈從文：《從文自傳》（上海市：第一出版社，1934年），頁85。

> 有了一千塊錢左右的數目，任何方法也算不出它用到什麼方面
> 去。這錢居然無著落了。[28]

而這時，一切都變了，那男孩也不來幫沈從文把送他姐姐的情詩捎去
了！

儘管沈從文一直在許多小說中以湘西為背景造供奉人性的希臘小
廟，但他還是客觀地把自己所經歷的這姐弟倆那以戀愛為名進行的欺
騙稱為「女難」寫進了自傳，從這人們不難感受到其湘西神話背後的
矛盾。「自傳和小說的區別，不在於一種無法達到的歷史精確性，而
僅僅在於重新領會和理解自己的生活的真誠的計畫。……自傳中令我
們感興趣的是一個人上了年紀後看待時光流逝和生活意義的角度，由
於這一角度是他的歷史的結果，它對於此人的歷史所提供的情況不亞
於一部詳細但無傾向性的敘事」。[29]沈從文傾心於湘西這片世外桃源的
自然美和人性美，但同時也深諳這片土地上的愚昧與落後、殘酷與狡
詐。因此，他的《從文自傳》中自然景觀與現實畫面、抽象掃描與具
體聚焦、主體敘事與補充敘述所造成的裂隙，顯現了作者難以磨滅的
精神隱憂。「美麗總是愁人的」，雖然沈從文極力地用溫暖的情感記憶
來消化這份隱憂，但記憶深處的殘酷始終像隱約而模糊的陰影，蜷縮
在牧歌畫卷的一角，讓人們隱隱感覺到社會人生的無常。

當然，《從文自傳》除了這種自我指認與自我建構的錯位外，其
值得關注之處還在於擺脫傳統史傳觀念影響後的文學敘事。史傳的敘
事是歷史的敘事，歷史敘事一般是按發生時間的先後順序排列事件，
「早餐後是午餐，星期一後是星期二，死亡以後便腐爛等等」[30]。這

---

28 沈從文：《從文自傳》（上海市：第一出版社，1934年），頁109。

29 〔法〕菲力浦·勒熱訥著，楊國政譯：《自傳契約》（北京市：生活·讀書·新知三
　聯書店，2001年），頁18。

30 〔英〕愛·摩·福斯特著，蘇炳文譯：《小說面面觀》（廣州市：花城出版社，1984
　年），頁24。

流水帳式的紀事的結果，「不免失之於刻板，讀未盡而思睡矣」[31]。而文學敘事則追求生動形象，因此，從自我故事中提煉出引人入勝的情節，並且用具體的戲劇場景加以再現，有時就成為藝術地講述人生故事的關鍵。

寫作自傳時，沈從文早已蜚聲文壇，關於自己過往的一些經歷，有的也已為一般讀者所熟悉。如期望自己的自傳再對讀者形成持續的召喚，就必須強化人生故事中的情節因素，進而揭示出「我」之所以成為「我」的原因。所以，在《從文自傳》中，作者對自己人生中最初二十年進行了戲劇性追述。他本出身軍人世家，高小畢業後因家境衰落又當了一名小兵；但後來又因所在部隊的覆滅而中斷了自己的軍旅生活。被遣散後為了生計他到芷江投親，在員警署裡做了一名小職員，生活平穩而安定，但這時又自以為愛上了一個女孩並被對方愛著，無日無夜的寫情詩，結果被騙了很多錢。遭遇「女難」後他只好選擇出走，再次當兵，並因發奮臨帖而終於成為武夫中的秀才；因為這，他又被調到新辦的報館，由此才有機會接觸到一名印刷工從長沙帶來的「五四」新書刊。而最後，因一場大病和好友的死亡，他終於決定，將自己的生命押上去，向生疏的世界走去。作者通過這一環緊扣一環的因果連結，繪聲繪色地為讀者講述了自己人生中最初二十年的傳奇經歷。

戲劇性的敘述固然可以產生引人入勝的效果，但作為敘事性的文體，自傳的生動形象還需要具體的、變動的細節描繪和具體場景的再現。「作為運動的畫面，場景能夠對生活中發生的事件進行更為接近的摹仿，這是概述手法所不及的。……通過場景的描繪，讀者更會感到彷彿身臨其境。讀者親眼所見，故事情節就更加逼真，更加令人信

---

31 汪榮祖：《史傳通說》（北京市：中華書局，2003年），頁87。

服。場景展現了具體的行動，讀者就更易對故事情節發生共鳴。」[32]
在《從文自傳》中，人們不難感受到優秀小說家沈從文所再現的生活
場景的獨特魅力：

> 「師傅師傅，今天可捉了大王來了！」
> 「不成，要打得賭點輸贏！」
> 我說：「輸了替你磨刀成不成？」
> 「我不要你磨刀，上次磨鑿子還磨壞了我的傢伙！」
> 這不是冤枉我的一句話，我上次的確磨壞了他一把鑿子。我不
> 好意思再說磨刀了，我說：
> 「師傅，那這樣罷，你借我一個小盆子，讓我自己來試試這兩
> 隻誰能幹些好不好？」我說這話時真怪和氣。
> 那木匠想了一想，「借盆子得把戰敗的一隻給我，算作租錢。」
> 「那成，那成。」
> 於是就很慷慨的借給我一個罐子，頃刻之間我就只剩下一隻蟋
> 蟀了。這木匠看看我捉來的蟲還不壞，就向我提議：「我們來
> 比比，你贏了我借你這泥罐一天；你輸了，你把這蟋蟀輸給
> 我，辦法公平不公平？」
> 我正需要那麼一個辦法，連說公平公平，於是這木匠進去了一
> 會兒，拿出一隻蟋蟀來同我一鬥，不消說，三五回合我的自然
> 又敗了。他用的蟋蟀照例卻常常是我前一天輸給他的。那木匠
> 看看我有點頹喪，明白我認識那匹小東西，擔心我生氣時一
> 摔，一面收拾盆罐，一面很鼓勵我說：
> 「明天再來，明天再來，你應當捉好的來，走遠一點，明天
> 來，明天來！」

---

32 〔美〕利昂・塞米利安著，宋協立譯：《現代小說美學》（西安市：陝西人民出版
　社，1987年），頁11。

我什麼話也不說，微笑著，出了木匠的大門，回了家。[33]

和沈從文受惠於五四新文化運動不同，張資平（1893-1959）是五四文學革命時期就已成名的小說家。一九二一年六月，他與郭沫若、郁達夫等發起成立創造社。一九二二年出版的長篇小說《沖積期限化石》一般被認為是中國新文學史上第一部長篇小說，此後到一九三四年，他已經出版長篇小說十八種，是紅極一時的作家之一。當時的張資平是以寫戀愛小說、特別是三角戀愛著稱的，魯迅在〈張資平氏的「小說學」〉中曾概括，張資平小說學的全部精華，是一個「△」。[34]但《資平自傳》與郭沫若、郁達夫等創造社作家的自傳絕然不同的是，作者的回顧幾乎不涉及青春期的性衝動和性心理，偶爾寫到相關內容也僅是點到為止，這或許透露其遊戲文學和鄭重對待自傳的寫作態度。如寫剛到日本時去色情場所的經歷與感受極其簡單，和作者寫作小說時喜歡這方面的有意渲染很是不同：

> 嗣後，還跟他們（其他留學生——筆者注）到吉原和淺草十二陛下去遊覽（前者是公娼所在地，後者是私娼群集的地方——原注）。雖幸未墮落下去，但也常常感著不小的誘惑。[35]

《資平自傳》加有副標題「從黃龍到五色」，作者對自己早年生活的回顧強調的是中國近代從帝制到共和的時代背景，敘述的中心則是求學的經歷。和許多自傳花費大量筆墨描摹家鄉風物和追述家族歷史不同，從五歲「破學」念《論語》，九歲入「蒙塾」，十三歲進教會

33　沈從文：《從文自傳》（上海市：第一出版社，1934年），頁20。
34　魯迅：〈張資平氏的「小說學」〉，《魯迅全集》（北京市：人民文學出版社，1981年），卷4，頁231。
35　張資平：《資平自傳》（上海市：第一出版社，1934年），頁119。

學校，一九一〇年春進東山師範求學，九月考入兩廣高等警官學堂，一九一二年考取官費留學日本，先就讀同文書院，最後（1914）考入第一高等學校預科，不斷求學成為《資平自傳》的主要內容。作者詳細講述了自己在這不同類型學校中的經歷和感受，同時也保留了變革時代中外教育的珍貴史料。

　　就像寫小說時取客觀平實態度一樣，《資平自傳》的敘述平實，描寫細膩，筆調清新流暢，其中最微妙微肖的片段，是關於辛亥革命時的複雜心態和報考官費留學前後緊張心理的描摹。在現代作家的自傳或回憶中，對革命幾乎少有不歡呼讚美者。但《資平自傳》關於辛亥革命期間動盪不安的局面，卻如實地表現了自視「最守規則，最重紀律的」的張資平的嚴重不滿。三月二十九日的革命失敗後，作者說自己也是「以為從此又可以長享太平」，繼續個人學業的「渾渾噩噩的一個」。後來省城光復，從香港避難回來的張資平又對「公安秩序不及從前好」感到「失望」，「對於學業的前途也感著幻滅，同時即是對於革命，感著失望」。所以作者記憶深處留下許多對於革命的不佳印象和怨言，也就自然地凸現在自傳之中，這正如同級的廩生頻頻的歎氣：「愈弄愈糟了。你看那些青頭仔肚子裡還有半點墨汁嗎？我差不多可以做他們的父親呢！革命革什麼屁！」[36]這些回顧與描寫，都很符合一心一意希望通過求學改變人生困境，而成績已經名列前茅的張資平當時的心境。

　　正因為當年的作者一心一意希望通過求學改變人生，《資平自傳》也就有了報考官費留學前後高度緊張心態的描摹。當時的張資平正經歷「經濟的壓迫和生理上起了大變化」的雙重煎熬，急於出人頭地擺脫生活困境的欲望和對於普通自然科學知識匱乏的自卑，使他在報考留學資格時顯得格外焦慮與緊張。讀父親一封關於是否報考和如

---

36 張資平：《資平自傳》（上海市：第一出版社，1934年），頁50-62。

何報考的普通回信，張資平也會時而「失望」，時而「氣憤」，時而「反感」，但最後又「稍覺寬慰」。資格審查時因擔心既非小學、又非中學的廣益學堂的畢業文憑發生問題，「胸口就跳個不住，而背上也發了一陣冷汗又發一陣冷汗」。聽說自己考了個「備取第二」，「那顆半死半活的心再次跌落橫隔膜裡去了」。因為不甘，放榜當天從上午九點就一個人幾度悄悄到教育司門首等消息。下午四點多，最後一趟估計一定放榜了，張資平寫道：「距教育司愈近，我的胸口便愈跳動，雙腳也愈顫動，幾乎不會走路了」。但當看到連備取第二名也不是自己時，「我當時就像服多了亞斯匹靈，全頭面，全身上下都是汗水淋淋了，覺得雙腳顫抖得非常厲害了，若不是怕人們笑話，我真得要蹲下去了」。後來終於看到自己是正取最後一名，汗水才「稍稍停止」。但離開後又兩度折回，主要因為擔心自己看錯，同時也因「對於這張榜，有些戀戀不捨似的」。「在回寓的途中，仍然是全身滲著汗，不過沒有初看見榜時流得那樣厲害罷了。雙足仍然是在微微地顫抖著……」[37]總之，這一切的描述不僅曲折生動，而且形象細緻，讓人真切感受到傳主內心的顫動。

有時，張資平也採用直接引語的模式，細微地表現人物的內心活動，如在幾位老師的鼓勵下報考留學，因文憑引起小風波也有驚無險地順利解決之後，自己從教育署出來的路上，內心居然做起了白日夢：

> 我不再寫信回家去了，要等到留學考試的結果發表以後，──不論成功失敗。──領得一百元港幣的治裝費，要買些什麼呢？硬化得像門板一樣的棉被，實在失掉了防寒的性質，到香港去時，須得買一件紅毛氈了。去年冬實在凍得人害怕了。同

---

37 張資平：《資平自傳》（上海市：第一出版社，1934年），頁71-94。

學們十中七八有手錶，自己也非買一個手錶不可了。還要買些
什麼呢？好一點的帆布學生裝。不要再穿白竹布的制服了。還
有黃皮鞋，也得買一雙。此外，……此外，……最好有餘裕
時，再買一副墨晶金絲眼鏡，裝束起來，同學中哪一個趕得上
我漂亮呢？……[38]

　　巴金從一九二九年正式登上文壇到一九三四年寫作出版《巴金自
傳》的短短五年間，已發表、出版包括《滅亡》、《新生》、《死去的太
陽》、《海的夢》、《春天裡的秋天》、《砂丁》、《萌芽》、《霧》、《雨》、
《電》、《家》等十一部中長篇小說和《復仇》、《光明》、《電椅》等六
七本短篇小說集。作為一個深受青年讀者歡迎的作家，巴金不僅有旺
盛的創作激情，而且有獨特的思想人格追求。因此，《巴金自傳》有
別於其他作家自傳的是，在從幼年到成為作家的五個生活片段中，作
者刻意把自傳寫成「人格的成長與發展的記錄」。[39]因此，這種成長敘
事的重點主要就以童年、少年為中心，著重圍繞人格的形成與發展進
行。作者在連續性的敘述中講述了自己從出生到撰寫自傳時的人生故
事，這其中包含了不同的人物，大量的場景以及各種的細節。從表面
看，這種講述是未經過濾的生活原生狀態，但仔細比對就明顯感覺，
自傳的敘述正是以〈我的幼年〉、〈我的幾個先生〉的高度概括為中
心，形象再現了從母愛庇護下的溫馨童年到斷然離開舊家庭，以至最
後成為與現存制度勢不兩立的作家的過程。因為「人是通過他的歷
史，尤其是通過他在童年和少年時期的成長得以解釋的。寫自己的自
傳，就是試圖從整體上、在一種對自我進行總結的概括活動中把握自
己。識別一部自傳的最有效的方法之一就是看童年敘事是否佔有能夠

---

38 張資平：《資平自傳》（上海市：第一出版社，1934年），頁76-77。

39 巴金：〈《我的自傳》中譯者前記〉，《巴金譯文全集》（北京市：人民文學出版社，
　1997年），卷1，頁2。

說明問題的地位，或者更普遍說來，敘事是否強調個性的誕生」。[40]

巴金講述個體生命的增長的進程，重點在人格的形成與發展，所以〈最初的回憶〉和〈家庭的環境〉的講述就比較詳實，而補敘和預敘的〈做大哥的人〉，以及講述思想人格基本定型後的〈寫作的生活〉等都比較簡單。

與這種生命的增長和人格的發展相一致的，是作者「故意地用了不同的筆調和不同的紀年」。巴金說：「我希望讀者甚至能夠從這上面也看出我的生活的進展來」。[41]在〈最初的回憶〉的開頭，作者筆下的文字十分口語化，句式結構簡單，文氣短促，頗具樸拙的兒童表述特點。到了〈家庭的環境〉中，句子略微變長，句式結構開始複雜，表達抽象概念的詞彙也多了起來。最後的〈做大哥的人〉和〈寫作的生活〉則完全是作家的分析和書面的表達。在時間的標記方面，〈最初的回憶〉只是在開頭有「四、五歲的光景」以及最後有「在宣統做皇帝的最後一年」兩處具體的時間標記。在兩萬字篇幅的講述中，經常出現的是那些「白天」、「晚上」、「第二天」以及「一個多月後」之類的模糊概念，這種表述和兒童時期對於時間概念的懵懂狀態極為吻合。到了〈家庭的環境〉裡，除準確的幾月幾日的具體時間外，作者採用的是「民國」的紀年。最後的〈寫作的生活〉雖然講述的仍然是民國時期的生活故事，但作者卻採用了西元的紀年。可見，《巴金自傳》對於時間的這種表述並不僅僅為了體現「生活的進展」，實際上也展示了傳主從童年、少年到青年的心智的成長。

巴金這一自傳自己原定題《片斷的回憶》，但出版社把書印出來時卻成了《巴金自傳》，而且其中的〈信仰與活動〉一章也被國民黨中央宣傳委員會圖書雜誌審查委員會刪去了。加上「錯字多、售價

---

40 〔法〕菲力浦·勒熱訥著，楊國政譯：《自傳契約》（北京市：生活·讀書·新知三聯書店，2001年），頁8。

41 巴金：〈巴金自傳小序〉，《巴金自傳》（上海市：第一出版社，1934年），頁1。

貴」，巴金很不滿意。因此，他編了一本《憶》「作為《自傳》的代替」，[42] 一九三六年由文化生活出版社出版。與《巴金自傳》相比，《憶》增加了〈憶〉、〈信仰與活動〉、〈小小的經驗〉等章節，因而也更全面再現了傳主覺醒和成長的歷史。

三　其他著名作家的多樣嘗試

就在上海的第一出版社出版「自傳叢書」的一九三四年，郁達夫也開始了他的自傳寫作。這一年十一月二十日，郁達夫在《人間世》第十六期刊發題為〈所謂自傳也者〉的「自序」，到一九三六年二月十六日的〈雪夜〉刊二月十六日《宇宙風》第十一期，他連續發表了〈悲劇的出生〉、〈書塾與學堂〉、〈水樣的春愁〉、〈海上〉及〈雪夜〉等九篇（章）的自傳，敘述自己從出世到留學日本這段時間的生活經歷和情感經歷。這一自傳系列延續了郁達夫小說一以貫之的藝術精神，心理表白大膽細膩，景物描寫優美生動，具有鮮明的文學特色。

郁達夫的自傳系列最值得關注的是打破傳統史籍體例的紀傳體敘述模式，始終圍繞自身的生命體驗，側重表現青少年時代「外面的起伏事實與內心的變革過程」[43] 的作品。他把二十年的人生歷程大致分為童年、少年、書塾、洋學堂、嘉興、杭州、老家自學以及留學日本等若干時段，分篇獨立敘寫。各篇的敘述也僅是圍繞各個時段自己記憶中印象最深，對自身精神人格成長起較大作用的關鍵性事件展開。因此這九篇自傳各具中心，各賦標題，但都是相對獨立的篇章。那充滿情感色彩的標題，規定了每一篇章的敘述重點，同時也昭示著每一人生時段的心路歷程。而與流行的「我寫的只是這樣的社會生出了這

---

42 巴金：〈憶後記〉，《憶》（上海市：文化生活出版社，1936年），頁177。

43 郁達夫：〈什麼是傳記文學？〉，《郁達夫文集》（廣州市：花城出版社，1983年），卷6，頁286。

樣的一個人。或者也可以說有過這樣的人生在這樣的時代」[44]的觀念完全不同的是，郁達夫選取的重點並不是時代、社會的大事件，或者說，郁達夫在傳記中還有意在迴避許多本來可以寫得有聲有色的歷史事件，著重回憶或渲染的是對個人成長產生重要影響個體生命的體驗。

　　另外，在郁達夫的敘述中，過去的視角與當下的視角，敘事的話語與非敘述的話語，以及主觀的敘述與客觀的敘述往往是自然地交織在一起，其中有現在對當年時局的概述，也有兒時親歷的再現，有過去事實的描述，也有當下情感的抒發，有時甚至打破第一人稱敘述貫穿始終的自傳成規，插入第三人稱敘述。這一切嘗試，充分體現了郁達夫在傳記文學創作中進行敘事實驗的藝術自覺。

　　在三〇年代特別值得關注的還有同在一九三六年出版的《欽文自傳》和《一個女兵的自傳》。

　　被魯迅贊評為「鄉土文學」[45]作家的許欽文，曾以數量可觀而又特色鮮明的小說稱譽二、三〇年代的中國文壇。三〇年代初他因「無妻之累」受牽連，又因莫須有罪名被捕，後經魯迅等人營救才得以出獄。一九三四年，出獄不久的許欽文開始自傳寫作，兩年後《欽文自傳》出版。這一自傳突破傳統自傳的敘述方式，採用回溯、互文和預設空白敘述等手段，進行傳記寫作的新嘗試，這一切在誕生初期的中國現代自傳文學格局中自有其獨特的意義。

　　就寫作的技巧來說，《欽文自傳》給人最鮮明的印象是通體採用回溯性的結構方法。即使是莫洛亞認為，「要讓讀者對於不正常的次序呈現的事實感到興趣，是極端困難的事」[46]，但《欽文自傳》採用

---

44 郭沫若：〈我的童年前言〉，《郭沫若全集》（北京市：人民文學出版社，1992年），卷11，頁8。

45 魯迅：〈中國新文學大系（小說二集）序〉，《魯迅全集》（北京市：人民文學出版社1981年，卷6，頁245。

46 〔法〕安德列・莫洛亞著，陳蒼多譯：《傳記面面觀》（臺北市：商務印書館，1986年），頁44。

的恰恰是迥異於傳統的編年的結構方式。全書十章，各章大致的內容是：開頭第一章〈出獄〉寫的是傳主一九三四年七月十日背著鋪蓋，提著衣包，走出杭州軍人監獄的大鐵門和等候的親友回家的情形。第二章〈不浪丹中〉寫一九三三年八月至一九三四年七月被關在牢監裡的情形。第三章〈蜀道上〉寫一九三二年八月至一九三三年七月在四川碰到「二劉大戰」、「成都巷戰」，到最後接「妨害家庭案發回更審的消息」冒險返回杭州應訊的情況。第四章〈無妻之累〉寫一九三二年二月至一九三二年七月因發生於愁債室的「劉陶慘案」引來的官司。第五章〈鐵飯碗〉寫一九二七年至一九三二年入獄前在杭州教書的情形。第六、七兩章〈從《故鄉》到《一壇酒》〉和〈《酒》後文章〉寫前期文學創作的情況。第八章〈稽山鏡水間〉才補敘一八九七年月到一九二七年從出生到北京讀書求職等經歷。第九章〈愁債室內〉補敘「無妻之累」與「愁債室」的相關情況。最後第十章〈最近的我〉再寫一九三四年七月從軍人監獄回到愁債室後的生活狀況。從時序上看，第八章是傳主故事的開端，然後依次剛好是第七、六、五、四、三、二、一章，最後才是第十章。

　　因自傳是「一個真實的人以其自身的生活為素材用散文體寫成的回顧性敘事」[47]，「倒敘」一直是自傳最主要的敘事特徵。但是《欽文自傳》的這種結構方式顯然不屬一般意義上的倒敘，而是一環緊扣一環的逆向敘事或回溯性敘事。一九三二年的二月十一日發生於杭州許欽文元慶紀念室的「劉陶慘案」之後，許欽文成了重要新聞人物，關於他的一切已經成為新聞記者爭相打探、報導的熱門話題。在一般媒體和讀者的眼中，「劉陶慘案」中的許欽文的印象甚至超過了「鄉土作家」許欽文。在經歷新聞界不斷追逐之後，作者也應清楚一般讀者最關心的是現在的許欽文怎樣了，而不是過去的許欽文如何如何，因

47　〔法〕菲力浦・勒熱鈉著，楊國政譯：《自傳契約》（北京市：生活・讀書・新知三聯書店，2001年），頁201。

為作為「劉陶慘案」的新聞背景，那些過去的故事讀者們恐怕早就爛熟於心了。這樣的情狀迫使作者必須考慮，如何才能讓接受者恢復對自己即將講述的生活故事的感覺。

　　傳統的自傳一般都為回顧性的敘事，在與接受者確定「自傳契約」之後開始倒敘，但整體的敘事通常都是根據時間的順序進行，呈現的是穩固的編年體結構。《欽文自傳》也是一種倒敘，但其整體的敘事卻是逆時間的順序展開，呈現的是反編年體結構。這種獨特的自傳敘事首先「創造性地破壞習慣性和標準化的事物，從而把一種新鮮的、童稚的、富有生氣的前景」呈現出來，不僅瓦解了接受者「常規的反應」，而且「構建出一種煥然一新的現實」[48]，使接受者從遲鈍麻木中驚醒過來，以新的狀態去感受對象的生動性和豐富性。這種逆時間順序的回溯性敘事，也使物件陌生化，「是複雜化形式的手段，它增加了感受的難度和時延」[49]，因為獨特的反編年體結構衝擊著接受者傳統的閱讀惰性，迫使他們不斷進行前後的關照，進而去完成故事關聯點的對接和矯正。因此，不管作者是否自覺，這樣的敘述收到的是陌生化的效果，可以使許多讀者早已耳熟能詳的故事產生特殊的藝術張力。

　　《欽文自傳》還大量引用傳主的日記、書信、小說以及相關新聞報導的片段，使主文本與互文本形成互文性的關係。「任何文本都是引語的鑲嵌品構成的，任何文本都是對另一文本的吸收和改編」。[50]許欽文在自傳中引入互文本，目的是更好地還原當時的情景，使過去發

48　〔英〕霍克斯著，瞿鐵鵬譯：《結構主義和符號學》（上海市：譯文出版社，1987年），頁61-62。

49　〔俄〕什克洛夫斯基等著，方珊等譯：《俄國形式主義文論選》（北京市：生活・讀書・新知三聯書店，1989年），頁6。

50　Julia Kristeva, "Word, Dialogue and Novel", in *The Kristeva Reader, Toril moi ed.*, Oxford: Blackwell Ltd., 1986, p.36. 轉引自王瑾著《互文性》（桂林市：廣西師範大學出版社，2005年），頁1。

生的事件和行為更接近讀者；因為「自傳首先是一種趨於總結的回顧性和全面的敘事，而日記是一種沒有任何固定形式的、幾乎同時進行的和片段式的寫作方式。這是兩種完全對立的個人題材寫作形式，但是它們可以具有互補性」。[51]正是通過主文本與互文本相互間碰撞產生的敘事張力，《欽文自傳》較好地傳達出傳主在種種困境的複雜心境。

　　就像郁達夫有意迴避許多本來可以寫得有聲有色的歷史事件那樣，許欽文也未濃墨重彩地渲染自己親歷的種種社會衝突和歷史事件，而是讓歷史風雲以碎片化的記憶退至後臺，成為背景。自我的人生經歷一直是前置的，作為前景。在前置與後置的交替處理中，一樁樁歷史事件似乎即將浮出水面，但作者又未清楚明白地將它們訴諸筆端，這種空白，需要接受者調動記憶或拓展閱讀完成填補。因此，《欽文自傳》的歷史敘述是通過敘述空白的預設，召喚積極的接受最終在讀者身上完成的，而這種空白同時也給與接受者獲取資訊的自由，文本的敘述也因此更具歷史的張力。

　　大革命後，女兵謝冰瑩（1906-2000）曾以一本《從軍日記》轟動一時。一九三六年，她又以《一個女兵的自傳》[52]再次引起廣泛的關注。這一自傳因傳主曲折坎坷的人生經歷而富於傳奇色彩，激情的抒發和較為率直的內心坦露也鮮明地凸現了作者大膽倔強的個性，因此出版後風靡一時。

　　從總體上說，《一個女兵的自傳》採用的是一種權威敘述方式——英雄敘事，這種敘事使這些充滿時代氣息和傳奇色彩的文字成為一曲嘹亮的戰歌。作品雖以「女兵」定義這部自傳，但展現給讀者的並不是一個有服役於部隊的獨特人生經驗的女性，而是一個以征戰

---

51 〔法〕菲力浦・勒熱鈉著，楊國政譯：《自傳契約》（北京市：生活・讀書・新知三聯書店，2001年），頁25。

52 謝冰瑩：《從軍日記》（上海市：春潮書店，1928年）；《一個女兵的自傳》（上海市：良友圖書公司，1936年）。

的姿態面對生活，始終像士兵一樣戰鬥在人生和社會最前沿的強者。傳主的家庭是中國農村一個頑固的封建堡壘，她的母親精明強幹，在家庭乃至整個地方都說一不二，「她是謝鐸山的莫索理尼，不論在家庭，在社會，她都完全處在支配階級的地位」，但頭腦中卻充滿了封建禮教的腐朽觀念，是舊禮教、舊觀念的堅決維護者。而傳主從小就是反叛者，「我是個淘氣的孩子，我使母親常常生氣，母親可以支配很多人，甚至可以支配整個謝鐸山的男男女女，老老幼幼；但是駕馭不了我」[53]。因此，以母女衝突為表現形態的新舊觀念的鬥爭由此展開。裹腳與反抗、讀書與絕食、包辦婚姻與四次逃婚，新與舊的矛盾不斷升級，但傳主不屈不饒的抗爭最終使自己擺脫了封建家庭的束縛，徹底獲得了自由。

在《一個女兵的自傳》的敘述中，和這種充滿人的覺醒色彩的個人抗爭相交會的是個體對時代召喚的呼應。「那時女同學去當兵的動機，十有八九是為了想擺脫封建家庭的壓迫，和尋找自己出路的。可是等到穿上軍服，拿起槍桿，思想又不同了。那時誰不以全世界的十二萬五千萬的被壓迫民族解放的擔子放在自己的肩上呢？」[54]在武漢，傳主義無反顧地參加了北伐，短暫的部隊生活給了她新生的感覺，戰火的洗禮又增強了她的社會責任感。她開始把自己的前途和幸福與社會革命的事業聯繫到一起，她也因此擁有了獨特而壯麗的人生。

《一個女兵的自傳》採用這種缺少性別意識的英雄敘事有其複雜的社會文化原因。在二、三〇年代的中國，婦女解放並不是以性別意識覺醒為前提的女權主義運動，而是以同男性一樣，對民族國家責任、權利的共同擔當為目標的思想政治運動；所謂的男女平等，在盧隱、謝冰瑩這些激進的女作家看來更主要是可以完全「像」男性一樣

---

53 謝冰瑩：《一個女兵的自傳》（上海市：良友圖書公司，1936年），頁12、7。
54 謝冰瑩：《一個女兵的自傳》（上海市：良友圖書公司，1936年），頁134。

地生活在這世上。因此,她們的自我指認往往是以男性為楷模,而自傳中的主體建構也就必然以男性形象為參照。和盧隱一再強調自己「是一個富於男性色調的人物」,「從小就不喜歡女孩子喜歡的東西」[55]一樣,謝冰瑩在《一個女兵的自傳》中一開始也強調自己從小就愛和男孩子一樣,「白天總是在外邊玩,不肯規規矩矩地坐在家裡」,討厭紡紗,而「常常和男孩子在一塊做泥菩薩,拋石子,當司令」[56],拒絕穿耳、裹腳,希望和男孩子一樣上學讀書。以至入伍的當天半夜醒來就就興奮得睡不著,作者寫道:

> 我不能再睡著了,想到再過幾個鐘頭,我們就要拿著槍桿操著「一二三四」了。「兵!」這一個多麼有力的字!真想不到數千年來,處在舊禮教壓迫之下的中國婦女也有來當兵的一天,我們要怎樣努力才能負擔起改造社會的責任,才能根本剷除封建勢力呢?[57]

總之,《一個女兵的自傳》這種缺少性別意識的英雄敘事,透露的是傳主衝破性別差異限制,擔當社會責任的熱切期望。

謝冰瑩十五歲就開始在報刊上發表小說,在一九三六年之前,也已經出版了七八種小說、散文集,因此,《一個女兵的自傳》風行的原因不僅在於其傳奇般的故事和大膽的思想觀念,也在於時時流蕩在字裡行間的詩的情懷。回想起故鄉的童年,回想那滿蘊著親情溫馨的夜晚,一個個充滿生活氣息、令人沉醉的場景自然地出現在作家的筆下:

---

55 盧隱:《盧隱自傳》(上海市:第一出版社,1934年),頁120。

56 謝冰瑩:《一個女兵的自傳》(上海市:良友圖書公司,1936年),頁21、29。

57 謝冰瑩:《一個女兵的自傳》(上海市:良友圖書公司,1936年),頁162。

秋天的氣候既溫和，月光又特別純潔，清朗。再加以祖母講著
牛郎織女，月裡嫦娥，王母娘娘……的故事，便提起了我們紡
紗的興趣。有時聽故事聽得入神了，大家不約而同地停止了紡
車，爭問著：

「結果呢？」

「結果呢？偷懶的小姑娘都停止工作了。」

祖母這個幽默的結論，引得大家都哈哈大笑起來。

悠揚的紡車聲，在夜闌人靜的深夜裡響著，恰似空谷的琴音。
微風從我們的頭上輕輕地掠過，還帶來了一陣陣的花香。沉醉
了，我們是這樣沉醉在美麗的夜色中。[58]

少女懷春總是詩。當傳主第一次離開家鄉，到六百多里外的益陽
讀書，鄉下的姑娘「開始過著住四層洋樓的生活」時，其心情「簡直
比叫化子做了皇帝還要快活」。在謝冰瑩當時的心目中，生活的一切
是那麼得美好，如畫的景色怎能不喚起少女如詩的吟唱：

每當夕陽西下，最後的紅光射在水中蕩漾的時候，我們便爬上
三樓，三五成群的同學，並肩遠眺往來的帆船。漁人唱著美麗
的歌曲，慢慢地搖著輕舟，踏上他們的歸程；微微的江風一陣
陣送來濃郁的花香，浮在水上的帆船正像海鷗般輕飄。隔岸的
山嶽，籠罩著一層薄薄的灰幕，這是一幅多麼富有詩意的圖畫
呵！

最美麗的，是夏天的早晨。小鳥兒正在枝頭唱著晨歌，河風吹
著依依的楊柳，擺動著小草的時候，太陽從東邊蔚藍的雲裡爬
了出來。她像一個初出浴的少女，羞答答地含著微笑慢慢地移

---

58 謝冰瑩：《一個女兵的自傳》（上海市：良友圖書公司，1936年），頁26。

動著。一會兒她的光芒射到江中，江水馬上被照得通紅，好像漲滿了一江血水。漸漸地群山都由金黃而變成赤色了。呵！多麼美麗的血紅太陽呵！它的光輝是何等莊嚴偉大，它照遍了天上人間，大千世界。[59]

後來，在經歷時代風雲的歷練、經歷三次逃婚、經歷牢獄之災後傳主徹底脫離了家庭。在已經開動的漢口到上海的輪船上，傳主意識到驚險完全過去，自由終於來臨時，心潮澎湃。她放眼兩岸風景百感交集，那滾滾激流和機器聲、水聲，似乎都對她象徵著某種人生的哲理：

> 月亮是如此皎潔，兩岸的風景像在晴天似的一目了然，那兒是高山，那兒是田隴，那兒是村莊，樹林……什麼都看得清清楚楚。尤其是月夜的長江簡直象萬頃金波，從天上瀉下一般美麗。機器的聲音愈響得急促，由船頭打過來的浪花，便愈加雄渾而壯麗……
> 夜靜極了！
> 整個的宇宙似乎都在睡夢中，除了軋軋的機輪聲與水聲外，你還可聽到隱約的蟲聲，和清脆的令人愉快的夜鶯的歌唱。這些都是幽靜的音樂，在夢裡的人們是永遠享受不到的。[60]

另外，這一由良友圖書公司出版的自傳還配合內容插入作者「小腳姑娘時代」、「從軍時代」、「在前線」以及「最近」四幅清晰的照片，這在在某種程度上也加深了讀者對傳主更為直接的印象。

一九四六年，謝冰瑩又自費刊行《一個女兵的自傳》（中卷），後

---

59 謝冰瑩：《一個女兵的自傳》（上海市：良友圖書公司，1936年），頁69。
60 謝冰瑩：《一個女兵的自傳》（上海市：良友圖書公司，1936年），頁374。

改題《女兵十年》，由重慶紅藍出版社北平分社（1946）和上海北新書局（1947）出版。一九四八年，上下卷的「合訂改正重排本」正式取名《女兵自傳》，由上海晨光出版公司出版。[61]

在三、四〇年代影響較大的自傳作品還有林語堂的《林語堂自傳》（1935）[62]、白薇的《悲劇生涯》（1936）、鄒韜奮的《經歷》（1937）、陳獨秀的《實庵自傳》（1938）、梁漱溟的《我的自學小史》（1942）、柳亞子的《八年回憶》（1945）、馬敘倫《我在六十歲以前》（1947）、馮玉祥：《我的生活》（1947），等等。這些自傳雖然在敘述方面各有不同，但都因傳主獨特的人生經歷倍受關注。另外，廣州宇宙風社一九三八年出版了自傳作品選集《自傳之一章》，收錄蔡元培、陳獨秀、何香凝、葉恭卓、陳公博、陳衡哲、黎錦熙、王芸生、章乃器、周作人、老舍、豐子愷、趙景深等各界知名人士二十一人的短篇自傳或自傳片段；此前的一九三四年，上海文藝書局出版由新綠社選編的傳記選集《名家傳記》中，也選有宋慶齡、汪精衛、蔡元培、柳亞子、胡適、魯迅、茅盾、冰心等的自撰小傳或自傳片段，這一切比較集中地匯映了不同作者的自傳風格。總之，這些作品共同構成了三、四〇年代中國現代自傳文學寫作的高潮。

自傳在中國古典傳記中一直處於從屬、依附的地位，不僅數量最少影響最小，文學成就也不如史傳作品。乘著個性解放的時代風尚，這一文體終於以獨立的文學樣式出現在中國文壇。特別是魯迅、郭沫若、盧隱、沈從文、巴金、許欽文、郁達夫、謝冰瑩等人的自傳，不僅擺脫了胡適難於擺脫的「史傳」觀念的影響，徹底改變了傳統敘傳的敘事模式，而且以充分的文學自覺豐富了中國現代傳記的表現技法。

---

61 《女兵自傳》大陸內地目前看到的最後版本，是作者一九八〇年四月十五日修訂於美國三藩市潛齋的改定本，一九八五年由成都四川文藝出版社出版。

62 《林語堂自傳》據稱一九三五年用英文寫成，工爻迻譯，見《逸經》1936年17至19期。

中篇
歷史視野下的個案研究

第五章
梁啟超與傳記文學的現代轉型

　　雖然中華民族是一個有著悠久的傳記寫作歷史的民族，但中國的傳記在很長的歷史時期裡一直都無法改變脫胎於經、依附於史的地位。從司馬遷的《史記》開始，源遠流長的中國傳統傳記文學其實一直都只是在一個封閉的體系裡演變，古代中國並未產生獨立意義的傳記文學作品。真正具有現代意義的傳記文學的誕生，是在十九世紀後期西學東漸之後。王韜的《弢園老民自傳》和容閎的《西學東漸記》的出現，標誌著中國傳記寫作開始進入轉型期。本著重造民族文化性格的啟蒙思想，梁啟超力主向西方學習，革故鼎新，並身體力行地撰寫了數十萬言的人物傳記和理論探討，從而極大地推進了中國傳記文學的現代化轉型的歷史進程。到梁啟超的傳記理論與實踐為止，中國現代傳記文學的出現實際上已剩一步之遙。從這個意義上來講，梁啟超之於中國傳記文學的現代轉型仍然是功不可沒。

一　重造民族性格的文化抉擇

　　梁啟超是戊戌維新運動的主要領導者之一，一八九八年戊戌變法失敗後，他逃亡日本。在此後的七年期間，梁啟超寫下了大量的傳記作品。這些作品包括外國歷史人物傳記，如〈匈加利愛國者噶蘇氏傳〉、〈意大利建國三傑傳〉、〈近世第一女傑羅蘭夫人傳〉、〈新英國巨人克林威爾傳〉等；中國歷史人物傳，如〈張博望班定遠合傳〉、〈黃帝以後第一偉人趙武靈王傳〉、〈明季第一重要人物袁崇煥傳〉、〈中國

殖民八大偉人傳〉、〈祖國大航海家鄭和傳〉、〈王荊公〉、〈管子傳〉
等,另外還有一些同時代的人物傳,如〈李鴻章傳〉[1]、〈南海康先生
傳〉、〈殉難六烈士傳〉,等等。

就上述所列的作品而言,每篇傳記選擇傳主注重「第一」、「偉
人」、「巨人」、「愛國者」、「航海家」、「重要人物」、「女傑」、「三傑」
等鮮亮的限定語可以看出,梁啟超重視傳記寫作與他重造民族文化性
格的新民思想有著密切關係的。他力圖通過對歷史人物、英雄人物偉
大品格的立傳宣揚,改造、革新愚昧、冷漠、旁觀、渙散等根深柢固
的民智。按胡適的觀點,中國傳記文學不發達的原因之一是「沒有崇
拜偉大人物的風氣」[2],梁啟超的選擇,正表明這種觀念正在悄悄發
生著變化。

對梁啟超來說,維新運動的失敗自然是自我命運書寫中的一次不
幸,然而,因之不得已亡命海外,則可以算是這不幸中之大幸。畢
竟,他因而得以遊歷西方各國,廣泛閱讀西方著作,其視野幾乎遍及
全部西方文化。因此,不久之後他改變了自己的救國觀念:

> 為中國今日計,無非恃一時之賢君相而可以弭亂,亦非望草野
> 一二英雄崛起而可以圖成,必其使吾四萬萬人之民德、民智、
> 民力,皆可與彼(指世界列強——引者注)相埒,則外自不能
> 為患,吾何為而患之。[3]

這表明,在西方新的思想文化的耳濡目染下,梁啟超逐漸放棄了
原先完全依賴明君賢相的傳統革新變法手段而轉向「新民」的思想啟

1　原題為〈中國四十年來大事記(一名李鴻章)〉,後通常稱〈李鴻章傳〉,後同。
2　胡適:〈南通張季直先生傳記序〉,《胡適傳記作品全編》(上海市:東方出版中
　　心,1999年),卷4,頁202。
3　梁啟超:〈新民說‧論新民為今日中國第一要務〉,《飲冰室合集》專集之四。

蒙運動。更加難能可貴的是，他把這樣的思想貫徹到了自己的傳記寫
作上。

　　梁啟超的「新民」努力，首先利用人類固有的英雄崇拜情結，他
的文風因此也形成鮮明的英雄主義傾向。這種英雄主義，「意不在古
人，在來者也」[4]，他說：

> 英雄固能造時勢，時勢亦能造英雄，英雄與時勢，二者如形影
> 之相隨，未嘗少離。既有英雄，必有時勢；既有時勢，必有英
> 雄。……人特患不英不雄耳，果為英雄，則時勢之艱難危險何
> 有焉？[5]

> 時勢時勢，寧非今耶？英雄英雄，在何所耶？抑又聞之，凡一
> 國之進步也，其主動在多數之國民，而驅役一二代表人以為助
> 動者，則其事罔不成；其主動在一二之代表人而強求多數之國
> 民以為助動者，則其事鮮不敗。故吾所思所夢所禱祀者，不在
> 轟轟獨秀之英雄，而在芸芸平等之英雄。[6]

　　因此，要設定英雄典型讓廣大民眾頂禮膜拜，自然必須依託已有
的歷史人物的生動再造，傳記文學的形式正好吻合梁啟超這一需要。
也可以換句話說，梁啟超此時著力中外名人傳記的寫作，正是為了利
用傳主的形象、精神，發揮文學的諷勸教化的社會功能。以榜樣實施
教化，權且不論其最終的成效如何，就其嘗試的良苦用心，在轉型期
的中國傳記文學史上也已留下濃墨重彩的一筆，因為中國傳統的史傳
一般並不是以普通民眾為其接受者的，所謂以史為鑒，主要還是針對
帝王將相而言的。

4　梁啟超：〈中國四十年來大事記（一名李鴻章）序例〉，《飲冰室合集》專集之三。

5　梁啟超：〈自由書·英雄與時勢〉，《飲冰室合集》專集之二。

6　梁啟超：〈過渡時代論〉，《飲冰室合集》文集之六。

為激勵一代人的無畏前行，梁啟超通過傳記作品張揚競爭、冒險、殖民等現代意識：

> 第九：先生謂內治稍有端緒，當經營西北，移民實蒙古、新疆、西藏，闢其富源，一以紓東南人滿之憂；二以為爭雄歐西之基；
>
> 第十：先生謂當留意殖民事業。今南洋一帶，華民居百分之九十九，但能使在其地得參政權，則我國民之發達，不可思議矣。又謂南美洲、巴西各地，地廣人稀，頗欲招華工，政府宜以實力速行之、勸導之、保護之，將來可立新中國於西半球；
>
> 第十二：先生以為維新十年或二十年後，民強國富，則可從事於兵。兵既成，號召英法美日以擯強俄，一戰而霸，則地球大同之幕開矣。[7]

基於這種認識，梁啟超選擇同樣身為英雄人物的趙武靈王、袁崇煥、鄭和，以及「中國殖民八大偉人」等作為傳記的主人翁也就顯得順理成章。但是梁啟超又並不僅僅停留在這一步，他還常以世界的目光，把這些傳主的業績跟相類西方人物的業績進行橫向比較，以激勵民族的自豪感和自信心：

> 觀於武靈王時代之趙國，雖泰西之斯巴達何以尚之？夫非猶是吾輩之祖宗也！……今猶昔耳，嗚呼，使武靈王而在今日者，德皇威廉第二瞠乎後哉？
>
> 七雄中實行軍國主義者，惟秦與趙。趙之有武靈、肥義，猶秦之有孝公、商鞅也。而秦之主動力在臣，趙之主動力在君。商君者，秦之俾斯麥；而武靈王者，趙之大彼得也。[8]

7　梁啟超：〈南海康先生傳〉，《飲冰室合集》文集之六。
8　梁啟超：〈黃帝以後第一偉人趙武靈王傳〉，《飲冰室合集》專集之六。

　　　　觀鄭和，則全世界歷史上所號稱航海偉人，能與其並肩者何其
　　　　寡也！鄭君之初航海，當哥倫布發見亞美利加以前六十餘年，
　　　　當維加達哥馬發見印度新航路以前七十餘年。[9]

　　在《李鴻章傳》的「結論」部分，梁啟超也是先後把李鴻章與霍
光、張之洞和俾斯麥、伊藤博文等古今中外的首相作了橫向的比較，
然後才對這個被褒貶不一的歷史人物進行歷史定位的。

　　橫向比較有助於準確的定位，而「英雄主義」的初衷也促使他把
選擇傳主的目光投向外國，他說：「起於專制之下，而為國民伸其自
由；自由雖不能伸，而亦使國民卒免於專制者。……其理想，其氣
概，其言論行事，可以為黃種人法，可以為專制國之人法」。[10]短短幾
句已簡明地交代了寫作〈匈加利愛國者噶蘇士傳〉的原因。

　　而梁啟超寫〈意大利建國三傑傳〉，也是因為在歐洲各國，「求其
建國前之情狀，與吾中國今日如一轍者，莫如義大利；求其愛國者之
所志所事，可以為今日之中國國民法者，莫如義大利之三傑」。[11]〈三
傑傳〉中，瑪志尼，加里波與加富爾由於分屬不同階級所產生的矛盾
衝突在梁啟超看來，都是源於其內心赤誠的愛國之心，都是以義大利
的統一為最終的出發點，他說：「真愛國者，其所以行其愛之術者不
必同，……有時或相歧、相矛盾、想嫉敵，而其所向之鵠，卒至於相
成相濟而罔不結合」。[12]這樣的結論對於當時那樣一個國勢不振、遭受
列強凌辱的中國來說，從積極促進民族團結以一致對抗外國侵略還是
有其積極意義的。

9　梁啟超：〈祖國大航海家鄭和傳〉，《飲冰室合集》專集之三。
10　梁啟超：〈匈加利愛國者噶蘇士傳〉，《飲冰室合集》專集之四。
11　梁啟超：〈義大利建國三傑傳〉，《飲冰室合集》專集之四。
12　梁啟超：〈義大利建國三傑傳〉，《飲冰室合集》專集之四。

可見，正是在這種通過「英雄主義」啟迪民眾的思想主導下，梁啟超通過傳記寫作重造民族文化心理，增強民族自豪感和自信心，啟蒙當時閉塞愚昧的民眾。從梁啟超開始，古老的傳記藝術開始了與中國近代思想啟蒙的結合。

二　超越傳統的新型傳記觀

梁啟超對中國傳記轉型的另一重大貢獻是理論方面的提倡與研究。在《新史學》、《中國歷史研究法》和《中國歷史研究法補編》等著作中，梁啟超在系統梳理中國傳統的傳記理論的同時，積極地介紹西方傳記理論，並提出一些獨到的理論主張。

作為中國近代「新史學」的倡導者，他對傳記屬於史學範疇是堅信不疑的。最早在一九〇二年發表的《東籍月旦》、《新史學》等著述裡，梁啟超就已把傳記毫不猶豫地納入到史學研究中加以考察。後來，他還陸陸續續對傳記寫作中的一系列問題提出自己的主張。

首先是傳主的選擇問題。梁啟超認為「國民失其崇拜英雄之性，而國遂不可問；國民誤其崇拜英雄之途，而國遂更不可問。」[13]所以他提出選擇傳主的標準，應服從於傳記家的創作動機。梁啟超當時主張為啟發民智而寫傳記，所以他自然要求傳主的選擇務必合其「新民」之道。他曾明確談到自己選擇西漢的張騫和東漢的班超作〈張博望班定遠合傳〉的動機：

> 歐美日本人常言支那歷史為不名譽之歷史也。何以故？以其與異種人相遇輒敗北故。嗚呼，吾恥其言。雖然，吾歷史真果如是而已乎？其亦有一二非常之人非常之事，可以雪此言者乎？

---

13 梁啟超：〈中國殖民八大偉人傳〉，《飲冰室合集》專集之三。

　　高山仰止，景行行上，讀張博望班定遠之軼事，吾歷史亦足以
豪矣。[14]

　　他把張騫、班超通西域的功勞與吞沒印度的英國殖民者克雷飛、
哈士丁相提並論，進而把二人的歷史地位從民族上升到了世界的層面
上，這足見其選擇傳主的良苦用心。

　　其次，梁啟超要求傳記的寫作者必須堅持忠實客觀的敘寫態度。
梁啟超認為史家第一件道德莫過於忠實，因此史家「對於所敘述的史
蹟純採客觀的態度，不絲毫參以自己意見」；他認為這就像畫一個
人，要絕對像那個人，「假使把灶下婢畫成美人，畫雖然美，可惜不
是本人的面目」。梁啟超卻認為，儘管《史記》〈屈原列傳〉情感濃
烈、催人淚下，這一作品「事蹟模糊，空論太多。這種借酒杯澆塊壘
的文章，實在作的不好」，「把史學家忠實性失掉了去」，「失卻作傳的
本意了」。[15]後來梁啟超在《作文教學法》裡也一再強調，凡從事傳記
之類記載文寫作的人「萬不可用主觀的情感夾雜其中，將客觀事實任
意加減輕重」。[16]他極力主張真實性原則，並曾多次提到：「英國名相
克林威爾，嘗呵某畫工曰：『Paintmeas Iam（畫我本來的樣子）』蓋惡
畫師之諛己，而告以勿失吾真相也，世傳為美談」（〈南海康先生
傳〉）[17]在實際的創作中，梁啟超也是把這種「勿失吾真相」奉為座右
銘，認為傳記寫作應避免因個人的感情因素而對傳主曲意奉承或惡意
貶損，應努力還其本來面目並予以公正的歷史評價。

　　第三，梁啟超認為新的史學應揭示出人類歷史進化的因果關係。
「第一，歷史者，敘述進化之現象也。第二，歷史者，敘述人群進化

14　梁啟超：〈張博望班定遠合傳〉，《飲冰室合集》專集之五。

15　梁啟超：〈中國歷史研究法〉，《飲冰室合集》專集之七十三。

16　梁啟超：〈作文教學法〉，《飲冰室合集》專集之十五。

17　梁啟超：〈南海康先生傳〉，《飲冰室合集》文集之六。

之現象也。第三，歷史者，敘述人群進化之現象，而求得其公理公例者也」。[18]因此，梁啟超也同時用這一史學原則去規約包括傳記等其他歷史文體的寫作。如寫〈王荊公〉時，他著力介紹的是王安石的變法內容及其利弊，並且特別指出：「以上三章，荊公當時所設施者，大端備矣。自余小節亦所在多有，非關一代興亡大計，則不著也」。[19]〈王荊公〉中對與歷史關涉不大的內容惜墨如金，而與傳主影響重大的奏議、詩文等則不避冗長，這足以看出梁啟超通過傳記揭示歷史進化及其因果關係的自覺追求。

　　第四，梁啟超極力強調新的史學須揭示歷史演進的因果聯繫的另一原因是，「不談因果，則無以為鑒往知來之資，而史學之目的消滅」，「歷史者，以過去之進化，導未來之進化者也」。所以，他認為傳記寫作的最終目的也是「鑒往知來」，「使今世之人，鑒之載之，以為經世之用」，「使後之讀者愛其群，善其群之心，油然生焉」。[20]他的〈明季第一重要人物袁崇煥傳〉的寫作就是出於這樣的考慮。他說：「嗚呼，豈惟前代，今日之國難，急於明季數倍，而舉國中欲求一如袁督師其人者，顧可得耶，顧可得耶？但使龍城飛將在，不教胡馬度陰山。讀袁督師傳，二百年前事，其猶昨日也。」[21]這一唱三歎的語調，明確傳達了梁啟超鑒往知來、啟民心智的傳記寫作目的。而他所作〈匈加利愛國者噶蘇氏傳〉、〈意大利建國三傑傳〉、〈近世第一女傑羅蘭夫人傳〉等西方名人傳，明顯也是為當時的社會政治變革服務的。所以，不管是寫中國人還是外國人，梁啟超的傳記都「意不在古人，在來者也」。[22]

18　梁啟超：〈新史學〉，《飲冰室合集》文集之九。
19　梁啟超：〈王荊公〉，《飲冰室合集》專集之二十七。
20　梁啟超：〈新史學〉，《飲冰室合集》文集之九。
21　梁啟超：〈明季第一重要人物袁崇煥傳〉，《飲冰室合集》專集之七。
22　梁啟超：〈中國四十年來大事記序例〉，《飲冰室合集》專集之三。

　　梁啟超這些涉及傳記的本質、功能、作用、寫作態度等方面的見解，都是建立在其新史學理論的基礎上的，因此它們之間實際上也是相互關聯與制約的。如關於傳記的客觀性問題本身又牽涉到作者的立場、態度、目的等方面的因素。中國古典傳記，素有為尊者諱、為親者諱、為賢者諱的傳統，「諛墓」之作，多如牛毛。這種做法對於治史謹嚴的梁啟超來說自然是徹底鄙棄的。但傳記的創作作為寫作主體一個主觀性活動，又必然滲透作家本人的愛憎感情和價值判斷，寫作者的主體性決定了純粹客觀立傳的不可能，依據自身的歷史判斷力，對傳主的歷史地位作出合理合法的解釋就成為決定傳記優劣的重要因素。因此，梁啟超在傳記寫作的理論和實踐中也格外關注或強調敏銳而準確的歷史鑒斷力。他認為「人的性格與興趣及其做事的步驟，皆與全部歷史有關」，因此，傳記作品應「從全社會著眼，用人物來做一種現象的反影，並不是專替一個人作起居注」。[23]他力主把傳主的生平思想活動放置於最深廣的社會歷史背景中予以表現和評價。

　　那麼在歷史的長河中，又如何評判個人的其中的位置呢？梁啟超認為應從歷史演進的因果關聯中加以認識，他說：「前者史家，不過記述人間一二有權力者興亡隆替之事，……實不過一人一家之譜牒。近世史家，必說明其事實之關係，必探察人間全體之運動進步，即國民全部之經歷，及其相互之聯繫」。[24]因此，他的〈李鴻章傳〉的另一標題為〈中國四十年來大事記〉，這實際上也正表明，作者所關注的是傳主與自身所處的那個社會時代的密切關係。

　　由於立足點的差異，對歷史人物和歷史本身關係的認識，歷來存在「時勢造英雄」和「英雄造時勢」不同評價參照。梁啟超認為，對這一問題，主要應根據人物在歷史進程中的地位和作用加以衡量，他的原則是：「先時人物者，社會之原動力，而應時人物所從出也。質

23　梁啟超：〈中國歷史研究法補編〉，《飲冰室合集》專集之九十九。
24　梁啟超：〈中國史敘論〉，《飲冰室合集》文集之六。

而言之，則應時人物者，時勢所造之英雄；先時人物者，造時勢之英
雄也」。[25]因此，依自己對十九世紀下半葉國際局勢的理解，梁啟超認
為李鴻章只是為時勢所造之英雄，他說：

> 列國不乏自相侵掠，而唯務養精蓄銳，以肆志於東方，於是數
> 千年一統垂裳之中國，遂日以多事。……加以瓦特氏新發明汽
> 機之理，艨艟輪艦，衝濤跋浪，萬里縮地，天涯比鄰；蘇伊士
> 河，開鑿功成，東西相距驟近；西力東漸，奔騰澎湃，如狂
> 飆，如怒潮，齧岸砰崖，黯日蝕月，過之無可過，抗之無可
> 抗。蓋自李鴻章有生以來，實為中國與世界始有關係之時代，
> 亦為中國與世界交涉最艱難之時代。[26]

　　據說，戈登曾勸李鴻章「握全權以大加整頓」，李聽後「瞿然改
容，舌撟而不能言」。梁啟超由此議論說：「以彼之地位，彼之聲望，
上之可以格君心以脅使百僚，下之可以造輿論以呼起全國，而惜乎李
之不能也」。[27]因此，李鴻章只能算應時人物而非先時人物。而與李鴻
章所處相近的社會歷史背景的康有為，梁啟超卻認定是造時勢之英雄：

> 二十世紀之中國，比雄飛於宇內，無可疑也，雖然，其時機猶
> 在數十年以後焉。故今日固無拿破崙也，無加布兒也，無西
> 鄉、木戶、大久保也，即有之而亦必不能得其志，且無所甚補
> 益於國家。故今日中國之所相需最殷者，惟先時之人物而已。
> 嗚呼！所望先時人物者，其已出現乎？其未出現乎？要之，今
> 日殆不可不出現只是哉！今後繼續出現者幾何人，吾不敢言，

---

25 梁啟超：〈南海康先生傳〉，《飲冰室合集》文集之六。
26 梁啟超：〈中國四十年來大事記〉，《飲冰室合集》專集之三。
27 梁啟超：〈中國四十年來大事記〉，《飲冰室合集》專集之三。

若其歸然互於前者，吾欲以南海先生當之。……先生在今日，
誠為舉國之所嫉視，若夫他日有著二十世紀新中國史者，吾知
其開卷第一葉，必稱述先生之精神事業，以為社會原動力之所
自始。[28]

梁啟超持這種觀點固有同黨之間相互張揚之嫌，但也有其獨特的
評判標準，因為他覺得，無權無勢的康有為能以「雄偉橫一世」的膽
氣和「我不入地獄誰入地獄」的歷史主動性，尋求救國救民的良方，
其行動「如雞之鳴，先於群動，如長庚之出，先於群星」，「其思想之
宏遠照千載，其熱誠之深厚貫七札，其膽氣之雄偉橫一世」，[29]所以他
也才能在當時引領中國的時代潮流。

梁啟超對於中國傳記現代轉型更為重要的貢獻，是借鑒西方近代
傳記理論，在《中國歷史研究法補編》[30]中提出以人為中心的「專
傳」的概念。他認為，傳統的「列傳」寫作中常用的「互見法」其實
是有弊端的，它不利於在一篇傳記文字中全面集中地反映傳主的生平
事蹟。如寫諸葛亮，「就得把他與旁人有關係的事實分割在旁人的傳
中講，所以魯肅傳、劉表傳、劉璋傳、曹操傳、張飛傳中都有諸葛亮
的事，卻不能把所有關係的事都放在諸葛亮列傳中」。年譜的編撰固
然可以避免這個問題，但是，「年譜很呆板，一人的事蹟全以發生的
先後為敘，不能提前抑後，許多批評的議論，亦難插入，一件事直接
或間接的關係，更不能儘量做在年譜裡」。為克服這些弊端，他提出
了以人為中心的所謂「專傳」的概念。梁啟超認為，同樣寫諸葛亮，
就應「凡有直接關係的，都以諸葛亮為中心，全數搜集齊來，甚至有
間接關係的，為曹操、劉備、呂布的行為舉止，都要講清楚」。而寫

28　梁啟超：〈南海康先生傳〉，《飲冰室合集》文集之六。
29　梁啟超：〈南海康先生傳〉，《飲冰室合集》文集之六。
30　梁啟超：〈中國歷史研究法補編〉，《飲冰室合集》專集之九十九。

作時，也「不必依年代的先後，可全以輕重為標準，改換異常自由，內容所包，亦比年譜豐富，無論直接間接，無論議論敘事，都可網羅無剩」。他說：

> 我的理想專傳，是以一個偉大人物對於時代有特殊關係者為中心，將周圍關係事實歸納其中，橫的豎的，網羅無遺。比如替一個大文學家作專傳，可以把當時及前後的文學潮流分別說明。此種專傳，其對象雖止一人，而目的不在一人。擇出一時代的代表人物或一種學問、一種技術的代表人物，為行文方便起見，用作中心。[31]

　　總之，雖然從總體上看梁啟超的傳記理論觀念是屬於其新史學的體系，但已在一定程度上吸收了西方現代的傳記理論資源，同時還融合和總結了自己的傳記寫作經驗，因此對中國傳統的傳記理論有較大的豐富和發展。後來的胡適、朱東潤等的傳記理論觀念，都不同程度地受到了梁啟超新的傳記觀的積極影響。

三　傳記創作的現代追求

　　在創作上，梁啟超的傳記首先在文體形式方面為中國現代傳記的確立提供了可資借鑒的全新範式。一九〇一年撰寫〈李鴻章傳〉時，梁啟超就明確宣稱，要「全仿西人傳記之體，載述李鴻章一生行事，而加以論斷」。[32]這部傳記凡十二章，除首尾的「緒論」和「結論」兩章之外，中間十章分別題為：李鴻章之位置；李鴻章未達以前及其時中國之局勢；兵家之李鴻章（上、下）；洋務時代之李鴻章；中日戰

31　梁啟超：〈中國歷史研究法補編〉，《飲冰室合集》專集之九十九。
32　梁啟超：〈中國四十年來大事記序例〉，《飲冰室合集》專集之三。

爭之李鴻章；外交家之李鴻章（上、下）；投閒時代之李鴻章；李鴻章之末路。類似的結構也出現在了梁啟超為康有為寫作的〈南海康先生傳〉中，該傳凡九章，每章的標題分別為：時勢與人物；家世及幼年時代；修養時代及講學時代；委身國家時代；教育家之康南海；宗教家之康南海；康南海之哲學；康南海之中國政策；人物及其價值。像〈李鴻章傳〉、〈南海康先生傳〉這樣的篇章結構，已經絕然不同於中國傳統的史傳、雜傳以及年譜、行狀、墓誌銘等體裁，而是開始了中國現代傳記文學標章立節的先例。因此可以這樣認為，梁啟超的傳紀實寫作踐標誌著中國傳記現代轉型的開始。

　　當然，從總體上講梁啟超的傳記作品還是史學色彩重於文學色彩。人們瀏覽《飲冰室合集》雖然可以很快領略到其「百科全書」式的氣派，但深入探究都不難發覺其「百變不離於史」。因此，梁啟超的傳記寫作也始終依託個人史學家式的治學原則，即以史實為重，特別是以中國歷史人物為傳主的作品尤其如此。他甚至不願意借鑒司馬遷偶爾虛構的做法，而只是根據真實的史料展開有限的聯想。

　　在考察傳主的人生軌跡時，梁啟超一般也是以史學家的眼光來加以審視和取捨。他特別關注傳主的時代背景、社會地位、歷史功過，卻不大關心可以濃塗重抹文學色彩的人物性格、內心世界、生活細節，因為他認為這一切「無關大體，載不勝載」。[33]因此，在長達二十萬字的〈王荊公〉中，只有〈荊公之家庭〉和〈荊公之用人及交友〉兩章涉及王安石的私人生活。而〈李鴻章傳〉除〈緒論〉和〈結論〉外，「李鴻章之位置」、「李鴻章未達以前及其時中國之局勢」、「兵家之李鴻章（上、下）」、「洋務時代之李鴻章」、「中日戰爭之李鴻章」、「外交家之李鴻章（上、下）」、「投閒時代之李鴻章」、「李鴻章之末路」等就成為這一傳記的敘述要點，而像「李鴻章之家世」、「李鴻章

---

33 梁啟超：〈中國四十年来大事記〉，《飲冰室合集》專集之三。

薨逝」等則成了「無關大體，載不勝載」的內容，所以僅在一、二小章中略作交代而已。

在社會政治生活中，黨同伐異歷來如此；在傳記寫作中，因政治立場的對立而諱飾或惡溢傳主的現象在古今中外傳記寫作中也不少見。作為有強烈政治意識的傳記作者的梁啟超由於有良好的治史素養，卻能在主觀上克服因個人政治立場影響對傳主的歷史評價。如他與李鴻章在政治上是公敵，水火不容，私交亦泛泛不深，但寫作〈李鴻章傳〉時卻沒有出於黨派偏見而肆意攻擊，而是根據歷史的實際認定，康有為是英雄，李鴻章也是英雄，只不過前者是千載難逢造時勢之英雄，而後者則是為時勢所造應運而生的尋常英雄而已。這樣的氣度對對警醒國人認清現實、正確評價歷史人物的功過是有很重要的標示意義的。

在李鴻章一生中，最為重要，也最有爭議的事業是洋務運動，這正如梁啟超所說的，「為李鴻章傳，則不得不以洋務二字總括其中世二十餘年之事業。李鴻章所以為一世俗儒所唾罵者以洋務，其所以為一世鄙夫所趨重者亦以洋務」。面對當時一片指責之聲，梁啟超摒棄黨派的私見，實事求是地指出，作為洋務運動的首腦，李鴻章首先向西方學習，付諸實施的開創之功決不可沒──「試問今日四萬萬人中，有可以 Cast the first stone（投第一石，意謂走第一步）之資格者，幾何人哉？」他認為，甚至於洋務運動的失敗，也不能完全歸咎於李鴻章。軍事方面，「由於群議之掣肘者半，由於鴻章之自取者半；其自取也，由於用人失當者半，由於見識不明者亦半。」商務方面，則因「官督商辦」的政策導致「奸吏舞文，視為利藪，憑挾狐威，把持局務，其已入股者安得不寒心，其未來者安得不裹足耶？」[34]甲午海戰和馬關條約簽訂後，李鴻章成為萬矢之的，世人皆欲殺之。對此，

---

34 梁啟超：〈中國四十年來大事記〉，《飲冰室合集》專集之三。

梁啟超卻並非一味地猛烈批判，而是進行冷靜、客觀而公正的評述。他一方面嚴厲批評李鴻章荒唐可笑的軍事指揮，列舉出十二條誤國大罪，並斷言喪權辱國的馬關條約正是這十二大罪的必然結果；另一方面，他又不帶偏見地「實錄」了李鴻章在談判時的大義凜然、毫不示弱的「慷慨忠憤之氣」：

> 二十四日抵馬關，與日本全權大臣伊藤博文、陸奧宗光開議。翌日，首議停戰條件。日本首提議以大沽、天津、山海關三處為質，議論移時，不肯少讓，乃更議暫擱停戰之議，即便議和。伊藤言，既若爾，則須將停戰之節略撤回，以後不許再犯及，彼此磋磨未決。及二十八日，第三次會議，歸途中，突遇利客，以槍擊鴻章，中左顴，槍子深入左目下，一暈幾絕。日官聞警來問狀者絡繹不絕。……遂允將中國前提出之停戰節略畫押。口舌所不能爭者，借一槍子之傷而得之，於是議和前一節，略有端緒。當遇利之初，日皇遣御醫軍醫來視疾，眾醫皆謂取出槍手，創乃可療，但須靜養多日，不勞心力云。鴻章慨然曰：「國步艱難，和局之成，刻不容緩，予焉能延宕以誤國乎？寧死無割。」刺之明日，或見血滿袍服，言曰，此血所以報國也。鴻章潸然曰：「舍予命而有益於國，亦所不辭。」其慷慨忠憤之氣，君子敬之。[35]

　　也許自己覺得嚴格遵循了史家求實的精神，梁啟超也才敢於宣稱：「吾著此書，自信不至為克林威爾所呵。合肥有知，必當微笑於地下曰：孺子知我」[36]。

---

35 梁啟超：〈中國四十年來大事記〉，《飲冰室合集》專集之三。
36 梁啟超：〈中國四十年來大事記〉，《飲冰室合集》專集之三。

　　面對自己的革命同盟，面對自己的恩師，梁啟超在寫作〈南海康先生傳〉時也同樣表現了實事求是的歷史精神。一方面，他極力再現康有為公車上書，「無所於擾，鍥而不捨」，以天下為己任的大無畏的英雄主義氣概；另一方面，他也如實指出「戊戌維新之可貴，在精神耳，若其形式，則殊多缺點」。[37]梁啟超並沒有因傳主與自己關係的特殊，而做出缺乏歷史感的評價。

　　強調梁啟超傳記史學色彩重於文學色彩並不意味著他在傳記的文學性方面毫無建樹。他根據西方有關著作改編的外國名人傳記中，也不乏形象生動的生活細節描摹或深入細緻的心理刻畫。如〈近世第一女傑羅蘭夫人傳〉中的羅蘭夫人，愛書惜花是她平生的兩大嗜好，據此，梁啟超展開了豐富的聯想：「夫人幼時，每當讀書入定之際，雖何人若不見，雖何事若不聞，惟屢屢以其讀書之眼，轉秋波以向花叢」。[38]這樣的敘述史料中是沒有的，但是它又是從史料中生發開來的，讀來並不會讓人覺得突兀。

　　當然，從總體上看梁啟超的主要傳記作品都不是以傳主的生命時間為結構線索，而是按邏輯思維安排篇章，甚至連宜於用文學筆法描摹展現的傳主人格，也是通過正面的介紹性描述或分析性評論來揭示。上述在一切所體現的史學色彩重於文學色彩的風格，也正是中國傳記文學由古代向現代過渡的特殊現象。

　　而正如前面一再談到的，梁啟超是有著強烈政治意識的傳記作者，他的新民主張是為了重鑄民族性格，他的傳記寫作也是為讓讀者鑒往知來，進而達到啟民心智的目的，因此他的傳記寫作大都帶有鮮明的政治功利性色彩。梁啟超曾清醒地自我表白說「吾二十年來之生涯，皆政治生涯也。……惟好攘臂扼腕以譚政治，政治譚以外，雖非

37　梁啟超：〈南海康先生傳〉，《飲冰室合集》文集之六。
38　梁啟超：〈近世第一女傑羅蘭夫人傳〉，《飲冰室合集》專集之十二。

無言論，然匣劍帷燈，意固有所屬，凡歸於政治而已，吾亦嘗欲借言論以造成一種人物，然所欲造成者，則吾理想中之政治人物也」。[39]因此，他是很明確地把人物傳記當作實現自己政治理想的工具。梁啟超寫於一九〇一至一九〇四年間的中外名人傳記，大都為「新民」的思想啟蒙而作，稍後的〈王荊公〉（1908）和〈管子傳〉（1909）則是為當時的立憲運動服務的。在梁啟超的心目中，管子和王安石就是中國古代的立憲派，因此他在兩傳的〈例言〉中明確談到了自己寫作的動機與目的：

> 本編以發明管子政術為主，其他雜事不備載；管子政術，以法治主義及經濟政策為兩大綱領，故論之特詳，而時以東西新學說疏通證明之，使學者得融會之益。[40]

> 本書以發揮荊公政術為第一義，故於其所創諸新法之內容及其得失言之特詳而往往以今世歐美政治比較之，使讀者於新舊知識咸得融會。[41]

　　站在政治立場利用傳記，將其作為自我政治思想的載體，這與現代傳記的創作原則並不盡吻合。然而，正如梁啟超具有鮮明社會功利目的的小說理論在當時受到普遍歡迎一樣，在新舊時代嬗易的特定社會歷史條件下，其傳記所具有的政治傾向性反而激起社會強烈反響，同時代的文人們也競相仿效。梁啟超之後，選擇歷代政治文化偉人、民族英雄或域外資產階級革命家為傳主，通過傳記的寫作進行愛國主義和民族民主革命宣傳蔚然成風。在此後很長時間內，「採用這種形

---

39 梁啟超：〈中國四十年來大事記〉，《飲冰室合集》專集之三。
40 梁啟超：〈管子傳〉，《飲冰室合集》專集之二十八。
41 梁啟超：〈王荊公〉，《飲冰室合集》專集之二十七。

式來宣傳革命」的傳記文學「幾乎成為絕大多數革命刊物不可缺少的部門」。[42]

中國傳統的傳記,「類皆記事,不下論贊,其有之則附於篇末耳,然夾敘夾論,其例實創自太史公,……後人短於史識,不敢學之耳。著者不敏,竊附斯義」。[43] 梁啓超既然將傳記寫作當成其革命宣傳的一部分,用夾敘夾論的手法顯示鮮明的政治傾向性就成為其傳記作品的共同特色。但梁啓超的議論方式卻與司馬遷大相逕庭,他不是基於史識的理性論斷而更多的是源於個人政治立場的批評抒發。在他筆下,即使是描述傳主在場的某種戲劇性場景或傳主的言行細節時,也都不乏感情色彩濃烈的評論性言語,如〈近世第一女傑羅蘭夫人傳〉:

> 泰西通例,凡男女同時受死刑,則先女後男,蓋免其見戮者之慘狀而戰慄也。其日有與羅蘭夫人同車來之一男子,震慄無人色,夫人憐之,乃曰:「請君先就義,勿見余流血之狀以苦君」。乃乞劊子手一更其次第云。嗚呼,其愛人義俠之心,至死不渝,有如此者,雖小節亦可以概平生矣。[44]

但與此同時,由於梁啓超的視野開闊,挖掘深入以及議論性言語的巧妙介入,有時也反過來讓這類傳記作品的字裡行間透露出醇厚的歷史意味。如:

> 嗚呼,東西古今之英雄其名,而亂臣賊子、奸物凶漢、迷信發狂、專制偽善其實者何限?而彼等顧不肯屍此徽號,而獨以讓

---

42 阿英:〈傳記文學的發展——辛亥革命文談之五〉,《阿英全集》(合肥市:安徽教育出版社,1999年),卷6,頁688。

43 梁啓超:〈吾今日所以報國者〉,《飲冰室合集》文集之三十三。

44 梁啓超:〈近世第一女傑羅蘭夫人傳〉,《飲冰室合集》專集之十二。

諸克林威爾。克林威爾之所以為英雄者在此，克林威爾之所以
為聖賢者亦在此。[45]

鄭和之所成就，在明成祖既已躊躇滿志者。然則此後雖有無量
數之鄭和，亦若是則已耳。嗚呼，此我族之所以久為人下者。[46]

在蒼涼而悲壯的情感基調中，梁啟超以這種深涵歷史韻味的沉重語
句，警醒並激勵後世諸君對過往的歷史事件與人物進行回味與反思。

發表於一九○四年的〈明季第一重要人物袁崇煥傳〉歌頌明末民
主英雄袁崇煥受命於危難之間，忠心耿耿英勇抗敵的事蹟，同時也傳
達了梁啟超對明末統治集團內部腐敗無能、互相傾軋以至自取滅亡的
悲憤之情。在講述崇偵皇帝中敵之反間計而令崇煥冤死獄中的史實
後，作者不禁抒發道：

袁督師一日不去，則滿洲萬不能得志於中國，清軍之處心積慮
以謀督師，宜也。而獨怪乎明之朝廷，自懷長城，為敵復仇，
以快群小一日之意見，而與之俱盡。天下古今冤獄雖多，語其
關係之重大，殊未有大督師若者也。嗚呼，豈唯前代，今日之
困難，急於明季數倍，而舉國中欲求一如袁督師其人者，顧可
得耶？顧可得耶？「但使龍城飛將在，不教胡馬度陰山」，讀
袁督師傳，二百年前事，其猶昨日也。[47]

深寓政治傾向性的梁啟超傳記大多是夾敘夾議，但他撰寫的西方
名人傳記雖也仍多議論，卻大多議而不論，有時議論更僅僅是為抒情
而設，其中較典型的如〈意大利建國三傑傳〉的一段結論：

45　梁啟超：〈新英國巨人克林威爾傳〉，《飲冰室合集》專集之十三。
46　梁啟超：〈祖國大航海家鄭和傳〉，《飲冰室合集》專集之三。
47　梁啟超：〈明季第一重要人物袁崇煥傳〉，《飲冰室合集》專集之七。

> 吾於是一擲筆，西向望祖國，乃沉沉焉、瞑瞑焉曰：嘻，彼數
> 十年前之義大利，何以與我祖國相類之甚。其為世界上最古最
> 名譽之國也相類，其中衰也相類，其散漫而無所統一也相類，
> 其主權屬於外族也相類，其專制之慘酷也相類，其主權之外復
> 有他強國之勢力範圍也相類，勢力範圍不止一國、國民舉動、
> 動遭干涉也相類。嗚呼，同病相憐，豈不然哉！……吾今欲祝
> 中國之為新中國，吾不得不虔禱彼造構者，乞誕若三傑其人於
> 我中國。[48]

　　梁啟超這種娓娓敘述中的「曉之以理，動之以情」對後代的文人
影響極為深遠，同樣也富於激情的郭沫若後來談到自己讀梁啟超著作
時的情形時還說：

> 那時候的梁任公已經成了保皇黨了。我們心裡很鄙屑他，但卻
> 喜歡他的著書。他著的〈義大利建國三傑〉（即〈意大利建國
> 三傑傳〉──原注），他譯的《經國美談》，以輕靈的筆調描寫
> 那亡命的志士，建國的英雄，真是令人心醉。我在崇拜拿破
> 崙、畢士麥之餘便是崇拜的加富爾、加里波蒂、瑪志尼了。[49]

　　梁啟超的傳記寫作滲透了「政治小說」的觀念，因而他的作品的
社會政治意義和價值超過了作品本身的文學意義和價值。當然，除改
良家、民族英雄以及外國人物傳記外，梁啟超也寫過一些學者、思想
家的傳記，如〈管子傳〉和〈戴東原先生傳〉，等等。〈戴東原先生
傳〉中除了敘寫戴震年少求學時好發問，塾師不勝其煩等少數語句尚

---

48 梁啟超：〈義大利建國三傑傳〉，《飲冰室合集》專集之四。
49 郭沫若：〈我的童年〉，《郭沫若全集》（北京市：人民文學出版社，1992年），卷
　　11，頁121。

存一絲生活氣息外，大部分內容都是介紹戴氏一生在學術方面的造詣與貢獻。用作者自己的話說，該傳「體例依前代史稿，專采前人成文，不自撰一語，時或為行文便利起見，竄易增加數字而已。私見所及，則別為案語綴各段之後」。[50]梁啟超對這種別致的傳記寫作頗為自得，所以後來在自己的〈中國歷史研究法補編〉裡還特意大力提倡。

　　總之，梁啟超的傳記寫作是在史家筆法與文學家筆法的有機融合下進行的。他說：「歷史的文章，為的是作給人看，若不能感動人，其價值就減少了」，因此，他十分強調文采問題，尤其要求做到簡潔與飛動，「一面要謹嚴，一面要加電力，好像電影一樣活動自然」。[51]議論的穿插，政治性話語的巧妙貼合，富於教化意義的言語的融入，梁啟超創造了一種富於奇異審美效果而迥異於前代的語言形式。史傳傳承的中國傳統傳記在梁啟超的手上有了一個質的改觀，文學色彩更加濃烈，語言也更富於感染力。

　　當然，梁啟超的傳記理論與作品還存在著一些不足，甚至還有一些自相矛盾的地方。有論者就曾談及梁任公的傳記「考訂疏而浮詞多，也不能算優良合理的傳記文學」。[52]但作為過渡時期的傳記作家，其作品有其侷限不可避免，客觀的論者都不能因此無視其在傳記轉型中承上啟下、繼往開來的應有地位。

---

50 梁啟超：〈戴東原先生傳〉，《飲冰室合集》文集之四十。

51 梁啟超：〈中國歷史研究法補編〉，《飲冰室合集》專集之九十九。

52 沈嵩華：《傳記學概論》（福州市：教育圖書出版社，1947年），頁66。

第六章
胡適的傳記文學倡導與創作

　　中國傳記文學的現代轉型開始於西風東漸的戊戌維新前後。在這方面，梁啟超有開創性的貢獻，但真正從理論和實踐上有力地倡導傳記文學的，不能不首推胡適。胡適最早以西方傳記為參照，全面反思了中國傳統的傳記觀念與傳記寫作，並通過自己持續不斷的寫作實踐，擴大了傳記文學在讀者中的影響力。正是胡適持之以恆的倡導，加快推進了中國傳記文學的現代轉型。

一　提倡有心，實行無力

　　胡適（1891-1962），字適之，安徽績溪縣人。他自一九〇四年到上海求學後，就開始接受維新思想，受梁啟超的影響尤大。在中國公學讀書時，胡適在學校校刊《競業旬報》發表過〈姚烈士傳〉、〈顧咸卿〉、〈中國第一偉人楊斯盛傳〉、〈世界第一女傑貞德傳〉和〈中國女傑王昭君傳〉等作品和〈讀《愛國二童子傳》〉等評論。

　　從題目上看，「第一偉人」、「第一女傑」等的立傳角度，顯然是受了梁啟超的〈近世第一女傑羅蘭夫人傳〉、〈黃帝以後第一偉人趙武靈王傳〉、〈明季第一重要人物袁崇煥傳〉等作品的啟發。〈姚烈士傳〉主要以「姚烈士之事蹟」、「姚烈士辦學」、「姚烈士之死」，三大事件勾勒出了姚烈士的愛國形象；〈中國第一偉人楊斯盛傳〉以楊斯盛的經歷為發展線索，通過對比的手法，凸顯出主人翁的「可敬可愛可法可師」；〈中國女傑王昭君傳〉則側重於用心理手法來展現昭君的

精神世界。這幾篇傳記作品均用現代白話文寫成，敘事上借鑒了古典白話小說的講述方式，以說書人的語氣敘述故事，發表議論，風格相近。〈姚烈士傳〉一開篇就強調「責任」「比生命還貴重幾千百倍」；〈世界第一女傑貞德傳〉的結尾明確指出「我們中國如今的時勢危險極了，比起那時法國的情形，我們中國還要危險十倍呢！」號召中國同胞「快些起來救國」；〈中國愛國女傑王昭君傳〉張揚的則是傳主的一片「愛國苦心」。由此可見，尚未赴美留學的胡適已經開始傳記寫作和傳記評論的嘗試，其作品主要是受中國傳統史傳的影響，寫法上可以看到作者對古典文學的承襲，但也明顯具有近代以來梁啟超等人著力通過為先賢立傳警醒國人的史鑒意圖。

　　一九一〇至一九一七年赴美留學期間，胡適廣泛接觸西方傳記作品和理論，並於一九一四年寫下了題為〈傳記文學〉的札記[1]和〈康南耳君傳〉。〈傳記文學〉一文從理論上比較分析了中西傳記的「差異」，認為「東方無長篇自傳」；中國的傳記「靜而不動」，即「但寫其人為誰某，而不寫其人之何以得成誰某」，而西方傳記「可見其人格進退之次第，及其進退之動力」，且「瑣事多而詳，讀之者如親見其人，親聆其談論」，[2]其受西方傳記影響和標舉西方傳記的主張顯而易見。而這一札記也標誌著，胡適對傳記的興趣已經從一般的寫作嘗試逐漸上升到自覺的理論探討。

　　從五四前後至四〇年代末是胡適積極提倡和從事傳記文學的重要時期。理論方面，他通過序文、講演、評論等形式，對傳記文學的體例、分類、美學特徵以及古今傳記差異、中西傳記差異等問題進行了

1　據卞兆明〈胡適最早使用「傳記文學」名稱的時間定位〉一文考證，「胡適在1914年並沒有使用『傳記文學』一詞，9月23日的札記談論的也只是『傳記』而不是『傳記文學』，直到1930年胡適在《書舶庸譚》〈序〉中才正式開始使用『傳記文學』名稱」。見《蘇州大學學報》（哲學學社會科學版）2002年第4期。

2　胡適：〈傳記文學〉，《胡適傳記作品全編》（上海市：東方出版中心，1999年），卷4，頁200-201。

探討。比較有影響的文章包括《南通張季直先生傳記》〈序〉、〈中國的傳記文學——在北京大學史學會的講演提綱〉、《留學日記》〈自序〉、《四十自述》〈自序〉，等等。這時期的胡適有感於中國傳記的不發達，繼續以西方傳記文學為參照，對中國傳統的傳記觀念和立傳方法進行了文學的審視和理論的反思。他著重分析了中國傳記不發達的原因，並特別強調傳記文學紀實和傳真的特徵。在《南通張季直先生傳記》〈序〉、〈中國的傳記文學——在北京大學史學會的講演提綱〉等文中，胡適都關注到中國缺乏傳記文學的原因。他認為，造成中國傳記文學不發達的原因是沒有崇拜偉大人物的風氣，多忌諱，文字的障礙。顯然，中國傳記文學的不發達，成了胡適進行理論探討的基本著眼點和出發點，而把提倡傳記文學和提倡白話文結合起來也成為其理論的自覺。

　　針對中國傳記文學的不發達的歷史與現狀，胡適一方面進行理論的提倡，另一方面則極力勸人撰寫自傳。他在《四十自述》的序言裡曾談到：「我在這十幾年中，因為深深的感覺中國最缺乏傳記的文學，所以到處勸我的老輩朋友寫他們的自傳」。[3]他提及的這些朋友包括林長民、梁啟超、梁士詒、蔡元培、張元濟、高夢旦，陳獨秀，熊希齡、葉景葵，等等。

　　胡適不僅勸人寫自傳，而且他還以身示範，積極進行創作的嘗試。在這期間，胡適進行的傳記寫作實踐主要包括兩類，一類是具有自傳性質的，另一類是為他人所作的傳記。

　　關於自傳，胡適在〈中國的傳記文學——在北京大學史學會的講演提綱〉中把自序的小傳、自傳的詩歌、遊記、日記、信札、自撰年譜等都納入了自傳的範疇裡，因此他的自傳寫作形式也多種多樣，有年譜，有遊記、也有自述，比較主要的如〈我的年譜（一九二三）〉、

3　胡適：〈四十自述自序〉，《胡適傳記作品全編》（上海市：東方出版中心，1999年），卷1，上冊，頁1。

〈一九二四年的年譜〉、〈南行雜憶〉、〈一九三四年的回憶〉、〈南遊雜憶〉、《四十自述》、〈逼上梁山——文學革命的開始〉、〈我的信仰及其發展〉，等等。胡適雖然在外在的形式上借用了傳統的體式，但在寫法上，胡適則進行了改造與創新的嘗試。比如寫年譜，胡適並不是簡單地以時間順序逐條記事，而是著重地突出了自己思想學術上的事件。在〈我的年譜（一九二三年）〉中，他並不是逐日記事，而是以主要事件的發生順序，側重寫了「自己告假引起的社會議論」、「蔡元培辭職事件」以及自己的著述情況等對社會、歷史有影響的大事件。寫遊記，胡適的重點也不在流連風景名勝，而是記錄自己的行蹤、講述當時所遇社會風氣，社會問題的思考。總之，胡適化整為零，以多種形式、多種手法來記錄自己的生活、思想、社會活動等概況，有意識為自己的經歷留此存照，通過一系列的文字完整匯映自己的生活歷程。

　　為他人所做的傳記，胡適也寫了不少。按照傳主的身分和歷史地位劃分，胡適的他傳作品可以分為名人傳記和普通人傳記，其中大部分為名人傳記。這些名人傳記的傳主既有古代學者，如老子、陸賈、崔述、李覯、戴東原、顧炎武、費經虞、費密、程延祚、顏元、王梵志、李汝珍、嚴中濟、吳敬梓、章實齋、趙一清、朱敦儒、歐陽修、王莽和蒲松齡，也有自己所敬重的近代或同時代的名士如：曾孟樸、孫中山、林森、齊白石、興登堡、辜鴻銘，還有胡適身邊的好友故交，如陳獨秀、徐志摩、胡明復、高夢旦、張伯苓、丁在君、田中玉。這些傳主，有的是思想家，有的是科學家，有的是文學藝術家、還有的是政治家。針對傳主的不同身分及掌握的材料，胡適採取了不同的傳記體式。對於古代的思想家，像老子、崔述、戴東原、程延祚等，胡適採取的是學術性評傳的體式，側重於評論傳主的思想發生、發展過程以及社會影響等，如《章實齋年譜》、《戴東原的哲學》。胡適把握傳主的這一獨特角度與他的學術經歷有關。胡適為撰寫《中國哲學史大綱》曾系統地閱讀過中國古代哲學著作，對古代的哲學思想

變遷有較深入的瞭解。他為古代學者寫傳，一方面是為了系統整理這些古代學人的思想；另一方面是為了向世人介紹那些不曾被重視卻又有一定價值的思想和學說，對那些被忽略的學者給予客觀的評價。對於政治家，像孫中山、興登堡等，胡適採用一般傳記讀物的體式，通過對他們的生平事蹟及其思想的描述，凸顯其人格。對於著名的文學家，像歐陽修、蒲松齡、關漢卿等，胡適意不在介紹他們的生平事蹟及其思想，而著眼於史實的考證，如〈辨偽舉例——蒲松齡生年考〉、〈歐陽修的兩次獄事〉等。

　　從嚴格意義上說，胡適上述許多努力並不能稱為傳記文學嘗試，其作品也不是嚴格意義上的傳記文學作品。但即使稱為傳記史料，也足以表明胡適這一階段對於傳記寫作的努力和成果。與紛繁的名人傳記相比，胡適此時期為普通人立傳顯得少之又少，最具影響力的莫過於為一位素不相識的普通女學生所作的七千多字的傳記——〈李超傳〉。另外，他還用傳統的傳記文的體式寫了介紹母親生平事蹟的〈先母行述（一八七三～一九一八）〉。

　　一九四九年之後，胡適先是旅居美國，九年後從美國返臺灣定居，直至一九六二年去世。在這期間，他繼續傳記文學的理論提倡並堅持傳記寫作。理論闡釋方面，胡適於一九五三年一月在臺灣省立師範學院的演講——〈傳記文學〉，在堅持強調中國傳記文學不發達的同時，他開始較為客觀地梳理和總結了中國傳記文學的歷史傳統。胡適改變以往一味否定的態度，指出《史記》、《漢書》、《三國志》、《晉書》等古代典籍中的傳記的可取之處，充分肯定言行錄《論語》的傳記意義，並且對《羅壯勇公年譜》、《病榻夢痕錄》和《夢痕餘錄》作了很高的評價。他認為中國並不是沒有生動的傳記，而是缺乏長篇傳記；認為中國人缺乏保存史料的意識和公共機關，而言行錄也應是傳記的一種。除了演講外，胡適還通過為他人的傳記作品寫作序跋或評論，介紹、評價和總結他人傳記寫作的成敗得失。在傳記寫作實踐方

面，胡適這時期的主要作品是《丁文江的傳記》和《胡適口述自傳》。《丁文江的傳記》以純粹白話文寫成，作品把丁文江的一生，用十七個小標題加以概括，在較為詳盡地描述丁文江一生的事業、思想和社會政治活動的同時，也通過傳主勾勒出了中國近代科學發展的輪廓。《胡適口述自傳》是胡適一九五七年前後應哥倫比亞大學口述歷史部之邀，用英文作的口述自傳，後由記錄人唐德剛整理注釋而成。這一自傳對深入瞭解和研究胡適其人有著重要的學術價值。

　　總之，從一九〇八年的〈姚烈士傳〉開始，傳記寫作和理論倡導貫穿了胡適的一生，他對中國傳記文學的轉型和現代傳記文學的發展功不可沒。他對傳記文學，尤其是對自傳的極力倡導在某種程度上也直接影響了三十年代的「自傳熱」興起。當然，作為現代傳記文學理論倡導和寫作嘗試的先行者之一，他的傳記文學觀念和傳記文學實踐還有待於後人從歷史變革的角度進行深入系統的認識和總結。

二　強調紀實的傳記文學觀

　　胡適熱心提倡傳記文學，是從中西傳記比較和對中國舊傳記的清理和批判入手的。一九一四年九月二十三日，胡適寫下的札記著重分析了中西傳記的差異。胡適認為：

> 吾國之傳記，惟以傳其人之人格（Character）。而西方之傳記，則不獨傳此人格已也，又傳此人格進化之歷史（The development of character）……
> ……布魯達克（Plutarch）之《英雄傳》，稍類東方傳記。若近世如巴司威爾之《約翰生傳》，洛楷之《司各得傳》，穆勒之《自傳》，斯賓塞之《自傳》，皆東方所未有也。
> 東方無長篇自傳。余所知之自傳惟司馬遷之〈自敘〉，王充之

〈自紀篇〉，江淹之〈自敘〉。中惟王充〈自紀篇〉最長，凡四千五百字，而議論居十之八，以視弗蘭克林之《自傳》尚不可得，無論三巨冊之斯賓塞矣。

就上述文字看，胡適受西方傳記的影響和標舉西方傳記的傾向顯而易見。同時，胡適還深入地比較了東西方傳記在體例方面的差距與優劣，他認為：

> 東方短傳之佳處：
>
> （一）只此已足見其人人格之一斑。
>
> （二）節省讀者日力。
>
> 西方長傳之佳處：
>
> （一）可見其人格進退之次第，及其進退之動力。
>
> （二）瑣事多而詳，讀之如親見其人，親聆其談論。
>
> 西方長傳之短處：
>
> （一）太繁；只可供專家之研究，而不可為恒人之觀覽。人生能讀得幾部《約翰生傳》耶？
>
> （二）於生平瑣事取裁無節，或失之濫。
>
> 東方短長之短處：
>
> （一）太略。所擇之小節數事或不足見其真。
>
> （二）作傳太易。作者大抵率爾操觚，不深知所傳之人。史官一人須作傳數百，安得有佳傳？
>
> （三）所據多本官書，不足徵信
>
> （四）傳記大抵靜而不動。何謂靜而不動？（靜Static，動Dynamic.）但寫其人為誰某，而不寫其人之何以得成誰某是也。[4]

4　胡適：〈傳記文學〉，《胡適傳記作品全編》（上海市：東方出版中心，1999年），卷4，頁200-201。

　　應該說，胡適對中國舊傳記的批判比起他一九一七年一月在《文學改良芻議》中對整個舊文學的批判要來得客觀，其最有見地之處是指出中國傳記「靜而不動」，即「寫其人為誰某，而不寫其人之何以得成誰某是也」，讚賞西方傳記「可見其人格進退之次第，及其進退之動力」。胡適強調傳記文學寫作中的「人」「人格」、人格形成的「原因」與「過程」、以及「如親見其人，親聆其談論」的閱讀效果。「如親見其人，親聆其談論」，形象生動之謂，文學之基本要求也。這一切集中體現了胡適傳記文學主張的現代性因素的。

　　然而胡適對中國舊傳記的批判，並不僅於此。他認為中國二千五百多年來的傳記文學中，只有汪輝祖的《病榻夢痕錄》及《夢痕餘錄》和王懋竑的《朱子年譜》（附〈考異〉及〈附錄〉）可以算是一流的傳記，次之的是蔡上翔的《王荊公年譜考略》和慧立的《慈恩大法師傳》，其餘都不夠格。[5]但是比照胡適所讚賞的「可見其人格進退之次第，及其進退之動力」的傳記美學，這幾部傳記顯然並不是胡適心目中的理想傳記，胡適看重這幾部傳記主要是因為它們具有較高的政治、經濟和文化方面的史料價值。在胡適看來，中國舊傳記存在著諸多的弊病：「中國的正史，可以說大部分是集合傳記而成的；但可惜所有的傳記多是短篇⋯⋯我們一開頭就作興短傳記的體裁，是最不幸的事」。「中國傳記文學第一個重大缺點是材料太少，保存的原料太少，對於被作傳的人的人格、狀貌、公私生活行為，多不知道」。[6]歸結起來，胡適認為中國舊傳記存在的缺點主要是：不可讀、不可信、無長篇傳記。

　　基於中國舊傳記的種種缺憾，胡適進一步分析了中國傳記不發達

5　參見胡適：〈中國的傳記文學——在北京大學史學會的講演提綱〉，《胡適傳記作品全編》（上海市：東方出版中心，1999年），卷4，頁208。

6　胡適：〈傳記文學〉（一九五三年在臺灣省立師範學院的演講），《胡適傳記作品全編》（上海市：東方出版中心，1999年），卷4，頁244。

的根本原因。在他看來，主要有五點：「沒有崇拜偉大人物的風氣」、「多忌諱」、「文字的障礙」、「不看重傳記文學，故無傳記專家」、[7]「缺乏保存史料的公共機關」。[8]

　　一、關於「沒有崇拜偉大人物的風氣」，其實值得進一步的推敲。中國自古有「蓋棺定論」之習慣，對於偉大人物，在其生前向來不好評論，總得等到死後才能定論。但是待到死後，又出於對死者的尊重，生前的失德之事或不光彩的事，便一筆勾銷，留給後人的多是溢美之詞。其實中國並不是沒有崇拜偉大人物的風氣，而是缺乏真誠而又理性地崇拜偉大人物的風氣。對於偉大人物常常是竭盡全力地捧高，甚至把偉大人物推向神壇。當偉大人物成了至高無上的精神偶像時，偉人便被去掉了世俗性，生死愛欲也帶上了神話色彩，世人記載下的傳記也便失去了人的個性。這種傳記與西方人為偉人撰寫的有血有肉、活靈活現的傳記差距甚遠。

　　二、「多忌諱」。胡適認為古代聖人作史有「為尊者諱、為親者諱、為賢者諱的謬例」，後代「諛墓小儒」更是如此，以至於中國文人作傳「對於政治有忌諱，對於時人有忌諱、對於死者本人也有忌諱」。「故幾千年的傳記文章，不失於諛頌，便失於詆誣，同為忌諱，同是不能紀實傳信」。[9]

　　三、「文字的障礙」。胡適認為：「傳記寫所傳的人最要能寫出他的實在身分，實在神情，實在口吻，要使讀者如見其人，要使讀者感覺真可以尚友其人。但中國的死文字卻不能擔負這種傳神寫生的工

7　胡適：〈中國的傳記文學──在北京大學史學會的講演提綱〉，《胡適傳記作品全編》（上海市：東方出版中心，1999年），卷4，頁207-208。

8　胡適：〈傳記文學〉（一九五三年在臺灣省立師範學院的演講），《胡適傳記作品全編》（上海市：東方出版中心，1999年），卷4，頁251。

9　胡適：〈南通張季直先生傳記序〉，《胡適傳記作品全編》（上海市：東方出版中心，1999年），卷4，頁203。

作。我近年研究佛教史料，讀了六朝唐人的無數和尚碑傳，其中百分之九十八九都是滿紙駢儷對偶，讀了不知道說的是什麼東西。直到李華獨孤及以下，始稍稍有可讀的碑傳。但後來的『古文』家又中了『義法』之說的遺毒，講求字句之古，而不注重事實之真，往往寧可犧牲事實以求某句某字之似韓似歐！硬把活跳的人裝進死板板的古文義法的爛套裡去，於是只有爛古文，而決沒有活傳記了」。[10]這樣，胡適也就把推進傳記現代化進程與提倡白話文，反對文言文的文學革命運動結合到一起，形成了從傳記文學觀念到傳記文學的體裁、敘述形式和語言載體等的全新的理論框架。

四、「不看重傳記文學，故無傳記專家」。胡適認為中國古代的文人士大夫普遍缺乏傳記寫作意識，認為只有史官才能立傳，即所謂的「傳乃史職，身非史官，豈可為人作傳」。[11]而官方修史，多為政治統治的需要，官方色彩濃烈；私人撰史，又被看作是道聽塗說，野史之流。這樣一來，中國便無傳記專家了。

五、「缺乏保存史料的公共機關」。這是胡適於一九五三年在臺灣省立師範大學的演講提出的，其實早在三〇年代胡適在北京大學史學會上的演講就曾涉及這方面的問題，只不過表述略有不同而已，當時他的表述是「材料的散亂缺失」。他認為中國沒有專門保存史料的機構和人員，有時常有戰爭，史料大都被焚毀，「無史戚、無圖書館、無故家世族、無長久太平。又文字信札不記年月日，材料不易整理」[12]，這些都是導致中國傳記資料散亂缺失的原因。

胡適以西方近代傳記理論和作品作為參照系，指出了中國舊傳記

---

10 胡適：〈南通張季直先生傳記序〉，《胡適傳記作品全編》（上海市：東方出版中心，1999年），卷4，頁203。

11 章學誠：《文史通義》〈內篇三〉〈傳記〉。

12 胡適：〈中國的傳記文學——在北京大學史學會的講演提綱〉，《胡適傳記作品全編》（上海市：東方出版中心，1999年），卷4，頁208。

的諸多弊病，並且探究了中國傳記不發達的原因。但胡適認為，在現代中國傳記文學至少具有四大功用：一、給史家做材料。二、給文學開生路。三、人格教育。四、訓練從事史學研究的人員。

　　一、給史家做材料。這是胡適提倡傳記文學的著眼點和出發點。胡適一生不厭其煩地勸導身邊的朋友寫自傳，其目的就是希望這些在社會上做過一番事業的朋友們能「替將來的史家留下一點史料」。[13]作為歷史學家，胡適非常重視傳記的史料功能。他曾強調說：「史料的保存和發表都是第一重要事」，[14]所以他所稱道的古今幾部傳記，也是因為它們具有較高的史料價值。對汪輝祖的《病榻夢痕錄》和《夢痕餘錄》，胡適所看重的是它們既是「官場教科書」，又可為撰寫經濟史提供材料。關於沈宗浩瀚的《克難苦學記》，胡適的評價是：「總而言之，這本自傳的最大貢獻在於肯說老實話，平平實實的老實話，寫一個人，寫一個農村家庭，寫一個農村社會，寫幾個學堂，就都可成社會史料和社會學史料、經濟史料、教育史料」。[15]至於《清代名人傳略》，胡適盛讚其為「不僅僅是一部傳記詞典，它是目前可以看到的關於近三百年中國歷史的最翔實最優秀的一部著作。它是以創造那段歷史的八百多個男女人物傳記的形式寫成的史書」，學者若能從中擷取材料，「必能寫出內容詳盡的清代政治史」，「寫出一部內容詳盡的有關這幾個激動人心的世紀的文化與哲學復興史」。[16]

　　二、給文學開生路。這是胡適在《四十自述》〈自序〉提到的觀

13　胡適：〈四十自述自序〉，《胡適傳記作品全編》（上海市：東方出版中心，1999年），卷1，上冊，頁2。

14　胡適：〈致亦雲的信〉，《胡適傳記作品全編》（上海市：東方出版中心，1999年），卷4，頁288。

15　胡適：〈介紹一本最值得讀的自傳——《克難苦學記》序〉，《胡適傳記作品全編》（上海市：東方出版中心，1999年），卷4，頁267。

16　胡適：〈清代名人傳略序〉，《胡適傳記作品全編》（上海市：東方出版中心，1999年），卷4，頁222-223。

點，他說：「我們赤裸裸地敘述我們少年時代的瑣碎生活，為的是希望社會上做過一番事業的人也會赤裸裸地記載他們的生活，給史家做材料，給文學開生路」。[17]傳記如何給文學開生路？胡適後來沒進行詳細的論述，但結合整個時代語境不難理解，胡適提倡傳記文學是與提倡白話文，反對文言文的文學革命運動相關聯的。胡適認為「文字的障礙」是傳記文學不發達的一大原因，而掃除障礙，證明白話可以做一切文學的媒介就成了文學革命的必然選擇。而傳記作為一個古老的文學類別，必然也是白話文運動所要試驗的對象之一。胡適以身作則，一生的傳記創作除了個別篇目以文言寫成外，基本用白話寫成。他反對難懂的文言，提倡用白話寫傳記文學，這既推動了中國傳記的現代轉型，又推動了文學的發展，給文學帶來新的生機。從這個角度看，確實是給文學開生路。

三、人格教育。在中西傳記文學的比較論述中，胡適非常強調傳主的「人格」以及其「人格」形成的原因和過程。在他看來，傳記可以幫助人格的教育，確切地說是以傳主的人格魅力來感染和教育民眾。為此，胡適在選擇傳主上也有所偏頗，側重於選擇具有一定影響力的古今中外名人作為傳主。即使是為普通人作傳，也注意突出其典範性。如他為「極無名極貧窮」的顧咸卿作傳，一開篇就點明作傳意圖：「顧咸卿雖是無名，雖是貧窮，但是照兄弟看來，顧咸卿的行為，顧咸卿的人格，真正可以做得我中國四萬萬人的模範，真正可以受得我們中國人欽敬的」。[18]為李超作傳，也是因為「不但她個人的志氣可使人發生憐惜敬仰的心，並且她所遭遇的種種困難都可以引起全

---

17 胡適：〈四十自述自序〉，《胡適傳記作品全編》（上海市：東方出版中心，1999年），卷1，上冊，頁3。

18 胡適：〈顧咸卿〉，《胡適傳記作品全編》（上海市：東方出版中心，1999年），卷4，頁164。

國有心人之注意討論」。[19]

　　四、訓練從事史學研究的人員。在《南通張季直先生傳記》〈序〉裡，胡適指出近代中國歷史上有幾個重要人物很可以做新體傳記的傳主，但卻還沒有人去嘗試，他感慨道：「許多大學的史學教授和學生為什麼不來這裡得點實地訓練，做點實際的史學工夫呢？是畏難嗎？是缺乏崇拜大人物的心理嗎？還是缺乏史才呢？」[20]在胡適看來，從事史學研究的人員需要具體的傳記實踐，需要真切地感受傳記的寫作過程，以便在寫作訓練中把握史學方法，更深入地研究史學。傳記寫作可以有不同的筆法，但資料的搜集、整理、裁剪、考據、立論等卻是傳記寫作的必經過程，經過此番訓練後的研究者再從事史學研究，自然會更加得心應手。

　　在一再強調傳記文學的多樣功能的同時，胡適對傳記寫作的方法也進行了比較全面的探討。胡適非常重視傳記的史料功能，為此他對傳記寫作的第一個要求是紀實傳真。胡適認為：「傳記的最重要條件是紀實傳真，而我們中國的文人卻最缺乏說老實話的習慣。對於政治有忌諱，對於時人有忌諱，對於死者本人也有忌諱……故幾千年的傳記文章，不失於諛頌，便失於低誣，同為忌諱，同是不能紀實傳信」。在他看來，「傳記寫所傳的人最要能寫出他的實在身分，實在神情，實在口吻，要使讀者如見其人，要使讀者感覺真可以尚友其人」。[21]也就是要使「讀之者如親見其人，親聆其談論」。[22]為此，胡

19　胡適：〈李超傳〉，《胡適傳記作品全編》（上海市：東方出版中心，1999年），卷4，頁184。

20　胡適：〈南通張季直先生傳記序〉，《胡適傳記作品全編》（上海市：東方出版中心，1999年），卷4，頁204。

21　胡適：〈南通張季直先生傳記序〉，《胡適傳記作品全編》（上海市：東方出版中心，1999年），卷4，頁203。

22　胡適：〈傳記文學〉，《胡適傳記作品全編》（上海市：東方出版中心，1999年），卷4，頁201。

適常強調要「赤裸裸」地寫作，說老實話。他讚賞《羅壯勇公年譜》，是用「很老實很淺近的白話」寫成，稱其是「赤裸裸的寫實」。他認為沈宗瀚的《克難苦學記》「這部自傳最大長處是肯說老實話」。在胡適看來，「說老實話是不容易的事；敘述自己的家庭、父母、兄弟、親戚，說老實話是更不容易的事」。[23]

「說老實話」和「赤裸裸的寫實」，首先涉及到傳記寫作的態度問題。胡適強調中國缺乏崇拜大人物的風氣，其實強調的是中國缺乏嚴肅而真誠的寫傳態度。傳記要寫得真切感人，需要有對傳主真誠的愛敬，既不隱善，又不虛美。在《南通張季直先生傳記》〈序〉中，胡適說：「傳記的文章不出於愛敬崇拜，而出於金錢的買賣，如何會有真切感人的作品呢？」他分析張孝若具有做傳的幾樁重要資格，第一個重要資格便是「他一生最愛敬崇拜他的先人，所以他的工作便成了愛的工作，便成了宗教的工作」。其次是「他生在這個新史學萌芽的時代，受了近代學者的影響，知道愛真理，知道做家傳便是供國史的材料，知道愛先人莫過於說真話，而為先人忌諱便是玷辱先人」。[24]由此可見，胡適認為紀實要達到傳真的效果，首先在態度上需要有對傳主真誠的愛敬，又要有敢於說真話，不避諱的史德。

傳記的紀實傳真效果，除與作者的寫作態度相關外，還與資料的考據、辨析有關。胡適歷來推崇考證學，他在《胡適口述自傳》中，對古代的校勘學、訓詁學和考據學，推崇備至，並且把考據表述為「有證據的探討」。據他自述，他的哲學博士論文《中國古代哲學方法之進化史》中，沒有引用任何不可充分信任之書和不十分可靠之文。胡適這種「考據」的治學觀影響了他的傳記觀，他要求傳記作者

---

23 胡適：〈介紹一本最值得讀的自傳──《克難苦學記》序〉，《胡適傳記作品全編》（上海市：東方出版中心，1999年），卷4，頁266。

24 胡適：〈南通張季直先生傳記序〉，《胡適傳記作品全編》（上海市：東方出版中心，1999年），卷4，頁203-205。

也必須「用繡花針的細密工夫來搜求考證事實」。[25]在胡適看來，對傳主任何細節的描述和反映，都需要有據可依。這樣一來，傳記寫作首先就需要搜集大量的資料，並對相關的資料進行認真細緻的考證。例如關於戴東原的「背師盜名」之事，張慕、魏源、王國維等都沿襲前人的說法，不曾對這一說法進行考證，而胡適則遍查孔刻本戴氏遺書，發現這是一宗誣枉之事。另外，胡適在與鄧廣銘、黎錦熙合寫《齊白石年譜》時發現齊白石的年齡有不同的記載，經過一番歷史考證後他終究戳穿了齊白石的「瞞天過海改年齡之法」。而胡適所寫的學人傳記，像《章學齋年譜》、《丁文江的傳記》等基本是大段的直接引述資料，處處考證，足見其「考據癖」。總之，在胡適看來，要達到紀實傳真的效果，在傳記寫作前，要搜集大量的資料，整理和甄別資料；在傳記寫作中，要處處有據可依。

值得注意的是，胡適強調的紀實存真的作傳原則，與中國傳統史傳所要求的「實錄」有頗為一致。中國的史傳傳統對傳記的真實性一直有嚴格的要求，可以說「實錄」已經成為傳記寫作的一項鐵定原則，董狐、南史秉筆直書的精神一直是歷代史學家和傳記作者的楷模。司馬遷的《史記》首先也是以「實錄」受人們讚譽，其「實錄」精神由後人概括為「其文直，其事核，不虛美，不隱惡」；[26]「善惡必書，斯為實錄」；[27]「不隱不諱而如實得當，周詳而無加飾」。[28]胡適所強調的傳記作品對任何細節的描述與反映，都應有文獻所依是與傳統的實錄原則相一致的。他強調紀實傳真的原則，一方面可以看出他對中國古代史傳觀的承襲，另一方面也是對「不虛美，不隱惡」的傳

---

25 胡適：〈南通張季直先生傳記序〉，《胡適傳記作品全編》（上海市：東方出版中心，1999年），卷4，頁204。

26 《漢書》〈司馬遷傳〉。

27 《史通》〈惑經〉。

28 錢鍾書：《管錐編》（北京市：中華書局，1979年），冊1，頁163。

統「實錄」精神的呼喚和期待。在封建專制下的傳記寫作，傳記者終究很難做到「不虛美，不隱諱」的實錄。《三國志》有曲筆迴護當權者的庸俗習氣；《宋史》有浮誇吹捧之嫌；《晉書》為宣傳孝道竟然編出了「解衣剖病求魚」的荒唐故事。而在現代社會，人們仍然缺乏說老實話的習慣，對於政治有忌諱，對於時人有忌諱，對於死者本人也有忌諱，胡適提出「紀實傳真」的寫傳要求，具有歷史的批判意義，又有現實的針對性。

在強調紀實傳真的基礎上，胡適對傳記文學提出了第二個要求，即「作『傳記』時，當著重『剪裁』，當抓住『傳主』的最大事業，最要主張，最熱鬧或最有代表性的事件，其餘的細碎瑣事，無論如何艱難得來，無論考定如何費力，都不妨忍痛捨棄。其不在捨棄之列者，必是因為此種細碎瑣事有可以描寫或渲染『傳主』的功用」。[29]他強調用典型的事件或典型的細節突出傳主性格。

如果說，紀實傳真強調的是史德和史才，那麼「如何剪裁材料」，強調的則是史識了。剪裁材料，使用材料，體現的是一個傳記作家對史料的辨識與眼光。胡適在〈黃谷仙論文審查報告〉中認為，黃谷仙寫韓退之傳未能抓住韓愈一生的三大貢獻，尤其是未能寫出韓愈提倡古文的事蹟，「為退之作詳傳，遺此一大事，則全傳所記皆成細碎瑣屑，未免有買櫝還珠的遺憾了」。因此胡適認為「作者功力甚勤，而識見不足往往不能抓住材料的重要性，因此往往不能充分利用所得的材料」。[30]由此看來，傳記作家不僅需要對傳主有全面的瞭解和把握，而且需要「用大刀闊斧的遠大識見來評判他們在歷史上的地

29 胡適：〈黃谷仙論文審查報告〉，《胡適傳記作品全編》（上海市：東方出版中心，1999年），卷4，頁218。

30 胡適：〈黃谷仙論文審查報告〉，《胡適傳記作品全編》（上海市：東方出版中心，1999年），卷4，頁217。

位」，[31]從而對傳記材料進行剪裁。為了說明這一點，胡適在〈黃谷仙論文審查報告〉中還特意指出了年譜與傳記的區別。他認為「『年譜』只是編排材料時的分檔草稿，還不是『傳記』」。「年譜」是「細大都不可捐棄」，而傳記則需注重剪裁，對於無關緊要的細碎瑣事，都要「忍痛捨棄」。

　　胡適強調作傳要注重剪裁，要「抓住『傳主』的最大事業，最要主張，最熱鬧或最有代表性的事件」，這與中國史傳的寫人手法又有著緊密的聯繫。司馬遷寫《史記》，很注重對材料的剪裁，他用數載實踐遊歷大江南北搜集資料；但他使用材料時並不是多多益善，而是注意圍繞傳主的思想性格取捨材料，注重對典型細節的描寫。如寫田單，他不寫田單後來當宰相的事，而寫他在國破城危時堅守孤城，巧布「火牛陣」復國的故事，這著重突出了他的智謀。而「《史記》寫人物性格的傳統被後代作家們的散篇雜傳傳記和傳記體的散文、小說所繼承，並在那裡得到了充分的發揚與光大」。[32]像〈張中丞傳後序〉（韓愈）、〈段太尉逸事狀〉（柳宗元）、〈童區寄傳〉（柳宗元）、〈陳子昂別傳〉（盧藏用）、〈李賀小傳〉（李商隱）、〈范文正公神道碑〉（歐陽修）、〈司馬溫公行狀〉（蘇軾）等作品的作者大多繼承司馬遷傳人的手法，著重把握傳主的主要思想性格特徵，注意人生關鍵事件的選擇和典型細節的生動描繪。胡適提出的「剪裁」觀點，與中國傳統史傳的寫人手法本是一脈相承的。

　　儘管胡適對中國舊傳記甚為不滿，但是他對傳記文學提出的這兩點要求，不論是紀實傳真，還是「注重剪裁」的觀點，都可看作是對古代史傳傳統的繼承。由此可以說明，胡適受中國古代史傳影響還是很深的。但不可否認，胡適對中國舊傳記從整體上所作的清理批判，

---

31 胡適：〈南通張季直先生傳記序〉，《胡適傳記作品全編》（上海市：東方出版中心，1999年），卷4，頁204。

32 韓兆琦：《中國傳記文學史》（石家莊市：河北教育出版社，1992年），頁93。

具有其必要性和合理性。「因為胡適畢竟抓住了影響中國傳記（其實何止是傳記）未能按其本身的規律健康發展的根本原因——政治上的封建專制主義的統治與文化上的保守主義惰性的結合」。[33]

三　傳記文學的創作「嘗試」

　　胡適一生，不僅極力提倡傳記文學，而且身體力行，從沒停止傳記的寫作。在胡適的自傳作品中，以《四十自述》最具特色，也最具社會影響。這部作品發表於一九三三年，是胡適在四十歲左右所寫，他原本打算自述四十年來的生活，但因種種原因中斷。這部作品從作者父母的身世及結合開始，但只寫到自己二十歲去美國康乃爾大學前夕，所以是部未完成的自傳。

　　《四十自述》以「我的母親的訂婚」為序幕，下分五章：一、九年的家鄉教育；二、從拜神到無神；三、在上海（一）；四、在上海（二）；五、我怎樣到國外去。其中最具史料價值的是有關中國留日學生一九〇六年在上海創辦中國公學以及該學潮的情況。胡適說：「在中國教育史上，很少追記學校風潮的文字，也很少描寫學生生活的文字」，由於「我當時有資料，故寫的最詳細」。[34]胡適向來強調傳記應為「史家留下一點史料」，他不僅詳細地記下了中國教育史上少有記載的學校風潮事件，而且還有意地描繪了十九世紀末二十世紀初徽州地區農村的種種習俗和宗教信仰等，並且穿插進去了不少的時事熱點，如：甲午戰敗，臺灣民眾的抗守情況；日俄戰爭，中國民眾的仇俄排滿心理等。這為人們瞭解十九世紀末二十世紀初的社會風貌提供了一定的參考資料。

33　朱文華：〈胡適與近代中國傳記史學〉，《江淮論壇》1992年第2期。

34　胡適：〈致楊亮功〉（1961‧2‧15），《傳記文學》（臺灣）1963年第3期。

　　「大多數自傳是受了一種創作衝動，因而也是一種想像的衝動的啟示，它促使作家從其過去的生活中只擇取那些能夠塑造一個有稜有角的模式的事件和經驗。該模式可以是一種超越了作者個人，並且作者也不知不覺地與之認同的形象，或者它僅僅是作者一貫的自我和觀點。」[35]當作者開始自傳寫作時，他對自我的指認就開始發生效力，他就是按照自我認同的形象來選擇事實闡發主體，塑造自我。而自我認同一方面位於個體的中心，另一方面則位於他所處的社會文化的中心。作者在社會文化心理層面和自我的心理意識層面的自我指認，直接影響了自傳文本中的主體的建構。

　　胡適身處中西交會的文化情境，屬新舊交替的過渡時代的人物。在那一時代，社會的進步是以個性的解放和人格的獨立為前提的，因此當時的新派人士總是以特立獨行的叛逆自詡的。胡適雖然生性平和，但在自傳中他也還是格外強調自己的叛逆性。十三歲時，他向村民們虔誠供奉的菩薩擲石子，並揚言「把這幾個爛泥菩薩拆下來拋到毛廁裡去」。從梅溪學堂畢業的那年，他不僅不肯參加上海道衙門的考試，還和幾位同學聯合寫匿名信痛罵上海道袁海觀。在澄衷學堂讀書時，他作為班長也時常和學校辦事人有衝突，並曾因班上一名學生被開除而寫信向老師抗議。結果被記大過一次，並因此離開了澄衷學堂。中國公學因修改校章問題而鬧風潮，在風潮最激烈時胡適則被選為大會書記。胡適似乎通過這樣的自我指認表明，正是這樣叛逆的個性，最終促使他引領了中國現代文學史上意義重大的「文學革命」。

　　就個體心理意識而言胡適對自己一直有比較明確的定位，他後來曾說：「有時我自稱為歷史家；有時又稱為思想史家。但我從未自稱我是哲學家，或其他各行的什麼專家」[36]。他早年的日記中就已經有

---

35 〔法〕菲力浦・勒熱訥著，楊國政譯：《自傳契約》（北京市：生活・讀書・新知三聯書店，2001年），頁279。

36 胡適：《胡適口述自傳》，《胡適傳記作品全編》（上海市：東方出版中心，1999年），卷1，下冊，頁44。

為「國人導師」的自覺意識。在一九○八年赴美前寫給母親的信中提及：「大人素知兒不甘居人下」[37]。《四十自述》的序言中，胡適也說自己勸朋友寫自傳「為的是希望社會上做過一番事業的人也會赤裸裸地記載他們的生活」[38]，而他自己實際上正是以「歷史家」、「思想史家」以及「社會上做過一番事業的人」這些自我認定，進行《四十自述》中的主體建構的。

胡適三歲時父親就去世了，他幾乎沒有受到父親的直接影響。但《四十自述》卻強調，父親遺囑中關於「讀書上進」的幾句話決定了自己一生的發展方向：

> 我父親在臨死之前兩個多月，寫了幾張遺囑，我母親和四個兒子每人各有一張，每張只有幾句話。給我母親的遺囑上說穈兒（我的名字叫嗣穈，穈字音門）天資頗聰明，應該令他讀書。給我的遺囑也教我努力讀書上進。這寥寥幾句話在我的一生中很有重大的影響。[39]

胡適也強調九年的家鄉教育中，母親對自己的影響，但胡適從母親處得來的「做人的訓練」，其實也是由母親轉手的父親的影響。他認為自己從父親處得到的，一是遺傳，二是程、朱理學的遺風。在自傳中他用父親的詩文，強調父親的理學背景，這一切其實都與寫作時的自我指認有關。

在上海的六年是胡適從「鄉下人」到「新人物」的轉型期，對於

---

37 胡適：《胡適全集》（合肥市：安徽教育出版社，2003年），卷23，頁8。

38 胡適：〈四十自述自序〉，《胡適傳記作品全編》（上海市：東方出版中心，1999年），卷1，上冊，頁3。

39 胡適：《四十自述》，《胡適傳記作品全編》（上海市：東方出版中心，1999年），卷1，上冊，頁16。

這一時期他強調的則是梁啟超的影響：

> 我個人受了梁先生無窮的恩惠。現在追想起來，有兩點最分明。第一是他的〈新民說〉，第二是他的〈中國學術思想變遷之大勢〉…………〈新民說〉諸篇給我開闢了一個新世界，使我徹底相信中國之外還有很高等的民族，很高等的文化；《中國學術思想變遷之大勢》也給我開闢了一個新世界，使我知道《四書》、《五經》之外中國還有學術思想。[40]

　　當作者開始自傳寫作時，他對自我的指認就開始發生效力，他按照自我認同的形象進行主體建構，塑造自我。這些追憶強調〈新民說〉和《中國學術思想變遷之大勢》對自我的影響，因為這兩種作品代表了梁啟超的兩種身分，同時也體現了胡適主體建構的核心——「國民之導師」和「思想史家」。「我」正是在這種種影響下成為業已指認的「自我的」。

　　總之，自傳雖然被認為是具有真實性的文本，但它並不能反映傳主一生的全貌。並不是所有發生過的事情在作者寫作自傳時都能被回憶起，也不是所有記憶中的事件都被寫入自傳，作者在寫作過程中對記憶中的事件進行了重構。「自傳裡的事實」「之所以赤裸裸地展示在我們面前，完全是因為自傳作者縱橫組合的結果。縱的一方，他把事實組成一個發展鏈，讓讀者看到自我的演進過程。橫的一面，他把事實周圍的動機和盤托出，使讀者從意義中領悟到經驗。自傳事實就是這種縱橫組合的結晶」[41]。胡適的《四十自述》敘述實際上是按照自我認同進行的一種主體建構。

---

40 胡適：《四十自述》，《胡適傳記作品全編》（上海市：東方出版中心，1999年），卷1，上冊，頁45-47。

41 趙白生：《傳記文學理論》（北京市：北京大學出版社，2003年），頁26。

　　在這部未完成的自傳中，寫得最為動人的部分是寫母親對自己的養育和教誨。胡適不僅用平實的筆調出母親含辛茹苦教子成龍的追求，又寫出在大家庭裡母親作為年輕的寡婦和後母維持家庭關係的艱辛，從而把母親隱忍與剛強的性情刻畫得淋漓盡致，平實的筆調中飽含著深情，在娓娓的敘述中彰顯了母親對自己性格和人生道路的影響。

　　然而，《四十自述》寫得最為精彩的部分，當屬序幕——〈我的母親的訂婚〉。作品一開始就徹底拋棄從傳主的籍貫、祖先說起的老套路，而是一開頭就給讀者鋪設了懸念：「太子會是我們家鄉秋天最熱鬧的神會，但這一年的太子會卻使許多人失望」。而讓人失望的原因，全是因為一個三先生。而三先生又是何許人也？作者緊接著就通過看神會的順弟（傳主的母親）的視角敘寫三先生（傳主的父親）的登場：「前面走來了兩個人。一個高大的中年人，面容紫黑。有點短鬚，兩眼有威光，鄰人不敢正視他；他穿著苧布大袖短衫，苧布大腳管的褲子，腳下穿著麻布鞋子，手裡拿著一杆旱煙管。和他同行的是一個老年人，瘦身材，花白鬍子，也穿著短衣，拿著旱煙管」。讓母親以旁觀者的身分來打量父親，既寫出了他們初識的場景，也為他們後來的結合增添了浪漫的色彩。緊接著，作者並不簡單地按「神會的相見——提親——訂婚」這樣的套路來描述，而是筆鋒一轉，敘寫順弟一家子的情況，寫順弟父親的最大心願是重建一所又大又講究的新屋，這為下文順弟的出嫁埋下了伏筆。正是為了幫助父母完成這一心願，順弟才不顧母親的反對，堅決要嫁給三先生當填房。在這一波三折的婚事中，胡適對人物的心理揣摩得很到位，把人物間的對話寫得很精彩，寫出了人物的性格特點。比如：順弟的父親是忠厚老實之人，他在對待順弟的婚事上就顯得較唯唯諾諾，而順弟的母親則不同，她顯得較剛強和性急，當知道順弟同意這樁婚事時，「她爸歎了一口氣。她媽可氣的跳起來了，岔岔的說：『好呵！你想做官太太了！好罷！聽你情願罷！』」對同一件事情的不同反應，就把兩個人

物的性格特點很好地描述出來。在這場婚姻中，胡適大膽地揣摩母親的心理，把母親出嫁的一點私心毫不隱諱地刻畫出來。就胡適所有的文學作品（包括他的詩歌、戲劇和散文等）而言，這可能是最充分體現作者文學才能的片段。但可惜胡適「究竟是一個受史學訓練深於文學訓練的人，寫完了第一篇，寫到了自己的幼年生活，就不知不覺地拋棄了小說的體裁，回到了謹嚴的歷史敘述的老路上去了」。[42]

　　此外，在《四十自述》中，還值得肯定的是作者針對自我的「實錄」精神。胡適既不避母親為填房之諱，也實錄自己留美之前一段日子「在昏天黑地裡胡混」──「從打牌到喝酒，從喝酒又到叫局，從叫局到吃花酒」的不光彩的經歷。在寫完一九〇八年中國公學風潮的有關章節後，胡適擔心自己的記載「有不正確或不公平的地方」。還特意把原稿送給自己這一派當年攻擊的一個主要目標王敬芳「批評修改」，[43]其實事求是的精神由此可見。[44]

　　在胡適其他類自傳的文字如：《逼上梁山──文學革命的開始》、《我的信仰及其發展》、《胡適口述自傳》中，作者的敘述都偏重於學術思想方面，少有關於家庭，婚姻，愛情等方面的描述。《胡適口述自傳》單從章節的標題看，就知道它是一本側重於思想、學術方面的自傳。全書共十二章，除了前兩章是介紹故鄉、家庭和父親外，其餘的都著重於梳理自己的思想演變、治學方法、學術活動等。唐德剛將此書稱之為「別開生面，自成一格的學術性的自傳」，是「一部言簡

---

42 胡適：〈四十自述自序〉，《胡適傳記作品全編》（上海市：東方出版中心，1999年），卷1，上冊，頁2。

43 胡適：〈我怎樣到外國去〉，《四十自述》，《胡適傳記作品全編》（上海市：東方出版中心，1999年），卷1，上冊，頁71。

44 對胡適自傳的紀實問題，吳福輝在《胡適自傳》〈後記〉說：「大致上，胡適一講家庭身世，便願意述說事實，一旦談到自身，特別是學成歸來，走上社會，他的考證癖，學究氣便發作起來，人事、家庭、經歷，都湮沒下去，單剩下乾巴巴的幾條筋」（見胡適著：《胡適自傳》（南京市：江蘇文藝出版社，1995年），頁343）。

意賅、夫子自道的『胡適學案』」。[45]這對於研究胡適的思想演變，瞭
解其學術活動有一定的參考價值，但仍不能成為名副其實傳記文學
作品。

　　除自傳外，胡適還為他人作了為數不少的傳記，其中，較早產生
過比較大的影響的是〈李超傳〉。這一傳記作品發表於一九一九年
底，篇幅不長，文學性也不強。但由於是有意為之，〈李超傳〉在當
時還是表現出一種新的風貌。

　　首先，與近代以來嚴復、梁啟超以及胡適自己側重選擇名人偉人
為傳主不同，這是為一個素不相識的、受封建家族壓迫貧病而死的女
大學生作傳。雖然中國傳統傳記中也有以普通人為傳主的作品，但胡
適的選擇與五四新文學表現「人的解放」精神相一致，其啟蒙意義在
於傳主「一生遭遇可以用做無量數中國女子的寫照，可以用做中國家
庭制度的研究資料，可以用做研究中國女子問題的起點，可以算做中
國女權史上的一個重要犧牲者」。所以作者在最後說：「我們研究她的
一生，至少可以引起這些問題」：家長族長的專制、女子教育問題、
女子承襲財產的權利、有女不為後的問題，等等。[46]不難看到，胡適
作此傳的動機緣於其獨特的立意，即以普通人真實的人生歷程控訴舊
家庭和現社會的黑暗，表現反封建的訴求。其次，在手法和體例上，
〈李超傳〉採用紀實的敘述，通過傳主與親友的書信片段的引用表現
傳主在舊家庭專制下內心痛苦和求學的艱辛，詳盡具體，切實可信。
另外，〈李超傳〉完全用白話文寫成，這不僅不同於梁啟超傳記的新
文體寫作，更有別於嚴復傳記的文言文寫作，較早體現了中國傳記文
學平民化和寫實化的總體傾向。

---

45 唐德剛：〈寫在書前的譯後感〉，《胡適口述自傳》（上海市：華東師範大學出版社，
　　1993年），頁6。
46 胡適：〈李超傳〉，《胡適傳記作品全編》（上海市：東方出版中心，1999年），卷4，
　　頁193-194。

　　〈荷澤大師神會和尚傳〉也是胡適早期的一部重要傳記作品。此傳寫於一九三〇年一月。收在當年四月出版的胡適整理編輯的《神會和尚遺集》中。胡適主要依據他自英、法兩國所得敦煌卷子，其中包括神會和尚語錄及其《顯宗記》等，加上國內原有史料，進行相互比較參證，講述神會和尚如何以南宗的頓悟教義打破北派漸修的教義，逐漸爭得群眾，並爭得朝廷的信重，從而確定了「頓教」的統治地位，完成了佛教在中國傳播史上的一次革命。但胡適作此傳時，似頗注入「氣」與「情」（用章學誠的說法）的成分，有借他人之酒杯澆自家胸中塊壘的意味。

　　此傳最為引人注目的特點是原始文獻資料的應用和嚴密的考證研究相結合。全傳分「神會與慧能」、「滑臺大雲寺定宗旨」、「菩提達摩以前的傳法世系」、「頓悟的教義」、「貶逐與勝利」以及「神會與六祖壇經」六個部分，胡適以歷史的眼光和中立的態度，在對《宋高僧傳》、《禪門師資承襲圖》、《景德傳燈錄》、《六祖壇經》等十幾部著作的原始資料進行比較分析的基礎上，從考證神會與慧能的關係到為神會正名，六大主題環環相扣，層層深入。其中每一立論，都引入了大量的原始資料作為「探討的證據」，經過嚴密的推敲與考證後，在推翻舊說的基礎上，提出新說。從立論到定論，都言必有據。但〈荷澤大師神會和尚傳〉這種以「考證」的治學方法寫成的研究性傳記，主要圍繞各論題順著考證的邏輯順序進行敘述，這和以個人歷史的時間順序現傳主完整生活歷程的傳記文學作品有很大的不同。因此，就接受的效果而言，〈荷澤大師神會和尚傳〉顯然與普通的傳記接受者的欣賞習慣有較大的差異。

　　胡適晚年寫的最主要的一部傳記則是《丁文江的傳記》，該傳的傳主是胡適生前最親近的友人之一，此傳是胡適在海外為紀念好友丁文江逝世二十周年而趕寫成的。在寫完此傳後，胡適自稱此傳有兩大缺陷：一，是材料收集不完全，例如丁文江的日記信札都沒得見，所

得到的材料僅有丁文江的海外遺著和二十多篇紀念文字。二、自己不是學地質學的，無法合理地評價丁文江的學術成就。雖然如此，胡適還是通過十七個提綱挈領的小標題，較完整地勾勒了丁文江一生的事蹟。從他的幼年生活到最後辭世，胡適既寫出了丁文江在地質學，古生物學等專業領域的歷史貢獻，又寫出了他在政治上的理念和領導才能；既寫出了他的思想信仰，又寫出了他的人格魅力。

這一傳記與胡適在一九三六年為剛辭世的丁文江所寫的紀念文——〈丁在君這個人〉相比，明顯側重於對傳主的思想、政治活動、學問等方面的評述，對於丁文江的生活細節往往是點綴性的簡短描述。而在〈丁在君這個人〉中，胡適對於丁文江的一生中的重大事件都不怎麼涉及，反而是花了不少筆墨寫了丁文江這個人的不少怪癖，如：他一生不吃魚翅、鮑魚、海參；終身不請中醫；終身穿有多孔的皮鞋等；夏天家中吃無皮的水果，必須在滾水裡浸二十秒……胡適通過這些細節性的描寫，展現出了一個科學家生活化的一面。可以說，在〈丁在君這個人〉中，胡適更多的是站在朋友的立場以日常化的生活印象來對丁文江進行素描，而在《丁文江的傳記》中，胡適則是以一個作傳者的姿態，嚴肅而又認真地考察著丁文江的一生。為此，胡適在《丁文江的傳記》中，每寫一事，就要摘抄一下相關的記載，作一番的考評，或者是直接摘錄他人的散記作為自己傳記的補充。但這樣一來，傳記敘述的連貫性也就明顯受到影響。

另外，由於作者與傳主生前是關係密切的好朋友，兩人之間常有往來，《丁文江的傳記》也就常常顯現胡適的身影。如寫他們一同在秦皇島避暑，一起創辦《努力週報》、《獨立評論》，寫他們之間不同的政治理念，寫他們都曾提倡過的「有計畫的政治」，等等。在敘述中，胡適有時就不自覺地轉了筆鋒，寫到自身來，如寫到蘇俄的政治統治，胡適就情不自禁地表露了一下自己的思想：「近幾年來，我的思想稍稍改變了，頗覺悟古代哲人提倡無為的政治也是有一番苦心

的，而有計畫的政治經濟都需要許多能計畫與能執行的專家，是不容易做到的」。[47]由此可見，在這部傳記中或多或少地留下了些胡適的痕跡，為後人研究晚年的胡適提供了點蛛絲馬跡的線索。當然，胡適作這部傳記的主要目的還在於通過對丁文江一生的學術成就、政治活動、思想觀念等的梳理，給予後人一個「深刻的印象」，以此來紀念丁文江。不過，胡適在對丁文江生平事蹟描述的同時，也勾勒出了近代中國科學的變化，為自然科學史尤其是地質學史留下了些許史料。

胡適一生寫了不少學人傳記，關於幾位思想家、學者的思想評傳也寫得尤具特色。例如〈幾個反理學的思想家〉、〈吳敬梓傳〉、〈費經虞與費密——清學的兩個先驅者〉等等，篇幅雖不很長，但對於幾位傳主的行實、思想有非常精要的介紹，尤對其思想的特點及其歷史地位有很中肯的批評。他評價吳敬梓的《儒林外史》之所以能不朽，「全在他的見識高超，技術高明」；[48]稱費氏父子是「開顏李學派的先聲」、是「開清朝二百餘年『漢學』的風氣」。[49]而寫於一九三六年十一月的〈高夢旦先生小傳〉雖然僅二四〇〇字，卻把高夢旦一生腳踏實地，努力於改革、奮鬥、向上的精神和他待朋友、待家人真摯而平等的態度寫得非常親切，生動感人。這些傳記，都體現了胡適善於考證、分析和概括的特色。

四　先驅者的「歷史」的遺憾

然而，綜觀胡適一生的傳記文學活動人們不能不感到一些遺憾。

47　胡適：《丁文江的傳記》，《胡適傳記作品全編》（上海市：東方出版中心，1999年），卷3，頁201。

48　胡適：〈吳敬梓傳〉，《胡適傳記作品全編》（上海市：東方出版中心，1999年），卷4，頁2。

49　胡適：〈費經虞與費密——清學的兩個先驅者〉，《胡適傳記作品全編》（上海市：東方出版中心，1999年），卷2，頁247。

　　雖然胡適一生都在提倡傳記文學並有過不少的實踐，但是如前面所論述的，他在大力提倡的同時，對傳記文學的具體理解與把握卻始終無法擺脫傳統史傳觀念的影響。

　　首先，胡適對「傳記文學」的內涵及外延未做明確的界定。他雖熱心提倡傳記文學，也對傳記文學提出了幾點要求，但是從不正面涉及傳記文學的基本屬性，也不明確表述現代傳記文學應具有的基本特徵。因此，在胡適的表述中，「傳記文學」這個概念的基本內涵一直處於「語焉不詳」的狀態。在對傳記文學的外延界定上，最初（1914），他認定「東方無長篇自傳」，「吾國人自作年譜日記者頗多。年譜尤近西人之自傳」。[50]而一九三五年在北京大學史學會作關於「中國的傳記文學」的演講時，胡適把傳記文學分為「他人做的傳記」和「自己做的傳記」兩大類。他認為他人做的傳記包括小傳、墓誌、碑記、史傳、行狀、年譜、言行錄、專傳，自己做的傳記包括自序、自傳的詩歌、遊記、日記、信札、自撰年譜。他把在史學中也只能被看成是傳記資料的墓誌、碑記、自序、遊記、日記、信札等全部列為「中國的傳記文學」。他有時認定，「年譜乃是中國傳記體的一大變化。最好的年譜，……可算是中國最高等的傳記」。[51]但有時又說「其實『年譜』只是編排材料時的分檔草稿，還不是『傳記』」。[52]從這些可以看出，胡適對現代傳記文學的外延界定也是很含混的。而他之所以把墓誌、碑記、自序、遊記、日記、信札等都列為傳記文學作品，其實看重的是它們的史料價值，胡適簡單地把歷史著作的歷史的真實簡單地等同了傳記文學的藝術真實。

50　胡適：〈傳記文學〉，《胡適傳記作品全編》（上海市：東方出版中心，1999年），卷4，頁201。

51　胡適：〈章實齋先生年譜序〉，《胡適傳記作品全編》（上海市：東方出版中心，1999年），卷2，頁2。

52　胡適：〈黃谷仙論文審查報告〉，《胡適傳記作品全編》（上海市：東方出版中心，1999年），卷4，頁218。

　　其次，胡適提倡傳記文學包含了根深柢固的史鑒意識，無論是理論提倡，還是寫作實踐，都帶有濃烈的現實功利色彩。中國現代傳記的史鑒功能很大程度上源於古代以史為鏡、以人為鏡的史傳傳統。胡適探究或再現的是過往的人事，目的卻始終在當下，帶有明確的現實功利性，這點從他對傳記文學功能的認識就可以很明顯地看出來。胡適強調傳記應有保存史料、為文學開生路、給予他人人格教育、訓練從事歷史研究的學者等功能，對這些功能的強調本身就賦予了傳記文學很強的現實功利性。在具體的創作實踐中，胡適不僅傳人，更為立意。他寫李超意在揭示當下的種種社會問題，寫姚烈士意在強調社會責任，寫自傳意在拋磚引玉。在寫法上，胡適雖然有所創新，但是總體而言仍帶有傳統傳記中宏大的歷史敘事的色彩。他寫傳記，關注的往往是傳主作為社會的人在某些特殊職能中的行為和功能，而不是儘量提供其全面生動的人生面貌，這種特點在胡適大量的學人傳記中尤為明顯。他的學人傳記進行的主要是其學術思想方面的述評，而對於學人的個人生活則往往是簡略帶過或不以體現。從某種程度上可以說，胡適把傳記文學當成了工具。胡適的傳記文學提倡和傳記文學的這種強烈的現實功利性似乎是呼應了時代語境的訴求，但從更深的層面看則是無法在觀念上擺脫史傳傳統的影響。

　　最後，胡適在傳記文學的理論提倡和創作評論中，有明顯的重史輕文的傾向。在評述他人的傳記作品時，胡適雖然常常提到傳記的「趣味性」，但他所謂的「趣味」，實際只是對傳記真實性的評價，而非對其文學趣味的肯定。例如他認為《羅壯勇公年譜》和《病榻夢痕錄》是「中國最近一二百年來最有趣味的傳記」，[53]但他所說的趣味性也只是它們的史料價值。胡適稱《克難苦學記》是「近二十年來出版

53　胡適：〈傳記文學〉（一九五三年在臺灣省立師範學院的演講），《胡適傳記作品全編》（上海市：東方出版中心，1999年），卷4，頁244。

的許多自傳之中最有趣味」的，但這趣味在他看來是在於「它最能說老實話，最可以鼓勵青年人立志向上」。[54]可見胡適的所謂「趣味性」的評價並不是從傳記的文學性出發，而是從史實性來評價。胡適雖然在《四十自述》〈序言〉中承認用「小說式的文字」來寫自傳是「自傳文學上的一條新路子」，但他最終還是回到「謹嚴的歷史敘述的老路上去了」。[55]

　　胡適提倡傳記文學過程中始終存在的這種歷史性壓迫的原因，除了與古代史傳傳統和自身的史學訓練有關外，還與他的治學觀念有一定的關係。胡適受杜威影響極深，因此如同唐德剛所說的，他「是位『實用主義者』，一輩子看重『實用價值』」。[56]所以，胡適提倡傳記文學，注重的也是傳記文學的實用性。在他看來，傳記文學的首要功能是為史家填補史料。為確保史料的真實，他強調言之有據，於是也把「考據法」引入傳記文學。在確保傳記的真實性方面，「考據法」的確發揮了很大的作用，但是與此同時「考據法」也擠掉了文學藝術的想像空間。在為他人所作的傳記中，胡適往往把考據的過程納入傳記的敘述中，而不是根據考據所得的判斷來敘述，這也就造成了他的傳記長於考據失於文采的特點。由此也不難看出，在胡適的心目中，傳記的真實性遠遠比傳記的文學性重要，為了確保真實性，他寧願犧牲文學性，所以從根本上說，胡適對傳記文學更看重的是歷史價值，而不是文學價值。

　　總而言之，胡適雖然一生都在提倡傳記文學，但實際上他的出發點和最後歸宿都不在文學而是在史學，這和他晚年所表達的「史料的

---

54 胡適：〈介紹一本最值得讀的自傳——《克難苦學記》序〉，《胡適傳記作品全編》（上海市：東方出版中心，1999年），卷4，頁266。

55 胡適：〈四十自述自序〉，《胡適傳記作品全編》（上海市：東方出版中心，1999年），卷1，上冊，頁3。

56 唐德剛：〈寫在書前的譯後感〉，《胡適口述自傳》（上海市：華東師範大學出版社，1993年），頁2。

保存和發表都是第一重要事」[57]的觀念是完全一致的。在傳記文學的創作方面，他也沒有切實地完成一個完整的典範的傳記文學作品；他一直以中國古代無長篇傳記為憾事，但他自己一生的傳記作品也絕大部分是短篇。這些又是他「提倡有心，實行無力」[58]之一證。當然，這一切並不影響胡適在中國現代傳記文學史上的地位。在中國傳記文學的現代轉型進程中，在吸收借鑒西方傳記經驗和嘗試開創現代傳記體式方面，胡適仍然是繼梁啟超之後的最重要、最有影響的提倡者和實踐者之一。

---

57 胡適：〈致亦雲的信〉，《胡適傳記作品全編》（上海市：東方出版中心，1999年），卷4，頁288。

58 胡適：《胡適的日記》（臺北市：遠流出版公司，1930年，影印本），冊10，十二月六日條。

第七章
魯迅傳記創作的文學啟示

　　在二〇〇六年十月「魯迅：跨文化對話」的國際學術研討會上，日本學者大村泉在對〈藤野先生〉一文的一些史實進行嚴密的考證後認為，〈藤野先生〉一文與在仙台的魯迅記錄調查會的調查結果、魯迅的「解剖學筆記」存在諸多不吻合的地方，因此〈藤野先生〉只能是一部以魯迅當年在仙台為基礎寫作的「具有相對獨特的自傳風格的短篇小說」。[1]在當時及後來，一些研究者鮮明回應了大村泉的觀點，斷然拒絕了其最終的結論。他們認為〈藤野先生〉的某些內容是「與實際容或有些不同」，但這是記憶的失真，絕不是「虛構」。「魯迅寫作的基調是溫情和善意，即便有虛構情節，也不足以影響這個基調」，[2]等等。其實不僅〈藤野先生〉，包括《朝花夕拾》中其他篇的一些記敘，其內容與實際生活或有些不同的說法在大村泉之前就已有過，而且提出這方面問題的還是同樣為親歷者的周作人和周建人。可惜的是，就像大村泉的結果一樣，周作人和周建人的看法一直也沒引起研究者的充分關注。

1　〔日〕大村泉：〈魯迅的〈藤野先生〉一文，是「回憶性散文」還是小說？〉，《魯迅：跨文化對話——紀念魯迅逝世七十周年國際學術討論會論文集》（鄭州市：大象出版社，2006年），頁288。

2　崔雲偉、劉增人：〈2006年魯迅研究綜述〉，《魯迅研究月刊》2007年第9期；黃喬生：〈善意與溫情——「魯迅與仙台」研究的基調〉，《西南民族大學學報》2006年第6期，等等。

一 個人「歷史」的回顧性敘事

對《朝花夕拾》記述內容與實際生活的一些差異，周作人的解釋是作者採用了「一種詩的描寫」，是「故意把『真實』改寫為『詩』」。[3]但一般論者所持態度大概與這次對大村泉研究結果的看法一樣，認為周作人「所說的『詩』，指的就是虛構，這就涉及到了《朝花夕拾》的性質問題；它究竟是一本回憶性的散文還是如周作人所理解的雜有想像和虛構的小說；如果是後者，那就談不上甚麼史料價值了」。[4]

所以，我覺得這些的分歧除了涉及《朝花夕拾》是否摻雜想像和虛構的問題外，實際上還牽涉到《朝花夕拾》的文體問題，牽涉到對不同文體特性的把握，涉及對不同文體寫作中的成規和特例的認識。是不是雜有想像和虛構就一定是小說？傳記或回憶性散文是否就完全遠離想像和虛構？而回憶性散文和傳記的區別又體現在哪些方面？我覺得，在關於魯迅的研究中，《朝花夕拾》一般被分解闡釋或被當成資料應用，雖常被提起，卻鮮有綜合、系統的專門研究。在許多情況下，《朝花夕拾》是被當成闡釋的佐證，缺少文學性、詩性的整體把握，這一切都影響了對其價值的認識和定位。所以如果換一視角，在現代傳記文學的視野中考察《朝花夕拾》，或許可給這一作品的研究別樣的啟示。

關於《朝花夕拾》的文體，一般的文學史著作是不會把其當成小說，而是都把其歸入回憶性散文之列。如就大散文概念而言，這樣的

3　周作人：《知堂回想錄》（石家莊市：河北教育出版社，2002年），上冊，頁36、234。

4　王瑤：〈論《朝花夕拾》〉，《魯迅作品論集》（北京市：人民文學出版社，1984年），頁172。

歸類也無可厚非。但伴隨近三十年來現代文學研究的深入，相繼問世的一些專門的現代散文史卻仍把《朝花夕拾》歸入記敘抒情散文，而一些傳記文學史甚至把魯迅與景宋的《兩地書》當成魯迅的自傳創作而隻字不提《朝花夕拾》，[5]這就更不能不令人感到詫異。在上一世紀三、四〇年代，倒是有人明確把《朝花夕拾》看成傳記，如一九三四年出版的《名家傳記》中的〈怎樣寫傳記〉，許壽裳一九四〇年發表的〈談傳記文學〉，以及一九四七年出版的沈嵩華的《傳記學概論》等，都明確把《朝花夕拾》稱為自傳；[6]而且許多《魯迅傳》、《魯迅年譜》的編撰，也都把《朝花夕拾》的敘述當成珍貴的傳記資料加以引用。那麼學界後來又為什麼比較一致地把《朝花夕拾》排除在現代傳記文學作品之列呢？

　　據王瑤先生一九八〇年代初的意見：「《朝花夕拾》是魯迅回憶童年和青少年時期生活的散文，但它不是自傳」，理由是「魯迅是不贊成給自己寫傳記的」，「傳記是以宣揚『本傳主』的生平事業為內容的，魯迅自居於普通人之列，並不想宣揚自己的貢獻和成就」。[7]但魯迅在《朝花夕拾》寫作的前後，也兩次寫過《自傳》，所以，因魯迅不贊成給自己寫傳記而認定《朝花夕拾》不是自傳，實際上也是沒說服力的。

　　不把《朝花夕拾》當成傳記，但又強調其史料價值本身就是個悖論。從傳記文學的角度看，以歷史或現實中具體的人物為傳主，以紀

5　如陳蘭村：《中國傳記文學發展史》（北京市：語文出版社，1999年），頁442；新近出版的郭久麟的《中國二十世紀傳記文學史》第54頁雖提到《朝花夕拾》，但仍稱其為「散文集」，認為「是以散文形式寫下的珍貴的回憶錄和優美的傳記文」（太原市：山西人民出版社，2009年）。

6　佚名著，新綠文學社編：〈怎樣寫傳記〉，《名家傳記》（上海市：文藝書局，1934年），頁19；許壽裳：〈談傳記文學〉，《讀書通訊》1940年第3期；沈嵩華：《傳記學概論》（福州市：教育圖書出版社，1947年），頁18。

7　王瑤：〈論《朝花夕拾》〉，《魯迅作品論集》（北京市：人民文學出版社，1984年），頁163。

實為主要表現手段，集中敘述其生平或相對完整的一段生活歷程的作品就可以算是傳記。《朝花夕拾》中的各篇單獨地看似乎是作者「從記憶中抄出來的」[8]生活片段，但深入細察不難找到各篇之間內在的連貫性，它敘述的正是魯迅相對完整的一段生活歷程。開篇的〈狗‧貓‧鼠〉從「那是一個我的幼時的夏夜」正式進入回憶，它連同後面的〈阿長與《山海經》〉、〈二十四孝圖〉、〈五猖會〉、〈無常〉，依次寫的是幼小魯迅不斷發現、不斷生長、充滿歡樂諧趣的童年生活。接著，〈從百草園到三味書屋〉寫少年時代的讀書生活，〈父親的病〉寫家庭的變故，〈瑣記〉寫為「尋別一類人們」離開家鄉到南京求學的生活。最後，〈藤野先生〉、〈范愛農〉則分別記敘留學日本到辛亥革命前後的經歷。十篇文章的講述不僅有先後承接的時間鏈條，也包含著嚴密的空間轉接。從開頭到〈父親的病〉，故事都在家鄉展開，接著〈瑣記〉空間是家鄉→南京→東京，〈藤野先生〉是東京→仙台→東京，而〈范愛農〉則是東京→家鄉→南京→北京。這嚴密的時間鏈條和空間轉接，恰好完整映現了敘述者從幼年到任職北京的完整的生活歷程。

　　從表面看，《朝花夕拾》講述的是作者以前熟悉的人物和目睹的事件，這似乎與一般的回憶錄並無區別。但實際上，《朝花夕拾》卻又絕非一般的回憶性散文。作者通過自身視角的選擇以及周圍人物事件的變換，講述自己從一個天真無邪的兒童成長為今天的「魯迅」的成長過程。〈狗‧貓‧鼠〉和〈阿長與《山海經》〉的感知主要還限於幼時家庭環境和母親和保姆，〈二十四孝圖〉、〈五猖會〉、〈無常〉已依次有了家塾、小同學和到離家很遠的東關看五猖會，但父親的出場令其感受了讀「書」的壓力和家教的威嚴。〈從百草園到三味書屋〉標誌著拔何首烏、摘覆盆子、捕鳥雀、擔心遇到赤練蛇和美女蛇等歡

8　魯迅：〈朝花夕拾小引〉，《魯迅全集》（北京市：人民文學出版社，1981年），卷2，頁230。

樂童年的結束，但即使在全城最為嚴厲的書塾裡讀書、習字、對課，作者似乎又逐漸尋找到新的樂趣，接著，〈父親的病〉逼著他進入成年人的世界，開始承擔家庭的責任，感受生命的脆弱……。總之，《朝花夕拾》以作者自我人生軌跡為主幹，穿綴相關的人物與事件，從而為讀者展現了一個富有個性特徵、不斷生長著的生命世界，通過對自我與其他人物事件相互關係的敘述，坦露了自己不斷思索、不斷進取的心路歷程，「我」才是這一作品的主角。

　　依法國著名自傳詩學專家菲力浦・勒熱訥的界定，所謂的自傳，是「一個真實的人以其自身的生活為素材用散文體寫成的回顧性敘事，它強調的是他的個人生活，尤其是他的個性的歷史」，這其中，必備的條件是「作者、敘述者和人物的同一」。自傳與散文隨筆或自畫像等的區別則在於「自傳首先是一種敘事，它遵從的是一位個人的『歷史』的時間順序；而隨筆或自畫像首先是綜合的行為，文本按照邏輯順序、根據一系列的論點或某一論證的各個層次、而不是根據時間順序加以組織」。菲力浦・勒熱訥認為：「強調『首先』，是因為在實際中，自傳當然可以包括許多論述，但論述是從屬於敘事的。即使隨筆或自畫像引入了某種發生學的或歷史的視角，它同樣也是居於次要地位的」。因此必須區分的是「文本的主要結構是敘述的還是邏輯的」。[9]《朝花夕拾》不僅作者、敘述者和人物是同一的，其敘事結構也充分體現了以個人的「歷史」的時間順序的特徵。

二　史料的價值與「詩」的描寫

　　在傳統的觀念中，無論是傳記或自傳（自敘），一般都屬史學的範疇。但《朝花夕拾》與一般的史傳或序傳作品的不同還在於其鮮明

9　〔法〕菲力浦・勒熱訥著，楊國政譯：《自傳契約》（北京市：生活・讀書・新知三聯書店，2001年），頁201、203、24。

的文學本質。它不是傳主生平資料的堆砌，也不著意於個人日常生活
瑣屑記錄，更迴異於傳統序傳「首章上陳氏族，下列祖考；先述厥
生，次顯名字」，而後才「自敘發跡」[10]的老套。在《朝花夕拾》中，
有的是形象生動的場面，曲折而多變的人生，還有傳主那童年時的歡
樂、少年時的抑鬱，求學中的艱辛和革命失敗後的無奈，甚至也不乏
一定的文學想像。無論是敘述還是描寫，是人物刻畫還是環境襯染，
是情節的設置還是結構的安排，一切都又蘊涵了敘述者的主體情愫。
所以我認為，《朝花夕拾》不僅是傳記的，同時更是文學的，它無疑
具備了一般傳記難於企及的藝術高度。

　　具體地說，作為自傳的《朝花夕拾》的敘事首先相容了不同文體
的表現手段，從而在錯雜的文體中彰顯了獨特的敘事張力。魯迅曾自
謙這一作品的「文體大概很雜亂」，[11]而一些研究者也因此強調其「文
本的多樣性」。[12]文無定法，在同一作品中運用不同文體的表現手段在
許多作家筆下也不是什麼新鮮事，即使是魯迅自己，在《阿Q正
傳》、《藥》、《風波》、《社戲》和《故事新編》等小說中的敘述中，也
常常生發一些批判的憂思或感時的議論。《朝花夕拾》也是這樣，前
五篇明顯的夾雜著作者敘述時的意緒，後五篇雖說是比較純粹的敘
事，有時涉筆成趣，也難免來幾句「正經的俏皮話」，但這都沒從總
體上改變《朝花夕拾》自傳文學敘事的性質。

　　一般說來，回顧性的敘事通常都包含了雙重的視角，過去的視角
通過敘事話語承擔著客觀再現的功能，當下的視角則通過非敘事話
語，承擔著審視、評判或解說的功能。中國古代的史傳本來也有辯誣
的傳統，不管是為人立傳或自序，敘述者也常在回顧性敘事中透露或

---

10 劉知己：《史通》〈內篇〉〈序傳第三十二〉。

11 魯迅：〈朝花夕拾小引〉，《魯迅全集》（北京市：人民文學出版社，1981年），卷2，
　　頁230。

12 李德堯：〈談《朝花夕拾》的文體〉，《魯迅研究月刊》2002年第8期。

闡發當下的思緒。所以，雙重的視角和不同話語的共存也使得《朝花夕拾》的文本產生特殊的複調的效果，過去的魯迅時而單純，時而憤激，而當下的魯迅則貌似超然，實則剛韌，不同話語的交融不斷地拓展著敘事的張力。

在《朝花夕拾》中，明顯給人雜感寫法印象的是〈狗・貓・鼠〉，它一開篇就是近大半篇幅的議論，這樣的寫法和小說《社戲》十分的相似。但仔細體味，那大半篇的議論從表面上看是通過尋找自己「仇貓」的原因順便調侃論敵，實際上，尋找「仇貓」的原因只是個隱喻，作者通過不斷的追溯，由此引導讀者共同追尋「我」之所以為「我」的緣由。自傳本身是一種「信用」體裁，它的作者往往都是「在文本伊始便努力用辯白、解釋、先決條件、意圖聲明來建立一種『自傳契約』，這一套慣例目的就是為了建立一種直接的交流」。[13]所以，像〈狗・貓・鼠〉這種由雙重視角引發的多種話語，在敘事上不僅承擔了再現的功能、修辭的功能，同時也發揮了文體上的契約功能。

其次，回顧性的敘事一般都是建立在選擇性的基礎上，敘述者不可能也不必要事無巨細而絮絮叨叨，他總是圍繞一定的題旨決定講述什麼，強調什麼。《朝花夕拾》的敘事選擇，主要統一在傳主思想人格形成的因果鏈上，敘述者著力講述的是「我」的心理個性的形成歷史，而不是像一些長篇傳記那樣，不是流水帳式的個人年譜，就是描述自己所處時代的歷史事件，甚至攙雜有生以來道聽塗說的奇談怪論。從〈狗・貓・鼠〉、〈阿長與《山海經》〉、〈二十四孝圖〉、〈五猖會〉以及〈無常〉等，可以體察到作者同情弱者、不滿專制、酷愛民間藝術的精神淵源。〈從百草園到三味書屋〉意味著童蒙的開啟和短暫的歡娛。〈父親的病〉中與庸醫「整兩年」的「周旋」，與小康墮入困頓的生命體驗及後來仙台學醫有著必然的聯繫。〈瑣記〉寫家道中

13　〔法〕菲力浦・勒熱訥著，楊國政譯：《自傳契約》（北京市：生活・讀書・新知三聯書店，2001年），頁14。

落後感受的世態炎涼，毅然走出S城的種種心理原因，新式學堂的
「烏煙瘴氣」，以及在《天演論》等誘惑下的再次出走。〈藤野先生〉
的故事包含了學醫和棄醫的心理動因，〈范愛農〉則暗含著對革命從
興奮希望到失望的過程。自傳敘述的是個人的歷史，但「有人身所作
之史，有人心所構之史」；[14]而吳爾夫也認為「要講述一生的全部故
事，自傳作家一定得有所創新，保證兩個生存層面都能夠記錄下
來——轉瞬即逝的事件和行為；強烈情感漸漸激發的莊嚴時刻」。[15]魯
迅在《朝花夕拾》中敘述的正是自己心靈的發展史。

　　在中國傳統的自傳裡，「個人與時代密不可分，作者記錄的不僅
僅是個人，記錄時代，抑或更在個人之上」。[16]所以，雖然近代以來西
方式的傳記觀念開始影響中國作家，但即使是魯迅之後的一些作家，
卻仍然無法擺脫傳統史傳那種宏大敘事的影響，他們寫作自傳時所追
求的，有不少還是希望「以我的自述為中心線索，而寫出中國最近五
十年的變遷」，[17]或「寫的只是這樣的社會生出了這樣的一個人。或者
也可以說有過這樣的人生在這樣的時代」。[18]正因為如此，《朝花夕
拾》這方面的嘗試才顯得別具一格而彌足珍貴。

　　第三，魯迅很稱道《儒林外史》「感而能諧，婉而多諷」，「無一
貶詞，而情偽畢露」[19]的寫作境界，所以《朝花夕拾》在涉筆當下時

---

14 嚴復、夏曾佑：〈本館附印說部緣起〉，轉引自陳平原，夏曉虹編：《二十世紀中國
　　小說理論資料》（北京市：北京大學出版社，1989年），第1卷，頁27。
15 〔英〕吳爾夫著，文楚安譯：《德・昆西自傳》，《普通讀者Ⅱ》（北京市：人民文學
　　出版社，2003年），頁125。
16 〔日〕川合康三著，蔡毅譯：《中國的自傳文學》（北京市：中央編譯出版社，1999
　　年），頁3。
17 梁漱溟：〈我的自學小史序言〉，《梁漱溟自傳》（南京市：江蘇文藝出版社，1998
　　年），頁8。
18 郭沫若：〈我的童年前言〉，《郭沫若全集》（北京市：人民文學出版社，1992年），
　　卷11，頁8。
19 魯迅：《中國小說史略》，《魯迅全集》（北京市：人民文學出版社，1981年），卷9，
　　頁220、223。

雖不乏語帶譏諷，但在敘及過往親朋師友時卻常用實錄中含褒貶的春秋筆法。如〈五猖會〉中父親臨時叫兒子背書一節都是純客觀的白描，但背書成功後「我」卻沒了興致也是實情。對父親這種不通情理的做法，做兒子的當然不便貿然抨擊，作者只是客觀地寫自己「開船以後，水路中的風景，盒子裡的點心，以及到了東關的五猖會的熱鬧，對於我似乎都沒有什麼大意思」。最後再於文末淡淡寫上一句：「我至今一想起，還詫異我的父親何以要在那時候叫我來背書」。

對影響自己不同人生階段的學校和老師，魯迅有不同的評判，但這種評判也大都用婉而多諷的文筆透露的。三味書屋雖是「全城中稱為最嚴厲的書屋」，成規陋習不少，讀的又是《論語》、《尚書》、《周易》和《幼學瓊林》一類的老古董，但魯迅對先生身上和藹、敬業、認真以及讀文章時的投入的描摹卻暗含著敬重。作者對水師學堂和路礦學堂一些細節的「實錄」已讓人感到不倫不類和烏煙瘴氣，而特意記錄的漢文教員那一句「華盛頓是什麼東西呀？……」暴露的更不僅僅是一種無知。仙台的經歷是自己人生的一大轉折，而仙台的生命體驗也並不那麼令人愉快，但作者對一些細節的描述卻可以令人感受到藤野先生的認真與善意。

另外像對幾位婦女言行舉止的簡單描摹也別有意味，長媽媽自不待說，遠房叔祖的太太（〈阿長與《山海經》〉）雖「莫名其妙」但也沒心沒肺，沈四太太（〈瑣記〉）被起綽號「肚子疼」卻是因對孩子們的關愛。即使是後來並無好感的衍太太，作者也如實地寫「孩子們總還喜歡到她那裡去」，而原因居然是「假如頭上碰得腫了一大塊的時候，去尋母親去罷，好的是罵一通，再給擦一點藥；壞的是沒有藥擦，還添幾個栗鑿和一通罵。衍太太卻決不埋怨，立刻給你用燒酒調了水粉，搽在疙瘩上，說這不但止痛，將來還沒有瘢痕」。中國的傳統講究為親者諱，現實中嫉惡如仇的魯迅在回顧長輩或師友時，似乎也多了點溫婉。

三　並非記憶失真的藝術虛構

最後回到本文開頭關於虛構的話題。從理論上講，史書、傳記甚至回憶錄攙雜了傳聞或虛構都是很令人詬病的，但我們並不能因此而一概否認《朝花夕拾》講述的一些內容與生活實際存在著差異。大村泉等日本學者的探究所揭示的主要是通過魯迅當年的《醫學筆記》實證的結果，周作人指出的《朝花夕拾》的個別講述與當年的生活實際不符的情況也不是不可能。其中像周作人所說的，父親臨終時「沒有『衍太太』的登場」，現在看來不僅成理，而且也符合生活的實際。周作人在其《知堂回想錄》中談到：「因為這是習俗的限制，民間俗信，凡是『送終』的人到『襽』當夜必須到場，因此凡人臨終的時節只是限於平輩及後輩的親人，上輩的人決沒有在場的。『衍太太』於伯宜公是同曾祖的叔母，況且又在夜間，自然更無特地光臨的道理」。[20]後來周建人在《魯迅固家的敗落》中也回憶，父親臨終時，「把經卷焚化，火熄灰冷，用紅紙包作兩包塞在病人手裡」，並催促大哥「快叫呀」的，是「善知過去未來的長媽媽」。[21]而更早的記錄則是魯迅寫於一九一九年的〈我的父親〉，作者回憶父親臨終時讓自己「大聲叫」的是「我的老乳母」。[22]伯宜公是一八九六年過世，現在所能看到的最原初的記錄是一九一九年，且《朝花夕拾》的說法為孤證，《知堂回想錄》、《魯迅故家的敗落》和魯迅的《自言自語》可以互證，衍太太不在伯宜公臨終現場之說當然成立。

---

20 周作人：《知堂回想錄》（石家莊市：河北教育出版社，2002年），上冊，頁37。

21 周建人口述，周曄編寫：《魯迅故家的敗落》（長沙市：湖南人民出版社，1984年），頁118。

22 魯迅：〈自言自語〉，《魯迅全集》（北京市：人民文學出版社，1981年），卷8，頁95。

那麼，作為有一定的史學屬性的自傳出現這樣的情況應如何解釋呢？其實，即使是經典史籍，出現一些「工侔造化，思涉鬼神」[23]的情節也是可以理解的，而像《左傳》中鉏麑槐下之詞，《國語》裡驪姬夜泣之事，以至《史記》中霸王別姬時的對話，伍子胥伏劍前的喟然自語這些由操筆者「想當然」[24]的細節也常常被後人提及。作為傳記文學的《朝花夕拾》本身更非嚴格意義的史傳作品，它所講述的只不過是作者幾十年後記憶裡的故事。「所有少年時代留在我們心中的事情，包含的正是這樣的細小的東西——含混的感情與聯想糾合纏雜，起源早已消失在朦朧中了……因此，即使作者以誠心待之，少年時代的自傳，也幾乎是微乎其微的，不真實的」。[25]既然少年時代的記憶不一定可靠，而且往往還存在空白，回顧敘述的擬真的效果一般也只是心理的真實，所以為達形象生動、妙趣橫生，來點無傷大雅的虛構或「詩意」的描寫完全可以接受。值得我們探討的是，作者為什麼要改變本相進行虛構或「詩意」的描寫，這種改變的目的是什麼，其實際效果如何，等等。

像《朝花夕拾》在父親臨終時安排衍太太的登場，周作人覺得是作者「想當她做小說裡的惡人，寫出她陰險的行為來罷了」。[26]以我看來，即使想當衍太太為小說裡的惡人，也不必非讓她在那個時候登場；而即使她的確在場並那樣做了也無可厚非，因為那一切畢竟是習俗所然。當然，這也絕非作者的記憶失誤或失真，因為不管少年時代的記憶如何朦朧，與父親的訣別的場景對一個十六歲的少年來說永遠也是刻骨銘心的，且魯迅不可能一九一九年還記憶猶新痛心疾首，而一九二六年就印象模糊。我認為作者特意安排衍太太在這裡出場，目

---

23 劉知己：《史通》〈內篇〉〈雜說上第七〉。
24 錢鍾書：《管錐編》（北京市：中華書局，1979年），冊1，頁164。
25 〔法〕安德列‧莫洛亞著，楊民譯：〈論自傳〉，《傳記文學》1987年第3期。
26 周作人：《知堂回想錄》（石家莊市：河北教育出版社，2002年），上冊，頁37。

的是為了篇章之間的銜接。因為從《朝花夕拾》整體的敘事結構看，除了三、四、五三篇「流離中所作」外，前兩篇和後五篇都是比較講究過渡和轉接的。〈狗‧貓‧鼠〉的後半部長媽媽登場，〈阿長與《山海經》〉以「長媽媽，已經說過，是一個⋯⋯」開篇；〈父親的病〉的末尾特意讓衍太太登場，〈瑣記〉的開篇則是「衍太太現在是⋯⋯」。另外，〈瑣記〉最後寫到只有到外國去的一條路，〈藤野先生〉則是「東京也無非是這樣⋯⋯」開頭，等等。所以，從這細節的改動上看，《朝花夕拾》完全是一部頗具匠心之作，魯迅也因此把它與《吶喊》、《彷徨》、《野草》以及《故事新編》當成自己僅有的五本文學「創作」。[27]因此，對於自傳文學作品中個別細節的一些虛構，我們完全不必耿耿於懷，「歷史但存其大要，存其大體而已」，[28]傳記文學追求的最高境界本應是藝術的真實。

總而言之，我覺得魯迅所秉承的，正是其稱道司馬遷的「不拘於史法，不圉於字句，發於情，肆於心而為文」[29]的寫作傳統，《朝花夕拾》也因此才能在傳人和敘事等方面別開生面，成為傳記價值和詩性價值相統一的現代傳記文學作品；而從中國現代傳記文學發展的歷史看，這一作品出現於郭沫若的《我的童年》（1928）、李季的《我的生平》（1932）以及胡適的《四十自述》（1933）之前，其開三〇年代作家自傳創作風氣之先的歷史地位也是無可替代的。

---

27 魯迅在《自選集》〈自序〉中依次談了《吶喊》、《彷徨》、《野草》、《故事新編》和《朝花夕拾》，並說「可以勉強稱為創作的，在我至今只有這五種」。見《魯迅全集》（北京市：人民文學出版社，1981年），卷4，頁456。

28 孫犂：〈關羽傳〉，《三國志》，《秀露集》（天津市：百花文藝出版社，1981年），頁204。

29 魯迅：〈漢文學史綱要〉，《魯迅全集》（北京市：人民文學出版社，1981年），卷9，頁420。

第八章
郭沫若自傳創作的文學個性

　　中國真正意義上的現代自傳寫作，是進入二十世紀以後，經「追隨西方的人」提倡，才開始出現於文壇的。一般認為，胡適的《四十自述》是中國現代自傳最早期的作品，但他在一九三三年六月撰寫的《四十自述》〈自序〉中卻說：「我的這部《自述》雖然至今沒寫完，幾位舊友的自傳，如郭沫若先生的，如李季先生的，都早已出版了。自傳的風氣似乎已開了」。[1]胡適這裡談到的郭沫若的「自傳」，可能指郭沫若此前已經出版的《我的幼年》（即後來的《我的童年》，上海光華書局，1929年4月）、《反正前後》（上海現代書局，1929年8月）、《黑貓》（上海現代書局，1931年12月）和《創造十年》（上海現代書局，1932年9月）等系列作品。實際上，正式以《沫若自傳》為題行世的圖書出現的都比較遲，其中較有代表性的版本是：

　　一、一九四七年四至五月上海海燕書店版《少年時代》（《沫若自傳》第一卷），含《我的童年》、《反正前後》、《黑貓》和《初出夔門》；《革命春秋》（《沫若自傳》第二卷），含《我的學生時代》、《創造十年》和《創造十年續編》。此為最早以《沫若自傳》為題的版本。

　　二、依次存一九五八年五月至一九五九年九月人民文學出版社《沫若文集》第六至九卷的《沫若自傳》第一卷──《少年時代》，含《我的童年》、《反正前後》、《黑貓》和《初出夔門》；《沫若自傳》

1　胡適：〈四十自述自序〉，《胡適傳記作品全編》（上海市：東方出版中心，1999年），卷1，上冊，頁3。

第二卷——《學生時代》，含《我的學生時代》、《創造十年》、《創造
十年續編》、《今津紀遊》、《山中雜記》、《路畔的薔薇》、《水準線下》
以及《夢與現實》、《寄生樹與細草》、《昧爽》、《孤山的梅花》和《杜
鵑》等一九二三至一九三六年「集外」作品五篇；《沫若自傳》第三
卷——《革命春秋》，含《北伐途次》、《請看今日之蔣介石》、《脫離
蔣介石以後》、《海濤集》和《歸去來》；《沫若自傳》第四卷——《洪
波曲》，含《洪波曲——抗日戰爭回憶錄》、《芍藥及其他》、《蘇聯紀
行》和《南京印象》。此為經作者生前親自修訂出版的《沫若自傳》
的最後版本。

　　三、依次存一九九二年九月人民文學出版社《郭沫若全集》文學
編·第十一至十四卷的《少年時代》（《沫若自傳》第一卷），含《我
的童年》、《反正前後》、《黑貓》和《初出夔門》；《學生時代》（《沫若
自傳》第二卷），含《我的學生時代》、《創造十年》、《創造十年續
編》、《今津紀遊》和《水準線下》；《革命春秋》（《沫若自傳》第三
卷），含《北伐途次》、《請看今日之蔣介石》、《脫離蔣介石以後》、
《海濤集》和《歸去來》；《沫若自傳》第四卷——《洪波曲》（《沫若
自傳》第四卷），含《洪波曲——抗日戰爭回憶錄》、《蘇聯紀行》、
《南京印象》和《五十年簡譜》。此為作者逝世後由郭沫若著作編輯
出版委員會編定，目前通行的版本。

　　在上述不同版本的篇章中，郭沫若寫作最早的是《今津紀遊》
（1922）、《水準線下》（1923）和《山中雜記》（1925）。但從嚴格意
義上說，這些都只是帶有濃厚自傳色彩的散文作品，他真正以「自
傳」自覺進行寫作，並且形成完整系列的傳記文學作品，依次是《我
的童年》、《反正前後》、《黑貓》、《初出夔門》、《我的學生時代》、《創
造十年》、《創造十年續篇》、《北伐途次》、《請看今日之蔣介石》、《脫
離蔣介石以後》、《海濤集》、《歸去來》、《洪波曲》和《南京印象》。
這一系列超過一百多萬言，完整記錄了傳主半個世紀的傳奇人生。其

中最早的《少年時代》等雖然遲於魯迅的《朝花夕拾》，但都比胡適的《四十自述》略早，所以胡適在《四十自述》〈自序〉中專門提到自有其特殊的意味。就寫作整體看看，郭沫若的自傳不僅寫得早，堅持時間長，篇幅巨大，而且反映的社會生活面廣闊，藝術風格獨特，在中國現代傳記文學史上佔有重要的地位。

一　通過自己看出一個時代

　　《沫若自傳》所記錄的，是郭沫若前半生的人生經歷。從十九世紀末出生到四〇年代後期新中國成立這段時間內，他經歷了許多重大社會變動，經歷三次愛情婚姻生活，參與發動了文壇上的「異軍突起」，也有過政治上的叱吒風雲、遭通緝時的流亡海外以及勝利者的歸來的種種經歷，其曲折的人生歷程本身就已充滿傳奇的色彩。

　　郭沫若一八九二年出生於四川省樂山市沙灣鎮，乳名文豹，本名開貞，號尚武。早年在樂山的小學、中學讀書時，郭沫若就表現出不羈的叛逆性格，他曾兩度因與校方衝突被開除。辛亥革命前夕，郭沫若到成都讀書，又因參加成都學界的罷課風潮，受開除處分。一九一一年冬，他回鄉組織民團回應辛亥革命，翌年二月受父母之命與張瓊華結婚，但五日後即離家返回成都。一九一四年，郭沫若因長兄資助東渡日本留學，後在東京第一高等學校預科、岡山第六高等學校、九州帝國大學醫學部就讀，其間：一九一六年冬東京聖路加醫院護士佐藤富子相識、相戀、結婚，同時也開始新詩寫作；一九一九年夏響應「五四」運動，組織愛國社團夏社，並開始在上海《時事新報》上發表詩作，產生很大的影響；一九二一年六月與成仿吾、郁達夫等人組織著名的創造社，八月出版其代表作詩集《女神》，在中國文學史上開了一代詩風，成為我國新詩歌運動的奠基者。一九二三年，郭沫若自九州帝國大學醫學部畢業後往來上海、日本，從事文學活動，後在

上海結識中國共產黨早期領導人瞿秋白。從一九二六年三月起，郭沫若開始投身實際社會革命。他先是赴廣州就任廣東大學文學院學長，結識毛澤東、周恩來等共產黨人；七月參加北伐，任國民革命軍總政治部中將副主任、代主任；十二月任黃埔軍校武漢分校（中央軍事政治學校）政治科教官。一九二七年三月，郭沫若因作〈請看今日之蔣介石〉被通緝；八月參加八一南昌起義，其間經周恩來、李一氓介紹加入中國共產黨；年底潛回上海。一九二八年二月，為躲避國民黨政府緝捕，化名旅日，定居千葉縣，直至一九三七年七月。旅日其間，郭沫若主要從事金文、甲骨文及中國古代史研究，同時仍在國內刊物發表文章、出版著作，參與文學活動。一九三七年七月抗日戰爭全面爆發後，郭沫若隻身回國參加抗戰。一九三八年一月，他與於立群結合；同年就任國民政府軍事委員會政治部第三廳廳長，當選中華全國文藝界抗敵協會理事。一九四〇年九月他辭去三廳廳長職務，十一月任文化工作委員會主任；一九四二年起創作了《屈原》、《虎符》等六部歷史劇；一九四五年之後，草擬〈文化界時局進言〉，呼籲民主政治、赴南京參加國共和談。一九四七至一九四八年，郭沫若間經香港入東北解放區，在新中國成立前夕就已經當選中華全國文學藝術工作者聯合會主席、中國人民政治協商會議副主席。新中國成立後，他又歷任政務院副總理、文化教育委員會主任、中國科學院院長、中國科學技術大學校長等職，直至一九七八年六月逝世。

　　有這樣的個人生活歷程，就是進行簡單的紀事也足以引人入勝，但是，郭沫若並不滿足於僅僅把自傳寫成個人生活的起居注或個人生命歷程的編年史，他一九二八年正式開始這方面的寫作時，就已有不同於其他「自傳」作者的鮮明意圖，他說：

　　　　我的童年是封建社會向資本主義制度轉換的時代，
　　　　我現在把它從黑暗的石炭的坑底挖出土來。

我不是想學Augustine和Rousseau要表述甚麼懺悔，

我也不是想學Goethe和Tolstoy要描寫甚麼天才。

我寫的只是這樣的社會生出了這樣的一個人。

或者也可以說有過這樣的人生在這樣的時代。[2]

　　這種把個人命運與時代發展一併考察的寫作理念在郭沫若心中存在已久，此前的《水準線下》的〈序引〉中，他已明確談到，「從一個私人的變革應該可以看出他所處的社會的變革──『個』的變革只是『全』的變革的反映」。[3]後來把《我的童年》、《反正前後》、《初出夔門》等合編為《少年時代》（《沫若自傳》第一卷）出版時，他更是明確強調，這些作品「寫的期間不同，筆調上多少不大一致，有時也有些重複的地方，但在內容上是蟬聯著的；寫的動機也依然一貫，便是通過自己看出一個時代」。[4]這些都清楚地表明，郭沫若在自傳寫作方面，在有意和側重個人敘事，像奧古斯丁、盧騷懺悔或像歌德、托爾斯泰張揚個人天才兩大類型的西方自傳的劃清了界限的同時，也具有通過個人敘事反映時代變遷的意義指向。

　　郭沫若的經歷從家鄉沙灣開始，然後到成都、上海、北京、廣州、武漢、南京等中心城市，最後擴大到日本、蘇聯，《沫若自傳》為人們展現了他從少年時期到抗戰時期各個歷史階段所經歷的風雲變幻，所留下的人生足跡。但在郭沫若看來，一個人走怎麼樣的道路決定於時代蟬蛻變化，因此他的「自傳」一直在時代和社會的大背景下尋求個體的身分認同，強烈的時代感瀰漫著他的全部自我敘事之中。

2　郭沫若：〈我的童年前言〉，《郭沫若全集》（北京市：人民文學出版社，1992年），卷11，頁8。

3　郭沫若：〈水準線下原版序引〉，《郭沫若全集》（北京市：人民文學出版社，1992年），卷12，頁404。

4　郭沫若：〈我的童年前言〉，《郭沫若全集》（北京市：人民文學出版社，1992年），卷11，頁7。

像許多的自傳一樣，郭沫若的自傳是從對故鄉和家門的敘述開始的，
但到自己正式登場時，儘管剛出生的嬰兒不可能對社會、時代等有什
麼特殊的感覺，但作者還是特意把自己的出生和當時重大的社會事件
聯繫在一起：

> 就在那樣土匪的巢穴裡面，一八九二年的秋天生出了我，這是
> 甲午中東之戰的三年前，戊戌政變的七年前，庚子八國聯軍入
> 京的九年前。在我的童年時代不消說就是大中華老大帝國最背
> 時的時候。[5]

　　這種牢牢把「時代感」，自覺地將「時代」和「社會」作為這部
長達一百多萬字的巨幅自傳的關鍵字的敘事取向，與中國古代傳記的
寫作宗旨有著千絲萬縷的聯繫。中國傳統傳記所要回答和解決的就是
人與社會、人與時代的關係問題。在中國式的傳記裡，社會是個人的
背景，個人與時代密不可分，作者記錄的不僅僅是個人，而且是具有
時代烙印的個人。中國現代傳記所繼承的宏大歷史敘事傳統的主要體
現，就是傳記作家在具體的敘述中都特別關注傳主與時代的關係。
　　正因為作家的這種自覺，《沫若自傳》將時代的風雲變幻盡收眼
底，為讀者提供了一部中國近現代革命鬥爭的編年史。首先，從十九
世紀末葉到二十世紀中期，從封建專制時代到民國時代，《沫若自
傳》記錄了半個多世紀的一系列重大社會變革，諸如「反正前後」四
川境內尖銳激烈的政治鬥爭，「五四」時期狂飆突進的時代風雲，北
伐戰爭的滾滾鐵流，南昌起義的革命紅旗，抗日戰爭的漫天烽火，南
京談判的激烈爭奪，在一切都有生動的描繪。其次，這歷次重大變革

5　郭沫若：《我的童年》，《郭沫若全集》（北京市：人民文學出版社，1992年），卷
　　11，頁17。

中的各種人物或社會名流，如毛澤東、周恩來、朱德、瞿秋白、蔣介
石、胡適、史達林……，等等，《沫若自傳》也都有直接描述。正是
這些，使得《沫若自傳》成了中國近現代社會的歷史人物畫廊。再
次，《沫若自傳》也真實地記敘了各個歷史時期的社會思潮和意識形
態領域的種種交鋒。如清末革命與保皇、新學與舊學之爭，辛亥革命
後建立資產階級共和國與復辟帝制之爭，「五四」時期新文化與舊文
化、新文學與舊文學、馬克思主義與改良主義之爭，三十年代無產階
級革命文學與各種牌號的資產階級文學之爭，抗戰時期反對侵略與妥
協投降之爭，等等。

　　但是，「自傳」中，郭沫若並不僅僅把「歷史」作為「背景」，也
不是從局外人、旁觀者的視角來記述歷史事件，而是置身在於時代的
風雲變幻之中，把自己當作一個表現歷史的不可或缺的出場人物，一
個歷史的參加者與見證人。在《北伐途次》〈小引〉中，他就談到：
「要寫出這部著作我覺得我自己是最適當的人：因為從廣東到廣東的
那個巨大的波動，我是整個地參加了的」。[6]實際上，從中國近代科舉
的沒落和新式學堂的興起，到學校的學潮、四川保路運動的風波、北
伐戰爭、南昌起義、抗日戰爭，郭沫若都是這半個多世紀內中國一系
列重大事件的參與者和見證人，他深深地感受著時代的變遷：

　　　　庚子之變，資本帝國主義的狂濤衝破了封建的老大帝國的萬里
　　　長城。在一兩年前還視變法為罪大惡極的清廷，也不能不企圖
　　　依照資本社會的模型來改造自己的國度了。
　　　　廢八股而為策論，這是在變革過程中的一個最顯著的事實。這
　　　是必然發生的社會意識的變化。這個變化不消說便直接地影響
　　　到我們家塾教育的方法上來了。從前是死讀古書的，現在不能

6　郭沫若：〈北伐途次小引〉，《郭沫若全集》（北京市：人民文學出版社，1992年），
　　卷13，頁5。

不注意些世界的大勢了。從前是除聖賢書外無學問的，現在是
不能不注重些科學的知識了。不消說我們是從試帖詩的刑具解
放了下來。還有一件事情不能不感謝的，便是我還沒有受過八
股的刑具。甚麼破題、起講、搭題、承題等等怪物的毒爪，看
看便要加在我頭上來的，我在幾乎一髮之間公然免掉了。我是
怎樣地應該向著甚麼人道謝的呀！向著甚麼人呢？——向著帝
國主義者罷。

帝國主義的惡浪不消說是早衝到了我們那樣偏僻的鄉間。譬如
洋煙的上癮、洋緞的使用，其他沾著「洋」字的日常用品實在
已不計其數。不過使我們明白地認識了那種變革，就是我們小
孩子也意識到了的，是無過於讀「洋書」了。[7]

最初我們才下嘉定的時候，嘉定城裡有三座班子，各處會館的
堂戲差不多連續不斷。那時候紙煙還沒有到嘉定，學生身上穿
的還多是一些銀綢、繭綢、巴綢、或毛藍布大衫之類的手工業
的土產。但是隔不兩年身上的穿著完全變了。洋緞、大呢、嗶
嘰、天鵝絨，乃至蔥白竹布，一切的東西差不多都帶著一種洋
味。機械生產品的大洪水流到了嘉定，大英煙草公司的
"picot"、所謂「強盜牌」的紙煙，也跟著他的老大哥鴉片閣下
惠顧到我們城裡了。[8]

　　既然不是局外人或旁觀者，既然是歷史的參加者與見證人，也就
不可能像傳統的史傳寫作那樣進行純粹的歷史紀事，更何況在正式寫

7　郭沫若：《我的童年》，《郭沫若全集》（北京市：人民文學出版社，1992年），卷
　　11，頁41。
8　郭沫若：《我的童年》，《郭沫若全集》（北京市：人民文學出版社，1992年），卷
　　11，頁107。

作自傳之前，郭沫若已閱讀和翻譯過河上肇的《社會組織與社會革命》等社會學著作，參加過馬克思主義和無政府主義思想論爭和北伐革命等實際的社會運動。所以，在「通過自己看出一個時代」的過程中，他總是以史學家的眼光觀察和認識歷史事件，揭示它們之間的內在聯繫，再現時代發展的必然趨勢。特別是在《我的童年》、《反正前後》、《北伐途次》等早期的自傳中，郭沫若經常在歷史敘述中穿插社會分析和政治議論等非敘事話語，以表達自己對過往歷史的認識。如《反正前後》中，郭沫若曾專門講述自己親眼目睹的保路同志軍滑稽的軍容，他們「有一部分是平時的土匪，有一部分是各地的鄉團。大部分的鳥槍、梭標、牛角叉、鐵錘、銅錘、鐵鐧、銅鐧，雖然陳腐一點，但總還是軍器。但有的卻拿著鋤頭、擋把、扁擔、鐮刀。而有的更異想天開，把一把菜刀綁在竹竿頭上，雄赳赳氣昂昂地拿著。我還親眼看見一位拿『吊刀子』的，……就是一雙牙骨筷、一柄西餐用的小刀，同插在一個鞘子裡面。這樣的東西本是用來吃飯菜的，然而那位同志軍，他把小刀抽出鞘來拿在手裡，象牙筷和鞘一子便吊在腰間，大有仗著寶劍的鍾馗的身手」。但作者緊接著寫道：

> 朋友，你們且莫忙單作為滑稽的現象，而以一笑付之。我有意把這些滑稽的現象寫出來，我是想使大家知道保路同志會乃至同志軍的軍事行動的本質。那自然不是蒲殿俊所代表的立憲論者，也不是董脩武輩所代表的革命黨人，而是貨真價實的「人民大眾」！這種人民大眾的威力，我們不要把它輕視了。就是他們，在竹竿頭上綁的菜刀，手裡拿著的吊刀子，不已成為推倒了趙爾豐的原動力，殺死了端方的原動力，乃至送葬了清廷的原動力嗎？[9]

9　郭沫若：《反正前後》，《郭沫若全集》（北京市：人民文學出版社，1992年），卷11，頁265。

　　又如《北伐途次》中談及明治維新後一躍變為世界強國的日本，
近代後成為中國效法的現象時作者認為，效法日本其實就是間接效法
歐美，因為甲午之後派遣到歐美去直接效法的人，和留日學生不相上
下，而且中國人效法歐美還在日本人效法歐美以前。但問題是日本人
效法歐美成了功，中國為什麼沒成功？郭沫若說：

> 我的答案很簡單：日本的資本主義的社會革命所以成了功，是
> 因為有地大物博的中國替它做了擋箭牌。歐洲的資本主義侵入
> 東方來，日本是同樣受著患害的。但那個已經人滿為患的幾個
> 日本島子，在歐美人看來，比較起中國自然是沒有多麼大的殖
> 民價值。因而在資本主義的進軍向著中國萬箭齊射的時候，日
> 本人便在這短時期內培植成了自己的資本主義。中國要仿效日
> 本，想在今後成為強盛的資本主義國家，最好是要有比中國更
> 好的殖民地來緩和歐美的以及日本的資本主義的進攻，就如像
> 日本有中國替它做了擋箭牌的一樣。然而這個條件已經是無法
> 具備的了。中國今後要想成為強盛的資本主義國家，除非是近
> 世的帝國主義者在火星或者別的星球上發現了廣大而有價值的
> 殖民地。[10]

　　如果說，這類牽涉社會政治的大問題，一般還比較能使人從深層
次思考時代和歷史，那麼郭沫若的獨特還在於，即使是一般的、普通
的社會現象，他也能夠從時代和歷史發展的角度加以把握與認識，如：

> 蘇字在當時是很流行的，有多少名人、大師都是寫的蘇字。這
> 個傾向好像一直到現在都還支配著。這本來是很小的一個問

---

10 郭沫若：《北伐途次》，《郭沫若全集》（北京市：人民文學出版社，1992年），卷
　13，頁73。

題，但在這兒也表示著一個社會的變革。封建制度逐漸崩潰，一般人的生活已不能像古代那樣的幽閒，生存競爭的巨浪也漸漸險惡起來了。所以一切的生活過程便必然地要趨向於簡易化，敏捷化。蘇字的不用中鋒，連真帶草，正合於這種的生活方式，所以它也就肩擔了流行的命運。[11]

所謂「撲作教刑」，這是我們從古以來的教育方針，換句話說，要教育兒童就只有一個字，一個字，一個「打」字。——「不打不成人，打到做官人。」讀書是為要做官的。你要想做官，那就不能不捱打。你要想你的子弟做官，那就不能不叫人打……從前的做官的人就是這樣打出來的，所以他們一做起官來便在百姓的頭上報仇。他們的嚴刑峻法不消說是「青出於藍」的了。當然，像我們這樣超過了三十的人大都是受過這樣的教育的，所以這種教育的應用我們也用不著太說遠了，就在上海的所謂文明都市，就在我們自己的目前，不是還有鐵鋸分屍、釘板抓背、硫酸灌頭、電流刺腦，各種各樣新發明的花樣嗎？……[12]

中國的所謂教育家、一切水面上的辦事人為甚麼要欺騙國家，誤人子弟。我們當然不知道為甚麼會發生出這種現象的原因。即使要追求它的原因，也只是在個人的良心或者是社會的道德上去尋求。所以不是歸之於社會的腐敗，便是歸之於個人的昧良。更進一步，便是說整個精神文明的墮落。要挽救它，當然

11　郭沫若：《我的童年》，《郭沫若全集》（北京市：人民文學出版社，1992年），卷11，頁52。

12　郭沫若：《我的童年》，《郭沫若全集》（北京市：人民文學出版社，1992年），卷11，頁37、39。

就只有革心的一條方法了。其實這些都是鬼話。我們現在是知道了，很明白地知道了。中國僵定了幾千年的封建社會在支配階級中發生了一個固定的公式，便是求學是為作官，他們要支配封建社會中的單純的農民，那是用不若多麼大的學識的，只消熟些資格便夠了。所以他們的所謂的學，結果就是資格。[13]

要談文壇掌故，其實不是容易的事情。知者不便談，談者不必知。待年代既久，不便談的知者死完，便只剩下不必知的談者。懂得這個妙竅，便可以知道古來的歷史或英雄是怎樣地被創造了出來。在這兒我覺得私人的筆札和日記似乎可以多少表現著一個時代的真相，然而此正筆札文學和日記文學之所以當筆誅墨伐矣。聰明的人可以用創作的態度來寫日記，而更聰明的人卻勸人連日記也不要寫。[14]

　　總之，在探究歷史事件的內在聯繫，揭示社會時代發展趨勢這一點上，郭沫若的自傳寫作明顯帶有中國古代史家「究天人之際，通古今之變」[15]的精神抱負。

二　自我主體的多重建構

　　從根本上說，現代意義傳記文學就是以傳主為表現中心，「把一個人的一生，極有趣味地敘寫出來的」[16]的文學作品，它和依附於歷

13　郭沫若：《反正前後》，《郭沫若全集》（北京市：人民文學出版社，1992年），卷11，頁181。

14　郭沫若：《創造十年續篇》，《郭沫若全集》（北京市：人民文學出版社，1992年），卷12，頁214。

15　司馬遷：〈報任安書〉。

16　郁達夫：〈傳記文學〉，《郁達夫文集》（廣州市：花城出版社，1983年），卷6，頁201-202。

史，僅僅是「以人別為篇」[17]的中國傳統史傳還是有很大差異的。不管如何表現出對時代、社會和歷史的興趣，對於獨立個體的「人」的關注才是現代傳記文學發生和發展的終極指向，才是自傳作家寫作的內驅力。郭沫若在強調「通過自己看出一個時代」的同時，實際上也包含了「這樣的社會生出了這樣的一個人」[18]的寫作意圖，敘述分析所處的時代，同樣也是為了「自我」形象的建構。另外，除了強調時代、社會的影響，《沫若自傳》中「自我」形象的建構還從其他不同的角度，在不同的層面上進行。因此，《沫若自傳》主要價值，也在於比較完整地記錄了作者本人長達半個世紀的人生歷程，表現了頗具代表性的五四一代作家「郭沫若」的思想個性。當然，不可否認的是，《沫若自傳》建構起來的主體形象僅僅是作者寫作當時「不知不覺地與之認同的形象，或者它僅僅是作者一貫的自我和觀點」[19]，作者是按照自我認同的形象來進行主體建構的。

　　和許許多多自傳的開頭一樣，《沫若自傳》首先追溯的，也是自己的故鄉、祖先和家庭出身。作者的追尋，與涅槃中的鳳凰所追問的是一樣的：

　　　　你自從哪兒來？
　　　　你坐在哪兒在？[20]

　　對於故鄉沙灣，郭沫若強調的兩個特點是「綏山毓秀，沫水鍾

---

17 章學誠：《文史通義》〈永清縣誌列傳序例〉。

18 郭沫若：〈我的童年前言〉，《郭沫若全集》（北京市：人民文學出版社，1992年），卷11，頁8。

19 〔法〕菲力浦・勒熱訥著，楊國政譯：《自傳契約》（北京市：生活・讀書・新知三聯書店，2001年），頁279。

20 郭沫若：〈鳳凰涅槃〉，《郭沫若全集》（北京市：人民文學出版社，1982年），卷1，頁36。

靈」的風光和土匪巢穴，這其中暗含了他認同的從這一地方走來的人可能（或應該）具備的兩種個性元素。在郭沫若筆下，儘管沙灣沒什麼古蹟名勝，但它和鄰近的村鎮比起來總是秀麗的，開朗的，因為街道整齊新穎，和山水的配置也比較適宜，而且還有一道清潔的茶溪從中流過：

> 那溪水從峨眉山的餘脈蜿蜒地流瀉下來。流到茶上寺的近旁，溪面便漸漸擴大了。橋的南端有好幾家磨坊，為用水的關係在溪面上斜橫地砌就了一道長堤，把溪水歸引到一個水槽裡去。因為這樣，堤內的溪水自然匯成一個深潭。水是十分清潔的，一切的游魚細石都歷歷地可以看出。潭的南沿是岩壁的高岸，有些地方有幾株很茂盛的榕樹掩覆著。

　　大約因為山水比較清秀，郭沫若認為沙灣的人文風尚比起鄰近的村鎮也有不同：雖然僅是偏僻的鄉村，「但那兒也有十來顆秀才的頂戴，後來在最後一科還出過一位恩賜舉人」。[21]郭沫若關於故鄉山水風光和人文風貌的記憶，實際上表現了作為作家、詩人的他對於優美大自然和傳統書香的體認。

　　但可能傍依銅河（大渡河）府河（岷江）交會處的緣故，沙灣也是出土匪的地方。在郭沫若記憶中，故鄉的徐大漢子、楊三和尚、徐三和尚、王二狗兒、楊三花臉這些土匪頭領也比他大不上六七歲，有的「小時候還一同玩耍過」。既然是土匪的巢穴，生長在這裡的一般人對於官、民、匪當然也有不同於正統觀念的認識，「越貨行劫的勾當，尤其是鄉裡的一部分青年人所視為豪傑的行為」，並且：

---

21 郭沫若：《我的童年》，《郭沫若全集》（北京市：人民文學出版社，1992年），卷11，頁10-11。

> 銅河的土匪儘管是怎樣的多，但我們生在銅河的人並不覺得它
> 怎樣的可怕……
> 土匪的愛鄉心是十分濃厚的，他們儘管怎樣的「凶橫」，但他
> 們的規矩是在本鄉十五里之內決不生事。他們劫財神，劫童
> 子，劫觀音（鄉中土匪綁票用的專語，男為財神，幼為童子，
> 女為觀音——原注），乃至明火搶劫，但決不曾搶到過自己村
> 上的人。他們所搶的人也大概是鄉下的所謂「土老肥」，——
> 一錢如命的惡地主。這些是他們所標榜的義氣。[22]

　　離開故鄉十幾年的作者在自傳中鄭重其事地寫出這方面的記憶，目的無非強調自我前半生那種叛逆性格的影響因子，這甚至可以幫助人們理解作為詩人、文人的郭沫若，為何會寫出像〈天狗〉、〈匪徒頌〉，甚至〈請看今日之蔣介石〉一類的詩文。

　　在郭沫若的潛意識中，「自我」還和「客籍」聯結在一起的。據《沫若自傳》對家族的溯源，郭沫若的祖上是客家人，早年從福建汀州府寧化縣移居四川。這種「客籍」身分，很容易使人形成根深柢固的進取意識和集團意識。在郭沫若的回憶中，「地方上的土著，平常他們總覺得自己是地方上的主人，對於我們客籍總是遇事刁難的」。因此，「這些移民在那兒各個的構成自己的集團，各省人有各省人獨特的祀神，獨特的會館，不怕已經經過了三百多年，這些地方觀念都還沒有打破，特別是原來的土著和客籍人的地方觀念」。客籍和土著也一直成為「對立的形式」，「關於地方上的事務，公私兩面都暗暗地在那兒鬥爭」。[23]這種關於「客籍」的身分認同和心理暗示，無疑和傳

---

22 郭沫若：《我的童年》，《郭沫若全集》（北京市：人民文學出版社，1992年），卷
　　11，頁12-16。

23 郭沫若：《我的童年》，《郭沫若全集》（北京市：人民文學出版社，1992年），卷
　　11，頁15。

主潛意識中恐懼被邊緣化、被非集團化有很大的關係。在郭沫若的一生中，除了極短的時期，他都始終嚮往（或身處）社會時代、政治文化以至文學藝術的中心，而作為影響其一生的發起成立創造社，其動因恐怕也與自認為被當時文壇遺忘或排擠有關。

對於家庭出身，《沫若自傳》強調「父親很有找錢的本領」和「母親的資質很聰明」。[24]敘述中的相同的兩個程度副詞，頗透露了童年郭沫若、少年郭沫若的自豪感。其實從父親往上溯到曾祖父，郭沫若家已經連續三代通過經商而致富。從小生長在這樣的家庭的人，比出生於其他類型家庭的人，更可能具有注重實際或注重實利的觀念。因此在後來的人生經歷中，郭沫若也常有重實利的表現。如雖然五四時期標榜藝術至上和浪漫主義，雖然五四前後已崛起詩壇，且也深知自己耳朵有痼疾無法勝任醫生的工作，郭沫若回上海組織創造社，「實際從事文學活動」，但「不足半年功夫又跑到日本去」，[25]把醫學的課程學完，最終於一九二三年三月拿回醫學士的學位。可見在面對社會、面對實際生活方面，郭沫若似乎就比同樣是棄醫從文的魯迅顯得更為注重現實。相對父親，母親對一個人的幼年時代、童年時代的影響更大。除了教自己識字、讀詩，郭沫若在自傳中用不少筆墨介紹了母親的出身、經歷和個性。她的父親是二甲進士，當過兩任縣官後升任州官；後來父親因苗民造反，城池失守殉節，剛滿周歲的她便由保姆背著逃難。關於這段經歷，郭沫若說「小時候她對我們講起，連我們都覺得很光榮」。在郭沫若的記憶中，母親不僅「資質很聰明」，而且勤勞、開明、樂觀，「自負心很強」。[26]對於父母，每個人在自傳

24　郭沫若：《我的童年》，《郭沫若全集》（北京市：人民文學出版社，1992年），卷11，頁24、32。

25　郭沫若：《我的學生時代》，《郭沫若全集》（北京市：人民文學出版社，1992年），卷12，頁17。

26　郭沫若：《我的童年》，《郭沫若全集》（北京市：人民文學出版社，1992年），卷11，頁19-32。

中如何溫馨、崇敬地回憶都是正常的。值得注意的是，回憶者所特別引以自豪反映的是什麼？一般說來，子女對父母崇拜，就是其模仿人生的開端。因此，無論自覺與否，「自傳」的所有敘事，實際上都是作者「自我」的指認與重構。

　　比如談及自己祖上曾經有過的「發跡」，作者雖然認為「並不是甚麼光榮的歷史，但可以說是一個有趣的歷史」；談及父親荒廢家業二十年，為兒女的養育計畫不得不重整旗鼓，不幾年間「又在買田、買地、買房廊」，郭沫若回憶時雖不免反諷說「應該感謝帝國主義的恩德」，但他還是發出「實在也奇怪」的感歎，並且表現出對父親「實際家的手腕」的「欽仰」，誇耀他「天分好像是很卓絕的」。[27]這一切連同前面談到的對於母親家世的敘述，人們都很難看到《巴金自傳》中講述自己家庭時的那種深深的原罪感。又比如關於最初的一些性體驗，郭沫若專門用一節講述了七八歲時由堂嫂引發的早期性覺醒，十一歲時由校園的竹竿、《西廂》、《西湖佳話》和《花月痕》等體驗的性快感，後來又專門談及中學時與社會上的汪姓少年的「真正的初戀」[28]。這些性體驗，作者表面僅是客觀的敘述，但這種客觀其實已經包含了某種自我的認同的傾向。

　　當然，從總體上看，郭沫若自傳中的童年敘事和少年敘事更主要的，是表現鮮明的「叛逆認同」的傾向。除了出生於土匪的巢穴外，出生時「腳先下地」似乎也「成為了反叛者的第一步」。[29]接著，上家塾三天便開始翹課、挨打，從小學到中學，他喝酒、打架、鬧風潮、破壞偶像，甚至作弄老師、對抗校長，因此不斷地被記過、被「退

27　郭沫若：《我的童年》，《郭沫若全集》（北京市：人民文學出版社，1992年），卷11，頁23、26。

28　郭沫若：《我的童年》，《郭沫若全集》（北京市：人民文學出版社，1992年），卷11，頁111。

29　郭沫若：《我的童年》，《郭沫若全集》（北京市：人民文學出版社，1992年），卷11，頁17。

斥」。據郭沫若的自我分析，他的叛逆性格始於在嘉定高等小學堂讀書時：

> 我是鄉下人，年紀輕，因而常受城裡的老學生們欺負。第一學期的成績最優，老學生們嫉妒，發生撕榜風潮，並以不堪入耳的侮辱相加。先生們不能制止，反而屈服；因我在端午節曾請假數日回家，便扣了我六分的總平均分數壓到第三名，重新改榜，算把風潮平息下去了。這件事對於我一生是第一個轉扭點，我開始接觸了人性的惡濁面。我恨之深深，我內心的叛逆性便被培植了。[30]

　　一個人叛逆性格形成的原因是多方面的、複雜的，郭沫若的這一自我分析或許不無道理。但是，翹課，讀《西湖佳話》，推倒寺院的偶像，「向它們灑起尿來」[31]……這許多都發生在撕榜風潮之前，所以，與其把傳主這一表白看成其成年後的理性分析，不如說這是他長期以來的積澱的認同心理或自我合法化心理。

　　在郭沫若的前半生，「走出夔門」之後基本上生活在兩個世界：文壇和政壇。關於這兩方面的經歷，從一般的《年譜》或《年表》都能瞭解個大概。《沫若自傳》關於在文壇或政界的經歷的回憶，其價值並不僅僅在於比《年譜》或《年表》更詳細的「起居注」，更形象的「見聞錄」，而還在於通過人事交往的紀事和對其他同時代人的介紹和臧否，彰顯「自我」的個性。

　　大凡思想文化的發展，總是一代一代相互承傳的，郭沫若作為

---

30 郭沫若：《我的學生時代》，《郭沫若全集》（北京市：人民文學出版社，1992年），卷12，頁9。
31 郭沫若：《我的童年》，《郭沫若全集》（北京市：人民文學出版社，1992年），卷11，頁75。

「五四」崛起的新一代的代表人物之一，同樣受到了前輩知識份子的影響。據《我的童年》回憶，郭沫若接觸章太炎、梁啟超和林紓這三為近代文化名人是大約在上中學後的第二學期，他對他們的印象是：

> 章太炎的文章我實在看不懂，不過我們很崇拜他，因為他是革命家的原故。

> 那時候的梁任公已經成了保皇黨了。我們心裡很鄙屑他，但卻喜歡他的著書。他著的〈義大利建國三傑〉，他譯的《經國美談》，以輕靈的筆調描寫那亡命的志士，建國的英雄，真是令人心醉。

> 林琴南譯的小說在當時是很流行的，那也是我所嗜好的一種讀物。我最初讀的是Haggard的《迦茵小傳》。那女主人翁的迦茵是怎樣的引起了我深厚的同情，誘出了我大量的眼淚喲。……林譯小說中對於我後來的文學傾向上有決定的影響的，是Scott的 *Ivanhoe*，他譯成《撒喀遜劫後英雄略》。這書後來我讀過英文，他的誤譯和省略處雖很不少，但那種浪漫主義的精神他是具象地提示給我了。……Lamb的 *Tales from Shakespeare*，林琴南譯為《英國詩人吟邊燕語》，也使我感受著一無上的興趣。它無形之間給了我很大的影響。[32]

在關於這三大文化名人近兩千字的回憶中，人們大致可以看到郭沫若早期嚮往革命，崇拜英雄，熱衷浪漫主義的精神源頭。

對同輩文人，郭沫若雖有時也來點春秋筆法，但更多時候還是不憚於直接表達自己看法。實際上，他對交往中不同人物的不同描述和

---

[32] 郭沫若：《我的童年》，《郭沫若全集》（北京市：人民文學出版社，1992年），卷11，頁120-124。

評價，也正從另一側面表現了自我的價值取向或為人準則。如與其關係較近的創造社、太陽社諸君，郭沫若幾乎都有文字記敘，並且或多或少談及自己的印象和判斷。總體上看，他對郁達夫、田漢的看法比較複雜（關於這一判斷，將在稍後展開），但對成仿吾、張資平、王獨清、穆木天、蔣光慈等，都有鮮明的評介。

郭沫若是這樣描述對王獨清的最初印象的：

> 王獨清出現在大門外了。他隔著窗口看見了我，眼睛睜得璧圓，直好像多年不見的知己。他急急忙忙地放著小跑，跑進堂屋來和我握手。
>
> ──「沫沫沫沫……沫若！我我我我……我是王王王……王獨清！」
>
> 口吃得滿臉通紅。
>
> 王的身材不高而略矮，不瘦而略肥，到底不愧是從巴黎回來的人，看裝束就有點像雨果的兒子。廣沿黑呢帽，黑色波赫民央領帶，寬裕的玄青嗶嘰西裝，馬褲上套了一副黑色的皮裹腿（這副皮裹腿在北伐出發時承他解贈了給我，後來被我的一位勤務兵拿去了）。只是披在帽下的頭髮也採取著一致的黑色，那卻似乎是不應該的。

作者貌似客觀的描寫，實際上暗含譏諷。後面的敘述中又不斷用不無誇張的筆調記錄其口吃的談吐，並一會兒稱其為「獨清先生」，一會兒稱其為「雨果第二」或「我們的詩人」。[33]除王獨清，在自傳中，被郭沫若有意用模仿的筆調寫其口頭禪或口吃的還有胡適和蔣介石，但看來都沒收到喜劇的效果，實際上倒從另一側面體現了傳主的「自我」。

---

33 郭沫若：《創造十年續篇》，《郭沫若全集》（北京市：人民文學出版社，1992年），卷12，頁292-296。

對張資平，郭沫若認為「資平是傾向於自然主義的，所以他說要
創作先要觀察。我是傾向於浪漫主義的，所以要全憑直覺來自行創
作。我現在覺得他的話是比我更有道理了」[34]。對穆木天，郭沫若覺
得他孩子氣，覺得可能過於單純，但他內外一致：

> 他是在專門研究童話的，一屋子裡都堆的是童話書籍。我覺得
> 他自己就好像是童話中人。他人矮，微微有點胖，圓都都的一
> 個臉有點像黃色的番茄。他見人總是笑眯眯的，把眼睛眯成一
> 線，因此把他那豐滿的前額和突出的兩個臉墩便分成了兩部
> 分。他特別像番茄的地方也就在那兒。他是吉林人，愛用捲舌
> 音的北方話也特別助長了他的天真爛漫。我覺得他的姓穆而名
> 叫木天，真是名也名得好，姓也姓得好。那時聽說他參加了周
> 作人的「新村」運動，我也覺得像他這種童話式的人也恰好和
> 「新村」相配。[35]

對於成仿吾，郭沫若認為其不善言辭，但很驚歎其記憶力：「他
很有語學上的天才，他對於外國語的記憶力實在有點驚人」；「仿吾是
很木訥的人，他很少說的中國話是一口湖南的新化腔。初和他會面的
人，真不容易聽懂。他到日本時年紀很小，但他對於中國的舊文獻也
很有些涉獵。我們在岡山同住的時候，時常聽見他暗誦出不少的詩
詞。這也是使我出乎意外的事。大抵仿吾的過人處是在他的記憶力
強，在我們幾個人中他要算是頭腦最明晰的一個」。對他創作的評介
則是「仿吾初期的詩和他的散文是形成著一個奇異的對照的。他的散

---

34 郭沫若：《創造十年》，《郭沫若全集》（北京市：人民文學出版社，1992年），卷
　12，頁49。

35 郭沫若：《創造十年》，《郭沫若全集》（北京市：人民文學出版社，1992年），卷
　12，頁110。

文是勁峭，有時不免過於生硬。他的詩卻是異常的幽婉，包含著一種不可捉摸的悲哀。你讀他的詩，絕對聯想不到他在學造兵科，是和大炮、戰車打交道的人」。[36]總體上看，郭沫若對成仿吾印象頗佳，評價也不低，覺得他內在的才華超過了表面給人的感覺。

　　集中寫與蔣光慈的交往得比較多。郭沫若認為蔣光慈賃居的房子好，「三面開窗，光線是洋溢著的」；屋內沒什麼裝飾，「書桌後面靠壁是半壁書架，不十分整飾地擺著些西書和新刊的雜誌之類」；「光慈有一種奇癖。凡是見過他的原稿的人總會注意到它是被寫得異常整齊的，一個字的添改剜補也沒有」。他是浪漫派，但並不是所謂「吊兒郎當」的浪漫派。郭沫若對他的評價是：

> 古人每愛說「文如其人」，然如像光慈的為人與其文章之相似，在我的經驗上，卻是很少見的。凡是沒有見過光慈的人，只要讀過他的文章，你可以安心地把你從他的文章中所得的印象，來作為他的人格的肖像。他為人直率、平坦、不假虛飾，有北方式的體魄與南方式的神經。這種人，我覺得，是很可親愛的。

　　郭沫若還回憶說，「他那時正在校讀我所譯的屠格涅夫的《新時代》，俄文原書和我的譯本一同攤放在桌上。校讀得還不很多，有些地方略略有點修改」，他「特別」向「我」指出一處譯錯了的地方，「他說的十分在理，那不用說是我譯錯了。我便請求他詳細地把全書校改一遍，做篇文章在《洪水》上發表，同時我也可以做個勘誤表請求出版處挖改字版。光慈是欣然答應了」。這麼好的評價，對其批評也心悅誠服地虛心接受，這在整部《沫若自傳》中是很少的。難怪郭

---

36 郭沫若：《創造十年》，《郭沫若全集》（北京市：人民文學出版社，1992年），卷12，頁50、52、83。

沫若連叫「可惜太死早了一點」、「可惜實在太死早了一點」。[37]

從上述所談到的王獨清到蔣光慈，不難看出敘述者視點越往後面越是下沉，筆調也越來越帶感情，寫王獨清是居高臨下的調侃，談蔣光慈則已是引為同類，惺惺相惜，因為「自我」已經認同了蔣光慈的思想、情感和個性氣質。

創造社從成立開始就與文學研究會有了「隔閡」，文學研究會和創造社的成員彼此間都有些成見，郭沫若對這並不刻意隱瞞。但在他筆下，文學研究會的作家不僅各有各的不同，而且各有各的可愛或不可愛之處。對文學研究會的重要旗幟之一的茅盾，郭沫若說：

> 雁冰所給我的第一印象卻不很好，他穿的是青布馬褂，竹布長衫，那時似乎在守制。他的身材矮小，面孔也纖細而蒼白，戴著一副很深的近視眼鏡，背是微微弓著的，頭是微微埋著的。和人談話的時候，總愛把眼睛白泛起來，把視線越過眼鏡框的上緣來看你。聲音也帶著些尖銳的調子，愛露出牙齒咬字。因此我總覺得他好像一隻耗子。[38]

緊接這之後，郭沫若還特意聲明說：「我在這兒要特別加上一番注腳，我這只是寫的實感，並沒有包含罵人的意思在裡面」。其實，「穿的是青布馬褂，竹布長衫」，「似乎在守制」；「背微微弓著的，頭微微埋著的」，這已基本把茅盾的形象勾勒成舊派文人的樣子，老氣橫秋。「和人談話的時候，總愛把眼睛白泛起來，把視線越過眼鏡框上緣來看你。聲音也帶著些尖銳的調子，愛露出牙齒咬字」這就更多了學究氣，似乎很矯揉造作，敘述者的情感好惡可見一斑。對其他文學

---

37 郭沫若：《創造十年續篇》，《郭沫若全集》（北京市：人民文學出版社，1992年），卷12，頁266-269。

38 郭沫若：《創造十年》，《郭沫若全集》（北京市：人民文學出版社，1992年），卷12，頁99。

研究會或其他同時代作家，郭沫若雖感覺也不怎樣好，但描述起來卻
還不怎樣尖刻：

> ……聖陶握著我的手，十分懇切地說了好些話。但可惜振鐸向
> 我介紹時，我沒有聽清楚；聖陶的蘇州腔，我連百分之十也沒
> 有聽懂。我待他們走了之後，才問編輯所裡的人，那位王主任
> 吃驚不小地向我說：
> 「那便是鼎鼎大名的葉聖陶，你不認識嗎？」
> 我聽見是聖陶，也很後悔，覺得自己太木訥，沒有儘量地多多
> 談些傾心的話。聖陶的小說，我最初是在《青光》欄內讀過他
> 的〈他與她〉，覺得他的筆致很清新，雖然並不怎麼深刻。
> 我自從那次以後便也沒有和聖陶見過面，他留在我腦裡的第一
> 印象，是矮小、樸實、和藹可親的一位青年。
>
> 沈（尹默）先生那時恐怕將近五十歲了，他戴著一副藥片眼
> 鏡，眼睛好像很不好。臉色很蒼白。那蒼白的臉色配著藥片的
> 眼鏡，怎麼也好像是日本的一位按摩。
>
> （朱自清）他完全像一位鄉先生，從他的手裡能寫出一些清新
> 的詩，我覺得有些詫異。他那右側的顱頂部有一個很大的禿了
> 發的瘡痕，可更助長了他的鄉先生的風味。[39]

茅盾、葉聖陶、沈尹默和朱自清等作家全是現代文壇、文化界的
知名人士，他們的思想與為人現代讀者一般都略知一二，《沫若自
傳》這簡單的點評與其說是幫助讀者瞭解這些作家，不如說是作者從
不同方面表現「自我」所認同或所不屑的傾向。

---

39 郭沫若：《創造十年》，《郭沫若全集》（北京市：人民文學出版社，1992年），卷
　12，頁101、109、139。

對新文學陣營的標誌性人物胡適，《沫若自傳》的事實描述本身其實很充分體現了他對傳主及創造社其他作家的友好。但由於從總體上看不上胡的才氣，認為他「因出名過早，而譽譽過隆，使得他生出了一種過分的自負心……，說到文學創作上來，他始終是門外漢」；而且覺得「他的門戶之見卻是很森嚴的，他對創造社從來不曾有過好感」，[40]所以寫及胡適的文字不無誇張與反諷。《創造十年》寫他們之間第一次見面，作者一開始就先造勢：

> 大約是帶著為我餞行的意思罷，在九月初旬我快要回福岡的前幾天，夢旦先生下了一通請帖來，在四馬路上的一家番菜館子裡請吃晚飯。那帖子上的第一名是胡適，第二名便是區區，……我穿的是夏布長衫。這要算是我們自有生以來的最大光榮的一天，和我們貴國的最大的名士見面，但可惜我這個流氓，竟把那樣光榮的日期都忘記了。
>
> 那時胡適大博士受了商務印書館的聘，聽說就是夢旦先生親自到北京去敦請來的，正在計畫著改組商務編譯所的大計畫。……他每天是乘著高頭大馬車由公館跑向閘北去辦公的。這樣煊赫的紅人，我們能夠和他共席，是怎樣的光榮呀！這光榮實在太大，就好像連自己都要成為紅人一樣。

而胡適一出場就被戴上了高帽，「博士到得很遲，因為凡是名角總是在最後的」。接著就是外貌描寫、語言描寫，但都是一味嘲諷，「光榮到絕頂的是，他穿的也是夏布長衫。他那尖削的面孔，中等的身材，我們在那兒的相片上是早見過的，只是他那滿面的春風好像使那滿樓的電風扇都掉轉了一個方向」；「『很好的』，這是博士先生的第

---

40 郭沫若：《論郁達夫》，《郭沫若全集》（北京市：人民文學出版社，1992年），卷20，頁318。

一聲，這三個字好像是他的習慣語，我以後便聽見過他說過無數次」。其中還有他們之間就文學的「新」與「舊」進行的一番交談：

> 在博士和我握手的時候，何公敢這樣說，「你們兩位新詩人第一次見面。」
>
> 博士接著說道：「要我們郭先生才是真正的新，我的要算舊了，是不是啦？」
>
> 他這樣的一問，我沒有摸準確是怎樣的意思，但至少是感覺著受著了一種要求，便是要我說出一句客氣的話。這話我卻沒有立地構想得出，我只含糊地笑了一下。
>
> ……
>
> 他又告訴我：「某君（這位先生的名字恕我忘記了）譯了Drinkwater的《林肯》，不久便可以出版。那部戲劇寫的異常之好，把古事寫得和新事一樣。」
>
> 他回頭又問我：「你近來有甚麼新作沒有呢？」
>
> 那時候《學藝雜誌》上正在發表著我的一篇未完成的戲劇〈蘇武和李陵〉的序幕，我便問他看過沒有，正打算說出我要做的那篇戲劇的大旨和細節時，他已經插斷了我說：「你在做舊東西，我是不好怎麼批評的。」[41]

　　胡適稱讚某君譯的《林肯》「把古事寫得和新事一樣」，關心我的新作，但對我的〈蘇武和李陵〉不僅不想瞭解大旨和細節，而且還認為我是「在做舊東西」。郭沫若寫這些無非表明，和胡適是無法就文學進行交談的，或者說胡適是不敢和「我」真正深入交談文學的；而他關於〈蘇武和李陵〉是「舊的東西」和前面的《林肯》是「把古事

---

41 郭沫若：《創造十年》，《郭沫若全集》（北京市：人民文學出版社，1992年），卷12，頁130-133。

寫得和新事一樣」的判斷更是無知的、武斷和前後矛盾的。作者通過這些描述力圖實現的，是建構起完全不同於胡適的嶄新的「自我」。

一九二〇年代中期之後，郭沫若投身實際社會革命運動，他進入文學之外的另一生活世界。因此，在《沫若自傳》中，對政界人士的敘述和評價也成為表現傳主個性的重要部分。就像對文壇不同作家的描述一樣，郭沫若對毛澤東、周恩來、朱德、葉挺、劉伯承、揮代英、徐特立、林伯渠等共產黨人，和國民黨的蔣介石、汪精衛、陳立夫、邵力子、張群、黃琪翔、馮玉祥、李宗仁、陳誠、陳銘樞、張發奎等高層人士或高級將領都有近距離的描寫。從總體看，除了蔣介石，他對國共雙方高層的印象都不錯，下筆也比較客氣謹慎。《沫若自傳》中寫到毛澤東的文字不多，但卻表現了少有的敬仰：

> 到了祖涵家時，他卻不在，在他的書房裡卻遇著了毛澤東。
> 太史公對於留侯張良的讚語說：「余以為其人計魁梧奇偉，至見其圖，狀貌如婦人女女。」
> 吾於毛澤東亦云然。人字形的短髮分排在兩鬢，目光謙抑而潛沉，臉皮嫩黃而細緻，說話的聲音低而娓婉。不過在當時的我，倒還沒有預計過他一定非「魁梧奇偉」不可的。
> 在中國人中，尤其在革命黨人中，而有低聲說話的人，倒是一種奇蹟。……[42]

《沫若自傳》是不大誇讚別人的，特別是在外貌方面。這裡的「人字形短髮分排在兩鬢」透露其幹練，「目光謙抑而潛沉」顯其沉穩，「說話的聲音低而娓婉」寫其紳士風度。而同樣是臉色有點黃，穆木天是「臉有點像黃色的番茄」，而這裡則是「臉皮嫩黃而細緻」。

---

42 郭沫若：《創造十年續編》，《郭沫若全集》（北京市：人民文學出版社，1992年），卷12，頁297。

郭沫若顯然不會以貌取人，但這和描寫其他人時的情形的確大相逕庭。

　　在《革命春秋》和《洪波曲》中寫及蔣介石的篇章不少，作者對其態度也很有些不同。從總體上看，蔣介石是一直很希望能「借重」[43]郭沫若的，因此對他也比較寬容。但郭沫若對其態度則比較複雜。最初是在著名的〈請看今日之蔣介石〉中講述「我」兩次和見蔣介石直接接觸的情景。第一次是一九二二年三月二十二日，安徽省黨部召集第一次全省代表大會開幕式典禮舉行完畢時。「偽總工會的暴徒們」簇擁到總司令行營前面要求見蔣介石，「蔣介石也出來答應了他們的要求，說是他們受了壓迫，本總司令是要秉公辦理的，務要使他們不受壓迫，望他們安心」。「我」知道這事後趕緊跑進總司令室去見蔣介石，並把「偽總工會」的構成和「我們」對於它的態度說了。但蔣介石對總工會的責難表現出難得的「大度」，叫「我」去調和，當「我」表示調和困難的時候，蔣介石乾脆就敷衍了事，一會兒說「好啦，好啦，你去調查一下好啦，唵，唵，你去調查一下好啦」；一會兒又說「好啦，好啦，我警戒他們一下好啦，唵，唵」。第二次是在安慶「三·二三」事件之後。「三·二三」事件是蔣介石暗中指使特務處長楊虎聯絡青紅幫進行的大規模、有組織的的暴動。「我」知道這些內幕後去見蔣介石，「他帶著一臉悽惶不定的神氣」敷衍了事、推卸責任。郭沫若不由得發出感歎說：「我平生最感趣味的，無過於這一段對話。他以為我是全不知情，在把我當成了小孩子一樣欺騙呵。蔣介石，你要掩蓋些甚麼，你的肺肝我已經看得透明，你真可謂心勞日拙了」。[44]

43　一九三七年五月十八日郁達夫致郭沫若信：「今晨因接南京來電，屬我致書，謂委員長有所借重，乞速歸……。」見《郁達夫文集》（廣州市：花城出版社，1984年），卷9，頁468。

44　郭沫若：〈請看今日之蔣介石〉，《郭沫若全集》（北京市：人民文學出版社，1992年），卷13，頁135-145。

　　〈請看今日之蔣介石〉是重要的歷史文獻，郭沫若在這其中表現了一生中最有血氣的一面，但他並沒借此來標榜自己的勇敢和對革命的執著追求。在後來的〈脫離蔣介石以後〉中郭沫若又披露，他是在北伐軍政治部得到消息說，中央在三月二十三日已經罷免了了蔣介石，於是他才逃到南昌寫下〈請看今日之蔣介石〉這一著名討蔣檄文。後來才知道，「中央那時並沒有免蔣介石的職。不但沒有免職，而且還任他為第一集團軍的總司令，中央所採取的策略依然是和他妥協的」。面對這種尷尬的局面，郭沫若在自傳中還客觀地引用了當時的一段日記展現自己的情緒：

　　　　革命的悲劇，大概是要發生了。總覺得有種螳臂當車的感覺。此次的結果或許是使我永遠成為文學家的機緣，但我要反抗到底。革命的職業可以罷免，革命的精神是不能罷免的。我的路徑已經是明瞭了，只有出於辭職的一途。始終是一個工具，但好在是被用在正途上的工具。我當然沒有悲憤，結果是我太幼稚了。別的同志們都還幼稚，多視我為轉移，而我自己也太幼稚了。種種的湊巧與不湊巧湊成了現在的局面。我好像從革命的怒潮中已被拋撇到一個無人的荒島上。[45]

他不僅情緒低落，而且有了「被拋」的孤獨感，雖然仍有「革命的職業可以罷免，革命的精神是不能罷免的」豪言壯語，但他卻不能不承認自己的幼稚。看來當時的郭沫若畢竟還是書生。

　　也或許因為是書生，到了《在轟炸中來去》中，郭沫若筆下的蔣介石又變了個人：他「呈著滿臉的笑容，眼睛分外的亮」，「格外的和

---

45 郭沫若：〈脫離蔣介石以後〉，《郭沫若全集》（北京市：人民文學出版社，1992年），第13卷，頁174。

藹」，「臉色異常紅潤而煥發著光彩」，[46]等等。而到了《洪波曲》中，作者對蔣介石的稱呼則由逐漸變成了蔣、老蔣、委員長以至帶了括弧的「最高」了。作為文人出身的郭沫若，其詩人的個性氣質在這種多變的描述中令人一覽無餘。

在關於蔣介石的描述中，《沫若自傳》中唯一不變的是強調、甚至有意張揚的則是蔣介石對傳主的「仰仗」或「借重」：

> 蔣介石的居屋是平列的兩進房間，第一進是會客室，第二進才是他的寢室。我……又走進了第二進去，蔣介石正坐在書案的旁邊，他立起來叫我坐，我也就坐了。這是他對於我的慣用的禮貌，別的部員見了他的時候，總是用立正的姿勢來向他對話的。[47]

> 他（蔣介石）說：「這次到上海去，趕快要把『總司令行營政治部』的招牌打出來了。你是要跟著我同去的，到了南京、上海，有多少宣言要仰仗你做」。[48]

> 當門不遠處，橫放著一張條桌，蔣（介石）背著門在正中的一把大椅上坐著，叫我到桌對面的正首就座。我說，我的聽覺不靈敏，希望能夠坐近得一點。於是我便在左側的一個沙發椅上坐下了……
> 蔣的態度是號稱有威可畏的，有好些人立在他的面前不知不覺

46 郭沫若：《在轟炸中來去》，《郭沫若全集》（北京市：人民文學出版社，1992年），第13卷，頁478、479。

47 郭沫若：〈請看今日之蔣介石〉，《郭沫若全集》（北京市：人民文學出版社，1992年），第13卷，頁132。

48 郭沫若：〈脫離蔣介石以後〉，《郭沫若全集》（北京市：人民文學出版社，1992年），第13卷，頁156。

地手足便要戰慄，但他對我照例是格外的和藹。北伐時是這
樣，十年來的今日第一次見面也依然是這樣。[49]

「幫忙宣傳宣傳啦，唵，要仰仗仰仗你。唵……」
他（蔣介石）有點含糊地在說，我也含糊地回答了一些：……
召見者和我客氣了一下，我趁他好像沒有話再說，便起身告
辭。但等我要走出那走廊的時候，他又「唵」了起來。
「唵，三青團的事啦，要仰仗仰仗你啦！唵唵……」[50]

　　蔣介石對於傳主的禮貌、和藹或器重是可以理解的，也完全是可
能的，但問題在於作者每當寫及見蔣時，幾乎都對此進行有意的渲
染，以至於人們可以明顯感到作者對此的「自得」。其實，就像郭沫
若在自傳中喜歡對不同的人發表自己的看法一樣，每個人在生活中也
都可以聽到或感覺到別人對自己的種種看法，自傳作者選擇性地敘寫
他人的評介，同樣也是出於主體建構的需要。一般來說，除了明確的
否定之外，自傳作者那種貌似對正面還是對反面評介的敘寫，往往包
含了傳主「自我」對評介的某種認同。如：

到這時候，（朱）謙之才知道了我是郭沫若，他從椅子上一跳
而起，跳到我的面前，一雙手把我的手抓著。
──「沫若，啊，你是沫若！」
他那一雙有些可怕的眼睛就像要迸出火來的一樣。[51]

---

49 郭沫若：《在轟炸中來去》，《郭沫若全集》（北京市：人民文學出版社，1992年），
　　卷13，頁478、479。
50 郭沫若：《洪波曲》，《郭沫若全集》（北京市：人民文學出版社，1992年），卷14，
　　頁129。
51 郭沫若：《創造十年》，《郭沫若全集》（北京市：人民文學出版社，1992年），卷
　　12，頁102。

——「你認識我麼？」

我看見朱玉階夫人便首先問她。

——「怎麼不認識你？你是吹號的。」

說了便不覺大笑。「吹號的」！這個徽號的來源，真是一個絕大的恥辱。[52]

昨晚，安娜知道了我有走意，曾在席上告戒過我。她說：走是可以的，只是我的性格不定，最足耽心。只要我是認真地在做人，就有點麻煩，也只好忍受了。[53]

上述這幾段看似閑來之筆，其實正可分別看出作者某種自得、自嘲或自省，看出「自我」對外來評價的認同。

　　總之，《沫若自傳》關於其他同時代人的描述或評價都不足以當成認識這些人的可靠依據，因為郭沫若對許多的人與事的印象或評價，不僅與他當境時的感覺有關，同時也深受其寫作時的心境的影響。那麼，關於這些人的描述價值何在？前面談到，傳記文學、特別是自傳文學區別於傳統歷史傳記之處，是它的表現始終是以人，以處於中心位置的傳主為中心的。但是作為社會的一份子，每個人的「自我」都是在社會的「人」的關係中實現的，自傳作者在「自我」的建構中，同樣也必須以這一「關係」為參照。所以，在現代傳記中，作者不可能只講述一個人的故事，他必須描摹形形色色的人物。但是，現代傳記表現的中心只能有一個，那就是傳主，而其他的人或許很偉大，或許很重要，或許很有個性，但最終都僅僅是傳主「自我」的附

---

52 郭沫若：〈脫離蔣介石以後〉，《郭沫若全集》（北京市：人民文學出版社，1992年），卷13，頁167。

53 郭沫若：《由日本回來》，《郭沫若全集》（北京市：人民文學出版社，1992年），卷13，頁418。

屬物。《沫若自傳》的確為讀者描述了眾多的同時代人，但與其說它準確地勾勒了這些文壇、政壇人物的形象和個性，不如說這些描述烘托出了傳主的形象，使讀者更全面地瞭解了傳主的「自我」。

三　告別敘傳的敘事與書寫

如果說，《今津紀遊》（1922）、《山中雜記》（1925）等都還只是帶自傳色彩的散文作品，那麼從一九二八年的《我的童年》開始，「自傳」已成為郭沫若寫作的自覺。從一九二八年的《我的童年》到一九四八年的《洪波曲》，跨越二十年的連續性共時寫作，使郭沫若完成了一百多萬言的巨幅自傳，從而彌補了「東方無長篇自傳」[54]的缺憾。但是，從傳統到現代，《沫若自傳》的獨特意義並不僅僅在篇幅的跨越，而同時還在於由傳記觀念的嬗變所帶來的自傳文學的敘事書寫方式的轉換。

據相關學者考證，「Autobiographical Narrative」這一形容詞最早出現在一七八六年，而以盧梭為先導的歐洲近代自傳則形成於十八世紀末至十九世紀前半葉。[55]中國古代類似自傳的作品最早被稱為「敘傳」、「自敘」、「自述」或「序傳」，如司馬遷的〈自敘〉，班固的〈敘傳〉王充的〈自紀篇〉，江淹的〈自敘〉；之後，被認為較具代表性的

---

54 胡適：〈傳記文學〉，《胡適傳記作品全編》（上海市：東方出版中心，1999年），卷4，頁201。

55 羅伯特・弗爾肯夫利克在他所編的《自傳文化》一書的開頭，曾詳細調查過這個語彙是如何出現的。其結論為：一七八六年，「Autobiographical Narrative」這一形容詞最早出現，而autobiography以及它的同義詞self-biography，十八世紀後半葉在英國、德國偶或一見，法國則更遲，十九世紀三〇年代才開始使用。這一語彙於一八〇〇年前後出現，應該與自傳的概念本身在當時已得到確定有關。據中川久定的研究，以盧梭為先導的歐洲近代自傳，形成於十八世紀末至十九世紀前半葉，這和autobiography一詞的出現，適相吻合。見〔日〕川合康三著，蔡毅譯：《中國的自傳文學》（北京市：中央編譯出版社，1999年），頁6。

自傳性質作品才有陶淵明的〈五柳先生自傳〉、白居易的〈醉吟先生傳〉以及陶淵明的〈自祭文〉、杜牧的〈自撰墓銘〉等。但如從菲力浦・勒熱訥的定義，自傳所探討的主題必須是「個人生活，個性歷史」，其「作者、敘述者和人物的同一」，且用「敘事的回顧視角」，[56]那麼一般被認為是中國傳統自傳的這些作品，有許多和現代自傳的內涵並不相吻合。比較與現代「自傳」文體一致的〈陸文學自傳〉（陸羽）和〈子劉子自傳〉（劉禹錫）等雖然出現的時間比西方早，但這類作品的數量極其有限。中國古代自傳不發達的原因在於，中國雖然有著悠久的史傳文化傳統，但在很長的時期裡，中國社會輕個人重群體，個人、個性一直受各種觀念的抑制，加上生不立傳和蓋棺論定的傳統觀念，一般文人不願為自己寫傳，「生而作傳，非古也」。[57]

　　中國現代自傳濫觴於海禁的解除之後，而具有完全現代意義的自傳則產生於五四之後。海禁解除使中國知識份子接觸到西方現代的傳記文化，同時也接觸到重視個人、個性以及個體生命價值的思想觀念，因此最早走出國門的一批知識份子寫出了像〈弢園老民自傳〉（王韜，1880年）、〈三十自述〉（梁啟超，1902）和《西學東漸記》（*My Life in China and America*，容閎，1909）等一類的作品。但〈弢園老民自傳〉和〈三十自述〉用文言寫成，字數也就三五千，且仍無法突破傳統自敘觀念的因襲；《西學東漸記》篇幅擴大，且具體而完整記錄了作者從一八二八年出生到一九〇一年遊歷臺灣這七十餘年的人生歷程，但作品用英文寫成，至一九一五年才由惲鐵樵、徐鳳石譯為中文在上海商務印書館出版。五四前後，胡適大力提倡傳記文學，他說：「我在這十幾年中，因為深深的感覺中國最缺乏傳記的文學，

---

56 〔法〕菲力浦・勒熱訥著，楊國政譯：《自傳契約》（北京市：生活・讀書・新知三聯書店，2001年），頁3。

57 王韜：〈弢園老民自傳〉，《弢園文錄外編》（瀋陽市：遼寧人民出版社，1994年）

所以到處勸我的老輩朋友寫他們的自傳」。[58]但在一九二八之前，真正
具備現代自傳特徵的作品僅魯迅的《朝花夕拾》而已。一九二八年，
郭沫若的《我的童年》之後，中經李季的《我的生平》（1932）以及
胡適的《四十自述》（1933）等作品，才有了三〇年代中期的自傳寫
作的繁榮。而相對於中國傳統的自傳，《沫若自傳》更是充分顯示出
嶄新的敘事和書寫特徵。

　　現代自傳的興起是以新興的資產階級覺醒為前提的。作為新興階
級的資產階級標榜個性主義，崇尚民主自由，主張尊重個體的，對個
人、對自身的行為價值具有充分的自信。而自傳的最基本特徵是作
者、敘述者和人物（傳主）的同一，在自傳作品，作者既是回憶的主
體，又是被回憶的客體，傳主既是敘事的主體，同時也是被敘事的客
體，因此自傳與一般回憶錄的根本區別在於回憶主體在敘事中的核心
地位，這種核心地位決定了這是一種充分個性化的文體，極其適合個
人主體精神的書寫。狂飆突進的「五四」時期是一個召喚「主體性」
的時代，作為五四新文化運動中崛起的著名浪漫詩人，郭沫若不僅在
思想觀念上深受個性主義的時代思潮的影響，而且也具有主觀衝動的
性格和氣質。他曾經夫子自道：「我是一個偏於主觀的人，我的朋友
每向我如是說，我自己也很承認」；「我又是一個衝動性的人，我的朋
友每向我如是說，我自己也很承認。我回顧我所走過了的半生行路，
都是一任我自己的衝動在那裡賓士⋯⋯」[59]至少在五十年代之前，郭
沫若一般都不隱諱自己的觀點，喜歡張揚自己的個性，喜歡指點江山
激揚文字。他創作詩歌時是這樣，撰寫自傳時同樣也是這樣。

　　一九二八年，在正式開始自傳寫作時郭沫若就宣稱自己「不是想

---

58 胡適：〈四十自述自序〉，《胡適傳記作品全編》（上海市：東方出版中心，1999
　年），卷1，上冊，頁1。

59 郭沫若：〈論國內的評壇及我對於創作上的態度〉，《郭沫若全集》（北京市：人民文
　學出版社，1990年），卷15，頁225。

學Augustine和Rousseau要表述甚麼懺悔」;「我也不是想學Goethe和Tolstoy要描寫甚麼天才」。[60]在中國現代傳記文學,特別是自傳文學興起的最初時期,奧古斯丁、盧梭、歌德和托爾斯泰的《懺悔錄》或《自傳》都是中國作家寫作的典範,但郭沫若一開始就自覺表現了與西方自傳的兩大傳統的決裂。Augustine和Rousseau型自傳表現的「懺悔」是一種宣示自己羞恥和內省的告白,Goethe和Tolstoy型自傳張揚的「天才」則包含著對自身輝煌人生的溫婉回味,但郭沫若認為:

> 我沒有什麼懺悔。少年人的生活自己是不能負責的。假使我們自己做了些阻礙進化的路,害了下一代的少年人,那倒是真正應該懺悔的事。自己扣著良心自問,似乎還沒有做過那樣的事情。不過假使我真的做了,那我恐怕也不會懺悔了。
>
> 自己也沒有什麼天才。大體上是一個中等的資質,並不怎麼聰明,也並不怎麼愚蠢,只是時代是一個天才的時代,讓我們這些平常人四處碰壁。我自己頗感覺著也就像大渡河裡面的水一樣,一直是在崇山峻嶺中迂迴曲折地流著。[61]

所以在《沫若自傳》中,兼作者、敘述者和傳主三者為一身的「我」在強烈的主體意識的統轄下回顧自己的前半生,回顧自己生活的時代,同時也評判社會,臧否人生。他不懺悔,不隱諱,僅以親歷者與見證人的身分展開歷史的敘事,通過非敘事的書寫表達對人物事件的認識與評判,不僅通過人生經歷的回顧建立自我的雕像,也通過對同時代人的介紹與評述進行「自我」的建構。

---

60 郭沫若:〈我的童年前言〉,《郭沫若全集》(北京市:人民文學出版社,1992年),卷11,頁8。

61 郭沫若:〈少年時代序〉,《郭沫若全集》(北京市:人民文學出版社,1992年),卷11,頁3。

　　《沫若自傳》的這種充滿個性的主體性敘事也體現了和中國序傳傳統的決裂。中國古代的序傳寫作講究顯祖揚名，司馬相如〈自序〉記其與卓氏私奔，王充〈自紀〉述其父祖不肖，均被認為是「雖事或非虛，而理無可取」。因為序傳雖要求首章「上陳氏族，下列祖考」，但為親者諱，自言家世「當以揚名顯親為主，苟無其人，闕之可也」；而「自敘」的所謂「實錄」，也僅求「隱己之短，稱其所長」。[62]《沫若自傳》卻不僅不忌諱家鄉是「土匪的巢穴」，且大談父親「雖然不是甚麼奸商，但是商業的性質，根本上不外是一種榨取」，其營業的成功無非是「嗎啡有眼，酒精有靈」，「應該感謝帝國主義者的恩德」。[63]對給予自己重要幫助和影響的大哥，也直錄其當上「四川軍政府」的交通部長後就抽鴉片煙，且收「從前某一道台的遺妾」[64]為小老婆。即使回顧「自我」的成長，也不諱言小學時就沾染抽煙、喝酒的不良習慣，以及有悖人倫的性覺醒，驚世駭俗的同性戀等經歷。他熱烈地標榜自我，坦率地表白自我，對魯迅、沈尹默、胡適以至葉聖陶、沈雁冰、朱自清等，也都不避諱自己的不敬。這一切無不體現了郭沫若與自我美化的敘傳傳統決裂的決心與勇氣。

　　總之，《沫若自傳》充分體現了主體精神的個性化書寫特徵，其回顧性的敘事和表白始終堅持的是「我」的視角，因此成功地塑造了一個注重主體性、創造性和行動性，反叛世俗的多面自我的傳主形象。關於過渡時期的教育，反正前後的荒唐，創造十年的恩怨，北伐路上的坎坷以及抗戰時期的複雜，《沫若自傳》講述的可能並非全面與客觀，但這些故事正是當年的「我」的觀察和當下的「我」的回

62　劉知幾：《史通》〈內篇〉〈序傳第三十二〉。

63　郭沫若：《我的童年》，《郭沫若全集》（北京市：人民文學出版社，1992年），卷11，頁23。

64　郭沫若：《黑貓》，《郭沫若全集》（北京市：人民文學出版社，1992年），卷11，頁309。

顧，只不過它們已深深烙上了郭氏主體的印記。《沫若自傳》中大量
筆無藏鋒的非敘述話語，無論是議論、解釋或抒發，貫穿的則都是
「我」的主體精神。或許其中的一些議論不無偏頗，一些評判帶有偏
見，甚至不少抒發近乎煽情，但不能不承認，這其中包含的如果不是
當年的郭沫若，至少也是寫作當境時的郭沫若的真情實感。《沫若自
傳》中的「自我」不僅不把自己認作天才或完人，不作什麼懺悔，同
時也沒中國傳統自敘中稱「余」道「民」的謙卑，或「辯誣」式的自
我美化，它充分地體現了時代對主體性的召喚，體現了作家張揚的
「我便是我呀！我的我要爆了」[65]的個性。

　　郭沫若的自傳是個性化的敘事，也是成長的敘事。中國有「藉傳
窺史」的悠久傳統，因此不管是書寫還是閱讀，中國古代史傳或序傳
常常被當作歷史的著作，其主要關注的是傳主與社會的關係。加上篇
幅的限制，過往傳記只能以記敘傳主官職、爵祿、往來、政績的進退
為主要內容。而序傳的情形更為不堪，一般四、五千字，而議論居之
七八，對於個人的生活歷程的記錄，更是簡上加簡。因此，現代傳記
文學區別於傳統史傳之處並不僅在篇幅的擴大，還在於敘事書寫上的
種種變革。傳統的傳記「但寫其人為誰某，而不寫其人之何以得成誰
某是也」，傳主的個性、人格往往是「靜而不動」；現代的傳記文學
「則不獨傳此人格已也，又傳此人格進化之歷史」。[66]傳統的傳記關注
傳主外部的生活軌跡，主要記錄傳主在社會生活中經歷、地位的變
化，現代的傳記文學則「將他外面的起伏事實與內心的變革過程同時
抒寫出來」，「是己身的經驗尤其是本人內心的起伏變革的記錄」。[67]

---

65 郭沫若：《天狗》，《郭沫若全集》（北京市：人民文學出版社，1982年），卷1，頁
　　55。

66 胡適：〈傳記文學〉，《胡適傳記作品全編》（上海市：東方出版中心，1999年），卷
　　4，頁200-201。

67 郁達夫：〈什麼是傳記文學？〉，《郁達夫文集》（廣州市：花城出版社，1983年），
　　卷6，頁283-284。

　　在《沫若自傳》中，作者系統而全面地講述了自己半個多世紀的
生活史，樂山、成都、東京、上海、廣州、武漢、南京……，伴隨著
空間的改變是傳主人生歷程的增長。從中小學時的叛逆到「創造」時
期的浪漫與激情，從北伐征程上的慷慨激昂到高潮過後的孤獨與迷
茫，從再度歸來的一度的遊移到復出政壇後的冷靜從容，作者講述了
自身心智成長的過程。而從東渡之前富國強兵的理想，「五四」狂飆
突進時的泛神論和個性主義，接觸翻譯河上肇著作後的思想轉向，到
最後投身實際革命運動後的政治選擇，郭沫若的自傳寫出了「自我」
在變革時代的思想歷程。總之，有別於史傳靜態敘事的傳統，《沫若
自傳》的敘事是一種成長的敘事，它講述的是「自我」由少及長的成
長歷程和心路歷程，不僅寫出獨特的思想個性，也再現自己思想個性
的形成、發展與轉換。

　　現代傳記文學的成長敘事與傳統的歷史傳記的靜態敘事的又一區
別在於賦予「童年」特殊的意義。史傳的敘事是歷史的敘事，歷史的
敘事關注的重點不是傳主本身，而是傳主與社會的關係。史傳雖然
「以人別為篇，標傳稱列」，[68]但史傳中的「人」是歷史中的「人」，
其著眼點和歸結點都是社會和歷史，所以對於尚未進入社會歷史進程
的個體大多不是敘事的重點。而現代傳記文學不僅把童年理解為生命
的意義的初始階段，而且當成完整人格的起點。現代自傳中對於個體
的「人」的概念，主要是「通過他的歷史，尤其是通過他在童年和少
年時期的成長得以解釋的。寫自己的自傳，就是試圖從整體上、在一
種對自我進行總結的概括活動中把握自己。識別一部自傳的最有效的
方法之一就是看童年敘事是否佔有能夠說明問題的地位，或者更普遍
說來，敘事是否強調個性的誕生」。[69]

---

68 章學誠：《文史通義》〈永清縣誌列傳序例〉。
69 〔法〕菲力浦·勒熱訥著，楊國政譯：《自傳契約》（北京市：生活·讀書·新知三
　　聯書店，2001年），頁8。

　　《沫若自傳》中的「自我」主體的建構,「個性」的誕生,同樣也是從童年和少年的敘事展開的。並且,對於童年、少年時代的經歷和所受的影響,《沫若自傳》用了近乎五分之一的篇幅進行比較詳盡的描述。如果按傳統的傳記觀念,一個人未進入社會就意味著未進入歷史,而每一個體成年之前的生活似乎都是相近的,其身心的成長是不足以進行鄭重的記錄。但實際的情形並非這樣,「對一個成人來說,孩提時代並非其他,常常似乎是一連串的稀有事件。它產生的印象非常強烈,甚至在歲月流逝之後,那精神上所受的打擊也仍有使我們顫動的力量」。[70]所以,從心理學的角度看,每一個人獨特的個性氣質的形成,都與其幼年、童年和少年時代的獨特的經歷有關。如果不瞭解其當年接觸古代詩文的情況,就無法理解郭沫若文學興趣的源頭,不知道有楊三和尚、徐大漢子這些小時的大夥伴、不知道中小學時數度被勸退的故事,不知道後來參與保衛團的經歷,也無法充分理解郭沫若青年時代的叛逆和後來歲月中對於政治組織工作的熱心。《沫若自傳》以充分的童年敘事,強調了傳主個性的誕生。

　　中國自司馬遷開創紀傳體樣式之後,史傳合一成為定例,傳記也理所當然地被歸入到「史部」。當然,中國古代文史不分,許多優秀的歷史著作也不乏鮮明的文學特徵,魯迅稱道司馬遷的《史記》是「史家之絕唱,無韻之《離騷》」,[71]某種意義上正是對其濃厚的文學色彩的充分肯定。但《史記》之後,中國史籍中的傳記越後面,離文學的書寫越遠,以致最後成為純粹的歷史敘事。實際上,歷史的傳記和文學的傳記最後的分道揚鑣是文體發展的必然,因為歷史的敘事和文學的敘事有著本質上的區別。因為必須遵循嚴密的科學性,歷史的敘事一般採用實錄的手段,要求言之有據,表述具體、準確、客觀。

---

70 〔法〕安德列‧莫洛亞著,楊民譯:〈論自傳〉,《傳記文學》1987年第3期。

71 魯迅:《漢文學史綱要》,《魯迅全集》(北京市:人民文學出版社,1981年),卷9,頁420。

而文學的敘事為求形象可感，為求有限話語闡釋空間的最大化，往往兼收並蓄不同的敘事書寫技巧，在總體上建構起感性而充滿藝術張力的文學世界。用孫犁的話說是「史學重事實，文人好渲染；史學重客觀，文人好表現自我」。[72]

《沫若自傳》無疑屬於文學的敘事。和傳統史傳用紀事寫人不同，郭沫若在描寫「他者」時既重「形似」，但更重「神似」。他一般僅用粗線條勾勒出人物的大體輪廓，而通過對語言動作的簡練描寫，表現其主要性格特徵。他有時也會對筆下人物的身分、個性進行簡要的介紹，但更熱衷於對人物作帶情感印象的審美評價。郭沫若是個浪漫抒情詩人，他的評價有時僅建立在個體印象的基礎上，但卻體現了鮮明的主體意識和真切的情感傾向。或許有人會覺得《沫若自傳》中對「他者」的描寫或評價不具體，不形象，甚至不夠客觀，但不可否認的是，這些人物身上包含了作者真切的感受和真率的評判，體現的是作者情感中的真實。有道是「真者，精誠之至也。不精不誠，不能動人。故強哭者雖悲不哀，強怒者雖嚴不威，強親者雖笑不和」，[73]對於文學的敘事和書寫而言，感情的冷漠比形象性的模糊更是致命的弱點，「在一個客觀的表面之下，應該潛藏有生動的感情，使作品具有一種強度，一種燃燒的熱情，而以冷漠心情寫出的作品是永遠不會具有這種特性的」[74]。《沫若自傳》中對「他者」的描寫正是以強烈的感情色彩引發讀者的共鳴。

和描寫「他者」一樣，《沫若自傳》中的景物描寫也滿蘊著主體的情愫。當經過幾年的遊學漂泊回到朝思暮想的祖國，黃浦江邊的景象也帶上作者複雜的感情：

---

72 孫犁：〈與友人論傳記〉，《澹定集》（天津市：百花文藝出版社，1981年），頁62。

73 《莊子》〈漁父〉。

74 〔法〕安德列·莫洛亞著，陳蒼多譯：《傳記面面觀》（臺北市：商務印書館，1986年），頁89。

船進了黃浦江口，兩岸的風光的確是迷人的。時節是春天，又
是風雨之後晴朗的清晨，黃浦江中的淡黃色的水，像海鷗一樣
的遊船，一望無際的大陸，漾著青翠的柳波，真是一幅活的荷
蘭畫家的風景畫……

船愈朝前進，水愈見混濁，天空愈見昏朦起來。楊樹浦一帶的
工廠中的作業聲，煤煙，汽笛，起重機，香煙廣告，接客先
生，……中世紀的風景畫，一轉瞬間便改變成為未來派。[75]

　　自然的景物與現實畫面的反差，一下就令傳主產生「美好的風景
畫被異族塗炭」的呻吟。當經歷一番曲折緊張的追趕，在武昌城下見
到北伐軍的先頭部隊，雖然身處進攻的最前線，但周圍的風物也變得
格外的清新：「空氣是異常清澄的，近處的樹木戴著青翠而新鮮的葉
冠，有的還在點滴著夜來的宿雨」。[76]而在「脫離蔣介石以後」，經兩
個禮拜焦頭爛額奔波，傳主假充第三軍的一個參謀通過嚴密的檢查，
終於登上開往南昌的列車。當他放眼窗外，鐵路沿線已是「一片錦繡
的一世界」：

四處的桃花都在開放，楊柳已經轉青了，一片金黃的菜花敷陳
在四處的田畝上，活活的青水流繞著沿線的溪流，清脆的鳥聲
不斷地在晴空中清囀。[77]

　　除了情感特徵，《沫若自傳》的語言同時還具有其他方面的文學

---

75 郭沫若：《創造十年》，《郭沫若全集》（北京市：人民文學出版社，1992年），卷
　12，頁88。
76 郭沫若：〈北伐途次〉，《郭沫若全集》（北京市：人民文學出版社，1992年），卷
　13，頁48。
77 郭沫若：〈脫離蔣介石以後〉，《郭沫若全集》（北京市：人民文學出版社，1992
　年），卷13，頁166。

張力。作者的行文時而犀利深刻，冷靜中包含著睿智，時而暗含譏刺，莊重中帶著反諷的鋒芒。在作者筆下，蔣介石面前的那些「武將班頭」「威風八面」，「一個個佩劍戎裝，精神颯爽，真是滿頸子的星斗，滿肚子的軍糧」[78]；竊取保路同志軍成果，一上臺就濫發貨幣、擴充軍旅、彈壓民眾、強佔良家婦女的尹昌衡、董脩武、楊莘友等是「新人一上臺，委實又有一番新氣象」，「總還有了一番作為」，「真有點雷厲風行的手腕」。[79]他還稱郁達夫到北京後果然不寄稿給《創造日》等刊物為「言能顧行」[80]，曾琦一上臺就攻擊「我」為赤黨張目是「說話卻是很得要領」。[81]這些充滿張力的文字讀來無不令人心領神會，忍俊不禁。

　　作為自述性的作品，作者總是必須面對一些不能不說但又不便細說的故事，或者總有一些既想表露但又不便直露的心情，委婉含蓄或春秋筆法於是就成為《沫若自傳》中常用的敘事修辭手段。對與張瓊華、安娜和於立群三位夫人的婚姻關係，作者雖然都有完整的介紹，但用筆不多且各有不同。〈黑貓〉中的新娘給人僅僅是個印象，讀者強烈感受到的，主要還是傳主心靈的傷痛。安娜著墨最多，斷斷續續的身影總是使人去想像兩人曾經患難與共的平凡歲月。而寫於立群則用語頗俏皮，讀後令人發出會心微笑。從作者的這些書寫，可以分別感受到作者回憶中的沉重、平淡或歡快。至於曾經的安琳，那是南昌「八一」革命後始終跟著傳主流亡的女戰士，一個一路在傳主身邊唱

78　郭沫若：《洪波曲》，《郭沫若全集》（北京市：人民文學出版社，1992年），卷14，頁166。

79　郭沫若：《反正前後》，《郭沫若全集》（北京市：人民文學出版社，1992年），卷11，頁270-271。

80　郭沫若：《創造十年》，《郭沫若全集》（北京市：人民文學出版社，1992年），卷12，頁181。

81　郭沫若：《創造十年續篇》，《郭沫若全集》（北京市：人民文學出版社，1992年），卷12，頁247。

《國際歌》的姑娘。在最後與傳主告別時，安娜也在場，作者寫道：

> 安琳比從前消瘦了，臉色也很蒼白，和我應對，極其拘束。
>
> 她假如和我是全無情愫，那我們今天的歡聚必定會更自然而愉
> 快。
>
> 戀愛，並不是專愛對方，是要對方專愛自己。這專愛專靠精神
> 上的表現是不充分的。[82]

似乎語焉不詳，但實際上一切已在不言當中。當讀者返觀此前的相關
描寫，就不能不感受到那些平淡文字空白所包含的巨大張力。

郭沫若自傳的文學張力，有時也來自敘事的修辭。對那些不便直
接表露的心情或看法，作者總是採用春秋的筆法，用貌似客觀的敘述
加以透露。如在《創造十年》中，對與其有一定交往的文學研究會作
家，郭沫若一般都不憚於作直率的評價，但唯獨對鄭振鐸下筆溫和。
如再進一步細察又可發現，那些平常的敘述中其實別有含義：

> 我記得他（鄭振鐸）穿的是一件舊了的雞血紅的華絲葛的馬
> 褂，下面是愛國布的長衫。他的面貌很有些希臘人的風味，但
> 那時好像沒有洗臉的一樣，帶著一層暗暮的色彩。他伸出來和
> 我握手的手指，就和小學生的手一樣，有很多的墨蹟。那時候
> 我覺得他很真率，當得德國人說的unschuldig，日本人說的
> 「無邪氣」。

> 他送我下車的地方是先施公司前面，浙江路和大馬路成正交的
> 那個十字口，這自然是後來才知道的。那時我很感謝他的殷

---

82 郭沫若：《海濤集》，《郭沫若全集》（北京市：人民文學出版社，1992年），卷13，頁298。

勤，但我不知道他那時是不是已經住在閘北，如是已經住在閘
北，那他乘浙江路的電車也正是必由之路，他和我同了一節路
也不必就是專於為我了。不過他的確是陪我下過車，他那時候
的厚情，我始終是懷著謝意的。

有一次，我把王維的〈竹里館〉那首絕詩寫在紙上：

　　獨坐幽篁裡，彈琴復長嘯。

　　深林人不知，明月來相照。

這是我從前最喜歡的一首詩，喜歡它全不矜持，全不費力地寫
出了一種極幽邃的世界。我很喜歡把這首詩來暗誦。振鐸看見
了這首詩，他以為是我做的，他還這樣地問過我：「你還在做
舊詩嗎？」[83]

　　這三處平淡無奇的敘述背後，鄭振鐸分明顯得邋遢、虛偽和無
知。但作者的敘述似乎又欲蓋彌彰，原因何在？順著郭沫若的回憶再
往下讀可以發現，原來鄭振鐸的岳父，「商務印書館的元老之一」的
高夢旦，那位郭沫若覺得「態度異常誠懇」，一看「便覺得和我父親
的面貌很相彷彿」的老先生，當年曾專門把「我」當成貴客請到他公
館去晚餐。所以作者不無自嘲地調侃道：「我雖然呆笨，但同時是感
覺著高夢旦先生的一席晚餐，是對於我的一個箝口令。物質的通性有
一項是：一個空間不能容兩個物。夢旦先生把那很可口的福建菜充滿
了我的口腹，自然會把我口腹中的話從反對的孔穴裡逼進茅房裡去
了」。[84]

83　郭沫若：《創造十年》，《郭沫若全集》（北京市：人民文學出版社，1992年），卷
　　12，頁99、101、103。

84　郭沫若：《創造十年》，《郭沫若全集》（北京市：人民文學出版社，1992年），卷
　　12，頁176。

　　對於創造社同人，郭沫若對張資平、成仿吾、王獨清、穆木天等都有簡明而直接的描述或評價，而對曾經和他「斷絕」過關係的田漢和郁達夫則一直謹慎地用著曲筆。郭沫若和田漢是由宗白華介紹開始通信的，第一次見面是一九二〇年三月，田漢利用春假專程由東京到福岡拜訪郭沫若。作者回憶說：「他來的時候正逢我第二個兒子博孫誕生後才滿三天，我因為沒錢請用人，一切家中的雜務是自己在動手。他看見了我那個情形似乎感受著很大的失望」：

> 　　當他初來的時候，我正在燒水，好等產婆來替嬰兒洗澡，不一會產婆也就來了。我因為他的遠道來訪，很高興，一面做著雜務，一面和他談笑。我偶爾說了一句「談笑有鴻儒」，他接著回答我的便是「往來有產婆」。他說這話時，或者是出於無心，但在我聽話的人卻感受了不小的侮蔑。後來在《三葉集》出版之後，他寫信給我，也說他的舅父易梅園先生說我很有詩人的天分，但可惜煙火氣太重了。

　　田漢的這種傲慢和輕蔑，對年輕郭沫若自尊心的傷害當然是很深的。「我們每一個人，對於他人的存在所產生的壓抑感如此之強，聽到一個人說及他自己，一旦有傲慢驕矜的傾向出現，那麼我們不能不感到他是多麼荒謬可笑」。[85]所以郭沫若不能不感歎地寫道：「他那時候還年青，還是昂頭天外的一位詩人，不知道人生為何物。就是我自己也是一樣」。[86]如果回憶僅此而已也還算客觀平和，但是後來作者又用多出幾倍的文字敘述自己去東京郊外訪田漢的情形。田漢不僅更為困窘，而且還想硬撐面子：

---

85 〔法〕安德列·莫洛亞著，楊民譯：〈論自傳〉，《傳記文學》1987年第3期
86 郭沫若：《創造十年》，《郭沫若全集》（北京市：人民文學出版社，1992年），卷12，頁69-70。

壽昌住的地方，就是仿吾從前住過的月印精舍。那個地方，我起初以為是僧寮或者道院，原來只是幾個留學生共同組織的「貸家」（日語，出租的房子——原注）。壽昌和他的（易）漱瑜是特別住在一間小房裡的。他們那時的戀愛已經是在所謂「純潔的」以上了。他們同住的人在精舍裡面養了一些雞，我到了，在吃中飯時便蒙他們殺了一隻雞來款待。午後壽昌約我去會佐藤春夫，我謝絕了。又約我去會秋田雨雀，我也謝絕了。不拜訪名人的我的「不帶貴」的脾氣在壽昌面前又發揮了一下，其實我所拜訪的壽昌，在那時候已經是名人了。

既然不去拜見名人，那麼時間還得打發。田漢說「晚間要引我到銀座去領略些咖啡館情調，這對於我倒是一個很大的誘惑」。接著，下午、晚上以至第二天，不僅咖啡館情調沒領略著，「我」在田漢處還有了啼笑皆非的經歷，最後郭沫若才點明真相，並且順便大發一通感慨：

　　……我到這時候才知道壽昌是囊空如洗，他是連坐電車的零錢都沒有的。我這個太不聰明的腦筋，也才悟到在早上他為甚麼要到上野去會那位「老王」，為甚麼到中飯時又去找屠模，為甚麼幾次都不坐電車。說不定昨天晚上漱瑜去會某姐，也怕是去借錢，因為錢沒借到，所以肚子才痛了起來，讓我們的咖啡館情調也就成為了畫餅。腦筋太遲鈍的人，就是在享樂上都是沒有資格的。我假如早悟到了他們是沒有錢，我自己雖然也窮，但還有從書店老闆那兒領來的路費，一小時的咖啡館情調或者是可以領略的。可惜我就在那一次把機會失掉了，自有生以來一直到現在終還不曾把我們的「咖啡館情調」領略過一次。我這樣寫來倒不是要誇示我是一位道學先生，也並不是想否認我之為「流氓痞棍」，不過我這個「流氓痞棍」委實是一

位膽小的傢伙，凡是沒有經驗的地方，實在沒有膽量一個人去撞。自然，在這兒也有一種東西在說話，那種東西多的便是膽量十足的人，那種東西一缺乏不怕就是想要以「咖啡館情調」來款待我的壽昌，反因我而得到一番夢遊患者的經驗。[87]

　　至於郁達夫，《沫若自傳》的相關敘述就更「微而顯，志而晦，婉而成章，盡而不汙」，[88]因篇幅關係就不再絮談。

　　總而言之，現代傳記濫觴於海禁解開之後，正式誕生於五四時期。其中郭沫若的自傳不僅出現較早，寫作時間長，篇幅巨大，而且顯示了迥異傳統的敘事書寫特徵，因此具有獨特的現代意義。首先，與輕個體、抑個性的文化傳統不同，《沫若自傳》充分體現了主體精神的個性化書寫特徵，其回顧性的敘事和表白始終堅持「我」的視角，因此塑造出一個注重主體性、創造性和行動性，反叛世俗的多重自我的傳主形象。第二，有別於史傳的靜態敘事，《沫若自傳》進行的是成長敘事，不僅刻畫獨特的個性，而且以充分的童年敘事強調個性的產生、發展和變化。第三，不同於重「實錄」的歷史敘事，《沫若自傳》採用的是有多樣闡釋空間的文學敘事，其敘事寫人的情感色彩，議論、抒發、反諷、自嘲的豐富含義，以及婉而成章的敘事修辭都具有特殊的文學張力。所以，雖然郭沫若在正式開始自傳寫作時就宣稱自己不想學歌德在自傳中描寫什麼天才，但正如歌德的自傳題名《詩與真》一樣，一代浪漫詩人郭沫若的自傳也可以說是詩與真的結合。《沫若自傳》不僅彌補了「東方無長篇自傳」的缺憾，而且充分體現了由傳記觀念地嬗變所帶來的自傳文學的敘事書寫方式的轉換，進而為中國自傳文學寫作的現代轉換打開了嶄新的一頁。

---

87 郭沫若：《創造十年》，《郭沫若全集》（北京市：人民文學出版社，1992年），卷12，頁113-117。

88 《左傳》〈成公十四年〉。

第九章

郁達夫的傳記「文學」取向

　　在中國傳記文學的現代轉型中，梁啟超、胡適等幾位最初倡導和實踐者作出了突出的貢獻，他們的理論提倡和創作實踐也受到了後來研究者的充分重視。而出現於四〇年代的朱東潤因為其系統的理論研究和大量的傳記文學寫作，在現代傳記文學研究領域也成為重要的研究對象。但在他們中間起著承上啟下作用，在理論和創作上都別樹一幟的郁達夫相對說來就沒那麼幸運了。在已有的論文中，系統研究郁達夫的傳記文學的理論和事件的寥寥無幾，相關著作中有關的論述也有限[1]。究其原因，郁達夫是以小說、散文和舊體詩詞聞名於世，他的重要建樹使得一般的研究者無暇顧及這些領域之外的傳記文學；而相對於梁啟超、胡適、朱東潤以至郭沫若等豐厚的傳記寫作，郁達夫有限的傳記文學作品也很難引起現代傳記文學研究者的深入關注。實際上，歷史地評判一位作家的關鍵，並不僅僅看他寫下了多少作品，同時也看他比前人多提供了些什麼。就郁達夫有關傳記文學的理論與實踐而言，我認為他的獨特性並未受到深入的、充分的認識，因此他在中國現代傳記文學發展史上的地位和作用也沒得到恰如其分的肯定。

---

[1]　目前能看到的兩篇論文是汪亞明、陳順宣的〈郁達夫對中國現代傳記文學的獨特貢獻〉（載《浙江師範大學學報》（社會科學版）1997年第5期）和張志成的〈郁達夫與傳記文學〉（載《西南民族大學學報》（人文社科版）2004年第4期），後者基本上是前者的翻版，在資料的辨析和學術的探討方面均未有大的突破；而在陳蘭村主編的《中國傳記文學發展史》（北京市：語文出版社，1999年）和陳蘭村、葉志良主編的《20世紀中國傳記文學論》（天津市：天津人民出版社，1998年）中，關於郁達夫的論述也很有限。

一　迥異於傳統和時人的理論倡導

　　中國具有現代意義的傳記文學的誕生，是在十九世紀後期西學東漸之後。王韜、容閎自傳的出現，標誌著中國傳記文學寫作開始進入轉型期，中經嚴復、梁啟超、胡適等人的努力，中國的傳記在二〇年代初完成了文學意義上的轉型。這期間，胡適對於「傳記文學」的自覺提倡功不可沒，郁達夫在三〇年代初也寫下了〈傳記文學〉、〈所謂自傳也者〉和〈什麼是傳記文學？〉等文大力提倡，並在理論上提出了與傳統、同時也和時人截然不同的見解。

　　在一九三三年的〈傳記文學〉一文中，郁達夫提出：「中國的傳記文學，自太史公以來，直到現在，盛行著的，總還是列傳式的那一套老花樣。若論變體，則子孫為祖宗飾門面的墓誌、哀啟、行述之類，所謂諛墓之文，或者庶乎近之。可是這些，也總是千篇一律，人人死後，一例都是智仁皆備的完人，從沒有看見過一篇活生生地能把人的弱點短處都刻畫出來的傳神文字」，他推崇的「千古不朽」的外國傳記文學作品是「把一人一世的言行思想，性格風度，及其周圍環境，描寫得極微盡致的」英國鮑斯威爾（Boswell）的《約翰遜博士傳》，「以飄逸的筆致，清新的文體，旁敲側擊，來把一個人的一生，極有趣味地敘寫出來的」英國 Lytton Strachey 的《維多利亞女王傳》，法國 Maurois 的《雪萊傳》，《皮貢司非而特公傳》，以及德國的愛米兒・露特唯希，義大利的喬泛尼・巴披尼等所作的「生龍活虎似」的作品。他強調，中國缺少的正是「這一種文學的傳記作家」。[2]

　　兩年後，在〈什麼是傳記文學？〉一文中郁達夫又進一步提出：

2　郁達夫：〈傳記文學〉，《郁達夫文集》（廣州市：花城出版社，1983年），卷6，頁201-202。

「我們現在要求有一種新的解放的傳記文學出現，來代替這刻板的舊式的行傳之類」。那麼，什麼是「新的解放的傳記文學」呢？郁達夫認為：「新的傳記，是在記一個活潑潑的人的一生，記述他的思想與言行，記述他與時代的關係。他的美點，自然應當寫出，但他的缺點與特點，因為要傳述一個活潑而且整個的人，尤其不可不書」。所以郁達夫認為，「若要寫新的有文學價值的傳記，我們應當將他外面的起伏事實與內心的變革過程同時抒寫出來，長處短處，公生活與私生活，一顰一笑，一死一生，擇其要者，儘量寫來，才可以見得真，說得像」。郁達夫的這些論述，充分表明他已意識到，新的傳記文學既要全面地寫人，而且要有文學性。為了文學性他甚至提出：「傳記文學，是一種藝術的作品，要點並不在事實的詳盡記載，如科學之類；也不在示人以好例惡例，而成為道德的教條」。他認為「近人的瞭解此意，而使傳記文學更發展得活潑，帶起歷史傳奇小說的色彩來的，有英國去世不久的Giles Lytton Strachey，法國André Maurois和德國Emil Ludwig的三人」。[3]

　　上述引文中，「刻畫」、「傳神文字」、「飄逸的筆致，清新的文體，旁敲側擊」，「極有趣味地敘寫」以及「將外面的起伏事實與內心的變革過程同時抒寫」等等無不表明郁達夫在提倡傳記文學時的文學自覺，而關於傳記文學的「要點並不在事實的詳盡記載，如科學之類」的主張，更是充分昭示其把傳記文學與史學徹底區別開來的堅定立場。如果把這樣的主張放到整個現代傳記文學的理論提倡中加以考察，人們就不難發現郁達夫的傳記文學主張的獨特之處。

　　胡適之前，梁啟超在《中國歷史研究法》、《中國歷史研究法補編》和《新史學》等著作中也曾對西方的和中國傳統的傳記理論有過

3　郁達夫：〈什麼是傳記文學？〉，《郁達夫文集》（廣州市：花城出版社，1983年），卷6，頁283-286。

專門的介紹和梳理，並且提出了一些如傳記的寫作「不必依年代的先後，可全以輕重為標準」[4]的新主張。但正如梁啟超所說，自己「雖數變而自有其堅密自守者在，即百變不離於史」，[5]他主要還是在歷史寫作的範疇中進行傳記理論研究的。

而自覺推進中國傳記的文學轉型的胡適在一九一四年寫下的題為〈傳記文學〉的札記中，率先明確地提出了「傳記文學」的概念，並從理論上比較分析了中西傳記的「差異」。胡適認為，「東方無長篇自傳」，中國傳記「靜而不動」，即「但寫其人為誰某，而不寫其人之何以得成誰某」，而西方傳記「可見其人格進退之次第，及其進退之動力」，且「瑣事多而詳，讀之者如親見其人，親聆其談論」。[6]後來，他又寫有《南通張季直先生傳記》〈序〉等文，把推進傳記現代化進程與提倡白話文，反對文言文的文學革命運動結合到了一起。但胡適畢竟也是「一個受史學訓練深於文學訓練的人」，[7]他在理論提倡時也很難不用史學的眼光看待傳記文學。如他有時認定，「年譜乃是中國傳記體的一大變化。最好的年譜，……可算是中國最高等的傳記」，[8]但有時又說「其實，『年譜』只是編排材料時的分檔草稿，還不是『傳記』」。[9]在後來的一次演講中，他甚至把在史學中也只能被看成是傳記資料的墓誌、碑記、自序、遊記、日記、信札等全部列為「中

4　梁啟超：《中國歷史研究法補編》，《飲冰室合集》專集之九十九。

5　梁啟超：《飲冰室合集》〈序〉。

6　胡適：〈傳記文學〉，《胡適傳記作品全編》（上海市：東方出版中心，1999年），卷4，頁201。

7　胡適：〈四十自述自序〉，《胡適傳記作品全編》（上海市：東方出版中心，1999年），卷1，上冊，頁3。

8　胡適：〈章實齋先生年譜序〉，《胡適傳記作品全編》（上海市：東方出版中心，1999年），卷2，頁2。

9　胡適：〈黃谷仙論文審查報告〉，《胡適傳記作品全編》（上海市：東方出版中心，1999年），卷4，頁218。

國的傳記文學」。[10]而對於傳記文學的寫作，胡適似乎很強調「可讀而又可信」，但在許多時候，他更強調的則是「替將來的史家留下一點史料」，[11]或「可以用做中國家庭制度的研究資料」，[12]等等。不難看出，胡適提倡之功固不可沒，但他對於傳記文學的內涵與外延，特別是對於傳記文學的文學屬性的把握其實是很含混的。

　　後來對現代傳記文學發展也作過重要貢獻的朱東潤，在現代傳記文學本質屬性的問題上則始終採用雙重的認識，主張「傳記文學是文學，同時也是歷史」。[13]和胡適、郁達夫一樣，朱東潤也認為中國近代以來的傳記文學創作已經落後西方，也主張向外國傳記學習。但他認為，西方三百年來的傳記基本分為三種類型：一是鮑斯威爾的《約翰遜博士傳》型的，以具體而形象的描寫傳主的生活見長。二是斯特拉哲的《維多利亞女王傳》型的，簡潔嚴謹，雖然沒有冗長的引證，沒有繁瑣的考訂，但廣泛地參考各種史料，所以能全面地反映了傳主的生活及其時代的方方面面。三是十九世紀中期以來的作品，繁瑣冗長，但是一切都有來歷，有證據。他比較推崇的是第二種寫法，但提倡的卻是第三種寫法，認為「中國所需要的傳記文學，看來只是一種有來歷、有證據、不忌繁瑣、不事頌揚的作品」。「因為傳記文學是歷史，所以在記載方面，應當追求真相，和小說家那一番憑空結構的作

10　胡適：〈中國的傳記文學〉，《胡適傳記作品全編》（上海市：東方出版中心，1999年），卷4，頁206。

11　胡適：〈四十自述自序〉，《胡適傳記作品全編》（上海市：東方出版中心，1999年），卷1，上冊，頁3。

12　胡適：〈李超傳〉，《胡適傳記作品全編》（上海市：東方出版中心，1999年），卷4，頁193。

13　朱東潤：〈張居正大傳序〉，《朱東潤傳記作品全集》（上海市：東方出版中心，1999年），卷1，頁12。朱東潤在一九五九年的《陸游傳》〈序〉中也還表示：「傳記文學是史，同時也是文學」。（〈陸游傳序〉，《朱東潤傳記作品全集》（上海市：東方出版中心，1999年），卷1，頁427。）

風，絕不相同」。[14]可以看出，作為文史學家，朱東潤關於傳記文學的主張，明顯受到了章學誠「史體述而不造」[15]觀念的影響。

實際上，「史學的方法和文學的方法，並非一回事，而且有時很矛盾。史學重事實，文人好渲染；史學重客觀，文人好表現自我」。[16]文學屬性與史學屬性對於寫作者來說，要求也是截然不同的。「文士撰文，惟恐不自己出；史家之文，惟恐出之於己」，[17]因此，相對於胡適、朱東潤等在歷史與文學之間搖擺，甚至於用史學的標準衡量傳記文學，郁達夫提倡傳記文學時自覺而鮮明的「文學」立場，才顯得格外引人注目，或格外難能可貴。

另外，也有論者把郁達夫的〈日記文學〉和〈再談日記〉等文也作為其現代傳記文學理論提倡的文章，甚至把其日記、書信等也作為傳記文學作品。我認為，日記、書信一般只能被看成傳記資料，即使文學性很強，也不能成為傳記文學。郁達夫於是提出了「日記文學」概念，但他也只是把日記看成散文的「一種體裁」，「一個文學的重要分支」，[18]並沒把日記文學等同於傳記文學。

二　身分的認同與角色置換

在寫〈傳記文學〉、〈什麼是傳記文學？〉等文之前十年，郁達夫就已經開始傳記文學的創作。郁達夫撰寫的他傳的傳主，大多是具有反叛性格的外國作家或思想家，如德國的施篤姆（斯篤姆）、須的兒

---

14 朱東潤：〈張居正大傳序〉，《朱東潤傳記作品全集》（上海市：東方出版中心，1999年），卷1，頁6、12。

15 章學誠：《文史通義》〈與陳觀民工部論史學〉。

16 孫犁：〈與友人論傳記〉，《澹定集》（天津市：百花文藝出版社，1981年），頁62。

17 章學誠：《文史通義》〈與陳觀民工部論史學〉。

18 郁達夫：〈日記文學〉，《郁達夫文集》（廣州市：花城出版社，1982年），卷5，頁261、266。

納（施蒂納），俄國的赫爾慘（赫爾岑）、屠格涅夫，以及法國的盧騷（盧梭）等，而他撰寫的國人傳記則只有一九三五年完成的〈王二南先生傳〉。在一些論者的著述中，郁達夫所寫的關於魯迅、郭沫若、胡適、許地出、成仿吾、徐志摩、蔣光慈、楊騷、洪雪帆、劉開渠、徐悲鴻、劉海粟、曾孟樸、廣洽法師、郁曼陀、黃仲則、托爾斯泰、尼采、道森、查爾、勞倫斯等人的文字無一例外都被當成了「文人傳記」。我認為傳記文學的作品指的應是以歷史或現實中具體的人物為傳主，以紀實為主要表現手段，集中敘述其生平，或相對完整的一段生活歷程的作品，所以常被一些論者當成「文人傳記」討論的〈懷魯迅〉、〈魯迅先生逝世一周年〉、〈回憶魯迅〉、〈志摩在回憶裡〉、〈懷四十歲的志摩〉、〈記曾孟樸先生〉、〈光慈的晚年〉、〈追懷洪雪帆先生〉、〈屠格涅夫的臨終〉都只能算是悼輓散文或回憶性散文，而像以評論介紹為主的〈盧騷的思想和他的創作〉等則屬於評論文章，與傳記文學作品就相去更遠了。

　　郁達夫最早的外國作家傳記是一九二一年七月寫成的〈施篤姆〉。施篤姆有時也被翻譯為斯篤姆，是《茵夢湖》的作者、德國著名詩人、小說家。郁達夫的〈施篤姆〉是為其著名小說《茵夢湖》的譯本所作的「序引」，[19]而「並非是施篤姆的評傳」，但內容的實際並不集中評介這一小說，而是「同時抒寫」作者人生歷程的「外面的起伏事實與內心的變革過程」。另外，對施篤姆生平的描述，也並不止於《茵夢湖》的寫作和出版，對於他後期的活動和逝世後的輝煌也有系統的介紹。在對施篤姆一生的描摹中，郁達夫強調或突出的，是其作為抒情詩人的一面。除了引用其詩章外，所謂「北方雪婁斯維州人的特性」、「悲涼沉鬱的氣象」、「沉靜的一個夢想家」、「懷鄉病者」

---

19 郁達夫的〈施篤姆〉一九二一年十月一日在《文學週報》第十五期發表時題為〈茵夢湖的序引〉。

等，是對施篤姆生存環境和個性氣質的總體把握，而進入克依耳
（Kiel）大學時的「大失所望」，大學畢業後對律師職位的「去就的
歧途」時的「逡巡不決」則集中體現其內心的矛盾、苦悶和變革。

　　二〇年代初的郁達夫和當時許多五四青年一樣，有個接受、甚至
熱衷於無政府主義思潮的短暫過程，一三二三年六月寫的〈自我狂者
須的兒納〉就是這一過程留下的人生印痕。須的兒納現通譯施蒂納，
是德國哲學家，世界著名無政府主義的創始人之一。他關注極端擴張
的自我，認為利己主義是自我意識的本質，是歷史發展的趨勢和真
理。所以個體是世界的「唯一者」，是萬事萬物的核心和主宰，凡是
束縛個體的東西，如國家、上帝、法律、道德、真理等都應摒棄，
「唯我主義才是真正的自由」。[20]〈自我狂者須的兒納〉的前半部分描
述施蒂納的生平，後半部分則集中介紹他的小說。在描述施蒂納的生
平時，郁達夫主要突出其坎坷的人生經歷：貧困的逼迫、流浪的生
活、母親的「病亂」（精神病）、前後兩個妻子的背叛、兩度的監牢囚
禁以及最後在貧民窟被毒蠅咬死。作者似乎注意到不得志的人生經歷
對於其思想形成的影響，但其許許多多不幸的場景或細節，似乎又是
作者「所不忍描寫的了」。[21]

　　寫完〈自我狂者須的兒納〉後兩個月，郁達夫又寫〈赫爾慘〉，向
讀者介紹俄國著名民主主義革命家、思想家赫爾岑的一生。在郁達夫
的心目中，赫爾岑同樣也是「抱有無政府共產主義的傾向，主張以破
壞為第一義」的「先覺」。[22]但和〈自我狂者須的兒納〉不同的是，郁
達夫並不花專門的筆墨去介紹赫爾岑的思想或學說，而是從他一八一

20 郁達夫：〈自我狂者須的兒納〉，《郁達夫文集》（廣州市：花城出版社，1982年），
　　卷5，頁145。
21 郁達夫：〈自我狂者須的兒納〉，《郁達夫文集》（廣州市：花城出版社，1982年），
　　卷5，頁143。
22 郁達夫：〈赫爾慘〉，《郁達夫文集》（廣州市：花城出版社，1982年），卷5，頁
　　164。

二年的出生開篇，寫到他一八七○年客死他鄉結束，在描述其不屈不撓的鬥爭歷程中刻畫赫爾岑的反叛性、革命性和追求民主自由的精神。

　　一九二八年一月，郁達夫寫了一萬餘言的〈盧騷傳〉。這一傳記的寫作固然與美國教授白壁德曾在一次講演中說盧梭「一無足取」有關，但從根本上說，這與盧梭對郁達夫的深刻影響，與他對盧梭的獨鍾之情有很大的關係。所以這一作品充滿感情地記敘了盧梭曲折、不幸而又浪漫多彩的一生，包括他少年時代的「隱忍好勝」，青年時的流浪冒險，與伐蘭夫人（也譯華倫夫人）等的情感糾葛，與服爾德等政敵的較量以及和優美大自然的心靈交流。不僅寫了他在音樂、教育、文學以及改造社會方面的不息探索，也描繪了他成功時的喜悅，遭受迫害時的艱難，晚年精神癲瘋狀態下的死。由於著力於生平事蹟的描述，〈盧騷傳〉較少對傳主的思想與創作展開評介，所以作者差不多在這同時又專門寫了長文〈盧騷的思想和他的創作〉。

　　和對盧梭的頂禮膜拜一樣，郁達夫對屠格涅夫也是推崇至極。在郁達夫看來，「最可愛、最熟悉，同他的作品交往得最久而不會生厭的，便是屠格涅夫」，而且他說自己「開始讀小說，開始想寫小說，受的完全是這一位相貌柔和，眼睛有點憂鬱，繞腮鬍長得滿滿的北國巨人的影響」。[23]〈屠格涅夫的《羅亭》問世以前〉寫於一九三三年七月，雖然篇幅不長，但集中講述了屠格涅夫從出生「到他的第一部傑作《羅亭》出世為止的生涯大略」。[24]除了記敘屠格涅夫與家人、朋友、戀人的關係外，〈屠格涅夫的《羅亭》問世以前〉還用了不少的篇幅，梳理了傳主在俄羅斯時與普希金、巴枯寧、涅克拉索夫、別林斯基、果戈理、岡察諾夫、托爾斯泰等的交往，最後也簡略介紹了晚

---

23 郁達夫：〈屠格涅夫的《羅亭》問世以前〉，《郁達夫文集》（廣州市：花城出版社，1983年），卷6，頁176。

24 郁達夫：〈屠格涅夫的《羅亭》問世以前〉，《郁達夫文集》（廣州市：花城出版社，1983年），卷6，頁185。

年僑居西歐時與其他英法作家的關係。

〈王二南先生傳〉的傳主即王映霞祖父，作者一九二七年春避居杭州時與其相識，一九三一年春辭世。由於有王映霞這層關係，所以這也就帶有傳統家傳的特點。傳主雖缺少前述世界級作家、思想家的傳奇經歷，但由於郁達夫與其有過近距離接觸，為其立傳顯得親切自然，所以這一傳記雖然篇幅不長，傳主的生平也較平淡，但作者還是用極省儉的筆墨，形象地刻畫出王二南的音容笑貌和心性特徵。

除王二南外，郁達夫不僅與上述傳主均無直接接觸的機會，而且連相關的歷史文獻也很匱乏，為他們立傳不能不說顯得很偶然，按常理看好像也很貿然。其實不然。從施篤姆、施蒂納、赫爾岑、盧梭到屠格涅夫，郁達夫選擇的傳主雖然國別不同，成就不一，但在他們的經歷、他們的著作或他們的思想中，似乎都具有郁達夫自己的影子。從表層看，他們都有貧窮、流浪、抑鬱不得志、不為世俗社會所理解的經歷，他們的作品或他們的精神氣質都包容著大自然、抒情詩、神經質、孤獨情懷、抑鬱感傷等浪漫主義的元素；而從更深層處看，追求自由和人權的思想、大膽反叛的性格、坦然而正直的人生態度等，這一切與郁達夫的個性氣質本身都有著千絲萬縷的關係。就是他想像中的施篤姆家鄉人的個性：「他們大抵性格頑固，堅忍不拔，守舊排外，不善交際的。但外貌雖如冰鐵一樣的冷酷，內心卻是柔情婉轉的」，[25]這在某種程度上，又豈不是郁達夫自身的寫照？所以，郁達夫對傳主的選擇本身就是一個身分認同的過程。其實何止傳主，郁達夫為他們花過較多筆墨的古今中外的人物，魯迅、許地山、徐志摩、蔣光慈、楊騷、洪雪帆、劉開渠、徐悲鴻、劉海粟、曾孟樸、廣洽法師、郁曼陀、黃仲則、尼采、道森、查爾、勞倫斯……，哪個不與作者心靈上有某種的相通？

---

25 郁達夫：〈施篤姆〉，《郁達夫文集》（廣州市：花城出版社，1982年），卷5，頁107。

　　由於存在這種身分認同，郁達夫在傳記作品中也才能心有靈犀地深入傳主們的精神世界，揣摩他們的心理變化，描摹他們的喜怒哀樂。施篤姆大學畢業後通過律師資格考試，不得不回故鄉的法庭出任辯護士時，郁達夫似乎潛入其內心揣摩道：「自古的文人，於就職的時候，都有一番苦悶，他就辯護士職的時候也覺得逡巡不決；因為他的才地，決不是在法庭上可以戰勝他人的；他學的雖然是法律，然而他的心意，卻只許他作一個超俗的詩人來閑吟風月。到了這去就的歧途，他就不得不怨他的父親強制他學法律的無理了」。[26]

　　這種身分的認同，不僅為作者揣摩傳主心理活動鋪設了便利的通道，同時也為他們之間的心靈溝通架設了橋樑。當施蒂納第一次結婚不到半年，妻子就因為貧窮離他而去，而他的母親恰恰又在這前後發了瘋，郁達夫驚歎道：「可憐他的一雙弱腕，又要扶養病亂的衰親，又要按捺自家失愛的胸懷，──在這樣坎坷不遇的中間產生出來的Der Einzige und sein Eigentum喲，你的客觀的價值可以不必說了，由百年以後，萬里以外的我這無聊賴的零餘者看來，覺得你的主觀的背景，更是悲壯淋漓，令人欽佩不置哩！」[27]六年後，施蒂納第二次結婚，但有新思想的妻子在花完他的積蓄後又離開了他，郁達夫不由又為其哀鳴道：「啊啊，個性強烈的Stirner！性質非常柔和，對外界如弱女子一樣嬌柔的Stirner！名譽，金錢，婦人，一點也沒有的Stirner！到了末路只剩了一個自我！啊啊，可憐的唯一者Der Einzige喲！你的所有物Eigentum究竟是什麼？」[28]

　　在郁達夫為他人立傳的作品中，像上述引文中敘述主體直接出場

---

26 郁達夫：〈施篤姆〉，《郁達夫文集》（廣州市：花城出版社，1982年），卷5，頁112。

27 郁達夫：〈自我狂者須的兒納〉，《郁達夫文集》（廣州市：花城出版社，1982年），卷5，頁142。

28 郁達夫：〈自我狂者須的兒納〉，《郁達夫文集》（廣州市：花城出版社，1982年），卷5，頁143。

的現象時有發生。不過除了與傳主交流或單獨的抒發，在有的時候，他是與隱含的敘述接受者共同出現的。郁達夫在傳記敘述中總是喜歡用「我們若……」、「我們的……」，實際上這也體現了作者與讀者溝通交流的意向，在客觀上也對讀者也是一種召喚的結構。

三　專注個體生命體驗的自傳寫作

　　郁達夫的自傳寫作始於一九三四年，這正是他撰寫〈傳記文學〉、〈什麼是傳記文學？〉等文，大力提倡傳記文學的時候。那時作者已從上海移家杭州，過著政治上苦悶、彷徨，經濟上靠賣文為生的專業作家生活。

　　這一年四月，林語堂、徐訏、陶亢德等創辦《人間世》，八月約請郁達夫撰寫自傳。郁達夫前一年九月剛為黎烈文主持的《申報》「自由談」寫了〈傳記文學〉一文，也正打算寫部自傳，於是便接受《人間世》之約。在正式撰寫自傳之前，郁達夫先寫題為〈所謂自傳也者〉的「自序」，刊發在一九三四年十一月二十日《人間世》第十六期。接著，從十二月五日的第十七期開始到一九三五年二月五日的第二十一期，《人間世》連續刊載其「自傳之一」到「之五」。而「自傳之六」至「之八」則斷斷續續刊載到七月的第三十一期。九月，林語堂等又創辦《宇宙風》並向郁約稿，但他已有「自傳也想結束了它，大約當以寫至高等學校生活末期為止，《沉淪》的出世，或須順便一提」[29]之意。一九三六年一月末日，寫完〈雪夜〉，刊二月十六日《宇宙風》第十一期，因換了刊物登載，故改標「自傳之一章」。二月二日，郁達夫離滬入閩，七日在福州出任福建省政府參議，日常生

---

29 郁達夫：〈秋霖日記〉（1935年9月5日），《郁達夫文集》（廣州市：花城出版社，1984年），卷9，頁247。

活日趨繁忙。十二日致信陶亢德說：「我隻身來閩，打算南下泉漳，北上武夷，去一探閩中風景，《自傳》以後怕寫不出來了」。[30]至四月一日的日記中，郁達夫還有完成「自傳的末章」[31]的打算，但這「寫至高等學校生活末期為止，《沉淪》的出世，或須順便一提」的「自傳的末章」終究沒見寫成。而即使這一章完成，也還是一部未完成的作品，因為「自傳和其他的作品明顯的區別，在於這是一本永遠不能完成的作品，因此在整個結構方面，不可能像其他作品那樣的完整」。[32]

除「自序」，郁達夫這連續九篇自傳敘述從出生到去日本進入名古屋第八高等學校為止大約二十年間的生活，但它不是按照「我生於何日何時何地」[33]式的史籍體例的紀傳，也不是像唐代劉知幾所推崇的，「首章上陳氏族，下列祖考；先述厥生，次顯名字，自敘發跡，實基於此」[34]的敘述模式，而是始終圍繞自身的生命體驗，側重表現青少年時代「內心的變革過程」的作品。

郁達夫的自傳在敘事時間上雖先後連貫，但具體經歷的交代有時卻語焉不詳，作者只不過把二十年的人生歷程大致分為童年、少年、書塾、洋學堂、嘉興、杭州、老家自學以及留學日本等若干時段，分篇獨立敘寫。在各篇的敘述中也不是事無巨細，面面俱到，而是選取各個時段自己記憶中印象最深，對自身精神人格成長起較大作用的關

---

30 郁達夫：〈致陶亢德〉（1936年2月12日），《郁達夫文集》（廣州市：花城出版社，1984年），卷9，頁460。

31 郁達夫：〈濃春日記〉（1936年4月1日），《郁達夫文集》（廣州市：花城出版社，1984年），卷9，頁292。

32 朱東潤：〈朱東潤自傳序〉，《朱東潤傳記作品全集》（上海市：東方出版中心，1999年），卷4，頁1。

33 郁達夫：〈所謂自傳也者〉，《郁達夫文集》（廣州市：花城出版社，1982年），卷3，頁320。

34 劉知幾：《史通》〈內篇〉〈序傳第三十二〉。

鍵性事件集中描述。因此這九篇自傳各具中心，各賦標題，都是相對
獨立的篇章。那充滿情感色彩的標題，規定了每一篇章的敘述重點，
同時也昭示著每一人生時段的心路歷程。如「悲劇的出生」突出的是
兩件事，一是自己人生的「最初的感覺，便是饑餓」。郁達夫三歲喪
父，家中有年老的祖母、母親，二位已上學讀書的哥哥，一位姐姐及
養女翠花，所謂老幼七口，兩代寡婦，家庭經濟十分困難。又由於全
家靠母親一人打理，三餐茶飯既不按時又常不足，所以郁達夫人生的
第一個經驗便是「饑餓的恐怖」。「悲劇的出生」突出的另一件事是與
翠花的感情，特別是自己不小心掉入魚缸，後從昏死中醒來時看到的
「兩眼哭得紅腫的翠花的臉」的描繪，令人讀後動容。其他如「我的
夢，我的青春」主要寫第一次私下跟阿千上山砍材，在半山大石上看
見「那寬廣的水面！那澄碧的天空！那些上上下下的船隻……」時產
生的「這世界真大呀！」的震撼；「水樣的春愁」集中回顧十四歲那
年與趙家侄女的初戀，最後在臨離開家鄉前夜兩人「在月光裡沉默著
相對」的情景；〈雪夜〉則特別敘述自己留學日本時，因遭受民族的
歧視和青春期的性苦悶，在一個寒冷的雪夜裡失去童貞的經歷和過後
的悔恨。這些經歷對於作者的一生，相信都成為刻骨銘心的記憶，也
一定對青年郁達夫內心的變革過程，產生過重要的影響，因為正如莫
洛亞所說：「對一個成人來說，孩提時代並非其他，常常似乎是一連
串的稀有事件。它產生的映象非常強烈，甚至在歲月流逝之後，那精
神上所受的打擊也仍有使我們顫動的力量」。[35]

　　從郁達夫對早年生活記憶的選取看，他的自傳寫作的指導思想與
郭沫若自傳寫作的主導動機：「我寫的只是這樣的社會生出了這樣的
一個人。或者也可以說有過這樣的人生在這樣的時代」[36]是完全不同

---

35 〔法〕安德列・莫洛亞著，楊民譯：〈論自傳〉，《傳記文學》1987年第3期。

36 郭沫若：〈前言〉，《我的童年》，《郭沫若全集》（北京市：人民文學出版社，1992
　　年），卷11，頁8。

的，郁達夫選取的重點並不是時代、社會的大事件，或者說，郁達夫
在傳記中還有意在迴避許多本來可以寫得有聲有色的歷史事件。如
〈孤獨者〉寫在之江大學（育英書院）預科讀書時的學潮：「學校風
潮的發生，經過，和結局，大抵都是一樣；起始總是全體學生的罷課
退校，中間是背盟者的出來復課，結果便是幾個強硬者的開除。不知
道是幸還是不幸，在這一次的風潮裡，我也算是強硬者的一個」。本
來，這一學潮雖沒鬧出什麼名堂，但在當時的杭州以至江浙一帶，也
應算是重要的社會事件。學潮中印發傳單，走訪報社，向社會呼籲，
甚至集合隊伍到孫中山臨時下榻杭州的駐地告狀請願等經過，對於十
五、六歲的青年學生也應算是轟轟烈烈的經歷了。而近代以來，除了
老舍，幾乎所有回憶青年時代參與學潮的作家或其他名人，不管當年
學潮規模大小，一般也都要大肆渲染一番。但郁達夫卻僅用不足百
字，就把這事交代過去了。作者在這篇中，著重回憶或渲染的，是自
己用節省下的零用錢積買舊書的「娛樂」、閒暇時一個人邊吃清麵邊
翻閱書本的「快慰」、模仿寫作四處投稿的「興奮」以及第一次看見
自己的作品刊載在《全浙公報》時「想大叫起來」的「快活」。如就
對個人成長的影響而言，這學潮與讀書、寫作、發表，孰重孰輕是不
言而喻的。

　　在小說中成功地塑造零餘者形象的郁達夫，在其自傳中也刻意表
現自身的零餘者個性。其實，「小說家在小說上寫下來的人物，大抵
不是完全直接被他觀察過，或者間接聽人家說或在書報上讀過的人
物，而係一種被他的想像所改造過的性格。所以作家對於人物的性格
心理的知識，仍係由他自家的性格心理中產生出來的」[37]。可以說，
零餘者孤獨、自卑、敏感的性格特徵其實就來於郁達夫自身。在自傳
中，他借助周圍人的視角或用直接抒發的方式，不斷渲染自身的這種

---

37 郁達夫：《小說論》，《郁達夫文集》（廣州市：花城出版社，1983年），卷5，頁26。

個性特徵：「這相貌清瘦的孩子，既不下來和其他的同年輩的小孩們去同玩，也不願意說話似地只沉默著在看遠處」；「一個不善交際，衣裝樸素，說話也不大會說的鄉下蠢才」；「一個不入夥的游離分子」；「一個無祖國無故鄉的遊民」；「拼命的讀書，拼命的和同學中的貧困者相往來，對有錢的人，經商的人仇視等，也是從這時候而起的。當時雖還只有十二歲的我，經了這一番波折，居然有起老成人的樣子來了，直到現在，覺得這一種怪癖的性格，還是改不轉來」；「從性知識發育落後的一點上說，我確不得不承認自己是一個最低能的人。又因自小就習於孤獨，困於家境的結果，怕羞的心，猥瑣的性，更使我的膽量，變得異常的小」，等等。

　　由於對過往生活中那些對自己內心的變革過程產生重要的影響的人物、事件或場面總是那樣地令人刻骨銘心，郁達夫的傳記中這些關鍵的生活畫面的描繪才顯得格外的形象和生動。如第一次看見自己的作品被報紙採用的感受，作者描摹道：「當看見了自己綴聯起來的一串文字，被植字工人排印出來的時候，雖然是用的匿名，閱報室裡也決沒有人會知道作者是誰，但心頭正在狂跳著的我的臉上，馬上就變成了朱紅。洪的一聲，耳朵裡也響了起來，頭腦搖晃得像坐在船裡。眼睛也沒有主意了，看了又看，看了又看，雖則從頭至尾，把那一串文字看了好幾遍，但自己還在疑惑，怕這並不是由我投去的稿子。再狂奔出去，上操場去跳繞一圈，回來重新又拿起那張報紙，按住心頭，復看一遍，這才放心，於是乎方始感到了快活，快活得想大叫起來」。[38]另外，像〈我的夢，我的青春〉中對幼小的我第一次私自離家遠行，第一次獨立高山，感受到令人眩暈的驚異，感受到莫名的秋思

---

38 郁達夫：〈孤獨者〉，《郁達夫文集》（廣州市：花城出版社，1982年），卷3，頁409。

和「接連不斷的白日之夢」的描述；[39]像〈書塾與學堂〉中對我無理買雙皮鞋的要求，店家頻頻的白眼，母親的難堪與尷尬，以及最後母子對泣、驚動四鄰的敘寫，[40]也都同樣是震人心弦，同樣具有經典性。

　　當然，作為對過往記憶的再現，自傳的敘述一般都存在著雙重的視角，古今中外，概莫能外。但這視角的轉換，往往又須與不同的話語模式相配合，才能取得渾然一體的效果。在郁達夫自傳的每一篇章，過去的視角與當下的視角，敘事的話語與非敘述的話語，以及主觀的敘述與客觀的敘述往往是交織在一起的。特別是「自傳之一」從近年「時運不佳」、被「精神異狀」的女作家「一頓痛罵」開篇，進而敘述悲劇的出生、饑餓的恐懼、孤兒寡母的相依為命，以及與忠心使婢翠花的感情，最後還談到前幾年「我」回家與她再次相見的情形：「她突然看見了我，先笑了一陣，後來就哭了起來。我問她的兒子，就是我的外甥有沒有和她一起進城來玩，她一邊擦著眼淚，一邊還向布裙袋裡摸出了一個烤白芋來給我吃。我笑著接過來了，邊上的人也大家笑了起來，大約我在她的眼裡，總還只是五六歲的一個孤獨的孩子」。[41]這中間，有現在對當年時局的概述，也有兒時親歷的再現，有過去事實的描述，也有當下情感的抒發。而最為別致的是，中間用三分之一的篇幅，打破第一人稱敘述貫穿始終的自傳成規，插入第三人稱敘述。或許這一切都僅僅是嘗試，但也充分體現了郁達夫在傳記文學創作中進行敘事實驗的藝術自覺。

39　郁達夫：〈我的夢，我的青春〉，《郁達夫文集》（廣州市：花城出版社，1982年），卷3，頁365。

40　郁達夫：〈書塾與學堂〉，《郁達夫文集》（廣州市：花城出版社，1982年），卷3，頁375。

41　郁達夫：〈悲劇的出生〉，《郁達夫文集》（廣州市：花城出版社，1982年），卷3，頁357。

四　關於歷史的真實與藝術的真實

　　郁達夫所作的外國名人傳記主要憑藉的依據，是他們自己的著作和他們的傳記資料，因此就史學的角度衡量有時並不那麼具有準確性。〈自我狂者須的兒納〉發表幾年後，就曾有讀者致信郁達夫指明其中一些時間的出入，而郁達夫在回信中似乎也不忌諱自己這方面的粗疏。[42]而自傳雖敘自己過往生活的經歷，且當時作者就住在杭州，但這種時間上出入的現象也有多處。[43]如果作為嚴謹的歷史的傳記，這樣的粗疏是不可饒恕的，但作為文學的傳記，郁達夫本人以及後來的編者，都沒對這些粗疏進行過專門的修正。從藝術角度看，時間上一定的出入的確不會影響作品的整體效果。一般說來，自傳、他傳中時間方面的差異很有可能被發現，而關於傳主內心的揣摩則完全是作者的虛構，但又有誰會專門計較當年的傳主有無這樣的念頭呢！這種差異，可能就是史學傳記與文學傳記、歷史真實與藝術真實不同的成規所致。

　　在論及歷史小說時，郁達夫曾經談到歷史與小說的區別，他說：「歷史是歷史，小說是小說，小說也沒有太拘守史實的必要。往往有許多歷史家，常根據了精細的史實來批評歷史小說，實在是一件殺風景的事情。小說家當寫歷史小說的時候，在不至使讀者感到幻滅的範圍以內，就是在不十分的違反歷史常識的範圍以內，他的空想，是完全可以自由的。譬如我們大家知道楊貴妃是一位肥滿的美女，我們當寫她的身體的時候，只教使我們不感到她是一個林黛玉式的肺病美人

---

42 參見郁達夫：〈通訊——關於Max Stirner〉，《郁達夫文集》（廣州市：花城出版社，1983年），卷6，頁54。

43 這方面的出入，可參見於聽〈說郁達夫的《自傳》〉一文的詳細考證，該文刊《新文學史料》1987年第2期、3期。

就夠了。至於她的肉腳有幾寸長，吃飯之前的身體有幾磅重，胸前的乳房有幾寸高等問題，是可以由小說家自由設想的。批評家斷不能根據了她的襪來說小說家的空想過度，使她的腳長了一分或短了一分。但是這一種空想，也不能過度，譬如說楊貴妃是一個麻臉，那讀者就馬上能根據他的歷史上的常識，識破你的撒謊」。[44]歷史小說這樣，作為和歷史小說在許多方面相近的傳記文學也大致如此。這段議論，大概也可以作為理解郁達夫的傳記文學的理論與實踐的基本精神之一吧！

　　在二十世紀的二、三〇年代，不僅僅在中國，就是在世界範圍內，「傳記文學和詩歌與小說的藝術比較起來，還是一門年輕的藝術」[45]，所以，無論是理論的提倡還是創作的實踐，無論是自傳寫作還是他傳寫作，郁達夫強調傳記文學的文學性，並且這樣身體力行，大膽嘗試的努力才有著重要的、無可替代的價值和意義。

44　郁達夫：《歷史小說論》，《郁達夫文集》（廣州市：花城出版社，1982年），卷5，頁241。

45　〔英〕弗‧吳爾夫著，主萬譯：〈傳記文學的藝術〉，《世界文學》1990年第3期。

第十章
巴金的傳記文學翻譯與創作

　　在目前關於二十世紀中國文學史中，巴金（1904-2005）是受到充分關注但又被嚴重符號化的作家。由於《家》和《隨想錄》的巨大成功，他在文學以及文學以外其他方面的貢獻正逐漸被有意淡化或無意淡忘，即使談及文學貢獻，巴金也已被簡單地歸結為「反封建」和「說真話」六個字。當然，我並不像一些人那樣認為「說真話」進行「反封建」在文學上就顯得淺薄，就中國的歷史和現實而言，旗幟鮮明地高張「反封建」和「說真話」不僅需要責任心，需要無所畏懼的膽識，而且需要清醒的頭腦和執著的精神。在我看來，這不僅在過去，就是在現在也仍然是有識之士任重而道遠的崇高職責。但除了「反封建」，當年的巴金又反對過什麼？除了「說真話」，巴金又說過寫什麼？現在不僅普通讀者一無所知，就是一般大學中文系的學生、甚至從事現當代文學教學和研究的教師也都已不甚了了。就文學創作而言，一般對巴金的關注也僅限於小說或散文，但對他的文學翻譯、童話、詩歌寫作等關注的人極其有限，而他的傳記文學翻譯與創作則更沒引起足夠的關注。而實際是，巴金的覺醒和巴金文學的誕生都離不開傳記文學作品的滋養，在走上文壇的最初十幾年間，傳記的翻譯和寫作也始終是他主要的文學工作之一。

一　從接受、翻譯到傳記文學寫作

　　一九〇四年出生在四川成都的巴金，五四時期受到新文化運動的

影響，接受無政府主義，並且對歐美各國青年革命者的思想歷程和英雄壯舉特別地感興趣。一九二三年，巴金離開成都到上海，開始他漂泊、探索的人生旅程。離開成都前的兩三年裡，他已在自辦小刊物上發表了〈怎樣建設自由平等的社會〉、〈五一紀念感言〉、〈世界語之特點〉、〈I.W.W. 與中國勞動者〉、〈愛國主義與中國人到自由的路〉等宣傳無政府主義的文章，在上海的《時事新報》副刊「文學旬刊」、《婦女雜誌》，以及成都的《草堂》、《孤吟》等刊物上發表了〈路〉、〈夢〉、〈一生〉、〈寂寞〉等三十餘首小詩。但這一切對於當時的巴金似乎並不顯得特別重要，因為他思想的興奮點在於實際的無政府主義運動。從一九二三年春到達上海至一九二七年初赴法國，巴金雖然完成了自己的高中學業，但這一階段卻是他最活躍於中國無政府主義實際運動的時期。他為北京、上海、南京、廣州等地的無政府主義刊物撰寫文章，參加《民眾》的創辦和出版，並撰寫了《斷頭臺上》中的一系列文章。一九二七年一月，巴金開始了近兩年的法國之行。這期間他潛心於無政府主義的研究，翻譯、撰寫有關無政府主義的著作，同時也完成了成名之作《滅亡》。一九二八年十二月，巴金由法國回到上海，一九二九年一月至四月，〈滅亡〉在全國最具影響力的文學雜誌《小說月報》發表，文學家的巴金由此誕生。

　　此前，巴金在一九二五年二月曾以極樂為筆名在《國風日報》副刊「學匯」發表了〈柏克曼傳記〉。而在法國期間，他先後翻譯了凡宰特的《一個無產階級的生涯底故事》、克魯泡特金的《獄中與逃獄》[1]等自傳作品，也讀到了他後來完整翻譯的克魯泡特金的《我的自傳》、柏克曼的自傳《獄中記》以及妃格念爾的自傳《獄中二十年》。[2]

1　《一個無產階級的生涯底故事》初收《革命的先驅》（上海市：自由書店，1928　年）；《獄中與逃獄》為克魯泡特金自傳片段（廣州市：革新書局，1927年5月）。

2　巴金翻譯的克魯泡特金的《我的自傳》最初在一九三〇年四月以《一個革命者的回

　　巴金的傳記寫作也開始於法國期間，那時他正編撰《俄國社會運動史話》和《俄國虛無黨人的故事》，由於被那些「犧牲一己來救濟人民的高貴的少女」[3]的新一代女性的事蹟所感動，所以用兩個多月的「心血和眼淚」寫成了《俄羅斯十女傑》[4]。這是一本講述俄國女革命黨人捨生取義故事的傳記合集。巴金後來撰寫的俄國革命家的傳記還有發表於一九三二年六月《中學生》第二十五號的〈克魯泡特金〉，但這一傳記只包含〈幼年時代〉和〈學校生活〉兩部分內容，因為這一期的〈中學生〉是「革命者的青年時代」專輯。

　　實際上，先不管是翻譯還是寫作，巴金的思想人格，巴金的正式的文學創作，都是在這些革命家傳記的影響下開始的。他自己後來也不止一次談到外國「革命家的傳記」對自己的影響：一九三九年，在《我的自傳》〈中譯者前記〉中他說：「這（克魯泡特金：《我的自傳》──筆者注）是我最喜歡的一部書，也是在我的知識的發展上給了我絕大影響的一部書」。一九四七年五月三十一日致明興禮的信中說：「在這些作品以外，我還讀了革命家的傳記，這些書特別給我一個更深刻的印象」。一九八九年，在與徐開壘的談話時說：「我喜歡讀革命家的傳記及回憶錄」。一九九五年，在給王仰晨的信中巴金又談到：《我的自傳》「是我譯過的三卷克魯泡特金的著作中文學性最強的一種，對我影響極大」。[5]

　　憶》（上、下集）由上海啟明書局出版；《獄中記》一九三五年上海文化生活出版社初版；《獄中二十年》一九四九年上海文化生活出版社初版。

3　巴金：〈俄羅斯十女傑緒言〉，《巴金全集》（北京市：人民文學出版社，1993年），卷21，頁267。

4　巴金：《俄羅斯十女傑》（上海市：太平洋書店，1930年）。

5　巴金：〈我的自傳中譯者前記〉，《巴金譯文全集》（北京市：人民文學出版社，1997年），卷1，頁1；一九四七年五月三十一日致明興禮的信見《巴金全集》（北京市：人民文學出版社，1994年），卷24，頁117；與徐開壘的談話見〈作家靠讀者養活──關於傳記及某些文藝現象與徐開壘的談話〉，《巴金全集》（北京市：人民文學出版社，1990年），卷14，頁484；一九九五年致王仰晨的信，《巴金譯文全集》（北京市：人民文學出版社，1997年），卷1，頁509。

　　革命家傳記對巴金的影響是多方面的。首先，凡宰特、妃格念爾、克魯泡特金、柏克曼以及其他歐美革命家對巴金的思想人格的形成有深遠的影響，而除了克魯泡特金，這種影響主要就是通過他們的傳紀實現的。從這些傳記中，巴金瞭解到歐美革命家的理想抱負和崇高人格，也找到了影響自己一生的精神導師。妃格念爾、克魯泡特金、柏克曼等的傳記對巴金影響不必多言，就是凡宰特《一個無產階級的生涯底故事》[6]那薄薄的傳記，巴金也幾次翻譯，幾次提起。其中被他反覆提起的是：

　　　　我希望每個家庭都有住宅，每個口都有麵包，每個心都受著教
　　　　育，每個智慧都得著光明。[7]

這寥寥四十個字，巴金在〈我底眼淚〉（1931）、〈給西方作家的公開信〉（1951）、〈文學生活五十年〉（1980）等等許多文章中都曾被直接引用。

　　第二，歐美近代以來的革命家傳記在當年曾激勵著青年巴金以更大的熱情投入實際的社會運動。從巴黎回國後的最初幾年裡，他雖然已在文壇上嶄露頭角，並且很快就迎來了創作上的豐收季節，但他仍未忘懷於實際的安那其運動。他參與自由書店的工作，參加創辦、主編《時代前》，參加世界語雜誌《綠光》的工作。從一九三〇年開始，他還三次南下福建的泉州、廈門，一次遠遊廣東的廣州、新會，去看望那些獻身民眾教育工作的安那其朋友。

6　這一傳記初收一九二八年上海自由書店《革命的先驅》，後又被巴金收入一九二九
　　年自由書店的《斷頭臺上》；在一九五〇年代之前，這一短短的小傳還以《一個賣
　　魚者的生涯》、《我的生活故事》和《一個無產者的故事》等為題，分別由上海自由
　　書店、上海文化生活出版社和上海平明書店等出版單行本。
7　在巴金不同文章中的引用時文字略有不同，此據《我的生活故事》，《巴金譯文全
　　集》（北京市：人民文學出版社，1997年），卷8，頁269。

　　第三，革命家的傳記也給巴金以文學創作的靈感。不僅《俄羅斯十女傑》和《克魯泡特金》，他的《斷頭臺山》、《俄國社會運動史話》等都直接取材於歐美革命家的傳記，他的成名作《滅亡》明顯受到歐美革命家傳記的影響，他的創作豐收期裡《新生》、《愛情的三部曲》、《海的夢》、《利娜》，甚至著名的《家》中的一些故事或細節，他的自傳裡的章節名稱、結構安排以及敘事筆調，也都可以看到這些革命家傳記落下的印痕。

　　《家》一九三一年四月開始在上海《時報》連載是以〈激流〉為題的，當時（甚至後來）許多人都認為這是一部自敘傳小說。但巴金在當時似乎並不這樣認為，因此才有了他寫自傳的最初念頭。一九三二年一月，他在《東方雜誌》第二十九卷第一號上發表了〈楊嫂——自傳之一〉，並特意在文末附記：

　　　　因為有些自作聰明的人把我的〈激流〉誤解為自傳性質的小
　　　　說，所以我才下了寫我的自傳的決心。我將以這樣的體裁開始
　　　　寫作。從這裡讀者可以知道我不是在敘述自己的得意或失意的
　　　　事；也不是在誇耀自己怎樣用功，怎樣抄書，怎樣出了幾本
　　　　書，怎樣騙了一些錢；更不是在敘述自己怎樣行，或者怎樣不
　　　　行。那些自有名流文豪之類來告訴你們。我所寫的乃是在我的
　　　　過去二十幾年生涯中我所見過的一些被踏踐被侮辱的人的真實
　　　　故事。他們是娘姨、轎夫、戲子、僕人、乞丐等等不齒於「高
　　　　等華人」的人。他們住在陽光不常照耀的地方，所以生於無名
　　　　之中，也死於無名中。我現在想拿這管無力的筆帶一點陽光照
　　　　耀在他們的墳墓上，他們是我的自傳中的主角。如果我有更多
　　　　的精力，我也許還要加上一兩個踏殘人，侮辱人的人的故事。
　　　　至於我這個出身資產階級（不是買辦階級）的文人的故事，
　　　　呸！那是值不得花費排字工人的時間。

自傳內每章自成一段落。隨寫隨發表，發表的地方不一定在本
志，也不一定在一個連續的時間。（十一月九日）

但巴金很久也沒寫出「之二」。後來上海第一出版社擬出版「自
傳叢書」向巴金約稿，巴金說「我不能寫《自傳》，我只能夠寫些零
碎的回憶。」來交涉的那朋友說這也可以。巴金「便寫了一本《片斷
的回憶》送去」。巴金寫就的《片斷的回憶》含〈小序〉和〈最初的
回憶〉、〈家庭的環境〉、〈信仰與活動〉、〈做大哥的人〉、〈寫作的生
活〉五個片段。但一年後（1934年11月）書印出來卻仍然叫《巴金自
傳》，而且其中的〈信仰與活動〉一章也被國民黨中央宣傳委員會圖
書雜誌審查委員會刪去了。加上「錯字多、售價貴」，巴金很不滿
意。因此，他在一九三六年編了一本《憶》「作為《自傳》的代替」。
《憶》收〈憶〉、〈最初的回憶〉、〈家庭的環境〉、〈信仰與活動〉、〈小
小的經驗〉、〈做大哥的人〉、〈在門檻上〉、〈我離了北平〉、〈斷片的記
錄〉等九篇及〈後記〉一篇，巴金把這稱為「回憶錄」。[8]

二　《俄羅斯十女傑》的英雄敘事

傳記作者總是從不同的視角、以所認為的某種關係因素選擇、組
織素材，講述關於人的故事，同一個人的一生在不同的作者筆下往往
被演繹成不同的傳記文學作品。從社會歷史視角記錄傳主的一生，是
那些恪守史傳傳統的作者無可爭議的選擇；而深入人物內心，運用心
理學的理論進行鞭辟入裡的描摹分析，則是大多數現代傳記文學作者
的執著追求。「然心解與史傳，各有專精，非兼擅兩者，不易為功」。[9]

8　上述引文均見《憶》〈後記〉（上海市：文化生活出版社，1936年7月初版），後來收
　　入《巴金全集》第十二卷的《憶》〈後記〉的文字與初版有較大的更改。

9　汪榮祖：《史傳通說》（北京市：中華書局，2003年），頁85。

巴金的《俄羅斯十女傑》不僅講述女傑的英雄豪邁之舉，也著力於揭示其優美的心靈和健全的人格。

在現代中國文壇，巴金是格外關注現代人格建構的作家，無論是在現實生活中還是在文學作品裡，巴金都很注重人的人格構成和人格力量。他認為自己「小說裡的每個主人翁都是一個獨立的人格。他或她發育，成長，活動，死亡，都構成了他或她的獨立的存在」。巴金強調人格的力量，認同克魯泡特金的說法，認為巴枯寧的「道德的人格之感化超過於其知識的權威之感化」。他稱利索加布為「聖人」，認為他是「當時的虛無黨人中最清廉最正直的理想人物」，「他的人格的優美，全黨人中沒有能出其右者」。對於自己推崇備至的克魯泡特金，巴金認為他是「一個道德地發展的人格之典型」，可以教人「怎樣為人怎樣處世的態度」，人們可以「拿他做一個例子，做一個模範，去生活，去工作，去愛人，去幫助人」。[10]因此，不管是他傳還是自傳，不管是英雄敘事還是個人敘事，巴金的傳記寫作總是以人格為中心。

在《俄羅斯十女傑》中，巴金首先是通過講述傳奇般的英勇故事彰顯傳主不朽的人格。這一傳記集首先以〈緒言〉的形式，宏觀回顧了十二月黨暴動失敗以來俄羅斯女性的不朽的追求：為高貴的理想和純潔的愛情，勇敢追隨被流放的十二月黨人的丈夫或情人赴西伯利亞；為自由與知識的緣故拋棄錦衣玉食，離開自己的家國孤身遠適異邦；捨棄一切「到民間去」，在遊歷傳道中救濟人民；以至於犧牲一己行革命的大義，寧死不屈殉道未竟的事業。而後，作者依次講述了

---

10 依次見〈愛情的三部曲總序〉，《巴金全集》（北京市：人民文學出版社1988年），卷6，頁5；〈巴枯寧與自由社會主義〉，《巴金全集》（北京市：人民文學出版社，1988年），卷21，頁611；〈聖人利索加布〉，《巴金全集》（北京市：人民文學出版社，1993年），卷21，頁13；〈我底自傳譯代〉，《巴金譯文全集》（北京市：人民文學出版社，1997年），卷1，頁499、501。

薇娜‧沙蘇麗奇、蘇菲‧包婷娜、游珊‧海富孟、蘇菲亞‧柏羅夫斯加亞、薇娜‧妃格念爾、路狄密娜‧福爾鏗席太因、加塞林‧布列斯科夫斯加亞、齊奈達‧柯洛蔔連尼科瓦、瑪利亞‧司皮利多諾華和伊林娜‧加哈夫斯加正等十位女革命黨人的生平故事。她們大多出身貴族家庭，為爭取自由與知識反叛家庭。在靈魂受到革命的洗禮後，她們或深入民間幫助救濟勞苦大眾，或充當組織的成員宣傳革命傳遞消息。最後她們大都勇敢參與了暗殺沙皇、官僚的暴烈行動，而後被監禁、流放以至被送上絞刑架。作者講述的重點並不在於她們具體的成長過程，而是通過這些「復仇底（的）天女」[11]那些驚心動魄的壯舉以及被捕後不屈不撓的抗爭，形象展示她們自主抉擇、勇敢追求、英勇獻身的高貴人格。

　　這些俄羅斯女傑所以令人難忘，不僅在於她們傳奇的經歷，也在於她們「崇高的靈魂與多情的美麗」。[12]在為她們作傳時，巴金常常大段引用她們的文學作品、演說詞以及寫給親人戰友的書信，直接展現她們善良純潔、執著剛毅的內心世界。如寫因「五十人案件」出庭受審時，包婷娜最後的陳述「先把俄國人民的痛苦描寫得活靈活現，說到沉痛的地方不覺聲淚俱下。然後又以熱烈的語調敘說俄國如何需要正義與自由。最後又極清楚極扼要地解釋革命黨底黨綱。她底演說是如此雄辯，竟把裁判官驚駭著了」，最後她用這樣的話結束了她的長篇演說：

　　　　然而我並不為自己的緣故來求你們開恩。我確信那偉大的日子
　　　　會來的，在那時候便是我們這個怠惰的，酣睡的國民也會從冷

---

11 巴金：〈薇娜‧沙蘇麗奇〉，《巴金全集》（北京市：人民文學出版社，1993年），卷
　　21，頁287。

12 巴金：〈俄羅斯十女傑緒言〉，《巴金全集》（北京市：人民文學出版社，1997年），
　　卷21，頁276。

淡的長夢中起來，覺得他們這種長期任人踐踏的舉動是可恥的
了，而且知道看見那般青年為著有了扶助同胞的理想而受迫害
的事也是罪惡的了。……你們現在可以迫害我們，你們有的是
實力，然而我們底運動卻有精神的力量，歷史的進步之力量，
理想之力量，這些力量終於會征服你們底槍刺，這樣的事在歷
史上也是常有的。[13]

在《薇娜・妃格念爾》中，作者大量引用傳主的「自敘傳」，讓
人們直接接觸她那「崇高的精神，同樣堅強的性格與信仰」以及「人
格底吸引力」。[14]在自敘傳中，曾經是貴族家庭千金小姐的妃格念爾就
曾吐露了自己加入「到民間去」的運動之後靈魂的昇華：

我們底生活，以及我們和那般覺得光明就在眼前的質樸的農民
間的關係有一種迷人的美，就在如今，我每一回憶起，也常感
到莫大的快樂；……只有在那裡，一個人才能夠有一個純潔的
心靈和平靜的良心，如果它們就把我們從生活，從活動拖開
了，我們也無一點怨恨的。[15]

然而這些偉大的俄羅斯女性並不只是金剛怒目式的革命家，她們
也有普通女人「慈愛的靈魂」。在講述策劃、指揮暗殺了沙皇亞歷山
大二世的蘇菲亞，最後英勇走上絞刑台的傳記（《蘇菲亞・柏羅夫斯
加亞》）中，巴金最後特意全文引用了蘇菲亞寫給她母親的信。信中

---

13 巴金：〈蘇菲・包婷娜〉，《巴金全集》（北京市：人民文學出版社，1993年），卷
　　21，頁294。
14 巴金：〈薇娜・妃格念爾〉，《巴金全集》（北京市：人民文學出版社，1993年），卷
　　21，頁387。
15 巴金：〈薇娜・妃格念爾〉，《巴金全集》（北京市：人民文學出版社，1993年），卷
　　21，頁354。

的蘇菲亞面對死亡從容澹定，但對著至愛的媽媽卻柔腸寸斷。她感念
母親的恩情，她為自己給母親帶來打擊難受不已，也請求母親不要為
自己而傷悲。那如泣如訴的文字，坦露了女兒對母親的無限深情，也
從一個側面展現了俄羅斯女傑健全的人格。

　　有時，巴金也引用同時代人的報導、回憶或評價強化傳主的人
格。如寫蘇菲亞，作者就先後引用了藹理斯、斯特普尼克、妃格念
爾、克魯泡特金、利娜等人的回憶或評價。在講述蘇菲亞的受難時，
作者直接引用了當時《科隆新聞》上的報導，用一個新聞通訊員的視
角見證了其面對死刑的坦然：

　　　　我在東方看過十二次死刑底執行，但從不曾看見這樣的屠殺。
　　　　啟巴爾次奇和熱利亞博夫異常安靜；米海洛夫面色稍帶灰白，
　　　　但很堅定；利沙可夫面作深紅色；蘇菲亞表示出非常的精神
　　　　力。她底兩頰還保留著玫瑰色，而她底毫無半點虛飾的莊嚴的
　　　　面貌上更充滿了真正的勇敢和不屈不撓的精神。她底容貌是安
　　　　靜而平和；一點誇張底表現也沒有。[16]

　　而在寫妃格念爾在傳記中，巴金也引用了法朗士、蒲爾切夫、抱
朴、米海諾夫斯基等人的回憶或評價。在關於加塞林的傳記中，則引
用了喬治·凱倫的著作、一九〇四年十二月十四日，美國《婦女雜
誌》的消息、華特夫人的文章，以及柴可夫斯基和拉查列夫等人的信
件等等的回憶或評價。

　　巴金這種以人格為中心的英雄敘事還有明顯的鮮明主體意識與自
覺的讀者在場意識。他早年熱中寫作革命家傳記並不是源於對傳記文
學本身的興趣，而是因為自身對這些傳主充滿崇敬，含有宣傳他們的

---

16 巴金：〈蘇菲亞·柏羅夫斯加亞〉，《巴金全集》（北京市：人民文學出版社，1993
　年），卷21，頁324。

社會理想、張揚他們的道德人格的主觀動機。他的英雄敘事是敘述主
體與表現主體的精神對話，也明顯帶有向接受主體傳遞思想，交流心
得的主觀訴求。因此，在巴金的革命家傳記中，敘述主體一般都是直
接登場，而隱含的接受者也時刻在場。

　　巴金傳記中的敘述者不僅不刻意地隱退，而且經常一開始就直接
登場。在《蘇菲亞・柏羅夫斯加亞》中的開頭，敘述者在引述藹理斯
的讚美詩後直接寫到：

> 我還記得自從有了這一顆時常苦痛著的愛正義恨罪惡的心以
> 後，在十一二歲時候的我就為了一個異國女郎流了不少的眼淚
> 了。在那時候我所知道世界中最可敬愛的人就是她一個。現在
> 想起來，固然覺得當時的見識太幼稚了，然而我卻至今還沒有
> 一點非笑當時的我的勇氣。雖然幼稚的我忘掉了許多更可敬愛
> 的人物，但是她確實也是世界上最可敬愛的人物之中之一個
> 咧！
> 這個異國女郎便是蘇菲亞・柏羅夫斯加亞。……我第一次知道
> 她，是從一部小說中得來的，這部小說是……
> 近年來蘇菲亞底名字在中國雖然常常被人提起，但我卻不曾看
> 見什麼專門論述蘇菲亞的文章。我自己在去年曾在《民鐘》發
> 表過一篇〈蘇菲亞之死〉……然而這許多文章都不免有錯誤，
> 所以我如今又來重寫《蘇菲亞傳記》了。這一次我願把我底幼
> 年時代為她流過的眼淚化為一瓶清澄的墨水，用了它我要畫出
> 我一生最敬愛的人中的一個光榮的女傑底面影來。
> ……
> 蘇菲亞究竟是一個什麼樣的人呢？她乃是一個……[17]

---

17 巴金：《蘇菲亞・柏羅夫斯加亞》，《巴金全集》（北京市：人民文學出版社，1993
　　年），卷21，頁302。

《瑪利亞‧司皮利多諾華》則是這樣開始敘述的：

> 自離開中國後，就不曾得著司太恩堡君（俄國社會革命黨左派
> 與最高限度派駐外代表）底信了。昨天從另一個德國友人底信
> 裡才知道他現在大概在美國或加拿大，不久要回柏林。我近來
> 很想他，其實並不是想他，乃是想她，他是「她」底親密的同
> 志和友人。
> 「她」就是在監獄中的瑪利亞女士。記得大前年……。那麼我
> 怎麼能不寫點東西獻給她以表示我底感激呢？
> 然而可悲的是我底文章到今天才動筆，而不得瑪利亞底消息則
> 已兩年了。在我所能見到的各國報紙上也見不著她底名字。難
> 道她果然已不存在於這世界中了麼？在可怕的人間地獄中，在
> 冰天雪地的放逐地上，便是生龍活虎般的人也難保得住他底生
> 命，何況一個病弱的女子呢？如果她果然死了，在她也許是一
> 個恥辱。不死於殘暴的尼古拉二世底手裡，而死於多數黨的革
> 命政府底掌握中：這在瑪利亞，真是料不到的事了。但是不管
> 她底生或死，我現在是在寫〈瑪利亞‧司皮利多諾華〉了。我常
> 稱高德曼為「精神上的母親」，現在我是要拿這個稱呼來稱瑪
> 利亞。瑪利亞，我底「精神上的母親」喲，如果我底呼聲還能
> 夠進入你底耳裡，那麼就請你來接受我底誠心誠意的祝福！[18]

　　在更多的時候，巴金的革命者傳記中見不到直接出場的敘述者，
但從那些穿插於文本各個角落的評論、解釋以及充滿激情的抒發等非
敘事話語，人們仍然可以感覺到無處不在的敘述者的身影。這種傾訴

---

18 巴金：《瑪利亞‧司皮利多諾華》，《巴金全集》（北京市：人民文學出版社，1993
　　年），卷21，頁46。

性的話語充分體現了作者鮮明的主體意識，同時也分明讓人感受到這種傾訴的指向性，感覺到隱性在場的接受者。當然，巴金這些傳記的敘述比較少採用「你……」的話語方式，但「我」的不斷出場實際上已經包含了「你」的時刻在場，「我」意味著還有一個「你」的存在，這種敘事本身已經虛擬了敘述者與接受者之間的交流。而在那些採用「我們……」的置疑、評論、抒發的話語中，「我」和「你」則更是融為一體了。

三　《巴金自傳》的成長敘事

後來研究巴金的傳記寫作，不少論者談的都是《憶》而不是《巴金自傳》。這可能出於研究者對作者的尊重，但也與《巴金自傳》發行少，後來一般很難見到有關。實際上，《憶》不僅作者自己明確稱為「回憶錄」，就是其結構和手法也和自傳相去甚遠。菲力浦・勒熱訥在辨析回憶錄與自傳的差異時談到：「自傳首先是一種敘事，它遵從的是一位個人的『歷史』的時間順序；而隨筆或自畫像首先是綜合的行為，文本按照邏輯順序、根據一系列的論點或某一論證的各個層次、而不是根據時間順序加以組織。我們強調『首先』，是因為在實際中，自傳當然可以包括許多論述，但論述是從屬於敘事的。即使隨筆或自畫像引入了某種發生學的或歷史的視角，它同樣也是居於次要地位的。因此我們必須確定文本的主要結構是敘述的還是邏輯的」。[19]《憶》中新增的章節除〈小小的經驗〉屬於一種回顧性敘事外，開篇的〈憶〉以及末尾的〈在門檻上〉、〈我離了北平〉、〈斷片的記錄〉三篇的主體結構都不是敘事的而是邏輯（或者說是抒情）的。

---

19 〔法〕菲力浦・勒熱訥著，楊國政譯：《自傳契約》（北京市：生活・讀書・新知三聯書店，2001年），頁24。

　　而巴金原來編就的《片斷的回憶》，開頭兩篇〈最初的回憶〉和〈家庭的環境〉敘述自己從出生到離開成都的人生歷程，〈信仰與活動〉是對五四時期覺醒經歷的補敘。〈做大哥的人〉略顯偏離自傳寫作的規則，因為聚焦的對象變成了大哥，但也包含了對成都時期自己和大哥生活關係的補敘和離開成都後與大哥情感聯繫經歷的預敘（時間下限到一九三一年春天大哥自殺，兩個月後「我」收到他的遺書）。最後的〈寫作的生活〉從「民國十六年一月十五日我和朋友衛在上海上船到法國去」展開敘述，接著，標誌性的敘述時間有「第二年（一九二八年）」、「一九二九年」、「第二年」、「翻過來就是一九三一年」、「一九三二年一月」、「夏天」，作者的敘事自覺而嚴格地遵循著個人「歷史」的時間順序展開。

　　當然，這些都是就回顧性敘述的大體而言，具體一些時段的空白也不可避免，如「民國十二年春天」離開成都到「民國十六年一月十五日」到法國去，巴金只在〈最初的回憶〉的「注三」中交代，「我離開成都後便在南京讀了一年半的中學，在東南大學附屬高中畢了業。我在中學正式讀書，就只有這點時間」。[20]要求自傳「講述自己整個一生是不可能的。自傳建立在一系列選擇的基礎上：已經由記憶力做出的選擇和作家對於記憶力所提供的素材所做出的選擇。與作者所認為的和他的生活的主線具有某種關係的所有因素被保留下來、組織起來。最優秀的自傳是那些達到這種相關性要求、以豐富多樣的人生經歷成為一種概括總結因素的自傳」。[21]

　　另外，巴金雖然後來在《憶》〈後記〉中說自己當時告訴過「來交涉的朋友」：「我是不能寫《自傳》，我只能夠寫些零碎的回憶」，但他對第一出版社出版「自傳叢書」的計畫是很清楚的，而他為一九三

---

20 巴金：《巴金自傳》（上海市：第一出版社，1934年），頁121。
21 〔法〕菲力浦·勒熱訥著，楊國政譯：《自傳契約》（北京市：生活·讀書·新知三聯書店，2001年），頁11。

四年第一出版社出版的《巴金自傳》所寫的〈小序〉實際上也明確談到，那「五個片斷」是「我的自傳的一部分」。[22]

　　《巴金自傳》的確也不很完整，但從理論上講，第一，所有自傳都是永遠不可能完整的作品。第二，嚴格地說一個人「只能寫一部自傳」，「這個敘事一旦寫成，就很難再寫成別的樣子」。第三，像《巴金自傳》〈小序〉這樣的文字一經印進書裡「自傳契約」就立刻生效，它表明「文本內部」對作者、敘事者、人物三者「同一的肯定，它最終代表的是封面上的作者的名字」，「讀者可以對內容的相似挑毛病，但從不對名字的同一有任何懷疑」。[23]所以，巴金對第一出版社版的《巴金自傳》的不滿的原因，可能是至關重要的〈信仰與活動〉被抽掉，他把後來的《憶》說成是「代替」《自傳》的「回憶錄」反而很符合文體的實際。

　　巴金是格外重視人格建構的現代作家，不論是在文學作品或是傳記作品中，他都很關注主人翁的人格構成和人格力量，他的作品總是以人格為中心。但自傳屬個人敘事，巴金當然不會像革命家傳記的英雄敘事那樣張揚自己的人格，但他卻刻意把自傳寫成「人格的成長與發展的記錄」。[24]因此，與《憶》的以邏輯為結構的回憶相比，《巴金自傳》無疑也更符合現代傳記的美學原則。因為「自傳不僅僅是一種內心回憶占絕對優勢的敘事，它還意味著一種把這些回憶加以組織、使之成為一部作者個性歷史的努力。十八世紀末自傳的發展不僅符合人的價值的發現，而且符合某種關於人的概念：人是通過他的歷史，尤其是通過他在童年和少年時期的成長得以解釋的。寫自己的自傳，

---

22 巴金：《巴金自傳》（上海市：第一出版社，1934年），頁1。

23 〔法〕菲力浦・勒熱訥著，楊國政譯：《自傳契約》（北京市：生活・讀書・新知三聯書店，2001年），頁27、219。

24 巴金：〈我的自傳中譯者前記〉，《巴金譯文全集》（北京市：人民文學出版社，1997年），卷1，頁2。

就是試圖從整體上、在一種對自我進行總結的概括活動中把握自己。
識別一部自傳的最有效的方法之一就是看童年敘事是否佔有能夠說明
問題的地位，或者更普遍說來，敘事是否強調個性的誕生」。[25]

　　《巴金自傳》成長敘事的重點主要是以童年、少年為中心，著重
圍繞人格的形成與發展進行的（在這一方面，他明顯受到了克魯泡特
金的《我的自傳》、凡宰特的《我的生活故事》以及和赫爾岑的《往
事與隨想》的影響）。巴金後來在〈我的幼年〉、〈我的幾個先生〉等
文中曾談到是「愛」把自己養大，但「死」在自己「心上投下了陰
影」，而「下人」的不幸使他看到社會的不公，產生「反抗的思
想」……，在回答關於「是什麼人把你教育成了這樣的」問題時，巴
金最後談到：

　　　　母親教給我「愛」；轎夫老周教給我「忠實」（公道）；朋友吳
　　　　教給我「自己犧牲」。[26]

但這並不是一種客觀的過程敘述，不是連續性的歷時描述，而是在人
生某一時刻對過往經歷進行理性分析後的人生總結，因此包含了明晰
的條理性、邏輯性和抽象性。而《巴金自傳》則是歷時的、形象的、
具體的敘述，從「這孩子本來是給你的弟婦的，因為怕她不會好好待
他，所以如今送給你」的轉述開始，作者在連續性的敘述中講述了自
己從出生到撰寫自傳時的人生故事，這其中包含了不同的人物，大量
的場景以及各種的細節。從表面看，這種講述是未經過濾的生活原生
狀態，但仔細比對就明顯感覺，自傳的敘述正是以〈我的幼年〉、〈我

---

25 〔法〕菲力浦・勒熱訥著，楊國政譯：《自傳契約》（北京市：生活・讀書・新知三
　　聯書店，2001年），頁8。
26 巴金：〈我的幾個先生〉，《巴金全集》（北京市：人民文學出版社，1990年），卷
　　13，頁19。

的幾個先生〉等文中那種高度的概括為中心，形象再現了從母愛庇護下的溫馨童年到斷然離開舊家庭，以至最後成為與現存制度勢不兩立的作家的過程。巴金講述了個體生命的增長的進程，也寫出了自身人格的形成與發展。

因為重點在人格的形成與發展，〈最初的回憶〉和〈家庭的環境〉的講述就比較詳實，而補敘和預敘的〈做大哥的人〉，以及講述思想人格基本定型的〈寫作的生活〉就都比較簡單。

與這種生命的增長和人格的發展相一致的，是作者「故意地用了不同的筆調和不同的紀年」。巴金說：「我希望讀者甚至能夠從這上面也看出我的生活的進展來」。[27]在〈最初的回憶〉的開頭，作者筆下的文字十分口語化，句式結構簡單，文氣短促，頗具樸拙的兒童表述特點：

> 衙門很大一個地方！進去是一大塊空地，兩旁是監牢，大堂，二堂，三堂，四堂，還有草地，還有稀疏的桑林，算起來總有六七進。
> 我們的住房是在三堂裡面。[28]
>
> 「真可惜！」
> 香兒一面說，就揀了幾顆完好的桑葚往口送。
> 我覺得要流口涎了。
> 我們也吃幾顆。
> 我看見香兒的嘴唇染得紅紅的，她還在吃。
> 三哥的嘴唇也是紅紅的，我的兩手也是。
> 「看你們的嘴。」

---

27 巴金：〈巴金自傳小序〉，《巴金自傳》（上海市：第一出版社，1934年），頁1。
28 巴金：《巴金自傳》（上海市：第一出版社，1934年），頁4。

香兒噗哧笑起來。她摸出手帕給我們揩了嘴。

「手也是。」

她又給我們揩了手。

「你自己看不見你的嘴？」

三哥望著她的嘴笑。

她的嘴真紅得逗人愛呀！

在後面四堂裡雞叫了！

「我們快去拾雞蛋。」

香兒連忙揩拭了她的嘴，就牽起我們往裡面跑。

我們把滿兜的桑葚都傾在地上了。

我們跑過一個大的乾草堆。[29]

　　到了〈家庭的環境〉中，句子略微變長，句式結構開始複雜，表達抽象概念的詞彙也多了起來。最後到〈做大哥的人〉和〈寫作的生活〉則完全是作家的分析和書面的表達了：

　　（大哥）他一方面信服著新的理論，一方面依舊順應著舊的環境生活下去，自己並不覺得矛盾。順應環境的結果，就使他逐漸變成了一個有著兩重人格的人。在舊社會，舊家庭裡他是一位暮氣十足的少爺；而在他和我們一塊兒談話的時候，他又是一個新青年了。這種生活方式是我和三哥所不能夠瞭解的，我們因此常常責備他。我們不但責備他，而且時常在家裡做出帶著反抗性的新舉動，使祖父的責備和各房的壓迫、仇視、陷害和暗鬥叢集在他身上。[30]

---

29 巴金：《巴金自傳》（上海市：第一出版社，1934年），頁8。

30 巴金：《巴金自傳》（上海市：第一出版社，1934年），頁131。

我是不會屈服的。我是不會絕望的。我的作品無論筆調怎樣不同，而那貫穿全篇的基本思想卻是一致的。自從我知道執筆以來我就沒有停止過對我的敵人的攻擊。我的敵人是什麼？一切舊的傳統觀念，一切阻礙社會的進化和人性的發展的認為制度，一切摧殘愛的勢力，它們都是我的最大的敵人。我永遠忠實地守住我的營壘，並沒有作過片刻的妥協。[31]

在時間的表述方面，〈最初的回憶〉只是在開頭有「四五歲的光景」以及最後有「在宣統做皇帝的最後一年」兩處具體的時間標記。在兩萬字篇幅的講述中，經常出現的是那些「白天」、「晚上」、「第二天」以及「一個多月後」之類的模糊概念，這種表述和兒童時期對於時間概念的懵懂狀態極為吻合。到了〈家庭的環境〉裡，除準確的幾月幾日的具體時間外，作者採用的是「民國」的紀年。最後的〈寫作的生活〉雖然講述的仍然是民國時期的生活故事，但作者卻採用了西元的紀年。可見，《巴金自傳》對於時間的這種表述並不僅僅為了體現「生活的進展」，實際上也展示了傳主從童年、少年到青年的心智的成長。

總之，就傳記文學而言，巴金經歷了從接受到翻譯、到寫作的過程。巴金一直無意於成為一個文學家，而更無意於成為一個傳記文學家，他的傳記文學接受、翻譯和寫作似乎都緣於自然而非自覺。但就中國現代傳記文學的發展來說，他的貢獻雖然是微薄的但卻是多方面的。胡適、郁達夫、朱東潤等在大力提倡傳記文學時都不斷提到西方的傳記作品，但他們也僅是提及，而巴金卻切實地翻譯了數種。在中國現代傳記文學觀念興起的最初階段，提倡者都是從西方尋找理論支持，但他們也僅限於文章中的介紹，而巴金在翻譯克魯泡特金的《我

---

31 巴金：《巴金自傳》（上海市：第一出版社，1934年），頁159。

的自傳》時卻一併翻譯了丹麥批評家勃蘭兌斯撰寫的理論批評文章〈英譯本序〉。而巴金所撰寫的革命家傳記和自傳，也因為作者本人的巨大聲譽而不斷再版，廣為流播。桃李不言，下自成蹊，中國現代傳記文學興起的歷史，必將留下巴金這多彩的一筆。

第十一章
陶菊隱名人傳記的通俗敘事

　　在中國現代傳記文學史上，陶菊隱（1918-1989）是一位有鮮明風格和重要影響的作家，從一九三六年《六君子傳》開始，陶菊隱創作了包括《督軍團傳》、《吳佩孚將軍傳》、《蔣百里先生傳》等數量不少的傳記作品，當年的中華書局曾在上海福州路河南路口的中華發行所闢一專用櫥窗，陳列其一整套二十五本的《菊隱叢譚》，[1]其影響可見一斑。但時至今日，他獨特的傳記文學建樹卻很少為人道及，更不用說能得到充分的、恰如其分的認識或研究。目前已經出版的幾種「傳記文學史」，如陳蘭村：《中國傳記文學發展史》、郭久麟：《中國二十世紀傳記文學史》[2]中，陶菊隱的傳記文學作品幾乎沒被提到。報刊雜誌上有關陶菊隱的文字，大多關注的是其史學或新聞採訪方面的價值，如謝迪南：〈陶菊隱：遲到的史學地位〉、蘇小和：〈陶菊隱的多重價值〉、陶端口述、陳遠採寫：〈陶菊隱：軍閥的情況，他瞭若指掌〉、世濤：〈中國報壇一老兵——訪老報人陶菊隱〉，[3]等等，對其著述的評價，一般也只認為「陶先生的著述作為研究中外近代史的參

1　陶菊隱：《新聞記者三十年》（北京市：中華書局，2005年），頁232。

2　陳蘭村：《中國傳記文學發展史》（北京市：語文出版社，1999年）；郭久麟：《中國二十世紀傳記文學史》（太原市：山西人民出版社，2009年）。

3　謝迪南：〈陶菊隱：遲到的史學地位〉，《中國圖書商報》，2006年10月24日；蘇小和：〈陶菊隱的多重價值〉，《新京報》，2006年11月3日；陶端口述，陳遠採寫：〈陶菊隱：軍閥的情況，他瞭若指掌〉，《新京報》，2006年11月2日；世濤：〈中國報壇一老兵——訪老報人陶菊隱〉，《中國記者》1988年第4期。

考書，特別是為研究北洋軍閥史提供了系統的資料」。[4]因此，本文擬通過對陶菊隱的傳記作品的系統考察，探尋其傳記作品的特殊魅力，並盡可能客觀地評判其在中國傳記文學發展史上的作用、地位和影響。

一　從新聞記者到舊聞記者

在一九五〇年代之前，陶菊隱是以著名報人聞名於世的。他一八九八年出生於湖南長沙，童年隨父母到南京。一九一〇年就讀文昌宮小學的陶菊隱就已經在上海四大名報之一的《時報》上發表〈去年今日〉、〈苦海〉、〈發〉等小說。[5]同年回湖南長沙讀於明德小學和明德中學期間及之後，曾先後擔任過長沙《女權日報》、《湖南民報》、《湖南日報》編輯，《湖南新報》總編輯，並為上海《時報》「餘興」欄撰稿。一九一九年，陶菊隱以湖南報界聯合會代表資格，參加湖南民眾的驅張（敬堯）運動，翌年受聘上海《新聞報》駐湘特約通訊員，撰寫長沙特約通訊。在整個二〇年代，他先後擔任《新聞報》旅行記者、戰地記者，駐漢口特派記者；一九三四年五月開始為《新聞報》撰寫「顯微鏡下的國際形勢」專欄文章；一九三六年定居上海後，又參與《新聞報》編輯工作，直至一九四一年退出《新聞報》。正是這期間，他與《民立報》的于右任，《民國日報》的邵力子、葉楚傖，《商報》的陳布雷，《大公報》的張季鸞，《申報》的陳景寒等，都是新聞界很有影響的人物。總之，自一九二〇年至一九四一年的二十年

4　永石：〈陶菊隱和《菊隱叢譚》〉，《史學集刊》1982年第2期。

5　當年上海四大名報為《申報》、《新聞報》、《時報》和《時事新報》。有關陶菊隱當年在《時報》發表小說事據作者自述：「一九一〇年我才十二歲，寫過一篇長僅五百字的小小說，題名〈去年今日〉，在姜老師的鼓勵下，送往上海《時報》編輯部。這是我膽大妄為為報紙寫稿的第一篇。稿子登出後，我高興得就像中了秀才一樣。後來續寫〈苦海〉、〈發〉等篇，也都發表了。」（陶菊隱：《新聞記者三十年》）（北京市：中華書局，2005年），頁2）。

間，陶菊隱與《新聞報》有著長期、穩定的聯繫，他在新聞界的地位與影響也和《新聞報》密切相關。另外，在此前後他還擔任過《武漢民報》代理總編輯、曾與人合辦過《華報》，等等。

　　作為一個傳記作家，陶菊隱的正式傳記作品是一九四一年的《吳佩孚將軍傳》，但他的傳記嘗試則始於一九三四年在南京創辦《華報》時期，那時他為自己創辦的這份報紙撰寫「政海軼聞」專欄，他後來曾回憶道：

> 我由漢口遷居南京的一年，正值蔣汪兩人第二次合作，汪精衛任行政院長，其班底頗多前任院長譚延闓留下來的舊人，其中有湘人胡邁、鄧介松、唐卜年、方叔章、陳仲恂等。方叔章早年久居北京，是楊度的「智囊團」成員之一，熟悉洪憲王朝的遺聞軼事，歷歷如數家珍。他經常把這些故事講給我聽，我都記錄下來。我在《華報》上所寫的「政海軼聞」，大多取材於此。[6]

這一專欄採用的是類似於列傳的形式，分別以袁世凱、熊希齡、徐紹禎、張勳、徐世昌、曹錕等為題，用文言文寫洪憲王朝至三〇年代軍政界名人的遺聞軼事。其最後所涉的重要歷史事件，包括紅軍反「圍剿」、張輝瓚被俘斃命（〈張輝瓚〉）和一九三三年的閩變等（〈粵桂將領素描〉）。這一作品系列雖然寫的是「遺聞軼事」，但在敘事上卻大多圍繞歷史人物的生平經歷展開，其中如〈張勳〉，開篇以「張勳之身世」為題，勾勒其善於機變，從江西奉新一普通傭役到清末民初「辮子軍」首領的人生軌跡。接著，依次以「黃陂引狼入室」、「大風起於萍末」、「馮國璋之眼淚」、「　中堂裝做煤小子」、以及「群犬爭骨

6　陶菊隱：《新聞記者三十年》（北京市：中華書局，2005年），頁174。

之現象」為題，集中敘述其復辟帝制的歷史鬧劇。最後的「失敗之一剎那」不僅描寫復辟失敗、張勳匿居荷蘭使館結果，而且補敘其平時冬不重裘、禮待文士、紛紜款客等趣聞，並交代奉系失敗，鬱鬱以沒的人生結局。這種以具體人物為傳主，以紀實為主要表現手段，集中敘述其完整生活歷程的寫法既突出了人物參與重大歷史的過程，又完整交代一個人的一生，無疑具有典範的傳記文學意義。這些具有鮮明傳記特徵的文字，華報館曾以《政海軼聞》為書名單獨印行。後來作者在這基礎上增刪修訂，改名「近代軼聞」，列「菊隱叢譚」在中華書局正式出版。[7]

　　一九三九年十二月四日，原北洋軍閥首領吳佩孚在拒絕日偽誘惑、保持晚節後病死北平（關於吳佩孚死因的另一說法是被日本醫生害死）。為此，國人雪涕，國民政府明令褒揚，追授陸軍上將。一年後，陶菊隱開始《吳佩孚將軍傳》寫作，並陸續在《新聞報》連載。一九四一年四月，《吳佩孚將軍傳》修訂完畢，五月由上海中華書局出版發行。寫《吳佩孚將軍傳》之前，陶菊隱已寫過相關的〈吳佩孚〉（《政海軼聞》）、〈曹吳之盛衰〉（《近代軼聞》）、〈孤城古木英雄老〉、〈什景花園中古怪老頭子〉、〈吳子玉將軍之一生〉[8]等文，所以他為吳佩孚立傳可謂得心應手，《吳佩孚將軍傳》也可稱得上陶菊隱傳記中最優秀之一種。

　　《吳佩孚將軍傳》出版後，陶菊隱又用兩個月時間寫成《六君子傳》。[9]這一作品從書名上看似六人的合傳，實際上這六人並非傳主，作者對籌安會「六君子」落筆也不均衡，像孫毓筠、嚴復、劉師培等的人生歷程並沒多少涉及。《六君子傳》記敘辛亥革命前的排滿潮和

7　陶菊隱：《政海軼聞》（南京市：華報館，1934年）；《近代軼聞》（上海市：中華書局，1940年）。

8　陶菊隱：《新語林》（上海市：中華書局，1940年）。

9　陶菊隱：《六君子傳》（上海市：中華書局，1946年）。

黨團活動、袁世凱與清廷之鬥法、南北議和與統一、二次獨立、洪憲醜劇以及最後袁世凱憂憤而死的結局，而具體的敘述則主要圍繞袁世凱展開的，所以作者說「名為《六君子傳》，其實寫的是袁世凱竊國、叛國的罪惡史」。[10]因此，作者後來在這基礎上分別寫了《袁世凱演義》和《籌安會「六君子」傳》。[11]

《六君子傳》一九四一年十月脫稿後由上海中華書局排版完成，卻因一二八事變、陶菊隱作品全部被日本人列入「禁書」而無法出版發行。該書因此延至一九四六年出版，兩年後，內容與寫法與此相近的《督軍團傳》也由中華書局出版。[12]作者說，《吳佩孚將軍傳》、《六君子傳》以及《督軍團傳》「聯繫起來，是民元至民十五間民國初期的掌故」，[13]所以五〇年代後，他「把這些資料銜接起來，加工補充核實，寫成《北洋軍閥統治時期史話》八冊」[14]出版。

最能代表陶菊隱傳記文學特色的作品是《蔣百里先生傳》。[15]作者與傳主及其家人有很深的私交，傳記寫作前又專門訪問過傳主的師友陳仲恕、錢均甫等人，並且得到了蔣百里侄兒蔣慰堂的有關資料的支援，這一切都成為《蔣百里先生傳》寫作成功的重要基礎。

陶菊隱還撰有數量不少的短篇傳記。除前面提到的《政海軼聞》中的軍政人物的傳記外，像總題〈文壇名宿列傳〉（《近代軼聞》）所寫的王闓運、康有為、辜鴻銘、蘇曼殊，以及《新語林》所寫的梁啟超、齊白石等的小傳，都別具一格，各有特色。《世界名人特寫》、

---

10 陶菊隱：《新聞記者三十年》（北京市：中華書局，2005年），頁227。

11 陶菊隱：《袁世凱演義》（北京市：中華書局，1979年）；《籌安會「六君子」傳》（北京市：中華書局，1981年）。

12 陶菊隱：《督軍團傳》（上海市：中華書局，1948年）。

13 陶菊隱：《六君子傳》（上海市：中華書局，1946年），頁3。

14 陶菊隱：《新聞記者三十年》（北京市：中華書局，2005年），頁227。

15 陶菊隱：《蔣百里先生傳》（上海市：中華書局，1948年）。

《世界名人特寫續編》[16]中的特寫也有不少類似於人物小傳，如《達拉第》、《瑞典王加斯塔夫五世》、《墨西哥總統加登納司》、《莫洛托夫》，等等。但作者自身不通外文，這些作品是在專人代譯外文資料的基礎上寫成，因此被戲稱「林琴南第二」，[17]這些外國人物小傳靠的是第二手資料，其可讀性和藝術性相對較弱。《閒話》[18]中的《標準政客傳》則屬擬傳記的虛構，雖非嚴格意義的傳記文學作品，但所敍標準政客通七十二種方言、能發出七十二種笑聲、溜鬚拍馬、兩面做人等伎倆，卻令人相信「今史氏」最後所說「標準政客不必有其人，然而滔滔者天下皆是也」。另外，陶菊隱晚年完成的《新聞記者三十年》則是一部完整的自傳作品，對瞭解、研究其早年的生活和創作有重要的價值。

從一九一二年入《女權日報》當編輯到一九四一年完全退出《新聞報》，陶菊隱當了三十年新聞記者。其中一九三六年移居上海後長期為報紙撰寫國故叢談，他開始自稱「由新聞記者改作舊聞記者」。[19]這種人生歷程，無疑造就了這位傳記文學作家注重時效性和通俗性的鮮明寫作個性。

二　主體的彰顯和語義明晰

傳記文學是以寫人為中心的文學，它是作為作者的人以人的命運、人的智慧和人的情感啟迪人、感染人的藝術。圍繞傳記文學作品，由作者、傳主、讀者共同構成了一個介於文學和現實的藝術世

---

16 陶菊隱：《世界名人特寫》（上海市：中華書局，1940年）；《世界名人特寫續編》（上海市：中華書局，1941年）。

17 陶菊隱：《新聞記者三十年》（北京市：中華書局，2005年），頁181。

18 陶菊隱：《閒話》（上海市：中華書局，1939年）。

19 陶菊隱：《新聞記者三十年》（北京市：中華書局，2005年），頁174。

界。而就作者而言，他並不僅僅是被動記錄傳主生平的書記官，在選擇傳主、記錄傳主生平、評判傳主思想人格時，無不體現其個人的價值評判與情感取向。

一般說來，傳記作家的主體性首先就體現在傳主的選擇上。陶菊隱的傳記作品中，傳主大多是近代以來的名人，他們生活的年代與作者生活的年代都相去不遠，而且是他較為關注或較為熟悉的人物。如為吳佩孚立傳雖說是配合重慶國民黨當局明令褒揚之舉，[20]但也與其年輕時就開始對吳的特別關注有關。他說：

> 吳的一生與湖南結不解之緣：始而在衡陽發跡，繼而在岳陽避難，他的事業湘人所知最多，我所寫亦最多，所寫與吳有關的各種通信稿前後無慮數十萬字，有一時期幾至一手包辦；即其練兵洛陽之時亦常從北方歸客口中得著他的詳細消息。……二十一年（1932）吳由川北上後，他的消息在報上幾於「魚沉雁渺」，而我從北方歸客口中所得愈多，甚至他每天喝幾盅老酒，發些什麼怪議論都有人傳到我的耳裡。……二十八年（1939）吳的噩耗傳來，我的心靈上像遇了一次莫大的打擊，戚戚然，惘惘然，若聞親戚故舊之喪，為之不怡者累日。[21]

而陶菊隱與蔣百里的關係更是非同尋常。一九二二年，作為普通記者的陶菊隱首次見到應邀到長沙幫助起草省憲的蔣百里。一九二八年，為瞭解前方戰況，陶菊隱也曾幾度到上海蔣百里家造訪。一九三

---

20 一九三八年九月陶菊隱因蔣百里關係至漢口受蔣介石召見，後一直與蔣保持密電聯繫。在《新聞記者三十年》中他還明確談到：「《吳佩孚將軍傳》是我生平所寫的一部壞書。我寫這部書，是受了來自重慶的暗示」。參見陶菊隱：《新聞記者三十年》（北京市：中華書局，2005年），頁204、219、231。

21 陶菊隱：《吳佩孚將軍傳》（上海市：中華書局，1941年），頁1-2。

四年之後，陶菊隱因在《新聞報》寫國際問題專欄引起蔣百里的關注，兩人因此開始密切的往來。一九三八年九月，由蔣百里推薦和周密安排，陶菊隱由上海繞道香港、廣州、衡山、長沙，月底在漢口接受蔣介石召見，陶菊隱與蔣介石也由此建立秘密的電訊聯繫。十月中旬，陶菊隱在長沙與蔣百里鄭重道別；十一月四日，蔣百里以心臟病猝發逝世廣西宜山。此時，陶菊隱剛繞道返回上海不久，接此噩耗，悲痛萬分。他後來回憶說：「別來不及一月，此別遂成千古，我在私情上自不免悲痛萬分，一面又不禁為國家失此棟樑才而痛悼不已」。[22]因此，陶菊隱在十年後寫作《蔣百里先生傳》時，筆下還滿帶深情。實際上，當年在與蔣百里一家交往時，由於職業的敏感，陶菊隱似乎就已經有意識地瞭解、收集相關資料。一九三八年九、十月間在長沙時，陶菊隱還建議和支持蔣百里夫人左梅撰寫自傳。此工作雖然中途而廢，但對陶菊隱後來生動描寫蔣百里的戀愛史和家庭生活，無疑有很大的幫助。

　　陶菊隱的傳記寫作不僅選擇自己熟悉的人物為傳主，而且喜歡在敘述中有意無意地強調自己與傳主直接或間接的關係。如《蔣百里先生傳》開篇寫一九三八年蔣百里在國家危急關頭撒手西去，其恩師陳仲恕悲痛萬狀，緊接著作者插敘道：

> 我訪問陳先生是春末夏初的一個佳日。他已七十四歲，精神兀
> 自那樣的飽滿，在戰後激流濁浪之中得見這樣熱情充沛的長
> 者，我不禁引為愉快。他對知百里的早期史說得很詳明，從他
> 的記憶和談述之中臉部常泛著無限的傷感。（〈浙江求是書院〉）

由陳仲恕又引出蔣百里的莫逆之交錢均甫：

---

22 陶菊隱：《新聞記者三十年》（北京市：中華書局，2005年），頁208。

　　　　隨後我遇見百里的老窗友錢均甫先生，他和百里同年生，也是
　　　　六十五歲的老人了，但一點都不顯得蒼老，有循循儒者的風
　　　　度。他和百里訂交於己酉（「己酉」，作者1985修訂版《蔣百里
　　　　傳》改正為「己亥」——韋注）歲，那時彼此都只十八歲，以
　　　　文字互契而成莫逆。百里東渡求學的那年，托錢先生每逢假期
　　　　到硤石代省他的老母，他倆的交情從小到老是不同恆泛的。

　　　　　　　　　　　　　　　　　　　　　　　（〈浙江求是書院〉）

而在後面的敘述中，「我」也時常是在場的，如

　　　　二十四年百里以軍委會高等顧問名義，奉派出國考察歐洲各國
　　　　的總動員法。他偕夫人及蔣英、蔣和兩女登上義大利郵船維多
　　　　利亞的時候，我送到船上，合拍一影以留念。我看見駐法大使
　　　　顧維鈞夫婦和新任駐義大使劉文島紛紛上船來，知道他此行頗
　　　　不寂寞。（〈暢遊歐美〉）

　　　　（西安事變後蔣百里）他回滬後的第一件事是驅車到福民醫院
　　　　看他第四女蔣華割治盲腸後的情況，隨即回家打電話給我，叫
　　　　我到他家再吃一頓海寧菜。他對西安事變從頭至尾地說了一
　　　　遍，……（〈西安事變的不速客〉）

至傳記最後的〈冷客目擊的一鱗〉、〈陸大的代校長〉和〈鞠躬盡瘁死
而後已〉三章，「我」則更是傳主許多親歷事件的參與者，因此也就
自始至終出現在敘述文本中。

　　就敘事而言，中國傳統的史傳一般很少夾敘夾議，也不直接評價
人物。「司馬遷在寫過一個人物之後，有『太史公曰』一小段文字，
談他對這一人物的印象和評價，也是在若即若離之間，遊刃於褒貶愛

憎之外……。班固以後，這種文字，稱『贊』或稱『史臣曰』，漸漸有所褒貶，但也絕不把這種文字濫入正文」。[23]但陶菊隱傳記中的「我」則是直接出場，他並不忌對人物事件的直接評價，因此行文時常穿插著各種非敘事話語。這些非敘事話語內容涉及了社會、人生、政治，而形式則包括議論、抒發或解釋等。如寫齊白石從民間藝人到著名畫家的人生歷程的小傳〈北方一藝人〉（《新語林》）僅五千餘字，但敘述中不時就齊白石刻苦學藝和世態炎涼發出各種令人心領神會的精闢議論：

> 氣之為物，有時可殺身辱國，有時卻是發憤為雄功成名就的唯一動機，許多英雄豪傑往往因受不了「氣」而後來得以揚眉吐氣的。

> 天下事往往是這樣的：名氣越大潤格越高，潤格越高，登門求教的越多，可是他的時間越迫促，氣作品卻不免失之於粗製濫造，然而一般人偏視若拱璧，這好像大家不是顛倒他的作品，而係為名氣所顛倒。

> 名比生命還寶貴：無名步步荊棘，有名到處通行。

這些議論不僅富於哲理，且帶諷世意味。而《吳佩孚將軍傳》中關於北洋時期社會各種怪現狀的分析或批點更是信手拈來，鞭辟入裡：

> 前清督撫被人尊呼為「某帥」，民國成立後，過去一般舊軍閥仍沿用這稱呼，尤盛行於北洋團體……後來這稱謂發生變化，

---

23 孫犁：〈與友人論傳記〉，《澹定集》（天津市：百花文藝出版社，1981年），頁66。

兼任省長的武人稱為「兼帥」，部屬呼長官則曰「帥座」。漸漸地愈變愈奇，督軍既稱「帥座」，於是乎師長也稱「師座」，推而至於「旅座、團座、營座」，無論大小官兒都加上一個「座」字。張敬堯的第七師中竟有「連座」之稱。

「帥」的稱謂高不可攀，但自普遍化之後，那些兵微將寡的督軍們尚無話說，而兵多將廣的督軍漸覺得呼「帥座」之不過癮，於是手下人恭上尊號曰「大帥」，如張勳稱「張大帥」之類是。直皖一役後，曹張是當時兩大柱石，他們的部下尊之為「張大帥、曹大帥」，同時吳以赫赫之功亦被尊為「吳大帥」，曹吳本是一家，豈可「天有二日」？便有善用心機的幕僚們請曹晉一級呼為「老帥」以示區別之意。

張是不甘居曹之下的，聽得曹三爺爬上了三層樓，馬上自加「老帥」尊號而呼其子學良為「少帥」。（〈一段笑話〉）

曹吳電請任命援贛總司令蔡成勳為贛督，九月二日下令以蔡「督理江西軍務善後事宜」，此例一開，督軍之名一變再變，民元為都督，袁世凱改為將軍，後在兩名稱中各抽一字來叫「督軍」，現又易簡為繁叫「督理軍務善後」，此而曰廢督，無異於「朝三暮四，暮四朝三」。（〈迎黎〉）

前清官場中有一習慣，督撫呼屬吏為老兄，那是泛泛路人的稱謂，他若呼你老弟，那就是抬舉你，把你看做自家人了，你切莫回敬他一聲「老兄」，依然要亂喊「恩帥」、「我憲」這類肉麻得要命的稱呼。另有一種習慣，呼兄喚弟往往以爵而不以齒，比方他是你的上司，官比你做得大，年紀卻比你小，那麼他喚你老弟不但不曾辱沒了你，你應當受寵若驚，出而語人曰，「督帥弟我，祖宗與有榮焉。」（〈另一知己〉）

　　短篇〈曹三爺大事不糊塗〉(《新語林》)中也有類似的議論:「老
袁對曹始終不假詞色,終老袁之世,曹三直挺挺立著,沒有『賜坐平
身』的分兒。可是官場中往往有這種習慣:長官對部下越客氣越不放
心,不假詞色挨罵越多的升遷得快」。

　　早期的〈張勳〉(《政海軼聞》)在講述完張勳復辟失敗之後分析
到:「其時論者以為張勳心粗氣浮,冒天下之大不韙,雖其行詎足以
危害我國家,而略跡原情,究不失為清廷忠僕。此皆不明底蘊之談
也。蓋張憒憒武夫,功名心切,諡之曰愚忠,誠非其分。而復辟一幕
之所以演成,乃發動於一極不相干之小政客,所謂大風起於萍末,其
是之謂乎?」這其中先「時論」,後反駁,再分析,雖以反意疑問作
結,但針對性強,分析精闢,充分體現了作者鮮明的立場和評判。

　　而在後來的《蔣百里先生傳》中,這類的議論、分析仍不見少,
且不時流露出稱道傳主或為傳主辯解的意味,如對蔣百里憤激自殺的
分析:

　　　　百里一生為人溫和,遇事不疾不徐,採取中庸之道,從無疾言
　　　　厲色,激烈流血的行動生平只有這一次,但由此反映他捨生取
　　　　義和見危授命的真精神。他自殺的那件血衣今仍保存。當時盛
　　　　傳這血案有著學派的背景:該校教官以前多由速成生擔任,百
　　　　里換了些學識新穎的留學生,而軍學司司長魏學瀚(字海樓)
　　　　就是速成生出身,為學派的關係,對百里請款及任何建議多方
　　　　留難,百里乃忿而出此。事實上並非如此簡單,嚴格說起來,
　　　　殺百里的不是魏司長,也不是段總長,是舊軍人殺新軍人,庸
　　　　才殺人才,是時代殺了他的。(〈保定軍校校長——自殺之一
　　　　幕〉)

這不僅說明蔣百里這過激行為是偶爾為之,平時乃儒雅中庸,而且突

出強調的是這必然結果是因為他超越了一般的官僚政客，超越了舊軍
人，也超越了當時的時代。又如關於蔣百里的婚姻家庭生活，作者一
方面語焉不詳，另一方面又有「辯誣」式分析：

> 百里處新舊遞嬗的時代，腦子受了新時代的洗禮，身子卻擺脫
> 不了舊時代的背景。關於婚姻問題，一方父母之命不敢為，一
> 方自由之愛又不能自制，便構成了「東宮」「西宮」的複雜家
> 庭，這是新舊之交多數中國大家庭共有的悲劇，不是個人的過
> 失，但百里也常常覺得精神上對左梅負了債。（〈吳佩孚的參
> 謀長〉）

　　總而言之，陶菊隱選擇與作者、讀者生活的年代都相去不遠的近
代名人為傳主，強化自己與傳主直接或間接的關係，並且運用各種非
敘事話語分析人物與事件，表現對傳記人物的價值評判，這一切都使
其傳記體現了通俗敘事的特點。相對於高雅文學或嚴肅文學而言，通
俗的文學是那種易於為廣大讀者接受的文學，其特點往往是取材上的
新聞性與時效性，貼近讀者熱切關注的時代話題和社會話題，表現上
則語義明晰，真假易辨，善惡分明，褒貶傾向躍然紙上。近代名人實
際上就是公眾人物，普通讀者在心理上有自然的親近感；強化傳主思
想個性的主導面固然與人本身的複雜性有距離，但卻減少了傳統春秋
筆法帶來的接受障礙。陶菊隱傳記敘事，首先正是以這種現實針對性
和語義明晰性適應普通讀者的接受期待，進而使其傳記作品產生社會
效應的。

三　從故事中提煉情節與高潮

　　如果說從新聞記者到舊聞記者的寫作轉向對陶菊隱來說是人生歷

程中一個被迫的選擇，那麼從寫新聞報導到為近代公眾人物立傳卻是
他面臨的一個全新的挑戰。新聞寫作關注的是突發的「事件」，傳記
寫作的物件卻是「人」，而不管是徐世昌、曹錕、吳佩孚、籌安會
「六君子」，還是齊白石、梁啟超或文壇名宿，陶菊隱筆下的傳主大
多是當時讀者耳熟能詳的近代名人或公眾人物。隨便哪個人的一生，
總會是幾次曲折的歷程，總會有幾次激動人心的搏鬥的瞬間。因此即
便是普通人，只要調查一下他的生平，往往也是一個充滿曲折變幻的
故事，更不用說名人或偉人。為偉人、名人等公眾人物立傳，固然容
易召喚一般讀者的閱讀期待，但除了盡可能收集披露獨家資料、滿足
普通讀者的窺探欲外，在敘事上同樣必須講究策略，以形成持續不斷
的陌生化效果。因為凡是名人總是有故事的，但他們的故事卻又大多
是眾所周知的。那麼，陶菊隱的傳記敘述，如何在不違背眾所周知事
實的同時，又使眾所周知產生陌生化效果呢？

　　傳記文學講述人的故事，而人的故事借用福斯特的話說，實際上
「就是對一些按時間順序排列的事件的敘述——早餐後是午餐，星期
一後是星期二，死亡以後便腐爛等等」，[24]不管是偉人還是普通人，他
一生的終點都是墳墓。因此，除了自傳，任何一部完整的傳記的結局
都是死亡。但即便是偉人，他來到人世的第一聲啼哭也不會與普通人
有什麼兩樣，所以，根據傳主的生平，選擇獨特的人生節點開始敘述
就顯得特別重要。否則，像陶菊隱在長篇傳記《吳佩孚將軍傳》開篇
所談到的，用「吳佩孚字子玉，山東蓬萊人也。少孤，太夫人課之
嚴，以是養成其剛毅不屈之個性。妻李氏事姑至孝，有『玉美人』之
目。弟文孚初亦習儒，後碌碌以沒。將軍無子，以弟之子道時為
嗣。」（〈逃出故鄉〉）這種固有傳記敘事模式排列人所共知的故事，
那就太老調而乏味了。

---

24 〔英〕愛·摩·福斯特著，蘇炳文譯：《小說面面觀》（廣州市：花城出版社，1984
　　年），頁24。

　　因此陶菊隱的傳記寫作，一般總是從傳主最富於戲劇性的人生轉折關頭展開敘事，他認為：「要寫吳將軍歷史須從投筆從戎時說起；在這階段之前，將軍雖應登州府試，得中第二十七名秀才，實與市井常兒無異，無著力描寫之必要。將軍從戎的動機非由於所謂『少年懷抱大志』，他是窮秀才，大煙抽上了癮，因大煙闖了一場大禍，因而逃出故鄉來，因而以吃糧當兵為其避禍安身之計。假使不抽大煙，也許他後來不會造成其『虎踞洛陽』的地位，也許鬱鬱居故鄉以死，與春花同落，秋草同腐」。（〈逃出故鄉〉）所以，他的《吳佩孚將軍傳》開篇第一章講述的就是吳佩孚投筆從戎的故事。

　　為齊白石立傳的〈北方一藝人〉寫成於一九三八年六月底，這時齊白石已經名滿天下，關於他的種種傳奇也早已在社會中廣泛流傳。但陶菊隱一開始的講述也不是齊白石的家庭、出生或家鄉，而是從上海人的俗語「長沙裡手湘潭漂」談起，信手點了幾個近代湘潭的「名人」：文學泰斗王壬秋、君憲救國論者楊度、中共領袖毛澤東、近代大畫家齊白石以及善唱《毛毛雨》的影星黎明暉女士。然後進入「若干年之前……」的敘事，講述湘潭黎翰林有一天請王壬秋吃飯，王卻在黎的轎廳見到一個木匠的工作案板上擺著陸游和自己的詩集，他不禁疑惑，木匠能讀懂自己的詩？上前攀談後，王壬秋發現木匠不僅能讀懂，而且詩也做得不錯，於是他驚喜地收了木匠為弟子。行文至此，敘述者才點明「那木匠姓齊，名璜，字萍生，便是現在譽滿全國的大畫家白石老人」。讀者至此也才恍然悟出作者這是在為齊白石立傳。然而一個普通的木匠，是如何有此「詩情」，日後又是如何成為著名的畫家，這些自然也成為有待揭開的懸念。

　　〈莫洛托夫〉（《世界名人特寫》）的情節設計也類似於〈北方一藝人〉，只不過作品一開始就直接進入敘事：

　　「你叫什麼名字？」

「斯克利亞賓。」

「你來幹什麼？」

「首領叫我來的。」

問話的人是個戴皮帽子穿大衣的彪形大漢，（他）用懷疑的眼光望著站在他面前的堅決果敢的孩子。這孩子年約十五六歲，人很單瘦，長著很闊的肩膀，還頂著一顆很大的頭顱，在他蒼白的臉上有一對伶俐的眼，戴著一副厚玻璃眼鏡，穿的是一套大學生服裝。

「這倒是個好小子。」看守人一面想，一面把他導入黑暗的走廊。沿著牆走下梯子，潮濕的空氣馬上撲入鼻端，原來這種秘密會議是在地窖中開著的。

時間是1906年11月，地點是聖彼德堡。那時革命黨正在進行推翻帝俄的運動，俄皇員警也在千方百計地搜捕他們……

此後斯克利亞賓成為一個青年革命黨員，三十年以後，他用莫洛托夫的假名變成蘇俄的第二號領袖。

　　第二次世界大戰期間，一般的人對於莫洛托夫並不生疏，但敘述者一開始卻先把三十年前有著絕然反差的斯克利亞賓推到人們面前。這巨大的反差無疑也足以引起接受者的好奇。正是在這樣的情勢之下，敘述者才從容不迫地展開敘述：「莫洛托夫於一八九〇年生於……」

　　《蔣百里先生傳》一開篇講述的並不是蔣百里的故事，而是杭州陳家一門三翰林的故事，「前清末年，杭州出了個一門三翰林的佳話：名翰林陳豪的長子漢第字仲恕，次子敬第字叔通，先後都點了翰林。後來仲恕主持杭州有名的求是書院，蔣百里便是該院的高材生，該院即現今浙江大學的前身」。而直接引出傳主的則是一個別開生面的細節：「二十七年百里奉命代理陸大校長，由長衡道出桂林的時

候，忽然想到老師陳先生以高齡避難上海，靠著畫竹子維持一家人的生計，近況當然很清苦，便由中國銀行匯了五百元接濟陳先生。陳領到匯款的第三天，早起翻開報來看，看到他的得意門人病逝宜山的噩耗，就像暴雷從他的頂門劈下來的一樣」（〈浙江求是書院〉）。接著才展開對蔣百里童年時代的敘述。

在其他許多作品中，陶菊隱也都是這樣一開篇就直接亮出預先設計的「懸念」，從而喚起讀者的接受期待，如：

自清末至民國，以權術竊高位者多矣，術之愈工者，位亦愈顯。然皆飽涉風波，或有所憑藉，始得蒸蒸日上。獨徐世昌者，僥倖入詞苑，學問非所長，終身未綰軍符，戎事更非所習，談笑從容，取功名如拾芥，仕清室忝握機樞，佐民國儼居元首。士林稱之曰雅，黎庶目之為庸，然徐氏豈真庸人、雅士哉？（《政海軼聞》〈徐世昌〉）

張敬堯督湘時，湘人以「民賊」呼之。今年，張受日人豢養，潛居北平六國飯店，將煽誘亂民，危害民國，殲於義士之手，國人又謚為「國賊」。軍閥之為賊者多矣，而禍國殃民，身兼兩賊，未有如張之甚者。泱泱大國，誕此凶頑，不獨為民眾之敵，亦國家莫大之玷也。（《政海軼聞》〈張敬堯〉）

人人都知道曹三爺（即曹錕——韋注）的出身是個買布的行腳商，卻少知道他作過三家村教讀的夫子的。（《新語林》〈曹三爺大事不糊塗〉）

從前一般老古董都罵梁任公是一代文妖，而新進之士又譏他是落伍者……（《新語林》〈梁啟超〉）

　　作為著名的新聞記者，陶菊隱當然深知新聞記者賴以生存的原因之一是大眾的知情欲望，所以新聞寫作最講究的是時效性，誰先向受眾傳達了事實的真相，誰也就獲得了成功。而所謂的追蹤報導或深度報導，利用的也正是受眾被突發事件激起的、不斷增長的求知心理。非同一般的原因才可以導致出乎意料的結果，如果某一事件的發展進入常規的軌道，其結果變得完全可以預料，這一事件也就失去其突發時的「未定性」，本來存在的「召喚結構」也就蕩然無存。

　　所以，陶菊隱在傳記寫作中不僅有意通過開頭設置懸念來吸引讀者，而且還努力從「故事」中尋找「情節」，在固有的時間的鏈條之外突出和強化因果的承接，從而使傳主的故事產生引人入勝的奇妙效果。《吳佩孚將軍傳》在第一章講述吳佩孚因大煙闖了大禍、因大禍而逃出故鄉、因無法謀生而吃糧當兵的經過之後，緊接著講述的是：他因曾是秀才所以被保送開平武備學校、但又因秀才體弱改入測量科，因是測量科而被選派赴滿洲一帶試探軍情、而立功、而升管帶、而……，總之，正是這一環緊扣一環的因果鏈條，在不斷滿足讀者接受期待的同時又不斷超越讀者的期待，形成新的召喚結構，從而把吳佩孚的思想個性，把他因時際會、在短短十幾年間從一個窮秀才變成吳大帥的發跡過程，緊湊而自然地展現在讀者面前。

　　名人或歷史人物的結果一般是眾所周知，但他們所以成為名人或歷史人物的歷程卻各有各的不同。陶菊隱著力從傳主生平尋找因果關係，意在強化歷史故事的情節因素，揭示偶然中的必然，進而展現傳主所以成為傳主的各方面原因。前述的〈北方一藝人〉不足六千字，但敘述者從三個層面有聲有色地講述這位近代著名畫家的傳奇經歷：學畫的道路、成名的過程以及家庭的故事。在開篇點出王湘綺慧眼識木匠之後，敘述者就開始了富於戲劇性的追述：齊白石「在十八九歲時」還只是個雕花的木匠，因鄉下人請其作畫而不讓落款「一氣」而發憤讀書。接著因湘綺關係，他成為一「名人」家的教習，但又因主

人「待師何其熱，待我何其冷」，「二氣」而發憤練藝，終於成為一代畫家。齊白石刻苦自學而成為大畫家是人所皆知的故事，但陶菊隱寥寥一千多字中突出強調了兩次的因果變化，使現成的故事有了曲折的情節，敘述也因此充滿了懸念。在第三部分講述齊白石的家庭故事時，作者也著力於從故事中尋找戲劇性因素，一開始就強調「說齊白石的家庭，有一段曲折離奇的情節……」，而這「曲折離奇的情節」在緊接著的敘述中，其實不止「一段」，而是一波未平、一波又起。

　　總之，陶菊隱傳記敘事打破了傳統傳記流水帳的寫法，善於從歷史事件中提煉情節，在強化因果連結中不斷推出戲劇性的懸念，使其傳記作品收到引人入勝的閱讀效果。

四　形象而有趣的細節描寫

　　作為敘事性的文體，傳記文學強化故事情節固然可形成獨特的召喚結構，但藝術的形象性和生動性都賴於細節的展開和豐富。「傳記作家必須認清一個事實：最小的細節時常是最有趣的。只要一件事情能夠讓我們知道主人翁實際上的樣子，他聲音的特色，以及他談話的風格，那麼這件事情就是最重要的」[25]。如果《史記》中的人物傳記缺少那些繪聲繪影、栩栩如生的細節而只有故事的梗概，其獨特的藝術魅力必將大打折扣；因為沒有細節的故事僅僅是人生軌跡的概貌，沒有細節支持的情節充其量也只是故事的綱要。一部傳記缺少豐富的細節，讀者接觸到的就只能是傳主抽象的影子。因此生動形象的細節描繪對於增進傳記文學的藝術魅力至關重要，惟其生動形象，才能「使閱者如聞其聲，如見其人，不覺其枯燥無味」。[26]陶菊隱深諳此

---

25 〔法〕安德列‧莫洛亞著，陳蒼多譯：《傳記面面觀》（臺北市：臺灣商務印書館，1986年），頁49。

26 陶菊隱：《新聞記者三十年》（北京市：中華書局，2005年），頁37。

理，所以他總是打破傳統史傳簡約記事的寫法，注重細節的描繪，注重場景的渲染，通過具體的生活場景的藝術重構，增進作品的生動性和形象性。

要為名人或公眾人物立傳，排列公眾耳熟能詳的故事既不能對讀者產生陌生化的效果，也無益於歷史的再現或傳主個性的刻畫。在後來談到《六君子傳》的寫作過程時，陶菊隱曾經回憶說：「舒新城先生……向我提出意見，寫一部歷史書，單靠自己佔有的材料是不夠的，還必須翻閱舊報紙，舊報紙有許多各地特約通訊，其中不乏可供引證之處。再則，歷史上有些條約條文、規章制度，以及事件發生的時間、地點，一個人的腦子裡哪裡裝得進這許多，這就有求教於舊報之必要」。[27]或許舒新城的建議給陶菊隱留下了深刻的印象，但實際的情形是在《六君子傳》之前完成的《吳佩孚將軍傳》等作品中，陶菊隱已經注意通過報紙、書信等歷史材料還原歷史的場景。

像吳佩孚這種秀才出身的北洋軍閥，引用其當年發表的通電、詩詞等，不僅能給人以歷史的現場感，而且還使人真切感受其狷介的個性。如〈討「財神」檄〉章敘一九二二年，梁士詒政府在華盛頓會議期間，大搞親日外交，以日本借款贖回被日霸佔的膠濟鐵路。但日使小幡向外部交涉，向日本借款，日本有薦用路員之權，等等。事為吳所聞，吳接連發表庚、佳、蒸、真、文各電斥梁賣國媚外，庚電略云：

> 華會閉幕在即，梁氏欲以迅雷不及掩耳之手段施其盜賣伎倆。吾中國何以不幸而有梁士詒，梁何心而甘為外人作倀！傳曰，與其有聚斂之臣，寧有盜臣，梁則兼而有之。

佳電反對滬、寧、漢長途電話借用日款。蒸電據華會國民代表余日

---

27 陶菊隱：《新聞記者三十年》（北京市：中華書局，2005年），頁232。

章、蔣夢麟電告，謂：

> 梁電告專使，接受日本借款贖路與中日共管之要求。梁登臺甫
> 旬日，即援引賣國有成績之曹汝霖為督辦實業專使，陸宗輿為
> 市政督辦，拔茅連茹，載鬼一車，以輔其賣國媚外之所不及。

真電直接勸梁引退：

> 洪憲蹉跎，埋首五六稔，此次突如其來而竊高位，餘孽群丑咸
> 慶彈冠。鄙人與公素無芥蒂，何至予公以難堪！而不謂秉揆未
> 及旬日，偉略未聞，穢聲四播：首先盜賣膠濟鐵路，促進滬、
> 寧、漢長途電話，援引曹陸朋比為奸，實行鹽餘公債九千萬借
> 款。旬日之政績如斯卓著，倘再假以時日，我國民之受福於公
> 者更當奚若！……今與公約，其率丑類迅速下野，以避全國之
> 攻擊，三日不能至五日，五日不能至七日，七日不能是終不肯
> 去。吾國不乏愛國健兒，竊恐趙家樓之惡劇復演於今日，公將
> 有折足滅頂之凶矣，其勿悔！

文電則下結論說：

> 燕啄皇孫（隱藏燕孫二字——原注），漢祚將盡，斯人不去，
> 國不得安。倘再戀棧貽羞，可謂顏之孔厚。請問今日之國民，
> 誰認賣國之內閣！

至此梁有元電復吳，除解釋無賣國行動外，還特意公開表現出對吳備
至推崇：

執事為吾國之一奇男子。然君子可欺以其方，彼己之懷未能共喻，至足為大局惜。平生好交直諒之友，諍論敢不拜嘉。

吳則以嬉笑怒罵之刪電回敬：

鄙人本諸公意，迫於鄉國情切，對公不免有煩激過當之語。乃公不以逆耳見責，反許鄙人為直諒之友，休休有容，誠不愧相國風度！鄙人樸野不文，不禁有褻瀆之感，公之元電心平氣和，尤不能不歎為涵養過人。赫赫總揆，民具爾瞻，魯案經過，事實俱在，公應下野以明坦白。笑罵由他笑罵，好官我自為之，以公明哲，諒不出此。承許諒直，敢進諍言。歲暮天寒，諸希自愛！

接連引用的這些電文，不僅形象還原了吳佩孚愈戰愈勇，梁士詒狼狽下臺的歷史過程，而且寫出秀才出身的傳主不同於一般軍閥政客的個性所在。

在這一作品中，像吳佩孚之煙館受辱（〈逃出故鄉〉）、郭梁丞之發現吳佩孚（〈從戎〉）、德國小姐追吳的愛情喜劇（〈洛陽花絮〉）等故事的細節描寫也都有聲有色，文趣盎然。另外，像老同學王兆中求官和吳大帥批條的片段更是令人忍俊不禁：

開平另一老同學王兆中也來依吳，得委上校副官。王頗想過「知縣」癮，上了個條陳自稱「文武兼資尤富於政治常識；大帥不信，請令河南省長張鳳台以優缺見委，必有莫大貢獻」。吳親批「豫民何辜」四個字，原件發還。王不懂這四字的意義，欣然如奉丹詔，以為縣篆穩穩在握。遲之又久，百里侯始終輪不到他的頭上，他才帶著原批請教那位代撰條陳的朋友，

一經說破，才啞然若失。他又央求著那位朋友另作條陳請吳委充混成旅長，「願提一旅之眾討平兩廣，將來班師回洛後，釋甲歸田，以種樹自娛。」吳批「先種樹再說」。(〈第一知己〉)

《蔣百里先生傳》中，傳主任職保定軍校，但因請款發生困難，校務無法推進，辭職又不為袁世凱照准而被迫自殺的場景(〈保定軍校校長——自殺之一幕〉)，在作者筆下顯得特別緊張動人。學生的竊竊私議，校長的迷離惝恍，劃破黎明沉寂的槍聲及軍校慌亂一團，時刻都給人以親臨現場之感。之後有關左梅看護蔣百里、蔣百里追求左梅的一系列細節的描摹，更多渲染的則是溫情脈脈的浪漫(〈情場的勝利者〉)。

在陶菊隱的傳記中，形象生動、妙趣橫生的精彩細節在其他短篇傳記中更是比比皆是，出人意表。王闓運處理女兒女婿、兒子媳婦等家庭關係時的怪異思路，在場面上「玩世不恭、語言妙天下」的特立獨行都是通過一系列極端的細節加以表現(《近代軼聞》〈文壇名宿列傳〉〈王闓運〉)；齊白石成名前後的世態炎涼，齊夫人千里尋親的曲折離奇也都由精彩細節加以演繹(〈北方一藝人〉)。熊希齡當年曾以參贊名義隨五大臣出洋考察，但他卻在國門外鬧出「洋相」：

> ……抵新金山，下榻某旅館。一日，熊自外歸。樓數層，設備相類，熊以電梯上，誤登另一層，左折右轉，昂然推扉入。一西婦方裸臥，睹熊狀疑為暴客，銳聲呼。旅客咸集，熊茫然不解，操華語曰：「此吾寢處地，何來夫人高據吾榻？」喧呶間，熊友梁鼎甫至，急挽其臂曰：「君誤矣！君所居為上一層。」熊悟，赧然而退，群客大噱。(《政海軼聞》〈熊希齡〉)

如果說故事與情節是傳記敘事的枝幹，那麼細節的描寫就是枝幹

上的綠葉。中國現代的許多傳記作家受史傳傳統的影響，敘事時總拘泥於索引性歷史的寫作成規，因此不少傳記成了流水的紀事，少細節，缺文采，令人感受不到藝術創造的魅力，因此「不免失之於刻板，讀未盡而思睡矣」。[28]實際上，歷史敘事關注大局、大事和人物大節，而文學的敘事則應在細微處顯功力，令讀者如聞其聲，如見其人，如臨傳主生活的現場。陶菊隱傳記敘事的迷人之處，從某種程度上說就得益那些形象有趣的精彩細節。

　　問題也隨之而來。陶菊隱的傳記材料，「半采自書報，半得自傳聞」（《菊隱叢譚》〈菊隱啟事〉），有時難免有不實之處。他的全景式敘述固然讓讀者感受到吳佩孚、蔣百里們縱橫捭闔的驚奇，但作為普通的記者，其筆下那些深入密室，涉及軍政要員的人物對話、人物心理的細節描摹有時卻不能不留下採自掌故、逸聞或主觀揣摩、想像虛構的印痕。如吳佩孚在總統府的四照堂點將，《吳佩孚將軍傳》說「從下午二時直點到晚上十二時，剛剛寫到『總司令吳佩孚』幾個大字時，總統府全部電燈驟然熄滅，這是每晚十二時例有的現象，但不先不後，剛剛點到自己頭上，眼前一片漆黑，一般人頗疑其不祥」（〈第二次直奉之役〉）。但作為當境者的馮玉祥的回憶，顯然和這有一定的出入：

　　　　那晚被邀請參加的人員，有他（吳佩孚）的參謀長、總參議、
　　　　陸軍總長、海軍總長、航空署長、代理國務總理、以及派有任
　　　　務的高級將領及其他有關人員。四照堂四面都是玻璃窗，電燈
　　　　明如白晝，廳中置一長條桌，挨挨擠擠，坐滿六十多人。大家
　　　　坐了許久，才聽到有人大聲地報告道：「總司令出來啦！」嚷
　　　　著，吳佩孚已經搖搖擺擺地走到堂中。且看他那副打扮：下面
　　　　穿著一條白色褲子，身上穿的是紫色綢子的夾襖，外披一件黑

28　汪榮祖：《史傳通說》（北京市：中華書局，2003年），頁87。

色坎肩，胸口敞著，紐子也不扣，嘴裡吸著一根紙煙。他走到
座上，即盤腿在椅子上坐下，斜身靠住條桌，那種坐法，宛似
一位懶散的鄉下大姑娘。於是口傳命令……，念到中間，電燈
忽然滅了，半晌才復明亮。王懷慶和我坐在一處，附著我耳朵
根低聲笑道：「不吉！不吉！這是不吉之兆！」[29]

　　就歷史故事的大致情節而言，陶菊隱講述的和馮玉祥的回憶還算
比較接近，但馮玉祥的記憶中，吳佩孚的出場並非是「下午二時直點
到晚上十二時」，而是晚上燈亮了「許久」才「搖搖擺擺地走到堂
中」，他的點將僅是「口傳」而不親自操筆，電燈驟滅也是發生在
「中間」而非發生在最後。

　　從《蔣百里先生傳》看，傳主早年從東北虎口脫險是其人生道路
的一個關鍵。時任東三省總督的是趙爾巽，蔣百里當年就是由他指派
出洋深造的，而蔣的恩師陳仲恕也是趙的幕府，所以由趙奏請，朝廷
指派蔣百里到奉天任東三省督練公所總參議。但「張作霖久有不利百
里之心，這風聲一天緊似一天」，於是一九四八年版的《蔣百里先生
傳》寫道：「趙對舊軍不能不採取綏靖政策，百里遂無用武之地。一
天趙密告百里：『現在應該是你走的時候了，遲則我無能為力』。百里
遂登京奉車南行」[30]。但一九八〇年代修訂後的新版《蔣百里傳》
中，私下指點蔣百里離開東北的卻變成了陳仲恕：「百里恩師陳仲恕
（趙爾巽久任各省督安撫，陳仲恕始終在其幕中——原注）密告百
里：『此時此地，舊軍佔有絕對優勢，應該是你離開東北的時候
了。』百里也知情況不佳，立即登車南行」[31]實際上，蔣百里人生道
路的關鍵，在於南行是否成功，而非在趙告或陳告。而在歷史的政治

29 馮玉祥：《我的生活》（上海市：教育書店，1947年），頁497。

30 陶菊隱：《蔣百里先生傳》（上海市：中華書局，1948年），頁32。

31 陶菊隱：《蔣百里傳》（北京市：中華書局，1985年），頁22。

舞臺上，此類「密告」之事一般民眾也是無法詳細瞭解。所以像這兩種不同的描寫，目的無非是寫出神秘驚險之狀，但其實都只能是作者想像發揮的結果。

可見，即使被一些史學人士稱道的陶菊隱的歷史人物傳記，也不能完全排除虛構和想像。同樣的取材，歷史敘事和文學敘事的根本分野或許就在於虛構之有無。「歷史但存其大要」，[32]文學則須具體形象。歷史地記錄一個人的生活大致軌跡並不難，難的是栩栩如生地講述出一個人多姿多彩的具體生活歷程。生動的故事情節如缺少虛構細節的豐富，就缺少傳記文學的具體性和形象性，缺少讀者接受時饒有興味的快感。所以在傳記文學寫作時，精彩細節的虛構和描摹不僅是難免的，而且是必須的。

總而言之，由彰顯主體而形成的明晰的語義，在人們熟知的故事中提煉出曲折動人的情節，以及包含了趣事軼聞、虛構想像的生動細節，共同構成了陶菊隱傳記作品的通俗敘事特徵。所謂「通俗」敘事，就是「合乎普通人民的，容易理會的，為普通人民所喜悅所承受的」[33]的敘事。在中國現代傳記文學史上，胡適、朱東潤等的傳記作品固然樸實嚴謹，但有時難免失之拘謹，所以其理想讀者主要是專業的讀者；郭沫若、郁達夫、沈從文的自傳舒展活潑，但故事的連貫和情節的曲折有時礙於非敘事的抒發，其理想的讀者則可能是一般的文學青年。陶菊隱的傳記作品雖在嚴謹方面不及胡適朱東潤，在描摹抒發方面不像郭沫若、郁達夫、沈從文那樣文采斐然，但其主體特徵明顯，故事情節連貫，敘事生動活潑，所以更易於為普通的讀者所接受，因此也自有其別樣的價值所在。

---

32 孫犁：〈關羽傳〉，《三國志》，《秀露集》（天津市：百花文藝出版社，1981年），頁204。

33 劉半農：〈通俗小說之積極教訓與消極教訓〉，轉引自嚴家炎編：《二十世紀中國小說理論資料》（北京市：北京大學出版社，1997年），卷2，頁47。

第十二章
朱東潤的傳記文學理論與實踐

　　朱東潤治學古今融通，兼學中西，不僅是中國古代文學史教學與研究專家，還是中國現代傳記文學研究和創作領域的重要宣導者、拓荒者之一。與胡適等人相比，他對於傳記文學的宣導不僅身體力行，而且成績斐然，他的一生不論在傳記文學理論研究還是在傳記文學創作方面，都取得了突出的成就。此外，他還是中國現代傳記文學教學的開拓者。

一　從文史學家到傳記文學家

　　朱東潤（1896-1988），原名世溱，東潤是其字，江蘇泰興人。朱家在當地雖為大戶，然久經破落，至朱東潤出生時已家貧無以為生，以至要借典衣當物，甚至賣房子度日。清貧的生活，培養了他崇儉務實、耐得清苦的品格精神。十二歲時，朱東潤受族人資助考入南洋公學附小。朱東潤的聰穎好學及優異成績很快引起了南洋公學校長唐文治的注意與賞識。一九一〇年小學畢業，因家貧學費不繼，準備中斷學業，後由唐文治的關照得以進入中學部就讀。一九一三年秋，朱東潤在上海勤工儉學會的幫助下赴英國倫敦西南學院半工半讀。留學期間，朱東潤除了廣泛汲取西方文化知識之外，兼以翻譯為生，所譯《歐西報業述略》等曾在上海《申報》連載。一九一六年回國後，朱東潤先後在廣西二中和南通師範任教八年，從一九二九年起才開始進入大學工作。他執教的第一所大學是武漢大學，教的是英語。此後曾

在中央大學、無錫國專、江南大學、齊魯大學、滬江大學等校執教。
一九五二年院系調整時進入復旦大學工作，直至逝世。

　　一九三一年，朱東潤在武漢大學任教期間接受聞一多先生安排，
開始從事中國古代文史教學與研究。由於教學需要，他於一九三二年
編就《中國文學批評史講義》，後由開明書店出版（出版時改題為
《中國文學批評史大綱》）。隨後朱東潤又結合教學過程中的體會，吸
收新的研究成果，撰寫了幾十篇的專門的論文，發表在武大的《文哲
季刊》上，後集結成書由開明書店出版，名為《中國文學批評論
集》。在從事古典文學的教學研究中，朱東潤注重經、史、子、集的
仔細研究及外國文學理論材料的搜集工作。朱東潤從中國古代文學作
品的源頭《詩經》和《楚辭》研究起，延伸到漢儒的魯、齊、韓三家
詩說及毛詩說，一九四〇年，商務印書館出版了他的《詩經》研究專
著《讀詩四論》。後來，朱東潤往史學方向做進一步的努力，並先後
完成了《史記考索》、《後漢書考索》等著作。

　　一九四〇年代在重慶期間，朱東潤雖然仍以講授古代文史為主，
但其鑽研的興趣已經逐漸轉移傳記文學方面。在《張居正大傳》
〈序〉中他說：「但是對於文學的這個部門，作切實的研討，只是一
九三九年以來的事。在那一年，我看到一般人對於傳記文學的觀念還
是非常模糊，更談不到對於這類文學有什麼進展，於是決定替中國文
學界做一番斬伐荊棘的工作」。[1]當時朱東潤進行的傳記文學理論與實
踐的工作主要包括兩個方面，第一是比較系統的總結中國古代傳記文
學的演變與特點，其成果以一九四二年完成的《八代傳敘文學述論》
[2]為代表；第二是借鑒西方尤其是英國傳記文學的寫法為中國的古代

1　朱東潤：〈張居正大傳序〉，《朱東潤傳記作品全集》（上海市：東方出版中心，1999
　　年），卷1，頁3。
2　朱東潤：《八代傳敘文學述論》（上海市：復旦大學出版社，2006年）。

名人做傳，代表作是一九四三年完成的《張居正大傳》。[3]這一作品後來被認為是中國現代傳記文學的經典作品之一，它的出版標誌著朱東潤學術研究重點的轉移，同時也表明他完成了從純粹的文史學家向傳記文學家的轉變。

完成《張居正大傳》之後，朱東潤在四〇年代還撰有《王守仁大傳》，可惜此書未能及時出版，手稿後來在文化大革命期間散失。從五〇年代到八〇年代，在主持復旦大學中文系和繼續從事中國古代文學的教學與研究之外，朱東潤還先後完成了《陸游傳》（1959）、《梅堯臣傳》（1963）、《杜甫敘論》（1977）、《陳子龍及其時代》（1982）、《元好問傳》（1987）、《朱東潤自傳》（1976）、《李方舟傳》（完成於文革期間）等七部傳記作品。

朱東潤在四〇年代轉向傳記文學的研究與創作，一方面緣於個人青年時代就已有過的對傳記文學的濃厚興趣和長期以來在傳記文學方面所做的積累。在英倫留學期間（1913-1916），朱東潤便已對西方傳記文學產生了極大的興趣，在〈張居正大傳序〉中他說：「二十餘年以前，讀到鮑斯威爾的《約翰遜博士傳》，我開始對於傳記文學感覺很大的興趣……」。[4]朱東潤還曾對人說過，「在武漢大學期間（1929-1937），他曾讀完了當時武大圖書館所藏幾乎全部的英文版傳記藏書」。[5]一九三九年，他作出對傳記文學進行切實研討的決定之後，更是開始了系統的「研讀」：「除了中國作品以外，對於西方文學，在傳記作品方面，我從勃路泰格的《名人傳》讀到現代作家的著作，在傳記理論方面，我從提阿梵特斯的《人格論》讀到莫洛亞的《傳記綜

3　朱東潤：《張居正大傳》（上海市：開明書店，1943年）。

4　朱東潤：〈張居正大傳序〉，《朱東潤傳記作品全集》（上海市：東方出版中心，1999年），卷1，頁3。

5　李祥年：〈朱東潤──現代傳記園地的拓荒者〉，《人物》1996年第3期。

論》」。[6]對於中國的傳統傳記，朱東潤也有極深入的鑽研，從對《史記》、《漢書》等正史史傳的研究，到對散佚已久的魏晉雜傳的勾稽以及對佛家傳記的研習，他都傾注了大量的心力並取得了累累成果。在《張居正大傳》撰寫前後，他撰寫、發表〈中國傳記文學之進展〉、〈傳記文學之前途〉、〈大慈恩寺三藏法師傳述論〉、〈傳記文學與人格〉等文，系統地總結了中國古代傳記的發展並論述了傳記文學的藝術特徵。這種長期的興趣以及對古今中外傳記文學理論與創作的廣泛的研習，無疑成為朱東潤的傳記文學的宣導、研究和創作的深厚根基。

促使朱東潤學術轉換的另一方面原因則是自覺的使命感，他希冀從歷史的隧道裡取得可以照亮時代迷霧的燭光，以書齋為陣地，以手中的筆為武器投身民族解放事業。他主張傳記文學創作既要反映歷史的本來面貌，也要兼顧國家當前的利益。他的學生後來回憶說：「朱東潤針對外國一位傳記家所提出『真實、個性、藝術』是傳記文學的『三要素』而發表自己的意見。他認為提出這個『三要素』是正確的，但僅有此三項還是不夠的，在此之外我們還要強調『祖國』這一要素」，他認為：「傳記文學的精神是要寫真實，但在寫實中還要抒情。從我們今天的認識看，就是要抒『愛國之情』，要引導人民對我們國家更加熱愛，為了這個目的而使我們的作品對國家做出較大的、較多的貢獻」。[7]因此，他選擇的傳主也大多是積極入世，不計較個人得失，而且曾經在歷史上有作為的歷史人物。

朱東潤一開始從事傳記文學創作就選擇張居正為傳主，是因為他覺得張居正是個為國家發展立了大功的劃時代人物，他說：「中國歷史上的偉大人物雖多，但是像居正那樣劃時代的人物，實在數不上幾

6　朱東潤：〈張居正大傳序〉，《朱東潤傳記作品全集》（上海市：東方出版中心，1999年），卷1，頁3。

7　李祥年：〈朱東潤的學術道路〉，復旦大學中文系編：《朱東潤先生誕辰一百一十周年紀念文集》（上海市：上海古籍出版社，2006年），頁38。

個。從隆慶六年到萬曆十年之中，這整整的十年，居正佔有政局的全面，再沒有第二個和他比擬的人物。這個時期以前數十年，整個的政局是混亂，以後數十年，還是混亂；只有在這十年之中，比較清明的時代，中國在安定的狀態中，獲得一定程度的進展，一切都是居正的大功。他所以成為劃時代的人物者，其故在此」。[8]同時，選擇張居正也和當時國家面臨的嚴峻形勢有關，朱東潤後來又談道：「我想從歷史陳跡裡，看出是不是可以從國家衰亡的邊境找到一條重新振作的道路。我反復思考，終於想到明代的張居正。為什麼我要寫張居正？因為在一九三七年到達重慶以後，我看到當時的國家大勢，沒有張居正這樣的精神是擔負不了的。張居正不是十全十美的，我沒有放過他的缺點，但是我也沒有執著在這一點。人是不可能沒有缺點的，但是我並沒有因為他有了這些缺點，就否定他對於國家的忠忱。這是我在四〇年代初期的寫作，在那時代，我們正和敵人作著生死的搏鬥。一切的寫作，包括傳記文學創作在內，都是為著當前的人民而寫作的。寫張居正的傳記，當然必須交代一個生動、完整的張居正，但絕不是為了張居正而創作。我們的目光必須落到當前的時代，我們的工作畢竟是為現代服務的」。[9]正是這種強烈的使命感促使朱東潤作出了與時代同呼吸共命運的重要抉擇。

除了自身的興趣和使命感，對時代的呼籲和感召，對二十世紀以來中國傳記文學發展的反思也是朱東潤進行學術轉變的動因。近代以來，傳記文學一直受到新文化提倡者的關注。一些富有歷史感的知識份子在對中國幾千年的傳統文化進行深刻反思的同時，也把傳統的傳記形式納入了批判的視野。從梁啟超提出「人的專史」到胡適提出「傳記文學」，中國的傳記文學完成了的觀念上的現代轉換，但是，

8　朱東潤：〈張居正大傳序〉，《朱東潤傳記作品全集》（上海市：東方出版中心，1999年），卷1，頁7。

9　李祥年：〈朱東潤──現代傳記園地的拓荒者〉，《人物》1996年第3期。

具有現代意義的詩歌、散文、小說和戲劇等文學樣式在「五四」之後
的二十幾年間有著長足的發展，而中國現代的傳記文學發展卻不能盡
如人意。雖然二〇年代後期至三〇年代前期曾經有過一個自傳寫作的
高潮，但厚重的、稱得上經典的現代傳記文學作品卻不多見，像朱東
潤所希望的「忠實的傳記文學家」更是寥寥無幾。因此，朱東潤才
「決定替中國文學界做一番斬伐荊棘的工作」，他希望通過自己專注
的理論探討和創作實踐，推動中國傳記文學的新發展。

　　朱東潤還是中國傳記文學教學的開創者。四〇年代中期在無錫國
專任教時，朱東潤便已開設過《傳記文學》課程，六〇年代初又在復
旦大學開設《史傳文學》課程。一九八二年，他開始招收傳記文學碩
士研究生，一九八五年，九十高齡的他又招收博士研究生。朱東潤多
年積累的教學思想以及傳記文學理論與寫作實踐相結合的教學經驗，
都給學生以深遠的影響。他的學生後來回憶說：「記得他當時為我們
上《史記》課時，就採用他寫的《史記考索》；上傳記文學課時，就
以《張居正大傳》為教材；上杜甫詩選課，後來又寫了《杜甫敘
論》。朱老師善於把教學與科研結合起來，不斷開設新課，不斷研究
新課題，取得新成果，使教學與科研相互促進」。[10]朱東潤的晚年除指
導博士生進行傳記文學研究外，自己還堅持傳記文學寫作。一九八六
年，已是九十一歲的高齡的朱東潤開始撰寫《元好問傳》，一九八七
年末《元好問傳》脫稿。兩個月後，朱東潤因病長逝於上海，他為中
國現代傳記文學的繁榮與發展努力到了生命的最後一刻。

---

10 陳征：〈朱東潤師的治學特色〉，《朱東潤先生誕辰一百一十周年紀念文集》（上海
　　市：上海古籍出版社，2006年），頁50。

二　繼承、借鑒並重的理論探討

從三〇年代後期開始傳記文學研究之後，朱東潤撰寫和發表了〈傳敘文學與人格〉、〈關於傳敘文學的幾個名詞〉、〈八代傳敘文學述論〉等著述。另外，在自己的幾部傳記作品的序言中，他也都討論到傳記文學創作的許多問題。從這些文字中可以看出，朱東潤已形成比較完備的現代傳記文學理論體系。

和胡適、郁達夫等人一樣，朱東潤的理論也是建立在對中外傳記理論的吸收、借鑒的基礎上的。一九四三年，他在《張居正大傳》序言中說過：

> 二十餘年以前，讀到鮑斯威爾的《約翰遜博士傳》，我開始對於傳記文學感覺很大的興趣，但是對於文學的這個部門，作切實的研討，只是一九三九年以來的事。在那一年，我看到一般人對於傳記文學的觀念還是非常模糊，更談不到對於這類文學有什麼進展，於是決定替中國文學界做一番斬伐荊棘的工作。宗旨既經決定，開始研讀。除了中國作品以外，對於西方文學，在傳記作品方面，我從勃路泰格的《名人傳》讀到現代作家的著作，在傳記理論方面，我從提阿梵特斯的《人格論》讀到莫洛亞的《傳記綜論》。當然，我的能力有限，所在地的書籍也有限，但是我只有盡我的力量在可能範圍以內前進。[11]

到了晚年，朱東潤對自己當時的傳記文學研讀有更為全面的回顧，他說：

11　朱東潤：〈張居正大傳序〉，《朱東潤傳記作品全集》（上海市：東方出版中心，1999年），卷1，頁3。

在這次決定以前，我曾經對於《詩經》、對於《史記》、對於中國文學批評史下過一些工夫，現在看來這方面的成就很有限，因此都放棄了，把全部精力轉移到傳記文學研究方面。……

這就迫使我不能不沉下心來仔細研讀西方作家的作品，從羅馬的勃路泰哲到英國的斯塔雷奇，法國的莫洛亞。莫洛亞的一本傳記文學理論，是我所見的唯一的理論書，但是武大圖書館只能借出一個月，而不斷學習是完全必要的。我沒有打字機，因此我連讀帶譯，在一個月內，把這部理論掌握了。……

讀了外國的作品，不能不知道中國的作品。我早年曾經瀏覽過二十四史的史傳，對文人的作品，多少也有些認識。我連道家的什麼內傳、外傳，佛家的《高僧傳》、《續高僧傳》、《宋高僧傳》也不敢放過，最後寫成了《中國傳記文學之發展》這本書，主要敘述中國古代的作品。

自己對於這部敘述很不滿意，因為對於漢魏六朝的敘述太簡略了。事實上沒有足夠的材料，敘述也就必然地簡略。這樣我就開始了輯佚的工作。我從《漢書注》、《後漢書注》、《三國志注》、《文選注》以及類似的畸零瑣碎的著作裡搜求古代傳記的殘篇斷簡。有時只是幾個字、十幾個字；有時多至幾萬字。我利用這些材料和道家、佛家的材料寫成一部《八代傳記文學敘論》。[12]

總之，朱東潤是在對中外傳記文學理論與創作進行系統深入的考察之後，才開始其傳記文學的提倡、研究和創作的。經過廣泛的閱讀與思考後，朱東潤深感近代以來中國傳記文學的落後形勢，他開始借助西方的視角對中國傳統的傳記資源進行比較全面的反思：

---

12 朱東潤：〈朱東潤自傳〉，《朱東潤傳記作品全集》（上海市：東方出版中心，1999年），卷4，頁255。

世界是整個的，文學是整個的，在近代的中國，傳記文學的意
識，也許不免落後，但是在不久的將來，必然有把我們的意識
激蕩向前、不容落伍的一日。史漢列傳的時代過去了，漢魏別
傳的時代過去了，六代唐宋墓銘的時代過去了，宋代以後年譜
的時代過去了，乃至比較好的作品，如朱熹〈張魏公行狀〉，
黃榦〈朱子行狀〉的時代也過去了。橫在我們面前的，是西方
三百年以來傳記文學的進展。我們對於古人的著作，要認識，
要瞭解，要欣賞；但是我們決不承認由古人支配我們的前途。
古人支配今人，縱使有人主張，其實是一個不能忍受、不能想
像的謬論。[13]

因此，他認為吸收西方傳記文學理論和創作成果是必要，也是正
常的，他後來說：

在中國出生的傳記文學的發展既然已有許多曲折，為了求得這
類文字的進展，勢不能不求助於國外。學術是人類共同創造
的，在此路不通的時候，在外國文學的發展中，求得一些啟
示，一些幫助，我們並不感到恥辱，也無所用其慚愧。[14]

但提倡學習借鑒西方傳記文學理論和創作的成果，不意味著主張
機械地加以照搬與模仿。經過比較研究，朱東潤把西方傳記分為三種
基本類型：一是鮑斯威爾的《約翰遜博士傳》型的，這類作品以具體
而形象地描寫傳主的生活見長。但種類作品的完成有一定的先決條
件，即「要寫成這樣一部作品，至少要作者和傳主在生活上有密切的

---

13 朱東潤：〈張居正大傳序〉，《朱東潤傳記作品全集》（上海市：東方出版中心，1999
　　年），卷1，頁4。

14 朱東潤：〈論傳記文學〉，《復旦學報》1980年第3期。

關係，而後才有敘述的機會」。

　　另外一種是斯特拉哲的《維多利亞女王傳》類型的。這一作品「在薄薄的二百幾十頁裡面，作者描寫女王的生平。我們看到她的父母和伯父，看到她的保姆，看到她的丈夫和子女。我們看到英國的幾位首相，從梅爾朋到格蘭斯頓和秋士萊里。這裡有英國的政局，也有世界的大勢。但是一切只在這一部薄薄的小書裡面。作者沒有冗長的引證，沒有繁瑣的考訂」。但朱東潤認為「二三十年以來的中國文壇，轉變的次數不在少處，但是還沒有養成謹嚴的風氣。稱道斯特拉哲的人雖多，誰能記得這薄薄的一冊曾經參考過七十幾種的史料？仲弓說過：『居敬而行簡以臨其民，不亦可乎？居簡而行簡，無乃太簡乎？』朱熹《集注》：『言自處以敬，則中有主而自治嚴，如是而行簡以臨民，則事不煩而民不擾，所以為可；若先自處以簡，則中無主而自治疏矣，而所行又簡，豈不失之太簡而無法度之可守乎？』這說的是政治，但是同樣也適用於文學，沒有經過謹嚴的階段，不能談到簡易；本來已經簡易了，再提倡簡易，豈不失之太簡而無法度之可守乎？所以斯特拉哲儘管寫成一部名著，但是一九四三年的中國，不是提倡這個作法的時代和地點」。後來朱東潤又更明確地談道：

> 向這本女王傳學習，很容易使我們向中國古代傳記這一條道路滑下去，句法簡練了，敘述整齊了，而我們向新時代追求的方向也慢慢地要回到老路上去。回到老路，便喪失了向新時代追求的的方向，對於新文學的滋長實在是一種損失，繼續滑下去，便終於使我們喪失了新的方向，那種追求真相蓬蓬勃勃的精神從我們手裡輕輕滑下去，是一種罪過。[15]

15　朱東潤：〈論傳記文學〉，《復旦學報》1980年第3期。

　　還有一類是十九世紀中期以來的作品，朱東潤認為「英國人有那種所謂實事求是的精神，他們近世以來那種繁重的作品，一部《格蘭斯頓傳》便是數十萬字，一部《狄士萊里傳》便是一百幾十萬字，他們的基礎堅固，任何的記載都要有來歷，任何的推論都要有根據」。「常常是那樣地繁瑣和冗長，但是一切都有來歷，有證據。笨重確是有些笨重，然而這是磐石，我們要求磐石堅固可靠，便不能不承認磐石的笨重」。這類作品的不足是「取材的不知抉擇和持論的不能中肯。……他們抱定頌揚傳主的宗旨，因此他們所寫的作品，只是一種諛墓的文字，徒然博得遺族的歡心，而喪失文學的價值」。朱東潤認定，當時的「中國所需要的傳記文學」，就是這種「有來歷、有證據、不忌繁瑣、不事頌揚的作品。至於取材有抉擇，持論能中肯，這是有關作者修養的事」。[16]

　　不難看出，朱東潤並非一味推崇西方的傳記文學，而是根據不同類型的特點而有所借鑒，其著眼點完全是當時中國的傳記文學創作實際。

　　同樣，對於中國的傳統傳記，朱東潤也不是一概否定，他一再強調：「過分地推重本國文學，固然不必，但是過分地貶抑，也未必是妄自尊大的弊病，正和妄自菲薄一樣。……單就傳敘文學而論，我們曾經有過光明的時期，我們也會有光明的將來」。[17]「不要看不起老祖宗，但也不要讓祖宗限制了我們」。[18]他認為：

　　　　傳敘文學在西方文學裡的大規模進展，只是近二三百年以內的事。撇開上二三百年不論，那麼中國傳敘文學底成就，和西方

16 上述關於西方三種傳記文學類型的劃分和論述，除另外注明外，均據《張居正大傳》〈序〉，見《朱東潤傳記作品全集》（上海市：東方出版中心，1999年），卷1。

17 朱東潤：〈第一緒言〉，《八代傳敘文學述論》（上海市：復旦大學出版社，2006年），頁12。

18 轉引自李祥年：〈朱東潤──現代傳記園地的拓荒者〉，《人物》1996年第3期。

傳敘文學底成就比較起來，我們委實不感覺任何愧色。在傳人方面，我們有唐慧立彥宗底《大唐大慈恩寺三藏法師傳》十卷，博大宏偉為同時所罕有。在自傳方面，我們有東晉法顯底《法顯行傳》，直抒胸臆，達到自傳底高境。在理論方面，我們有宋黃榦底〈朱子行狀書後〉及〈晦庵先生行狀成告家廟文〉兩篇，更奠定了傳敘文學底那種追求真相的理論。[19]

所以，在戰時極其困難的情況下，他對中國傳統的傳記也進行了系統的梳理和卓有成效的研究，他說：

在寫成《史記考索》的時候，我開始對於傳敘文學感覺到很深的興趣。接著便擬敘述中國傳敘文學之趨勢，但是因為參考書籍缺乏，罅隙百出，眼見是一部無法完成的著作，所以只能寫成一些綱領，從此束之高閣。在這個時期中，看到漢魏六朝傳敘文學，尤其不易捉摸。除了幾部有名的著作以外，其餘都是斷片，一切散漫在那裡。但是即使要看這些斷片，還得首先花費許多披沙簡金的功夫。嚴可均底《全兩漢三國六朝文》，總算是一種幫助，但是嚴可均所輯存的，不過百分之五，其餘還需要開發。就是幾部有名的著作，有單行本可見者，其中亦多真贗夾雜，仍需一番辯訂考證的工作。不過中國傳敘文學惟有漢魏六朝寫得最好，忽略了這個階段，對於全部傳敘文學，更加不易理解。所以我決定對於這個時期的傳敘文學，盡我底力量。[20]

---

19 朱東潤：〈論自傳及法顯行傳〉，《東方雜誌》1943年第17號。
20 朱東潤：〈八代傳敘文學述論序〉，《八代傳敘文學述論》（上海市：復旦大學出版社，2006年），頁1。

　　在這之後的幾年以內，他陸續寫成和發表了「〈中國傳記文學之進展〉、〈傳記文學之前途〉、〈大慈恩寺三藏法師傳述論〉、〈傳記文學與人格〉和其他幾篇文字發表了，沒有發表的也有幾篇」；另外還完成了「《八代傳記文學述論》一本十餘萬字的著作」。[21]

　　朱東潤這些文字是經過後來修改的，這裡所說的「傳記文學」在當年都是以「傳敘文學」表述的。他所提到的《八代傳記文學述論》在半個多世紀後由復旦大學出版社正式出版時，用的也仍然是《八代傳敘文學述論》的書名。朱東潤學生陳尚君曾就此回憶說：「《八代傳敘文學述論》一書寫成後，先生作了認真修改定稿，親筆題簽，裝訂成冊，珍藏行篋。他在晚年多篇回憶文章中談到此書，頗為重視。當時的出版環境已經比較寬鬆，本書也沒有任何違忌內容，但他始終沒有謀求出版，原因不甚清楚。如果硬要揣測，我以為可能一是當時對一些問題的見解後來有所變化，比如當時稱傳敘而不贊成稱傳記，五○年代後即有所改變；二是他後來似乎更看重於傳敘的文學寫作，並堅持始終，直到去世，而對於古代傳敘成就的研究反而看輕了」。[22]

　　如果不是以成敗論英雄而進行具體的考察就不難發現，這並不僅僅是簡單命名問題，也不是朱東潤心血來潮標新立異。他當年想力排眾議廢「傳記」之名而用「傳敘」取而代之，自有其學理上的依據，體現了他對傳記（或「傳敘」）這一概念周密的思考。他認為：

　　　　傳記的名稱不能不另行商定的原因，共有兩點。第一，假如沿襲我國原來的看法，把敘一人之始末的和敘一事之始末的混在一處，那便是把截然兩類的東西併在一處，觀念不清。一切科

---

21 朱東潤：〈張居正大傳序〉，《朱東潤傳記作品全集》（上海市：東方出版中心，1999年），卷1，頁3。

22 陳尚君：〈八代傳敘文學述論（節選）附記〉，《中華文史論叢》（上海市：上海古籍出版社，2006年），第83輯，頁42。

學的分類方法，都是愈分意精，走向更清楚更明顯的途徑，我們決沒有理由在二百年來已經把傳和記的區別認清以後，倒退到觀念混淆的地位。第二，假如我們採用西洋文學的看法，專指敘一人之始末的文學，那麼因為本來傳記類是指兩方面的，我們現在專指一方面，這便陷於以偏概全底謬誤，同樣也有改定的必要。

朱東潤覺得，依傳統的看法，「傳是傳，記是記，併合在一個名稱之下，不能不算是觀念的混淆」，而採用「西洋文學」的看法，「傳記」實際上又包含了「biography（傳記）」和「autobiography（自傳）」二類，如僅稱「傳記」則是「以偏概全」。在中國傳統中，「敘是一種自傳或傳人的著述」，所以，把業已流行的「傳記文學」改稱「傳敘文學」為的是「求名稱的確當起見」，他說：

> 傳敘兩字連用，還有一種意外的便利。自傳和傳人，本是性質類似的著述，除了因為作者立場的不同，因而有必要的區別以外，原來沒有很大的差異。但是在西洋文學裡，常會發生分類的麻煩。我們則傳敘二字連用指明同類的文學。同時因為古代的用法，傳人曰傳，自敘曰敘，這種分別的觀念，是一種原有的觀念，所以傳敘文學，包括敘傳在內，絲毫不感覺牽強。[23]

可見，對於現代傳記文學的理論建設而言，朱東潤對傳記文學概念進行辨析的意義並不在於最後的結果，而在於辨析的過程。自從「傳記文學」的概念在中國被提出之後，胡適、郁達夫等人始終無暇對這一命名進行嚴密的理論界定，朱東潤的探討從某種意義上說是一

---

23 朱東潤：〈關於傳敘文學的幾個名詞〉，《星期評論》1941年第15期。

種理論的自覺，是中國現代傳記文學理論建設的深入。這一切也體現
了朱東潤傳記理論探討中立足本國而中外相容的背景以及繼承與借鑒
並重的思路，體現其思辨的縝密和深入。人們不能不承認朱東潤辨析
傳記文學命名在理論上的合理性，只不過「傳記文學」的概念已流行
二、三十年，先入為主，約定俗成，他的一番努力表面上是無果而終。

　　在對傳記文學命名進行理論思辨的同時，朱東潤從一開始也關注
到傳記文學的基本屬性問題，並且始終強調傳記文學的史學、文學雙
重屬性。在《八代傳敘文學述論》的〈緒言〉中，朱東潤雖然開宗明
義地強調：「傳敘文學是文學底一個部門，發源很古，到了近代，更
加引人注意。二十世紀以來，在文學範圍裡佔有很重要的位置」，但
緊接著就談到「傳敘文學是文學，然而同時也是史；這是史和文學中
間的產物」。[24]在《張居正大傳》的〈序〉中他也強調：「傳記文學是
文學，同時也是史」。[25]到五〇年代寫作《陸游傳》時他仍然認為：
「傳記文學是史，同時也是文學」。[26]

　　就像對傳記文學和傳敘文學進行辨析一樣，朱東潤對傳記文學屬
性的論述意義也不在於其結果，而在於其分析論述顯示出的理論啟
示。首先他強調：

　　　　傳敘文學是史，但是和一般史學有一個重大的差異。一般史學
　　　　底主要對象是事，而傳敘文學底主要對象是人。同樣地敘述故
　　　　實，同樣地加以理解，但是因為對象從事到人的移轉，便肯定
　　　　了傳敘文學和一般史學底區別。

24　朱東潤：〈第一緒言〉，《八代傳敘文學述論》（上海市：復旦大學出版社，2006
　　年），頁1。
25　朱東潤：〈張居正大傳序〉，《朱東潤傳記作品全集》（上海市：東方出版中心，1999
　　年），卷1，頁12。
26　朱東潤：〈陸游傳序〉，《朱東潤傳記作品全集》（上海市：東方出版中心，1999
　　年），卷1，頁427。

緊接著朱東潤詳細分析道：

> 龜甲文底卜射獵，卜征伐，這是事。金文底作鐘鼎，作敦盤，
> 這也是事。乃至《春秋》隱公十一年的記載，「秋七月壬午，
> 公及齊侯鄭伯入許。冬十有一月壬辰，公薨。」這還是事：公
> 及齊侯鄭伯，都是人，不過在這種簡單的記載下面看不出人性
> 的輪廓，所以也還是事。但是到了《左傳》底記載，便完全改
> 樣了。我們看到「籲考叔取鄭伯之旗蝥弧以先登」；看到「子
> 都自下射之顛」；看到鄭莊公使許大夫奉許叔居許東偏，使公
> 孫獲處許西偏；又看到他詛子都；看到羽父請殺桓公；看到隱
> 公底遲回；以後又看到桓公羽父底凶悖。這裡的重心便移轉到
> 人了。從《春秋》到《左傳》，正是從對事到對人的例證。但
> 是《左傳》還是史，不是傳敘。為什麼？因為《左傳》寫人，
> 仍舊著重在人性發展中的事態，而不是事態發展中的人性。主
> 要的對象還是事而不是人，所以《左傳》是史而不是傳敘。[27]

對於《史記》中的傳記以至一般的史傳，朱東潤也認為它們屬於歷史而非文學。在〈傳敘文學與史傳之別〉[28]一文中，朱東潤分析了史書中本紀和列傳與「傳敘文學的」的區別，他認為：「本紀常是一張大事年表，不是傳敘；而帝王的生平，也只剩了一些大綱和年表，而不是血肉之軀。他沒有憎，沒有愛，沒有思想和感情，而止有若干的表格」。「這裡自然也有例外，史記項羽本紀便是一篇好文章，那裡顯出了項羽的才氣過人，叱吒慷慨，但是古代的史學家認為不對」，所以「司馬遷以後的史家，完全把本紀寫成年表的公式」。而史漢的列

---

27 朱東潤：〈第一緒言〉，《八代傳敘文學述論》（上海市：復旦大學出版社，2006年），頁1-2。

28 朱東潤：〈敘文學與史傳之別〉，《星期評論》1941年第31期。

傳，《三國志》的全部也不是傳敘文學，因為「近代的傳敘應當是真相的探求，而不僅是英雄的記載。在史家的敘述裡，常常認定這是聖賢，那是名臣，或則這是奸佞，那是篡盜，於是就在文字上從某一方面發揮。其結果，我們所看到的往往不是本人的真相，而是某種成見的疏證」。因此，朱東潤總結了現代的傳敘與傳統的史傳的區別：

> 史家的敘述和傳敘家的敘述，有一個根本的區別，就是史家以事為中心，而傳敘家以人為中心。在一部史書裡，往往先有成見，認定幾件大事是一代政績的骨幹，和這幾件大事有關的人，當然收進列傳，但是傳中所載，僅僅把他對於這幾件大事的關係寫出，其餘則都不妨付之闕如。傳敘家不應當是這樣的，他要把傳主的人性完全寫出。凡是和人性發展有關的，都是傳敘家的材料。最顯然地，和人性發展有關的事態，不一定是歷史上的大事，所以傳敘家所用的材料，和史家所用的材料不同，而兩家所得的結果，也必然地不會一致。

另外，在〈傳敘文學與史傳之別〉中，朱東潤還詳細分析了梁啟超在《中國歷史研究法補編》已經提到的：史家和傳敘文學中間，還有一個很大的差別就是所謂「互見」。

總之，朱東潤堅持認為，「《史記》底全部也是史而不是傳敘。一般的史傳也是史而不是傳敘」[29]。甚至到了晚年，朱東潤對「有人把一些史傳看作傳記文學」仍然持懷疑態度，他覺得「這樣的看法不一定正確」，認為「史書中的傳記作品只能算作是傳記文學的雛形吧？」[30]

---

29 朱東潤：〈第一緒言〉，《八代傳敘文學述論》（上海市：復旦大學出版社，2006年），頁2。

30 朱東潤：〈我對傳記文學的看法〉，《文匯報》，1982年8月16日。

　　從梁啟超提出的人的「專傳」到朱東潤的「對象從事到人」,的確表明中國現代傳記文學理論探討的深入。梁啟超率先提出「專傳」的概念,強調了以人為中心,但他認為:「此種專傳,其對象雖止一人,而目的不在一人。擇出一時代的代表人物或一種學問一種技術的代表人物,為行文方便起見,用作中心」。[31]可見,梁啟超的傳記觀念雖然有別於傳統的史傳,但仍然是在史學的範疇中立論,而朱東潤對「從事到人」的強調卻表明他力圖將傳記文學從歷史的附庸地位中解放出來的理論自覺。

　　但是,作為過渡時代的人物,朱東潤雖然意識到傳記文學必須是獨立於歷史著作之外的文體,但在對這一文體進行深入思考時卻很難突破史傳的影響,仍然因襲著「歷史」的重負。從表面上看,朱東潤主張的是傳記文學的雙重屬性,認為既是文學又是歷史,但實際上「史學的方法和文學的方法,並非一回事,而且有時很矛盾。史學重事實,文人好渲染;史學重客觀,文人好表現自我」。[32]所以他很難在史學和文學之間尋找出不偏不倚的中間路線,或者左右搖擺,或者時左時右。

　　在《八代傳敘文學》〈緒言〉中,朱東潤開宗明義談到了傳記文學「是史和文學中間的產物」,但隨著對問題的進一步探討,他就發現了這一中間物不可撼動的根本屬性:

> 傳敘文學底價值,全靠它底真實。無論是個人事蹟的敘述,或是人類通性的描繪,假如失去了真實性,便成為沒有價值的作品。真是傳敘文學底生命。

> 真確的認識,既然不能絕對確定,我們所得的便不是真值,而

---

31 梁啟超:《中國歷史研究法補編》,《飲冰室合集》專集之九十九。
32 孫犁:〈與友人論傳記〉,《澹定集》(天津市:百花文藝出版社,1981年),頁62。

只是近似值。近似值當然不及真值，但是我們在追求近似值的
過程中，仍不能不把真值作為最後的目標。[33]

對於真相的敬意，便是傳敘文學的精神。[34]

傳記是以抒寫真人真事為生命線的。離開了真人真事，傳記就
不是傳記了。作為小說，可以，作為戲劇，都不妨，可是不能
作為傳記。[35]

可見，在朱東潤的觀念中，歷史研究中的求真的精神是傳記文學
的前提、基礎或出發點，同時也是其終極的歸宿。皮之不存，毛之焉
在，傳記文學中的文學由此也就成為「形態」，成了「外表」，成為了
可有可無的東西：

傳敘文學和一般文學不同的方面，就是在敘述上儘管採取各種
文學的形態，但是對於所記的事實卻斷斷不容有絲毫的作偽。
文學的形態是外表，忠實的敘述是內容。[36]

在認定現代傳敘文學是文學的時候，我們要認識這裡不是文
章，不是馬《史》班《書》，不是〈任府君傳〉、〈丘乃敦崇
傳〉，不是〈董晉行狀〉、〈段太尉逸事狀〉，不是〈張魏公行
狀〉、〈朱子行狀〉，而是一種新興的文學。新的傳敘文學所寫

33 朱東潤：〈第一緒言〉，《八代傳敘文學述論》（上海市：復旦大學出版社，2006
　年），頁5、10。
34 朱東潤：〈傳敘文學與人格〉，《文史雜誌》1941年第1期。
35 朱東潤：〈談談傳記文學〉，《中西學術》（上海市：學林出版社，1995年），第1輯。
36 朱東潤：〈第五傳敘文學的自覺〉，《八代傳敘文學》（上海市：復旦大學出版社，
　2006年），頁85。

的人，不一定豐容盛鬋，也不一定淡紅素抹，甚至也不必是蓬
頭亂髮，這裡所寫只是一個人，是人就有人底必然的缺憾，也
就有他不可掩沒的光精。一切的文采都剝落了，只是一種樸素
的敘述。傳敘文學就應當是這樣一種沒有文采的文學。……因
為恣意所適，所以不受拘束，因為內容充實，所以形式簡單：
這正是偉大的文學。[37]

　　所以，朱東潤雖然在原則上強調傳記應該脫離傳統史學的規範，
但因為把「真」作為傳記文學出發點和歸宿，在具體寫作上，他還是
更強調史學方法的運用，強調史料的辨偽考據，要求做到嚴謹有據。
他認為，「中國所需要的傳記文學，看來只是一種有來歷、有證據、
不忌繁瑣、不事頌揚的作品」，但資料的運用必須「慎重」，不能「不
敢輕易採用」。不同的人，不同的資料要區別對待，他說：

　　以本人的著作，為本人的史料，正是西方傳記文學的通例。一
　　個人的作品，除了有意作偽一望即知者以外，對於自己的記
　　載，其可信的程度常在其他諸人的作品以上。關於這一點，當
　　然還有一些限制：年齡高大，對於早年的回憶，印象不免模
　　糊；事業完成，對於最初的動機，解釋不免遷就。對於事的認
　　識，不免看到局部而不見全體；對於人的評判，不免全憑主觀
　　而不能分析。人類只是平凡的，我們不能有過大的期待，但是
　　只要我們細心推考，常常能從作者的一切踳駁矛盾之中，發現
　　事態的真相。西方傳記文學以傳主的作品為主要的材料，其故
　　在此。[38]

---

37 朱東潤：〈第一緒言〉，《八代傳敘文學述論》（上海市：復旦大學出版社，2006
　　年），頁11。

38 朱東潤：〈張居正大傳序〉，《朱東潤傳記作品全集》（上海市：東方出版中心，1999
　　年），卷1，頁8。

在真實性底方面，西洋傳敘文學家都比較地更慎重，其記載也更翔實。關於這一點，我們不能不承認他們底超越。一部大傳，往往從數十萬言到百餘萬言。關於每一專案的記載，常要經過多種文卷的考訂。這種精力，真是使人吃驚。這種風氣，在英國傳敘文學裡一直保存到維多利亞時代。[39]

　　而無論是在理論上還是在實踐中，朱東潤都非常重視對話的運用。他認為「對話是傳記文學的精神，有了對話，讀者便會感覺書中的人物一一如在目前」。[40]「一段好的對話，會使讀者感覺書中人物歷歷在目。……對話是刻畫人物的重要手段」。[41]但是，當談到自己作品中的對話描寫時，朱東潤自詡的也仍然是：「在寫這本書的時候，只要是有根據的對話，我們是充分利用的，但是我擔保沒有一句憑空想像的話」。[42]不難看出，朱東潤這種絕對的對「根據」信任和對「想像」擯棄的評判標準，本質上還是史學的標準而非文學的標準。對歷史真實的過度關注，使得朱東潤的傳記文學理論探討忽視了對藝術真實的思考。

　　強調歷史的真實，重視史料在傳記文學寫作中的特殊作用，必然也就重視史料的選擇、辨析和考證。朱東潤認為，「傳敘文學既然重在真實，我們應當怎樣取材呢？西方人常說，每個人底生活，最好由他自己寫。因此在取材方面，常常注意到傳主底自敘、回憶錄、日

39　朱東潤：〈第一緒言〉，《八代傳敘文學述論》（上海市：復旦大學出版社，2006年），頁7。

40　朱東潤：〈張居正大傳序〉，《朱東潤傳記作品全集》（上海市：東方出版中心，1999年），卷1，頁12。

41　朱東潤：〈我對傳記文學的看法〉，《文匯報》，1982年8月16日。

42　朱東潤：〈張居正大傳序〉，《朱東潤傳記作品全集》（上海市：東方出版中心，1999年），卷1，頁13。

記、書簡、著作這一類的東西」，在中國則還包括「自著的年譜」。[43]
從這可以看出，朱東潤關於傳記文學的理論思考已經比胡適等更為嚴
謹和成熟。因為在胡適等的相關論述中，年譜、日記、回憶錄等也常
被看成是傳記文學，而不是被當作傳記資料。另外，關於這些傳記資
料，朱東潤還特別提醒須辨析其真偽，他認為：

> 我們應當知道自敘或回憶，不一定都是可靠的。……本來作自
> 敘的人多在耄年以後，正是記憶力消失殆盡，自信力亢進非常
> 的時候，寫作之時，既不易博考以往的書簡或其他的證件，而
> 且也不願，因此無論自敘或回憶，都不一定是翔實的敘述。人
> 類對於往事的記憶，常因受到心理上必然的影響，以致無形之
> 中往往變質，所以儘管作者沒有掩蔽事實的存心，但是在傳敘
> 家採用的時候，仍舊不能不給以審慎的考慮。

> 西洋傳敘文學久已盛行，名人日記難免存心留待天下後世，因
> 而有記載不實之病。這一種徵象，在中國還沒有，不過不久以
> 後，會流傳過來，而且因為一般人底信義感不甚健全，辨別真
> 偽的興趣又不甚濃厚的原故，一經流傳，勢必變本加屬，這是
> 可以預見的。

> 書簡是一種藝術，除了幾個文人以外，能夠運用自如的人，還
> 不很多。政治生活中的人物，更加假手幕僚之流，最易寫成固
> 定的公式，只有套數，沒有情感，而且也不一定有事實。

> 在作年譜的時候，也難免和自敘有同樣的困難。年譜又有年譜

---

43 朱東潤：〈第一緒言〉，《八代傳敘文學述論》（上海市：復旦大學出版社，2006
　年），頁7。

底公式，在那種提綱挈領、條目井然的形式下面，對於一生事
實，常有不能敘述盡致的弊病。作者對於自身底經歷，往往側
重幾件大事，在私生活方面，大都置之不論。固然各人有各人
底事業，即在根據自撰年譜從事撰述的傳敘家，原用不到著力
寫他底私生活，但是惟有瞭解他底私生活，才能瞭解他底整個
生活。[44]

　　朱東潤既然認為「從事到人」是傳統史傳與現代傳記文學的根本
區別，在他關於傳記文學的論述中，如何寫「人」也就成為其格外關
注的焦點。雖然從上述引文中可以看到，朱東潤認為「惟有瞭解他底
私生活，才能瞭解他底整個生活」，而且他還專門談到「現代傳記文
學，常常注意傳主的私生活。在私生活方面的描寫，可以使文字生
動，同時更可以使讀者對於傳主發生一種親切的感想，因此更能瞭解
傳主的人格」。[45]但在總體上他仍然無法擺脫傳統史傳寫作中宏大敘事
的影響。

　　史傳的傳統強調「知人論世」，因此格外關注傳主與外部世界的
關係，而忽略對傳主個人生活乃至個性的探究，傳記作家關注的往往
只是傳主作為社會的人在某些特殊職能中的行為和功能，而不是儘量
提供其全面生動的人生面貌。朱東潤所以一開始傳記寫作就選張居正
為傳主，那是因為他考慮到，這是「一個受時代陶熔而同時又想陶熔
時代的人物」，他說：「中國歷史上的偉大人物雖多，但是像居正那樣
劃時代的人物，實在數不上幾個。從隆慶六年到萬曆十年之中，這整

---

44 朱東潤：〈第一緒言〉，《八代傳敘文學述論》（上海市：復旦大學出版社，2006
　　年），頁7-9。
45 朱東潤：〈張居正大傳序〉，《朱東潤傳記作品全集》（上海市：東方出版中心，1999
　　年），卷1，頁7。

整的十年，居正佔有政局的全面，再沒有第二個和他比擬的人物」。[46]
所以《張居正大傳》十四章三十餘萬言，有十三章用於敘述傳主輔弼
神宗，宦海沉浮的人生歷程。其中特別引人注目的是聯繫政局時局，
對張居正當政期間推行「考成法」及「一條編法」，裁汰冗員，加強
邊防，浚治黃淮等一系列改革措施進行全方位的描述。

　　寫張居正是這樣，其他人物也是這樣。朱東潤說，陳子龍「是時
代中的人物，他的一生的經歷都和他的時代息息相關，因此我在這本
作品當中，把他的時代寫的比較多一些」[47]寫杜甫，朱東潤從大唐帝
國的興盛寫起，從李氏王朝和回紇、吐蕃等王朝之間的矛盾，從李唐
王朝內內部鬥爭考察傳主的思想性格和創作特色，因為他認為只有把
杜甫放到這廣闊背景下考察，才能準確把他的思想性格和詩歌創作和
風格的轉變。此前，朱東潤在《梅堯臣傳》〈序〉中已經談到：「十一
世紀的呂大防開始作《杜詩年譜》，以後宋刻的詩文集，經常附有作
者的年譜，正是從這一個認識出發的。但是他們的工作還很不夠，不
能充分地滿足讀者的要求。主要的原因在於他們做得太簡單了。他們
只注意到詩人的升沉否泰，而沒有把他放到時代裡去。脫離了時代，
我們怎樣能理解詩人的生活呢？」[48]

　　除了宏大敘事傳統的繼承外，朱東潤認為「傳敘文學應當著重人
格的敘述」，他強調說：「在討論傳敘文學的時候，當然只從人格立
論」。朱東潤談到，在英國留學時，他曾認真讀過古希臘的提阿梵特
斯（Theophrastus）的《人格論》（*The Characters*）。他發現「這本書
的理論盛行以後，對於西洋傳敘文學曾經發生重大的影響」，但也清

---

46 朱東潤：〈張居正大傳序〉，《朱東潤傳記作品全集》（上海市：東方出版中心，1999
　　年），卷1，頁7。

47 朱東潤：〈陳子龍及其時代序〉，《朱東潤傳記作品全集》（上海市：東方出版中心，
　　1999年），卷3，頁5。

48 朱東潤：〈梅堯臣傳序〉，《朱東潤傳記作品全集》（上海市：東方出版中心，1999
　　年），卷2，頁3。

醒地看到,《人格論》「引導了傳敘家首先決定某種的形態而後將傳主一生的節目迎合這樣的宿題」。朱東潤認為這種受《人格論》影響而形成的人格敘述用的是「反天性的演繹方法」,而符合傳主人格實際的敘述卻應該採用歸納方法,他說:

> 在人格方面,什麼是歸納,什麼是演繹呢?演繹的方法是預先假定某人的人格如止而後把他一生的事實從這個觀點去解釋。這是說人格是固定的。歸納的方法便是不預先假定他的人格如何,只是收集他一生的事實,從各種觀點去解釋,以求得最後的結論。這樣便走上了認為人格也許並非固定的路線。以往的史家史傳家以至傳敘文學家常常採取了演繹的方法,認為人格是固定的,在下筆之先,便有一種的成見;於是史實受到成見的影響,而傳敘的人物只成為作家的心象,這正是近代傳敘家所要排斥的觀念。
>
> 其實人格不是一致的,也許有的一成不變,我們不妨稱為定格;有的卻是一生全在演進的過程中,那便不是定格。

他認為,「傳敘文學家認識人格不是成格而是變格,然後始能對於傳主生活的各階段有切實的瞭解和把握。在他下筆的時候,始能對於傳主給與一個適當的輪廓」。這樣做也因為「傳敘文學的對象是人而不是物,是實地的人生而不是想像的產物。因為傳主是人,所以他必須有愛,也有憎;有獨有的優點,也有必不能免的缺憾;有終身一致的信條,也有前後矛盾的事實。我們所願看到的只是一個和我們相去不甚懸絕的血肉之軀,而不是一位離世絕俗無懈可擊的神人。傳敘家瞭解了這一點,然後才能寫出一部喚起讀者同情的著作」。他批評那種僅「認定傳敘的目標只要發生勸善懲惡的作用」作者,他們「對於傳主多半是把握住後半生的事實,而把前半生的矛盾完全放來。再不

然，便給一點最簡單的描繪。對於遷善的傳主，著重在自新一點加以褒揚，而對於變節的傳主又往往即此一點加以攻擊」。

總之，朱東潤認為，傳主的人格不可能是「成格」或「定格」而應是「變格」，人類中的也很找到「完人」，傳記作家的任務僅僅是進行「追求真相」的正常敘述，他說：

> 人類止是人類，在人類中間要找完人當然是件不易的事。也許有人以為這種說法是「吹毛求疵」，實則疵終是疵，在氄毛凋落以後終有暴露的一日。我們不能希望傳敘家負起掩飾的責任。這個卻和不能理解傳主以至顛倒是非的作家不同，前者是追求真相，後者是故意羅織；一面是正常的傳敘，一面便是失實的記載。[49]

對傳記文學的不同類別的命名和特點，朱東潤也獨特的見解。作為現代傳記創作中最早採用了「大傳」的形式者，朱東潤認為：「傳記文學裡用這兩個字，委實是一個創舉。『大傳』本來是經學中的一個名稱；尚書有《尚書大傳》，禮記也有大傳；但是在史傳裡從來沒有這樣用過。不過我們應當知道中國的史學，發源於經學，一百三十篇的《史記》，只是模仿《春秋》的作品：十二本紀模仿十二公，七十列傳模仿《公羊》、《穀梁》。『傳』的原義，有注的意思，所以《釋名》〈釋典藝〉云：『傳，傳也，以傳示後人也。』七十列傳只是七十篇注解，把本紀或其他諸篇的人物，加以應有的注釋。既然列傳之傳是一個援經入史的名稱，那麼在傳記文學裡再來一個援經入史的『大傳』，似乎也不算是破例」[50]對於評傳，朱東潤認為「『敘論』的本意

---

49 朱東潤上述關於傳主人格的主張的引文，見其長篇專論〈傳敘文學與人格〉，《文史雜誌》1941年第1期。

50 朱東潤：〈張居正大傳序〉，《朱東潤傳記作品全集》（上海市：東方出版中心，1999年），卷1，頁15。

就是評傳」，他認為：「我這本書對於杜詩的發展講得較多，實際上是杜甫的評傳。由於有些人把評傳寫成對於作者的片段敘述，例如作者的家世，作者的人生觀等，我的意見不同，所以這本書不稱為評傳，稱為『敘論』」。[51]至於自傳，朱東潤則認為：「自傳和其他的作品明顯的區別，在於這是一本永遠不能完成的作品，因此在整個結構方面，不可能像其他作品那樣的完整」；「自傳的寫作還有一個限制，作品總是從主觀出發的。作者敘述自己的生活時，不可能脫離自己而全憑客觀。在我們無法立在半空的時候，要求作者做到完全客觀地敘述，這是不現實的」。[52]

另外，關於傳記文學的讀者接受，朱東潤也談到：「西洋傳敘底第一章，常常引用傳主底自敘或回憶，因為這是出於傳主底自述，所以篇首便能引起讀者底信任」。[53]這裡已經涉及傳記文學的接受與傳記「契約」的重要問題，可遺憾的是，朱東潤只是點到為止而未能進行專門、深入的探討。

綜上所述，朱東潤是在外國作品的激發下對傳記文學產生興趣的，但外國的傳記文學僅僅是其理論探討的某種參照；從根本上說，朱東潤關於傳記文學的理論探討和理論建構，立足的是中國傳記的寫作實際，中國傳統的史傳觀念才是其重要的精神資源。和梁啟超、胡適一樣，朱東潤既是現代傳記文學的先驅者，但也是過渡時代的學者，他的傳記文學理論有其獨特性，但也有其複雜性和矛盾性。所以，對他的理論觀念的研究不必急於進行簡單的價值判斷，而應本著

---

51 朱東潤：〈杜甫敘論序〉，《朱東潤傳記作品全集》（上海市：東方出版中心，1999年），卷2，頁215。

52 朱東潤：〈朱東潤自傳序〉，《朱東潤傳記作品全集》（上海市：東方出版中心，1999年），卷4，頁3。

53 朱東潤：〈第一緒言〉，《八代傳敘文學述論》（上海市：復旦大學出版社，2006年），頁7。

認識、總結和繼承文化先驅者的精神財富的精神，汲取合理成分，促進和完善中國現代傳記文學的理論建構。

三　氣勢恢弘的《張居正大傳》

除了積極提倡，認真進行理論探究之外，朱東潤還數十年如一日地從事傳記文學的創作，他先後完成並出版的傳記有八部近兩百萬字。和胡適、郁達夫、郭沫若和巴金等人不同的是，朱東潤把傳記寫作和自身的教學和科研工作相結合，在浩瀚的中國歷史中與古人進行精神的對話，既探究他們的時代與人生，也思索這些人的當代啟示。

朱東潤最早創作的，是由開明書店一九四三年出版的長篇歷史傳記《張居正大傳》。題名「大傳」，首先就在印象上給人一種歷史的厚重感，而它也的確是一部氣勢宏大、縱橫恣肆的著作，作者站在社會歷史的高度，多側面地刻畫了張居正這位中國古代鐵腕政治家的形象。

這部傳記寫於一九四一至一九四三年，在這民族抗爭、個人流離的最艱難的時期，作者克服種種困難，用三十餘萬言的篇幅為一個古人立傳自有其特殊的動機。此前，他接武漢大學在四川樂山復課的通知，別婦拋雛離開故鄉，繞道上海、香港、越南、昆明、貴陽、重慶到達樂山。雖然是戰時，而且已經遷到樂山，但學校內部的派系紛爭並沒因此而減少。那時的中國一半土地正在受著敵人的蹂躪，朱東潤也和千千萬萬的人民一樣，正在睜大充滿血淚的雙眼，盼望著收復失地的大軍。但大後方的上空卻流傳著各式各樣的流言蜚語，朱東潤後來回憶說：

> 最離奇的是一種猜測，稱為「右手拉著東方，左手拉著西方，面向北方。」什麼是西方？那很清楚。東方是什麼？北方更是什麼？當然這只是流言蜚語，什麼人也負不了責任。但是對一

個從二千里以外的家鄉，拋妻棄子，準備千辛萬苦，投身祖國
復興事業的知識份子，這是多麼沉重的打擊！……為了逃避學
校內部的紛爭，我只有埋頭書齋，有時竟是足不出戶，從早到
晚，一直鑽進故紙堆。故紙堆有什麼可鑽的？我想從歷史陳跡
裡，看出是不是可以從國家衰亡的邊境找到一條重新振作的道
路。我反覆思考，終於想到明代的張居正，這是我寫作《張居
正大傳》的動機。……在那時代，我們正和敵人作著生死的搏
鬥。一切的寫作，包括傳記文學的創作在內，都是為著當前的
人民而寫作的。寫張居正的傳記當然必須交代一個生動、完整
的張居正，但決不是為了張居正而創作，我們的目光必須落到
當前的時代，我們的工作畢竟是為現代服務的。[54]

可見，朱東潤能克服生活非常艱難、資料極其匱乏和心境特別不
佳的困難完成「大傳」，是與其鮮明的寫作動機、與他深沉的愛國主
義情懷分不開的。至於從眾多古人中選擇張居正，那是因為作者認為：

中國歷史上的偉大人物雖多，但是像居正那樣劃時代的人物，
實在數不上幾個。從隆慶六年到萬曆十年之中，這整整的十
年，居正佔有政局的全面，再沒有第二個和他比擬的人物。這
個時期以前數十年，整個的政局是混亂，以後數十年，還是混
亂：只有在這十年之中，比較清明的時代，中國在安定的狀態
中，獲得一定程度的進展，一切都是居正的大功。他所以成為
劃時代的人物者，其故在此。但是居正的一生，始終沒有得到
世人的瞭解。……有的推為聖人，有的甚至斥為禽獸。其實居
正既非伊、周，亦非溫、莽：他固然不是禽獸，但是他也並不

---

54 朱東潤：〈我怎樣寫作《張居正大傳》的〉，《社會科學戰線》1983年第3期。

> 志在聖人。他只是張居正，一個受時代陶熔而同時又想陶熔時
> 代的人物。[55]

他覺得「當日（時）的國家大勢，沒有張居正這樣的精神是擔負不了
的。……人是不可能沒有缺點的。但是我並沒有因為他有了這些缺
點，就否定他對於國家的忠忱」[56]。

中國傳統的傳記寫作歷來注重史鑒的功能，司馬遷認為「居今之
世，志古之道，所以自鏡也」[57]，唐太宗也有「以人為鏡，可以明得
失」[58]名言。朱東潤寫作《張居正大傳》的現實功利性，也正是對這
種史鑒傳統的繼承。動機的現實關懷明顯，寫作的終極指向也就格外
明晰，在《張居正大傳》的最後，作者一反整部著作嚴謹、冷靜的敘
事風格，充滿真情地直接地抒發道：

> 整個底的中國，不是一家一姓的事，任何人追溯到自己的祖先
> 的時候，總會發見許多可歌可泣的事實；有的顯煥一些，也許
> 有的黯淡一些，但是當我們想到自己底祖先，曾經為自由而奮
> 鬥，為發展而努力，乃至為生存而流血，我們對於過去，固然
> 看到無窮的光輝，對於將來，也必然抱著更大的期待。前進
> 啊，每一個中華民族的兒女！[59]

由於著眼現實社會政治，朱東潤的傳記寫作也秉承中國古代傳記

---

55 朱東潤：〈張居正大傳序〉，《朱東潤傳記作品全集》（上海市：東方出版中心，1999
　　年），卷1，頁7。
56 朱東潤：〈我怎樣寫作《張居正大傳》的〉，《社會科學戰線》1983年第3期。
57 《史記》卷18。
58 《舊唐書》卷8。
59 朱東潤：《張居正大傳》，《朱東潤傳記作品全集》（上海市：東方出版中心，1999
　　年），卷1，頁422。

宏大的歷史敘事傳統。這種寫作傳統關注的大多是傳主與外部世界的關係，著重敘述的是當時朝政與他有關的大事與大局，而對於個人的身邊瑣屑和心理個性的探究則相對較少。

「大傳」對於這種傳統的繼承，首先就體現在其整體的敘事結構上。這一著作共十四章三十餘萬言，但作者用了十三章的篇幅講述張居正輔弼神宗，宦海沉浮的人生歷程。其中對「考成法」、「一條編法」，以及他當政期間裁汰冗員，加強邊防，浚治黃淮等一系列改革措施都進行了詳盡的描述。而用於敘述傳主個人生活和成長歷程的，僅僅是在開篇的第一章「荊州張秀才」。到二十世紀三、四○年代，西方現代的傳記由於受心理學發展的影響，實際上已經比較一致地傾向於圍繞傳主私生活進行個人化的微觀敘事。英國著名的傳記作家約翰遜就曾經公開提出：「傳記作家的職責往往是稍稍撇開那些帶來世俗偉大的功業和事變，去關注家庭的私生活，展現日常生活瑣事。在這兒，外在的附著物被拋開了，人們只以勤謹和德行互較長短」[60]。儘管朱東潤寫作《張居正大傳》之前已對西方傳記進行過專門研究，並且也深知「現代傳記文學」應該「注意傳主的私生活。在私生活方面的描寫，可以使文字生動，同時更可以使讀者對於傳主發生一種親切的感想，因此更能瞭解傳主的人格」[61]，但服務現實社會的寫作動機和文史學家以史為鑒的傳統因襲，最終還是促使他採用了這種歷史敘述的視角去結構人物的傳記。

在具體敘述時，朱東潤採用的也是宏大的視角。傳記講述的是張居正一生，但開篇卻從宋恭帝德祐二年「臨安陷落，皇帝成為俘虜」說起。在簡要概述南宋王朝悲壯的抗元鬥爭之後，又依次勾勒「宋王

---

60 轉引自〔英〕艾倫・謝爾斯頓著，李文輝、尚偉譯：《傳記》（北京市：昆侖出版社，1993年），頁7。

61 朱東潤：〈張居正大傳序〉，《朱東潤傳記作品全集》（上海市：東方出版中心，1999年），卷1，頁7。

朝倒下去」、「元王朝興起來」、「明太祖起兵」，直至明室中衰、張居
正出生的時代。在開始點及張居正出生之後，又追述「居正的先代，
一直推到元末的張關保」。張關保的曾孫是張誠，而張誠即張居正的
曾祖，到張家七代的家族世系梳理清楚的「張居正出生前夕」，第一
章「荊州張秀才」的篇幅已經過半。而後，講述張居正從出生到嘉靖
二十六年（丁未）入京會試中二甲進士，開始踏上政治生涯大道的文
字微乎其微。從第二章「政治生活的開始」之後的敘述，則完全是以
朝政變遷為背景，以傳主的政治生涯為重點了。

　　既然以傳主的政治生涯為敘述重點，《張居正大傳》自然又須費
大量筆墨詳細講述相關歷史知識，如明代政治體制以及內閣的運作，
「大傳」就用了八百多字詳細加以介紹：

　　　　明代自成祖以來，政治的樞紐全在內閣。這和現代資本主義
　　　　國家的內閣近似、然而完全不同的組織。現代西方的內閣，是
　　　　議會政治的產物；它的權力是相當地龐大，有時甚至成為國家
　　　　的統治者，除了偶然受到議會制裁以外，不受任何的限制，整
　　　　個的內閣，人員常在六、七人以上，有時多至二、三十人；全
　　　　體閣員，不是出於一個政黨，便出於幾個政見不甚懸殊的政
　　　　黨；內閣總理，縱使不一定能夠操縱全部的政治，但是他在內
　　　　閣的領導權，任何閣員都不能加以否認。明代的內閣便完全兩
　　　　樣了。整個的內閣只是皇帝的秘書廳，內閣大學士只是皇帝的
　　　　秘書；內閣的權力有時竟是非常渺小，即使在相當龐大的時
　　　　候，仍舊受到君權的限制；任何權重的大學士，在皇帝下詔斥
　　　　逐以後，當日即須出京，不得逗留片刻；內閣的人員，有時多
　　　　至八人，但是通常只有四、五人，有時僅有一人；因為閣員的
　　　　來源，出於皇帝的任命，而不出於任何的政黨，所以閣中的意
　　　　見，常時紛歧，偶有志同道合的同僚，意見一致，這只是和衷

共濟，而不是政見的協調；在四、五人的內閣中間，正在逐漸演成一種領袖制度，這便是所謂首輔，現代的術語，稱為秘書主任，皇帝的一切詔諭，都由首輔一人擬稿，稱為票擬；在首輔執筆的時候，其餘的人只有束手旁觀，沒有斟酌的餘地，即有代為執筆的時候，也難免再經過首輔的刪定；首輔的產生，常常是論資格，所以往往身任首輔數年，忽然來了一個資格較深的大學士，便只能退任次輔；首輔、次輔職權的分限，一切沒有明文規定，只有習慣，因此首輔和其餘的閣員，常時會有不斷的鬥爭；政治的波濤，永遠發生在內閣以內，次輔因為覬覦首輔的大權，便要攻擊首輔，首輔因為感受次輔的威脅，也要驅逐次輔；同時因為維持內閣的尊嚴，所以他們的鬥爭，常是暗鬥而不是明爭；又因為內閣閣員，或多或少地都得到皇帝的信任，所以鬥爭的第一步，便是破壞皇帝對他的信任，以致加以貶斥或降調，而此種鬥爭的後面，常常潛伏著誣衊、讒毀、甚至殺機。這樣的政爭，永遠是充滿血腥，而居正參加政治的時代，血腥正在內閣中蕩漾。[62]

而後，諸如關於翰林院的構成和職責、明朝的學制與學風、官場的各種規制、當時對於河漕事務的管理、明朝廷與韃靼等的複雜關係，等等，書中也都進行了具體詳實的介紹。

　　這種宏大敘事視角也體現在「表」的製作上。一般說來，作為一部幾十萬字、講述傳主數十年生平故事的傳記，幫助一般讀者更為清晰地理解和把握傳主的一生的有效方法，莫過於附錄一份傳主簡明的生平年表。《張居正大傳》缺少了這樣的「附錄」，但在正文之前卻又安排了「張氏世系表」和詳細的「隆慶、萬曆十六年間內閣七卿年

---

62 朱東潤：《張居正大傳》，《朱東潤傳記作品全集》（上海市：東方出版中心，1999年），卷1，頁41。

表」。因此，讀完《張居正大傳》讀者可能對傳主個人的飲食起居、生活習性不甚了了，但對於他的家族，他所處的社會和時代，卻會有系統的認識。

朱東潤繼承了史傳宏大的歷史敘事傳統，也謹守傳統史傳的「實錄」原則，因為他認為中國所需要的傳記文學是「一種有來歷、有證據、不忌繁瑣」[63]的作品。為保證《張居正大傳》的敘事中「沒有一句憑空想像的話」[64]，朱東潤參考和引用了大量的歷史文獻。在這一作品中，幾乎在每兩三頁間就會有來自於史書（《明史》）、奏疏、詩稿、文集、書牘等歷史文獻的大段引文。像第五章〈內閣中的混鬥（上）〉中談及，八月間張居正上陳六事疏，按作者的看法，這「六事」只是「平凡的見地，沒有高超的理論」，但因「省議論，核名實，飭武備三事，對於現代的國家都有相當的價值」，作者竟用四頁近三千字的篇幅大段「移錄」[65]。

中國歷史傳記講究「記言記行並重」[66]，既記述人物一生的重要行為，也記述其相輔相成的語言。朱東潤從文學的角度強調傳記中對話的重要性，他認為「傳記文學既然作為文學，就要講究文學色彩」，因此，「在尊重史實的前提下，可以而且應該充分運用文學的表現方法和技巧，比如環境的描寫、氣氛的渲染、人物心理活動的刻畫等等，特別是細節的描述和對話的運用，它能使人物形象更鮮明、個性更突出。一段好的對話，會使讀者感覺書中人物歷歷在目」。[67]在寫

---

63 朱東潤：〈張居正大傳序〉，《朱東潤傳記作品全集》（上海市：東方出版中心，1999年），卷1，頁6。

64 朱東潤：〈張居正大傳序〉，《朱東潤傳記作品全集》（上海市：東方出版中心，1999年），卷1，頁13。

65 朱東潤：《張居正大傳》，《朱東潤傳記作品全集》（上海市：東方出版中心，1999年），卷1，頁102-105。

66 孫犁：〈與友人論傳記〉，《澹定集》（天津市：百花文藝出版社，1981年），頁63。

67 朱東潤：〈我對傳記文學的看法〉，《文匯報》，1982年8月16日。

作《張居正大傳》時，朱東潤也認為「對話是傳記文學的精神，有了對話，讀者便會感覺書中的人物一一如在目前」。但他當時特別強調的是傳記中的對話仍然須有根據，因為他覺得：「傳記文學是史，所以在記載方面，應當追求真相，和小說家那一番憑空結構的作風，絕不相同。這一點沒有看清，便會把傳記文學引入一個令人不能置信的境地；文字也許生動一些，但是出的代價太大，究竟是不甚合算的事」[68]。所以朱東潤盡可能地借用相關的歷史文獻，以求傳記人物也言之有據。這種方法看似笨拙，但卻也栩栩如生，如第十二章中：

> 初九日黎明，居正至文華殿伺候。神宗召見，居正叩頭稱賀道：「恭惟聖躬康豫，福壽無疆，臣犬馬微衷，不勝欣慶。」
> 神宗說：「朕久未視朝，國家事多，勞先生費心。」
> 「臣久不睹聖顏，朝夕仰念，今蒙特賜召見，下情無任歡忻，但聖體雖安，還宜保重。至於國家事務，臣當盡忠幹理，皇上免勞掛懷。」
> 「先生忠愛，朕知道了，」神宗說，一面吩咐賜銀五十兩、彩幣六表里、燒割一分、酒飯一桌。
> 居正俯服在下面叩頭。
> 神宗又說：「先生近前，看朕容色。」
> 居正奉命，在晨光熹微的中間，向前挪了幾步，又跪下了。神宗握著居正的手，居正這才抬頭仰看，見得神宗氣色甚好，聲調也很清亮，心裡不由地感覺快樂。
> 「朕日進膳四次，每次俱兩碗，但不用葷，」神宗告訴他。
> 「病後加餐，誠為可喜，但元氣初復，亦宜節調，過多恐傷脾

---

68 朱東潤：〈張居正大傳序〉，《朱東潤傳記作品全集》（上海市：東方出版中心，1999年），卷1，頁12。

胃，」居正說。這位老臣底態度越發嚴肅了，他鄭重地說，
「然不但飲食宜節，臣前奏『疹後最患風寒與房事』，尤望聖
明加慎。」

「今聖母朝夕視朕起居，未嘗暫離。」神宗說，「三宮俱未宣
召。先生忠愛，朕悉知。」

殿上又是一度沉寂。

神宗吩咐道，「十二日經筵，其日講且待五月初旬行。」居正
叩頭以後，退出。[69]

為顯示記事之可靠，作者還特意對上述對話加注說明：「奏疏八《召
見紀事》。對話用原文」。

　　因過於強調這種言之有據，《張居正大傳》中像這樣的對話並不
多。有時有不同版本的文獻，作者還進行比照和推測，如第十一章敘
王錫爵直奔孝闈請張居正申救吳中行等四人，張居正伏著叩頭道，
「大眾要我去，偏是皇上不許我走，我有什麼辦法？只要有一柄刀
子，讓我把自己殺了吧！」對傳主這種表現，作者加注說：「王世貞
《首輔傳》卷七。又《明史紀事本末》卷六十一云，居正屈膝於地，
舉手索刃，作刎頸狀，曰：『爾殺我，爾殺我』。《明史稿》〈張居正傳〉
云：居正至引刀作自剄狀，以脅之。《明史》〈王錫爵傳〉言居正徑入
不顧。今按世貞與錫爵往還甚密，言較可信，其餘則傳聞之辭也」。[70]

　　總之，無論是記事還是記言，朱東潤都推崇有來歷、有證據，忌
憑空想像的實錄，但三十萬言的《張居正大傳》卻又非一味謹守客觀
實錄的傳統。「中國歷史傳記，很少夾敘夾議，直接評價人物的寫

69　朱東潤：《張居正大傳》，《朱東潤傳記作品全集》（上海市：東方出版中心，1999
　　年），卷1，頁343。
70　朱東潤：《張居正大傳》，《朱東潤傳記作品全集》（上海市：東方出版中心，1999
　　年），卷1，頁300。

法。它的傳統作法是『春秋筆法』，寓褒貶於行文用字之中，實際上是叫事實說話，即用所排比的事件本身，使讀者得到對人物的印象，評價，因之引出歷史的經驗教訓。大的史學家只是寫事實，很少議論。司馬遷在寫過一個人物之後，有『太史公曰』一小段文字，談他對這一人物的印象和評價，也是在若即若離之間，遊刃於褒貶愛憎之外。又有時談一些與評價無關的逸聞瑣事，給文字增加無窮餘韻，真是高妙極了。班固以後，這種文字，稱『贊』或稱『史臣曰』，漸漸有所褒貶，但也絕不把這種文字濫入正文」。[71]朱東潤是帶著鮮明的現實關懷衝動、把傳主當作精神寄託寫作《張居正大傳》的，因此其敘述自然具有較強的主體意識，他常常通過解釋、評論、抒發等非敘事話語去闡釋傳主的言行，表達自己關於傳主的看法。如在講述張居正兩次治河失敗後，作者就直接出面，用自己的聲音述說對傳主這一經歷的理解：

> 居正底兩次失敗，本來不是意外。他自己沒有治河的經驗，而且平生沒有經過這一帶，他憑什麼可以構成正確的判斷呢？他有堅強的意志，他能充分地運用政治的力量，但是在他沒有找到得力的幹才以前，意志和力量只能加強他底失敗，所以在無法進行的時候，他便毅然地承認失敗，這正是他底幹練。最可惜的，萬曆二年工部尚書朱衡致仕，失去一個有經驗、有魄力的大臣，假如居正能夠和他和衷共濟，也許可以減少一部分的失敗。萬曆三年，工科給事中徐貞明上水利議，認定河北、山東一帶都可興水利，供軍實。但是在交給工部尚書郭朝賓查複以後，朝賓只說「水田勞民，請俟異日」，打銷了一個最有價值的提議。假如居正能夠給貞明一些應得的注意，再推動政治

---

71 孫犁：〈與友人論傳記〉，《澹定集》（天津市：百花文藝出版社，1981年），頁66。

力量，作為他底後盾，也許可以根本解決北方底糧食問題。[72]

在談及張居正和神宗的複雜關係時，朱東潤則用父母與子女的關係加以對照啟發讀者，從而表露自己的見解。

> 做父母的常說：「小的子女好養，大的子女難教。」為什麼？
> 小的時候，子女底個性還沒有發展，原談不上獨立生存的能
> 力，因此他們聽從父母底指揮，馴伏得和羔羊一樣，引起父母
> 的憐愛。等到大了以後，他們底個性發展了，他們開始發現自
> 己，在生活上，也許需要父母底維持，但是他們盡有獨力生存
> 的能力，為了這一點維持的力量，當然不願接受太大的委屈。
> 於是家庭之內，父母底意志和子女底意志並存，有時從並存進
> 到對立，甚至從對立進到鬥爭。假如一家之中，父母底意志不
> 一致，子女又不只一人，小小的家庭，無形中會成為多角形的
> 戰場。
> 不過親子之間，究竟有親子之間的天性，而且經過幾千百年以
> 來的禮教，子女或多或少地總覺得在父母面前有屈服的必要。
> 儘管家庭之中，有不斷的鬥爭，但是親子之間，不一定會決
> 裂，這是一個理由。
> 但是居正和神宗的關係，究竟不是親子的關係……[73]

這類非敘事性話語，不僅有助於讀者理解傳主的故事，也體現了作者爭取讀者站在其立場，與其就人物、故事達成某種共識的努力，而

---

72 朱東潤：《張居正大傳》，《朱東潤傳記作品全集》（上海市：東方出版中心，1999
　　年），卷1，頁240。
73 朱東潤：《張居正大傳》，《朱東潤傳記作品全集》（上海市：東方出版中心，1999
　　年），卷1，頁346。

這，又恰恰是歷史傳記儘量避免的。所以說，朱東潤雖然極力推崇有來歷、有證據的實錄，但強烈的主體意識使其傳記缺少了「春秋筆法」的含蓄而多了現代傳記的主體性衝動。

但是，朱東潤追求「磐石」般的「堅固可靠」，所以他主張傳記寫作不僅應「有來歷、有證據」，而且還應「不忌繁瑣」[74]。這種寫作精神影響所及，就是《張居正大傳》的「笨重確是有些笨重」。其實，「傳記並不在於說出一個人所知道的一切——因為如果是這樣的話，那麼一本最瑣碎的書就會像一生那麼長；傳記是要估計一個人的知識以及選擇重要的事件」[75]。這種有證據、有來歷、不忌繁瑣的敘述，不能不影響到普通讀者對這一作品的順利接受。

四　側重古人的其他傳記寫作

寫完《張居正大傳》之後，朱東潤在一九四〇年代還撰寫了《王守仁大傳》。對此，他在《自傳》中回憶道：「《張居正大傳》脫稿之後，我考慮到怎樣把人的思想從固有的框框中解放出來。……這就使我聯想到明代的王守仁。王守仁出來了，反對朱熹的那一套客觀唯心主義。他提倡良知良能，提倡良心，認為只要不去昧沒自己的良心，良心自然會告訴他什麼是是，什麼是非，什麼是善，什麼是惡。他要的是良心所見的是非，而不是孔子孟子、聖經賢傳所見的是非。日本明治時代的維新，主要是得力於陽明學說。其實明代末年認為洪水猛獸的李贄的《童心說》，也是從王守仁的良心派生的。這就使我考慮

---

74 上述關於西方三種傳記文學類型的劃分和論述，除另外注明外，均據〈張居正大傳序〉，見《朱東潤傳記作品全集》（上海市：東方出版中心，1999年），卷1。

75 〔法〕安德列‧莫洛亞著，陳蒼多譯：《傳記面面觀》（臺北市：商務印書館，1986年），頁48。

到要寫《王守仁大傳》」。[76]為了通過表現王守仁的行為否定程朱理學，提倡思想解放，在資料不全的情況下，朱東潤克服困難最終寫出了《王守仁大傳》。可惜此書未能及時出版，手稿後於文化大革命期間散失。

朱東潤再從事傳記文學寫作已是五〇年代，一九五九年他完成了《陸游傳》。所以選擇陸游為傳主，是因為他是一位有問題的傳主，後代對其「評價分歧很大」。「陸游的一生，八十五年的當中，經過不少的變化，他的政治關係，也有過相當的轉變」，「有人把陸游看成權門清客」，有人「認陸游為愛國詩人」。朱東潤認為，「一位有問題的傳主，有時會給傳記的作者以更大的興趣」。但要對傳主作出判斷就「必須舉出具體的事實來，否則不容易取信」，所以必須做必要的考證。[77]因此，作者在寫作《陸游傳》前做了一些準備工作，包括《陸游詩選注》、《陸游研究》，等等。《陸游研究》中的某些篇目如〈陸游和梅堯臣〉、〈陸游和曾幾〉、〈陸游在南鄭〉、〈陸游在農村〉等可以看出可以作者對陸游生平的關注和考證。這部傳記記敘了陸游具有悲劇色彩的一生。陸游經歷的是戰亂頻繁的年代，金戈鐵馬的生活、收復中原的執著信念和對美好感情的追求貫穿在他的人生歷程之中。傳記以陸游自己的作品為脈絡，敘寫其傳曲折的人生經歷和複雜的心靈世界。除側重梳理生平幾件重大事情之外，朱東潤開始嘗試用小說的筆法描寫傳主的一些生活細節，因此整部作品的文學性較之《張居正大傳》有所增強。

朱東潤認為「詩人是時代的先覺，在戰爭的年代裡，他站在最前列，在和平的年代裡，他歌頌得最嘹亮。他的豐富而深刻的感情和他

---

76 朱東潤：《朱東潤自傳》，《朱東潤傳記作品全集》（上海市：東方出版中心，1999年），卷4，頁281。

77 朱東潤：〈陸游傳序〉，《朱東潤傳記作品全集》（上海市：東方出版中心，1999年），卷1，頁427-428。

的身世存在著密切的聯繫。倘使我們對於他的時代和身世，沒有切實的體會，怎樣理解他的作品呢？」他覺得「詩人是最需要寫成傳記的，這樣我們對於他的作品才能獲得進一步的理解」。[78]因此，在《陸游傳》之後，朱東潤完成的是《梅堯臣傳》。梅堯臣是宋詩的「開山祖師」，但其主要作品集六十卷的《宛陵文集》（《宛陵集》）「既不分體，又非編年」，[79]編次混亂，給理解詩人及其作品造成很大的困難。朱東潤研讀梅堯臣集、《宋史》及同時代的一些詩文集，尋找查閱《宣城縣誌》和《梅氏宗譜》，又根據各種本子和相關史實作了一幅〈宛陵文集分卷編年表〉，然後才於一九六三年四月開筆寫作《梅堯臣傳》，至十月完成全書初稿，耗時二百餘日。作品以傳主的詩風變化為中心，結合時代和個人性格發展，描敘梅堯臣的身世遭際，剖析其作為宋詩「開山祖師」在詩歌創作上的特色和成就，也記載了他與當時文壇名流唱和往來的軼事趣聞。全書敘述的重點是傳主對於宋王朝與西夏的戰爭、對於統治階層內部的三次重大政治鬥爭的態度。梅堯臣沒有直接參加對西夏的戰爭，但他時刻關心邊境的戰事，寫了大量關乎國事的詩歌。三次重大政治事件指的則是景佑年間范仲淹等被貶官、慶曆新政年間的政治鬥爭和皇祐初年唐介彈劾文彥博的事件。朱東潤憑藉其深厚的文史學養，佐之以豐富翔實的史料，在北宋王朝積貧積弱、內外交困的時代背景下，準確把握傳主形象，這對於讀者研究梅堯臣、研究古代詩歌的發展道路均很有裨益。

　　《梅堯臣傳》之後，朱東潤本擬撰寫《蘇軾傳》。他花一年的時間仔細讀了蘇軾及同時代一些人的作品，並且開始了編定年次的工作，但最終還是放棄了這一計畫。朱東潤後來後來提到放棄的原因：

---

78 朱東潤：〈梅堯臣傳序〉，《朱東潤傳記作品全集》（上海市：東方出版中心，1999年），卷2，頁3。

79 夏敬觀：〈梅堯臣詩導言〉，轉引自《朱東潤自傳》，《朱東潤傳記全集》（上海市：東方出版中心，1999年），卷4，頁461。

我終於發現我無法全部理解他的政治態度和生活作風。他的一
生是那麼的優遊自在，行雲流水；而我對於人生執著異常，我
這一生固然無法享受優遊自在的生活，也沒有行雲流水的消
閒。這不是說我對或蘇軾錯，而是說我無法理解他。傳主和作
者至少要有一些共同的認識而後才能深入，才能寫出自己滿意
的作品。[80]

　　朱東潤發現蘇軾的「行雲流水」與自己的「執著異常」無法產生
「共鳴」，所以遺憾地放棄了為蘇軾立傳的打算，這表明傳記作家選
取傳主的過程實際上接近「讀者」接受「作品」的過程，傳主的人生
歷程本身對作者來說必須具備特殊的「召喚結構」。作者的接受期待
從「召喚結構」中滿足，但作者最終還必須超越這種結構，否則就無
法準確把握和從容再現傳主的一生。

　　十年「文革」時期，朱東潤歷經坎坷，完全停止了傳記的寫作。
一九七六年十月「文革」結束，一年後的一九七七年十月，朱東潤寫
完他的《杜甫敘論》。這一傳記寫於一九七〇年代後期，但作者最早
萌發為杜甫作傳卻是在十幾年前。一九六四年年底他就曾計畫寫作杜
甫傳，因為「這是一位論定的作家，關於他的材料也盡多」，但朱東
潤當時又認為「寫杜甫傳卻有困難」，原因是「馮至寫的《杜甫傳》
出版不久，雖然簡短一些，論述也還精煉」。[81]另外，一些問題，如
「李姓王朝和吐蕃王朝、回紇王朝的關係，杜甫作品在唐詩中的地
位、杜詩的發展及其創作道路等」也還沒思考成熟。到了一九七〇年
代中後期，朱東潤自己覺得「對於這些問題有了某種程度的解決」，

---

80 朱東潤：《朱東潤自傳》，《朱東潤傳記全集》（上海市：東方出版中心，1999年），
　　卷4，頁474。

81 朱東潤：《朱東潤自傳》，《朱東潤傳記全集》（上海市：東方出版中心，1999年），
　　卷4，頁471。

因此開筆寫作，但標題已經變為《杜甫敘論》。據作者的解釋，「敘論」的本意就是評傳，特點是「對於杜詩的發展講得較多」。[82]杜甫是唐代著名詩人，他的詩歌主要記載安史之亂前後李唐王朝由盛入衰的社會現實及詩人顛沛流離的個人生活，素有「詩史」之稱。《杜甫敘論》評論的重點是杜甫詩歌創作的兩個高峰問題，即乾元二年的思想高峰和永泰二年的藝術高峰，關於傳主的創作道路和杜詩的發展始終圍繞這兩個論題展開，而對於他的生平事蹟的描述則相對較少。所以，《杜甫敘論》的結構特色是「以傳為縱以論為橫」[83]，它與一般傳記敘事的區別在於前者圍繞詩歌創作，而後者圍繞生平事蹟進行。另外，這一作品雖為「敘論」，但也頗具文學性。朱東潤善於用嚴肅而又不乏活潑、幽默的文學語言來介紹分析杜甫的生活和創作，特別是善於通過精煉生動的對話再現歷史的場景，因此，《杜甫敘論》兼具了學術的價值和文學的價值。

除了杜甫的傳記，一九六〇年代中期朱東潤也有寫陳子龍傳記的念頭，他覺得陳子龍「不但詩作得好，文章也好，而且在異民族入侵的時候，在極為艱苦的情況下，他起兵反抗，最終獻出了自己的生命」，所以值得為他作傳，但最後終因擔心一般讀者對他不熟悉而作罷。[84]一九八〇年代初完成《杜甫敘論》之後，朱東潤還是寫出了《陳子龍及其時代》這一作品。朱東潤認為，「陳子龍一生可以分為三個階段，青少年時期他是一名文士，他的理想只是考中舉人、進士，……幸而在適當的機會，他結識了黃道周，這才理解到還有一個為國為民的目標。這時子龍是一名志士了，他認識到必須把自己的力

---

82 朱東潤：〈杜甫敘論序〉，《朱東潤傳記全集》（上海市：東方出版中心，1999年），卷2，頁215。

83 林東海：〈朱東潤先生和《杜甫敘論》〉，《朱東潤先生誕辰一百一十周年紀念文集》（上海市：上海古籍出版社，2006年），頁129。

84 朱東潤：《朱東潤自傳》，《朱東潤傳記全集》（上海市：東方出版中心，1999年），卷4，頁474。

量貢獻給國家。……子龍曾經參加南京政權的工作，在看到朝政混亂以後，他回到松江。他不是退隱，而是糾結地方人士準備給敵人一次打擊。南京政權垮臺以後，要憑地方勢力擊退敵人，這是一個過分的估計，但作為鬥士，他是不會計較成敗利鈍的。起義失敗以後，他聯繫吳易，準備太湖起義。及至吳易過早地暴露目標，遇到又一次失敗，這時黃道周在福建建立了以唐王朱聿鍵為首的福建政權，這是後來的隆武帝。國勢進一步削弱了，但是子龍並不灰心，他一邊接受福建政權領導，一邊也聯繫浙東崛起的魯王朱以海，準備起義。作為鬥士，他得不斷地進行鬥爭，只要成功有一線的希望，真正的鬥士必然要從失敗中爭取勝利，甚至在成功的希望只是泡影的時候，他也決不放棄鬥爭。子龍就是這樣的一個鬥士」。但朱東潤又認為，陳子龍並不是超人，「他是時代中的人物，他的一生的經歷都和他的時代息息相關」。[85]因此，《陳子龍及其時代》沒拘泥於作者多年來駕輕就熟的傳記寫作體例和傳記結構，而是突破常規，推陳出新，改變行文布局的慣例。作品不再僅僅圍繞傳主的事蹟來謀篇布局，而是在敘述傳主生平的同時增加時代大事的線索，融人物生平變化於時代風雲之中。在明政權日益崩潰、清軍進逼中原、農民起義迭起的大背景下，朱東潤的《陳子龍及其時代》生動地刻畫出一位從只關心詩文的文士，以國事為己任的志士，到最終以身殉國的鬥士的傳主形象。同時，朱東潤還以一個文學史家獨到之筆觸，描摹了崇禎帝、吳三桂、洪承疇、袁崇煥等各色人物的活動，勾勒了一幅十七世紀中國的波瀾壯闊的歷史畫卷，並試圖在歷史的發展進程中，尋找出產生真正鬥士的契機。據稱，「朱東潤本擬將此書的書名定為《陳子龍大傳》，後因有關方面認為書中與傳主個人活動無直接關係的時代大事佔了太多篇幅，故改

---

85 朱東潤：〈陳子龍及其時代序〉，《朱東潤傳記作品全集》（上海市：東方出版中心，1999年），卷3，頁4。

為現名」。[86]但朱東潤後來在「序」中揶揄道:「這樣的寫法,在國外是經常見到的,不過在國內,由於數百年來八股文字的傳統,可能有人認為離題太遠,因此我在書名中特別提到的時代‧表示我對於這個傳統的正視」。[87]實際上,著重在社會時代的背景下敘述傳主的人生歷程正是中國史傳宏大敘事的傳統,朱東潤這樣的解釋不能不說是充滿反諷的意味。

一九八六年,在九十一歲高齡的時候,朱東潤開始著手《元好問傳》的寫作,一九八七年十二月初《元好問傳》脫稿,十二月二十日他因病入院,一九八八年二月與世長辭,《元好問傳》也就成為其名副其實的遺作。元好問歷經金、蒙古兩個時代,他的一生是在兵戈撞擊、顛沛流離的動盪歲月中度過的。為讓讀者充分瞭解元好問生活的特殊年代,朱東潤用一大章的篇幅去釐清元宋、金、蒙古間的複雜關係。從第二章開始講述傳主的青少年時代開始,《元好問傳》就大量引用傳主的詩歌以印證其經歷和體驗。作者充分借助傳主的作品,循著歷史的足跡,描述其坎坷的一生,揭示其充滿矛盾的人格特徵。在《元好問傳》中,傳主的相關詩文作品是被當成生平史料而得到充分運用的。

在朱東潤的傳記文學創作生涯中,另還有兩部傳記作品特別值得重視,一是他為自己妻子寫作的傳記《李方舟傳》,另一本是他自己的自傳。

《李方舟傳》是朱東潤為其夫人鄒蓮舫女士所作的傳記,李為鄒的化名。朱、鄒兩人結縭於二十年代,相濡以沫,攜手走過了近半個世紀的人生滄桑。這部作品寫於「文革」期間,因此不能不借鑒傳統

---

86 李祥年:〈朱東潤的學術道路〉,《朱東潤先生誕辰一百一十周年紀念文集》(上海市:上海古籍出版社,2006年),頁41。
87 朱東潤:〈陳子龍及其時代序〉,《朱東潤傳記作品全集》(上海市:東方出版中心,1999年),卷3,頁5。

的春秋筆法，其中人名、地名、機關名「都經過一些轉化」，[88]有些事件場面的敘寫也不得不採用曲筆，但作者還是以史家之筆觸、飽含深情地描寫了一位為丈夫和子女奉獻一生，努力為社會盡個人本分，卻在不正常的歲月裡，含冤離開人世的普通女性的生命歷程，同時也通過傳主的一生寫出了中國跌宕多災的艱難時代。嚴格地說，這一傳記並未完整記錄李方舟的一生，它雖然像許許多多傳記那樣開篇於傳主的家世與出生，但卻結束於一九六五年冬天「文革」爆發前夕，敦容的七十歲生日：

> 在他們結婚以後，方舟對於敦容的生日，一向是非常重視的。三十歲那一年，敦容還在崇川，生日那一天，方舟是趕到崇川去，夫婦和孩子們一起，歡度這一個日子。四十歲那一年，敦容在武漢，方舟是帶著文簡去的。五十歲就不同了，那時一個在四川，一個在濟川，相去數千里，無法見面，這是迫於時勢，原是無可奈何的了。六十歲那一年，敦容在無錫，方舟從濟川趕過去，和天中夫婦一道過的。如今是七十歲了，方舟商議是怎麼過呢？當然，他們是不會搞什麼排場的，以往不也是如此嗎？但是也不能就此不聲不響地過去。[89]

於是他們最後商定那一天到南翔去。在南翔的古漪園，「草木發出一些幽靜的幽香」，「日光從西窗裡慢慢地透過來，更使人感到透骨的舒適」，但他們聽到的卻是女藝人悲惋、嗚咽、沉痛的歌唱，最後落得個「惘惘地」離開。傳記正文至此而止，夫婦之間一往情深，山雨欲

---

88 朱東潤：〈李方舟傳序〉，《朱東潤傳記作品全集》（上海市：東方出版中心，1999年），卷4，頁507。

89 朱東潤：《李方舟傳》，《朱東潤傳記作品全集》（上海市：東方出版中心，1999年），卷4，頁591。

來風滿樓的預感等都隱含在不露聲色的字裡行間。三年之後，李方舟這位善良的家庭婦女就因不堪忍受精神與病痛的折磨被迫自殺，但作者卻不能在其傳記中記下這慘痛的悲劇。「文革」結束後，朱東潤才在〈後記〉中詳細補敘了這一悲劇，並且長篇抒發了多年壓抑心底的憤懣與不平：

> ……蓮舫沒有呼吸了，自經的繩索還在，後來給公安局的人帶去了，作為自盡的見證。我的棉襖已經收拾了，上面留著一張字條：「東潤：對不起，我先行一步了。錢留在衣袋裡。」這張字條也由公安局的人帶去。所以她的遺物，除了衣飾零用以外，這最後的一點遺言都沒有留下。
>
> 為了國家的需要，她辦過縫紉組，她辦過食堂。她曾經在第一宿舍擔任居民小組長，因為缺人負責的關係，她跨過馬路，到第二宿舍再兼任一個居民小組長。為了食堂的需要，她一天亮就工作，除了午後略為休息外，又從下午起再一直幹到晚上。至於在泰興辦縫紉組的事，那更不必說了。假如辦到現在，我們可以做多少工作，為國家賺多少外匯。但是李副縣長懾於成衣師傅的壓力，他主張停辦了。她一句話也不說，連李副縣長要為她安排在縣立中學工作，她也拒絕了。
>
> 在國家需要我從泰興到四川工作的時候，她毅然決然地讓我走了。我還有些留戀，但是她卻肯定地讓我走了。八年分離之中，她對我是絕對地信任，甚至有人告訴她我在四川重娶已經有了孩子的時候，她只是淡淡地一笑，沒有一絲一毫的懷疑。在敵人進入泰興以後，親戚朋友的往來都相繼斷絕，她沒有分釐毫髮的畏懼。除了在大亂的當中，她關心兒女的生存，為他們的安全操心擔憂之外，只是行所當行，為所當為，沒有絲毫的膽怯。

　　　　然而，這樣的一位家庭婦女，竟被威逼到自殺的地步。在那種
　　　　風聲鶴唳的時候，原本救死扶傷的醫院對這樣的婦女是不收
　　　　留、不搶救的。蓮舫的生是為國家和家庭盡了她的責任，蓮舫
　　　　的死是由於應當盡責的醫護人員不便盡責而終於死去的。[90]

可以說，李方舟最後的命運就是「文革」歲月中許多善良中國人命運
的縮影，她的悲劇是時代的悲劇、社會的悲劇。因此，這是一部瞭
解、研究二十世紀普通中國人命運的重要著作，隨著時代的推移，它
將顯示出特殊的意義。

　　《朱東潤自傳》的寫作始於一九七六年二月，成於同年十二月，
在時間上略遲於《李方舟傳》，但基本上也屬於「文革」時期的寫
作。一九七六年恰為作者八十周歲，因此這一傳記原稱《八十年》，
後才更名為《朱東潤自傳》。[91]從一八九六出生到一九七六年，作者經
歷和見證了清末、民國和新中國成立後的歷史變遷，所以這既是作者
對自己八十年人生歷程的回顧和總結，也是作者記錄人世變遷世事浮
沉的歷史長卷，因此同樣具有重要的歷史文化價值。

　　從上述的梳理不難看出，朱東潤的傳記文學創作比較傾向於中國
古代的歷史人物，特別是傾向於古代的文學家，這樣的選材與作者是
個文史學家不無關係。一般來說，這樣的選材，這樣的作者背景，寫
出來的傳記往往是因學術要素特別明顯、美學技巧要素又相對薄弱，
因而缺乏可讀性。但朱東潤的傳記作品卻能夠避免這種不足，它們在
內容方面注重科學性、準確性的同時，在具體的表述形式上又是相當
突出美學技巧因素，即在謀篇布局、遣詞造句、描述事件、刻畫人物

90　朱東潤:〈後記〉,《李方舟傳》,《朱東潤傳記作品全集》(上海市：東方出版中心,
　　1999年),卷4,頁602。
91　顧雷:〈現代傳記文學的拓荒者——朱東潤教授傳論〉,《朱東潤先生誕辰一百一十
　　周年紀念文集》(上海市：上海古籍出版社,2006年),頁60。

等各個方面，大都吸收和借鑒了文學方法。可以說，朱東潤的傳記作品在本質上是歷史、學術性以及文學性的結合。

　　朱東潤曾說過：「在武漢大學時，聞一多要我教中國文學批評史，我一年中寫成了《中國文學批評史大綱》。解放後，周揚要我編《中國歷代文學作品選》，這些都是任務。我的衷心願望，倒是想當一名忠實的傳記文學家，為一代的文人，千秋的鬥士，真正的愛國者立傳，為在國家和人民的命運轉折時期的關鍵入伍立傳。到我死後，只要人們說一句：『我國傳記文學家朱東潤死了』。我於願足矣」。[92] 綜觀朱東潤的一生，他的確為現代傳記文學的提倡、研究、創作以及教學付出了畢生的心血，他的傳記文學理論與實踐既借鑒西方但又不是簡單機械的模仿，既立足於本民族的傳統又融匯了現代傳記的理念；他由理論的研究引導傳記文學的創作，又由創作的實踐驗證和豐富傳記文學的理論；他以系統的理論研究和切實的創作實踐引領傳記文學的教學，由通過教學深化、充實和實現傳記文學的提倡。總之，提倡、研究、創作以及教學相得益彰，朱東潤為現代傳記文學事業作出了巨大的貢獻，他完全無愧於「傳記文學家」的稱號。

92　轉引自陳謙豫：〈難忘的回憶〉，《泰興文史資料》，第6輯，1989年。

下篇
詩學視野下的理論研究

第十三章
現代傳記文學的理論建構

　　儘管中國現代傳記文學的發展還不是很盡如人意，但從梁啟超開始，除了傳記的寫作實踐，許多作家、學者和批評家曾分別就傳記和傳記文學問題進行了多方面的理論探討，有的結合創作談箇中的體會和經驗，有的進行專門性、學理性的研究，他們從不同的角度為中國現代傳記文學的理論建構做出了各自的貢獻。在中國現代傳記文學研究的過往視界中，關於傳記寫作，關於梁啟超、胡適、郁達夫、朱東潤等著名作家學者的相關理論主張的確受到了充分的關注，但除此之外的其他人的理論探討卻一直沒得到充分的重視。實際上，創作的轉型發端於觀念的變革，而寫作的實踐也促進、啟迪和豐富理論的建構。在三〇、四〇年代，除上述著名作家外，其他學者對現代傳記文學理論也從不同的側面進行過比較深入的探討。因此，系統地梳理中國現代傳記文學的理論建構的發展脈絡，總結那一時期關於傳記文學的理論思維成果，這對於中國傳記文學的發展無疑具有深遠的詩學意義。

一　史前的資源與域外的視角

　　一種觀念的提出，或一種理論的建構往往都和固有的相關積澱有著千絲萬縷的關係，既有的積澱或影響新的理論觀念的生成，成為新的建構的基石，或成為對應、甚至對立的一方，啟迪和促進新的理論觀念的萌生。因此，考察中國現代傳記文學理論建構，就有必要系統考察這一建構所對應、所參照或所依據的理論資源。

　　從表面上看，中國現代傳記文學的生成是受到了西方現代傳記文學理論觀念的啟迪，但從更深處考察，其史前資源，中國古代的相關理論的影響也是不可低估。在中國典籍中，很早就有有關「傳」或「傳記」一詞的記載或解釋，當然最初的含義與現代的傳記的觀念略有不同：

> 歆受詔與父向領校祕書，講六藝傳記……無所不究。[1]

> 丘明……論本事而作傳，明夫子不以空言說經也。[2]

這裡的「傳」或「傳記」，承擔的是對於「經」的闡釋功能，《爾雅》釋為「傳也，博識經意，傳示後人也」。[3]劉勰則進一步辨析：

> 發口為言，屬筆曰翰，常道曰經，述經曰傳。[4]

> 議者宜言，說者說語，傳者轉師，注者主解，贊者明意，評者平理，序者次事。[5]

　　正因為承擔「釋經」、「訓釋」的功能，所以劉勰說：「傳者，轉也，轉受經旨，以授於後，實聖文之羽翮，記籍之冠冕也」。[6]

　　到唐代劉知幾的《史通》，「傳」雖然仍屬意於「解經」「釋紀」，但已有「列事」、「錄人臣之行狀」[7]之解釋。至清人章學誠的《文史通義》則專列〈傳記〉一篇，並辨析到：「傳記之書，其流已久，蓋

1　《漢書》〈劉歆傳〉。
2　《漢書》〈藝文志〉。
3　《爾雅》。
4　《文心雕龍》〈總術〉。
5　《文心雕龍》〈論說〉。
6　《文心雕龍》〈史傳〉。
7　《史通》〈內篇〉〈列傳第六〉。

與六藝先後雜出。古人文無定體，經史亦無分科。《春秋》三家之傳，各記所聞，依經起義，雖謂之記可也。經《禮》二戴之記，各傳其說，附經而行，雖謂之傳可也。其後支分派別，至於近代，始以錄人物者，區為之傳；敘事蹟者，區為之記。……後世專門學衰，集體日盛，敘人述事，各有散篇，亦取傳記為名」。[8]至此，「傳記」之含義與現代傳記文學之「傳記」已幾無差別矣。

　　現代梁啟超、胡適、朱東潤等均文史兼治，故取法《文心雕龍》、《史通》、《文史通義》等典籍，或以它們為新傳記、傳記文學提倡之參照也在必然之中。梁啟超在談及中國古代史學之發展時就專門談到：「批評史書者，質言之，則所評即為歷史研究法之一部分，而史學所賴以建設也。自有史學以來二千年間，得三人焉：在唐則劉知幾，其學說在《史通》；在宋則鄭樵，其學說在《通志》〈總序〉及〈藝文略〉、〈校讎略〉、〈圖譜略〉；在清則章學誠，其學說在《文史通義》」，「自有左丘、司馬遷、班固、荀悅、杜佑，司馬光、袁樞諸人，然後中國始有史。自有劉知幾、鄭樵、章學誠，然後中國始有史學矣。至其持論多有為吾儕所不敢苟同者，則時代使然，環境使然，未可以居今日而輕謗前輩也」。[9]五四之後，一般的作家、批評家都不願意輕言與傳統的關係，作為曾經喜歡標新立異的思想者，作為站在傳統與現代交會點上的文化巨人，梁啟超的描述客觀地揭示了無可避諱的承傳事實，其「未可以居今日而輕謗前輩」也表明了一種實事求是的歷史精神。

　　胡適非常推崇章學誠的「學問與見解」，曾頗費心思地編撰過一部「不但要記載他的一生事蹟，還要寫出他的學問思想的歷史」[10]的

8　《文史通義》〈傳記〉。

9　梁啟超：《中國歷史研究法》，《飲冰室合集》專集之七十三。

10　胡適：〈章實齋先生年譜序〉，《胡適傳記作品全編》（上海市：東方出版中心，1999年），卷2，頁2。

八萬多字的《章實齋先生年譜》。他寫於一九一四年的《藏暉室札記》關於東西方傳記比較的札記雖然很有標榜西方傳記之意，但其標榜本身也是建立在與東方傳記的詳細比較當中，如非諳悉中國傳統傳記及其理論，崇尚實證的他也一定不會輕下斷言。許壽裳《談傳記文學》[11]中關於「傳記文學的種類」、「傳記文學的發展趨向」等的立論，依據的基本是《論語》、《莊子》、《史記》、《大戴記》、《晏子春秋》等中國古代相關的寫作實踐，言及「傳記文學的效用」時，則直接引用劉知幾《史通》中關於「三傳並作，史道勃興」[12]的表述。孫毓棠的〈論新傳記〉更是明確指出：

> 西洋傳記文學本有傳統，基於一種個人主義和英雄崇拜的心理。自普魯它克（Plutarch）的英雄傳傳世以後，幾乎代代不乏名傳記家。但是我們中國傳記文學的傳統，並不是見得弱於他們。自從太史公撰《史記》以列傳為式之後，歷代正史都拿列傳作基石。漢末魏晉時因為時勢造成了英雄烈士的心理，起始重視個人，一時碑版及傳記之風大盛（如《曹瞞傳》、《英雄記》、《謝玄別傳》、《汝南先賢傳》等，可惜都已見不到完璧）。這兩種體制一直流傳後世。六朝唐宋的小說每喜以傳記為體，都是受這種風氣的影響。明清文人脫離了小說碑誌，為寫傳而寫傳的很不在少數。有清以來，年譜之學較宋明兩代尤為發達，雖是受編年史體例之影響，但以個人事蹟編年，也是傳記學上的一大進步。所以我們傳記文學的傳統，並不亞於西洋。[13]

　　至於朱東潤，他從三〇年代進入大學任職，從事的就是中國古代

---

11 許壽裳：〈談傳記文學〉，《讀書通訊》1940年第3期。

12 《史通》〈人物篇〉。

13 孫毓棠：〈論新傳記〉，《傳記與文學》（重慶市：正中書局，1943年），頁1。

文史的教學與研究，而之後的十幾年裡，又先後完成《中國文學批評史大綱》、《史記考索》、《後漢書考索》以及《八代傳敘文學述論》等專門性的研究著作。可看出傳統的史前資源對於中國現代傳記文學的理論建構的影響雖然不受彰顯，但無疑是存在的。

　　中國現代傳記文學理論建構的另一重要參照是外國傳記文學的理論與實踐。在中國傳記文學轉型期中，首先跨越傳統，在理論探索中引入域外視角的是梁啟超和胡適。梁啟超是先進行傳記寫作後展開理論探討的，但在寫作傳記時他就已經有「仿西人傳記之體」[14]的自覺。後來在《中國歷史研究法》、《中國歷史研究法補編》等著作中，梁啟超提出了「以人物為本位」、「人的專史」、「專傳」等現代傳記命題的重要理論參照，也是域外的傳記理論與實踐，如在談及《史記》的特殊價值時，梁啟超說：

> 其最異於前史者一事，曰以人物為本位。故其書廁諸世界著作之林。其價值乃頗類布林達克之《英雄傳》，其年代略相先後（布林達克後司馬遷約二百年），其文章之佳妙同，其影響所被之廣且遠亦略同也。後人或能譏彈遷書，然遷書固已皋牢百代，二千年來所謂正史者，莫能越其範圍。豈後人創作力不逮古耶？抑遷自有其不朽者存也。[15]

在考察傳記與歷史之關係時，他又談到：

> 在現代歐美史學界，歷史與傳記分科。所有好的歷史，都是把人的動作藏在事裡頭，書中為一人作專傳的很少。但是傳記體

14　梁啟超：〈序例〉，《中國四十年來大事記（一名李鴻章傳）》，《飲冰室合集》專集之三。

15　梁啟超：《中國歷史研究法》，《飲冰室合集》專集之七十三。

仍不失為歷史中很重要的部分。一人的專傳，如《林肯傳》、
《格蘭斯頓傳》，文章都很美麗，讀起來異常動人。多人的列
傳，如布達魯奇的《英雄傳》，專門記載希臘的偉人豪傑，在
歐洲史上有不朽的價值。所以傳記體以人為主，不特中國很重
視，各國亦不看輕。[16]

　　胡適在一九一〇至一九一七年赴美留學期間接觸到西方傳記作品
和理論，並於一九一四年寫下了比較東西方傳記，後來題為「傳記文
學」札記。這一札記受西方傳記的影響顯而易見，而且正是這一時期
起，胡適對傳記的興趣已經從一般的寫作嘗試逐漸轉向理論的思考。

　　緊接著的是梁遇春、郁達夫等人的介紹。梁遇春在他的《新傳記
文學譚》中介紹了斯特拉奇（Lytton Strachey）、莫洛亞（André
Maurois）和盧德威克（Emil Ludwig）這三位著名傳記文學作家和他
們作品。郁達夫在〈傳記文學〉、〈什麼是傳記文學？〉等等短短的幾
千字中談到的國外傳記作家作品，包括了從「Xenophon的《梭格拉底
回憶記》」到「南歐的傳記文學作者Giovanni Papini」的《基督傳》等
二十餘種。朱東潤一九三九年以後開始切實提倡和研究傳記文學，除
了西方傳記作品，他還認真研讀了提阿梵特斯（Theophrastus）的《人
格論》（*The Characters*）和莫洛亞的《傳記綜論》等理論著作。[17]後
來在《傳敘文學與人格》中，他還專門談到提阿梵特斯的《人格論》
在「傳敘文學」上的「重大的影響」。[18]林國光的長文《論傳記》中，
還專列一節，分析從舊約聖經中的傳記故事到斯特拉奇（Lytton
Strachey）的作品，全面系統地介紹了「西洋傳記的演進」，並在文末

---

16 梁啟超：《中國歷史研究法補篇》，《飲冰室合集》專集之九十九。
17 朱東潤：〈張居正大傳序〉，《朱東潤傳記作品全集》（上海市：東方出版中心，1999
　　年），卷1，頁3。
18 朱東潤：〈傳敘文學與人格〉，《文史雜誌》1941年第1期。

特意聲明，其論文「多引哥倫比亞大學涅焚斯（A.Nevins），蕭德威（J.T.Sho well）二教授著作」[19]。而像湘漁（吳景崧）的〈新史學與傳記文學〉、孫毓棠的〈論新傳記〉[20]等文中，被當成理論圭臬的基本上也是西方現代傳記觀念。

　　另外，在盧騷的《懺悔錄》，尼采、歌德、托爾斯泰等的自傳，以及斯特拉奇的《維多利亞女王傳》、茨威格的《羅曼‧羅蘭傳》、盧德威克的《俾斯麥傳》、莫洛亞的《拜倫傳》、《雪萊傳》等外國傳記名作被介紹和翻譯到中國的同時，相關的理論批評也開始被直接翻譯到中國。一九三〇，巴金翻譯出版俄國克魯泡特金的《我的自傳》，其中一併翻譯了現代著名的文學批評家，丹麥的格奧爾格‧勃蘭兌斯所寫的〈英文本序〉。在此前後，勃蘭兌斯關於傳記文學的一些理論表述已經為中國作家所借用，如郭沫若聲稱自己寫作「自傳」「不是想學Augustine和Rousseau要表述甚麼懺悔」、「也不是想學Goethe和Tolstoy要描寫甚麼天才」，[21]他所說的關於西方自傳的這兩種主要類型，在勃蘭兌斯所寫的〈英文本序〉中已經有類似的表述：

> 　　以前的偉人的自傳大抵不出下面的三種類型：「我以前如此深入迷途；如今我又找到了正路」（聖奧古斯丁）；「我從前是這麼壞，然而誰敢以為他自己要比我好一點？」（盧騷）；「這是一個天才因良好的環境慢慢地自內部發展的道路」（歌德）。在這些自我表現的形式中，作者總以自己為主。
>
> 　　十九世紀名人的自傳又多半不出下面的兩種類型：「我是這樣

19 林國光：〈論傳記〉，《學術季刊》1942年第1期。

20 湘漁：〈新史學與傳記文學〉，《中國建設》第1卷合訂本（1948年）；孫毓棠：〈論新傳記〉，載《傳記與文學》（重慶市：正中書局，1943年）。

21 郭沫若：〈我的童年前言〉，《郭沫若全集》（北京市：人民文學出版社，1992年），卷11，頁8。

地多才，這樣地吸引人，我贏得人家如此的讚賞與愛慕！」
（約翰娜・露易絲・海伯格的《回憶中的一生》）或者「我是
才華橫溢，值得人愛，然而人們卻不欣賞我；看我經過了何等
艱苦的奮鬥才贏得今日的聲譽。」（安徒生的《我一生的故
事》）在這兩類生活記錄中，作者主要想的是他的同時代的人
怎樣看待他，怎樣說起他……[22]

　　從勃蘭兌斯對克魯泡特金《我的自傳》的評價，可以看出其對最
佳傳主的看法，他認為，「許多的男男女女並不曾經歷一個偉大的生
活也成就了偉大的一生事業。許多人的生活雖然是無大意義、平平常
常，然而他們卻引人入勝。至於克魯泡特金的一生則兼有偉大與引人
入勝二者」。在他看來，傳主生平「引人入勝」，才能使傳記作品「蘊
藏著構成事變叢生的生活的一切要素──牧歌與悲劇，戲劇與傳
奇」。而在寫作上，勃蘭兌斯則強調「生花妙筆」和「小說所特有的
感傷的成分」。[23]

　　勃蘭兌斯的許多觀點自然被中國現代傳記理論的探索者所接受。
後來湘漁在談及如何處理傳主人格刻畫與展現傳主生活的社會歷史背
景的關係時，就直接引用了勃蘭兌斯對克魯泡特金《我的自傳》的
評價：

　　　　……在他底書裡，我們可以看出俄國官場與下層民眾底心理，
　　　前進的俄羅斯與停滯的俄羅斯底心理，他述敘同時人底故事，
　　　實較敘述自己底故事的心更切。因此他底生活記錄裡面，便包

---

22 〔丹麥〕格奧爾格・勃蘭兌斯：〈我的自傳英文本序〉，《巴金譯文全集》（北京市：
　人民文學出版社，1997年），卷1，頁1。
23 〔丹麥〕格奧爾格・勃蘭兌斯：〈我的自傳英文本序〉，《巴金譯文全集》（北京市：
　人民文學出版社，1997年），卷1，頁3。

含著當時的俄國底歷史，也包含著十九世紀後半期的歐洲勞動
（工）運動底歷史。當他沉入他自己底世界中時，我們又看
見外的世界在那裡反映出來。」（見巴金譯《克魯泡特金底自
傳》）[24]

一九三八年，廣州宇宙風社出版出版由陶亢德編輯的《自傳之一
章》，附錄全文收入由豈哉翻譯，日本現代知名作家、批評家鶴見祐
輔撰寫的長文《傳記的意義》。鶴見祐輔認為傳記的意義在於可以給
閱讀者兩個方面的收穫，「其一得到感化，即受到人生的教訓，另一
是獲取知識」。關於前者，鶴見祐輔認為：「傳記的真實目的，不在記
述政治家武將的成功談，而在於描寫人類處廣泛的環境之間，磨其心
志展開何種人格的經過。所以近代的傳記，其尋求對象有捨政治家武
將而向文藝家，思想家，畫家、科學家，技術家，發明家，探險家，
社會運動家之勢；這是人智之進步，同時也由於人類興味已捨政治軍
事而向更通俗的生活部門」；至於後者，鶴見祐輔認為：「歷史學的難
解，因其只是簡單記述的書籍。既無插話亦無富於人情味的故事之史
的記錄，因為不能動人，即難喚起感興，而不能喚起感興的記錄，要
能記憶自然困難」；「所以我人為了取得一般的教養而思大略習取專門
以外的知識，莫如閱讀各部門學問技藝之特出人才的傳記」。

鶴見祐輔的文章給人理論意義上的啟迪還在於其區別對待的傳記
文體觀。他認為「傳記者，一方面是科學，他方面又必須是文學」：

所謂科學的意義，就是指精確的事實。傳記者，對於對象之個
人的人間生活，非嚴正敘述不可；材料必須真實，絕不許有一
絲之空想與一毫的誇張。有些傳記有文學的趣味而無科學的真

---

24 湘漁：〈新史學與傳記文學〉，《中國建設》第1卷合訂本（1948年5月）。

實，故可視之為歷史小說而不能名之曰傳記。

可是只此不能就成為偉大的傳記作家。傳記既是科學，同時亦非文學不可。所謂文學的意義，即是創作，是再現，把已死的古人再現於紙上而創造成一個活鮮鮮的人物，使讀者有如面其人之感，要之這必須有小說家一般的伎倆，此所以近代卓越的傳記作家幾全為小說家出身。

但是，科學與文學畢竟屬性不同，它們之間有許多難以相容的特徵和要求，所以鶴見祐輔傳記觀念的獨特之處在於提出傳記作家可以（也應該）有所側重，即「我人必得更進而概觀近代史傳的傾向，知道選擇傳記的一種標準」：

> 大別之，傳記有兩種，其一以科學的部分為主，另一以文學的部分為主。
> 以科學為主者，是以材料為中心的傳記，即世之所謂「正傳」者是。正傳也者，即憑其人之所有或其子孫所保管的材料，精確地作限於史實的蒐集，這在作為後世的史料固為有益的文獻，但作為一般人之讀物卻不相宜。
> 至於以文學為主的傳記，則將此類史料充分咀嚼，巧妙安排，而將那人物活寫於紙上。這種才是人人可讀的傳記。

顯然，鶴見祐輔屬意的是第二種，在歐美已經成為「最近重要讀物的一部門」的「新史傳」，也就是通常所說的「傳記文學」。因此這一長文在傳記文學方面也給人以多方面的獨特啟示，如他強調「為新史傳的中心者，是人格的發展紀錄」，「這在以個人人格為中心處，與歷史截然不同。歷史是社會與民眾的生活記錄，而傳記卻是個人生活之足跡；故往時以傳記為歷史家的餘業，最近則新史傳成了小說家的

工作」；因為「小說的目的與傳記的目標在某一點上彼此一致，即人格的發展是也，而非簡單之外面的記述」。

　　和一味強調傳記的客觀紀實的傳統觀念不同，鶴見祐輔還特別強調和充分肯定傳記作家主觀價值判斷對於作品意義生成的影響，他說：

> 人物的記錄不能只是他左趨右步的記錄，而必須有他何以向左走及向右走有何價值的判斷。
>
> 所以傳記作家不能光敘述現於外表的行為，而非檢討此行為起因的動機，判斷此行為的價值不可，非批判此行為之個人的價值與社會的價值不可。這就是說，傳記作家必得立腳於自己的意識世界，批判和說明其對象人物的意識世界。
>
> 也就是說，傳記作家在客觀的記錄之外，必得加上主觀的批判，除此即得難得人物之記錄。淺言之，傳記作家自身非有一種哲學乃至理想不可，也就是非由一種精神的尺度來說明其人物的性行言動不可。
>
> 這雖未必是在狹義上作善惡邪正的判斷，未必是從自己的人生觀之立場作對手方高下大小的決定，但至少為了說明那個人所有的人生觀，判斷那個人所給與社會的影響，作家自身總非有瞭解這個的人生觀與社會觀不可。
>
> 勃魯太克在這一點實有卓越的特色。他是個偉大的哲學家，雖然現在人們只因那部傳記而記憶他，其實他自己最下功夫的著作，卻是名為道德論的論文集。
>
> 他以非常的熱情確信道德之最後勝利，「正義乃地上之支配者」之說是燃燒他全身的思想，所以他從這立場縱覽人世而描寫古今的人傑。他決不在傳記中說教，但流湧於其文詞之底的雄大道德觀，卻惻然動人。因此之故，讀者一面瀏覽古代英雄的記錄，一而亦為「我亦必建偉大的人生而死」這個強烈的希望所驅使。

在鶴見祐輔看來，傳記的「最要部分，是在作家的價值判斷；他的價值判斷可以引動讀者。《勃魯太克英雄傳》之博得任何時代任何民族的愛讀，即在於他所具有的莊嚴之價值判斷能蕩動我人心胸：此亦即勃魯太克之所以佔有獨步古今的地位」。

至於傳記「成為文學上」，鶴見祐輔認為「其一必須構造，另一是切要文章」。「構造」指把像「科學家一樣的蒐集起來，且以自己之哲學判斷其價值的材料，加以新的組織」；「切要文章」則指「將那人物活寫於紙上」的技巧，也包括「擅文章能巧言」，包括「為文章的洗練」，等等。鶴見祐輔認為，「惟構造與文章二者具備，史傳才能撥動讀者的心靈」。[25]

一九四一年，《西洋文學》第五期刊載張芝聯翻譯的西方現代著名傳記理論家莫洛亞的〈現代傳記〉，該文譯自莫洛亞被稱為「現代傳記的理論基礎」的《傳記面面觀》（*Aspects of Biography*）的第一章。莫洛亞用斯特拉奇（Lytton Strachey）的《維多利亞時代名人傳》和《維多利亞女王傳》等為例，分析、總結了現代傳記「勇敢的追求真實」、「注意人格的複雜」以及「比較近乎人情」等三個特徵。

總之，外國傳記文學理論觀念的介紹和翻譯，不僅拓寬了中國現代傳記文學作家的新視野，同時也為中國現代傳記的理論建構提供了新的參照。

二　從新史學開始的理論提倡

一般認為，一九一四年胡適在題為〈傳記文學〉的札記中率先提出「傳記文學」的概念。但據卜兆明〈胡適最早使用「傳記文學」名稱的時間定位〉一文考證，「寫於1914年9月23日的《藏暉室札記》卷

---

25 上述相關引文均見鶴見祐輔著，豈哉譯：〈傳記的意義〉，載陶亢德編：《自傳之一章》（廣州市：宇宙風社出版，1938年）。

一七第一條原本沒有標題。而現在看到的『傳記文學』這一分條題目是胡適的朋友章希呂在1934在1月5日至7月7日這段時間內抄寫整理這則札記時給加上去的」；他認為，「胡適在1914年並沒有使用『傳記文學』一詞，9月23日的札記談論的也只是『傳記』而不是『傳記文學』，直到1930年胡適在《書舶庸譚》〈序〉中才正式開始使用『傳記文學』名稱」。[26]從這一角度看，在三十年代之前的中國尚無人進行自覺的傳記文學的提倡，胡適、梁啟超等人的理論探討也還僅是在歷史研究的範疇中進行。

　　即使胡適在一九一四年就有過關於東西方傳記差異的思考，而梁啟超是在一九二〇年代的《中國歷史研究法》和《中國歷史研究法補編》中才提出「人的專史」的概念，進而對傳記寫作進行系統的理論思考，但胡適關於東西方傳記不同特點的思考仍然是在歷史研究的範疇中進行，而且在他之前，梁啟超的「新史學」觀念已經學界廣為傳播，所以在考察中國傳記理論轉型時，就不能不首先關注梁啟超。

　　梁啟超是一八九八年戊戌變法失敗後才開始大量寫作傳記的。一九〇一年十月李鴻章去世，十一月梁啟超即完成又名《中國四十年來大事記》的李鴻章的傳記。同年，梁啟超還寫作了他的另一重要傳記〈南海康先生傳〉，並完成其史學論文《中國史敘論》。一九〇二年，他所完成的中外名人傳記則包括了〈近世第一女傑羅蘭夫人傳〉、〈意大利建國三傑傳〉、〈匈加利愛國者噶蘇氏傳〉、〈張博望班定遠合傳〉和〈黃帝以後第一偉人趙武靈王傳〉等。此時的梁啟超已經「頗有志于史學」，[27]因此又寫出重要的史學論文〈新史學〉一篇。

　　在《中國史敘論》中，梁啟超提出了迥異於中國傳統的史學觀。他認為新史學和舊史學不同在於舊史學僅僅是「一人一家之譜牒」，

---

26 卞兆明：〈胡適最早使用「傳記文學」名稱的時間定位〉，《蘇州大學學報》2002年
　　第4期。

27 丁文江、趙豐田編：《梁啟超年譜長編》（上海市：人民出版社，1983年），頁309。

而新史學「探索人間全體之運動進步，即國民全部之經歷及其相互之關係」。他參照「西人」世界史分期方法，把中國史分為秦之前的「上世史」，秦統一至清代乾隆的「中世史」以及乾隆末年之後的「近世史」，以打破傳統的「以一朝為一史」的史學觀念。他還分別把「上世史」、「中世史」和「近世史」時期的中國依次稱為「中國之中國」、「亞洲之中國」和「世界之中國」。[28]在《新史學》中，梁啟超表明了建立在進化論基礎上的新史學歷史觀，並且主張治史中應多採西學新說、新法，如關於史之編撰，他認為：

> 吾非謂史之可以廢書法，顧吾以為書法者，當如布林特奇之《英雄傳》，以悲壯淋漓之筆，寫古人之性行事業，使百世之下，聞其風者，讚歎舞蹈，頑廉懦立，刺激其精神血淚，以養成活氣之人物；而必不可妄學《春秋》，侈袞鉞於一字二字之間，使後之讀者，加注釋數千言，猶不能識其命意之所在。吾以為書法者，當如吉朋之《羅馬史》，以偉大高尚之理想，褒貶一民族全體之性質，若者為優，若者為劣，某時代以何原因而獲強盛，某時代以何原因而致衰亡。使後起之民族讀焉，而因以自鑒曰，吾儕宜爾，吾儕宜毋爾；而必不可專獎勵一姓之家奴走狗，與夫一二矯情畸行，陷後人於狹隘偏枯的道德之域，而無復發揚蹈厲之氣。[29]

這一切，都充分顯示出梁啟超新的世界性眼光。

在《中國歷史研究法》（1921）[30]中，他提出「今日所需之史，當分為專門史與普遍史兩途。專門史如法制史、文學史、哲學史、美術

28　梁啟超：《中國史敘論》，《飲冰室合集》文集之六。
29　梁啟超：《新史學》，《飲冰室合集》文集之九。
30　梁啟超：《中國歷史研究法》，《飲冰室合集》專集之七十三。

史……等等，普遍史即一般之文化史也」。這為之後專門提出「人的專史」奠定了基礎。在論及個人與時代之關係、回答「英雄造時勢」還是「時勢造英雄」時，梁啟超提出了「歷史的人格者」的命題：

> 史界因果之劈頭一大問題，則英雄造時勢耶？時勢造英雄耶？換言之，則所謂「歷史為少數偉大人物之產兒」、「英雄傳即歷史」者，其說然耶否耶？羅素曾言：「一部世界史，試將其中十餘人抽出，恐局面或將全變。」此論吾儕不能不認為確含一部分真理。試思中國全部歷史如失一孔子，失一秦始皇，失一漢武帝，……其局面當何如？佛學界失一道安，失一智顗，失一玄奘，失一慧能；宋明思想界失一朱熹，失一陸九淵，失一王守仁；清代思想界失一顧炎武，失一戴震，其局面又當何如？其他政治界、文學界、藝術界，蓋莫不有然。此等人得名之曰「歷史的人格者」……

梁啟超認為，「文化愈低度，則『歷史的人格者』之位置愈為少數所壟斷，愈進化則其數量愈擴大」，「今後之歷史，殆將以大多數之勞動者或全民為主體，此其顯證也。由此言之，歷史的大勢，可謂為由首出的『人格者』以遞趨於群眾的『人格者』。愈演進，愈成為『凡庸化』，而英雄之權威愈減殺。故『歷史即英雄傳』之觀念，愈古代則愈適用，愈近代則愈不適用也」。梁啟超的這些主張，為現代傳記寫作把握歷史人物與時代之關係提供了一定的理論參考。

在《中國歷史研究法補編》（1926）[31]中，梁啟超就「人的專史」進行了專門的論述。他認為「人的專史」「即舊史的傳記體、年譜體，專以一個人為主。例如《孔子傳》、《玄奘傳》、《曾國藩年譜》

---

31 梁啟超：《中國歷史研究法補編》，《飲冰室全集》專集之九十九。

等」。正史就是以人為主的歷史，其缺點在於「幾乎變成專門表彰一個人的工具」，「多注重彰善懲惡，差不多變成為修身教科書，失了歷史性質」；但梁啟超認為「歷史與旁的科學不同，是專門記載人類的活動的。一個人或一群人的偉大活動可以使歷史起很大變化」，所以「一個人的性格、興趣及其作事的步驟，皆與全部歷史有關」，而「事業都是人做出來的，所以歷史上有許多事體，用年代或地方或性質支配，都有講不通的；若集中到一二人身上，用一條線貫串很散漫的事蹟，讀者一定容易理會」。梁啟超的立論是從歷史學角度進行的，但從人物與環境的角度看，關於個人與歷史這方面主張卻有其合理性。

梁啟超專門考察和辨析了不同類型的「人的專史」，列傳、年譜、專傳、合傳、人表的不同特點。他認為：「凡是一部正史，將每時代著名人物羅列許多人，每人給他作一篇傳，所以叫做列傳」；「專傳以一部書記載一個人的事蹟，列傳以一部書記載許多人的事蹟；專傳一篇即是全書，列傳一篇不過全書中很小的一部分」。可見梁啟超所說的列傳，基本上就是提倡所說的「史傳」，而專傳則大致為現代意義上的傳記或傳記文學作品。因此他對於專傳特點的辨析特別有助於現代傳記的文體特徵的把握，他認為理想的專傳「是以一個偉大人物對於時代有特殊關係者為中心，將周圍關係事實歸納其中，橫的豎的，網羅無遺」。而列傳雖也以一個人為中心，但「但有關係的事實很難全納在列傳中」，「得把與旁人有關係的事實分割在旁人的傳中講」。專傳與年譜的區別則在於「年譜很呆板，一人的事蹟全以發生的先後為敘，不能提前抑後，許多批評的議論亦難插入。一件事直接或間接的關係，更不能儘量納在年譜中。若做專傳，不必依年代的先後，可全以輕重為標準，改換異常自由。內容所包亦比年譜豐富，無論直接間接，無論議論敘事，都可網羅無剩」。梁啟超認為「專傳在人物的專史裡是最重要的一部分」。

　　在傳主的選擇方面，梁啟超認為「應該作專傳或補作列傳」的人物約有七種，即：「思想及行為的關係方面很多，可以作時代或學問中心的」；「一件事情或一生性格有奇特處，可以影響當時與後來，或影響不大而值得表彰的」；「在舊史中沒有記載，或有記載而太過簡略的」；「從前史家有時因為偏見，或者因為挾嫌，對於一個人的記載完全不是事實」的；「皇帝的本紀及政治家的列傳有許多過於簡略」的；「有許多外國人，不管他到過中國與否，只要與中國文化上政治上有密切關係」的；「近代的人學術、事功比較偉大的」。而「雖然偉大奇特，絕對不應作傳」的則有兩種：「帶有神話性的，縱然偉大，不應作傳」；「資料太缺乏的人，雖然偉大奇特，亦不應當作傳」。

　　至於如何作傳，梁啟超一些比較具體的論述對傳記文學寫作也有一定的參考價值，如：

> 為一個人作傳，先要看為甚麼給他做，他值得作傳的價值在哪幾點。想清楚後，再行動筆。若其人方面很少，可只就他的一方面極力描寫。

> 不但要留心他的大事，即小事亦當注意。大事看環境、社會、風俗、時代，小事看性格、家世、地方、嗜好、平常的言語行動乃至小端末節，概不放鬆。

　　胡適提倡傳記文學的緣由也和梁啟超提倡人的專史很有些相似，他也是在進行一定的傳記寫作後開始其理論思考的。一九〇四年到上海求學後在中國公學校刊《競業旬報》發表過〈姚烈士傳〉、〈中國第一偉人楊斯盛傳〉、〈世界第一女傑貞德傳〉和〈中國女傑王昭君傳〉等作品。從題目上看，「第一偉人」、「第一女傑」等的立傳角度明顯受了梁啟超的〈近世第一女傑羅蘭夫人傳〉、〈黃帝以後第一偉人趙武靈王傳〉、〈明季第一重要人物袁崇煥傳〉等作品的啟發。實際上，胡

適與梁啟超的「歷史」淵源還不止這，在後來的《南通張季直先生傳記》〈序〉中，胡適曾談到這一傳記的作者、傳主的兒子張孝若是生活在「新史學」的時代，並且借此對「新史學」時代的特徵進行過比較簡練的概括：

> 他生在這個新史學萌芽的時代，受了近代學者的影響，知道愛真理，知道做家傳便是供國史的材料，知道愛先人莫過於說真話而為先人忌諱便是玷辱先人，所以他曾對我說，他做先傳要努力做到紀實傳真的境界。[32]

　　一九一〇年赴美留學之後，胡適廣泛接觸西方傳記作品和理論，並於一九一四年寫下了題為〈傳記文學〉的札記。札記從理論上比較分析了中西傳記的「差異」，認為「東方無長篇自傳」；中國的傳記「靜而不動」，即「但寫其人為誰某，而不寫其人之何以得成誰某」，而西方傳記「可見其人格進退之次第，及其進退之動力」，且「瑣事多而詳，讀之者如親見其人，親聆其談論」，等等。[33]這一札記雖然僅是提綱，而且未正式提出「傳記文學」的概念，但已經顯示胡適對於傳記這一文體的理論自覺，而且基本體現了他的傳記文學觀念。

　　接著，胡適在一九二九年年底的《南通張季直先生傳記》〈序〉中仍然未正式提出「傳記文學」的名稱，但開宗明義的第一句「傳記是中國文學裡最不發達的一門」已經表明，此時他關於傳記的理論思考已經是在文學的範疇內進行。在胡適看來，中國傳記寫作不受重視的原因在於「第一是沒有崇拜偉大人物的風氣，第二是多忌諱，第三

32　胡適：〈南通張季直先生傳記序〉，《胡適傳記作品全編》（上海市：東方出版中心，1999年），卷4，頁205。

33　胡適：〈傳記文學〉，《胡適傳記作品全編》（上海市：東方出版中心，1999年），卷4，頁200-201。

是文字的障礙」。此文中，他把有別於傳統史傳的傳記稱為「新體傳記」。[34]一九三〇年，胡適在《書舶庸譚》〈序〉（1930）中開始使用「傳記文學」名稱。此後，在《四十自述》〈自序〉（1933）、《中國的傳記文學——在北京大學史學會的講演提綱》（1935）等文中就一直沿用「傳記文學」的名稱。從總體上看，中國傳記或傳記文學的不發達的原因是胡適進行理論探討的出發點和基本著眼點，他的許多論述都是圍繞這一命題展開的。而進入三〇年代後，胡適雖然已經常採用「傳記文學」的概念，但其理論思考卻並不完全囿於文學的範疇，歷史和文學在胡適討論傳記或傳記文學時常常是含混的，這也正是作為轉型時期中國傳記文學提倡者特殊的理論特徵。

就在胡適的傳記理論思考從歷史範疇逐漸向文學範疇轉換的過程中，梁遇春率先在自己的文章中提出了「傳記文學」的概念。一九二九年五月，梁遇春在〈新傳記文學譚〉一文中介紹了西方傳記文學的新進展，認為德國的盧德威克（Emil Ludwig）、法國的莫洛亞（André Maurois）和英國斯特拉奇（Lytton Strachey）「不約而同地在最近幾年裡努力創造了一種新傳記文學」[35]。他不僅總結了這種新的傳記文學的特點，而且著重介紹了斯特拉奇的《維多利亞時代名人傳》（*Eminent Vietorians*）、《維多利亞女王傳》（*Queen Victoria*）等著名傳記作品。

三　觀念轉換與實踐方法的探討

一九二九年梁啟超病逝後，梁遇春、胡適開始啟用「傳記文學」名稱，這標誌著有關傳記的討論由歷史範疇進入文學的範疇。而除了梁遇春、胡適，在三〇年代努力提倡傳記文學，並始終堅持從文學的

34　胡適：〈南通張季直先生傳記序〉，《胡適傳記作品全編》（上海市：東方出版中心，1999年），卷4，頁202、204。

35　梁遇春：〈新傳記文學譚〉，《新月》1929年第3號。

角度進行理論宣導的是郁達夫。郁達夫在三〇年代初寫了〈傳記文學〉（1933）、〈所謂自傳也者〉（1934）、〈什麼是傳記文學？〉（1935）等幾篇提倡傳記文學的文章，在理論上表現了與傳統、同時也和時人截然不同的見解。

　　郁達夫認為中國缺少的是「文學的傳記作家」，缺少「把一人一世的言行思想，性格風度，及其周圍環境，描寫得極微盡致的」英國鮑斯威爾的《約翰遜博士傳》，「以飄逸的筆致，清新的文體，旁敲側擊，來把一個人的一生，極有趣味地敘寫出來的」英國斯特拉奇的《維多利亞女王傳》，以及法國莫洛亞的《雪萊傳》、《皮貢司非而特公傳》，德國的愛米兒‧露特唯希，若義大利的喬泛尼‧巴披尼等「生龍活虎似」的作品。[36]他認為中國急需「有一種新的解放的傳記文學出現」，以「代替這刻板的舊式的行傳之類」。新的解放的傳記文學應是怎樣呢？郁達夫認為：

> 新的傳記，是在記一個活潑潑的人的一生，記述他的思想與言行，記述他與時代的關係。他的美點，自然應當寫出，但他的缺點與特點，因為要傳述一個活潑而且整個的人，尤其不可不書。

> 若要寫新的有文學價值的傳記，我們應當將他外面的起伏事實與內心的變革過程同時抒寫出來，長處短處，公生活與私生活，一顰一笑，一死一生，擇其要者，儘量寫來，才可以見得真，說得像。

> 傳記文學，是一種藝術的作品，要點並不在事實的詳盡記載，

---

36 郁達夫：〈傳記文學〉，《郁達夫文集》（廣州市：花城出版社，1983年），卷6，頁201-202。

如科學之類；也不在示人以好例惡例，而成為道德的教條。³⁷

　　郁達夫認為，傳記文學不應僅記傳主的美點而應傳述包括缺點在內的整個人，不應僅是傳主外部生活的記錄而同時應寫出其內心的變革，不應僅寫傳主的公生活而還應寫其私生活；傳記文學的要點不在事實的詳盡記載，而在於藝術的創造。這些觀點充分昭示了郁達夫把傳記文學與史學徹底區別開來的堅定立場。

　　幾乎和郁達夫同時，茅盾也寫了同題的〈傳記文學〉。茅盾也認為「中國人是未曾產生過傳記文學的民族」，他覺得「雖然在古代典籍中間，我們有著不少人物傳記，但只是歷史的一部分，目的只是在於供史事參考，並沒有成為獨立的文學。歷代文集中的傳記，以頌贊死人為目的，千篇一律，更說不上文學價值」。而五四之後，「小說、詩歌、戲劇已很明顯地受了西洋文學的影響，而改變形式，佔了現在創作中的主要領域」，但「在現代西洋文學中佔重要地位的傳記文學」，中國「卻依然缺乏」。究其原因，茅盾更主要是從社會思潮和文學思潮的角度加以解釋的，他說：

> 傳記文學的發展，在西洋也不過是晚近的事。換句話說，描寫人物生平的文學，是到了近代個人主義思想充分發展以後，才特別繁榮滋長。現代資本主義國家，出版物中，人物傳記往往佔最大的銷數，這只是因為描寫個性發展，事業成功的文學容易受中產階級讀者歡迎的緣故。可是在中國，個人主義的思潮，只有在五四時代曇花一現，過後便為新興思潮所吞滅。中國的中產階級，在現實壓得緊緊的時代中，也不容有個人主義的幻想。在半殖民地的中國不能產生真正的民族英雄或法西斯

---

37 郁達夫：〈什麼是傳記文學？〉，《郁達夫文集》（廣州市：花城出版社，1983年），卷6，頁283-286。

蒂領袖；同樣地，在封建家族思想滅落，集團主義思想興起的
中國，也不會有偉大的傳記文學的產生。即使有所謂人物傳
記，即也不過是家譜式或履歷單式的記載，那只有列在訃文後
面最是相宜，卻不配稱作傳記文學。[38]

　　雖然茅盾不像郁達夫那樣具體談論傳記文學應有的特點，但他說
到的「描寫個性發展」、「個人主義的幻想」以及「用文學描寫」等，
都表明了把傳記文學的「文學價值」和一般人物傳記的「史事參考」
區別開來的努力。

　　阿英在一九三五年也寫過一篇〈傳記文學論〉，但他所談的卻是
「傳記文學」裡「別創的一種新格」──「小說似的近乎虛構的故
事」，如中國古代的〈聶隱娘〉、〈郭橐駝〉和〈瞽琵琶傳〉。阿英認
為，這類作品「並不是全沒有根據，而馳騁著作者自己想像的部分，
究竟是很多的」，作者所以「要寫作這一類的傳記」，「自然是有所寄
託，而又不能直截的正面的寫，遂採取了如此的表現法」。因此，阿
英認為這類作品「同樣的是有著文學的和社會史的意義」，而且「比
那些歌功頌德，自捧自唱的『傳記文學』，價值要高得多的」。[39]阿英
所談的，實際上已是純屬藝術虛構，但採用了傳記形式表現的傳記體
小說。這種傳記小說，與用歷史或現實中實際存在的具體人物為傳主
的傳記文學，已經相去甚遠。

　　由於從梁啟超、胡適到郁達夫、茅盾等的提倡，傳記文學在三〇
年代也就有了相對繁榮的景象。可能受郁達夫、茅盾前一年文章的直
接推動，上海第一出版社在一九三四年六月到十一月推出了包括盧
隱、沈從文、張資平和巴金等的「自傳叢書」。同年底，郁達夫自傳

---

38 茅盾：〈傳記文學〉，《文學》1933年第5號。
39 阿英：〈傳記文學論〉，原載《文藝畫報》1935年第3期，此據《阿英全集》（合肥
　　市：安徽教育出版社，1999年），卷4，頁115。

開始在《人間世》連載。進入一九三五年之後，《我的母親》（盛成）、《林語堂自傳》（林語堂）、《一個女兵的自傳》（謝冰瑩）、《欽文自傳》（許欽文）、《悲劇生涯》（白薇）、《經歷》（鄒韜奮）、《實庵自傳》（陳獨秀）、《李宗仁將軍傳》（趙軼琳）等相繼推出。一九三四年，上海文藝書局出版由新綠社選編的傳記選集《名家傳記》；一九三八年，廣州宇宙風社出版也出版由陶亢德編輯的自傳選集《自傳之一章》。其中，《名家傳記》書前刊有長文〈怎樣寫傳記〉（佚名）。[40]

　　《怎樣寫傳記》近萬字，包括「傳記與傳記文學」、「傳記的一般作法」、「傳記的種類與形式」、「傳記文學之貧困」和「關於自傳的作品」等五個部分。

　　「傳記與傳記文學」主要辨析如〈孔子世家〉、〈孟子荀卿列傳〉、〈游俠列傳〉、〈李斯傳〉、〈李廣傳〉、〈李陵傳〉、〈禰衡傳〉等傳統「傳」或「列傳」與現代傳記文學的不同「含義」，認為上述的一些所謂「傳」或「列傳」，「大都只是些歷史的記錄，是屬於歷史而不屬於傳記。傳記是文學上的一個獨立的部門。傳記一方面固然可以作為歷史的資料看待，但決不就是歷史」。而傳統的「行述」，和現代的「自傳」也截然不同。在這一部分，作者還首次追溯了傳記一詞在歐西的解釋和用法：

　　　　傳記，相當於希臘的bios一詞，意為生平或生活（life），故凡有關於一個人的生平的某些作品，便都以傳記稱之。英國人根據此希臘語，造一新字曰：biography，最初用此字者，是十七世紀的詩人屈里頓（John Drydon, 1631-1700），那時他正要論述布魯塔奇的《英雄傳》（Plutarch's "Lives"），故需用這一

新字。在這以前，英國字典中尚無「傳記」一詞；或者換句話說，便是傳記一詞的定義，在此時才確立了起來。一直到有一為名叫鮑斯威爾（Boswell）的，把約翰生博士（Dr. Samuel Johnson）的生活史編成一部作品的時候，才出現了第一部真正的傳記。

「傳記的一般作法」強調四點，即：「（一）要寫真傳神，（二）要刻畫時代，（三）要用文學技巧，（四）要有系統程序」。所說的「要用文學技巧」是「須用靈活的筆致，清新的風格，細膩的描寫手腕，旁敲側擊的文字技巧」。在「要有系統程序」中則還談到：「要注意怎樣從所傳者的各個時期中攝取真實而且精當的材料，尤其是富有特色和新的趣味的材料，還要注意怎樣避免著事實之單純的羅列，而努力於作者主觀的抒發」。

在「傳記的種類與形式」中，作者則根據不同的標準列舉了三種不同的分類法：

有些人以被傳者的在社會上的成就分為：（一）革命家，（二）思想家，（三）藝術家，（四）科學家等傳記。例如《列寧傳》，《墨索里尼傳》，屬於革命家的類型；《馬克斯傳》，《克魯泡特金傳》，屬於思想家的類型；《貝多芬傳》，《歌德傳》，關於藝術家的類型；《達爾文傳》，《牛頓傳》，屬於科學家的類型。有些人以傳記寫作的風格，分為：（一）以批評研究為傳記中心者，叫做評傳；（二）以歷史為中心者，叫做史傳。（三）以心理分析為中心者，叫做心理傳記，（四）以日常談話為中心者，叫做鮑斯威爾式（Boswellian）的傳記，（五）以年代的記錄為傳記者，叫做年譜。（六）以介紹的形式寫傳記者，叫做介紹文。

> 又有人以作傳者的地位分為：（一）自傳，（二）他傳。普通所
> 謂傳記，大抵是指由別人寫的傳，由作家寫自己的傳，即稱之
> 曰自傳。

「傳記文學之貧困」主要談原因，而且基本上引用胡適和茅盾的
觀點。「關於自傳的作品」則關注到當時已經出版的一些自傳作品，
但同時也指出「在自傳之中，固然寫不出Everything，卻是應該說出
Something，總不應該寫了一個Nothing」。

雖然〈怎樣寫傳記〉中的一些理論觀念的表述不盡嚴密，而且目
前還無法確認其作者，但該文在中國現代傳記文學理論建構上的貢獻
卻應充分的肯定。因為該文第一次追溯了西方關於傳記一詞的解釋和
用法，第一次關注到不同標準中傳記文學的不同分類，同時還具備把
傳統傳記與現代的傳記文學區別開來的自覺意識。

四　學者介入與理論研討的深入

進入一九四〇年代，中國傳記文學的理論建構進入全面展開的時
期，其標誌是，不僅僅作家，包括許壽裳、林國光、朱東潤、鄭天
挺、許君遠、孫毓棠、戴鎦齡、寒曦、湘漁和沈嵩華等一批學者先後
發表文章或出版著作，從不同的角度對傳記文學的相關立論問題展開
了比較深入探討。

首先是許壽裳。許壽裳開始傳記文學研究，也就是在這一階段。
但從時間上看，許壽裳的傳記文學研究和教學明顯比上述這些學者們
早。他一九四〇年發表的〈談傳記文學〉（《讀書通訊》第3期）在時
間上剛好是這一傳記文學研究階段的引領之作。而他一九四〇年在華
西協合大學講授《傳記研究》的專題課，比朱東潤一九四七年開始在
無錫國專開設《傳記文學》課程，在時間上也早了好幾年。所以完全

可以說，許壽裳是中國現代傳記文學研究深入展開階段的重要代表之一。

在三、四〇年代之交，他撰寫了〈談傳記文學〉[41]一文，就傳記文學的種類、效用和發展的趨向發表了自己的看法。他認為「傳記文學的種類很多，可是大別起來不外兩種：（一）自傳。（二）他傳。」並特別強調自傳的長處在於「能夠自語經歷，感想以及治學方法，把自己的真性情和活面目都表現出來，使讀者覺得親切有味，好像當面聆教」。

關於傳記的「效用」，許壽裳遺稿《傳記研究雜稿》中開列的有一、修養人格，二、增加作事經驗，三、把握歷史主眼，四、發揚民族主義等幾個方面。在〈談傳記文學〉一文中則簡化為一、修養人格，二、發揚民族主義，三、拿著歷史主眼。在這些有的是沿用前人的觀點，有的也帶有許壽裳基於時代的思考。如所謂「增加作事經驗」沿襲的則是「殷鑒不遠，在夏後之世」[42]的說法。「把握歷史主眼」沿用的是梁啟超對於綜合性傳記的看法，即認為「歷史不外若干偉大人物集合而成，以人作標準，可以把所有的要點，看得清清楚楚」。[43]但「修養人格」，指的則是從每一時代尋出代表人物，「將種種有關之事變歸納於其身，其幼少時代之修養如何？所受時勢環境之影響如何？所貢獻於當世，遺留於後代者如何？其平常起居狀況瑣屑言行如何？一一描出，俾留一詳確之面影以傳以世」，[44]而「發揚民族主義」在「遺稿」的表述是「顯揚祖德，鞏固國本，使民無攜志」。[45]在

---

41 許壽裳：〈談傳記文學〉，《讀書通訊》1940年第3期。

42 《詩經》〈大雅〉〈蕩〉。

43 梁啟超：《中國歷史研究法補編》，《飲冰室合集》專集之九十九。

44 許壽裳：《傳記研究雜稿》，《許壽裳遺稿》（福州市：福建教育出版社，2011年），卷2，頁694。

45 許壽裳：《傳記研究雜稿》，《許壽裳遺稿》（福州市：福建教育出版社，2011年），卷2，頁696。

正式發表的〈談傳記文學〉中則參照章太炎的觀點指出：「現在淪陷區域，不是敵人正在控制學校，刪改教科書，尤其是歷史教科書嗎？」從這也約略可以看出四〇年代眾多學者提倡傳記文學，名人傳記流行的時代因素。

關於傳記文學的發展趨向，許壽裳認為，「上古時代，史傳和神話傳說混而不分，史實之中，固然不免帶有神話傳說性質，而神話傳說之中也往往含有史實」。「孔子以後，歷史和神話分途了。司馬遷以後，正史和小說分途了。魏晉以後，別傳繁興了，雜傳也多了，正史變為官書，列傳的體例越嚴，而內容越薄，文學趣味反而低減了」。因此他認為，「居今日而談傳記文學，自然當以西人的傳記性質為標準，也就是上文說過的綜合性的傳記，對於能夠發動社會事變的主要人物，使之各留一個較詳確的面影以傳於後」。[46]

四〇年代傳記文學理論建構的重鎮是朱東潤。從三〇年代後期開始傳記文學研究之後，朱東潤撰寫和發表了《傳敘文學與人格》（1941）、《關於傳敘文學的幾個名詞》（1941）、《傳敘文學與史傳之別》（1941）以及《八代傳敘文學述論》等著述。這些加上其《張居正大傳》〈序〉（1943）等，可以看出四〇年代的朱東潤已形成了比較完整的現代傳記文學理論觀。

和胡適、郁達夫等人一樣，朱東潤的理論也是建立在對中外傳記理論的吸收、借鑒的基礎上的。但朱東潤和眾多提倡者的不同在於，他學習借鑒西方傳記文學理論和創作，但絕不機械地加以照搬與模仿。首先在關於「傳記文學」名稱的使用問題上，朱東潤力排眾議，主張廢「傳記文學」之名而用「傳敘文學」，他認為中國依傳統的看法，「傳是傳，記是記，併合在一個名稱之下，不能不算是觀念的混淆」；而採用「西洋文學」的看法，「傳記」實際上又包含了

---

46 許壽裳：〈談傳記文學〉，《讀書通訊》1940年第3期。

「biography（傳記）」和「autobiography（自傳）」二類，如僅稱「傳記」則是「以偏概全」。而在中國傳統中，「敘是一種自傳或傳人的著述」，所以，為求「求名稱的確當起見」，應該用「傳敘文學」取代流行的「傳記文學」。[47]

　　在對傳記文學命名進行理論思辨的同時，朱東潤從一開始也關注到傳記文學的基本屬性問題，並且始終強調傳記文學的史學、文學雙重屬性。在《八代傳敘文學述論》中，他認為「傳敘文學是文學，然而同時也是史；這是史和文學中間的產物」。[48]在《張居正大傳》的〈序〉中，他也強調：「傳記文學是文學，同時也是史」。[49]然而朱東潤論述傳記文學屬性的意義並不在於其結論，而在於其論述過程中辨析文學與歷史不同屬性的理論啟示。他認為：「傳敘文學是史，但是和一般史學有一個重大的差異。一般史學底主要對象是事，而傳敘文學底主要對像是人」。[50]從梁啟超提出的人的「專傳」到朱東潤的「對象從事到人」，表明了中國現代傳記文學理論探討的深入。人的「專傳」雖然有別於傳統的史傳，但仍然是在史學的範疇中立論，而「對象從事到人」實際上已是文學的理論自覺。

　　既然認為「從事到人」是傳統史傳與現代傳記文學的根本區別，在關於傳記文學的論述中，如何寫「人」也就成為朱東潤關注的一個重點。他強調「傳敘文學應當著重人格的敘述」，而且「傳敘文學家認識人格不是成格而是變格」。至於具體的敘述，朱東潤則認為應該採用歸納方法，即「不預先假定他的人格如何，只是收集他一生的事

---

47 朱東潤：〈關於傳敘文學的幾個名詞〉，《星期評論》1941年第15期。

48 朱東潤：〈第一緒言〉，《八代傳敘文學述論》（上海市：復旦大學出版社，2006年），頁1。

49 朱東潤：〈張居正大傳序〉，《朱東潤傳記作品全集》（上海市：東方出版中心，1999年），卷1，頁12。

50 朱東潤：〈第一緒言〉，《八代傳敘文學述論》（上海市：復旦大學出版社，2006年），頁1。

實，從各種觀點去解釋，以求得最後的結論」，而不是採用演繹的方法，「認為人格是固定的，在下筆之先，便有一種的成見」。[51]另外，朱東潤非常重視對話在人物刻畫中的重要作用。他認為「對話是傳記文學的精神，有了對話，讀者便會感覺書中的人物一一如在目前」。[52]

同樣，作為過渡時代的人物，朱東潤雖然意識到傳記文學必須是獨立於歷史著作之外的文體，但在對這一文體進行深入思考時仍然很難突破史傳的影響，仍然因襲著「歷史」的重負。如他把西方傳記分為三種基本類型，即：「作者和傳主在生活上有密切的關係」、進而具體描寫傳主生活的鮑斯威爾型，「沒有冗長的引證、沒有繁瑣的考訂」的斯特拉奇型，一切都「有來歷、有證據、不忌繁瑣、不事頌揚的」繁重作品型。[53]但他認為，在現代傳記文學剛剛興起中國，所需要的是第三種。他強調史學方法的運用，強調史料的辨偽考據，要求做到嚴謹有據。對歷史真實的過度關注，一定程度上使得朱東潤的傳記文學理論探討忽視了對藝術真實的思考。

差不多和朱東潤同時進行傳記或傳記文學理論探討的還有鄭天挺、林國光、許君遠和孫毓棠。鄭天挺（1899-1981）是著名的歷史學家，時任西南聯合大學教授、總務長。他於一九四二年十月為光明電臺文哲講座所寫的廣播稿〈中國的傳記文〉[54]雖然是從史學的角度立論，但其中關於傳統史傳完美敘事的「條件」、「禁忌」，以及對「後來傳記所以不好的原因」的總結，對現代傳記文學理論建設有著多方面的啟示。

---

51 朱東潤上述關於傳主人格的主張的引文，見其長篇專論〈傳敘文學與人格〉，《文史雜誌》1941年第1期。

52 朱東潤：〈張居正大傳序〉，《朱東潤傳記作品全集》（上海市：東方出版中心，1999年），卷1，頁12。

53 朱東潤這些論述見〈張居正大傳序〉，《朱東潤傳記作品全集》（上海市：東方出版中心，1999年），卷1。

54 鄭天挺：〈中國的傳記文〉，《國文月刊》1942年第23期。

他認為，寫出優秀傳記的前提「條件」是「求真」、「尚簡」和「用晦」。求真指「盡量徵求異說，盡量採摭史料」，但「絕不麻胡，絕不苟且，對於一切一切的事件都要辨別它的真偽」；尚簡指「提倡簡要，反對文字的煩複」，期望「文約而事豐」；用晦則「因為他們尚簡，所以有許多事蹟他們不明顯的直說，而用旁的方法委婉的點出來，烘托出來。或者是只說大的方面，重要的方面，而將小的輕的不說，使讀者自己去體會」。

而寫作優秀傳記的「禁忌」是「詭異」、「虛美」和「曲隱」。所謂詭異指「神聖不經之談，離奇詭異之說」；虛美指「對於一個人的過分稱讚，或者一件事的過分誇張」；曲隱則是「只敘述其善而曲隱其惡」。

至於「後來傳記所以不好的原因」，鄭天挺總結了五點：

> 第一由於文字本身。古人言文一致，所以寫下來的文字就同語言一樣，後來文字與語言越離越遠，拿古代的文字文法寫後世的語言，所以語氣神情不能充分表現。傳記作者既不肯用當時的語法和習慣的詞句來寫當時的事情，記當時的對話，還要去學那更古的文法，用那早不通行的字句，以自炫古奧，於是越學越壞，越不近真實情況。
>
> 第二由於作者技巧。古人寫傳記還是平鋪直敘的多，非不得已不用追敘的章法，就是《左傳》「初鄭武公娶于申日武姜」，也是在一篇的開頭。可是後來寫傳記的人都嫌平鋪直敘太呆板，太沒有波瀾，於是把一段敘事裡面加了好幾個追敘的初如何如何，始如何如何，以為這才有勢，這才是技巧，不知使讀者更覺得頭緒紛煩，無從瞭解！所謂古文家又講些篇法章法，以及於義法，方法越多技巧越劣。

第三由於傳統觀念。寫傳記的人往往囿於傳統的觀念，不知不覺得跟著走。譬如寫忠臣烈士，因為他的忠烈，於是把他一切全寫的很好，縱然有不好的事也就隱諱不說了。一個奸臣，縫縱有好事也只輕描淡寫的寫幾句，或者竟不說。

第四由於作者主觀。寫傳記的人最容易用自己主觀來寫旁人的言行。假如作者自己是崇拜英雄的，就把一個英雄描寫得如同他心目中所想像的英雄一樣，而不管那個人的本來面目如何。一個生活浪漫自命風流的作者，他描寫下的文人才子也同他自己一樣，而不管那個人的真正生活如何。這種用主觀來寫傳記，常常把許多個性不同的人寫成一樣。寫孝子總是哀毀骨立，寫節婦總是賢孝貞淑，凡是學者總是勵志篤學，凡是武將總是武勇善射，千篇一律。……所以傳記裡面最壞的，他們往往忘了所寫的人的個性，忘了所寫的人的學識才情同環境，只憑自己的主觀。

第五由於史料不夠。後世作傳記，無論官書私志，所根據的材料多半是本人子孫所作的行述，哀啟，或是門生故吏所作行狀，家傳，或是達官貴人所作的墓誌銘神道碑，通篇全是稱頌的話，既不考訂，也不核對，以致錯誤矛盾隨時可見；至於真實相差更遠。……史料的不夠，其關係較上面四種更大，更是沒有好傳記的最大原因。

林國光的長文〈論傳記〉[55]分「傳記與文學及歷史的關係」、「西洋傳記的演進」和「傳記的定義及其分類」三個部分論述了傳記的相

---

55 林國光：〈論傳記〉，《學術季刊》1942年第1期。

關理論問題。由於作者主要的理論參照是哥倫比亞大學歷史學教授涅焚斯（Allan Nevins）和蕭德威（J.T.Sho well）的著作，所以其論述基本是歷史學的視角。關於傳記屬「文」屬「史」文體，作者認為：

> 有人以為傳記是文藝的一種形式，正像詩詞散文一般。傳記是編纂是一種藝術，一種人對人的瞭解與分析，其撰作有如現代人像畫，不過是不一個人的生平言行思想，用最優美的文字表現出來。……但是傳記究竟還不是純粹的文藝作品，不像史詩，更不像歷史小說，不能單靠豐富是想像力，馳騖空中，即景會心而杜撰。其實傳記作家的搜羅材料，考訂調核，排比分析，批評估計等等，慘心經營，有如一般史家修史，所以傳記與其屬「文」，不如屬「史」。

所以作者堅持認為，「傳記是史學的一種，至少也可以算是個人的歷史」。但即使是在史學的範疇中討論，林國光不少觀點對於傳記文學理論的建構還是有特殊的啟示。他強調傳記必須寫人，「必須能夠充分表現傳主性格，恍然如生；對其生平行動經歷的敘述，必須巨細無遺，細心公正；必須指出傳主在歷史上的地位」。他也肯定傳記作者的主體性意義，認為「傳記每每因其略帶主觀私見，人物有聲有色，活躍於紙，遠非史書其他形式所可比」。他還比較準確概括介紹和肯定英國著名傳記作家李頓・斯特拉奇（Lytton Strachey）編撰傳記的方法，並指出一些拙劣模仿者的致命弱點：

> 施氏編撰傳記方法，頗值一提。因其影響後人至巨也。施氏立場以諷刺嘲笑為主，一反以前撰傳者崇拜傾倒的態度。第二點是放棄按年逐月的流水帳筆法，改以簡簡（簡潔）有力的線條繪畫人物個性情態，所得效果，有如近代諷刺畫。第三點是施

氏撰傳雖是費盡苦功，慘心經營，但是刊世時則務求文筆暢達，內容有趣，不將材料來源一一注出，引用枯燥文件，以掃讀者清興。模仿施氏作風者，誤為此種新式傳記，不必細心搜集考證材料，只須買弄聰明，寫得有趣，吸引讀者。施氏此法，表面上頗為容易，文人記者競相模仿，匆促成篇，不屑細心考較材料來源，見聞既隘，立論又偏，奮臆空談，以至傳記淪為稗官野史，信口雌雄，失之猥雜。

關於傳記屬「文」屬「史」問題，著名報人、作家、翻譯家許君遠（1902-1962）的觀點則與朱東潤比較接近。他在〈論傳記文學〉[56] 一文中則比較客觀地比較了傳記與文學及歷史的關係，認為傳記文學「的性質介乎歷史與小說之間，寫傳記的手法也和寫歷史寫小說為近」。據此，許君遠認為評傳年譜「對某一個英雄或大哲作一個編年史式的介紹，只要有生卒年月事業或著作，材料便已完備，再用不著什麼謹嚴的布置和細微的描寫」，所以「嚴格說來」這兩種應該歸在「史」的方面。他還指出中國「自傳」不夠發達的原因，並且批評胡適的《四十自述》也仍然沒暢所欲言：

「自傳」素為中國文人所不取，這原因大都是他們不肯說實話，小部是他們顧慮太多；還有一點便是中國學者缺乏寫傳記文學的風氣，如果真的有人（尤其是往古時代）自撰一篇自述，不免被目為「其人怪誕不經」，便會以「小說家言」而遭摒斥。近人有的在試作這一番工作了，不過仍然不能暢所欲言，譬如胡適之寫《四十自述》，對於戀愛隻字不提，便是一個例子。

---

56 許君遠：〈論傳記文學〉，《東方雜誌》1943年第3號。

對於傳記文學的發展前景，估計可能許君遠受到英國著名傳記理
論家尼科爾森的影響，所以他認為「無可懷疑地傳記文學是在向著一
條嶄新的路線上走：離歷史的邊緣更遠，距小說的核心愈近；同時全
是日常生活，不使被傳者迷失本性」[57]。

　　同樣從事史學研究，但曾列名於新月詩派的孫毓棠（1911-1985）
在一九四三年出版了他的論文集《傳記與文學》。其中的〈論新傳
記〉一文主要談撰寫新傳記值得特別注意的問題。從表面上看，孫毓
棠仍然堅持傳記的史學屬性，但他所說的「新傳記」實際指的卻是
「英國斯特萊基（Strachey）首創以心理分析的方法寫傳記」，這種傳
記「不僅負記載史實或集錄信札，記及個人逸事的責任，而且重在性
格與心理的分析解釋」；「不僅是枯乾的記事，而且重在文筆的動
人」。因此孫毓棠所說的撰寫新傳記「六點值得特別注意」的事項，
大部分都和傳記的文學敘事有關。他認為，撰寫新傳記第一「必需忠
於史」，第二「需著重心理的分析」，第三「當以描寫性格為中心的任
務」，第四「必需照到主人翁所生的社會及其時代」，第五「當注重文
筆」，第六「某種幻想有時又是可以被容納的」。

　　在上述主張中，最能體現孫毓棠開放的傳記觀的是第五、第六
點。在談及第五點「新傳記當注重文筆」時，孫毓棠認為：

> 傳記如果以紀實為目的，當然可以不注重文筆，這類的傳記著
> 作世界上很多。但是理想的新傳記不只是一種史學的著作，它
> 同進還應該是一種文學的著作；應該是一件完整的藝術品，給
> 科學披上文學彩衣的藝術品。雪萊（Shelley）的傳記也很有幾

---

57 尼科爾森在關於傳記的科學性和文學性問題的論述中說過：傳記創作中的「科學性
　與文學性必將分道揚鑣」，「科學性的傳記將趨於專門化和技術化」，文學性的傳記
　則「步入想像的天地，離開科學的鬧市，走向虛構和幻想的廣闊原野」（參見尼科
　爾森著，劉可譯：〈現代英國傳記〉，《傳記文學》1985年第3期）。

本，但讀謀汝窪的愛麗兒（Ariel）一書的人，觀其文筆之生動，敘述之有趣，對於雪萊性格描寫之清晰親切，實可令人神往。我們也知道這部書中有很多地方不忠於史，作者也未曾拿他當一本歷史書寫，可是這本書在文學上講，確有相當高的藝術價值；從史學上講，也不是一部完全要不得的書。……謀汝窪曾講，寫傳記和別的文學創作一樣，也是一種精神的產物（André Maurois: *Aspects of Biography* ──原著），其實歷史的著作以及一切旁的科學的研究與著作，又何嘗不都是如此呢？在人的創作欲上講，寫一本小說和科學上求一種發明本是一樣的。[58]

正是在強調傳記的「文筆」、「文學的著作」、「藝術品」和「神的產物」的基礎上，孫毓棠在最後正面肯定了藝術虛構在傳記寫作中的必要性和重要性。他認為，在傳記寫作中「往往因史料缺乏之故，自然會露出許多空隙來」，「為了文章起見，某種幻想有時又是可以被容納的」。他說：「這樣摻進去的幻想是合理的，不致大錯的，我們可以把這種幻想叫作『合乎邏輯』的幻想。在傳記之中摻入這種合乎邏輯的幻想，總比說漢高祖腿上一定有七十二個黑點子的話顯得還更合理更可靠些」。[59]

在〈傳記的真實性和方法〉一文中，孫毓棠還就傳記的真實性問題進行了專門的論述。他認為：「所謂『個人事蹟的真實』，與歷史的真實一樣，是不容易也可以說是根本不能夠得到的」。所以他主張：「傳記家……應該只求以現存的關於此個人的記錄為材料，以探討其性格與精神。為將此性格與精神描寫出，解釋給一般讀者知道，他不

58 孫毓棠：〈論新傳記〉，《傳記與文學》（重慶市：正中書局，1943年），頁7。
59 孫毓棠：〈論新傳記〉，《傳記與文學》（重慶市：正中書局，1943年），頁8。

得不主觀地剪裁材料，合理地以推測或合乎邏輯的幻想來彌補知識之
空隙」。[60]

　　進入四〇年代末，有關傳記和傳記文學的討論繼續向縱深發展。
一九四七年七月，戴鎦齡發表〈談西洋傳記〉，[61]介紹外國傳記發展情
況及相關傳記文學理論。戴鎦齡（1913-2004）早年研究過圖書館
學，後赴英國愛丁堡大學留學，獲文學碩士，專治英國文學。他的文
章開宗明義：「傳記這個名詞英文裡是Biography，一六六〇年才在英
國開始用，不過它在歐洲是起源很早的一種文學，散見於希臘羅馬的
著述裡。即是在古代希伯來的民族的文學裡，它也佔有重要地位」。
可見戴鎦齡是在文學的範疇裡討論傳記的。他認為，傳記作品的三個
要素是：

　　　　第一，它是一種記載。
　　　　第二，它是關於個人的記載。
　　　　第三，它是用畫術手腕寫成的。

　　戴鎦齡也認為傳記必須「以事實為物件，絕對忠於事實，無絲毫
的折扣」，但他同時又強調：傳記家「又並非歷史家。他所記載的是
個人的事實，所注意的是個人內在的性情，氣質，言行的動機和心理
上種種微妙變化」。傳記家搜齊傳主的「全部事實，按年月日排起，
本身還不是傳記，不過是供寫傳記者的一部資料。……不經裁剪不成
藝術，傳記的藝術也是如此。搜集材料不容易，已搜集後加以裁剪更
不容易。傳記家須從浩瀚的材料裡節取精彩緊要的部分，然後加以嚴
密的錘鍊和完整的組織，用優美的文辭做經，豐富的想像做緯，使最

---

60 孫毓棠：〈傳記的真實性和方法〉，《傳記與文學》（重慶市：正中書局，1943年），
　　頁25。
61 戴鎦齡：〈談西洋傳記〉，《人物雜誌》1947年第7期。

後的成品是經過匠心製造的一件藝術成品」。

　　從西方傳記發展的角度看，戴鎦齡特別強調「自由的心靈」在傳記寫作中的重要性。他認為「心靈不自由的中世紀雖有兩萬五千多部基督聖徒傳，沒有一部夠稱為真實的傳記——是半扯謊半歌頌的混合物」，而文藝復興時代的發薩利（Vasarl），徹利尼（Cerlini），羅柏（Roper），克文第什（Cavendisi）則是「用自由的心靈作人性探討的傳記家」。「第十八世紀又是歐洲傳記的大時代。……這時代的人儘管過了太多的散式的平凡生活，他的心靈是自由的。鮑斯威爾（Boswell）、吉朋（Gibong）分別留下近代極好的傳記。盧騷（Rousreau）他是十八世紀的人物，他固然是浪漫主義的先鋒，但同時他是因襲的剷除者，所以在心靈自由上是一致的，寫出極端坦白的一部自傳」。「十九世紀有過一兩部好的傳記，可惜下半期的風氣非常不利於傳記。……儘管這時科學精神和學院空氣十分濃厚，傳記材料的蒐集比以前邁進，但作者喪失了獨立的意志和見解，也就於寫作時脫落了操縱材料的韁索，任這匹過度負荷的馬東奔西馳，其結果是幾本繁重龐大的厚冊子。我們讀來枯燥無味，而且讀得頭昏眼花，對於書中主人翁的性格可以說連概念都不會得著」。這種狀況直至二十世紀初才由斯特拉奇（Lytton Stnachey）加以改變，他「回到了以前歐洲的傳記界的良好作風——對於人重行用自由的心靈作精微的心理分析」，他代讀者「打倒偶像，消除他們精神上的壓迫，恢復他們心靈的自由」。

　　因此，戴鎦齡最後認為現代傳記的發展趨向是：「用自由的心靈去探索人性，力求忠於事實」；「英雄崇拜的語氣，頌揚勸懲的意念絕不能再欺騙作者和讀者」；「保持一種適宜的簡短，用最經濟的篇幅，表達最繁複的人生」；「敘述緊張生動，前後起伏照應一脈相通，結構巧妙而謹嚴，讀來津津有味，就賽如小說」，等等。可見，戴鎦齡的論述始終是圍繞傳記的文學屬性展開的。

　　戴鎦齡發表〈談西洋傳記〉之後的第二年，寒曦也在《人物雜誌》上發表〈現代傳記的特徵〉[62]一文，試圖總結從斯特拉奇的《維多利亞時代名人傳》開始的現代傳記「共具」的特徵。寒曦認為現代傳記的第一個特徵是「絕對尊重事實」，「現代傳記作者很少為了道德的成見，或尊重世俗的傳統，而去隱瞞或歪曲事實」。第二個特徵是「認識人性的複雜」，現代傳記作者「努力從各方面、各種矛盾的瑣碎事實，試去表現一個複雜的活的真人物」。第三個特徵是「具有藝術的技巧」，「現代傳記形式上最大的特點，就是它是一本藝術的作品。現代傳記家把詩歌小說圖畫戲劇，甚至電影的技巧都用之於傳記的寫作」。寒曦最後表示，「在訃文一類文字非常流行，傳記文學不夠維多利亞時代水準的中國」，他希望前面總結的「這幾點是可為我們借鏡」。

　　與寒曦發表〈現代傳記的特徵〉同時，湘漁則在《中國建設》上發表了題為〈新史學與傳記文學〉[63]。在這近兩萬字的長文中，作者力圖廓清的是新史學與傳記文學的複雜關係。他認為「傳記就其主要的性格講，是歷史的一個支庶，是文學的一個部門」，而在古代，傳記和歷史「是形跡不大容易區分的混合物」，如史詩「是古代作家對於英雄的歌頌，一種多少帶些史跡的歷史」，但史詩在歌頌英雄時也「無形中替那位主角，作了一個小傳」。接著作者依次辨析新史家和舊史家、歷史家與傳記家、傳記家與小說家的不同。他認為，「舊史家之所著眼者，是那些貪緣時會爬上高地位的個人，……而新史家之所著眼者，只是那些主角能影響過去社會到若干程度，而對於後來社會開啟道路的人」；歷史家所寫的，「是這一人在歷史戲劇中所演角色

62　寒曦：〈現代傳記的特徵〉，《人物雜誌》1948年第2期。

63　湘漁：〈新史學與傳記文學〉，《中國建設》第1卷合訂本（1948年）。湘漁即吳景崧（1906-1967），江蘇丹徒人。畢業於復旦大學，先後任《東方雜誌》、《申報》「自由談」、《申報月刊》等編輯。抗戰期間參與翻譯斯諾的《西行漫記》，抗戰勝利後主編大型月刊《中國建設》，並主持世界知識社。

的動作」，而傳記家所寫的則是「那人的人格的形成」；傳記家不同於小說家之點則在於，「小說家的主角，不必社會上實有其人，而傳記家的主角，必然是社會中某一特有的人，而其言論行動，尤必須根據那一特有人的言論行動，符合於那一特有人的言論行動」。因此，湘漁特別強調：「傳記家的最終目的，是在尋取真實，這正如科學家一樣，而不僅是完成了某種審美的任務」。另外，文章還談及傳記的分類和資料的使用等其他方面的問題。

　　最後，作為「大學叢書之二」，教育圖書出版社於一九四七年出版了沈嵩華編著的《傳記學概論》。這是一部全面吸納梁啟超、胡適、郁達夫、朱東潤和鄭天挺等人的研究、思維成果的系統著作，共含「傳記之概念」、「傳記之種類」、「傳記之作法」和「中國之傳記學」四章，主要從史學角度展開論述，但也兼及文學。但誠如編著者的〈序〉中所說，「在過去，關於傳記的理論，雖有散篇的論述，但是有系統的著作，一直到現在，還未曾見，這不能不說是史學界和文學界的一大缺陷」，[64]所以，這一著作的出版無疑有一定的意義。而談及「傳記」一詞的解釋時，沈嵩華在追溯中外觀念演變、論述個人與歷史、英雄與歷史等關係之後，引用克羅齊「一切真正的歷史都是當代史」名言闡述了傳記的「現代性」意義：

> 「真正的歷史可說都是現代史，現代性，這一點，實是一切稱為歷史者的主要特徵」，這是義大利史家克羅斯（B Croce）的名論。近來美國史家赫蕭（Hcaens haw）也有「所有歷史都是現代史」的話。這意思應用於歷史中的偉人傳記，更見其確切。我們也可以說，一切歷史人物都是現代的人物，這種人物的事業是流傳不朽的，言行足垂模範鑑誡，其人格歷萬古而常

---

64 沈嵩華：〈序〉，《傳記學概論》（福州市：教育圖書出版社，1947年）。

新的。歷史上的著名人物，都與現代生活有密切關係，尤其在當時有關民族興衰的偉人，他們的言論思想事業人格，在現代民族生存上還是不可或缺的要素；他們的重要造就，永遠保留著在其今日民族生活之中。（偉大的科學家與英雄，其精神且存在今日全世界人的生活中。）就「現代性」一點上說，傳記在歷史上的地位也可以略窺見一斑了。[65]

---

65 沈嵩華：《傳記學概論》（福州市：教育圖書出版社，1947年），頁4。

第十四章

體系建構中的關鍵性分歧

　　回顧中國現代傳記文學的興起和發展，上述作家、學者、批評家從不同的方面為傳記文學的理論建構做出了各自的貢獻。晚年的梁啟超潛心新學說、提倡新史學而屬意「人的專史」，探索「專傳」的書寫，雖少了提倡詩界革命、小說界革命的激情，卻多了學理建構的自覺。胡適的提倡和鼓吹以及對東西方傳記特點的思考有開拓之功，郁達夫則以「文學」自覺從理論和創作展開切實工作。朱東潤的探索深入而自成體系，充分體現其理論特徵的《張居正大傳》也以厚重的特色而別具一格。之後，學有專攻的鄭天挺、孫毓棠、戴鎦齡等分別從歷史或文學的不同角度，對傳記和傳記文學的相關理論問題進行了新的探索。總之，由「新史學」出發而一路走來的中國現代傳記文學理論探索與建構雖未出現熱烈繁榮的局面，出現震撼文壇學界的宏篇巨論，但他們的努力還是營造了不息探索的氛圍，形成比較可觀的積澱。但梳理這三、四十年間相關的探索與思考不能不發現，雖然沒有出現過商榷或論爭，在傳記文學理論的一些重要方面，分歧不僅存在，而且始終沒達成過共識。

一　文體屬性：歷史抑或文學

　　最為根本的分歧在於對「傳記文學」這一概念的定義。這裡所說的定義的分歧，指的是對「傳記文學」這一文體屬性的不同把握與表述。而更為複雜的是在進行理論提倡和理論探討時，關於傳記文學的

這一概念的使用，在不同人的筆下，常常又是與傳、傳記、傳記文、新傳記、現代傳記等概念混合使用，這無形中更為「傳記文學」本質屬性的界定增添了麻煩。

單就名稱而言，梁啟超把人的專史中「最重要」部分稱為「專傳」，鄭天挺把傳記稱為傳記文。胡適傳記和傳記文學混用，寒曦現代傳記和傳記文學混用，孫毓棠則新傳記和傳記混用。朱東潤最初稱傳敘文學，後逐漸改稱傳記文學。戴鎦齡的文章主要談的是「西洋傳記」，但他又開宗明義說明「傳記這個名詞英文裡是Biography，一六六〇年才在英國開始用，不過它在歐洲是起源很早的一種文學，散見於希臘羅馬的著述裡。即是在古代希伯來的民族的文學裡，它也佔有重要地位」。[1]阿英論的是傳記文學，但談的卻是「小說似的近乎虛構的故事」。[2]似乎只有郁達夫和茅盾，他們才比較一貫地採用傳記文學的概念。夫名不正則言不順，不同的命名給「傳記文學」帶來了不同本質屬性的認定。

梁啟超是從史學的角度思考傳記寫作的，他認為「在現代歐美史學界，歷史與傳記分科。所有好的歷史，都是把人的動作藏在事裡頭，書中為一人作專傳的很少。但是傳記體仍不失為歷史中很重要的部分。一人的專傳，如《林肯傳》、《格蘭斯頓傳》，文章都很美麗，讀起來異常動人。多人的列傳，如布達魯奇的《英雄傳》，專門記載希臘的偉人豪傑，在歐洲史上有不朽的價值。所以傳記體以人為主，不特中國很重視，各國亦不看輕。因此，我們作專史盡可以個人為物件，考察某一個人在歷史上有何等關係。凡真能創造歷史的人，就要仔細研究他，替他作很詳盡的傳」。根據傳主在著作中所佔的地位，他把傳記分為列傳、專傳和合傳，而這三者又和年譜、人表一起歸入

1　戴鎦齡：〈談西洋傳記〉，《人物雜誌》1947年第7期。

2　阿英：〈傳記文學論〉，原載《文藝畫報》1935年第3期，此據《阿英全集》（合肥市：安徽教育出版社，1999年），卷4，頁115。

「人的專史」。當然他也強調,「人的專史以專傳為最重要」。在這裡,梁啟超雖然注意歐美歷史與傳記分科的狀況,而且列舉的《林肯傳》、《格蘭斯頓傳》和普魯塔克的《英雄傳》也都不是中國傳統的史傳,但他還是明確表示「傳記體仍不失為歷史中很重要的部分」。緊接著梁啟超還談到,理想的專傳「是以一個偉大人物對於時代有特殊關係者為中心,將周圍關係事實歸納其中,橫的豎的,網羅無遺。比如替一個大文學家作專傳,可以把當時及前後的文學潮流分別說明。此種專傳,其對象雖只一人,而目的不在一人。擇出一時代的代表人物或一種學問一種藝術的代表人物,為行文方便起見,用作中心」。[3]可見梁啟超強調的,始終是社會與時代,他心目中專傳的所指是歷史,而傳主僅僅是「為行文方便起見」的能指。

　　胡適是從中西傳記比較和對中國舊傳記的清理入手而提倡傳記文學的,但他在大力提倡的同時,對傳記文學本質屬性的理解卻始終沒走出史傳觀念的影響。他四處勸人寫作自傳的目的,首先是「給史家做材料」,然後才是「給文學開生路」[4]。他認為「近代中國歷史上有幾個重要人物,很可以做新體傳記的資料。……這些人關係一國的生命,都應該有寫生傳神的大手筆來記載他們的生平,用繡花針的細密功夫來搜求考證他們的事實,用大刀闊斧的遠大識見來評判他們在歷史上的地位」,但令他奇怪的卻是「許多大學的史學教授和學生為什麼不來這裡得點實地訓練,做點實際的史學工夫呢?」[5]在《書舶庸譚》〈序〉中他認為「日記屬於傳記文學,描寫最重在能描寫作者的性情人格」,但緊接著又強調「故日記愈詳細瑣屑,愈有史料的價

3　梁啟超:《中國歷史研究法補編》,《飲冰室全集》專集之九十九。
4　胡適:〈四十自述自序〉,《胡適傳記作品全編》(上海市:東方出版中心,1999年),卷1,上冊,頁3。
5　胡適:〈南通張季直先生傳記序〉,《胡適傳記作品全編》(上海市:東方出版中心,1999年),卷4,頁204。

值」。[6]所以說，胡適表面上對傳記文學這一概念未作明確的界定，實際上他更注重的是傳記的史學屬性與史學價值，他關於傳記文學的理論思維，大多是在史學的範疇裡展開的。

與胡適持絕然不同意見的是郁達夫和茅盾。郁達夫認為「傳記文學，是一種藝術的作品」，所以他主張傳記寫作應用能把傳主優點長處和弱點短處「都刻畫出來的傳神文字」應有「飄逸的筆致，清新的文體」，應「極有趣味地敘寫」，等等。這一切無不表明郁達夫在提倡傳記文學時的文學自覺。而關於傳記文學的「要點並不在事實的詳盡記載，如科學之類」的主張，更是充分昭示其把傳記文學與史學徹底區別開來的堅定立場。[7]茅盾認為古代典籍中的傳記「只是歷史的一部分，目的只是在於供史事參考，並沒有成為獨立的文學」，私人文集中的傳記，「以頌贊死人為目的，千篇一律，更說不上文學價值」。他強調傳記文學應該「描寫個性發展」和「個人主義的幻想」，[8]這都表明其對傳記文學這一概念的「文學性」把握。

後來，朱東潤開始旗幟鮮明地主張傳記文學的史學、文學的雙重屬性。在《八代傳敘文學述論》的〈緒言〉中，朱東潤強調「傳敘文學是文學，然而同時也是史；這是史和文學中間的產物」。[9]在《張居正大傳》的〈序〉中他還是強調：「傳記文學是文學，同時也是史」。[10]當然，作為一個潛心研究傳記文學的學者，朱東潤還是注意到傳記文學和歷史、和通常所說的文學的差異。他說：「傳敘文學是史，但是

6　胡適：《書舶庸譚》〈序〉。

7　參見郁達夫：〈傳記文學〉、〈什麼是傳記文學？〉，《郁達夫文集》（廣州市：花城出版社，1983年），卷6。

8　茅盾：〈傳記文學〉，《文學》1933年第5號。

9　朱東潤：〈第一緒言〉，《八代傳敘文學述論》（上海市：復旦大學出版社，2006年），頁1。

10　朱東潤：〈張居正大傳序〉，《朱東潤傳記作品全集》（上海市：東方出版中心，1999年），卷1，頁12。

和一般史學有一個重大的差異。一般史學底主要對象是事，而傳敘文學底主要對象是人」。[11]所以他認為包括《左傳》、《史記》裡的「史傳也是史而不是傳敘」。[12]但他又說：「傳敘文學和一般文學不同的方面，就是在敘述上儘管採取各種文學的形態，但是對於所記的事實卻斷斷不容有絲毫的作偽。文學的形態是外表，忠實的敘述是內容」。[13]因為把「真」作為傳記文學出發點和歸宿，在具體寫作上，他也就更強調史學方法的運用，強調史料的辨偽考據，即使是具體的對話，他也以「沒有一句憑空想像的話」[14]而自得。這種對史料絕對信任、對「想像」一概擯棄的評判標準，本質上還是史學的標準而非文學的標準。和朱東潤觀點相近的還有湘漁等，他們一般都認為「傳記就其主要的性格講，是歷史的一個支庶，是文學的一個部門」。[15]

　　和朱東潤持相近觀點的是許君遠，不過他沒明確贊同傳記文學的雙重屬性，而是認為其性質介於歷史與文學之間：

> 所謂傳記，乃是自己一生或別人一生或生平的敘述，從一個人的出生，家世，教育，說到他的思想和道德文章，如果可能，還須提到他的功業和結果。「傳記文學」的性質介乎歷史與小說之間，寫傳記的手法也和寫歷史寫小說為近。不過它有別於歷史，因為不必像歷史單純地板起面孔記帳；也有別於小說，

---

11 朱東潤：〈第一緒言〉，《八代傳敘文學述論》（上海市：復旦大學出版社，2006年），頁1。

12 朱東潤：〈第一緒言〉，《八代傳敘文學述論》（上海市：復旦大學出版社，2006年），頁2。

13 朱東潤：〈第五傳敘文學的自覺〉，《八代傳敘文學》（上海市：復旦大學出版社，2006年），頁85。

14 朱東潤：〈張居正大傳序〉，《朱東潤傳記作品全集》（上海市：東方出版中心，1999年），卷1，頁13。

15 湘漁：〈新史學與傳記文學〉，《中國建設》第1卷合訂本（1948年5月）。

因為不能如小說隨意離開事實太遠。[16]

　　雖然主張文學屬性或史學屬性的不同論者未曾展開正面交鋒，但對傳記文學具文學、史學雙重屬性的看法，卻有論者明確表示歧義。如許壽裳的傳記觀念表面上和朱東潤等人的看法差不多，或者可以說，許壽裳還是先於他們提出傳記的雙重屬性的。遺稿《傳記研究》中，他就有「傳記者，史部之一科，文章之一體」[17]的表述。但實際上，和朱東潤、許君遠、湘漁他們主張傳記文學的雙重屬性，但實際論述中又更偏重於史的性質絕然不同的是，許壽裳更強調其「文章之一體」。他認為，「傳記文學的範圍是非常廣大的。一切史籍固然都在傳記之科，但是傳記的文章決不是史籍所能包括的。因為古來傳記的文章，也有用辭賦體寫成的，也有用詩歌體或書牘體寫成的，範圍非常之大」。[18]正因為著眼點在於文體，許壽裳的傳記文學觀和朱東潤等人的觀念才有了根本的不同。他強調傳記或傳記文學是超越歷史著作的一種獨立的文體，它可能具備歷史的屬性，但也可以不屬於歷史。

　　而到四〇年代後期，沈嵩華在其《傳記學概論》中也明確指出：「文學與史學的本質與功用都不相同」。[19]

二　內涵的不確定與外延模糊

　　內涵的不確定直接導致的是外延的模糊。由於缺乏對「傳記文學」這一概念的明確界定，進而也影響了中國現代傳記文學理論建構

---

16 許君遠：〈論傳記文學〉，《東方雜誌》1943年第3號。

17 許壽裳：〈傳記研究〉，《許壽裳遺稿》（福州市：福建教育出版社，2011年），卷2，頁586。

18 許壽裳：〈談傳記文學〉，《讀書通訊》1940年第3期。

19 沈嵩華：《傳記學概論》（福州市：教育圖書出版社，1947年），頁66。

中對傳記文學外延的準確把握，最明顯的是一些論者對傳記文學這一概念所確指的對象的無限擴大。

在《中國歷史研究法補編》中，梁啟超認為「專以人物作本位所編的專史」包括五種形式，即：（一）列傳、（二）年譜、（三）專傳、（四）合傳、（五）人表。其中，列傳、合傳的名稱均採自傳統的史籍，專傳之稱為梁啟超自己「杜撰」。「專傳以一部書記載一個人的事蹟，列傳以一部書記載許多人的事蹟」，合傳則是一傳記載多人事蹟。這三者屬歸入傳記或傳記文學一般不致出現異議，但年譜和人表是否屬傳記或傳記文學就很值得推敲了。

把傳記文學的外延無限擴大的是胡適，他在題為《中國的傳記文學》的講演中稱「中國的傳記文學分兩大類」，具體包括：

（一）他人做的傳記

1. 小傳
2. 墓誌（原為放在墓中，故篇幅須甚短。）
3. 碑記（在墓外，故篇幅可稍長。）
4. 史傳（族語、方志、國史）
5. 行狀（哀啟、家傳、屬於此類：原為請求文人或史官作碑傳之材料，故較上述四類為詳細。伊川作〈明道行狀〉、〈韓魏公行狀〉皆是好例。）
6. 年譜（分年編定材料，較行狀為尤詳。起於宋人為唐代韓、柳、杜諸家集作文譜、詩譜，後成為中國傳記最發達的體裁。）
7. 言行錄（不編年，而記言記行，始於《論語》、〈檀弓〉，後代如顏習齋有年譜，又有言行錄。）
8. 專傳（與「小傳」、「史傳」不同，近於年譜。慧立之《慈恩法師（玄奘）傳》是其例。張孝若之《南通張季直先生傳記》是新式專傳。）

（二）自己做的傳記

1. 自序（自紀）的小傳（如〈太史公自序〉，如王充《論衡》的〈自紀〉……以至梁啟超、譚嗣同之〈三十自紀〉，是一類。又如陶淵明的〈五柳先生傳〉，白居易的〈醉吟先生傳〉等等自寫一個理想的我，又是一類。）

2. 自傳的詩歌（如〈離騷〉開端便是自傳體。如庾信〈哀江南賦〉，如杜甫〈北征〉，〈自京赴奉先〉，皆是。）

3. 遊記（如玄奘之《西域記》、如邱長春之《西遊記》、如徐霞客之遊記。）

4. 日記（古代日記多不傳。曾布《日錄》僅存殘卷。朱子稱呂祖謙的日記甚詳細，今不傳。孫奇逢有《日譜》為較大部的日記。近人日記流傳者有曾國藩、翁同龢、李慈銘等。）（日記不易傳，因篇幅太大。）

5. 信札（如《曾文正公家書》）

6. 自撰年譜（此為自傳中最發達的體裁，為編年的大幅的自傳。汪輝祖的《病榻夢痕錄》為最好的自撰年譜。楊守敬有《鄰蘇老人年譜》、張謇有《嗇翁年譜》。）[20]

　　在胡適這裡，通常被看成傳記資料的幾乎都被認為是傳記文學了。當然胡適有時也說「其實『年譜』只是編排材料時的分檔草稿，還不是『傳記』」。[21]實際上，無論是無限擴大的傳記文學外延，還是一會兒認為年譜是傳記文學，一會兒又認為不是傳記文學，正反映出

---

20 胡適：〈中國的傳記文學——在北京大學史學會的講演提綱〉，《胡適傳記作品全編》（上海市：東方出版中心，1999年），卷4，頁206-207。

21 胡適：〈黃谷仙論文審查報告〉，《胡適傳記作品全編》（上海市：東方出版中心，1999年），卷4，頁218。

胡適對傳記文學這一概念缺少準確的把握。

除梁啟超、胡適等，像郁達夫、茅盾、許壽裳等並不把傳記資料納入傳記或傳記文學範圍的。郁達夫認為列傳、墓誌、哀啟、行述以及類似傳記的小說，都不能算是傳記文學，他說：

> 中國的傳記文學，自太史公以來，直到現在，盛行著的，總還是列傳式的那一套老花樣。若論變體，則子孫為祖宗飾門面的墓誌、哀啟、行述之類，所謂諛墓之文，或者庶乎近之。可是這些，也總是千篇一律，人人死後，一例都是智仁皆備的完人，從沒有看見過一篇活生生地能把人的弱點短處都刻畫出來的傳神文字。不過水滸也名曰傳，文藝批評家視為一百零八人的合傳，阿Q也有正傳，新文學流行了十幾年的中間，只有阿Q最為人所知道。若把這一類文學，都當作傳記來看，則孫悟空的西游，董小宛的憶語，也都是傳記了，我所說的傳記文學，範圍決沒有這樣的廣闊。[22]

那麼，郁達夫所認定的傳記文學應是怎樣的作品呢？他說因為中國缺少，就從外國文學裡舉出幾個經典的：普魯塔克（Plutarch）的《希臘羅馬偉人列傳》、鮑斯威爾（Bowsell）的《約翰遜博士傳》、斯特拉奇（Lytton Strachey）的《維多利亞女王傳》、莫洛亞（Andre' Maurois）的《雪萊傳》……等等。

許壽裳認為：「從前的專傳，不過篇長的行狀，如《三藏傳》，不能算理想的專傳」。「年譜，呆板，不能提前抑後；許多批評議論，亦難插入」。他認為理想的專傳「乃是以一個偉大人物對於時代有特殊關係者為中心，將周圍關係事實歸納其中，橫的豎的，網羅無遺」。

---

22 郁達夫：〈傳記文學〉，《郁達夫文集》（廣州市：花城出版社，1983年），卷6，頁201。

並且「可全以輕重為標準，改換異常自由，內包亦較豐富。無論直接
間接，無論議論敘事，都可網羅無遺」。[23]

　　而像孫毓棠、湘漁等則不僅不贊成把資料當成傳記文學本身，而
且還明確表達年譜等不能算是傳記文學的觀點和理由。孫毓棠指出：
「年譜之學在史學方法上講，固然較忠於史，但年譜的毛病是過分的
去求真實，乾燥呆板，在年譜中看不出完整的人性來，年譜只能算是
整理過的傳記材料，他本身不能就算是傳記」。[24]湘漁則認為：「年譜
在傳記中，是像歷史中的編年體。傳記中的這樣編制，只有其歷史上
的價值，而沒有什麼文學上的價值，蓋年譜為其編制所限制，結果也
如春秋一樣，被人指為斷爛朝報。蓋年譜的記載，雖跨譜主的一生，
然而只是片段的事實聯繫起來，根據時日而把不關重要的事實一一列
舉出來，我們只能見其偏而不能見其全，見其細節而不能窺其大體，
我們只能覺察他的外表而不能深入其內心」。[25]另外，潘公旦也認為年
譜、列傳不配稱傳記文學，他在為顧一樵的《我的父親》作序時說：

> 中國以前只有傳記，並沒有傳記文學；也可以說只有傳記意味
> 的文學，而並沒有傳記。配稱傳記文學的筆墨實在不多見。真
> 正好的傳記也找不到幾篇，更找不到幾本。年譜，重片段的事
> 實，而不重文，列傳的文字，重簡練的筆墨，而不重事；二者
> 又都談不上「親切」兩字。「親切」便是「文情並茂」的
> 「情」。要文，情，事三者都顧到了，才配叫做傳記文學。[26]

---

23 許壽裳：〈傳記研究〉，《許壽裳遺稿》（福州市：福建教育出版社，2011年），卷2，
　　頁587。

24 孫毓棠：〈論新傳記〉，《傳記與文學》（重慶市：正中書局，1943年），頁2。

25 湘漁：〈新史學與傳記文學〉，《中國建設》第1卷合訂本（1948年）。

26 潘公旦：〈一篇傳記文的欣賞（代序）〉，顧一樵：《我的父親》（上海市：商務印書
　　館，1943年），頁1。

林國光認為「年譜只是纂輯考訂史料，可以說是著專傳的初步工作，不足稱為著述」，他參照哥倫比亞大學涅焚斯（Allan Nevins）的著作，把傳記分為原料傳記、評傳和通俗傳記三大類，並指出這三者的區別：

> 原料傳記最為寶貴，撰者有時費半生苦功，搜集材料，謹慎調核，成書務求全善全美。……原料傳記為其他種種傳記材料來源，功勳永久。評傳則得有特別見解，分析細膩深刻，使吾人對於某人生平有一更明晰的瞭解，施特拉奇所撰傳記，即可作為此類傳記代表。評傳編撰，似很容易，其實困難。假如全無根據，徒立危論，或能聳動一時，但是優劣真偽終有定評。英美現代盛行評傳，多在原料傳記發表以後。原料傳記編得越精專，據以撰述評傳則越容易，因立論有據也。吾國則適相反，評傳先出，技術既幼稚，立論又多臆測空談，執拗一家偏見，自為聰明，其實鮮有卓見。通俗傳記吾國移譯最多，例如法國莫魯阿（Maurois）所撰《雪萊傳》，德人盧德威（Emil Ludwig）所撰《俾斯麥傳》，《拿破崙傳》等皆是。莫魯阿以輕鬆飛動文筆敘述雪萊，拜倫，及名相第士累利生平，編纂巧妙，引人入勝，或可當為文學作品，當為史書則甚淺薄。……上列傳記三大類，以見傳記形式不同，試下定義困難。此三傳記的分類，亦足概觀傳記與文學及歷史的關係。三類傳記中，原料傳記為史書，毫無疑義；評傳有如文評，介乎文史中間；通俗傳記以文筆飛動見稱，不守史家謹嚴紀律，有時簡直可以當為歷史小說。文中敘述西洋傳記演進，以見傳記的蛻形變化，至於成為現代傳記。[27]

27　林國光：〈論傳記〉，《學術季刊》1942年第1期。

因為林國光主要從史傳的角度立論，而他依據的又是哥倫比亞大學歷史學教授涅焚斯的觀點，所以他格外推崇原料傳記。祛除這種立場偏見，他說的三類傳記，其實就是史傳、學術傳記和人們通常所說的「傳記文學」。

三　非虛構文學與藝術的想像

此外，在現代傳記文學理論建構進程中還存在的另一個重要分歧，是關於想像或虛構的問題。作為非虛構文學的一種，傳記文學的基本要求是紀實寫真。但在紀實寫真的前提下，是否允許適當的想像虛構，如何進行想像虛構，圍繞這一問題，現代的論者也各有各的看法。

一般說來，大多數論者在談及傳記文學的寫作時都強調真實性原則。胡適在論及傳記或傳記文學時是從來不提及虛構或想像的，他認為「傳記的最重要條件是紀實傳真」，所以「傳記所傳的人最要能寫出他的實在身分，實在神情，實在口吻」。[28]朱東潤強調，「傳敘文學底價值，全靠它底真實。無論是個人事蹟的敘述，或是人類通性的描繪，假如失去了真實性，便成為沒有價值的作品。真是傳敘文學底生命」，[29]所以他要求傳記文學的敘述不僅須「有來歷、有證據」，而且還應「不忌繁瑣」。[30]戴鎦齡也認為，傳記文學「既然是記載，自得以事實為對象，絕對忠於事實，無絲毫的折扣」。當然他們強調的紀實傳真，往往是從不虛美、不隱惡的角度提出的，即「作者無庸諱言被

28　胡適：〈南通張季直先生傳記序〉，《胡適傳記作品全編》（上海市：東方出版中心，1999年），卷4，頁203。

29　朱東潤：〈八代傳敘文學緒言〉，《八代傳敘文學》（上海市：復旦大學出版社，2006年），頁5。

30　朱東潤：〈張居正大傳序〉，《朱東潤傳記作品全集》（上海市：東方出版中心，1999年），卷1，頁6。

傳人的不甚名譽的事，替他粉飾；也無庸誇大他所做的好事，或竟造出莫須有的豐功盛績他捧場。傳記家實事求是罡正不阿的態度頗像秉筆直書的董狐」。[31]

所以，現代論者談及傳記文學寫作，一般都像胡適那樣迴避想像與虛構的問題；但一旦涉及，分歧則無可避免。梁遇春在介紹盧德威克、莫洛亞和斯特拉奇三位著名傳記作家創作的共同特徵時就談到，他們的創作「都是用寫小說的筆法來傳記，先把關於主要人物的一切事實放在作者頭腦裡熔化一番，然後用小說家的態度將這個人物渲染得同小說裡的英雄一樣，復活在讀者的面前，但是他們並沒有扯過一個謊，說過一句沒有根據的話。……他們始終持一種客觀態度，想從一個人的日常細節裡看出那個人的真人格，然後用這人格為中心，加上自己想像的能力，就成功了這種兼有小說同戲劇長處的傳記」[32]。梁遇春所說的「自己想像的能力」，已觸及到傳主形象的總體把握和藝術地再創造的關係。

朱東潤是既自覺從事理論建構，又切實進行寫作實踐的傳記文學家，他深諳藝術三味，有類似於「對話是傳記文學的精神，有了對話，讀者便會感覺書中的人物一一如在目前」的精闢見解。但因為過於強調紀實傳真，強調有來歷、有證據，他談及自己的《張居正大傳》的寫作時標榜的是「只要是有根據的對話，我們是充分利用的，但是我擔保沒有一句憑空想像的話」。在他看來，「因為傳記文學是史，所以在記載方面，應當追求真相，和小說家那一番憑空結構的作風，絕不相同」。[33]但同樣強調傳記文學的記載應「忠於事實」，戴鎦齡卻認為優秀的傳記文學作品必須包含「豐富的想像」，他說：「傳記

---

31 戴鎦齡：〈談西洋傳記〉，《人物雜誌》1947年第7期。

32 梁遇春：〈譚〉，《新月》1929年第3號。

33 朱東潤：〈張居正大傳序〉，《朱東潤傳記作品全集》（上海市：東方出版中心，1999年），卷1，頁12-13。

家須從浩瀚的材料裡節取精彩緊要的部分，然後加以嚴密的錘煉和完整的組織，用優美的文辭做經，豐富的想像做緯，使最後的成品是經過匠心製造的一件藝術成品」。[34]

與戴鎦齡一樣，並且論述更為深入的是湘漁。湘漁也認為，傳記文學是「歷史的一個支庶，是文學的一個部門」，「傳記家的最終目的，是在尋取真實」，但他充分認識到推理想像在傳記文學寫作中的必要性和可能性。他認為，「傳記在運用文學的技巧方面，它跨入到藝術部門的領域……他（傳記家）把一個角色的一生史實貫穿起來，他須化費了不少腦力，根據史實來加以想像，推考和塑形。這樣對於一個傳記家，想像的本質，自然是不可缺少的要件」。當然湘漁也強調，傳記家在「重建史實的工程中」，應該小心地注意「他的推斷，某些真實到如何程度，某些有可能性到如何程度」。[35]

真正旗幟鮮明地主張傳記文學「可以允許幻想摻入」的是孫毓棠。和一般論者一樣，孫毓棠首先也強調：「我們得承認傳記是史學之一部門，我們必需忠於史。因此，寫一部傳記，也和寫一部史書一樣地，得嚴格地採用科學的歷史方法。材料必需搜羅得完備。在材料的真偽上必需費上十足的甄別考證的功夫」。儘管一些和傳主相關的「材料的缺乏與材料之不可盡信，正確的史實根本不能求得，寫出的歷史與歷史本身相隔甚遠」，「我們如果要寫傳記，仍不能不盡力忠於史實。史學本不如自然科學那樣來得準確，但史學必得竭力往科學的路上走」。但孫毓棠又認為，「新傳記既然該是一種文學的著作」，「某種幻想有時又是可以被容納的」，他舉例說：

　　　　譬如說我們寫陸放翁的傳，他曾久居於鏡湖，他的詩文之中許

---

34 戴鎦齡：〈談西洋傳記〉，《人物雜誌》1947年第7期。

35 湘漁：〈新史學與傳記文學〉，《中國建設》第1卷合訂本（1948年）。

多地方描寫到鏡湖，我們以他的詩文為材料，而加上些幻想來寫鏡湖之美，自然不算過分。他入川曾過巴山巫峽，他寫的〈入蜀記〉雖未細寫過三峽風光，但他所見的三峽和我們所見的三峽決不會有著太大的分別，那麼我們在寫他的傳時，寫幾句三峽的奇麗如何進入他的眼簾，也不算過分。再如杜甫到秦州，留詩不多，不過我們今天所見的隴西山水一定與他所見的沒有多大的不同，那麼我們在寫杜甫傳時，也未嘗不可描寫一下今天隴坂的山勢以解釋他的秦州雜詩。這樣摻進去的幻想是合理的，不致大錯的，我們可以把這種幻想叫作「合乎邏輯」的幻想。在傳記之中摻入這種合乎邏輯的幻想，總比說漢高祖腿上一定有七十二個黑點子的話顯得還更合理更可靠些。但丁的事蹟可知的很有限，但曾有人把但傳寫至千頁，用的就是這種方法。[36]

　　孫毓棠所以持這樣的觀點，和他專門研究過歷史、和他的史學觀有很大的關係。作為深受聞一多影響的新月派詩人，孫毓棠雖然酷愛戲劇和文學，並且在詩歌創作方面有過引人注目的成績，但卻是一位受過專業訓練的歷史研究者。他一九三三年畢業於北平清華大學歷史系，一九三五年東渡日本留學，先進入東京帝國大學歷史學部攻讀中國古代史，後才轉入文學部大學院攻讀文學。一九三七年七月回國後，孫毓棠在西南聯大、清華大學從事的也都是歷史的教學與研究。正因為這樣的專業背景，他才能從史學和文學的角度，對傳記的真實性問題提出別具一格的見解。

　　孫毓棠首先也從「歷史的真實」談起。他認為就是歷史學家也很難用科學方法來求得客觀的歷史真實，他說「我們得分清『歷史本

---

36 孫毓棠：〈論新傳記〉，《傳記與文學》（重慶市：正中書局，1943年），頁8。

身』與『史料』的分別。『歷史本身』（History itself）原是一堆複雜的事物活動及其相互關係的進展；而史料或者『寫的記錄（Written records）』則是前代人主觀的（態度與選擇上皆然）記載。歷史本身原是一個連綿的整體，它本身自然存在；而史料則極端的有限，且是一些零散的片段，不完全的鱗爪。愈是時代久遠，這些片段鱗爪愈不易連串起來。而且這些僅有的片段鱗爪的材料，尚有時散失毀滅，得以流傳至今日者，或十不到其一二。時代即使較近，史料即使較充足，但其可靠性到底有多少，仍是治史人最難解決的問題。從種種方面來看，這種寫的記錄，無論古今，與歷史本身往往隔著相當的距離。一次英德的空戰，彼此都說敵國飛機損失比自己多得多，雙方矛盾的記錄流傳於世，而歷史本身的真實則反而隨了時光永久淹沒，不可得知了。所以我們可以說歷史的材料既不充足，又不十分可靠。從不充足又不可靠的的材料中間，無法得到事物之絕對的真相。因此寫的記錄與歷史本身之間相隔到底有多麼遠，無人敢作回答」。「歷史知識是有限度的。我們雖然努力求知，但『歷史的真實』卻巍然存在而永不可知。這些的歷史與歷史本身之間，永遠橫著一道鴻溝，我們永遠無法填塞」。孫毓棠認為，「歷史的真實本身是得不到的，歷史學不過告訴我們以一種『大概如此』的知識而已。史家記載時代或民族的歷史，原是比較可以客觀的，尚且如此；個人的歷史的記載，其與個人的歷史的真實相隔更遠，自可不言而喻」[37]。

　　由「歷史的真實」問題，孫毓棠進一步談到「個人的歷史的真實」。他指出，傳記家研究傳主個人的歷史主要依靠的是兩種材料，「一種是此個人自己的著作，一種是旁人記載他或批評他的記錄」。

---

37 孫毓棠：〈傳記的真實性和方法〉、〈論新傳記〉，《傳記與文學》（重慶市：正中書局，1943年），頁12-16。無獨有偶，孫犁晚年也說過：「歷史但存其大要，存其大體而已。」（孫犁：〈關羽傳〉，《三國志》，《秀露集》（天津市：百花文藝出版社，1981年）），頁203。

從表面上看，傳主的日記、信札、生活片段的自記及自傳等是「最可靠」、「最可寶貴」，但實際上，哪怕是「自己記自己的事蹟，有時也會因遺忘、護短、自誇、自飾等而發生問題」，而傳主個人的文學抒情作品，「既是文學，一定會誇張粉飾，歪曲事實又摻入幻想」。至於他人的記錄，「其難以獲得個人事蹟的真實則一」。所以孫毓棠認為：「所謂『個人事蹟的真實』，與歷史的真實一樣，是不容易也可以說是根本不能夠得到的」。既然個人的真實不能得到，那麼，傳記之學不是根本無意義了嗎？孫毓棠認為「也不盡然」，他說：

> 雖然個人真實事蹟的記錄不完全又不大可靠，我們只能得到一個「大概如此」的知識，但我們尚可憑此「大概如此」的知識，略略知道其「大概如此」的性格與精神，一個「大概如此」的「人」。正如我們交朋友一樣，我們雖不完全知道他自有生以來的一切所為所遇，但憑我們與他多日的交接談笑裡，多多少少我們可以知道他的「大概如此」的性情與為人。我們對他無法求一種絕對的認識，我們也只能滿足於我們對他的比較的認識。此種認識，不能完全客觀，我們只好安於我們部分的主觀。傳記家的中心工作當即在此一點。我們雖努力想保持客觀，但終不能完全擺脫主觀。我們對於「人」的知識，不管是前觀古人今觀朋友，都似隔著煙霧看山，真面目杳然難見。然而，只要煙霧不太濃重，此峰之大概的味道，其拙、其秀、其奇險、其平庸，則大抵約略可見。傳記家要的是揭霧入山，努力一分便多得一分。但到了某個地步無法再進，也只好且隔著煙霧——欣賞此山峰的味道了。[38]

---

38 孫毓棠：〈傳記的真實性和方法〉，《傳記與文學》（重慶市：正中書局，1943年），頁21。

　　在此基礎上，孫毓棠才從傳記家的創作心理談到了傳記寫作中的虛構問題。他認為傳記家認識研究傳主「正如觀山，不僅求真，且在求美」，「傳記家之愛好他、欣賞他、分析他、描寫他，即是在滿足自己求真求美的欲望中一種欣賞及創造的愉快」。「傳記家一方面以瞭解古人的性格精神為目的，一方面為滿足自己的欣賞，及創作的愉快，乃從事對於個人的探討與著述。在探討的過程中，發現知識有了空隙，盡可以放置不問，因為探討研究的工作是僅為自己知道。著述便不然。著述的目的在使人知道。走筆為文使人知道時，這些空隙便不得不勉強略事彌補。彌補知識之空隙的目的有二：一是為了使人知道得清楚，不得不彌補，僅以不相連貫的斷片告人，人家是不會瞭解的。……二是為滿足個人在創造上愛好完整的心理」。因此，孫毓棠最後肯定了傳記寫作中想像、虛構的合理性，他說：

> 傳記家也不必妄求獲得「個人的事蹟之真實」，他應該只求以現存的關於此個人的記錄為材料，以探討其性格與精神。為將此性格與精神描寫出，解釋給一般讀者知道，他不得不主觀地剪裁材料，合理地以推測或合乎邏輯的幻想來彌補知識之空隙。不如此，即傳記之學便根本沒有存在的可能了。[39]

　　可以說，孫毓棠這些見解不僅在傳記文學的紀實傳真、想像虛構等方面給人以獨特的啟迪，而且對討論傳記文學的真實性和文學性的問題也是富有建設性的。回首中國現代傳記文學的種種理論分歧，孫毓棠的觀點與方法不僅涉及傳記的歷史真實和藝術真實問題，因此直逼關於傳記文學本質屬性這一根本分歧的底裡。

---

39 孫毓棠：〈傳記的真實性和方法〉，《傳記與文學》（重慶市：正中書局，1943年），頁25。

第十五章
現代傳記文學的民族特色

　　中國現代傳記文學最初幾位自覺倡導者在倡導傳記文學時，無一不是以西方傳記文學為參照審視中國傳統的傳記寫作，並且都帶有明顯的標舉西方傳記模式的傾向。梁啟超說自己的《李鴻章傳》「全仿西人傳記之體」。[1]胡適和郁達夫在介紹西方近代以來的傳記文學作品時也都認定這是「中國最缺乏的一類文字」；[2]「正因為中國缺少了這些，所以連一個例都尋找不出來。若從外國文學裡來找材料，則千古不朽的傳記作品，實在是很多很多」。[3]後來的朱東潤也認為「在近代的中國，傳記文學的意識，也許不免落後⋯⋯，橫在我們面前的，是西方三百年以來傳記文學的進展」，所以他也不諱言寫作《張居正大傳》的目的是「供給一般人一個參考，知道西方的傳記文學是怎樣寫法，怎樣可以介紹到中國」。[4]由於梁啟超他們在中國現代文化史上舉足輕重的地位和在中國現代傳記文學發生期的巨大影響，人們後來在論及現代傳記文學時，自然也就都格外矚目中國現代傳記文學的外來影響而忽略其民族承傳。二十世紀四〇年代就已有論者指出，「近世

1　梁啟超：〈中國四十年來大事記（一名李鴻章傳）序例〉，《飲冰室合集》專集之三。

2　胡適：〈傳記文學〉，《胡適傳記作品全編》（上海市：東方出版中心，1999年），卷4，頁243。

3　郁達夫：〈傳記文學〉，《郁達夫文集》（廣州市：花城出版社，1983年），卷6，頁201。

4　朱東潤：〈張居正大傳序〉，《朱東潤傳記作品全集》（上海市：東方出版中心，1999年），卷1，頁4、15。

以來，中國的傳記文學，因為受到西洋的影響」，「在體裁格調方面有了改變，……與過去的傳記相較，換了一副神氣」。[5]到了九〇年代人們仍然認為，「從戊戌維新到五四前後，是中國的傳記寫作在吸收借鑒西方傳記經驗的基礎上，從內容到形式逐步突破封建時代的舊傳記傳統，由此過渡到完全意義上的現代傳記的一個重要時期」；[6]「五四以來的中國傳記一直存在著兩種不同的走向，而這兩種走向都是以『現代性』為前提的，都是在『現代性』的文學話語的範圍之內運作的。它們都與傳統的傳記有著深刻的斷裂」。[7]甚至在進入新世紀後人們仍然認為，「中國現代傳記，即區別於古典傳統模式的現代傳記，是本世紀初思想解放運動的產物，也是向西方學習的結果」。[8]在考察研究二十世紀中國傳記文學的學者中，只有陳蘭村先生注意到「20世紀中國傳記文學既受外域傳記文學的明顯影響，又與中國古代傳記文學有一定的承傳關係，並且在中國現當代文學整體格局中仍保持了自己歷史與文學結合的獨特品性」。[9]但是中國傳記文學在哪些方面與本民族傳統保持了承傳關係，又在哪些方面體現了獨特的民族品性，陳先生也未展開過充分的闡述。筆者覺得，本民族的傳統文化對於一代作家的影響往往是一種潛移默化的過程，這種影響有時並不如外來文化影響引人注目，但卻是深遠的、無條件的。中國傳記文學雖然在十九世紀後期開始接受外來影響，並在二十世紀二、三〇年代完成了現代的轉型，但中國深厚的傳記文化積澱無疑是中國現代傳記文學賴以生成的土壤根基，傳統傳記寫作中的「史傳」精神作為一種文化觀

5　沈嵩華：《傳記學概論》（福州市：教育圖書出版社，1947年），頁64。

6　朱文華：《傳記通論》（上海市：復旦大學出版社，1993年），頁134。

7　張頤武：〈傳記文化：轉型的挑戰〉，《人物》1995年第1期。

8　蕭關鴻：〈序〉，《中國百年傳記經典》（上海市：東方出版中心，2002年），卷1，頁3。

9　陳蘭村：〈20世紀中國傳記文學的歷史位置及其基本走向〉，《學術論壇》1999年第3期。

念，其影響更是無比深遠。追尋這種影響，無論對於準確把握中國現代傳記文學的發展歷史，還是對於促進現代傳記理論體系的建構都是極其有益的。因此，本文將進行的，是考察中國現代傳記文學與中國傳統傳記之承傳關係，並進而探討蘊含於現代傳記文學創作中的民族特色。

一　「以人為鏡」的史鑒功能

在中國的文化史上，自司馬遷在《史記》中以人物為中心來表現歷史，開創紀傳體樣式之後，史傳合一成為定體，以後歷代均沿襲此體。在中國傳統的圖書分類法中，傳記一般也理所當然地被歸入到「史部」。當然，中國古代文史不分，許多優秀的傳記作品也不乏鮮明的文學特徵，但作為歷史寫作的重要組成部分，中國古代傳記寫作也就往往格外注重史鑒的功能。

以史為鑒，中外皆然，但由於歷代文人及統治者對這一功能的重視，這種觀念在中華文化的發展進程中顯得格外突出。數千年前的《詩經》就已強調「殷鑒不遠，在夏后之世」[10]；賈誼的〈過秦論〉也告誡漢文帝說，「『前事之不忘，後事之師也』。是以君子為國，觀之上古，驗之當世，參以人事，察盛衰之理，審權勢之宜，去就有序，變化應時，固曠日長久，而社稷安矣」。後來司馬遷的「居今之世，志古之道，所以自鏡也」[11]；唐太宗的「以古為鏡，可以知興替」[12]也都是此意。中國古代重要的史學理論著作把這概括為撰史的一項重要原則：「史之為務，申以勸誡，樹之風聲」[13]。這種撰史的原

10　《詩經》〈大雅〉〈蕩〉。

11　《史記》卷18。

12　《舊唐書》卷8。

13　《史通》〈直書〉。

則，探究或再現的是歷史，目的卻在當下，所以明顯地帶有現實功利性。歷史寫作是這樣，傳記的寫作也是這樣。唐太宗的「以人為鏡，可以明得失」[14]，說的是直言諫諍的魏徵，但理解為以古人為鏡也未嘗不可。因為歷代的帝王將相無不從有關歷史人物的記載中尋找治國安邦之術，無數忠臣義士也都以過往君主的成敗得失來諍諫當朝的統治者（如賈誼的〈過秦論〉）。所以中國古代大多數「史傳」或「散傳」的寫作，也都有著明顯的現實功利目的。

　　中國現代傳記文學誕生於內憂外患之際，傳統傳記的史鑒功能一開始就為有志於社會變革者所重視。嚴復作《孟德斯鳩列傳》、《斯密亞丹傳》等作品，為外國人立傳的目的顯然不在認識、研究歷史，而完全是為了新民啟智，為了喚醒民眾。梁啟超作《李鴻章傳》、〈王荊公〉、〈管子傳〉、〈袁崇煥傳〉和〈匈加利愛國者噶蘇氏傳〉、〈意大利建國三傑傳〉、〈近世第一女傑羅蘭夫人傳〉等一系列中外名人傳記，其所寫西方名人傳在內容上宣揚資產階級平等、自由、博愛的思想，明顯是為當時的立憲運動服務的；所寫本國歷史名人傳記則是為了張揚英雄主義和愛國主義，改造冷漠渙散的「國民性」。他為西漢的張騫和東漢的班超作〈張博望班定遠合傳〉，動機也是「歐美日本人常言支那歷史不名譽之歷史也。何以故？以其與異種人相遇輒敗北故。嗚呼，吾恥其言。雖然，吾歷史真果如是而已乎？其亦有一二非常之人非常之事，可以雪此言者乎？高山仰止，景行行上，讀張博望班定遠之軼事，吾歷史亦足以豪矣」。這一類的傳記，用梁啟超自己的話說，均為「意不在古人，在來者也」[15]。

　　辛亥革命期間，章太炎的〈鄒容傳〉、〈徐錫麟陳伯平馬宗漢合傳〉，蔡元培的〈徐錫麟墓表〉、〈楊篤生先生蹈海記〉以及其他人用

14　《舊唐書》卷8。

15　梁啟超：〈中國四十年來大事記（一名李鴻章傳）序例〉，《飲冰室合集》專集之三。

白話寫作的〈黃帝傳〉、〈孔子傳〉、〈中國革命家陳涉傳〉、〈中國排外大英雄鄭成功傳〉等，宣傳民族革命和愛國主義的傾向就更為明顯。後來的論者不僅注意到這一現象，而且還明確指出其原因：「傳記文學在當時，幾乎成為絕大多數革命刊物不可缺少的部門。採用這樣文學形式來宣傳革命，也正適應了民族革命和愛國主義宣傳工作的需要」。[16]

　　到五四新文化運動前後，傳記的這種史鑒功能不僅沒有減弱，而且以更為豐富的方式得到充分的應用。不是以政治家或革命者，而是以文化學者聞名的胡適按理說對於文學的功利目的不會那麼在意，但是他一九〇八年撰寫的〈姚烈士傳〉一開篇就強調「責任」「比生命還貴重幾千百倍」，並且強調姚烈士「因為把救我們中國同胞這一件事，看做他自己的責任」，所以「才把他的生命來殉他的責任」。〈世界第一女傑貞德傳〉的結尾明確指出：

> 我們中國如今的時勢危險極了，比起那時法國的情形，我們中國還要危險十倍呢！……我很希望我們中國的同胞，快些起來救國，快些快些，不要等到將來使娘子軍笑我們沒用。我又天天巴望我們中國快些多出幾個貞德，幾十個貞德，幾千百個貞德。等到那時候，在下便拋了筆硯，放下書本，趕去做一個馬前卒，也情願的，極情願的。[17]

而同樣發表在這一年的〈中國愛國女傑王昭君傳〉，張揚的則是傳主的一片「愛國苦心」。後來，在五四高潮中，胡適替一個「素不相識

---

16 阿英：〈傳記文學的發展——辛亥革命文談之五〉，《阿英全集》（合肥市：安徽教育出版社，1999年），卷6，頁687-688。

17 胡適：〈世界第一女傑貞德傳〉，《胡適傳記作品全編》（上海市：東方出版中心，1999年），卷4，頁177。

的可憐女子」李超做傳，其目的也是「因為她的一生的遭遇可以用做無量數中國女子的寫照，可以用做中國家庭制度的資料，可以用做研究中國女子問題的起點」，所以他在最後說：「我們研究她的一生，至少可以引起這些問題」：「（1）家長族長的專制」，「（2）女子教育問題」，「（3）女子承襲財產的權利」，「（4）有女不為有後的問題」。不難看到，胡適當時的思路和司馬光「專取關國家盛衰，繫生民休戚，善可為法，惡可為誡」[18]的主張不無相通之處。

　　從二〇年代中後期開始到四〇年代後期，社會政治鬥爭和民族矛盾更為尖銳，傳記寫作與現實的關係更為緊密。郭沫若寫於二〇年代後期的《反正前後》以及《革命春秋》，寫自己在保路運動中的成長過程，但在更深的層面上卻透露了作者分析總結近代中國社會歷史經驗教訓的意圖。郭沫若認為保路運動失敗的原因在於這場革命鬥爭的領導階級──資產階級的軟弱性和妥協性；而辛亥革命的最終爆發則源於群眾運動的興起，源於爭取立憲制的政治鬥爭和爭取路權的經濟鬥爭相結合。他認為這樣的革命導致的是立憲派、「同盟會」以及封建軍閥的權力之爭，革命的最終結果則是中國的支配權「由反革命派移到反革命派手裡的」。在對那段歷史進行一番考察描繪的基礎上，這一傳記作品實際上在告訴讀者：

> 保路同志會的運動，乃至結晶為辛亥革命的整個資本主義的革命運動，結果是失敗了。它的失敗卻告訴了我們一條路：中國革命自始至終應該是反抗帝國主義的革命，而這種革命不能由中國的資本家的手裡來完成。[19]

18　《資治通鑒》冊13。

19　郭沫若：《反正前後》，《郭沫若全集》（北京市：人民文學出版社，1992年），卷11，頁232。

聯繫一九二七年國共破裂後空前尖銳的階級鬥爭政治鬥爭，聯繫二〇年代末思想文化界那場關於中國社會性質問題的激烈論辯，作者通過這一切的分析關注現實鬥爭的意圖顯得格外明晰。

　　郭沫若之後，《明太祖傳》、《漢奸劊子手曾國藩的一生》、《竊國大盜袁世凱》等作品的作者，通過為歷史人物立傳反觀現實的意圖就更為明顯。就是朱東潤寫《張居正大傳》，目的也是「想從歷史陳跡裡，看出是不是可以從國家衰亡的邊境找到一條重新振作的道路」，因為作者認為：

> 在那時代，我們正和敵人作著生死的搏鬥。一切的寫作，包括傳記文學的創作在內，都是為著當前的人民而寫作的。寫張居正的傳記當然必須交代一個生動、完整的張居正，但決不是為了張居正而創作，我們的目光必須落到當前的時代，我們的工作畢竟是為現代服務的。[20]

　　另外，像巴金撰寫的《俄羅斯十女傑》、《克魯泡特金》等傳記，很主要的一個意願則是弘揚高尚的道德人格。因為在巴金看來，道德人格完全可以顯示出一種超越思想觀念或理論主張的力量，而社會革命也急切需要崇高的道德理想作指導。他曾明確談到：「人群解放運動中確實需要著一種崇高的道德理想。過去的革命之所以不能達其預料的目的，皆由缺乏此種道德理想所致」，[21]所以在向讀者介紹克魯泡特金時，巴金說，你可以「反對」或「信奉」他的主張，「然而你一定會像全世界的人一樣要讚美他的人格，將承認他是一個純潔、偉大

---

20 朱東潤：〈我怎樣寫作《張居正大傳》的〉，《社會科學戰線》1983年第3期。

21 巴金：〈克魯泡特金的《倫理學》之解說〉，《巴金全集》（北京市：人民文學出版社，1993年），卷18，頁456。

的人，你將愛他、敬他」[22]。可見巴金的傳記講述的是外國人的故事，針對的也仍然是當下社會，為的是將來的世界，體現的則是一種「已往之興廢，堪作將來之法戒」[23]的自覺意識。

　　總之，中國現代傳記的史鑒功能很大程度上源自於古代以史為鏡、以人為鏡的民族傳統，和古代傳記一樣，其探究或再現的是過往的人事，目的卻始終在當下，所以明顯地帶有現實功利性。但是在這種自覺的價值取向中，卻又包括了現實社會的認識、現實人生的探討、現代人格的建構等等諸多的內涵或途徑。所以，現代傳記所體現出的史鑒功能遠比傳統的史傳豐富，從發展的角度來看，這既是歷史的傳承，也包含了現代的創新。

二　擯棄日常生活的宏大敘事

　　現代傳記既然還承擔著傳統的史鑒功能，那麼作者在具體寫作中必然也得繼承傳統的歷史敘事方法。「夫史之稱美者，以敘事為先」[24]。司馬遷所開創的紀傳體，是一種把人物傳記納入「表」、「書」統轄之下的寫作模式。以《史記》為開端，中國傳記的寫作實際上形成了在廣闊的社會歷史背景中寫人的宏大敘事傳統，後繼的傳記作者所關注的大多是與歷史有關的大局、大事、人物大節，而對於個人的身邊瑣屑，傳主的內心世界一般都不給予過多的關注。所以，中國傳統的歷史敘事實際上是一種關注人與社會關係的宏大敘事。孫犁曾經注意到，「〈項羽本紀〉，寫到虞姬的文字極少，最後寫了那麼一兩句，是為了表現英雄末路。如果是文學作品，就會抓住虞姬不放，大事渲

---

22 巴金：〈《我的自傳》譯本代序〉，《巴金全集》（北京市：人民文學出版社，1991年），卷17，頁132。

23 宋濂：《宋文憲公文集》卷1。

24 《史通》〈敘事〉。

染。從她怎樣與項羽認識，日常感情如何，寫到臨別時（《史記》沒寫她死，也沒有寫別離）的心理狀態，糾纏不清，歷史家如果這樣去寫，那就不成其為歷史名著了」[25]。這種關注傳主與社會關係的宏大敘事傳統也可以從古代先賢孟子的「知人論世」中找到淵源。

　　而在西方，「歷史之路與傳記之路」雖然曾經有過「一種會合的趨勢」，而後來歷史和傳記之間的聯繫也「未隨著更為學術化的史學研究方法的出現而被割斷」[26]，但西方傳記作者更為注重的往往是資料全面與詳實。所以西方傳記作品的一個很重要的基本特徵是「把一人一世的言行思想，性格風度，及其周圍的環境，描寫得極為盡致」[27]。作為鮑斯威爾的著名傳記《約翰遜博士傳》的傳主、同時也是西方近代著名的傳記作者約翰遜就曾經公開提出：「傳記作家的職責往往是稍稍撇開那些帶來世俗偉大的功業和事變，去關注家庭的私生活，展現日常生活瑣事。在這兒，外在的附著物被拋開了，人們只以勤謹和德行互較長短」[28]。約翰遜的觀念深深地影響了他的後繼者鮑斯威爾，《約翰遜博士傳》便是以其巨細靡遺地記述傳主的生平事蹟而聞名於世的。這一包括上下兩大卷的煌煌巨傳為了全面展示傳主的性格特徵，不僅細緻記錄其飲食起居等日常生活情況，而且對其行為怪癖也有相當入微的描述。這種傳記觀以及對傳主日常生活瑣屑巨細必錄的寫作方法，在很長時間裡一直被許多西方傳記作家奉為圭臬。

　　進入現代之後，針對鮑斯威爾、特別是維多利亞時期以來傳記寫

---

25 孫犁：〈關於報告文學和紀實文學〉，《如雲集》（天津市：百花文藝出版社，1992年），頁144。

26 〔英〕艾倫・謝爾斯頓著，李文輝、尚偉譯：《傳記》（北京市：昆侖出版社，1993年），頁25、34。

27 郁達夫：〈傳記文學〉，《郁達夫文集》（廣州市：花城出版社，1983年），卷6，頁201。

28 轉引自〔英〕艾倫・謝爾斯頓著，李文輝、尚偉譯：《傳記》（北京市：昆侖出版社，1993年），頁7。

作的狀況，西方的傳記作家和理論家開始了新的變革。但由於受心理
學發展的影響，在強調清晰簡潔、追求真實等原則，注重資料取捨和
謀篇佈局等問題的同時，許多傳記作家又不約而同地把關注的重點轉
向了傳主的內心世界。英國傑出的傳記作家李頓・斯特拉奇在完成其
代表作《維多利亞女王傳》時精心取捨地處理材料，匠心獨運地安排
篇章結構，從而用不及《約翰遜博士傳》三分之一的篇幅完成了在位
近七十年的英國女王的傳記。在這有限的篇幅中，作者對女王在位期
間紛繁複雜的國內外大事背景進行了大刀闊斧的處理，而把大量的筆
墨用於對傳主性格形成過程的刻畫和對其心理世界分析。稍後，奧地
利籍猶太作家斯蒂芬・茨威格那部廣受西方世界讚譽的傳記《命喪斷
頭臺的法國王后——瑪麗・安托瓦內特》，描述的是最後被送上斷頭
臺的法國皇后的生平事蹟。作品對法國大革命的時代背景雖也有一定
的交代，但著重揭示的仍然是傳主與路易十六的個人性格和命運的發
展。其中最引人注目之處是對傳主日常生活具體入微的描繪和對傳主
內心世界的細緻深刻的分析。法國的莫洛亞的代表作《博學的小說
家——阿道斯》、《赫胥黎》和《英國小說大師蘇倫斯》等在注重把握
具體生活細節的同時也明顯借鑒了現代心理分析的方法。莫洛亞認
為：「若不考察一個人物的各個方面，不深入瞭解其無數的細枝末
節，要想把握他的心理狀況，是根本不可能的。以往被解釋成由單一
原因所引起的或者是由某些偉大人物所決定的歷史事件，其實則是大
量小規模的活動及無數個人意志合力作用的結果」[29]。他甚至明確地
把充分揭示傳主人格的複雜性和注重傳主內心衝突作為現代傳記所應
具備的最基本特徵。

　　總之，西方傳記作家大都注重對傳主生平資料乃至野史秘聞的全
面搜集和運用，注重對傳主心理個性的探究，他們比較一致地傾向於

---

29 〔法〕安德列・莫洛亞著，劉可、程為坤譯：〈論當代傳記文學〉，《傳記文學》
　　1987年第4期。

圍繞傳主私生活進行個人化的微觀敘事。而「史傳合一」、「知人論世」的傳統則更為使中國傳記重視傳主與外部世界的關係，忽略對傳主個人生活乃至個性的探究，傳記作家關注的往往只是傳主作為社會的人在某些特殊職能中的行為和功能，而不是儘量提供其全面生動的人生面貌。這種敘事，無疑屬於一種宏大的歷史敘事。

　　這種宏大的歷史敘事傳統在進入現代之後仍為廣為現代傳記作家所繼承。首先，在傳主的確定上，作家們往往熱衷於選擇那些曾經叱吒風雲，或者影響社會歷史進程的重要人物，並且通過對他們與社會歷史關係的描述展現或寄託某種國家、民族的精神，揭示或表露對社會歷史規律的認識。朱東潤在談《張居正大傳》的寫作過程時就曾說過：在傳主的選擇上他曾「經過不少的痛苦」，因為「任何人都有自己的世界，自己的一生。這一生的記載，在優良的傳記文學家的手裡，都可以成為優良的著作。所以在下州小邑、窮鄉僻壤中，田夫野老、癡兒怨女的生活，都是傳記文學的題目」只是「一個理想的說法，事實上還有許多必要的限制」，他覺得「只能從偉大人物著手」，所以最終還是選擇了從隆慶六年到萬曆十年之中，佔據政局中樞整整十年的「劃時代的人物」張居正[30]。胡適雖然在〈李超傳〉中提出「替一個女子做傳比替什麼督軍做墓誌銘重要得多」[31]，但除此之外，他所做傳記的傳主也大多是神會（〈荷澤大師神會傳〉）、高夢旦、張伯苓、吳敬梓、朱敦儒、王昭君、康有為、姚洪業（〈姚烈士傳〉）以至貞德、吉爾曼、愛迪生等等這些古今中外的歷史文化名人。梁啟超寫作傳記是為了啟智和新民，所以對傳主的選擇更是注重其社會歷史的影響，如管子、張騫、班超、鄭和、王荊公、康有為、

30 朱東潤：〈張居正大傳序〉，《朱東潤傳記作品全集》（上海市：東方出版中心，1999年），卷1，頁6。
31 胡適：〈李超傳〉，《胡適傳記作品全編》（上海市：東方出版中心，1999年），卷4，頁184。

李鴻章以及義大利建國三傑等。被中國現代傳記作家選為傳主的這些人物，或以其思想行為為自己的國家民族作出過貢獻，或可以給當下的社會以某種的啟迪，他們輕而易舉地成為現代傳記作家和傳記讀者「認同」意識的對象。

　　按傳統的文學觀念，傳主的選擇本是一種內容的選擇，它與具體的敘事形式關係並不太大。但是正如俄國形式主義理論所認為的那樣，內容是依附於形式而存在，內容不可能在文學中單獨存在，作品中的一切都是形式，思想、傾向、觀念等等過去屬於內容的東西共同成了藝術形式的構成要素。所以，這種頗為相近的傳主選擇實際上體現了傳記作家一種共同的敘事對象化傾向，即更多的是從社會歷史的角度，而不是從生命個體的角度來進行具體的傳記敘述。傳主的選擇在某種程度上已大致規定了宏大的歷史敘述傾向。

　　中國現代傳記所繼承的宏大歷史敘事傳統的另一個更為主要的體現，是傳記作家在具體的敘述中都特別關注傳主與時代的關係。梁啟超作的是《李鴻章傳》，同時他又說「吾今此書，雖名之為『同光（指同治、光緒──原注）以來大事記』可也」。他還認為：

> 不寧惟是。凡一國今日之現象，必與其國前此之歷史相應，故前史者現象之原因，而現象者前史之結果也。夫以李鴻章與今日之中國，其關係既如此其深厚，則欲論李鴻章之人物，勢不可不以如炬之目，觀察夫中國數千年來政權變遷之大勢，民族消長之暗潮，與夫現時中外交涉之隱情，而求得李鴻章一身在中國之位置。[32]

這樣的觀念使梁啟超在具體寫作過程中採用了宏大的歷史視角，除

---

32 梁啟超：〈中國四十年來大事記（一名李鴻章傳）緒論〉，《飲冰室合集》專集之三。

〈緒論〉和〈結論〉外，「李鴻章之位置」、「李鴻章未達以前及其時中國之局勢」、「兵家之李鴻章（上、下）」、「洋務時代之李鴻章」、「中日戰爭之李鴻章」、「外交家之李鴻章（上、下）」、「投閒時代之李鴻章」、「李鴻章之末路」等就成為這一傳記的敘述要點，而像「李鴻章之家世」、「李鴻章薨逝」等則成了「無關大體，載不勝載」的內容，被很簡單地在一、二小節中略作交代而已。

朱東潤的《張居正大傳》十四章三十餘萬言，有十三章用於敘述傳主輔弼神宗，宦海沉浮的人生歷程。其中特別引人注目的是聯繫政局時局，對張居正當政期間推行「考成法」及「一條編法」，裁汰冗員，加強邊防，浚治黃淮等一系列改革措施進行全方位的描述。而主要用於敘述傳主個人生活和成長歷程的，僅僅是在開篇的第一章「荊州張秀才」。但在這一章又有很大的篇幅是在寫傳主的家族世系，真正講述張居正從出生到嘉靖二十六年（丁未）入京會試中二甲進士，開始踏上政治生涯大道的文字仍然微乎其微。從第二章「政治生活的開始」之後的敘述，則完全是以朝政變遷為背景，以傳主的政治生涯為重點了。作為文史學家，朱東潤重在強調張居正是劃時代的人物的歷史敘述視角是再清楚不過了，所以這一傳記作品的宏大的歷史敘述特徵也十分明顯。

不僅僅是他傳創作，現代自傳作品的作者一般也不著力講述自己個人的私生活，也不甚關注自身的精神世界，他們大多希望能夠通過個人命運的講述，展現一幅廣闊豐富的社會歷史畫卷。所以，自傳這種在西方世界被當成「精神的自我形成史」，一般都體現個人化敘事特徵的文學樣式，在現代的中國也比較一致的表現出宏大歷史敘述的共同特徵。胡適提倡自傳寫作，是希望人們「替將來的史家留下一點史料」，在《四十自述》的〈自序〉中他談到，自己寫作的目的也是「給史家做材料，給文學開生路」，所以最終走的還是「歷史敘述的老路」[33]。

---

33 胡適：〈四十自述自序〉，《胡適傳記作品全編》（上海市：東方出版中心，1999

郭沫若自傳寫作中的宏大歷史敘述意識更為自覺。他談到自己的自傳寫作時曾說:「寫的期間不同,筆調上多少不大一致,有時也有些重複的地方,但在內容上是蟬聯著的;寫的動機也依然一貫,便是通過自己看出一個時代」[34]。所以,他的自傳更是包羅了無盡的時代風雲,從「反正前後」到「革命春秋」,從「創造十年」到「劃時代的轉變」,從「歸去來」到「洪波曲」,他的自傳在記敘自我人生軌跡的同時,也為讀者提供了一部中國近現代革命鬥爭的編年史。在《我的童年》〈前言〉裡,郭沫若更是明確地表示:

> 我的童年是封建社會向資本主義制度轉換的時代,
> 我現在把它從黑暗的石炭的坑底挖出土來。
> 我不是想學Augustine和Rousseau要表述甚麼懺悔,
> 我也不是想學Goethe和Tolstoy要描寫甚麼天才。
> 我寫的只是這樣的社會生出了這樣的一個人。
> 或者也可以說有過這樣的人生在這樣的時代。[35]

正是這種鮮明的表述,也使得海外研究者注意到,「郭沫若不僅與西歐自傳的兩大類型劃清了界限,而且不期而然地揭示了西歐罕見而中國獨具的自傳的鮮明特色……。在中國式的自傳裡,個人與時代密不可分,作者記錄的不僅僅是個人,記錄時代,抑或更在個人之上。進入二十世紀才在西歐影響下產生的中國自傳,就是這樣從一開始,便浸染著濃郁的中國特色」[36]。

年),卷1,頁2-3。

34 郭沫若:〈《我的童年》前言〉,《郭沫若全集》(北京市:人民文學出版社,1992年),卷11,頁7。

35 郭沫若:〈《我的童年》前言〉,《郭沫若全集》(北京市:人民文學出版社,1992年),卷11,頁8。

36 〔日〕川合康三著,蔡毅譯:《中國的自傳文學》(北京市:中央編譯出版社,1999年),頁3。

三　文直事核的「實錄」原則

由於傳記脫胎於歷史，在現代傳記文學的倡導者和實踐者的觀念中，傳統史傳的「實錄」原則也顯得特別的重要。中外的史學理論同樣強調「實錄」的原則，古希臘的思想家盧奇安也強調過，「歷史家要講的事件已經擺在他的面前，既然是真實的事件，他就不得不如實直陳」[37]。但是，在具體的傳記文學創作方面，由於受現代心理學理論的強大影響，西方傳記文學在進入二十世紀後似乎出現了一種越來越向傳主的內心開掘和精神分析發展的趨勢。如英國現代著名的傳記作家斯特拉奇在《維多利亞時代名人傳》的〈序言〉中也十分強調「不偏不倚地追求真實」，但是在具體寫作中，對傳主內心世界的一些細緻的分析有時也使人對其真實性產生懷疑。斯特拉奇的「傳記革命」之後，西方的三大傳記作家茨威格、盧德威克和莫洛亞各有建樹，但他們傳記寫作的一個顯著的共同特點也是喜歡對傳主心態進行分析。特別是莫洛亞的傳記文學作品（如《雪萊傳》、《拜倫傳》等），由於對戲劇性技巧的過分追求和心理分析的充分運用，其內容的真實性多少受到影響，因此有時也被人看成是「傳記小說」。

而中國的史傳傳統對傳記的真實性卻始終有著嚴格的要求，所以「實錄」可以說已經成為傳記寫作的一項鐵定原則。董狐、南史秉筆直書的精神成為後代史學家和傳記作家的楷模，後來司馬遷的《史記》更是以「實錄」受人們讚譽。司馬遷的所謂「實錄」，班固概括為「其文直，其事核，不虛美，不隱惡」[38]，這包括兩層主要的意思，一是「其文直，其事核」，一是「不虛美，不隱惡」。「其文直，

---

37 盧奇安：〈論撰史〉，見章安棋編：《繆靈珠美學譯文》（北京市：中國人民大學出版社，1987年），卷1，頁194。

38 《漢書》〈司馬遷傳〉。

其事核」要求所敘之事均賴文證而言之有據，即所謂「史體述而不造，史文而出於己，是為言之無徵」，所以「文士撰文，惟恐不自己出；史家之文，惟恐出之於己」[39]。不僅要掌握充分的史料，做到言之有據，而且必須進行必要的考據，辨別史料的真偽，考而後信，「文疑則闕」[40]。具體到傳人方面，不僅須充分掌握傳主個人的資料，而且還得熟悉其生活的時代與環境，「不讀其人一生所著之文，不可以作；其人生而在公卿大臣之位者，不悉一朝之大事，不可以作；其人生而在曹署之位者，不悉一司之掌故，不可以作；其人生而在監司守令之位者，不悉一方之地形土俗、因革利病，不可以作」[41]。如果說「其事核」更主要還是對全部歷史書寫的要求，「不虛美，不隱惡」則完全是針對傳人提出的。這一原則要求寫人時實事求是，「不隱不諱而如實得當，周詳而無加飾」[42]。相對於「其事核」而言，「不虛美，不隱惡」更難做到，因為從文化觀念方面講，中國的傳統講究為尊者諱，為親者諱，為賢者諱，但從傳人者個人的角度看，情感的好惡和現實的生存等因素都可能影響對傳主的如實再現。所以劉子玄認為「善惡必書，斯為實錄」[43]，袁枚則強調「作史者只須據事直書，而其人之善惡自見，以己意為奸臣、逆臣，原可不必」[44]。

　　中國這種悠久的「實錄」傳統在進入現代之後，並不因西方各種理論（包括佛洛伊德的精神分析學）的傳入而消失，胡適、郁達夫、朱東潤等現代傳記文學創作的倡導者和實踐者，無一不強調和遵循這一原則。胡適認為「傳記的最重要的條件，是紀實傳真」，「要能寫出

---

39 章學誠：《文史通義》〈外篇一〉〈與陳觀民工部論史學〉。

40 《文心雕龍》〈史傳〉。

41 顧炎武：《日知錄》冊1。

42 錢鍾書：《管錐編》（北京市：中華書局，1979年），冊1，頁163。

43 《史通》〈惑經〉。

44 袁枚：《隨園隨筆》卷4。

他的實在身分，實在神情，實在口吻」[45]；朱東潤也強調「中國所需要的傳記文學，看來只是一種有來歷、有證據、不忌繁瑣、不事頌揚的作品」[46]。後來的馮至寫《杜甫傳》也「力求每句話都有它的根據」，因此「由於史料的缺乏，空白的地方只好任它空白，不敢用個人的想像加以渲染」[47]。

　　胡適、朱東潤和吳晗等作者因為受過專門的治史訓練，他們的作品，都格外注意資料的收集和應用。胡適的〈荷澤大師神會和尚傳〉主要依據作者自己從英、法兩國所得敦煌卷子（包括神會和尚語錄及其〈顯宗記〉等），加上國內原有史料寫成，其最為引人注目的特點是原始文獻資料的應用和嚴密的考證研究相結合。而〈李超傳〉總字數僅六、七千，其中大段引用傳主生前信稿原文竟達十六、七處，其「實錄」精神可見一斑。朱東潤寫《張居正大傳》參考了大量的歷史文獻，作者曾自信地宣稱這一作品中「沒有一句憑空想像的話」[48]。吳晗的《明太祖傳》有很強的政治傾向性，但短短的八萬字的傳記也有數百條的注釋。馮至在西南聯大時就有作《杜甫傳》的念頭，但他為此做了四、五年的準備。他後來回憶說：「首先做杜詩卡片，按內容分門別類編排，如政治見解、朋友交往、鳥獸蟲雨等等。同時對唐代政治經濟、典章制度、思想文化諸方面的發展沿革，也作了必要的瞭解，國內學者如陳寅恪等的有關著作，也都讀了。另外，對杜甫同時代詩人李白、王維等的生平、思想、創作情況，也有了基本的掌

---

45 胡適：〈南通張季直先生傳記序〉，《胡適傳記作品全編》（上海市：東方出版中心，1999年），卷4，頁203。

46 朱東潤：〈張居正大傳序〉，《朱東潤傳記作品全集》（上海市：東方出版中心，1999年），卷1，頁6。

47 馮至：《杜甫傳》（天津市：百花文藝出版社，1999年），頁1。

48 朱東潤：〈張居正大傳序〉，《朱東潤傳記作品全集》（上海市：東方出版中心，1999年），卷1，頁13。

握」[49]。在掌握了大量史料的基礎上，馮至到一九四七年才開始《杜甫傳》的寫作。

　　中國傳統對「實錄」的另一具體要求是「不虛美，不隱惡」，但撰史或作傳者往往因各種影響而很難真正做到，歷代傳記中「諛墓」之作也多如牛毛。所以胡適批評中國「幾千年的傳記文章，不失於諛頌，便失於詆誣，同為忌諱，同是不能紀實傳信」[50]，表面上看似乎是受西學東漸影響，實際上正是對「不虛美，不隱惡」的傳統「實錄」精神的呼喚和期待。郁達夫則更為具體地談到，傳記作家在傳人時，「他的美點，自然應當寫出，但他的缺點與特點，因為要傳述一個活潑潑而且整個的人，尤其不可不書。所以若要寫新的有文學價值的傳記，我們應當將他外面的起伏事實與內心的變革過程同時抒寫出來，長處短處，公生活與私生活，一顰一笑，一死一生，擇其要者，儘量來寫，才可以見得真，說得像」[51]。

　　傳記轉型之初，梁啟超在強調傳記的真實性原則的同時，也特別注意不因個人的政治立場和感情因素而對傳主曲意奉承或惡意貶損。如《南海康先生傳》一方面再現康有為公車上書，「無所於擾，鍥而不捨」，以天下為己任的氣概，另一方面也如實指出「戊戌維新之可貴，在精神耳，若其形式，則殊多缺點」[52]。《李鴻章傳》不僅如實記錄和譴責傳主喪權辱國的歷史罪行，而且也實事求是地講述和肯定李鴻章倡導向西方學習，並且身體力行付諸實施的歷史功績。

　　胡適的自傳作品《四十自述》也寫得極為冷靜客觀，其目的在拋

---

49 轉引自《中國百年傳記經典》（上海市：東方出版中心，2002年），卷3，頁520。

50 胡適：〈南通張季直先生傳記序〉，《胡適傳記作品全編》（上海市：東方出版中心，1999年），卷4，頁203。

51 郁達夫：〈什麼是傳記文學？〉，《郁達夫文集》（廣州市：花城出版社，1983年），卷6，頁283。

52 梁啟超：《南海康先生傳》，《飲冰室合集》文集之六。

磚引玉，其方法則是「赤裸裸的敘述」[53]。因此，作者既不避母親為填房之諱，也實錄自己留美之前一段日子「在昏天黑地裡胡混」──「從打牌到喝酒，從喝酒又到叫局，從叫局到吃花酒」的不光彩的經歷。在寫完一九○八年中國公學風潮的有關章節後，胡適擔心自己的記載「有不正確或不公平的地方」，還特意把原稿送給自己這一派當年攻擊的一個主要目標王敬芳「批評修改」[54]。朱東潤寫《張居正大傳》，傳主是一個有爭議的歷史人物，「譽之者或過其實，毀之者或失其真」。在主觀上，朱東潤認為張居正是一個理想的政治家，所以在具體的寫作過程中時有為傳主辯解或解釋之筆，但從總體上講，這一作品的記敘和議論卻是建立在史實基礎上的，讀者從中完全可以感覺到的是「居正既非伊、周，亦非溫、莽：他固然不是禽獸，但是他也並不志在聖人。他只是張居正，一個受時代陶熔而同時又想陶熔時代的人物」[55]。

當然就實際情形而言，一個傳記作家要真正做到完全「實錄」，做到完全的「不虛美，不隱惡」是很困難的。寫自傳，難免當局者迷，同時又難於擺脫與現實的種種複雜的干係，自然很難做到完全客觀。作他傳，特別是為歷史人物作傳，少了許多忌諱，多了時間距離，情況可能好些，但也很難完全擺脫作者個人價值取向因素的影響。所以，與其認為傳統的實錄原則在現代傳記中得到了發揚光大，不如把梁啟超、胡適、郁達夫、朱東潤等人的呼喚和努力理解為現代傳記作家對傳統實錄原則的期待與追求。而另一角度看，現代傳記作

53 胡適：〈四十自述自序〉，《胡適傳記作品全編》（上海市：東方出版中心，1999年），卷1，上冊，頁3。

54 胡適：〈我怎樣到外國去〉，《四十自述》，《胡適傳記作品全編》（上海市：東方出版中心，1999年），卷1，上冊，頁71。

55 朱東潤：〈張居正大傳序〉，《朱東潤傳記作品全集》（上海市：東方出版中心，1999年），卷1，頁7。

家所強調的「實錄」，有時也體現為不滿足史家既有的定評而追求對個人「真實」發現的闡發（如朱東潤的《張居正大傳》），或不囿於四平八穩的敘說而張揚自我情感的真切抒寫（郭沫若、郁達夫的自傳是其典型），這也正體現了傳統的史家之傳與現代的文學之傳、歷史的真實與藝術的真實的區別，體現了傳統「實錄」精神的現代發展。

四　婉而成章的「春秋筆法」

在中國悠久的史傳傳統中，和「實錄」原則相聯繫的是「春秋筆法」。善惡必書，斯為實錄，但夫子修《春秋》意在微言大義，且又「為尊者諱，為親者諱，為賢者諱！」[56]這看起來似乎是很矛盾的。實際上，所謂的「春秋筆法」乃尊賢隱諱而又隱而不避，諱而不飾，暗含褒貶，所以《左傳》說：「『春秋』之稱，微而顯，志而晦，婉而成章，盡而不汙，懲惡而勸善，非聖人孰能修之！」[57]對這種筆法，當代作家孫犁曾有更為具體的理解：

中國歷史傳記，很少夾敘夾議，直接評價人物的寫法。它的傳統作法是「春秋筆法」，寓褒貶於行文用字之中，實際上是叫事實說話，即用所排比的事件本身，使讀者得到對人物的印象，評價，因之引出歷史的經驗教訓。大的史學家只是寫事實，很少議論。司馬遷在寫過一個人物之後，有「太史公曰」一小段文字，談他對這一人物的印象和評價，也是在若即若離之間，遊刃於褒貶愛憎之外。又有時談一些與評價無關的逸聞瑣事，給文字增加無窮餘韻，真是高妙極了。班固以後，這種

---

56 《公羊》卷4。
57 《左傳》〈成公十四年〉。

文字，稱「贊」或稱「史臣曰」，漸漸有所褒貶，但也絕不把這種文字濫入正文。[58]

　　五四過後，傳統觀念受到衝擊，作家個性充分張揚，傳記作者似乎也進入無須春秋筆法，可以秉筆直書的年代。實際的情況卻是，現代人的書寫固然不必為尊者諱，為親者諱，為賢者諱，但受其他種種因素影響，總也還是有不便直說或不想直說之處。於是，春秋筆法作為一種敘述策略自然仍被應用到現代傳記寫作之中，即使像無所顧忌的魯迅或性情豪放的郭沫若，在他們的傳記作品中也仍然可以看到春秋筆法的精魂。

　　魯迅的《朝花夕拾》敘述的是作者自己從紹興到北京的人生歷程。為達形象生動、妙趣橫生的敘述效果，其中可能不乏無傷大雅的藝術想像的補充。但是在一些特殊或關鍵的地方，魯迅採用的卻仍然是實錄中暗含褒貶的筆法。如作者寫自己在國內的學習經歷有兩次，一是在三味書屋接受的傳統的私塾教育（〈從百草園到三味書屋〉），一是在南京接受的維新之後的新式學堂教育（〈瑣記〉）。按五四運動之後的流行觀念，傳統的私塾教育自然應受到指責甚至批判，西學東漸後的新式學堂則應受到大力褒揚。魯迅作為五四新文化運動的主將，當然更應該守住自己的立場。但就對具體的三味書屋和南京水師學堂的學習經歷而言，魯迅似乎是有自己獨特的感受。

　　三味書屋是「全城中稱為最嚴厲的書屋」，成規陋習不少，讀的又是《論語》、《尚書》、《周易》和《幼學瓊林》一類的老古董，但魯迅對三味書屋的感情主要流露在對自己老師（先生）的描寫上：

　　　　第二次行禮時（第一次算是拜孔子，第二次算是拜老師——引

---

58 孫犁：〈與友人論傳記〉，《澹定集》（天津市：百花文藝出版社，1981年），頁66。

者注），先生便和藹地在一旁答禮。他是一個高而瘦的老人，鬚髮都花白了，還戴著大眼鏡。我對他很恭敬，因為我早聽到，他是本城中極方正，質樸，博學的人。

先生最初這幾天對我很嚴厲，後來卻好起來了，不過給我讀的書漸漸加多，對課也漸漸地加上字去，從三言到五言，終於到七言。

他有一條戒尺，但是不常用，也有罰跪的規則，但也不常用，普通總不過瞪幾眼，大聲道：
「讀書！」

先生自己也念書。後來，我們的聲音便低下去，靜下去了，只有他還大聲朗讀著：
「鐵如意，指揮倜儻，一座皆驚呢──；金叵羅，顛倒淋漓噫，千杯未醉嗬……。」
我疑心這是極好的文章，因為讀到這裡，他總是微笑起來，而且將頭仰起，搖著，向後面拗過去，拗過去。[59]

不必再加分析，除了教學內容外，先生身上的和藹、敬業、認真以及讀文章時的投入，足可令人感到這一學校的優劣。

而水師學堂和路礦學堂呢？作者通過對一些細節的「實錄」讓人感到的，卻是不倫不類和烏煙瘴氣：

初進去當然只能做三班生，臥室裡是一桌一凳一床，床板只有兩塊。頭二班學生就不同了，二桌二凳或三凳一床，床板多至

---

59 魯迅：〈從百草園到三味書屋〉，《魯迅全集》（北京市：人民文學出版社，1981年），卷2。

三塊。不但上講堂時挾著一堆厚而且大的洋書，氣昂昂地走
著，決非只有一本「潑賴媽」和四本《左傳》的三班生所敢正
視；便是空著手，也一定將肘彎撐開，像一隻螃蟹，低一班的
在後面總不能走出他之前。

這不僅寫出了學校設備的簡陋，而且寫出其缺乏現代的民主平等的精
神。學生之間尚有此等級區別，教師之間以及師生之間就更不用說
了。新式學堂與舊式學堂的另一重要區別是其科學精神，但水師學堂
卻是：

原先還有一個池，給學生學游泳的，這裡面卻淹死了兩個年幼
的學生。當我進去時，早填平了，不但填平，上面還造了一所
小小的關帝廟。廟旁是一座焚化字紙的磚爐，爐口上方橫寫著
四個大字道：「敬惜字紙」。只可惜那兩個淹死鬼失了池子，難
討替代，總在左近徘徊，雖然已有「伏魔大帝關聖帝君」鎮壓
著。辦學的人大概是好心腸的，所以每年七月十五，總請一群
和尚到雨天操場來放焰口，一個紅鼻而胖的大和尚戴上毗盧帽，
捏訣，念咒：「回資羅，普彌耶吽！唵耶吽！唵！耶吽！！！」

至於教師的水準，從路礦學堂的漢文教員可見一斑：

但第二年的總辦是一個新黨，他坐在馬車上的時候大抵看著
《時務報》，考漢文也自己出題目，和教員出的很不同。有一
次是《華盛頓論》，漢文教員反而惴惴地來問我們道：「華盛頓
是什麼東西呀？……」[60]

60 魯迅：〈瑣記〉，《魯迅全集》（北京市：人民文學出版社，1981年），卷2。

　　總之，魯迅的這些描寫大多是實錄，但對三味書屋和對水師學堂、路礦學堂的褒貶已經包含其中了，真可謂「義生文外，秘響旁通」[61]也。

　　二、三〇年代的郭沫若意氣風發，作詩為文大多筆無藏鋒，但為回應魯迅〈上海文壇一瞥〉而作的《創造十年》，因牽涉許多同時代人，也常常借用傳統的春秋筆法。如寫到第一次見到茅盾和鄭振鐸的印象，表面上是「實感」，實際上還是暗含褒貶：

> 　　雁冰所給我的第一印象卻不很好，他穿的是青布馬褂，竹布長衫，那時似乎在守制。他的身材矮小，面孔也纖細而蒼白，戴著一副很深的近視眼鏡，背是微微弓著的，頭是微微埋著的。和人談話的時候，總愛把眼睛白泛起來，把視線越過眼鏡框的上緣來看你。聲音也帶著些尖銳的調子，愛露出牙齒咬字。因此我總覺得他好像一隻耗子。並且還特意聲明說：「我在這兒要特別加上一番注腳，我這只是寫的實感，並沒有包含罵人的意思在裡面。」[62]

僅因為茅盾穿的是青布馬褂，竹布長衫就說其「似乎在守制的光景」；兩人初見時茅盾年僅三十，卻說其「背是微微弓著的，頭是微微埋著的」；戴的是很深的近視眼鏡，卻強調「把視線越過眼鏡框的上緣來看你」這種戴老花鏡常有的動作。對鄭振鐸的印象似乎會好一點：

> 　　我記得他（鄭振鐸）穿的是一件舊了的雞血紅的華絲葛的馬

61　《文心雕龍》〈隱秀〉。
62　郭沫若：〈創造十年〉，《郭沫若全集》（北京市：人民文學出版社，1992年），卷12，頁99。

褂，下面是愛國布的長衫。他的面貌很有些希臘人的風味，但那時好像沒有洗臉的一樣，帶著一層暗暮的色彩。他伸出來和我握手的手指，就和小學生的手一樣，有很多的墨蹟。那時候我覺得他很真率，當得德國人說的unschuldig，日本人說的「無邪氣」。[63]

但後來卻又寫鄭振鐸有一次看到自己抄在紙上的詩歌：「獨坐幽篁裡，彈琴復長嘯。深林人不知，明月來相照」時就問：「你還在做舊詩嗎？」[64]分明是王維著名的五絕，鄭振鐸居然認為是郭沫若所做，這與其說是肯定鄭振鐸「直率」，還不如說是故意說其無知。

而寫第一次見到毛澤東情形就不一樣了：

到了祖涵家時，他卻不在，在他的書房裡卻遇著了毛澤東。

太史公對於留侯張良的讚語說：「余以為其人計魁梧奇偉，至見其圖，狀貌如婦人女女。」

吾於毛澤東亦云然。人字形的短髮分排在兩鬢，目光謙抑而潛沉，臉皮嫩黃而細緻，說話的聲音低而娓婉。不過在當時的我，倒還沒有預計過他一定非「魁梧奇偉」不可的。

在中國人中，尤其在革命黨人中，而有低聲說話的人，倒是一種奇跡。……[65]

同是初次見面，同是貌不揚聲不響，這一次卻覺得對方是個「奇跡」，郭沫若自傳中的「春秋筆法」可見一斑。

---

63 郭沫若：〈創造十年〉，《郭沫若全集》（北京市：人民文學出版社，1992年），卷12，頁99。

64 郭沫若：〈創造十年〉，《郭沫若全集》（北京市：人民文學出版社，1992年），卷12，頁103。

65 郭沫若：《創造十年續編》，《郭沫若全集》（北京市：人民文學出版社1992年），卷12，頁297。

第十六章
現代傳記文學的「歷史」重負

　　中國現代的傳記文學大約誕生在五四時期。在世界範圍內，二十世紀上半葉正是傳記文學全面發展的時期；在中國，具有現代意義的詩歌、散文、小說和戲劇等文學樣式在五四之後的三十年間也有長足的發展。但是，中國現代傳記文學的發展卻很不盡如人意，雖然在二○年代後期至三○年代前期有過一個自傳寫作的高潮，在四○年代也有朱東潤、吳晗等人的長篇傳記問世，但稱得上經典的現代傳記文學作品並不多，而像朱東潤所希望的「忠實的傳記文學家」[1]更是寥寥無幾。箇中原因，令人深思。

一　依附於史傳的傳統思維定勢

　　中國傳記在近代開始轉型，而中國現代傳記文學則誕生於狂飆突進的五四時期，這在很大程度上是由於當時的個性解放和人的發現，同時也和西方傳記文學觀念的傳入不無關係。可以說，在五四之前，中國並不存在獨立意義的傳記文學。但這也不是說此前的中國就沒產生過傳記文學的作品，只不過古代的傳記文學在很長的歷史階段中有的被包容在歷史的敘述之中，有的被排擠在歷史的敘述之外，它們由此都不可能作為一種獨立的文類而受到人們的關注與重視。

　　在中國古代，「傳」最早乃「釋經」之意，後來「傳」「記」兩字

---

[1]　李祥年：〈朱東潤──現代傳記園地的拓荒者〉，《人物》1996年第3期。

連詞，指的才是敘述個人生平行事始末的文體。章學誠《文史通義》的「傳記」篇對傳記含義的源流有專門的辨析：「傳記之書，其流已久，蓋與六藝先後雜出。古人文無定體，經史亦無分科，《春秋》三家之傳，各記所聞，依經起義，雖謂之記可也。經禮二戴之記，各傳其說，附經而行，雖謂之傳可也。其後支分派別，至於近代，始以錄人物者區為之傳，敘事蹟者區為之記。蓋亦以集部繁興，人自生其分別，不知其然而然，遂若天經地義之不可移易。……後世專門學衰，集體日盛，敘人述事，各有散篇，亦取傳記為名。附于古人傳記專家之義爾」。[2]可看，現今通用的「傳記」，雖是「傳」「記」兩字連詞，實際指的是中國古代敘述個人生平行事始末的人物傳。這個「傳」和古代的「經傳」的「傳」完全不同，它在更多方面屬於「史傳」的範疇。所以千百年來，傳記始終屬於「史」的範疇。

　　在先秦時期，《尚書》以記言為主，《春秋》則專於記事，雖有人物活動、對話的片段，但與現代意義的傳記相去甚遠。《詩經》中開始有記人的篇章，所以，後來的學者才認為：「〈生民〉是一篇很生動的后稷傳，他是周族傳說中的始祖。〈公劉〉是一篇公劉傳。公劉為后稷的裔孫，此詩敘他遷都事。〈綿〉是一篇古亶傳。……他是公劉的裔孫，文王的祖父，故詩中連帶說及文王。〈皇矣〉是一篇文王傳，也說及太伯、王季。〈大明〉是一篇武王傳，也說及他的父母與祖父母」。[3]但是這也僅僅是具備初步的傳記因素。《左傳》、《戰國策》與《晏子春秋》等倒是開始孕育中國傳記寫作的雛形。《左傳》不少篇章已經寫出人物一生或相對完整的某一階段的生平事蹟，但《左傳》的「傳」字含義與後來傳記的「傳」是不同的，所以劉勰說：「傳者，轉也，轉受經旨，以授於後，實聖文之羽翮，記籍之冠

2　《文史通義》〈傳記〉。
3　陸侃如、馮沅君：《中國詩史》（天津市：百花文藝出版社，1999年），頁3。

冕也」。⁴

　　從傳記文學的生成和發展歷史看，《戰國策》、《晏子春秋》和《穆天子傳》的出現卻有特殊的意義。因為《戰國策》中有不少篇章都只寫一個歷史人物的生活片段，這開始了以人物為中心的傳記敘述模式，而部分的虛構以及通過環境烘托和動作、形態的描寫揭示人物內在的思想感情，也更顯示了充分的文學色彩。《晏子春秋》根據晏子的生平和民間傳說，加上部分的虛構想像寫成，是一部集中記錄一個人的生平事蹟作品。它以紀實為主要表現手段，注意故事的完整性和情節的戲劇性，並且適當運用誇張、虛構的手法刻畫人物，具備了比較鮮明的紀實「文學」特點。和《晏子春秋》差不多同時期出現的《穆天子傳》就更具文學色彩，大膽的虛構和奇詭的想像使其更近於小說家言。

　　但是，《戰國策》、《晏子春秋》和《穆天子傳》這些具有文學色彩的作品在歷史上並未受到充分的重視，它們被詬病的原因主要在於所記不盡是史實，包含了傳聞與虛構。所以對《戰國策》，「近人或以傳奇視之」，⁵而《穆天子傳》則被看成是筆記小說。這些更接近於現代意義的傳記文學的作品未得到充分的重視緣於歷史寫作的法則，所以它們都無可奈何地被排擠在歷史的敘述之外。

　　司馬遷的《史記》以人物為中心來反映歷史，開創了紀傳體樣式。《史記》中一百餘篇相對獨立的人物傳記注意圍繞傳主的思想性格取捨材料，注重典型細節的描寫，著力刻畫人物性格的複雜性，並且暗含作者的情感色彩，這一切標誌了中國古代史傳文學的正式誕生。但史遷之後，史傳合一成為定體，中國形成了以人為重心的史學傳統。此後各朝代的正史都沿襲《史記》所開創的體例，人物傳

4　《文心雕龍》〈史傳〉。

5　汪榮祖：〈附說：史傳與傳奇之辨〉，《戰國策第六》，《史傳通說》（北京市：中華書局，2003年），頁52。

記也就依附於歷史著作而連綿不絕。

　　其實在史傳成熟和發展的同時,更具文學敘事的散傳、雜傳和自傳也已開始出現。據《史通》所載:「降及司馬相如,始以自敘為傳。然其所敘者,但記自少及長,立身行事而已」。[6]司馬相如的「自敘」今已失傳,但司馬遷的〈報任安書〉和〈太史公自序〉,王充《論衡》的〈自紀〉,以及曹丕《典論》和葛洪《抱朴子》等的〈自敘〉都比較完整,在述志抒懷和講究文采等方面都有各自的特色。劉向的《說苑》、《新序》和《列女傳》中的一些篇章傳人的成就雖然不高,但打破史傳普遍屬意於叱吒風雲的歷史人物的慣例,把普通人選作傳主,以及敘述中注意戲劇性情節鋪設等,對後來傳記文學藝術性的發展也是有啟迪的。但由於不依附於正史,這些體現中國傳記寫作中史學傳統和文學傳統的分流趨勢,相對具備文學特徵的散傳、雜傳和自傳卻沒得到古今評論家的充分重視。

　　當史傳寫作更趨衰落,「終於變成了千篇一律,歌功頌德,死氣沉沉的照例文字」,[7]而由於歷代散文家和詩人加入寫作行列,藝術水準有了更為顯著的提高、文學的屬性明顯增強的散傳、雜傳和自傳有所繁榮時,傳記隸屬歷史的傳統觀念已經無法改變,傳記文學也就一直未能擺脫對於歷史的附庸。所以,千百年來,《左傳》、《史記》中的許多傳人作品不僅作為歷史文獻而倍受重視,同時也被當成了古代傳記文學的典範。而像〈張中丞傳後序〉(韓愈)、〈段太尉逸事狀〉(柳宗元)、〈童區寄傳〉(柳宗元)、〈陳子昂別傳〉(盧藏用)、〈李賀小傳〉(李商隱)、〈范文正公神道碑〉(歐陽修)、〈司馬溫公行狀〉(蘇軾)、〈白雲先生傳〉(鍾惺)、〈可茶小傳〉(歸有光)、〈梁九傳〉(王士禎)、〈柳敬亭傳〉(吳偉業)、〈李姬傳〉(侯方域)、〈楊幽妍別

6　《史通》〈序傳〉。

7　郁達夫:〈什麼是傳記文學?〉,《郁達夫文集》(廣州市:花城出版社,1983年),卷6,頁283。

傳〉（陳繼儒）、〈徐文長傳〉（袁宏道）、〈李溫陵傳〉（袁中道）以及假名托號的自傳如陶淵明的〈五柳先生傳〉、王績的〈五斗先生傳〉、陸羽的〈陸文學自傳〉、劉禹錫的〈子劉子自傳〉、白居易〈醉吟先生傳〉、陸龜蒙〈甫里先生傳〉、歐陽修的〈六一居士傳〉、戴名世的〈畫網巾先生傳〉這些優秀的文學傳記雖也被關注，但由於疏離了歷史而不能得到應有的重視，文學的傳記始終無法獨立於史傳的傳統。

二　胡適、朱東潤的「歷史」因襲

這種依附於史，或史傳合一的集體思維定勢，後來也深深影響了新一代的「傳記文學」提倡者。現代「傳記文學」觀念的產生肇始于胡適，但他「究竟是一個受史學訓練深於文學訓練的人」，[8] 所以在大力提倡傳記文學的同時，他對傳記文學的具體理解與把握往往無法擺脫傳統史傳觀念的影響。

在中國公學編《競業旬報》時，胡適即寫有〈姚烈士傳〉、〈中國第一偉人楊斯盛傳〉、〈世界第一女傑貞德傳〉和〈中國女傑王昭君傳〉等傳記。一九一四年九月，留學美國的胡適在其題為〈傳記文學〉的札記中首次提出傳記文學的概念，初步比較分析了中西傳記的「差異」，並撰寫了〈康南耳君傳〉。回國後，他除了繼續從事傳記文學的創作嘗試外，還因深感中國最缺乏傳記文學，就到處勸老輩朋友寫他們的自傳。據胡適所言，他勸促過歷史文化名人包括蔡元培、張元濟、高夢旦、梁啟超、林長民、梁士詒、熊希齡、葉景葵、陳獨秀，等等。在後來的歲月中，胡適也一直關注、提倡和從事這方面的工作。可以說，胡適一生為中國現代的傳記文學作出了重要的貢獻。

8　胡適：〈四十自述自序〉，《胡適傳記作品全編》（上海市：東方出版中心，1999年），卷1，上冊，頁3。

　　但綜觀胡適一生的傳記文學活動，人們不能不感到遺憾，因為他雖然先後撰寫過不少有關傳記文學的理論、批評文章，但對現代傳記文學這一概念的內涵和外延卻始終是模糊的，從中國公學時期開始直至晚年，他始終沒停止過傳記的寫作，但也沒能為現代傳記文學提供一部典範性的作品。

　　最初，胡適就認定「東方無長篇自傳」，「吾國人自作年譜日記者頗多。年譜尤近西人之自傳矣」。[9]稍後，在北京大學史學會作關於《中國的傳記文學》的演講時，他把傳記文學分為「他人做的傳記」和「自己做的傳記」兩大類。胡適認為他人做的傳記包括小傳、墓誌、碑記、史傳、行狀、年譜、言行錄、專傳，自己做的傳記包括自序、自傳的詩歌、遊記、日記、信札、自撰年譜。他認為，中國「兩千五百年中」，只有汪輝祖的《病榻夢痕錄》和王懋竑的《朱子年譜》「兩部傳記可算是第一流」，「其次則是」蔡上翔的《王荊公年譜考略》和慧立的《慈恩大法師傳》，「此外都不夠格了」。[10]直至後來的演講或文章中，他基本上都沿著這樣的界定談論傳記文學。如一九五三年一月在臺灣省立師範學院作關於「傳記文學」的演講時，胡適認為柏拉圖的《蘇格拉底辯護錄》是「世界上不朽的傳記文學」，基督教的「三個《福音》（指《四福音》書中的《馬太福音》、《馬可福音》和《路加福音》，筆者注）也是西洋重要的傳記文學」，中國的《論語》「在傳記文學上開闢了一個新天地」。另外，古代的《朱子語類》、《傳習錄》（王陽明）、《羅壯勇公年譜》、《病榻夢痕錄》以及今人的《梁豔孫先生年譜》等，也都被胡適當成「我們文學中的模範傳

9　胡適：〈傳記文學〉，《胡適傳記作品全編》（上海市：東方出版中心，1999年），卷4，頁201。

10　胡適：〈中國的傳記文學〉，《胡適傳記作品全編》（上海市：東方出版中心，1999年），卷4，頁206-209。

記，也可以說是我們劃時代的傳記文學」[11]而大肆推崇。也就是說，胡適實際上是把所有與個人有關的歷史資料或傳記資料都視為了傳記文學。

問題並不在於對現代傳記文學外延的不同界定本身，而在於胡適為什麼會把墓誌、碑記、史傳、行狀、年譜、言行錄、遊記、日記、信札等都看成傳記文學。實際上，在許多時候被胡適稱讚有加的傳記作品，胡適認為其成就（或特色）無非都是史料的價值。如他認為：《葉天寥年譜（劉承幹刻本）》「可算是一部好的自傳」，原因是「（一）寫明末士大夫的風氣很可供史料」，「（二）寫明朝名士思想之陋，迷信之深，皆有史料功用」。[12]王陽明的語錄（《傳習錄》）「可說是中國傳記文學中比較好的一部分」，原因是「很少有人這樣詳細的用白話記錄下來的」。[13]沈宗瀚的《克難苦學記》「在傳記文學上的大成功」是其「在社會史料與社會學史料上的大貢獻」，因為「這本自傳的最大貢獻在於肯說老實話，平平實實的老實話，寫一個人，寫一個農村家庭，寫一個農村社會，寫幾個學堂，就都成了社會史料和社會學史料、經濟史料、教育史料」。[14]而胡適四處勸老輩朋友寫自傳，目的也是希望他們「替將來的史家留下一點史料」。[15]

在創作上，胡適的傳記不僅以其歷史考據的功力見長，而且也體現了作者鮮明的史學追求。《章實齋先生年譜》、《科學的古史家崔

11　胡適：〈傳記文學〉，《胡適傳記作品全編》（上海市：東方出版中心，1999年），卷4，頁242-255。

12　胡適：《葉天寥年譜》（劉承幹刻本），《胡適傳記作品全編》（上海市：東方出版中心，1999年），卷4，頁210-211。

13　胡適：〈傳記文學〉，《胡適傳記作品全編》（上海市：東方出版中心，1999年），卷4，頁247。

14　胡適：〈介紹一本值得讀的自傳——《克難苦學記》序〉，《胡適傳記作品全編》（上海市：東方出版中心，1999年），卷4，頁271-276。

15　胡適：〈四十自述自序〉，《胡適傳記作品全編》（上海市：東方出版中心，1999年），卷1，上冊，頁2。

述》、《吳敬梓年譜》等自不必說，〈荷澤大師神會傳〉開篇即列敦煌、宗密及《全唐文》等歷史文獻十餘種。他所以「替一個素不相識的可憐女子」作〈李超傳〉，是因為「她的一生遭遇可以用做無量數的中國女子的寫照，可以用做中國家庭制度的研究資料，可以用做研究中國女子問題的起點」，[16]正因為要保存研究的資料，在這篇六、七千字的傳記中，胡適以一半的篇幅引用了傳主及其親友的信札。而胡適那頗受稱讚的《四十自述》本也想嘗試「自傳文學上的一條新路子」，但「完了第一篇，寫到了自己的幼年生活，就不知不覺的拋棄了小說的體裁，回到了謹嚴的歷史敘述的老路上去了」。[17]

從上述種種跡象看，胡適雖然大加提倡傳記文學，但實際上他的出發點和最後歸歸宿都不在於文學而是史學，這和他晚年所表達的「史料的保存和發表都是第一重要事」[18]的觀念是完全一致的。

和胡適一樣，被譽為中國現代傳記文學的另一位「拓荒者」朱東潤對傳記文學產生興趣也是在留學期間，而且他對傳記文學的提倡也是建立在大量閱讀西方傳記之上的。後來（1939），他「看到一般人對於傳記文學的觀念還是非常模糊，更談不到對於這類文學有什麼進展，於是決定替中國文學界做一番斬伐荊棘的工作」。[19]

在對西方傳記進行綜合的考察後，朱東潤認為西方傳記可分為三種類型：一是鮑斯威爾的《約翰遜博士傳》型的，這類作品以具體而形象地描寫傳主的生活見長。一是斯特拉奇的《維多利亞女王傳》型

16　胡適：〈李超傳〉，《胡適傳記作品全編》（上海市：東方出版中心，1999年），卷4，頁193。

17　胡適：〈四十自述自序〉，《胡適傳記作品全編》（上海市：東方出版中心，1999年），卷1，上冊，頁3。

18　胡適：〈致亦雲的信〉，《胡適傳記作品全編》（上海市：東方出版中心，1999年），卷4，頁289。

19　朱東潤：〈張居正大傳序〉，《朱東潤傳記作品全集》（上海市：東方出版中心，1999年），卷1，頁3。

的，這類作品沒有冗長的引證，沒有繁瑣的考訂，卻全面反映了傳主的生活及其時代的方方面面。第三類是十九世紀中期以來的作品，它們「常常是那樣地繁瑣和冗長，但是一切都有來歷，有證據。笨重確是有些笨重，然而這是磐石，我們要求磐石堅固可靠，便不能不承認磐石的笨重」。朱東潤雖然比較推重斯特拉奇的類型，但他又認為斯氏的傳記成就只是在英國傳記創作特定背景下體現出來的，並不適合於中國。他認為「中國所需要的傳記文學，看來只是一種有來歷、有證據、不忌繁瑣、不事頌揚的作品」。[20]朱東潤的這種選擇表面上看與胡適相反，胡適關注的是史料的保存，而朱東潤強調的是史料的依據，但從本質上看，兩人所受的都是史學影響。

朱東潤決定替中國傳記文學做一番斬伐荊棘的工作之後集中精力，持之以恆，在此後的數十年間寫下了包括《張居正大傳》、《陸游傳》、《梅堯臣傳》、《杜甫敘論》、《元好問傳》等八部作品，其中除《朱東潤自傳》和《李方舟傳》外，傳主均為中國古代歷史文化名人。三十萬言的《張居正大傳》完成於一九四三年，通常被認為是中國現代傳記文學的經典之作。但是從這一作品，人們也可看到傳統史學觀念對於朱東潤的束縛。

從敘述的形式看，《張居正大傳》吸收和借鑒了文學方法，在遣詞造句、描述事件、刻畫人物等方面都頗具匠心。但在總體的寫作的觀念和敘事模式上，卻仍然留下了傳統史傳的印痕。前面談到，朱東潤認為中國所需要的傳記文學只是一種有來歷、有證據、不忌繁瑣的作品，根本原因就在於他認為「傳記文學是文學，同時也是史。因為傳記文學是史，所以在記載方面，應當追求真相，和小說家那一番憑空結構的作風，絕不相同。這一點沒看清，便會把傳記文學引入一個

---

20 朱東潤：〈張居正大傳序〉，《朱東潤傳記作品全集》（上海市：東方出版中心，1999年），卷1，頁5-6。

令人不能置信的境地；文字也許生動一些，但是付出的代價太大，究竟是不甚合算的事」。[21]所以，只要是有根據的對話，朱東潤都充分地利用，但對於明代筆記中的一些記載，他卻「不敢輕易採用」。[22]這樣，有關傳主踏上仕途前二十三年的私生活也就少得可憐。在體例上，《張居正大傳》除作者的長序外，先列〈張氏世系表〉，次列〈隆慶、萬曆十六年間內閣七卿年表〉，然後才是傳記的本文。本文共十四章，第一章「荊州張秀才」敘述的就是張居正二十三歲前的生活。作者沿用「首章上陳氏族，下列祖考；先述厥生，次顯名字」[23]的成規，所以對傳主早年的歷程和人格的成長的描述幾乎是個空白。從〈序〉中還不難看出，朱東潤很注意自己傳記的學術性，追求的是嚴謹的、有史實依據的治史風格，他甚至在〈序〉中不無自詡地宣稱「我擔保沒有一句憑空想像的話」。[24]

　　相對於胡適，朱東潤從事傳記文學的提倡和寫作中因襲的這種「歷史」的重負，在吳晗、馮至等人的寫作中就表現得更為明顯。吳晗的《明太祖傳》短短的八萬字有數百條的注釋，張默生的《義丐武訓傳》雖係輯錄，但作者在「附記」中同樣也特別「列錄參考書文」，馮至在西南聯大時就有作《杜甫傳》的念頭，但他為此做了四五年的準備，在掌握大量史料的基礎上，到一九四七年才正式開始寫作。

---

21 朱東潤：〈張居正大傳序〉，《朱東潤傳記作品全集》（上海市：東方出版中心，1999年），卷1，頁12。

22 朱東潤：〈張居正大傳序〉，《朱東潤傳記作品全集》（上海市：東方出版中心，1999年），卷1，頁8。

23 《史通》〈序傳〉。

24 朱東潤：〈張居正大傳序〉，《朱東潤傳記作品全集》（上海市：東方出版中心，1999年），卷1，頁13。

三　被放逐的「文學」觀念與創作

　　問題的關鍵不僅僅在於胡適、朱東潤等人提倡傳記文學時沒能擺脫「歷史」的擠壓，還在於郁達夫等關於傳記文學的認識，魯迅等與史傳傳統相分離，具有充分文學特徵的傳記創作嘗試，都未能得到因襲「歷史」重負的傳記文學批評和傳記文學研究的重視。

　　郁達夫撰文大力提倡傳記文學，並在理論上提出了與傳統、同時也和時人截然不同的見解是在三〇年代。一九三三年，郁達夫在〈傳記文學〉一文中提出：「中國的傳記文學，自太史公以來，直到現在，盛行著的，總還是列傳式的那一套老花樣。若論變體，則子孫為祖宗飾門面的墓誌、哀啟、行述之類，所謂諛墓之文，或者庶乎近之。可是這些，也總是千篇一律，人人死後，一例都是智仁皆備的完人，從沒有看見過一篇活生生地能把人的弱點短處都刻畫出來的傳神文字」，並表示對「把一人一世的言行思想，性格風度，及其周圍環境，描寫得極為盡致的」英國鮑斯威爾（Boswell）的《約翰遜博士傳》，「以飄逸的筆致，清新的文體，旁敲側擊，來把一個人的一生，極有趣味地敘寫出來的」英國 Lytton Strachey 的《維多利亞女王傳》，法國 Maurois 的《雪萊傳》，《皮賁司非而特公傳》等作品的推崇。[25]

　　兩年後，在〈什麼是傳記文學？〉一文中郁達夫又進一步提出：「我們現在要求有一種新的解放的傳記文學出現，來代替這刻板的舊式的行傳之類」。他認為：「若要寫出新的有文學價值的傳記，我們應當將外面的起伏事實與內心的變革過程同時抒寫出來，長處短處，公生活與私生活，一顰一笑，一死一生，擇其要者，盡量寫來，才可以見得真，說得像」。為了傳記的文學性，郁達夫甚至提出：「傳記文

25　郁達夫：〈傳記文學〉，《郁達夫文集》（廣州市：花城出版社，1983年），卷6，頁201-202。

學，是一種藝術的作品，要點並不在事實的詳盡記載，如科學之類；也不在示人以好例惡例，而成為道德的教條」。他認為「近人的瞭解此意，而使傳記文學更發展得活潑，帶起歷史傳奇小說的色彩來的，有英國去世不久的GilesLytton　Strachey，法國André　Maurois和德國EmilLudwig的三人」。[26]

　郁達夫強調的「傳神文字」、「飄逸的筆致，清新的文體，旁敲側擊」，「極有趣味地敘寫」以及「將外面的起伏事實與內心的變革過程同時抒寫」等等，無不表明在提倡傳記文學時的文學自覺；而強調「傳記文學，是一種藝術的作品，要點並不在事實的詳盡記載」，讚賞「帶起歷史傳奇小說的色彩」，更是充分地體現郁達夫把傳記文學與史學徹底區別開來的堅定立場。

　在傳記文學是文學或史學的屬性問題上和郁達夫持相近看法的是茅盾。雖然茅盾沒提出比較具體的傳記文學的主張，但他在三〇年代所寫的短文〈傳記文學〉中認為：「直到最近為止，我們的文壇上還沒有發現所謂傳記文學這樣的東西。雖然在古代典籍中間，我們有著不少人物傳記，但只是歷史的一部分，目的只是在於供史事參考，並沒有成為獨立的文學。歷代文集中的傳記，以頌贊死人為目的，千篇一律，更說不上文學價值。到了我們的時代，文學在形式上面是解放多了，範圍也擴大了。小說，詩歌，戲劇已很明顯地受了西洋文學的影響，而改變形式，佔了現在創作中的主要領域。可是在現代西洋文學中佔重要地位的傳記文學，卻依然缺乏。這幾年來，除了產生一二種談不到文學價值的自傳外，不見有傳記文學的出現」。[27]茅盾對中國是否有傳記文學的判斷，人們還可以開展進一步的探討，但他把傳記文學從歷史範疇中獨立出來的訴求卻是非常自覺的。

26　郁達夫：〈什麼是傳記文學？〉，《郁達夫文集》（廣州市：花城出版社，1983年），卷6，頁283-286。

27　茅盾：〈傳記文學〉，《文學》1933年第5期。

　　在實踐方面，魯迅、郁達夫、沈從文、巴金等的傳記寫作也鮮明地顯示了有別於傳統史傳的文學特徵。

　　魯迅的《朝花夕拾》完整記錄自己從幼年到任職北京的心路歷程或成長過程，但採用的是迥異於傳統傳人的老套，具有一般傳記難於企及的藝術感染力。其中，〈狗‧貓‧鼠〉從「我的幼時的夏夜，我躺在一株大桂樹下的小板桌上乘涼，祖母搖著芭蕉扇坐在桌旁，給我猜謎，講故事」開始回憶，〈阿長與《山海經》〉、〈二十四孝圖〉、〈五猖會〉、〈無常〉等寫的是作者充滿歡樂諧趣的童年生活。接著，〈從百草園到三味書屋〉寫少年時代的讀書生活，〈父親的病〉寫家庭的變故，〈瑣記〉寫為「尋別一類人們」[28]到南京求學的生活。最後，〈藤野先生〉和〈范愛農〉則記敘從留學日本到辛亥革命前後的經歷。從表面看，《朝花夕拾》主要描寫的只是作者熟悉的人物和目睹的事件，似乎與一般的回憶錄並無區別。實際上，作者正是通過自身視角的選擇以及周圍人物事件的變換，來講述自己之所以從一個天真無邪的兒童成長為今天的「魯迅」的「成長過程」，通過對「自我」與其他人物事件相互關係的敘述，坦露了自己不斷思索、不斷進取的心路歷程。《朝花夕拾》對中國現代傳記文學的特殊啟示在於：它不是傳主生平資料的堆砌，也不著意於個人日常生活瑣屑記錄，更迥異於傳統傳人的「何人、何方人士、其祖為誰」一類的老套作品，而是通過生動的場面、形象的刻畫、飽含主觀意緒的文筆以及不無根據的文學虛構，完成對一個獨立人格的形成過程的再現。

　　作為具有浪漫氣質的詩人，郭沫若的自傳寫作與冷靜客觀的史傳要求更是相去甚遠。他用不無誇張的筆調描摹自己傳奇般的經歷，字裡行間洋溢著過去或當下的時代激情，隱含著對親歷事件和周邊人物的個人臧否。如果從傳統史傳的角度衡量，郭沫若的自傳或許不無缺

28　魯迅：〈瑣記〉，《魯迅全集》（北京市：人民文學出版社，1981年），卷2，頁293。

憾，但從傳人藝術看，這一系列作品不僅記錄了傳主的成長經歷，充分體現了傳主的個性氣質，而且具有獨特的藝術感染力。

　　郁達夫的自傳（指郁達夫一九三四年到一九三五年間在《人間世》連續刊載的「自傳之一」到「自傳之八」以及一九三六年刊《宇宙風》的「自傳之一章」）側重表現自己青少年時代「內心的變革過程」，所以對具體經歷的交代有時語焉不詳。作者只不過把二十年的人生歷程大致分為童年、少年、書塾、洋學堂、嘉興、杭州、老家自學以及留學日本等若干時段，分篇獨立敘寫。在各篇的敘述中，郁達夫不是事無巨細，面面俱到，也不追求傳統史傳的宏大敘事，而是選取各個時段自己記憶中印象最深，對自身精神人格成長產生重要的影響的人物、事件或場面集中描述。在具體的敘述中，不同視角和話語的交錯運用，也體現了作者進行敘事實驗的文學自覺。

　　另外，聞一多的《杜甫》側重表現傳主的思想個性、詩人情懷，文字優美，描寫生動，與正史中乾枯板滯的杜甫傳也迥然不同；沈從文的自傳讓人在奇異故事和優美筆調中感受地域文化與作家本人的關係；郁達夫、巴金的外國人物傳不僅寫出了傳主的靈魂，同時也蘊涵了作者的個性。

　　上述這些作品以及郁達夫、茅盾的傳記文學主張，因為比較明顯地突破了「史傳」的觀念，後來都未引起傳記文學研究者的足夠重視。幾十年來，《朝花夕拾》一直被人們當成記敘性散文，郭沫若、郁達夫的傳記常被指責主觀性太強，聞一多的《杜甫》、巴金的外國人物傳幾乎不被當成傳記文學提起，至於郁達夫、茅盾提倡傳記文學的文章雖有被道及，但其獨特的文學自覺卻沒得到應有的肯定。

四　無處不在的「歷史性」擠壓

　　中國現代傳記文學發展進程中的這種「歷史」重負，源於人類本

身的歷史崇拜，也源於中國悠久的史傳傳統的影響。作為對自身生存
和發展過程記憶的具體顯現，歷史的敘述一直被人們等同歷史本身而
備受重視，歷史學在人類的心目中也始終被賦予某種神聖的意味。在
中國傳統文化中，史學的地位僅次於經學，歷史在人們心目中具有某
種特殊的權威性，修史者也因此深受人們的崇拜。即使是論及文學，
人們也往往喜歡借助「歷史」的神聖光圈來比附或增添其光彩，詩歌
批評中的「詩史」之說，小說創作中對「史詩性」或「心靈史」的追
求，某種程度上都與這種歷史的崇拜不無關係。這種強大的集體思維
定勢，也使得中國現代傳記文學在誕生期以及之後的漫長歲月中，時
常都面臨著「歷史性」的擠壓。

在理論提倡和創作實踐中，中國現代傳記文學因襲的「歷史」重
負首先表現在過分強調作品的史鑒功能，犧牲藝術的趣味性，忽視了
作為文學的審美功能和娛悅功能。以史為鑒，中外皆然。「居今之
世，志古之道，所以自鏡也」。[29]所以近代嚴復作〈孟德斯鳩列傳〉、
〈斯密亞丹傳〉，梁啟超作〈李鴻章傳〉、〈王荊公〉、〈管子傳〉、〈袁
崇煥傳〉和〈匈加利愛國者噶蘇氏傳〉、〈意大利建國三傑傳〉、〈近世
第一女傑羅蘭夫人傳〉等一系列中外名人傳記，目的在於新民啟智，
「意不在古人，在來者也」。[30]就是朱東潤寫《張居正大傳》，目的也
是「想從歷史陳跡裡，看出是不是可以從國家衰亡的邊境找到一條重
新振作的道路」，作者認為：「在那時代，我們正和敵人作著生死的搏
鬥。一切的寫作，包括傳記文學創作在內，都是為著當前的人民而寫
作的。寫張居正的傳記，當然必須交代一個生動、完整的張居正，但
絕不是為了張居正而創作。我們的目光必須落到當前的時代，我們的

29　《史通》〈高祖功臣侯者年表〉。
30　梁啟超：〈中國四十年來大事記（一名李鴻章傳）緒論〉，《飲冰室合集》專集之
　　三。

工作畢竟是為現代服務的」。[31]注意史鑒功能本身並沒有錯，但如果一味著眼於當下的認識功能而忽視傳記文學作為文學的審美功能和娛悅功能，就不能不有礙於傳記文學的藝術提高。

因襲「歷史」重負的另一顯著特徵是，中國現代的傳記文學基本上都是重視傳主與外部世界的關係，重視傳主作為社會的人在某些特殊職能中的行為和功能，而忽略傳主個人生活乃至心理個性的宏大歷史敘事。以《史記》為開端，中國的傳記形成了在廣闊的社會歷史背景中寫人的宏大敘事傳統，後繼的傳記作者所關注的大多是與歷史有關的大局、大事、人物大節，而對於個人的身邊瑣屑，傳主的內心世界一般都不給予過多的關注。而在西方，歷史與傳記雖然曾有過會合的趨勢，但西方傳記作品的一個很重要的基本特徵是「把一人一世的言行思想，性格風度，及其周圍的環境，描寫得極為盡致」。[32]著名傳記作家約翰遜公開提出：「傳記作家的職責往往是稍稍撇開那些帶來世俗偉大的功業和事變，去關注家庭的私生活，展現日常生活瑣事。在這兒，外在的附著物被拋開了，人們只以勤謹和德行互較長短」。[33]莫洛亞也認為：「若不考察一個人物的各個方面，不深入暸解其無數的細枝末節，要想把握他的心理狀況，是根本不可能的。以往被解釋成由單一原因所引起的或者是由某些偉大人物所決定的歷史事件，其實則是大量小規模的活動及無數個人意志合力作用的結果」。[34]莫洛亞甚至明確地把充分揭示傳主人格的複雜性和注重傳主內心衝突作為現代傳記所應具備的最基本特徵。

---

31 李祥年：〈朱東潤──現代傳記園地的拓荒者〉，《人物》1996年第3期。

32 郁達夫：〈傳記文學〉，《郁達夫文集》（廣州市：花城出版社，1983年），卷6，頁201。

33 〔英〕艾倫·謝爾斯頓著，李文輝、尚偉譯：《傳記》（北京市：昆侖出版社，1993年），頁7。

34 〔法〕安德列·莫洛亞著，劉可、程為坤譯：〈論當代傳記文學〉，《傳記文學》1987年第4期。

　　中國「史傳合一」、「知人論世」的宏大敘事，在進入現代之後仍為許多傳記文學作家所繼承。在傳主的確定上，現代傳記作家們往往熱衷於選擇那些曾經叱吒風雲，或者影響社會歷史進程的重要人物，因為這可以通過對他們與社會歷史關係的描述展現或寄託某種國家、民族的精神，揭示或表露對社會歷史規律的認識。而在具體的敘述上，現代傳記作家特別關注的往往是傳主與時代的關係。前面談到的朱東潤的《張居正大傳》十四章三十餘萬言，有十三章用於敘述傳主輔弼神宗，宦海沉浮的人生歷程。而主要用於敘述傳主個人生活和成長歷程的，僅僅是在開篇的第一章「荊州張秀才」。即使是在西方世界被當成精神的自我成長史、一般都體現個人化敘事特徵的自傳，除了郁達夫等少數幾位，大多數的作者一般也不著力講述自己個人的私生活，不甚關注自身的精神世界，他們大多希望能夠通過個人命運的講述，展現一幅廣闊豐富的社會歷史畫卷。胡適、郭沫若是這樣，巴金、許欽文、白薇、鄒韜奮等也是如此。梁漱溟的《我的自學小史》敘述的重點本應是關於「自學」的，但作者也說：「在我的自學小史上，正映出了五十年來之社會變動、時代問題」，因此他覺得「倘若以我的自述為中心線索，而寫出中國最近五十年的變遷，可能是很生動親切的一部好史料」。[35]雖然在實際寫作中，梁漱溟並沒完全按這種思路展開敘述，但其間對近代以來中國社會的文化變遷，對自己參與的一些主要社會活動也有比較充分的交代。

　　中外的史學研究都強調言之有據，但中國的歷史寫作要求「實錄」，即所謂「史體述而不造，史文而出於己，是為言之無徵」，所以「文士撰文，惟恐不自己出；史家之文，惟恐出之於己」。[36]這種史學的「實錄」原則影響所及，是現代傳記文學的理論和實踐都拒絕藝術

---

35 梁漱溟：〈我的自學小史序言〉，《梁漱溟自傳》（南京市：江蘇文藝出版社，1998年），頁8。

36 《文史通義》〈與陳觀民工部論史學〉。

的虛構，拒絕作者情感的介入。胡適認為「傳記的最重要的條件，是
紀實傳真」；[37]朱東潤強調「中國所需要的傳記文學，看來只是一種有
來歷、有證據、不忌繁瑣、不事頌揚的作品」；[38]馮至「力求每句話都
有它的根據」，「空白的地方只好任它空白，不敢用個人的想像加以渲
染」。[39]他們追求的，其實就是朱東潤所說的，在自己的傳記中「沒有
一句憑空想像的話」。這種推崇純客觀的史學敘述，拒絕藝術的虛
構，拒絕戲劇化、心理分析等文學手段的運用的結果，就是把歷史的
真實與藝術的真實絕然對立，以歷史的考據方法取代藝術的再現，把
史學的準則當成為傳記文學作品成功與否的唯一標準。

---

37 胡適：〈南通張季直先生傳記序〉，《胡適傳記作品全編》（上海市：東方出版中心，
　　1999年），卷4，頁203。

38 朱東潤：〈張居正大傳序〉，《朱東潤傳記作品全集》（上海市：東方出版中心，1999
　　年），卷1，頁6。

39 馮至：《杜甫傳》（天津市：百花文藝出版社，1999年），頁1。

餘論
現代傳記文學發展的當代啟示

　　總之，中國現代傳記文學發展的歷史也就是中國傳記現代轉型的歷史。和人類其他民族一樣，中國古代文史不分。之後社會發展進步，文化水準提高，「學術愈發達則分科愈精密」[1]文學終於和歷史分道揚鑣，它們開始分別承載不同的文化內容，承擔不同的社會功能。但在很長的時期裡，傳記仍然處於歷史與文學的交錯地帶，它仍然同時擔當著雙重的社會文化功能，背負著雙重的歷史因襲。但從十九世紀下半葉開始，中國的傳記寫作逐漸發生了變化；之後，《弢園老民自傳》和《容閎自傳》的出現標示著中國傳記寫作進入了轉型期。接著，梁啟超、胡適等文化先行者自覺接受並大力提倡西方傳記文化，西方傳記作品的大量翻譯介紹又加速了中國傳記現代轉換的歷史進程。由二〇年代後期，胡適、魯迅、郭沫若等人的傳記寫作實踐拉開帷幕，中經三〇、四〇年代現代傳記文學的繁榮，中國傳記終於完成文學的轉型。這是一次由借鑒模仿到最後脫胎成型的文體轉變過程，也是一種嶄新文體從萌芽到收穫的生命成長。文學性的不斷增強和史傳特點的漸漸減弱，終於使中國的傳記文學徹底告別脫胎於經，依附於史的昨天，而成為一種獨立於史學著作和記敘散文之外的文學體裁。

　　中國傳記的轉型雖然是以西方傳記文學為參照，其主要的倡導者也都帶有明顯的標舉西方傳記模式的傾向，但中國深厚的傳記文化積澱無疑是中國現代傳記文學賴以生成的土壤根基，傳統傳記寫作中的

1　梁啟超：《中國歷史研究法》，《飲冰室合集》專集之七十三。

「史傳」精神作為一種文化觀念，還是深深地影響著現代傳記文學的生成和發展。幾千年史傳合一的歷史寫作所形成的實錄精神，《春秋》的編年體敘述和「春秋筆法」、「微言大義」等修辭性敘事方法，以及《史記》等所體現的宏大敘事、史鑒功能和情感色彩等對現代傳記文學都產生了重要影響。源遠流長的傳記寫作傳統，現代傳記作者的文化積累和現實追求，決定了中國現代傳記文學具有鮮明的民族特色。這種特色主要體現在：一、對傳統的史鑒功能的普遍重視；二、關注人與社會關係的宏大歷史敘事手法受到充分的繼承；三、傳統的實錄原則成為現代傳記作家共同的期待與追求；四、春秋筆法的敘述策略仍被廣泛應用到現代傳記寫作之中。這種傳統的承傳使中國的現代傳記文學有別於鮑斯威爾精神，有別於《維多利亞女王傳》的匠心獨運，也無法真正達到莫洛亞傳記的文學境界。或許由於這一切，中國現代的傳記文學帶上了濃厚的社會歷史色彩，承載著鮮明的宣傳教化重負，而且在某種程度上也弱化了對傳記文學的表現主體——「人」本身——的探索。

歷史只能理解不可指責，傳統傳記對現代傳記文學的影響源於任何民族文化所具有的自然承傳性，源於中華文化深厚的歷史積澱和頑強的生命力，同時也與十九世紀後期以來中國特殊的社會經濟狀況和社會文化思潮，與轉型時期傳記文學作家的文化積累和現實追求不無關係。這種根植於傳統文化土壤的「史傳」傳統，這種緊密貼近現實的感時憂國的時代精神，正是中國現代傳記文學誕生期的歷史特徵，是保留於那一時代傳記文學作品中的值得珍貴和值得深入研究的民族特色。

但是，「文學」與「歷史」畢竟是不同屬性的概念。歷史研究的目的在於重新發現和評價歷史；文學創作的目的則在於重新再現、感受和演繹人生。但現代傳記文學的提倡者和實踐者過於把文學與歷史混為一談，不少研究者也認同傳記文學的雙重（歷史、文學）屬性。

批評上雙重標準的結果是歷史真實成為衡量傳記文學作品的重要（唯一）標準。這種「歷史」的重負或「歷史性」的擠壓，使得中國現代傳記文學發展並不完全盡如人意。在世界範圍內，二十世紀上半葉正是傳記文學全面發展的時期；在中國，具有現代意義的詩歌、散文、小說和戲劇等文學樣式在五四之後的三十年間也有長足的發展。但在中國現代的傳記寫作方面，雖然二〇年代後期至三〇年代前期有過一個自傳寫作的高潮，在四〇年代也有朱東潤、吳晗等人的長篇傳記問世，也有重慶勝利出版社的大規模傳記出版，但稱得上經典的現代傳記文學作品並不多，而像朱東潤所希望的「忠實的傳記文學家」[2]更是寥寥無幾。因此，正確地認識和界定歷史與文學的界限，無疑是促進現代傳記文學健康、蓬勃發展的關鍵。

那麼，傳記如何告別歷史而文學？

從本質上看現代的「傳記文學」，其文本形態應是以歷史或現實中具體的人物為傳主，以紀實為主要表現手段，集中敘述其生平，或相對完整的一段生活歷程的文學作品，其關鍵字包括傳主、生平、敘述和文學作品。「傳主」要求是存在於歷史或現實中的具體人物（包括作者本人），這傳記文學區別於其他敘事性文學作品的主要標誌之一，是傳記文學所以稱為「傳記的文學」的基本前提，傳記文學的非虛構性質主要也體現在這一方面。「生平」指的是生活的歷程，強調的是人生過程而不是人生片段，同時也強調是以「人」為中心而不是像歷史那樣以「事」為中心。「敘述」則是對基本表達方法的限定，強調必須是以紀實為主要表現手段的敘事性作品，至少也必須是以敘事為主的作品，以排除主要用象徵或抒情等方法表現生活經歷的作品。而「文學作品」是上述三個關鍵字的中心，其強調的是傳記文學的「文學」的本質。

2　李祥年：〈朱東潤——現代傳記園地的拓荒者〉，《人物》1996年第3期。

　　因此，對於傳記文學的理論提倡或寫作實踐而言，都必須充分認識到，雖然同是「非虛構」，歷史的真實與藝術的真實是有著本質的區別的。作為文學的一個門類而非歷史的一個分支，傳記文學必須具備形象的、可感的、帶有創作者個性的藝術特徵，在保證傳主與生平的非虛構基礎上，傳記文學的創作應該充分發揮文學的想像和藝術的再創造。實際上，現代的傳記文學僅僅是以傳主的生平經歷（或相對完整的一段生活歷程）為素材的文學，這傳主可能是歷史的，也可能是現實的。而即便是取材於歷史也並不等同於歷史，這就像誰也不會把《三國演義》之類的歷史小說當成歷史本身一樣。這才是傳記成為文學的可能之所在。

附錄
本書參考文獻

一　作家作品要目

梁啟超　《飲冰室合集》　北京市　中華書局　1989年

王　韜　《弢園文錄外編》　瀋陽市　遼寧人民出版社　1994年

容閎著　石霓譯　《容閎自傳》　上海市　百家出版社　2003年

魯　迅　《魯迅全集》　北京市　人民文學出版社　1981年　卷1-16

郭沫若　《郭沫若全集》文學編　北京市　人民文學出版社　1982-
　　　　1992年　卷1-20

郁達夫　《郁達夫文集》　廣州市　花城出版社　1982-1984年　卷
　　　　1-12

巴　金　《巴金全集》　北京市　人民文學出版社　1986-1994年
　　　　卷1-26

巴　金　《巴金譯文全集》　北京市　人民文學出版社　1997年　卷
　　　　1-10

沈從文　《沈從文文集》　廣州市　花城出版社　1982-1984年　卷
　　　　1-12

阿　英　《阿英全集》　合肥市　安徽教育出版社　2003年　卷1-10

胡　適　《胡適傳記作品全編》　上海市　東方出版中心　1999年
　　　　卷1-4

朱東潤　《朱東潤傳記作品全集》　上海市　東方出版中心　1999年
　　　　卷1-4

蕭關鴻編　《中國百年傳記經典》　上海市　東方出版中心　2002年

卷1-4

謝冰瑩　《從軍日記》　上海市　春潮書店　1928年

李　季　《我的生平》　上海市　亞東圖書館　1932年　卷1-3

新綠文學社　《名家傳記》　上海市　文藝書局　1934年

巴　金　《巴金自傳》　上海市　第一出版社　1934年

沈從文　《從文自傳》　上海市　第一出版社　1934年

盧　隱　《盧隱自傳》　上海市　第一出版社　1934年

張資平　《資平自傳》　上海市　第一出版社　1934年

馮承鈞　《成吉思汗傳》　上海市　商務印書館　1934年

人間世社編　《二十今人志》　上海市　良友圖書公司　1935年

盛　成　《我的母親》　上海市　中華書局　1935年

許欽文　《欽文自傳》　上海市　時代圖書公司　1936年

謝冰瑩　《一個女兵的自傳》　上海市　良友圖書公司　1936年

巴　金　《憶》　上海市　文化生活出版社　1936年

家　禾　《西鄉隆盛傳》　上海市　光夏書店　1936年

陳彬蔭　《丁玲傳》　漢口市　戰時讀物編譯社　1938年

趙軼琳　《李宗仁將軍傳》　上海市　大時代書局　1938年。

楊殷夫　《郭沫若傳》　廣州市　新中國出版社　1938年

陶亢德編　《自傳之一章》　廣州市　宇宙風社　1938年

閻海文等著　《我的自傳》　成都市　鐵風出版社　1941年

陸曼炎　《中外女傑傳》　重慶市　拔提書店　1942年

顧一樵　《我的父親》　上海市　商務印書館　1943年

鄭學稼　《魯迅正傳》　重慶市　勝利出版社　1943年

朱德君編　《近代名人傳記選》　重慶市　文信書局　1943年

吳　晗　《明太祖》　重慶市　勝利出版社　1944年

衛聚賢　《勾踐》　重慶市　勝利出版社　1944年

羅爾綱　《洪秀全》　重慶市　勝利出版社　1944年

方　豪　《徐光啟》　重慶市　勝利出版社　1944年

黎東方　《孔子》　重慶市　勝利出版社　1944年

張默生　《老子》　重慶市　勝利出版社　1944年

張默生　《異行傳》　重慶市　東方書社　1944年

謝冰瑩等著　《女作家自傳選集》　耕耘出版社　1945年

許壽裳　《章炳麟》　重慶市　勝利出版社　1945年

鄭鶴聲　《鄭和》　重慶市　勝利出版社　1945年

王毓瑚　《管仲》　重慶市　勝利出版社　1945年

鄭鶴聲　《鄭和》　重慶市　勝利出版社　1945年

盧葆華　《飄零人自傳》　重慶市　說文社出版部　1945年

李長之　《韓愈》　重慶市　勝利出版社　1946年

羅爾綱　《洪秀全》　重慶市　勝利出版社　1946年

鄧廣銘　《岳飛》　重慶市　勝利出版社　1946年

顧頡剛　《秦始皇帝》　重慶市　勝利出版社　1946年

錢　穆　《民族偉人——黃帝》　重慶市　勝利出版社　1946年

王夢歐　《文天祥》　重慶市　勝利出版社　1946年

朱　偵　《班昭》　重慶市　勝利出版社　1946年

祝秀俠　《諸葛亮》　重慶市　勝利出版社　1946年

陳獨秀　《實庵自傳》　上海市　亞東圖書館　1947年

駱賓基　《蕭紅小傳》　上海市　建文書店　1947年

馬敘倫　《我在六十歲以前》　上海市　生活書店　1947年

謝冰瑩　《女兵自傳》　上海市　晨光出版公司　1948年

傅雷譯　《傅譯傳記五種》　北京市　生活・讀書・新知三聯書店
　　　　　1983年

曹聚仁　《我與我的世界》　北京市　人民文學出版社　1983年

曹聚仁　《文壇五十年》　上海市　東方出版中心　1997年

梁漱溟　《梁漱溟自傳》　南京市　江蘇文藝出版社　1998年

馮　至　《杜甫傳》　天津市　百花文藝出版社　1999年

周作人　《知堂回想錄》　石家莊市　河北教育出版社　2002年

吳其昌　《梁啟超傳》　天津市　百花文藝出版社　2004年

二　理論資料要目

梁啟超　《新史學》（1902）　《飲冰室合集》文集之六

梁啟超　《中國歷史研究法》（1921）　《飲冰室合集》專集之七十
　　　　三

梁啟超　《中國歷史研究法補篇》（1926）　《飲冰室合集》專集之
　　　　九十九

胡　適　《傳記文學》（1914）　《胡適傳記作品全編》　上海市
　　　　東方出版中心　1999年　卷4

胡　適　〈南通張季直先生傳記序〉（1930）　《胡適傳記作品全
　　　　編》　上海市　東方出版中心　1999年　卷4

胡　適　〈四十自述自序〉（1933）　《胡適傳記作品全編》　上海
　　　　市　東方出版中心　1999年　卷1

梁遇春　〈新傳記文學譚〉　《新月》　1929年第3號

〔丹麥〕勃蘭兌斯著　巴金譯　〈英文本序〉　《我的自傳》　上海
　　　　市　自由書店　1930年

郁達夫　〈傳記文學〉（1933）　《郁達夫文集》　廣州市　花城出
　　　　版社　1983年　卷6

郁達夫　〈所謂自傳也者〉（1934）　《郁達夫文集》　廣州市　花
　　　　城出版社　1982年　卷3

郁達夫　〈什麼是傳記文學？〉（1935）　《郁達夫文集》　廣州市
　　　　花城出版社　1983年　卷6

茅　盾　〈傳記文學〉　《文學》　1933年第5號

佚　名　〈怎樣寫傳記〉《名家傳記》上海市　文藝書局　1934年

邵洵美　〈盧隱的故事〉（代序）　《盧隱自傳》　上海市　第一出
　　　　版社　1934年

〔法〕瓦乃里　〈引言〉《我的母親》上海市　中華書局　1935年

阿　英　〈傳記文學論〉　《文藝畫報》　1935年第3期

阿　英　〈傳記文學的發展〉（1961）　《阿英全集》　合肥市　安
　　　　徽教育出版社　1999年　卷6

謝阿狗　〈自傳難寫論〉　《論語》　1936年第99期

〔日〕鶴見祐輔　〈傳記的意義〉　《自傳之一章》　上海市　宇宙
　　　　風社　1938年

許壽裳　〈談傳記文學〉　《讀書通訊》　1940年第3期

許壽裳　〈傳記研究〉　《許壽裳遺稿》　福州市　福建教育出版社
　　　　2011年　卷2

許壽裳　〈中國傳記發展史〉　《許壽裳遺稿》　福州市　福建教育
　　　　出版社　2011年　卷2

許壽裳　〈傳記研究雜稿〉　《許壽裳遺稿》　福州市　福建教育出
　　　　版社　2011年　卷2

歐陽竟　〈維多利亞女王傳〉（書評）　《西洋文學》　1940年第1期

朱東潤　〈傳敘文學與人格〉　《文史雜誌》　1941年第1期

朱東潤　〈關於傳敘文學的幾個名辭〉　《星期評論》　1941年第15期

朱東潤　〈傳敘文學與史傳之別〉　《星期評論》　1941年第31期

朱東潤　〈論自傳及法顯行傳〉　《東方雜誌》　1943年第17號

朱東潤　〈序〉　《張居正大傳》　上海市　開明書店　1945年

朱東潤　〈論傳記文學〉　《復旦學報》　1980年第3期

朱東潤　〈我對傳記文學的看法〉　《文匯報》　1982年8月16日

朱東潤　〈我怎樣寫作《張居正大傳》的〉　《社會科學戰線》　1983
　　　　年第3期

朱東潤　〈談談傳記文學〉　《中西學術》　上海市　學林出版社　1995年　第1輯

朱東潤　《八代傳敘文學述論》　上海市　復旦大學出版社　2006年

〔法〕莫洛亞著　張芝聯譯　〈現代傳記〉　《西洋文學》　1941年第5期

鄭士鎔　〈邱吉爾傳〉（書評）　《文史雜誌》　1942年第1期

林國光　〈論傳記〉　《學術季刊》　1942年第1期

鄭天挺　〈中國的傳記文〉　《國文月刊》　1942年第23期

潘光旦　〈一篇傳記文的欣賞〉（代序）　《我的父親》　上海市　商務印書館　1943年

許君遠　〈論傳記文學〉　《東方雜誌》　1943年第3號

孫毓棠　〈傳記與文學〉　重慶市　正中書局　1943年

戴鎦齡　〈談西洋傳記〉　《人物雜誌》　1947年第7期

沈嵩華　《傳記學概論》　福州市　教育圖書出版社　1947年

寒　曦　〈現代傳記的特徵〉　《人物雜誌》　1948年第2期

湘　漁　〈新史學與傳記文學〉　《中國建設》　第1卷合訂本　1948年5月

三　研究著作要目

劉勰　《文心雕龍》　北京市　人民文學出版社　1958年

劉知幾　《史通新校注》　上海市　上海古籍出版社　2009年

章學誠　《文史通義新編》　北京市　中華書局　1985年

傅斯年　《史學方法導論》　北京市　中國人民大學出版社　2004年

翦伯贊　《史料與史學》　北京市　北京出版社　2005年

汪榮祖　《史傳通說》　北京市　中華書局　2003年

錢鍾書　《管錐編》　北京市　中華書局　1979年

褚斌傑　《中國古代文體概論》　北京市　北京大學出版社　1984年

陳必祥　《古代散文文體概論》　鄭州市　河南人民出版社　1986年

陸侃如、馮沅君　《中國詩史》　天津市　百花文藝出版社　1999年

俞元桂主編　《中國現代散文史》　濟南市　山東文藝出版社　1997年

孫　犁　《澹定集》　天津市　百花文藝出版社　1981年

孫　犁　《秀露集》　天津市　百花文藝出版社　1981年

孫　犁　《遠道集》　天津市　百花文藝出版社　1984年

孫　犁　《陋巷集》　天津市　百花文藝出版社　1987年

孫　犁　《無為集》　天津市　人民文學出版社　1989年

孫　犁　《如雲集》　天津市　百花文藝出版社　1992年

孫　犁　《曲終集》　天津市　百花文藝出版社　1995年

劉沙霖　《怎樣寫自傳》　普及出版社　1953年

劉紹唐等著　《什麼是傳記文學》　臺北市　傳記文學出版社 1967年

丁文江、趙豐田編　《梁啟超年譜長編》　上海市　人民出版社
　　　　　　　1983年

王　瑤　《魯迅作品論集》　北京市　人民文學出版社　1984年

周建人口述　周曄編寫　《魯迅故家的敗落》　長沙市　湖南人民出
　　　　　　　版社　1984年

洪威雷　《回憶錄寫作》　北京市　人民日報出版社　1987年

陳蘭村主編　《中國傳記文學發展史》　北京市　語文出版社 1991年

韓兆琦主編　《中國傳記文學史》　石家莊市　河北教育出版社
　　　　　　　1992年

李祥年　《傳記文學概論》　合肥市　安徽文藝出版社　1993年

朱文華　《傳記通論》　上海市　復旦大學出版社　1993年

楊正潤　《傳記文學史綱》　南京市　江蘇教育出版社　1994年

韓兆琦　《中國傳記藝術》　呼和浩特市　內蒙古教育出版社 1998年

陳蘭村、葉志良　《20世紀中國傳記文學論》　天津市　天津人民出

　　　　　版社　1998年

郭　丹　《史傳文學：文與史交融的時代畫卷》　桂林市　廣西師大
　　　　　出版社　1999年

俞樟華　《中國傳記文學理論研究》　長沙市　湖南文藝出版社
　　　　　2000年

趙白生　《傳記文學理論》　北京市　北京大學出版社　2003年

王成軍　《紀實與虛構——中西敘事文學研究》　南昌市　百花洲文
　　　　　藝出版社　2003年

全　展　《中國當代傳記文學概觀》　哈爾濱市　黑龍江人民出版社
　　　　　2004年

張　瑗　《20世紀紀實文學導論》北京市　文化藝術出版社　2005年

楊國政、趙白生主編　《歐美文學論叢第四輯：傳記文學研究》　北
　　　　　京市　人民文學出版社　2005年

朱旭晨　《秋水斜陽芳菲度——中國現代女作家傳記研究》　北京市
　　　　　人民日報出版社　2006年

復旦大學中文系編　《朱東潤先生誕辰一百一十周年紀念文集》　上
　　　　　海市　上海古籍出版社　2006年

紹興文理學院等編　《魯迅：跨文化對話——紀念魯迅逝世七十周年
　　　　　國際學術討論會論文集》　鄭州市　大象出版社　2006年

全　展　《傳記文學：闡釋與批評》　武漢市　湖北人民出版社
　　　　　2007年

楊正潤　《現代傳記學》　南京市　南京大學出版社　2009年

唐岫敏　《斯特拉奇與「新傳記」》　太原市　山西人民出版社
　　　　　2009年

郭久麟　《中國二十世紀傳記文學史》　太原市　山西人民出版社
　　　　　2009年

楊正潤主編　《眾生自畫像——中國現代自傳與國民性研究（1840-

2000)》　上海市　上海人民出版社　2009年

〔英〕愛・摩・福斯特・著　蘇炳文譯　《小說面面觀》　廣州市
　　　花城出版社　1984年

〔法〕安德列・莫洛亞著　陳蒼多譯　《傳記面面觀》　臺北市　臺
　　　灣商務印書館　1986年

〔美〕利昂・塞米利安著　宋協立譯　《現代小說美學》　西安市
　　　陝西人民出版社　1987年

〔英〕艾倫・謝爾斯頓著　李文輝、尚偉譯　《傳記》　北京市　昆
　　　侖出版社　1993年

〔日〕川合康三著　蔡毅譯　《中國的自傳文學》　中央編譯出版社
　　　1999年

〔法〕菲力浦・勒熱訥著　楊國政譯　《自傳契約》　北京市　生
　　　活・讀書・新知三聯書店　2001年

〔英〕吳爾夫著　文楚安譯　《普通讀者Ⅱ》　北京市　人民文學出
　　　版社　2003年

作者簡介

辜也平

　　福建師範大學文學院教授，博士生導師，福建省教學名師，全國模範教師。長期從事中國現當代文學教學與研究，在《文學評論》、《文藝理論研究》、《中國現代文學研究叢刊》、《中國比較文學》等刊物及《人民日報》、《光明日報》理論版發表過論文近百篇，著有《巴金創作綜論》、《走近巴金》、《巴金創作綜論新編》、《範式的建構與消解》、《二十世紀中國文學研究專題》、《沉重而感傷的文學旅程》、《多維牽掣下的苦心雕鏤》、《葉紹鈞作品欣賞》、《文學新浪潮的一面大旗》（與陳捷合著）等。主編《巴金靜言》、《當代大學生的巴金接受》、《巴金：新世紀的闡釋》（與陳思和合作）、《世界科幻名著故事》（與林濱合作）。已主持完成國家社科規劃專案、教育部社科規劃專案以及省社科規劃專案各一項；目前主持的國家社科規劃項目一項，參與國家社科規劃重點專案一項。主講課程「二十世紀中國文學研究專題」二〇〇七年被評為國家級精品課程，二〇一三年被確定為「國家級精品資源分享課」建設項目。

本書簡介

　　該書用史論的方法考察中國現代傳記文學的發生與發展，進而發現中國現代傳記文學在理論倡導中把文學與史學混為一談，認同雙重屬性；在創作觀念上強調史鑑功能，忽視藝術趣味；在實際創作中追求宏大歷史敘事，注重客觀考據，抑制情感化、個性化的藝術創造與呈現。著者認為，歷史研究旨在重新發現和評價歷史，文學創作的目的則在於重新呈現、感受和演繹人生；歷史真實成為衡量傳記文學作品的重要或唯一標準的「歷史」的重負，正是中國現代傳記文學發展並不盡如人意的根源所在。

福建師範大學文學院百年學術論叢·第二輯　1702B08

中國現代傳記文學史論

作　　　者	辜也平
總 策 畫	鄭家建　李建華
發 行 人	陳滿銘
總 經 理	梁錦興
總 編 輯	陳滿銘
副總編輯	張晏瑞
編 輯 所	萬卷樓圖書股份有限公司
排　　　版	林曉敏
印　　　刷	百通科技股份有限公司

發　　　行　萬卷樓圖書股份有限公司
　　　　　臺北市羅斯福路二段 41 號 6 樓之 3
　　　　　電話 (02)23216565
　　　　　傳真 (02)23218698
　　　　　電郵 SERVICE@WANJUAN.COM.TW
香港經銷　香港聯合書刊物流有限公司
　　　　　電話 (852)21502100
　　　　　傳真 (852)23560735

ISBN 978-986-478-192-8
2018 年 9 月再版
2015 年 12 月初版
定價：新臺幣 660 元

如何購買本書：

1. 劃撥購書，請透過以下郵政劃撥帳號：
　帳號：15624015
　戶名：萬卷樓圖書股份有限公司

2. 轉帳購書，請透過以下帳戶
　合作金庫銀行 古亭分行
　戶名：萬卷樓圖書股份有限公司
　帳號：0877717092596

3. 網路購書，請透過萬卷樓網站
　網址 WWW.WANJUAN.COM.TW

大量購書，請直接聯繫我們，將有專人為您服務。客服：(02)23216565 分機 10

如有缺頁、破損或裝訂錯誤，請寄回更換

版權所有·翻印必究
Copyright©2018 by WanJuanLou Books CO., Ltd.
All Right Reserved　　　　　**Printed in Taiwan**

國家圖書館出版品預行編目資料

中國現代傳記文學史論 / 辜也平著.
-- 再版. -- 臺北市：萬卷樓, 2018.09
面；公分. --（福建師範大學文學院百年學術論叢·第二輯·第 8 冊）

ISBN 978-986-478-192-8（平裝）

1.傳記文學 2.文學評論

820.8　　　　　　　　　　　107014280